La hermana sol

Lucinda Riley (1965-2021) fue actriz de cine y teatro durante su juventud y escribió su primer libro a los veinticuatro años. Sus novelas han sido traducidas a treinta y siete idiomas y se han vendido más de cuarenta millones de ejemplares en todo el mundo. La saga Las Siete Hermanas, que cuenta la historia de varias hermanas adoptadas y está inspirada en los mitos en torno a la famosa constelación del mismo nombre, se ha convertido en un fenómeno global y actualmente está en proceso de adaptación por una importante productora de televisión. Sus libros han sido nominados a numerosos galardones, incluido el Premio Bancarella, en Italia; el premio Lovely Books, en Alemania, y el Premio a la Novela Romántica del Año, en el Reino Unido. En colaboración con su hijo Harry Whittaker, también creó y escribió una serie de libros infantiles titulada The Guardian Angels. Aunque crio a sus hijos principalmente en Norfolk, Inglaterra, en 2015 Lucinda cumplió su sueño de comprar una remota granja en West Cork, Irlanda, el lugar que siempre consideró su hogar espiritual y donde escribió sus últimos cinco libros.

Biblioteca

LUCINDA RILEY

La hermana sol

La historia de Electra

Traducción de
**Eva Carballeira, M.ª del Puerto Barruetabeña,
Juan Rabasseda y Teófilo de Lozoya**

DEBOLS!LLO

Papel certificado por el Forest Stewardship Council®

Penguin
Random House
Grupo Editorial

Título original: *The Sun Sister*

Primera edición en Debolsillo: abril de 2021
Quinta reimpresión: diciembre de 2023

Printed in Spain – Impreso en España

ISBN: 978-84-663-5569-8
Depósito legal: B-2.605-2021

Compuesto en M. I. Maquetación, S. L.
Impreso en Liberdúplex
Sant Llorenç d'Hortons (Barcelona)

P 3 5 5 6 9 B

Para Ella Micheler

Algunas mujeres temen el fuego,
algunas mujeres simplemente se convierten en él...

R. H. Sin

Listado de personajes

ATLANTIS

Pa Salt – padre adoptivo de las hermanas (fallecido)
Marina (Ma) – tutora de las hermanas
Claudia – ama de llaves de Atlantis
Georg Hoffman – abogado de Pa Salt
Christian – patrón del yate

LAS HERMANAS D'APLIÈSE

Maia
Ally (Alción)
Star (Astérope)
CeCe (Celeno)
Tiggy (Taygeta)
Electra
Mérope (ausente)

Electra

Nueva York

Marzo de 2008

1

No recuerdo dónde me encontraba ni qué estaba haciendo cuando me enteré de que mi padre había muerto.

—Vale. ¿Quieres que analicemos eso?

Me quedé mirando a Theresa, que estaba sentada en su sillón orejero de piel. Me recordaba al Lirón que dormía profundamente durante la merienda en *Alicia en el País de las Maravillas*, o a alguno de sus amigos malhumorados. No paraba de parpadear detrás de sus gafitas redondas y siempre tenía los labios fruncidos. Bajo la falda de tweed, que le llegaba hasta las rodillas, se adivinaban unas bonitas piernas, y también tenía muy buen pelo. Decidí que podía ser guapa si quería, pero solo le interesaba parecer inteligente.

—¿Electra? Estoy perdiéndote otra vez.

—Sí, perdón, estaba a kilómetros de aquí.

—¿Pensabas en lo que sentiste cuando murió tu padre?

Como no podía decirle en qué estaba pensando, asentí varias veces con la cabeza.

—Sí, sí.

—¿Y?

—En realidad no me acuerdo. Lo siento.

—Pareces enfadada por su muerte, Electra. ¿Por qué estabas enfadada?

—No estoy… No estaba enfadada. Quiero decir, la verdad es que no me acuerdo.

—¿No te acuerdas de cómo te sentiste en aquel momento?

—No.

—Vale.

Observé cómo garabateaba algo en su cuaderno, que supuse que sería algo así como: «Se niega a enfrentarse a la muerte de su padre». Era lo que el último loquero me había dicho, y lo cierto es que no dejaba de enfrentarme a ella. Al cabo de los años aprendí que les gustaba encontrar un motivo que justificara que yo fuera un desastre, y luego agarrarlo, como hace un ratón con un trozo de queso, e ir dándome mordisquitos hasta que me mostraba de acuerdo con ellos y les decía cualquier tontería para tenerlos contentos.

—Bueno, ¿y qué piensas de Mitch?

Las frases que se me venían a la cabeza para describir a mi ex habrían obligado a Theresa a coger su móvil y avisar a la policía de que había una loca suelta que quería meterle un tiro en las pelotas a una de las estrellas del rock más famosas del mundo. En vez de eso, sonreí con dulzura.

—Estoy bien. Ahora paso de él.

—Estabas furiosa con él la última vez que viniste a verme, Electra.

—Ya. Pero ahora estoy bien. De verdad.

—Estupendo, esa es una buena noticia. ¿Y qué tal con la bebida? ¿La controlas un poquito más?

—Sí —mentí de nuevo—. Oye, voy a tener que salir pitando a una reunión.

—Pero solo llevamos la mitad de la sesión, Electra...

—Lo sé, es una pena, pero vaya, así es la vida.

Me levanté y me encaminé hacia la puerta.

—¿Quieres que te hagan un hueco al final de la semana?... Habla con Marcia cuando salgas.

—¡Ah, pues sí, gracias!... —En ese momento ya estaba cerrando la puerta tras de mí.

Pasé de largo ante Marcia, la recepcionista, y me dirigí al ascensor, que llegó casi de inmediato. Mientras me llevaba como una exhalación a la planta baja, cerré los ojos —odiaba los espacios cerrados— y apoyé la frente, que me ardía, contra el frío interior de mármol.

«¡Por Dios!, ¿qué me pasa? ¡Estoy tan mal que ni siquiera puedo decirle la verdad a mi terapeuta!», me dije.

«Te da vergüenza decirle la verdad a alguien... ¿Y cómo iba a entenderla, aunque se la dijeras? —me repliqué a mí misma—. Probablemente viva en una bonita casa de piedra con su marido abogado, y tenga dos niños y una nevera cubierta de imanes preciosos de donde cuelgan las obras de arte de sus pequeños. ¡Ah! —añadí mientras me acomodaba en el asiento trasero de mi limusina—, y una de esas fotografías que hacen vomitar a cualquiera de papá y mamá con los chicos, todos vestidos con camisas vaqueras a juego, que habrán ampliado y colgado detrás del sofá.»

—¿Dónde vamos, señora? —me preguntó el chófer por el interfono.

—A casa —respondí con un ladrido antes de sacar una botella de agua de la mininevera, y cerrarla de inmediato para evitar la tentación de explorar las opciones alcohólicas que había en su interior.

Tenía la madre de todas las jaquecas, que una cantidad ingente de analgésicos no había logrado calmar, y ya eran más de las cinco de la tarde. Aunque la fiesta de la noche anterior había sido estupenda, al menos por lo que era capaz de recordar. Maurice, mi nuevo mejor amigo diseñador, había venido a la ciudad y se pasó a tomar unas copas con varios de sus compañeros de juegos de Nueva York, que a su vez llamaron a otros… No me acordaba de cuándo me fui a acostar, y me sorprendió encontrarme a un extraño en la cama cuando me desperté por la mañana. Al menos era un extraño guapo, y después de volver a conocernos físicamente, le pregunté cómo se llamaba. Fernando había sido repartidor de los almacenes Walmart en Filadelfia hasta hacía unos meses, cuando uno de sus clientes de moda se fijó en él y le dijo que llamara a un amigo suyo de una agencia de modelos de Nueva York. Me comentó que le encantaría recorrer conmigo una alfombra roja uno de estos días —yo ya había aprendido, de la manera más despiadada posible, que una fotografía agarrado de mi brazo habría hecho que la carrera del señor Walmart subiera de forma meteórica—, de modo que me deshice de él en cuanto pude.

«Bueno, Electra, ¿y si le dices la verdad a la señora Lirón? ¿Y si reconocieras que la otra noche ibas tan puesta de alcohol y coca que habrías podido dormir con Papá Noel y no te habrías enterado? ¿Que el motivo de que no pudieras ni siquiera pensar en tu padre no era su muerte, sino que sabías lo avergonzado que se habría sentido de ti… lo avergonzado que se había sentido de ti?»

Al menos, cuando Pa Salt estaba vivo, sabía que no podía ver lo que yo hacía, pero ahora estaba muerto, y de alguna manera era omnipresente; habría podido estar conmigo en la habitación la noche anterior, o incluso aquí, en la limusina, en este momento...

Me vine abajo y alargué la mano para coger un botellín de vodka, y me lo bebí de un trago intentando olvidar la expresión de desencanto en la cara de Pa la última vez que lo vi antes de que muriera. Había venido a Nueva York para visitarme y me comentó que tenía algo que decirme. Evité encontrarme con él hasta la última noche, cuando accedí a regañadientes a que cenáramos juntos. Llegué a Asiate, un restaurante situado justo al otro lado de Central Park, ya bien cargada de vodka y estimulantes. Durante toda la cena estuve medio aturdida, disculpándome por tener que ir al baño a meterme una rayita de coca cada vez que él intentaba iniciar alguna conversación en la que yo no deseaba tomar parte.

Cuando llegó el postre, Pa se cruzó de brazos y me miró tranquilo.

—Estoy muy preocupado por ti, Electra. Pareces estar ausente.

—Bueno, es que no puedes entender la presión a la que estoy sometida —le solté—, lo duro que resulta ser yo.

Para mi vergüenza, solo tengo vagos recuerdos de lo que sucedió luego y de lo que me dijo, pero sé que me levanté y me marché dejándolo solo. Así que ahora nunca sabré lo que quería contarme...

«¿Qué coño te importa, Electra?», me pregunté mientras me limpiaba la boca y me metía el botellín vacío en un bolsillo; el chófer era nuevo y lo único que me faltaba era un artículo en un periódico diciendo que había dejado el minibar tiritando. «Total, ni siquiera era tu verdadero padre.»

Además, ya no podía hacer nada. Pa ya no estaba aquí —como todas las personas a las que había amado en mi vida— y no me quedaba más remedio que espabilarme. Pa no me hacía ninguna falta, no me hacía falta nadie...

—Ya hemos llegado, señora —dijo el chófer por el interfono.

—Gracias, ahora salgo —respondí, y así lo hice, cerrando la portezuela tras de mí. Lo que más me convenía era que mi llegada a cualquier lugar llamara la atención lo menos posible; otros famosos podían disfrazarse y apañárselas para ir a cualquier restaurante de barrio, pero yo medía más de uno ochenta y me resultaba bastante difícil pasar desapercibida entre la multitud, aunque no hubiese sido famosa.

—¡Hola, Electra!

—Tommy —dije esbozando una sonrisa mientras caminaba bajo el toldo hasta la entrada de mi edificio de apartamentos—, ¿qué tal te encuentras hoy?

—Mucho mejor, ahora que la veo, señora. ¿Ha pasado un buen día?

—Sí, estupendo, gracias. —Hice un gesto de asentimiento bajando los ojos (y subrayo lo de «bajando») ante mi admirador número uno—. Hasta mañana, Tommy.

—Pues claro, Electra. ¿No sale esta noche?

—No, será una velada tranquila en casa. Adiós. —Me despedí con la mano y entré en el edificio.

«Por lo menos él me quiere», me dije al tiempo que recogía el correo que me tendía el portero y me dirigía al ascensor. Mientras el ascensorista me subía hasta mi piso porque simplemente ese era su trabajo (pensé en tenderle las llaves para que me las aguantara, pues eso era todo lo que llevaba encima), pensé en Tommy. Permanecía de guardia a la puerta de mi edificio casi a diario y así llevaba desde hacía varios meses. Al principio aquello me dejó helada y le pedí al portero que se deshiciera de él. Tommy se mantuvo firme sin ceder terreno —literalmente— y dijo que tenía todo el derecho del mundo a estar en la acera, que no molestaba a nadie, y que todo lo que quería era protegerme. El portero me sugirió llamar a la policía y denunciarlo por acoso, pero un día le pregunté cómo se llamaba y luego le investigué por internet. Descubrí en su Facebook que era veterano del ejército, que le habían concedido algunas medallas al valor en Afganistán, y que tenía esposa y una hija en Queens. Ahora, en vez de hacerme sentir amenazada, Tommy hacía que me sintiera segura. Además, siempre era respetuoso y educado, de modo que le dije al portero que diera marcha atrás.

El ascensorista salió y me dejó pasar. Luego hicimos una especie de baile en el que yo tuve que dar un paso atrás para que él pudiera ir delante hasta mi ático antes de abrirme la puerta con su llave maestra.

—Ya estamos, señorita D'Aplièse. Que tenga un buen día.

Hizo un gesto con la cabeza y percibí la nula cordialidad que había en sus ojos. Sabía que en el edificio todo el personal deseaba que me convirtiera en una nube de humo y desapareciera por una chimenea inexistente. Casi todos los vecinos llevaban allí desde que no eran más que fetos en la barriga de su madre, en una época en que una mujer de color, como yo, a lo sumo habría tenido el «privilegio» de ser su doncella. Eran todos vecinos-propietarios, en cambio yo era una palurda: una inquilina, aunque rica, a la que se le había permitido entrar de alquiler porque la anciana que vivía allí falleció y su hijo reformó la vivienda y luego intentó venderla a un precio desorbitado. Al parecer, no lo había conseguido debido a una cosa llamada «crisis de las hipotecas subprime». De modo que se vio obligado a alquilar el piso al mejor postor, o sea a mí. El precio era una locura, pero también era una locura el apartamento, atestado de obras de arte moderno y de todo tipo de chismes electrónicos que una pueda imaginar (yo no sabía cómo funcionaban la mayoría de ellos), y las vistas sobre Central Park desde la terraza eran impresionantes.

Si hubiera necesitado algo que me recordara mi éxito, ese piso lo habría hecho. «Pero lo que me recuerda más que nada —pensé hundiéndome en el sofá, que podía servir de cama por lo menos a dos tíos hechos y derechos— es lo sola que estoy.» El apartamento tenía tales dimensiones que me sentía pequeña y delicada... y allí arriba, en lo alto del edificio, muy, pero que muy aislada.

En algún rincón del piso se oyó mi móvil, con la canción que había hecho de Mitch una estrella famosa en todo el mundo; mi intención era cambiar el tono de llamada, pero no había sido capaz. «Si CeCe es disléxica con las palabras, yo seguro que soy disléxica con la electrónica», pensé mientras me dirigía al dormitorio para cogerlo. Me sentí aliviada al ver que la doncella había cambiado las sábanas de aquella cama enorme y que todo estaba perfecto, como en una habitación de hotel. Me gustaba la nueva doncella que mi asistente personal me había encontrado; había firmado un acuerdo de confidencialidad, como todas las demás, para impedir que se pusiera a largar y le contara a la prensa lo que no debía acerca de mis hábitos más feos. Aun así, me estremecí al imaginar lo que la chica —¿se llamaba Lisbet?— habría pensado cuando entró en el piso aquella mañana.

Me senté en la cama y escuché mis mensajes de voz. Cinco eran de mi agente pidiéndome que contestara urgentemente a sus llamadas para hablar de la sesión de fotos del día siguiente para *Vanity*

Fair, y el último mensaje era de Amy, mi nueva asistente personal. Solo llevaba conmigo tres meses, pero me gustaba.

«Hola, Electra, soy Amy. Bueno... Solo quería decirte que he disfrutado mucho trabajando para ti, pero no creo que vaya a funcionar a largo plazo. Hoy mismo he entregado mi carta de dimisión a tu agente y te deseo mucha suerte en el futuro y...»

—¡MIERDA! —chillé. Le di al icono de borrar y arrojé el móvil a la otra punta de la habitación—. ¿Qué coño le he hecho yo? —pregunté al techo, extrañándome al mismo tiempo de estar tan irritada porque una niñata de tres al cuarto, que se había puesto de rodillas ante mí y me había suplicado que le diera una oportunidad, me abandonara al cabo de tres meses—. «Entrar en el negocio de la moda ha sido mi sueño desde que era una niña. Por favor, señorita D'Aplièse, trabajaré para usted día y noche, su vida será la mía y juro que nunca la defraudaré» —exclamé imitando el acento quejumbroso de Brooklyn que tenía Amy, mientras marcaba el número de mi agente.

Había tres cosas sin las que yo no podía vivir: vodka, cocaína y un asistente personal.

—Hola, Susie, acabo de enterarme de que Amy ha dimitido.

—Sí, menudo fastidio. Se desenvolvía bien.

El acento británico de Susie sonaba tajante y formal.

—Ya, yo también pensaba que lo hacía bien. ¿Sabes por qué se ha ido?

La línea quedó muda durante un segundo antes de que mi agente respondiera.

—No. De todas formas, pondré a Rebekah al tanto y estoy segura de que te encontraremos otra para finales de semana. ¿Has oído mis mensajes?

—Sí, los he oído.

—Bueno, pues mañana no llegues tarde. Quieren empezar a hacer las fotos a la salida del sol. Pasará un coche a recogerte a las cuatro de la madrugada, ¿vale?

—Claro.

—Me he enterado de que anoche tuviste una buena fiesta.

—Fue divertida, sí.

—Bueno, pues esta noche nada de fiestas, Electra. Mañana tienes que estar fresca. Es la foto de la portada.

—No te preocupes. Me meteré en la cama a las nueve, como una niña buena.

—Vale. Perdona, tengo a Lagerfeld por la otra línea. Rebekah se pondrá en contacto contigo con una lista de asistentes adecuadas. *Ciao.*

—*Ciao* —repetí imitándola cuando la línea se cortó.

Susie era de las pocas personas del planeta que se atrevían a colgarme. Era la agente de modelos más poderosa de Nueva York y llevaba todos los grandes nombres de la industria. Me había descubierto cuando yo tenía solo dieciséis años. Por aquella época, estaba trabajando en París de camarera, tras ser expulsada de mi tercera escuela. Le dije a Pa que no tenía sentido que intentase buscarme otro colegio porque acabaría siendo expulsada también de él. Para mi sorpresa, no armó ningún revuelo.

Recordaba cuánto me extrañó que no se enfadara al enterarse de mi decisión. Solo le vi un poco decepcionado, supongo, cosa que me bajó algo los humos.

—Tengo pensado irme de viaje o algo así —le dije—. Aprender de las experiencias de la vida.

—Reconozco que la mayor parte de lo que necesitas saber para tener éxito en la vida no se aprende en la escuela —me contestó—. Pero, como eres tan brillante, esperaba que te sacaras algunos títulos. Eres muy joven para valerte por ti misma. El mundo es muy grande ahí fuera, Electra.

—Puedo cuidarme sola, Pa —respondí con firmeza.

—Estoy seguro de que puedes, pero ¿qué harás para pagarte tus viajes?

—Encontraré trabajo, por supuesto —dije encogiéndome de hombros—. Había pensado ir primero a París.

—Excelente elección. —Pa movió la cabeza en señal de aprobación—. Es una ciudad increíble.

Mientras lo observaba desde el otro lado del enorme escritorio de su despacho, pensé que tenía un aspecto casi distraído y triste. Sí, bastante triste.

—Bueno, y ahora —añadió— ¿por qué no llegamos a un acuerdo? Quieres dejar la escuela, cosa que entiendo, pero me preocupa que mi hija menor se lance al mundo a una edad tan tierna. Marina tiene algunos contactos en París. Estoy seguro de que podría ayudarte a encontrar alojamiento. Pasa el verano allí, y luego volvemos a reunirnos y ya decidiremos dónde vas después.

—Vale, me parece un buen plan —admití, extrañada aún de que no hubiera insistido con más ahínco para que acabara mis estudios.

Cuando me levanté para marcharme, decidí que o bien se había desentendido de mí o que se limitaba a darme cuerda para que me ahorcara.

En cualquier caso, Ma llamó a algunos contactos suyos y yo acabé en un pequeño estudio bastante bonito desde el que se veían los tejados de Montmartre. Era minúsculo y tenía que compartir el baño con una caterva de chavales de intercambio que habían ido a la ciudad a mejorar su francés, pero era mío.

Aún recordaba el delicioso sabor de independencia que sentí por primera vez cuando me vi de pie en mi diminuta habitación la noche que llegué y me di cuenta de que no había nadie que me dijera lo que tenía que hacer. Además, tampoco había nadie que cocinara para mí, así que me fui a un café que había en mi misma calle, me senté a una mesa fuera y encendí un cigarrillo mientras estudiaba el menú. Pedí sopa de cebolla a la francesa y una copa de vino, y el camarero no pestañeó al verme fumar ni cuando pedí alcohol. Tres copas de vino después, me armé de valor para dirigirme al dueño del local y preguntarle si tenía algún puesto libre de camarera. Al cabo de veinte minutos, recorrí los pocos centenares de metros que distaba el café de mi pisito con un trabajo bajo el brazo. Uno de los momentos en los que sentí más orgullo fue cuando a la mañana siguiente llamé a Pa desde el teléfono de pago del pasillo. Aunque me costara creerlo, su voz denotaba tanto entusiasmo como cuando mi hermana Maia sacó una plaza en la Sorbona.

Cuatro semanas más tarde le serví a Susie, la que ahora es mi agente, un *croque monsieur*, y el resto ya es historia…

«¿Por qué miro hacia atrás todo el tiempo?», me pregunté cuando buscaba el móvil para escuchar el resto de los mensajes. «¿Y por qué sigo pensando en Pa…?»

—Mitch… Pa… —musité mientras aguardaba a que el buzón de voz fuera desgranando las cuentas de su rosario—. Se han ido, Electra, lo mismo que Amy hoy, y tú tienes que seguir adelante.

«Queridísima Electra, ¿qué tal estás? Yo estoy otra vez en Nueva York… ¿Qué haces esta noche? ¿Te apetece compartir una botella de Cristal y un poco de *chow mein dans ton lit avec moi*? Te echo de menos. Llámame en cuanto puedas.»

A pesar de lo baja de moral que estaba, no pude por menos que sonreír. Zed Eszu era un enigma en mi vida. Era riquísimo, tenía muy buenos contactos y —pese a su baja estatura y que no era mi tipo de hombre— era increíble en la cama; llevábamos tres años enrollándonos regularmente. La cosa se interrumpió cuando empecé en serio con Mitch, pero reanudamos nuestros encuentros hacía unas semanas y no cabía duda de que Zed había dado a mi ego el empujoncito que necesitaba.

¿Estábamos enamorados? La respuesta era un no rotundo, al menos por mi parte, pero salíamos con la misma gente en Nueva York y, lo mejor de todo, cuando estábamos a solas hablábamos en francés. Al igual que Mitch, no se sentía impresionado por quién era yo, algo bastante raro por aquel entonces, y en cierto modo reconfortante.

Me quedé mirando el teléfono, sopesando si debía ignorar a Zed y seguir las instrucciones de Susie y acostarme pronto, o si debía llamarlo y disfrutar un rato de su compañía. No lo tenía muy claro, así que llamé a Zed y le dije que se pasara por casa. Mientras llegaba, me di una ducha y luego me puse mi quimono de seda favorito, diseñado especialmente para mí por un *atelier* japonés muy prometedor. Me bebí luego lo que me pareció un montón de litros de agua para contrarrestar cualquier bebida o cualquier otra cosa mala que me fuera a meter cuando llegara él.

El interfono sonó y me anunciaron que Zed estaba allí; le dije al portero que lo hiciera subir sin más. Zed se presentó ante mi puerta con un ramo gigantesco de rosas blancas y la botella prometida de champán Cristal.

—*Bonsoir, ma belle Electra* —dijo en su extraño francés, una vez que se deshizo de las flores y del champán y me dio un beso en cada mejilla—. *Comment tu vas?*

—Bien —respondí, y dirigí la vista con avidez hacia el champán—. ¿Lo abro?

—Creo que eso me toca a mí. ¿Puedo quitarme primero la chaqueta?

—Por supuesto.

—Pero antes… —Metió la mano en el bolsillo de su chaqueta y me tendió una cajita de terciopelo—. Vi esto y pensé en ti.

—Gracias —dije sentándome en el sofá y encogiendo mis largas piernas mientras contemplaba la cajita entre mis manos como una niña emocionada.

Zed me compraba regalos a menudo; irónicamente, teniendo en cuenta su poder adquisitivo, rara vez eran cosas ostentosas, pero siempre se trataba de algo interesante y elegido con mucho cuidado. Levanté la tapa de la cajita y vi un anillo en su interior. La piedra era ovalada y de una tonalidad amarillenta muy suave.

—Es ámbar —comentó Zed al observar cómo estudiaba yo la forma en que la piedra capturaba la luz de la araña que colgaba del techo—. Pruébatelo.

—¿En qué dedo me lo pongo? —bromeé levantando la vista hacia él.

—En el que prefieras, *ma chère*, pero si pretendiera hacerte mi esposa vendría con algo un poquito mejor que esto. Seguro que sabes que tu homónima griega está asociada con el ámbar.

—¿De verdad? No, no lo sabía. —Observé cómo destapaba la botella de champán—. ¿En qué sentido?

—Bueno, la palabra griega para ámbar era *elektron*, y cuenta la leyenda que los rayos del sol fueron atrapados dentro de la piedra. Un filósofo griego se fijó en que si se frotaban dos trozos de ámbar entre ellos, creaban una fricción que a su vez creaba una energía… Tu nombre no podía encajar mejor contigo —dijo sonriendo mientras me tendía una copa de champán.

—¿Quieres decir que creo fricciones? —repliqué con una sonrisa—. La pregunta es: ¿me adapté yo a mi nombre o se adaptó él a mí? *Santé!*

—*Santé!*

Chocamos nuestras copas y Zed se sentó a mi lado.

—Humm…

—Te estás preguntando si no te habré traído otro regalo…

—Pues síí.

—Mira debajo del forro de la caja.

Así lo hice y, como me esperaba, doblada debajo de la delgada pieza de terciopelo que sostenía el anillo había una bolsita de plástico.

—Gracias, Zed —dije al tiempo que abría la bolsita y metía un dedo en su interior como hace un niño con un tarro de miel; a continuación me pasé el dedo por las encías.

—Buena, ¿eh? —me preguntó cuando vio que extendía un poquito encima de la mesa, despegaba una pajita que iba adherida a la bolsa y aspiraba el polvo por la nariz.

—Mmm... Buenísima —afirmé—. ¿Quieres un poco?

—Sabes que no. Bueno, ¿y qué tal vas?

—Ah... bien.

—No pareces muy segura, Electra, y tienes cara de cansada.

—He tenido mucho follón —dije después de tomar un trago de champán—. Estuve en Fiji la semana pasada para una sesión de fotos y me voy a París la semana que viene.

—Quizá necesites bajar un poco el ritmo. Tómate un descanso.

—Y eso me lo dice el tío que, según me contó, pasa más noches durmiendo en su jet privado que en su cama —repliqué en tono de broma.

—Entonces quizá deberíamos bajar el ritmo los dos. ¿Puedo tentarte invitándote a pasar una semana en mi yate? Estará amarrado en Santa Lucía durante los próximos meses, antes de que me lo lleve a navegar por el Mediterráneo en verano.

—Ya me gustaría. —Suspiré—. Tengo una agenda apretadísima hasta junio.

—Pues entonces ven en junio. Podemos navegar por las islas griegas.

—Tal vez. —Me encogí de hombros sin tomármelo en serio. A menudo, cuando estábamos juntos, Zed me proponía planes que nunca llegaban a nada o, más concretamente, que tampoco yo quería que llegaran a algo. Zed era estupendo para pasar una noche en su compañía y para un poco de rollo físico, pero solo para eso, y además había empezado a irritarme con su meticulosidad y su increíble arrogancia.

El interfono volvió a sonar y Zed se levantó a responder.

—Hágalo subir, gracias. —Sirvió un poco más de champán a los dos—. Nos traen un poco de comida china, y te prometo que será el mejor *chow mein* que hayas probado nunca —dijo sonriendo—. Bueno, ¿y cómo están tus hermanas?

—No sé. He estado demasiado ocupada y hace tiempo que no hablo con ellas. Bueno, Ally ha tenido un bebé..., un niño. Lo ha llamado Bear, un nombre que me parece muy mono. Ahora que lo pienso, voy verlas a todas en junio en Atlantis; vamos a llevar el barco de Pa a las islas griegas para depositar una corona donde Ally cree que fue arrojado su ataúd. Tu padre fue encontrado en una playa cerca de allí, ¿no?

—Sí. Pero, como tú, no quiero pensar en la muerte de mi padre porque me disgusta mucho —contestó con sequedad—. Yo solo pienso en el futuro.

—Lo sé, pero es una coincidencia...

Sonó el timbre y Zed acudió a la puerta.

—Venga, Electra —dijo al volver con dos cajas en la mano camino de la cocina—. Ayúdame con esto.

2

Al día siguiente, cuando llegué a casa después de la sesión de fotos, me di una ducha caliente y me metí en la cama con un vodka. Me sentía deshecha: todos los que piensen que las modelos se limitan a ir flotando por ahí vestidas con ropa bonita y que cobran por ello una fortuna deberían probar un día a ser yo. Empezar a las cuatro de la madrugada, con seis cambios de peinado, de vestido y de maquillaje en un almacén helado en el centro no era nada fácil. Nunca me había quejado en público —quiero decir, no trabajaba en una fábrica de China en la que explotan a los obreros, y desde luego me pagaban una barbaridad por lo que hacía—, pero cada uno tiene su propia realidad y de vez en cuando, aunque sea un problema del primer mundo, la gente tiene derecho a quejarse cuando está a solas, ¿no?

Disfrutando de sentir un poco de calor por primera vez en todo el día, me recosté en las almohadas y me puse a escuchar el buzón de voz. Rebekah, la asistente personal de Susie, me había dejado cuatro mensajes diciéndome que me había mandado por e-mail los currículums de las asistentes más adecuadas y que los mirara en cuanto pudiera. Estaba leyéndolos en mi portátil cuando sonó el móvil y vi que era Rebekah otra vez.

—Estoy mirándolos en este momento —dije antes de que ella pudiera hablar.

—Estupendo. Gracias, Electra. En realidad, te llamaba porque hay una chica que creo que encajaría a la perfección contigo, pero le han ofrecido otro puesto y tiene que dar una respuesta mañana. ¿Te vendría bien que se dejara caer por ahí a última hora de la tarde, para que podáis charlar?

—Acabo de llegar a casa de la sesión de fotos de *Vanity Fair*, Rebekah, y…

—Creo que deberías verla, Electra. Tiene unas referencias estupendas. Ha sido la asistente personal de Bardin y ya sabes lo difícil que es ese hombre. Quiero decir… —continuó de modo precipitado—, o sea que está acostumbrada a trabajar bajo presión para clientes destacados del mundo de la moda. ¿Puedo decirle que se pase por ahí?

—Vale. —Suspiré, no quería parecer tan «difícil» como evidentemente ella me consideraba.

—Estupendo. Se lo diré. Sé que se pondrá contentísima. Es una de tus mayores fans.

—De acuerdo. Dile que se pase a las seis.

A las seis en punto sonó el interfono para avisarme de que mi visita había llegado.

—Hágala subir —respondí con voz cansada.

No me apetecía nada todo aquello. Como Susie había dado a entender que necesitaba que me ayudaran a organizar mi vida, ya había visto llegar una marea de mujeres jóvenes llenas de ansiedad y de entusiasmo, que se marchaban al cabo de pocas semanas.

—¿Soy tan difícil? —pregunté a la imagen que se reflejaba en el espejo mientras me aseguraba de que no se me hubiera quedado nada pegado entre los dientes—. Puede ser. Pero no es ninguna novedad, ¿verdad? —añadí.

Me terminé mi copa de vodka y me arreglé el pelo. Stefano, mi estilista, me había hecho unas trenzas apretadísimas para prenderme luego unas extensiones bien largas. Siempre me dolía toda la cabeza después de que me colocaran extensiones nuevas.

Llamaron a la puerta con los nudillos y fui a abrir preguntándome quién estaría al otro lado. Independientemente de lo que yo me esperara, desde luego no era aquella persona bajita, delgada, vestida con un sencillo traje de chaqueta marrón, con una falda que le llegaba justo por debajo de las rodillas y le daba un aire anticuado. Mis ojos se pasearon por su figura hasta llegar a los pies, encerrados en lo que Ma habría llamado un par de zapatones «prácticos» de color marrón. Lo más sorprendente de ella era que llevaba un pañuelo en la cabeza, bien apretado, que le cubría desde la frente hasta la nuca. Comprobé que tenía un rostro exquisito: nariz minúscula, pómulos altos, labios carnosos y sonrosados y una tez clara, blanca como la leche.

—Hola —dijo sonriendo, y sus encantadores ojos de color marrón oscuro se iluminaron—. Me llamo Mariam Kazemi y estoy encantada de conocerla, señorita D'Aplièse.

Su voz me pareció adorable; de hecho, si hubiera estado en venta la habría comprado, porque era profunda y modulada, y se derramaba desde su garganta como si fuera miel.

—Hola, Mariam. Entra.

—Gracias.

Mientras yo me dirigía hacia el sofá dando grandes zancadas, Mariam Kazemi se tomó su tiempo. Se detuvo para contemplar los carísimos lienzos, que a mí me parecían manchurrones y garabatos, y, por su expresión, habría jurado que le merecían la misma opinión que a mí.

—No son míos, son un capricho del casero —comenté, aunque no sé por qué—. ¿Puedo ofrecerte algo? ¿Agua, café, té? ¿Algo más fuerte?

—¡Oh, no! No bebo. O sea, bebo, pero no alcohol. Desearía un poco de agua, si no es mucha molestia.

—¡Claro! —dije, y me dirigí a la cocina. Estaba sacando una botella de Evian del frigorífico cuando apareció junto a mí.

—Pensaba que tenía usted personal para hacer ese tipo de cosas...

—Tengo una doncella, pero, pobre de mí, me paso la mayor parte del tiempo aquí solita. Toma.

Le tendí el agua y ella se dirigió entonces a la ventana y se asomó.

—Esto está muy alto.

—Sí, lo está. —Me di cuenta de que me hallaba obnubilada por aquella chica que exudaba calma como si fuera un perfume, y no parecía en absoluto impresionada por haberme conocido ni por el grandioso apartamento en el que yo residía. Normalmente, las posibles candidatas se ponían como locas de entusiasmo y prometían el oro y el moro—. ¿Vamos a sentarnos?

—Sí, gracias.

—Bueno —dije cuando nos acomodamos en la sala de estar—. Me han dicho que trabajaste para Bardin.

—Sí, en efecto.

—¿Por qué te fuiste?

—Me ofrecieron un puesto que pensé que me venía mejor.

—¿No fue porque él era una persona difícil?

—¡Qué va! —replicó sofocando una risita—. No era en absoluto difícil, pero volvió a París para instalarse allí y yo tengo mis raíces aquí. Seguimos siendo buenos amigos.

—Muy bien. Eso es estupendo. Y entonces ¿por qué estás interesada en trabajar para mí?

—Porque siempre he admirado su trabajo.

«¡Uau! —pensé—. No he conocido a mucha gente que llame "trabajo" a lo que hago.»

—Gracias.

—Es un verdadero regalo ser capaz de crear una personalidad que complementa los productos que anuncia, creo yo.

Observé cómo abría la cartera de color marrón liso, que tenía más de cartera escolar que de diseño, y me entregaba su currículum.

—Supuse que no ha tenido tiempo de echarle un vistazo antes de que llegara.

—No, no me ha dado tiempo —reconocí mientras daba una ojeada a los detalles de su vida, que eran pocos pero me llamaron la atención—. ¿Así que no fuiste a la universidad?

—No; mi familia no tenía dinero. Bueno, en honor a la verdad —se llevó una de sus delicadas manos a la cara y uno de sus dedos rozó su nariz—, probablemente sí lo tuviera, pero somos seis y no habría sido justo para los demás que yo fuera a la universidad y ellos no pudieran hacerlo.

—¡Nosotras también éramos seis! Y yo tampoco fui a la universidad ni a una escuela superior.

—¡Bueno, al menos tenemos algo en común!

—Yo soy la pequeña.

—Y yo la mayor —dijo Mariam con una sonrisa.

—¿Tienes veintiséis años?

—Sí.

—Pues tenemos la misma edad —comenté, y por alguna razón desconocida me complació encontrar paralelismos con aquella persona tan insólita—. En fin, ¿qué hiciste cuando dejaste el instituto?

—Empecé a trabajar en una floristería por la mañana e iba a la escuela de comercio en el turno de noche. Puedo conseguir una copia de mi título, si lo necesita. Sé utilizar el ordenador, puedo hacer hojas de cálculo, y como mecanógrafa…, bueno, no estoy segura de la velocidad que puedo alcanzar, pero soy bastante rápida.

—Ese no es uno de los principales requisitos, y tampoco las hojas de cálculo. Mi contable se encarga de las cuestiones financieras.

—¡Ah, pero esas cosas pueden resultar muy útiles para las tareas organizativas! Puedo planificar con todo detalle un mes entero para que usted solo tenga que echarle un vistazo.

—Si lo hicieras, me parece que saldría corriendo —bromeé—. Yo siempre voy al día. Es la única forma de soportarlo.

—La entiendo, señorita D'Aplièse, pero mi trabajo consiste en organizar las cosas más allá del día a día. Con Bardin, incluso tenía una hoja de cálculo para llevar la ropa a la tintorería, y decidíamos lo que iba a ponerse para cada evento, incluido el color de los calcetines… que deliberadamente a menudo no iban a juego.

Mariam soltó una risita y yo la imité.

—¿Dices que es un tipo agradable?

—Es fantástico, sí.

Tanto si lo era como si no, aquella chica tenía integridad. Muchas veces me había encontrado con aspirantes a asistente personal que lo primero que habían hecho era contarme los trapos sucios de sus anteriores jefes. Quizá les pareciera adecuado explicar con todo detalle por qué habían dejado el trabajo, pero yo solo pensaba en que en el futuro podría ser yo la persona de la que hablaran mal.

—Antes de que me lo pregunte, le diré que soy muy discreta. —Mariam había leído mis pensamientos—. He comprobado que a menudo los chismes que circulan acerca de los famosos en el mundo de la moda no son ciertos. Resulta interesante…

—¿Qué?

—No, nada.

—Por favor, dímelo.

—Bueno, me parece fascinante que tanta gente ansíe la fama, pero, según mi experiencia, muchas veces lo único que trae consigo es desgracia. La gente cree que le dará derecho a hacer o a ser lo que quiera, pero en realidad casi todos pierden el bien más preciado que tenemos los seres humanos, o sea, su libertad. Tu libertad —añadió.

La miré sorprendida. Tuve la sensación de que, a pesar de todo lo que yo tenía, a Mariam le daba lástima. No de un modo condescendiente, sino de una manera compasiva y cariñosa.

—Pues sí, he perdido mi libertad. De hecho —confesé a aquella extraña—, me pone más que paranoica la idea de que alguien me vea haciendo la cosa más sencilla y luego la retuerza para convertirla en una noticia con la que vender más periódicos.

—No es buena esta manera de vivir, señorita D'Aplièse. —Sacudió la cabeza en un gesto solemne—. Bueno, me temo que debo marcharme. Prometí a mi madre que haría de canguro de mi hermano pequeño mientras papá y ella salían.

—Muy bien. Lo de hacer de canguro… Quiero decir, ¿es algo de lo que te ocupas regularmente?

—¡Oh, no, en absoluto! Por eso es tan importante que llegue a tiempo esta noche. Es el cumpleaños de mamá, ¿sabe usted?, y el chiste que hacemos en casa es que la última vez que papá la llevó a cenar fuera fue cuando le propuso matrimonio… ¡hace veintiocho años! Doy por hecho que si decide darme el empleo me necesitará veinticuatro horas al día.

—¿Y que habrá que hacer un montón de viajes al extranjero?

—Sí, no hay ningún problema. Tampoco tengo compromisos de carácter sentimental. Y ahora, si me disculpa… —Se levantó y añadió—: Ha sido un placer conocerla, señorita D'Aplièse, aunque al final no lleguemos a trabajar juntas.

La observé mientras daba media vuelta y se dirigía a la puerta. Aunque vestía con una ropa fea, aquella chica tenía una gracia natural y lo que un fotógrafo llamaría «presencia». Pese a que la entrevista había durado solo quince minutos y yo no le había hecho ni una décima parte de las preguntas que tendría que haber planteado, realmente, sí, realmente, quería en mi vida a Mariam Kazemi y su maravillosa sensación de calma.

—Escucha, si te ofreciera el puesto ahora mismo, ¿lo aceptarías? Quiero decir… —añadí levantándome del sofá de un brinco para acompañarla hasta la puerta—, sé que te han ofrecido otro puesto y que tienes que dar una respuesta mañana.

Se detuvo un instante, luego se volvió para mirarme a la cara y sonrió.

—Por supuesto que aceptaría. Creo que es usted una persona encantadora, con un alma buena.

—¿Cuándo puedes empezar?

—La semana que viene, si lo desea.

—¡Hecho! —Le tendí la mano y, tras unos segundos de vacilación, ella me tendió la suya.

—¡Hecho! —repitió—. Y ahora... de verdad que tengo que irme.

—Por supuesto.

Abrió la puerta y la seguí hasta el ascensor.

—Bueno, ya sabes lo que hay, pero tendré que rellenar para Rebekah una oferta de empleo y pedirle que te la mande mañana por la mañana.

—Muy bien —respondió mientras las puertas del ascensor se abrían de par en par.

—Por cierto, ¿qué perfume llevas? Es estupendo.

—En realidad es loción corporal, y la hago yo misma. Adiós, señorita D'Aplièse.

Las puertas del ascensor se cerraron y Mariam Kazemi se marchó.

Las referencias de Mariam no solo fueron confirmadas, sino que además todas alababan sus cualidades muy por encima de mis expectativas, de modo que el jueves siguiente las dos subimos a bordo de un jet privado en el aeropuerto de Teterboro, en New Jersey, y despegamos con destino a París. El único gesto por su parte que indicaba que estábamos de viaje, en lo que se refería a su «uniforme», era que había sustituido la falda por unos pantalones de color beis. La observé mientras tomaba asiento en la cabina y a continuación sacaba su portátil de la cartera.

—¿Habías volado alguna vez en un jet privado? —le pregunté.

—¡Oh, por supuesto! Bardin no usaba otra cosa. Veamos, señorita D'Aplièse...

—Llámame Electra y tutéame, por favor.

—Electra —dijo corrigiéndose—. Tengo que preguntarte si prefieres tomarte un descanso durante el vuelo o si te gustaría aprovechar para repasar unas cuantas cosas conmigo.

Dado que Zed había sido mi compañero de juegos hasta las cuatro de la madrugada, elegí lo primero. Así que apreté el botón que convertía mi asiento en una cama, me puse el antifaz y me quedé dormida.

Me desperté al cabo de tres horas. Me sentía como nueva —estaba acostumbrada a dormir en los aviones— y al mirar por una esquina del antifaz comprobé que mi nueva asistente también estaba despierta. No se encontraba en su asiento, de modo que supuse que estaría en el baño. Me quité el antifaz, coloqué el asiento en posición vertical y, para mi sorpresa, vi el trasero de Mariam levantado hacia mí en el estrecho pasillo que quedaba entre los asientos. «Quizá esté practicando yoga», pensé cuando comprobé que se ponía a cuatro patas con la cabeza pegada al suelo, como si fuera una variante de la postura del Niño. Luego la oí murmurar algo y cuando levantó ligeramente las manos y la cabeza me di cuenta de que estaba rezando. Me sentí incómoda por el hecho de estar observándola mientras realizaba un acto tan privado, así que desvié la mirada y aproveché para ir al servicio. Cuando volví, Mariam estaba ya en su asiento, escribiendo algo en su portátil.

—¿Has dormido bien? —me preguntó con una sonrisa.

—Sí, y ahora tengo hambre.

—Les pedí que se aseguraran de que hubiera algo de sushi a bordo. Susie me dijo que era tu comida favorita cuando estabas de viaje.

—Gracias. Así es.

La auxiliar de vuelo ya estaba a mi lado.

—¿Puedo ayudarla en algo, señorita D'Aplièse?

Le dije lo que deseaba tomar: fruta fresca, sushi y media botella de champán, y a continuación me volví hacia Mariam.

—¿Vas a comer algo?

—Ya lo he hecho, gracias.

—¿Te pones nerviosa cuando vuelas?

Me miró frunciendo el ceño.

—No, en absoluto. ¿Por qué?

—Porque cuando me desperté vi que estabas rezando.

—¡Ah! —Se echó a reír—. Eso no es porque estuviera nerviosa, es porque ahora es mediodía en Nueva York, que es cuando siempre rezo.

—Vale. No sabía que tuvieras que hacerlo.

—No te preocupes, por favor, Electra, no me verás rezando muchas veces. Suelo buscar un especio discreto, pero aquí arriba… —Señaló con un gesto la estrechez de la cabina—. No habría cabido en el servicio.

—¿Tienes que rezar cada día?

—Sí. De hecho, cinco veces al día.

—¡Uau! ¿No te resulta un poco agobiante?

—Nunca se me había ocurrido ni pensarlo, porque lo he hecho todos los días desde niña. Y después siempre me siento mejor. Así soy yo.

—¿Quieres decir que así es tu religión?

—No, así soy yo. Bueno, aquí está tu sushi. Tiene una pinta estupenda.

—¿Por qué no me acompañas y tomas algo tú también? No me gusta beber sola —comenté en tono de broma mientras la azafata me servía champán en una copa.

—¿Desea algo, señora? —preguntó a Mariam, que se había deslizado hasta el asiento situado enfrente de mí.

—Un poco de agua, por favor.

—¡Salud! —brindé—. ¡Por el éxito de nuestra relación laboral!

—Sí. Estoy segura de que será un éxito.

—Siento no estar al corriente de tus costumbres.

—¡Por favor! No lo sientas —dijo para consolarme—. Si yo estuviera en tu lugar, tampoco sabría nada de ti.

—¿Vienes de una familia muy estricta?

—No. En realidad, no. Al menos, comparada con otras, no es muy estricta. Nací en Nueva York, lo mismo que mis hermanos, así que somos todos estadounidenses. Como siempre dice papá, la nación dio a mis padres un puerto seguro cuando lo necesitaron y debemos respetar sus costumbres igual que las de nuestros antepasados.

—¿Dónde nacieron tus padres?

—En Irán… o Persia, como preferimos decir en casa. Es un nombre mucho más bonito, ¿no crees?

—Sí, lo es. Entonces ¿tus padres abandonaron su país en contra de su voluntad?

—Sí. Llegaron a Estados Unidos tras la caída del sah.

—¿El sah?

—Era el rey de Irán, y sus ideas eran muy occidentales. A los extremistas de nuestro país eso no les gustaba, de modo que todos los que estaban emparentados con él tuvieron que huir para salvar la vida.

—Entonces, si él era un rey, ¿tú eres miembro de la realeza?

—Bueno —dijo sonriendo—, técnicamente sí, pero la nuestra no es como las familias reales europeas... Somos cientos los que estamos emparentados con él: primos, primos segundos, terceros o cuartos por matrimonio. Supongo que en Occidente diríais que mi familia era de sangre azul.

—¡Cielos! ¡Tengo a una princesa trabajando para mí!

—Quién sabe, si las cosas hubieran sido distintas... Podría haberme convertido en una si me hubiera casado con el hombre adecuado.

No quise confesar que estaba de broma, pero cuando miré a Mariam, todo empezó a encajar. Su aire circunspecto, su seguridad en sí misma, sus modales perfectos... Probablemente fueran cosas que solo podían proporcionar siglos y siglos de educación aristocrática.

—¿Y tú qué, Electra? ¿De dónde es tu familia?

—No tengo ni idea —respondí apurando mi copa de champán—. Fui adoptada de recién nacida.

—¿Y nunca has pensado en investigar tu pasado?

—No. ¿Qué sentido tiene mirar hacia atrás cuando no puedes cambiar el pasado? Yo solo miro hacia delante.

—Entonces más te vale no conocer a mi padre. —Sus ojos brillaron alegres—. Siempre está contando historias de la vida que llevaba con mis abuelos en Irán, y también de nuestros antepasados que vivieron hace muchos siglos. Son muy bonitas, a mí me encantaba escucharlas de pequeña.

—Sí, bueno, a mí me contaban los *Cuentos de los hermanos Grimm*, y en todos había una bruja malísima o un duende, y me asustaban una barbaridad.

—Nuestros cuentos también tienen personajes malvados, pero se llaman «genios». Hacen cosas terribles a las personas. —Tomó un sorbo de agua, mirándome por encima de la montura de sus gafas—. Papá siempre dice que nuestra historia es la alfombra que pisamos y desde la que podemos echar a volar. Quizá un día quieras descubrir tu propia historia. Y ahora, ¿podemos repasar el programa que nos espera en París?

Al cabo de una hora, Mariam volvió a su asiento para pasar al ordenador las notas que había tomado durante nuestra charla. Yo recliné mi asiento y miré por la ventanilla. El cielo empezaba a oscurecerse, anunciando la noche europea. En algún lugar, bajo aquella oscuridad, estaba el hogar de mi familia, o al menos nuestro hogar, el de las criaturas dispersas que Pa había coleccionado, procedentes de todos los rincones del mundo.

A mí nunca me había importado que las hermanas no guardáramos un parentesco de sangre, pero escuchar a Mariam hablar de sus raíces —y ver cómo mantenía una tradición con siglos de antigüedad que no dudaba en rememorar en un jet privado camino de París— casi me hacía sentir envidia.

Pensé en la carta de Pa, guardada en algún cajón de mi apartamento de Nueva York... Ni siquiera sabía en cuál. Como no la abrí, si se había perdido, nunca tendría ocasión de descubrir mi pasado. Tal vez «el Hoff» —así llamaba yo en privado al abogado de Pa— pudiera arrojar alguna luz sobre el asunto... Y recordé que además estaban aquellos números de la esfera armilar que Ally decía que podían señalar con precisión el punto del que era originaria cada una de nosotras. De repente tuve la sensación de que la cosa más importante del mundo era encontrar la carta de Pa, casi tanto como para pedir al piloto que diera media vuelta con el único fin de que pudiera revolver todos los cajones para encontrarla. En su momento, cuando regresé a Nueva York después del cuasi funeral que se organizó, estaba tan enfadada que no quise saber nada, pues parece ser que Pa había decidido que lo enterraran en el mar antes de que llegáramos a Atlantis.

«¿Por qué estabas enfadada, Electra?»

Las palabras de la psicoterapeuta resonaban en mis oídos. Lo cierto era que no conocía la respuesta. Por lo visto siempre estaba enfadada, desde que aprendí a andar y a hablar, y antes incluso. A mis hermanas les encantaba contarme que, de niña, en casa siempre estaba pegando gritos, y las cosas no habían mejorado mucho a medida que fui creciendo. Desde luego, no podía echar la culpa a mi educación, que podía decirse que había sido perfecta, aunque bastante rara, dado que todas éramos adoptadas y las fotos de familia recordaban a un anuncio de Gap debido a nuestras diferentes etnias. Cuando alguna vez le pregunté a Pa al respecto, su respuesta siempre fue que nos había escogido a todas especialmente para que fuéramos hijas suyas, y parece que eso había apaciguado a mis hermanas, pero no a mí. Yo quería saber por qué. Ahora que Pa estaba muerto, mis oportunidades de descubrirlo eran nulas.

—Falta una hora para que aterricemos, señorita D'Aplièse —dijo la azafata al tiempo que rellenaba mi copa—. ¿Puedo traerle alguna otra cosa?

—No, gracias.

Cerré los ojos con la esperanza de que mi contacto en París cumpliera su palabra y me llevara al hotel lo que necesitaba, pues estaba desesperada por meterme una raya. Cuando estaba limpia, mi cerebro empezaba a funcionar y me ponía a pensar en Pa, en mis hermanas, en mi vida… Y no me sentía cómoda haciéndolo. En cualquier caso, en ese momento desde luego que no.

Para variar, disfruté de la sesión fotográfica. La primavera en París —al menos cuando salía el sol— era realmente hermosa, y si tenía la sensación de pertenecer a alguna ciudad era a esta. Estábamos en el Jardin des Plantes, inundado de cerezos en flor, de iris y peonías, y todo resultaba alegre y fresco. A ello también contribuía el hecho de que el fotógrafo me gustaba. Acabamos bastante antes de lo previsto y la química que se había establecido entre nosotros continuó aquella tarde en la habitación de mi hotel.

—¿Qué haces viviendo en Nueva York? —me preguntó Maxime en francés. Tumbados en la cama, bebíamos té en unas delicadas tazas de porcelana; luego aprovechamos la bandeja para meternos una raya—. Tienes alma de europea.

—En realidad no estoy muy segura, ¿sabes? —Suspiré—. Allí está Susie, mi agente, y es lógico que esté cerca de ella.

—¿Quieres decir tu *maman* en el mundo de las modelos? —bromeó—. Ya eres mayor, Electra, y puedes tomar tus propias decisiones. Vente a vivir aquí y podremos hacer esto más a menudo —dijo mientras salía a gatas de la cama y desaparecía en el baño, dispuesto a darse una ducha.

Cuando me asomé a la ventana y contemplé la plaza Vendôme, que estaba atestada de turistas y gente echando un vistazo a las tiendas elegantes, pensé en lo que había dicho Maxime. Él tenía razón: yo podía vivir en cualquier sitio; de todas formas, no importaba gran cosa, pues me pasaba la mayor parte de mi vida viajando.

—¿Dónde está mi casa? —susurré, sintiéndome de pronto desinflada ante la idea de regresar a Nueva York y a mi apartamento sin alma, lleno de eco.

Llevada por un impulso, cogí el móvil y llamé a Mariam.

—¿Tengo algo que hacer mañana en Nueva York?

—Tienes una cena a las siete con Thomas Allebach, el director de marketing de la marca de perfumes con la que tienes contrato —respondió de inmediato.

—Bien.

Thomas y yo habíamos aprovechado algún que otro tiempo muerto para pasar un rato agradable durante los últimos meses, después de que Mitch me dejara, pero no me entusiasmaba.

—¿Y el domingo?

—No hay nada en la agenda.

—Estupendo. Cancela la cena con Thomas. Dile que la sesión de fotos aquí va a durar más de la cuenta o lo que sea; y luego cambia el vuelo de regreso al domingo a última hora y amplía la reserva del hotel otro par de noches. Quiero quedarme en París un poco más.

—Perfecto. Es una ciudad maravillosa. Te lo confirmo todo en cuanto esté.

—Gracias, Mariam.

—Sin problema.

—Me voy a quedar más tiempo —le dije a Maxime cuando salió de la ducha.

—¡Qué lástima! Porque estaré fuera de la ciudad el fin de semana. De haberlo sabido…

—¡Oh! —Intenté no mostrar mi decepción—. Bueno, no tardaré en volver.

—Avísame cuando vengas, ¿vale? —dijo mientras se vestía—. Lo cancelaría si pudiera, pero es la boda de un amigo. Lo siento, Electra.

—Me quedo por la ciudad, no por ti —respondí con una sonrisa forzada.

—Y la ciudad te quiere como te quiero yo. —Depositó un beso en mi frente—. Que pases un fin de semana maravilloso. Estaremos en contacto.

—Claro.

Cuando se marchó, me preparé una raya para animarme y pensé qué me apetecía hacer en París. Pero, como en cualquier otra gran ciudad, en cuanto saliera por la puerta del Ritz alguien me reconocería y en cuestión de minutos se enteraría la prensa y tendría a un séquito siguiéndome.

Alargué la mano hacia el móvil para llamar a Mariam y decirle que volviera al plan A cuando, como por arte de magia, sonó el teléfono.

—¿Electra? Soy Mariam. Es solo para que sepas que el vuelo de vuelta a Nueva York está aplazado al domingo por la noche y que he reservado tu suite para dos días más.

—Gracias.

—¿Deseas que te haga una reserva en algún restaurante?

—No, es que… —Por alguna razón, se me saltaron las lágrimas.

—¿Estás bien, Electra?

—Sí, estupendamente.

—¿Estás… ocupada en este momento?

—No, no, para nada.

—Entonces ¿puedo pasarme a verte? Hay un par de contratos que me ha enviado Susie hoy y que tendrías que firmar.

—Claro, genial.

Unos minutos más tarde llegó Mariam, esparciendo a su paso su adorable perfume por toda la habitación. Firmé los contratos y luego me puse a mirar por la ventana, contrariada al ver que se me echaba encima el anochecer parisino.

—Bueno, ¿y qué planes tienes para esta noche? —me preguntó.

—No tengo ningún plan. ¿Y tú?

—Un baño, meterme en la cama y leer un buen libro.

—O sea, me gustaría salir… visitar el café en el que trabajé de camarera y comer algo normal como una persona normal…, pero no tengo ganas de que me reconozcan.

—Comprendo. —Se me quedó mirando unos segundos y luego se levantó—. Tengo una idea. Espera aquí.

Salió de la habitación y al cabo de unos minutos ya estaba de vuelta con un pañuelo en las manos.

—¿Te lo puedo probar? A ver cómo te queda…

—¿Quieres decir… en los hombros?

—No, Electra, en la cabeza, como yo. La gente suele guardar las distancias con una mujer con hiyab. Ese es en parte el motivo por el que muchas mujeres de nuestra religión prefieren llevarlo. ¿Probamos?

—Vale. Quizá sea el único recurso que no he probado nunca —respondí soltando una risita.

Me senté en el borde de la cama, Mariam me anudó el pañuelo a la cabeza con destreza, colocó los extremos sobre mis hombros y lo sujetó con alfileres.

—Ya está, mira —dijo señalando el espejo.

Me miré y apenas pude dar crédito a lo que veía. ¡Menudo cambio! Ni yo misma me reconocía.

—Está bien, está muy bien, pero poco podemos hacer con el resto de mi persona, ¿no?

—¿Has traído unos pantalones oscuros o unos leggings?

—Solo los pantalones de chándal negros que me puse en el viaje.

—Pueden servir. Póntelos mientras salgo y busco alguna otra cosa.

Así lo hice, y Mariam enseguida estuvo de vuelta con una prenda de vestir bajo el brazo. La desplegó y comprobé que era un vestidito de manga larga de algodón con estampado de flores.

—Me traje esto por si íbamos a algún sitio elegante. Lo guardo para ocasiones especiales, pero te lo presto.

—Dudo que me quede bien.

—No somos tan diferentes de arriba. Y aunque yo lo llevo como vestido, creo que a ti te quedaría bien como blusón. Pruébatelo —me dijo con insistencia.

Hice lo que me pidió y vi que tenía razón. El vestido me estaba bien de talla y me llegaba hasta mitad de los muslos.

—¡Ya está! Ahora nadie te reconocerá. Eres una musulmana.

—¿Y mis pies? Solo tengo unos Louboutin y unos Chanel de tacón medio.

—Ponte las zapatillas de deporte que llevabas durante el vuelo. —Señaló mi maleta—. ¿Puedo?

—Adelante —dije mirando en el espejo el personaje en el que me había convertido. Con el pañuelo en la cabeza y el sencillo vestido de algodón que camuflaba a la top model, se necesitaban ojos de lince para adivinar quién era.

—Ya está —dijo Mariam cuando me puse las zapatillas—. La transformación es completa. Solo una cosa más… ¿Puedo echar un vistazo en tu neceser de maquillaje?

—Vale.

—Eso es, nos falta un poco de kohl alrededor de los ojos. Ciérralos, por favor.

Cerré los ojos y me remonté a la época en que las hermanas estábamos en el barco de Pa durante el crucero que hacíamos cada verano y salíamos a cenar en cualquier puerto en el que hubiéramos atracado. Como por aquel entonces era demasiado joven para maquillarme, permanecía sentada en la cama observando cómo Maia ayudaba a Ally a pintarse.

—¡Tu piel es tan hermosa! —comentó Mariam dando un suspiro—. Literalmente brilla. ¡Ya está! Seguro que nadie te molestará esta noche.

—¿Tú crees?

—Estoy convencida. Pero podemos comprobar si funciona el disfraz abajo, cuando atravesemos la recepción. ¿Lista para salir?

—Sí, ¿por qué no?

Fui a coger mi bolso grande de Louis Vuitton, pero Mariam me detuvo.

—Mete lo que necesites en mi bandolera —dijo tendiéndome su bolso de colgar al hombro, de piel artificial—. ¿Lista?

—Lista.

En el ascensor, aunque subieron tres personas con nosotras, nadie se inmutó al verme. Cruzamos el vestíbulo y el portero nos miró, pero inmediatamente volvió a dirigir la atención a su ordenador.

—¡Uau! Christophe me conoce desde hace años —susurré a Mariam cuando salimos al ver que llamaba al portero.

—Necesitamos un taxi para ir a Montmartre —le dijo en un francés más que pasable.

—*D'accord, mademoiselle*, pero hay cola, así que a lo mejor tarda diez minutos.

—Vale, esperaremos.

—Ni me acuerdo de la última vez que hice cola para coger un taxi —murmuré.

—Bienvenida al mundo real, Electra —dijo Mariam con una sonrisa—. Mira, ya está aquí.

Veinte minutos después, nos sentábamos a una mesa del café en el que había estado trabajando. No era una mesa muy buena: estábamos empotradas entre otras dos, de modo que podía oír palabra por palabra las conversaciones de nuestros vecinos. Yo no dejaba de levantar la vista y mirar a George, el que me había dado el empleo como camarera hacía diez años, pero él, de pie detrás de la barra, nunca volvía la cabeza hacia donde yo estaba.

—Bueno, ¿qué tal sienta ser invisible de nuevo? —me preguntó Mariam después de que me oyera pedir media jarra de vino de la casa.

—No estoy segura. Me siento rara, desde luego.

—Pero ¿a que resulta liberador?

—Sí. O sea, he disfrutado andando por la calle sin que nadie se fijara en mí, aunque todo tiene sus pros y sus contras, ¿no?

—Sí, desde luego, pero me imagino que antes de que fueras famosa también era habitual que te miraran.

—Supongo que sí, claro, pero nunca supe si la gente me miraba con simpatía o más bien porque… bueno… ¡porque parezco una jirafa negra!

—Me figuro que era porque eres muy guapa, Electra. En cambio a mí, sobre todo después del 11-S, me tratan con desconfianza vaya a donde vaya. Todo musulmán es un terrorista, ya sabes… —Sonrió con amargura mientras tomaba un sorbo de agua.

—Desde luego, debe de ser difícil para vosotros.

—Lo es. En cualquier régimen político o religioso, todas las personas que van por la calle simplemente desean vivir en paz. Por desgracia, a menudo me juzgan por mi forma de vestir antes incluso de que abra la boca.

—¿Sales alguna vez vestida de otra manera?

—No, aunque mi padre me dijo que me quitara el hiyab cuando buscara trabajo; pensaba que quizá me restara oportunidades.

—Tal vez deberías probarlo, convertirte en otra persona durante unas horas, igual que he hecho yo esta noche. Quizá resulte liberador también para ti.

—Puede, pero soy feliz como soy. En fin, ¿pedimos algo?

Mariam pidió en francés.

—¡Cuántos talentos ocultos! —comenté en tono de broma—. ¿Dónde aprendiste a hablar tan bien francés?

—Lo estudié en la escuela y luego me solté cuando estuve trabajando para Bardin… Creo que es necesario en el mundo de la moda. Y supongo que tengo oído para los idiomas. Me he fijado en que suenas muy distinta hablando francés a cuando lo haces en inglés, como si fueras otra persona.

—¿Qué quieres decir? —pregunté recelosa.

—No lo digo en mal sentido —continuó Mariam como disculpándose—. Eres más informal en inglés…, quizá porque tu acento tiene un tono americano. En francés suenas más… seria, no sé por qué.

—Mis hermanas se partirían de risa si te oyeran —dije con una sonrisa burlona.

Mientras tomábamos unos *moules marinières* y ese pan tierno y crujiente que solo saben hacer los franceses, animé a Mariam a que me hablara de su familia. Evidentemente adoraba a sus hermanos, y sentí envidia al ver el cariño que irradiaban sus ojos.

—No puedo creerme que mi hermanita vaya a casarse el año que viene. Mis padres no paran de llamarme «solterona» —comentó sonriendo mientras devorábamos de postre una *tarte Tatin*. Ya me había puesto de acuerdo conmigo misma en que me quitaría todas esas calorías extra al día siguiente en el gimnasio del hotel.

—¿Crees que te casarás algún día? —le pregunté.

—No sé. Desde luego, todavía no estoy lista para echar raíces. O quizá sea que aún no he encontrado al «hombre de mi vida». Si no te importa que te pregunte, ¿tú qué tal? ¿Te has enamorado alguna vez?

Para variar, no me importó que me preguntaran. Aquella noche éramos simplemente dos mujeres jóvenes charlando durante una cena.

—Sí, y no creo que vuelva a enamorarme.

—¿Acabó mal?

—Desde luego —dije con un hilo de voz—. Me partió el corazón. Me dejó hecha una mierda. Pero, bueno, esas cosas le pasan a todo el mundo, ¿no?

—Habrá otro hombre para ti, Electra. Sé que lo habrá.

—Te pareces a mi hermana Tiggy. Es muy espiritual y siempre dice cosas así.

—Bueno, quizá tenga razón, y quizá yo también la tenga. Hay alguien para cada uno, de verdad que lo creo.

—Pero la pregunta es: ¿lo encontraremos algún día? El mundo es muy grande, ¿sabes?

—Es cierto —reconoció Mariam reprimiendo un bostezo—. Disculpa, no he dormido bien esta noche. No me ha sentado bien el jet lag.

—Pediré la cuenta. —Agité el brazo para avisar al camarero e indicarle que viniera. Pero él pasó de mí por completo—. ¿Cómo se puede ser tan grosero? —dije irritada, ya que cinco minutos después seguía pasando de nosotras.

—Está ocupado, Electra. Ya vendrá cuando tenga tiempo. La paciencia es una virtud, ¿sabes?

—Una virtud que nunca he tenido —musité, intentando controlar mi enfado.

—Bueno —dijo Mariam cuando por fin salimos del restaurante, una vez que el camarero decidió hacernos el favor de atendernos—, esta noche he aprendido que no te gusta que pasen de ti.

—Tienes toda la razón. En una familia de seis hermanas, tenías que gritar para que te oyeran. Y eso fue lo que hice —dije riendo entre dientes.

—A ver si encontramos un taxi que nos lleve al hotel...

Apenas entendí lo que dijo, pues mi atención se había centrado en un hombre que estaba sentado solo en una de las mesas de la terraza tomando un coñac.

—¡Oh, Dios mío! —Suspiré.

—¿Qué pasa?

—El tío ese de ahí. Lo conozco. Trabaja para mi familia.

Me dirigí a la mesa. El hombre no levantó la vista y me vio hasta que me tuvo prácticamente encima.

—¿Christian?

Se me quedó mirando y vi confusión en su rostro.

—*Pardon, mademoiselle*, ¿la conozco? —me preguntó.

Me incliné hacia él para susurrarle al oído.

—¡Por supuesto que me conoces, idiota! ¡Soy yo, Electra!

—*Mon Dieu!* ¡Por supuesto que eres tú, Electra! Mi...

—¡Chiss! ¡Voy disfrazada!

—Bueno, desde luego es un disfraz excelente, pero ya veo que eres tú.

Me di cuenta de que Mariam estaba detrás de mí.

—Mariam, este es Christian, y es..., bueno, de la familia, supongo. —Le sonreí antes de añadir—: ¿Te molesta que nos sentemos y tomemos una copa? ¡Menuda coincidencia encontrarte aquí!

—Si me disculpáis, yo me vuelvo al hotel —dijo Mariam—. De lo contrario, me quedaré dormida de pie. Encantada de conocerte, Christian. *Bonne soirée!* —añadió con una inclinación de cabeza antes de dar media vuelta y desaparecer entre la multitud que caminaba por aquella concurrida calle de Montmartre.

—¿Puedo sentarme contigo? —le pregunté.

—Por supuesto. Adelante, por favor. Te pediré un coñac.

Observé a Christian mientras hacía una seña a la joven camarera encargada de servir las mesas de la terraza. Yo estaba loca por él cuando era una chiquilla; al fin y al cabo, era el único tío por debajo de los treinta con el que había tenido contacto en Atlantis. Diez años después no parecía muy cambiado, y me sorprendió no saber qué edad tenía en realidad. O, mejor dicho, me sorprendió —tuve que reconocer abochornada— no tener ni la menor idea de quién era.

—Vaya —dije—, ¿qué haces por aquí?

—Bueno..., he venido a visitar a un viejo amigo.

—Ya. —Asentí, y una fuerte sensación de que mentía se apoderó de mí—. ¿Sabes? Fue Ma la que me encontró alojamiento a unas cuantas manzanas de aquí cuando vine por primera vez a París. Estuve trabajando justo en este café. Ahora parece que haya pasado mucho tiempo.

—Ha pasado mucho tiempo, Electra. Casi diez años. ¡Ah, aquí está tu coñac! *Santé!*

—*Santé!* —Brindé con él y los dos tomamos un buen trago.

—¿Y puedo preguntarte qué haces disfrazada por las calles de Montmartre?

—Mariam, la chica que acabas de conocer, es mi asistente personal. Me oyó lamentarme de que no podía ir a ninguna parte sin que me reconocieran, así que me disfrazó y salimos a cenar juntas.

—¿Y disfrutaste de no ser tú?

—Si te soy sincera, no estoy segura. Desde luego tiene sus ventajas…. Tú y yo no podríamos estar aquí charlando sin que nos molestaran si no estuviera disfrazada, pero al mismo tiempo resulta irritante que la gente pase de ti.

—Sí, estoy seguro de que lo es. Bueno… —Christian tomó otro sorbo de coñac—. ¿Y cómo estás?

—Estoy bien —comenté encogiéndome de hombros—. ¿Qué tal está Ma? ¿Y Claudia?

—Están bien, sí. Las dos gozan de buena salud.

—A menudo me pregunto qué es de ellas, ahora que todas nos hemos ido y Pa también.

—No te preocupes por eso, Electra. Siguen estando muy atareadas.

—¿Y qué es de ti?

—Siempre hay mucho que hacer en la finca, y es raro que pase un mes sin que tengamos la visita de una o varias de tus hermanas. Ally está ahora en Atlantis con su precioso hijo, Bear.

—Ma estará en la gloria.

—Creo que sí, en efecto. —Christian me dirigió una sonrisa extraña y añadió—: Bear es el primero de la siguiente generación. Marina vuelve a sentirse necesaria y la verdad es que es muy bonito verla feliz.

—¿Cómo es Bear? Quiero decir… mi sobrino —añadí, sorprendida al oírme pronunciar aquella palabra.

—Es perfecto, como todos los recién nacidos.

—¿Llora, berrea a veces? —le tanteé. Técnicamente Christian era mi empleado, y de mis hermanas, pero aquella noche tanta deferencia por su parte me molestaba.

—¡Oh, sí, a veces! Pero ¿qué criatura no lo hace?

—¿Te acuerdas de cuando yo vivía en casa?

—Por supuesto que me acuerdo, claro.

—Quiero decir cuando era una recién nacida.

—Cuando tú eras una recién nacida, yo solo tenía nueve años, Electra.

«¡Ah! O sea que Christian tiene unos treinta y cinco…»

—Pero yo te recuerdo pilotando el barco, y yo entonces era muy pequeña.

—Sí, pero tu padre estaba allí para asegurarse de que tenía la pericia suficiente para llevarlo yo solo.

—¡Oh, Dios mío! —Me tapé la boca con la mano cuando me vino a la memoria cierto suceso—. ¿Recuerdas cuando yo tenía unos trece años y me escapé del colegio y me fui a Atlantis? Y luego Pa me dijo que tenía que volver y por lo menos intentar acostumbrarme a la escuela, porque no le había dado ni la más mínima oportunidad. Pero yo no quería volver allí de ninguna manera, así que salté del barco en medio del lago de Ginebra con la intención de llegar a nado hasta la orilla.

Los cálidos ojos marrones de Christian me demostraron que se acordaba de todo.

—¿Cómo iba a olvidarlo? Por poco te ahogas. Ni siquiera se te ocurrió quitarte el abrigo antes de tirarte al agua, y te hundiste. Durante un instante no podía encontrarte… —Sacudió la cabeza y añadió—: Fue uno de los peores momentos de mi vida. Si te hubiera perdido…

—Pa se habría vuelto loco, desde luego —dije para aligerar un poco el ambiente, porque Christian parecía a punto de echarse a llorar.

—No me lo habría perdonado nunca, Electra.

—Bueno, al menos el truco funcionó en parte. No me obligó a volver al colegio durante unos días.

—No.

—Bueno, ¿y cuánto tiempo piensas quedarte en París?

—Me voy mañana. ¿Y tú?

—El domingo por la noche. He cambiado el vuelo esta misma tarde, pero luego el chico con el que había ligado me ha dejado plantada —comenté encogiéndome de hombros.

—Entonces deberías volver conmigo a Atlantis y conocer a tu sobrino. Tengo el coche aquí. Todos estarían muy contentos de verte.

—¿Tú crees? —Meneé la cabeza—. Yo no estoy tan segura.

—¿Por qué dices eso? Marina y Claudia hablan de ti a todas horas. Tienen un álbum con todas tus fotos de modelo.

—¿Ah, sí? ¡Qué monas! Tal vez en otra ocasión.

—Si cambias de idea… Tienes mi número, ¿verdad?

—Sí, por supuesto. —Sonreí—. Lo tengo grabado en el cerebro. Cuando las cosas se ponían feas en el colegio, sabía que no tardarías en aparecer dispuesto a rescatarme.

—Debería volver a casa. Salgo mañana por la mañana a primera hora. —Christian pidió la cuenta con un gesto de la mano.

—¿Dónde te alojas? —le pregunté.

—En el mismo edificio en el que te alojabas tú. Una amiga de Marina es la dueña.

—¿De verdad? Eso no lo sabía.

Un recuerdo fugaz de mi casera de París, una anciana en cuyo rostro se veían las huellas de toda una vida de absenta y cigarrillos, me vino a la memoria.

—En serio —dijo Christian poniéndose en pie—, si cambias de idea, házmelo saber. Salgo a las siete de la mañana. Y ahora, permite que te busque un taxi.

Mientras íbamos caminando, disfruté de que Christian fuera al menos tan alto como yo. Además estaba en buena forma, y su torso musculado se dibujaba por debajo de su camisa blanca. Cuando el taxi bajó la bandera a una señal suya, por alguna razón absurda tuve la misma sensación que solía experimentar cada vez que me dejaba en la escuela y lo veía marcharse en el coche, cuando solo deseaba irme con él.

—¿Dónde te alojas, Electra?

—En el Ritz —dije mientras me acomodaba en el asiento trasero del taxi.

—Bueno, ha sido un placer encontrarte. Cuídate, ¿lo harás?

—Por supuesto —contesté desde la ventanilla cuando el taxi se puso en marcha.

Una vez en la cama media hora después, me di cuenta de repente de que no me había metido una raya desde por la tarde, cuando estaba con Maxime, y aquello me hizo sentir realmente bien.

Para mi disgusto, me desperté a las cinco de la madrugada y, aunque tomé una pastilla para dormir, mi cerebro se negó a apagarse. Así que ahí estaba, tumbada en la cama pensando en el fin de semana en blanco que me aguardaba en París mientras repasaba la lista de contactos de mi móvil por si encontraba algún compañero de juegos que me mantuviera ocupada. Me di cuenta de que en realidad no había nadie a quien deseara ver, porque habría tenido que hacer un esfuerzo para ser Electra la Supermodelo, y lo que yo quería era un poco de tranquilidad.

«Pero no un poco de tranquilidad yo sola...», dije para mis adentros mientras contemplaba cómo los números luminosos del reloj situado junto a la cabecera de la cama avanzaban con una lentitud angustiosa hacia las seis de la mañana.

Entonces pensé en Atlantis, donde estaban Ma y Claudia, y en que podría andar por la casa y los jardines vestida con los viejos pantalones de chándal que todavía guardaba en el cajón inferior de la cómoda de mi dormitorio, y en que no tendría necesidad de hacer ningún esfuerzo para ser yo misma...

Antes de que tuviera tiempo de cambiar de idea, marqué el número de Christian.

—Buenos días, Electra.

—Hola, Christian. Estaba pensando que sí, que me gustaría volver contigo a Atlantis.

—¡Qué buena noticia! Marina y Claudia se pondrán contentísimas. ¿Te recojo en el Ritz dentro de una hora?

—Estupendo, gracias.

A continuación, envié un mensaje a Mariam.

Estás despierta?

Sí. Qué necesitas?

Llámame

Le expliqué que iba a regresar a Estados Unidos desde Ginebra y no desde París.

—No hay problema, Electra. ¿Necesitas que te reserve un hotel?

—No. Voy a casa, a ver a mi familia.

—¡Fantástico! —exclamó, con tanto entusiasmo que me la imaginé sonriendo—. Te llamaré tan pronto como tenga todas las confirmaciones.

—¿Y tú qué, Mariam? —dije al darme cuenta de que iba a dejarla en París y a obligarla a que se las arreglara sola—. ¿Te va bien quedarte en París? Puedes cargar a mi tarjeta un billete de vuelta a casa esta misma tarde sin problema, si lo prefieres.

—No, Electra, estoy muy bien aquí. Tenía pensado visitar a Bardin esta tarde, si a ti te venía bien, así que haré los ajustes necesarios y me reuniré contigo en el aeropuerto de Ginebra mañana por la noche.

Me metí una raya de la bolsita que Maxime me había dejado, luego lo guardé todo en la maleta y en la bolsa de viaje antes de pedir que me subieran una selección de bollería francesa y un plato de fruta para sentirme mejor por la sobrecarga de hidratos de carbono. Después de desayunar, llamé al botones. Me calé las grandes gafas de sol negras (CeCe me dijo en cierta ocasión que con ellas parecía un moscardón) y seguí al botones que llevaba mis maletas hasta la calle, donde me aguardaba Christian con su Mercedes. Cuando me saludó y me abrió la puerta trasera, sacudí la cabeza y dije:

—Prefiero ir en el asiento de delante, si no te importa.

—En absoluto —contestó al tiempo que venía a abrir la puerta del copiloto.

Una vez sentada, lo primero que percibí fue el reconfortante olor del cuero, la fragancia del ambientador y el inequívoco perfume de limón de Pa. Llevaba montando en los coches de la familia desde que era pequeña, y el olor no había cambiado, aunque Pa ya había desaparecido. Para mí aquel aroma llevaba implícito el hogar y la seguridad, y si hubiera podido meterlo en un frasco lo habría hecho.

—¿Tienes todo lo que necesitas, Electra? —me preguntó Christian mientras encendía el motor.

—Sí, gracias.

—El viaje dura unas cinco horas más o menos —me anunció cuando nos alejábamos del Ritz.

—¿Has dicho a Ma que voy?

—Sí, claro. Me ha preguntado si tenías alguna necesidad dietética especial.

—Pues…

Recordé que la última vez que estuve en casa me encontraba en plena cura de desintoxicación y bebía té verde a cubos. Fui con Mitch, que estaba tan limpio que refulgía, pero yo me había llevado una botella de vodka de emergencia por si recaía. Cosa que sucedió, aunque tenía su explicación, pues era la primera vez que estaba en Atlantis sin Pa... en aquel velatorio sin funeral.

—¿Te encuentras bien, Electra?

—Estupendamente, gracias. Christian...

—¿Sí?

—¿Llevabas a Pa en el coche a muchos sitios?

—No. En realidad, no. Casi siempre al aeropuerto de Ginebra, donde cogía su jet privado.

—¿Llegaste a saber adónde iba?

—A veces, sí.

—¿Y adónde iba?

—¡Oh, a muchos destinos diferentes, por todo el mundo!

—¿Sabes qué hacía exactamente?

—No tengo ni idea, Electra. Era un hombre muy reservado.

—Y mucho más que eso —añadí con un suspiro—. ¿No te parece un poco extraño que ninguno de nosotros lo sepa? Los niños dicen que su padre es tendero o abogado, pero yo no podía decir nada porque no tenía ni la menor idea.

Christian permanecía en silencio, con los ojos fijos en la carretera. Como chófer de la familia, encargado tanto de conducir el coche como de pilotar el barco, era imposible no pensar que sabía más de lo que decía.

—¿Sabes una cosa?

—No hasta que me la digas, Electra —respondió esbozando una sonrisa.

—Cuando tenía aquellos líos en el colegio y tú venías a recogerme, tú y tu coche os convertíais en mi lugar seguro.

—¿Y qué es un lugar seguro?

—Oh, es un término psiquiátrico para designar un sitio en el que puedes estar en tu imaginación o una realidad recordada que te hace feliz. A menudo soñaba contigo y con que venías a sacarme de allí.

—Pues me siento muy honrado.

Esta vez Christian me dedicó una sonrisa de verdad.

—¿Solicitaste el empleo a Pa? —intenté sonsacarle de nuevo.

—Tu padre me conocía de cuando era un crío. Yo vivía... en la zona, y me ayudó mucho; y también a mi madre.

—¿Quieres decir que fue una figura paterna para ti?

—Sí —admitió Christian después de una pausa—. Lo fue.

—Entonces ¡quizá seas tú la misteriosa séptima hermana! —solté echándome a reír.

—Tu padre era un hombre muy amable y la suya ha sido una gran pérdida para todos nosotros.

«¿Pa era amable o controlador? ¿O las dos cosas a la vez?», pensé mientras nos alejábamos de los suburbios de París y cogíamos la autopista de Ginebra. Me recosté en el asiento y cerré los ojos.

3

E lectra, estamos en el embarcadero —me susurró una voz suave.

Una luz brillante hizo que volviera en mí y empecé a parpadear, entonces me di cuenta de que era el reflejo del sol en la superficie espejada del lago de Ginebra.

—¡He dormido cuatro horas de un tirón! —exclamé sorprendida mientras salía del coche—. Ya te dije que eras mi lugar seguro. —Sonreí cuando abrió el maletero—. Solo necesito la bolsa de viaje; puedes dejar ahí lo demás hasta mañana.

Christian cerró el coche y luego echó a andar delante de mí en dirección al pontón en el que estaba amarrada la lancha motora. Me ofreció la mano para ayudarme a subir a bordo y a continuación se puso con los preparativos para que pudiéramos partir; yo me acomodé en el mullido banco de piel que había en la popa. Me puse a pensar en que, de camino a Atlantis, siempre sentía una gran excitación ante la perspectiva de la llegada. Y que luego, al abandonar la casa, solía sentirme aliviada por mi marcha.

«Tal vez esta vez sea distinto», me dije, y solté un suspiro porque siempre pensaba eso.

Christian puso en marcha el motor e iniciamos el breve viaje a la casa de mi infancia. Para estar a finales de marzo, hacía bastante calor y disfruté de la sensación del sol en mi rostro mientras mi pelo ondeaba con el viento.

Al acercarnos a la península sobre la que se levantaba Atlantis, estiré el cuello para ver la casa a través de los árboles. Era una casa espectacular que recordaba un poco a un castillo de Disney por su belleza. «Y muy distinta a Pa», pensé. En su armario siempre había muy poca ropa; que yo recordara, solo le había visto llevar tres chaquetas: una de lino en verano, una de tweed en invierno y otra de un tejido indeterminado que se ponía en entre- tiempo. Su dormitorio tenía tan pocos muebles que parecía la celda de un monje. Me llegué a preguntar si estaba haciendo penitencia en secreto por algún crimen que hubiera cometido en el pasado, pero bueno, eso daba igual… La lancha se estaba aproximando a Atlantis y pensé que el ropero y el dormitorio de Pa constituían sin duda una paradoja en comparación con el resto de la casa.

Ma ya estaba allí, de pie, esperándome y saludando entusiasma- da con la mano. Iba impecable, como siempre, y me fijé en que llevaba la falda de rizo de Chanel que yo había escamoteado de un muestrario porque estaba convencida de que le iba a encantar.

—¡Electra! *Chérie*, ¡qué sorpresa tan inesperada! —exclamó mientras se ponía de puntillas y yo me inclinaba para que pudiera abrazarme y besarme en las dos mejillas.

Entonces dio unos pasos atrás para verme mejor.

—Tan guapa como siempre, pero me parece que estás demasia- do delgada. No importa, Claudia tiene los ingredientes necesarios para hacerte tortitas de arándanos, tus favoritas. ¿Sabías que Ally está aquí con su bebé?

—Sí, Christian me lo comentó. Me muero de ganas de conocer a mi sobrinito —dije mientras la seguía por el sendero que, a través de los jardines, comunicaba la casa con el lago.

El olor a hierba y a las plantas que empezaban a brotar resulta- ba increíblemente refrescante en comparación con el hedor de Nueva York. Aspiré una bocanada de aire puro que me llegó a lo más hondo de los pulmones.

—Pasa a la cocina —dijo Ma—. Claudia ya está preparando el brunch.

Vi que Christian nos seguía, cerrando la comitiva. En cuanto dejó mi bolsa de viaje a los pies de la escalera, me acerqué a él.

—Gracias por traerme. Me alegro mucho de haber venido.

—De nada, Electra. ¿A qué hora quieres que nos vayamos ma- ñana al aeropuerto?

—A eso de las diez de la noche. Mi asistente personal ha reser- vado billete para el avión de las doce.

—Vale. Si hay algún cambio, díselo a Marina y ella se encargará de avisarme.

—Así lo haré. ¡Buen fin de semana!

—Igualmente.

Saludó con la cabeza y desapareció por la puerta principal.

—¡Electra!

Me volví y vi a Ally, que venía desde la cocina con los brazos abiertos.

—¡Hola, mamá novata! —exclamé cuando me abrazó—. ¡Felicidades!

—¡Gracias! Aún no puedo creer que sea madre.

Pensé, un poquito celosa, que tenía un aspecto formidable. Su rostro anguloso se había suavizado debido a algún que otro kilo ganado en el embarazo, y su espléndida melena entre dorada y rojiza brillaba como una aureola en contraste con su cutis de porcelana.

—¡Tienes un aspecto magnífico! —exclamé.

—¡Qué dices! He engordado ocho kilos y por ahora no parece que vaya a perderlos. Además, apenas duermo un par de horas por la noche. Tengo a un hombrecito muy hambriento en mi cama —contestó entre risas.

—¿Dónde está?

—Durmiendo todo lo que no ha dormido esta noche, por supuesto.

Ally levantó una ceja en señal de frustración, pero nunca la había visto tan feliz.

—Al menos nos dará un respiro para hablar un poco —añadió mientras nos dirigíamos a la cocina—. Hoy estaba pensando que no te veía desde el pasado junio, cuando nos reunimos todos aquí tras la muerte de Pa.

—No… bueno… he estado ocupada.

—Intento saber de ti y de tu vida por los periódicos y las revistas, pero…

—¡Hola, Electra! —me saludó Claudia en francés con su fuerte acento alemán—. ¿Cómo estás?

En aquellos momentos estaba a punto de verter la mezcla de las tortitas en una sartén y oí un tentador chisporroteo.

—Estoy bien, gracias.

—Ven, siéntate y cuéntame todo lo que has hecho desde la última vez que te vi —dijo Ally señalando una de las sillas que estaban alrededor de la mesa alargada.

—Enseguida, pero antes déjame que vaya arriba a refrescarme un poco.

Di media vuelta, salí de la cocina y de repente tuve una sensación de pánico. Sabía lo mucho que le gustaba a Ally someternos a todas a un interrogatorio, pero no estaba segura de si estaba preparada para eso en aquellos momentos.

Cogí mi bolsa de viaje, subí por la escalera hasta el ático —que en realidad no era un ático sino un piso espacioso en el que se encontraban nuestros dormitorios— y abrí la puerta de mi cuarto. Me pareció que todo estaba tal y como lo había dejado cuando me marché a vivir a París siendo todavía una adolescente. Miré las paredes, pintadas del mismo color crema claro, y me senté en mi cama. Comparadas con las de las habitaciones de las otras chicas, que parecían reflejar la personalidad de cada una, las paredes de la mía estaban desnudas. No había ninguna pista de la persona que la había ocupado durante los primeros dieciséis años de su vida. No había pósters de modelos ni de estrellas del pop, ni de bailarines o bailarinas, ni de prodigios del deporte... No había nada que indicara quién era yo.

Rebusqué en mi bolsa de viaje, di con la botella de vodka que había envuelto en mis pantalones de deporte de cachemira y eché un buen trago. Aquella habitación expresaba todo lo que podía decirse de mí: que no era más que un cascarón vacío. No sentía —y no había sentido nunca— pasión por nada. Y mientras volvía a guardar la botella en su nido de cachemira y cogía la bolsita oculta en el compartimento delantero de mi bolsa de viaje para meterme una raya, pensé: «No sabía quién era entonces y no sé quién soy ahora».

Cuando empecé a bajar la escalera, el vodka ya había tenido un efecto tranquilizador en mí y la coca me había animado. En cuanto Ma, Ally y yo nos sentamos alrededor de la mesa para disfrutar de uno de los famosos brunchs de Claudia, hice lo que querían que hiciera y me puse a contarles cómo eran las elegantes fiestas a las que había asistido y a cuántos famosos había conocido, dejando caer de vez en cuando algún cotilleo inocuo.

—¿Y qué pasa contigo y con Mitch? Leí en los periódicos que ya no estáis juntos. ¿Es cierto?

Sabía que llegaría ese momento; Ally era la suma sacerdotisa de los que van al grano.

—Sí, hace unos meses.

—¿Qué ocurrió?

—Bueno, ya sabes… —dije encogiéndome de hombros mientras bebía un sorbo de café muy caliente y echaba en falta que tuviera un chorrito de bourbon—. Él tenía que estar en Los Ángeles, yo en Nueva York, los dos viajábamos…

—¿De modo que no era «el hombre de tu vida»? —prosiguió Ally.

De repente se oyó un chirrido proveniente de algún rincón de la cocina y miré alrededor para averiguar qué era.

—Es el monitor del niño. Bear se ha despertado —dijo Ally suspirando.

—Voy yo —se ofreció Ma, pero Ally ya se había puesto de pie y con un suave gesto indicó a Ma que volviera a sentarse.

—Has estado de guardia desde las cinco de la mañana, querida Ma, ahora me toca a mí.

Aún no había conocido a mi nuevo sobrino, pero ya me parecía encantador. Me acababa de librar de Ally, la Gran Inquisidora.

—¿Y cómo es tu nuevo apartamento? —preguntó Ma cambiando de tema.

Si el tacto tuviera forma física, se parecería a mi madre adoptiva.

—Está bien —contesté—, pero el alquiler es solo para un año, de modo que es muy probable que pronto me ponga a buscar otro.

—Supongo que con tantos viajes no pasas mucho tiempo en casa…

—Así es, pero al menos tengo un lugar donde guardar toda mi ropa. ¡Oh, mira quién aparece por aquí!

Ally venía hacia la mesa con el niño en brazos, que tenía unos ojazos marrones de mirada burlona. Su pelo, de un tono rojizo oscuro, ya empezaba a rizarse por la parte de arriba de la cabeza.

—¡Este es Bear! —exclamó Ally, con esa mirada de mamá orgullosa brillándole en los ojos.

¿Y por qué no iban a brillarle? Cualquier mujer con la valentía de parir ya era una heroína en mi libro.

—¡Dios mío! Está para… ¡comérselo! ¿Qué tiempo tiene ya? —pregunté.

Ally se sentó y empezó a mecerle en su regazo.

—Siete semanas.

—¡Uau! ¡Está enorme!

—Eso es porque come muy bien —dijo Ally mientras se desabrochaba la blusa y colocaba al niño en la posición apropiada.

Bear empezó a succionar ruidosamente; entonces me estremecí.

—¿No duele cuando mama?

—Al principio, sí. Pero le hemos cogido el tranquillo, ¿verdad, cariño? —dijo mirándolo como yo suponía que a veces había mirado a Mitch. En otras palabras, con amor.

—Bueno, chicas, ahora os dejamos solas para que sigáis hablando. Luego nos vemos —exclamó Claudia cuando, después limpiarlo todo, salió de la cocina precedida por Ma.

—Siento muchísimo lo del padre de Bear, Ally.

—Gracias, Electra.

—¿Sabía él… sabía el padre…?

—Se llamaba Theo.

—¿Sabía Theo lo de Bear?

—No. Me enteré unas semanas después de su muerte. En aquel momento pensé que el mundo se me venía encima, pero ahora… —Ally me miró sonriendo y en sus ojos azul claro vi una satisfacción sincera—. No podría estar sin él.

—¿Consideraste la posibilidad de…?

—¿De abortar? Se me pasó por la cabeza, sí. Quiero decir, yo tenía mi carrera de regatista, el padre de Bear había muerto, y por aquel entonces tampoco tenía casa. Sin embargo, estoy segura de que no habría podido hacerlo. Creo que Bear fue un regalo. A veces, cuando me levanto de madrugada para darle de mamar, siento que Theo está conmigo.

—¿Te refieres a su espíritu?

—Sí, exacto.

—Nunca me habría imaginado que creyeras en ese rollo —dije frunciendo el ceño.

—Ni yo, pero la noche antes de que Bear naciera ocurrió algo sorprendente.

—¿El qué?

—Cogí un avión rumbo a España para ir en busca de Tiggy, a la que acababan de diagnosticar una dolencia cardíaca. Se había escapado para encontrar a su familia biológica. Y ella me dijo algo, Electra, algo que solo Theo podía saber.

Observé cómo Ally se llevaba su pálida mano al colgante que adornaba su cuello.

—¿Qué te dijo?

—Theo me compró esto.

Ally me mostró la turquesita que pendía de la cadena.

—La cadena se me rompió unas semanas antes, y Tiggy me dijo que Theo quería saber por qué no la llevaba. Luego me dijo que a Theo le gustaba el nombre de Bear. ¿Y sabes una cosa, Electra? ¡A él le encantaba!

Los ojos de Ally se llenaron de lágrimas.

—Pues sí, después de haber sido tan cínica, me temo que ahora creo firmemente en el más allá. Y sé que Theo nos observa —añadió encogiéndose de hombros y dirigiéndome una sonrisa enigmática.

—De verdad, me encantaría creer en algo así. El problema es que no creo en nada. Y dime, ¿cómo está Tiggy del corazón?

—Mucho mejor. Ha regresado a las Tierras Altas de Escocia y se ha instalado felizmente con el médico que cuidó de ella cuando estuvo enferma, y que, por cierto, también es el dueño de la finca en la que trabaja.

—Entonces ¿van a sonar pronto campanas de boda?

—Lo dudo. Charlie sigue casado y el proceso de divorcio está siendo bastante desagradable, por lo que me ha contado Tiggy.

—¿Y las demás hermanas?

—Maia sigue en Brasil con Floriano y la hija de este; él es encantador. Star se encuentra en Kent, en Inglaterra, con su novio, al que, por alguna razón que ignoro, llaman Mouse; le está ayudando con la reforma de su casa. Y CeCe está en Australia; vive con su abuelo y su amiga Chrissie en el interior del país. He visto algunas fotografías de sus cuadros y son fantásticos. Tiene tantísimo talento…

—Por lo visto, todas las hermanas han emprendido una nueva vida —dije.

—Sí, eso parece.

—Y todas han encontrado su camino indagando en su pasado…

—Sí, así es. Y yo también. Te mandé un e-mail contándote que tengo un hermano gemelo, ¿no?

—Pues…

—¡Oh, Electra! Sí que te lo mandé, estoy segura. Y un padre biológico que es un genio de la música, aunque también un borracho perdido.

Ally sonrió con cariño al acordarse de él mientras cambiaba con destreza al niño de un pecho al otro.

—Y cuéntame —añadió—, ¿has hecho algo después de recibir la carta que te escribió Pa?

—Ni siquiera la abrí. Y para serte sincera, no recuerdo dónde la guardé. Tal vez la haya perdido.

—¡Oh, Electra! —Ally me dirigió su mejor mirada de desaprobación—. No hablas en serio…

—Bueno, estará en algún sitio… Tampoco me he molestado en buscarla.

—¿De veras que no quieres saber de dónde vienes?

—No, no le encuentro sentido. ¿Qué importa? Yo soy quien soy ahora.

—Pues es evidente que a mí me ayudó. Y aunque no te importe lo que diga la carta, las palabras escritas por Pa son el último regalo que nos hizo a todas.

—¡Maldita sea! —estallé—. ¡Tú y las demás consideráis a Pa una especie de puto Dios! ¡Solo era un tío que nos adoptó por alguna misteriosa razón que ninguna de nosotras conoce realmente!

—Por favor, Electra, no levante la voz, que asustas al niño. Pero lo siento si yo…

—Me voy a dar un paseo.

Me levanté, me dirigí a la puerta principal y la abrí. Salí y cerré dando un portazo. Crucé el césped hacia el embarcadero, arrepintiéndome, como siempre me ocurría después de pasar unas horas en Atlantis, de haber vuelto.

—¿Qué tienen mis hermanas con Pa? Ni siquiera es nuestro padre biológico, ¡por Dios!

Seguí lamentándome mientras me sentaba en el borde del embarcadero con los pies colgando e intenté calmarme respirando profundamente. No funcionó. Tal vez lo consiguiera metiéndome otra rayita. Me levanté y volví sobre mis pasos hasta la casa. Entré con sigilo y subí la escalera de puntillas. Una vez en mi habitación, cerré la puerta y cogí lo que necesitaba.

Al cabo de unos minutos ya me sentía más tranquila. Me tumbé en la cama y empecé a hacer un repaso de cada una de mis hermanas. Se me aparecían como princesas de Disney, lo cual era bastante divertido. No me resultaban irritantes con ese aspecto, y las quería, a todas excepto a CeCe (de repente era la bruja malvada de Blancanieves). Me reí y decidí que aquello era una crueldad, incluso para CeCe. La gente suele decir que la familia no puede elegirse, solo los amigos, pero Pa nos había elegido a nosotras, y nosotras estábamos atadas unas a otras. La razón de que CeCe y yo no nos lleváramos bien tal vez fuera que no estaba dispuesta a aguantar mis gilipolleces, a diferencia del resto de mis hermanas. Y, además, podía gritar más que yo. Mis otras hermanas hacían cualquier cosa por mantener la paz, pero a ella le daba igual. Un poco como a mí...

Mis cuatro hermanas mayores probablemente no habían pensado nunca en que se tenían unas a otras: Maia y Ally, Star y CeCe, lo cual me dejaba a mí con Tiggy. Solo nos llevábamos unos meses y desde pequeña me sentí unida a ella. Sin embargo, aunque la quería de verdad, no podíamos ser más distintas. Y no ayudaba mucho el que todas mis hermanas mayores no ocultaran que la hermanita con la que preferían jugar era Tiggy, no yo. Tiggy no chillaba ni tenía constantes berrinches. Se quedaba sentada en el regazo de cualquiera chupándose el pulgar y portándose bien. A medida que nos hicimos mayores, intenté congeniar con ella porque me sentía sola, pero todo su rollo espiritual se convirtió en un muro.

Cuando se me pasaron los efectos de la coca, mis hermanas dejaron de ser unas princesitas de Disney para volver a ser ellas mismas. ¡Pero qué importaba ya! Pa ya no estaba, éramos un grupo de mujeres dispares a las que habían juntado de pequeñas y ahora cada una seguía su propio camino. Tomé aliento e intenté hacer lo que todos mis psicoterapeutas me habían dicho que hiciera: analizar por qué estaba tan enfadada. Y, para variar, creí que sabía el motivo: Ally me había dicho que todas eran felices, que habían emprendido una nueva vida con gente que las quería. Incluso CeCe, de la que siempre pensé que, como yo, era una mujer imposible de amar, había logrado en cierto modo superar su extraña obsesión con Star y había tirado adelante. Es más, había descubierto su pasión por el arte, algo que la fascinaba.

Y ahí estaba yo, el bicho raro. Desde la muerte de Pa no había conseguido encontrar nada ni a nadie, salvo a un nuevo camello mucho más fiable. Aunque desde el punto de vista económico yo era la que había tenido más éxito —por lo que me decía mi contable, podía dejar de trabajar y no preocuparme por el dinero en toda mi vida—, ¿qué más daba si no sabía lo que quería?

Alguien llamó a mi puerta.

—¿Electra? ¿Estás ahí?

Era la voz de mi hermana.

—Sí, pasa.

Ally entró con Bear en brazos.

—Electra, si he dicho algo que te haya molestado, te ruego que me disculpes —dijo desde el umbral.

—Oye, no pienses más en eso. No eres tú, soy yo.

—Bueno, sea como sea, lo siento. Me encanta verte y me alegro de que hayas venido. ¿Te importa si me siento? El niño pesa una tonelada.

—Claro —dije con un suspiro.

Lo último que necesitaba en esos momentos era verme atrapada en mi habitación con Ally interrogándome.

—Solo quiero comentarte algo, Electra. Algo que Tiggy me dijo que deberíamos investigar.

—Sí, dime, ¿de qué se trata?

—Al parecer, Tiggy, cuando estuvo aquí el mes pasado, descubrió un sótano al que se accede por un ascensor secreto.

—Bien. ¿Y qué?

—Por lo visto se utilizaba para almacenar vino, pero se dio cuenta de que había una puerta oculta detrás de una de las estanterías. Tal vez deberíamos averiguar adónde conduce.

—Vale. Pero ¿por qué no se lo preguntamos a Ma?

—Podríamos, sí, pero a Tiggy le dio la sensación de que Ma no quería hablar de ello.

—¡Por Dios, Ally! ¡Esta es nuestra casa y Ma trabaja para nosotras! Podemos preguntar lo que queramos y hacer lo que nos dé la gana, ¿vale?

—Sí, claro que podemos, pero… bueno —dijo soltando un suspiro—, tal vez deberíamos actuar con más delicadeza, por una cuestión de respeto. Ma lleva mucho tiempo viviendo aquí, se ha encargado de la casa con la ayuda de Claudia y cuidó de nosotras… y no quiero herir sus sentimientos, especialmente ahora que las cosas son… distintas.

—O sea, ¿quieres que bajemos al sótano en ese ascensor en mitad de la noche y descubramos adónde conduce esa puerta? —Levanté una ceja—. Sigo sin pillar por qué tenemos que montar toda esta película cuando podríamos preguntárselo a Ma directamente.

—Venga, Electra, no seas tan desconsiderada. El ascensor y el sótano secreto están ahí, y Pa los ocultó por alguna razón. Al margen de lo que pienses de él o de lo que sientas por él, no se puede negar que era un hombre práctico. En cualquier caso, me paso las noches en vela por culpa de Bear, de modo que iré a investigar. Pensé que te haría gracia acompañarme. Tiggy dijo que tendríamos que ser dos para mover la estantería que tapa la puerta. También me dijo dónde estaba la llave. Oye, ¿te importaría sostener a Bear un par de minutos mientras voy al baño?

Ally se levantó y me dejó al niño en el regazo. Para que no se me cayera de espaldas, tuve que agarrarlo con las dos manos. Bear soltó un eructo como respuesta.

—¡Fantástico! —exclamó Ally desde la puerta—. Me he pasado una hora intentando que lo hiciera.

La puerta se cerró tras ella, y Bear y yo nos quedamos solos. Yo lo miraba a él y él me miraba a mí.

—¡Hola! —dije, y recé para que no se hiciera pis o algo peor encima de mí.

Era la primera vez que sostenía a un niño tan pequeño entre mis brazos. Le entró un pequeño hipo, pero enseguida volvió a quedarse mirándome.

—¿Qué estás pensando, muchachito? ¿Te preguntas por qué, aunque soy tu tía, mi color es distinto al de tu mamá? No lo has conocido, pero tenías un abuelo de lo más raro —añadí, pues parecía disfrutar de nuestra charla—. Quiero decir, era extraordinario, ya me entiendes, muy inteligente y todo eso, pero creo que nos ocultaba a todas muchos secretos. ¿Qué opinas?

De repente noté que su cuerpecito se relajaba entre mis brazos, y cuando Ally volvió, Bear había cerrado los ojos y se había quedado dormido.

—¡Uau! ¡Tienes madera para esto! —exclamó sonriéndome—. Normalmente tengo que mecerlo horas y horas antes de que se rinda.

—Supongo que se aburría —dije encogiéndome de hombros mientras Ally me lo cogía con cuidado.

—Voy a acostarlo en su cuna y a descansar un poco mientras pueda —dijo en voz baja—. ¡Hasta luego!

Antes de cenar, me bebí la dosis de vodka que me permitía mantener la calma y luego, cuando bajé, le di otro trago a la botella de la despensa. Por suerte, la conversación no fue mucho más allá de lo fantástica que era Claudia como cocinera (preparó su famoso Schnitzel y me lo comí todo) y de los planes relativos a nuestro viaje a Grecia en barco para depositar una corona de flores por el aniversario del fallecimiento de Pa.

—Había pensado que nosotras, las hermanas, hiciéramos el crucero solas, pero la semana antes Maia llegará en avión con Floriano, al que me muero de ganas de conocer, y la hija de este, Valentina —me informó Ally—. Star, Mouse y su hijo, Rory, llegarán también en avión, así como Tiggy, su novio Charlie y la hija de este, Zara...

—¡Madre mía! —exclamé interrumpiéndola—. ¿Quieres decir que Maia, Star y Tiggy hacen de segunda madre para los hijos de sus parejas?

—Sí, así es —dijo asintiendo.

—Y como vuestra segunda madre, estoy convencida de que mis niñas adorarán a los hijos de sus parejas precisamente porque no son de su sangre —añadió Ma con tono firme y seguro.

—¿Va a venir CeCe?

—Dijo que vendría, sí. Espera que su abuelo y su amiga Chrissie puedan acompañarla.

66

—¿Su «amiga» Chrissie?

Tanto Ma como Ally se quedaron mirándome, y me pregunté por qué tenía que ser yo la única de la familia que llamaba a las cosas por su nombre.

—Mantienen una relación, ¿no?

—No lo sé —dijo Ally—, pero parece muy feliz, y eso es lo más importante.

—Pero desde el primer momento fue evidente que CeCe era gay, ¿no?, que estaba enamorada de Star...

—Electra, la vida privada de otra gente no es asunto nuestro —exclamó Ma interrumpiéndome.

—¿Es que acaso CeCe es «otra gente»? Y además, ¿dónde está el problema? Me alegro de que haya encontrado a alguien.

—Estaremos realmente faltos de espacio —prosiguió Ma, implacable.

—Bueno, chicas, como todas os habéis buscado una familia y yo, pobre de mí, estoy solita, si no hay espacio tal vez sea mejor que no vaya.

—¡Vamos, Electra, no digas eso! Tienes que venir, lo prometiste.

Ally parecía disgustada.

—Vale, bien, tal vez pueda acomodarme en el sótano secreto que descubrió Tiggy cuando estuvo aquí —repliqué mirando a Ma.

A Ally le cambió la cara: me lanzaba cuchillos con la mirada desde la otra punta de la mesa, pero yo estaba demasiado bebida para que me importara.

—¡Ah, el sótano! —Ma nos observó a las dos—. Sí, le dije a Tiggy que hay uno, pero no tiene nada de misterioso. Cuando nos terminemos el maravilloso Apfelstrudel que ha preparado Claudia, yo misma os llevaré abajo para que lo veáis.

Lancé a mi hermana una mirada que venía a decir algo así como: «¡Mira por dónde!». Ally arqueó las cejas con exasperación y, cuando terminamos el postre, Ma se levantó y sacó una llave de la caja que había colgada en la pared.

—Venga, ¿bajamos?

No esperó respuesta, pues ya estaba saliendo de la cocina, así que Ally y yo la seguimos. En el pasillo, Ma tiró de una arandela de latón para correr un panel de caoba que ocultaba un pequeño ascensor.

—¿Por qué lo instalaron? —pregunté.

—Como le conté a Tiggy, tu padre se hizo mayor y quería acceder con facilidad a todos los rincones de la casa.

Ma abrió la puerta del ascensor y las tres nos apretujamos en su interior. De inmediato, sentí claustrofobia y respiraré hondo varias veces mientras Ma apretaba un botón de latón y la puerta se cerraba detrás de nosotras.

—Sí, eso lo entiendo, pero ¿por qué lo ocultó? —pregunté cuando el ascensor se puso en marcha.

—Electra, calla de una vez, ¿quieres? —me reprendió Ally, que en aquel momento estaba más que enfadada conmigo—. Estoy segura de que Ma nos lo explicará todo.

El viajecito duró unos cuatro segundos, y sentí claramente el bote que dio el ascensor cuando llegamos abajo. La puerta se abrió y accedimos a un sótano normal y corriente que, como había dicho Ally, estaba lleno de estanterías con botellas de vino.

—¡Pues ya estamos aquí! —exclamó Ma al salir del ascensor, y abrió los brazos para mostrarnos el lugar—. La bodega de vuestro padre. —Me miró y sonrió—. Electra, siento que no haya ningún gran misterio.

—Pero...

A espaldas de Ma, los ojos de Ally me enviaron un mensaje que hasta yo me di cuenta de que no podía ignorar.

—Ya... Bueno, está muy bien.

Empecé a dar vueltas alrededor de las estanterías observando lo que Pa había ido almacenando allí abajo. Cogí una botella.

—¡Uau! Château Margaux, 1957. Por esto te cobran más de dos mil dólares en los mejores restaurantes de Nueva York. ¡Lástima que yo sea más de vodka!

—¿Podemos volver arriba? Tengo que ver qué hace Bear —dijo Ally lanzándome otra mirada de advertencia.

—Dame solo un par de minutos —contesté mientras seguía curioseando entre las estanterías, cogiendo cualquier botella rara y haciendo ver que me interesaba por su etiqueta, a la vez que buscaba con los ojos la puerta oculta de la que hablaba Ally.

A la derecha de la estancia me puse a mirar una botella de borgoña Rothschild de 1972 y vi las líneas casi imperceptibles de un contorno en el enyesado de la pared detrás de la estantería.

—¡Vale! —exclamé dirigiéndome hacia ellas—. ¡Vamos!

Cuando llegamos al ascensor, me di cuenta de que tenía un marco de acero macizo.

—¿Para qué es esto, Ma? —pregunté tocando el marco con el dedo.

—Si aprietas este botón —respondió Ma señalando un lado del marco—, se cerrarán las puertas de acero que hay delante del ascensor.

—¿Quieres decir que si apretáramos ese botón nos quedaríamos atrapadas aquí abajo? —pregunté al tiempo que me invadía instintivamente una sensación de pánico.

—No, nada de eso, Electra. Si alguien intentara acceder al sótano usando el ascensor, se encontraría con el paso bloqueado. Es una cámara acorazada —nos explicó cuando volvíamos a apretujarnos en aquel espacio tan reducido—. No tiene nada de extraño en la casa de una familia rica que vive en un lugar aislado. Si, Dios no lo quiera, Atlantis fuera asaltada por unos ladrones o algo peor, podríamos encerrarnos aquí y pedir ayuda. Y sí, *chérie* —añadió mirándome con una leve sonrisa mientras el ascensor subía—, aquí abajo hay señal de wifi. ¡Ya hemos llegado!

Salimos del ascensor y las tres nos dirigimos a la cocina. Vi el lugar exacto de la caja en el que Ma colgaba la llave.

—Os ruego que me disculpéis, pero estoy muy cansada y necesito acostarme —dijo Ma.

—Es culpa de Bear. Llevas levantada desde las cinco, Ma. Yo me encargaré de él mañana por la mañana.

—No, Ally. Si me acuesto ahora, estaré bien. De todos modos, estos días me despierto siempre pronto. Buenas noches.

Nos saludó haciendo un gesto con la cabeza y salió de la cocina.

—Subo a ver qué hace Bear —dijo Ally, a punto ya de seguir los pasos de Ma y antes de que yo le diera un golpecito en el hombro.

—¿Y por qué no utilizas el ascensor? —dije. Saqué la llave del gancho y la hice oscilar ante sus ojos—. Llega hasta el ático. He visto el botón en el ascensor.

—No, Electra, por aquí voy bien, gracias.

—Como quieras —respondí encogiéndome de hombros mientras Ally subía por la escalera.

Me preparé otro vodka con Coca-Cola y luego empecé a dar vueltas por el vestíbulo hasta que abrí la puerta del despacho de Pa. Era una especie de museo viviente; parecía como si Pa acabara de salir de allí y estuviera a punto de regresar. Su pluma y su cuaderno de notas seguían en el centro del escritorio, todo tan inmaculado como siempre. «A diferencia de su hija menor», pensé con una sonrisa mientras me acomodaba en su vieja silla de capitán con asiento de cuero. Me puse a mirar la estantería llena de libros que se extendía a lo largo de toda una pared, me levanté y cogí el *Gran Diccionario Oxford de la Lengua Inglesa* que tantas veces había utilizado de niña. En cierta ocasión, entré en aquel mismo despacho y me encontré a Pa sentado en su silla haciendo el crucigrama de un periódico inglés.

—¡Hola, Electra! —me había dicho levantando la mirada—. Este me está costando bastante.

Leí la definición: «Bajan para dormir (8)», y me puse a pensar.

—¿No serán los párpados?

—¡Claro, por supuesto, tienes razón! ¡Qué lista eres!

A partir de entonces, durante las vacaciones escolares, siempre que estaba en casa, Pa me hacía una seña para que entrara en su despacho y nos sentáramos a hacer un crucigrama. Para mí aquel pasatiempo tenía un efecto balsámico; de hecho, a menudo aún cogía cualquier periódico cuando estaba en la sala de embarque esperando la salida de mi vuelo. Además me proporcionó un vocabulario excelente, que yo sabía que sorprendía a los periodistas que me entrevistaban (todos daban por sentado que yo era una mujer de pocas luces, tan espesa como las capas de maquillaje que normalmente cubrían mi rostro).

Volví a colocar el diccionario en su sitio. Estaba a punto de salir del despacho cuando mis pasos se detuvieron: percibía el intensísimo olor de la colonia de Pa. Habría reconocido aquella fresca esencia de limón en cualquier sitio. Un escalofrío me recorrió la espalda al recordar lo que Ally me había contado antes acerca de la sensación de que Theo estaba ahí con ella...

Con un estremecimiento, salí del despacho y cerré dando un portazo.

Ally estaba de nuevo en la cocina haciendo no sé qué con unas botellas.

—¿Y esa leche en la jarra? —pregunté—. Pensaba que a Bear le dabas el pecho.

—Lo hago, pero me he sacado leche hace un rato para que Ma pueda darle un biberón cuando se despierte mañana a primera hora.

—¡Uf! —Volví a sentir un escalofrío al verla verter la leche en una botella—. Si algún día tengo un hijo, cosa que dudo mucho, sería incapaz de hacer todo eso.

—¡Nunca digas de esta agua no beberé! —exclamó sonriéndome—. Por cierto, hace unas semanas vi una fotografía tuya con Zed Eszu en una revista. ¿Sois pareja?

—¡Por Dios, no! —respondí mientras introducía los dedos en la caja de galletas de mantequilla y sacaba una—. A veces salimos de fiesta juntos por Nueva York. O, para ser más exactos, montamos la fiesta en casa.

—¿Quieres decir que tú y Zed Eszu sois amantes?

—Sí. ¿Por qué? ¿Tienes algún problema con eso?

—No, no, en absoluto. Quiero decir… —Me miró nerviosa—. Yo…

—¿Tú qué, Ally?

—¡Oh, nada! Bueno, me voy a la cama para intentar dormir mientras pueda. ¿Y tú?

—Sí, ahora voy —contesté.

Justo después de dar un buen trago a la botella de vodka que guardaba en mi bolsa de viaje y de meterme en la cama de mi infancia, sintiéndome agradablemente mareada, me acordé del contorno de la puerta escondida detrás de la estantería de botellas de vino que había en el sótano. Tal vez debería ir a investigar…

«Mañana», me prometí a mí misma mientras se me cerraban los ojos.

4

A la mañana siguiente me despertaron los berridos de Bear. Cogí los auriculares y me tapé los oídos con la esperanza de dormir un par de horas más, pero ya era demasiado tarde. Estaba completamente despierta. Me puse mi vieja bata, que seguía colgada detrás de la puerta, y salí de la habitación en busca de compañía. Los lloros procedían del dormitorio de Ma, situado al final del pasillo, de modo que llamé a la puerta dando unos toquecitos.

—*Entrez.*

Abrí y me encontré con la insólita visión de Ma vestida aún con bata.

—Cierra la puerta, Electra. No quiero que Ally se despierte.

—Bueno —repliqué mientras la veía deambular por la habitación con Bear en brazos, que hacía pucheros por encima de su hombro—, a mí sí que me ha despertado.

—Ahora ya sabes lo que fue para tus hermanas que las despertaras todas las noches —dijo Ma sonriéndome.

—¿Qué le pasa al niño? —pregunté al ver que le daba palmaditas en la espalda.

—Gases, nada más. Le cuesta echarlos.

—¿Yo berreaba por el mismo motivo?

—No, tú expulsabas los gases sin problema. Simplemente te encantaba el sonido de tu propia voz.

—¿De verdad era tan mala?

—En absoluto, Electra, pero no te gustaba quedarte sola. Te dormías en mis brazos, pero en cuanto te metía en la cuna, te despertabas y empezabas a llorar hasta que volvía a cogerte. ¿Puedes alcanzarme esa gasa, por favor? —dijo señalando un retal de tela blanca que había sobre una mesita baja.

—Claro. —Se lo di.

Eché una mirada a mi alrededor, a las hermosas cortinas con estampado de flores, al sofá tapizado de damasco en un tono crema, a las fotos que había en su escritorio de caoba y a las diversas mesas dispuestas por la habitación. En la mesita baja había rosas de color rosa, y pensé en lo mucho que aquella estancia reflejaba quién era Ma: una mujer elegante, discreta y pulcra. Cogí una fotografía enmarcada de Ma, con collar de perlas y traje de noche, junto a Pa, vestido de esmoquin y con pajarita.

—¿Dónde os la hicieron?

—En París, en la ópera. Vimos a Kiri Te Kanawa en el papel de Mimí, de *La Bohème*. Fue una noche muy especial —dijo sin dejar de pasear por la alfombra crema claro con Bear en brazos.

—¿Solíais salir juntos?

—No, pero compartíamos el amor por la ópera, sobre todo por Puccini.

—Ma…

—¿Sí, Electra?

Ni siquiera con veintiséis años me atrevía a formular una pregunta que me consumía desde pequeña.

—¿Tú y Pa teníais…, bueno, teníais una relación amorosa?

—No, *chérie*. Solo tengo sesenta y pocos años, ¿sabes? Tu padre era lo bastante mayor como para ser también mi padre.

—En mi mundo, la edad no es un impedimento para que un hombre rico mantenga una relación con una mujer tan joven como para ser su hija.

—Tal vez sea así, Electra, pero lo cierto es que a tu padre jamás se le habría ocurrido semejante cosa. Era un caballero. Y además…

—¿Y además qué?

—Yo… nada.

—Por favor, no te calles lo que ibas a decir.

—Bueno, para él siempre hubo otra persona.

—¿De verdad? ¿Quién?

—Vale, Electra, ya he dicho bastante.

Bear soltó por fin un sonoro eructo y, rauda como el viento, Ma recogió con la gasa el líquido lechoso que goteaba de su boca.

—*Bien, bien, mon petit chéri* —susurró a la vez que lo limpiaba—. ¿No te parece adorable?

—Si alguien puede parecer adorable vomitando a las cinco de la mañana, entonces sí, me parece adorable.

—Recuerdo con claridad cómo caminaba arriba y abajo contigo en brazos para que te calmaras cuando te ponías a llorar —dijo Ma mientras se arrellanaba en un sillón y dejaba que Bear se acurrucara en su regazo. En ese momento parecía como si el niño hubiera bebido demasiado vodka, y sus ojos tenían la mirada perdida—. Parece que fue ayer. Y aquí estamos ahora, con el primero de la siguiente generación. ¡Qué feliz habría sido tu padre si hubiera conocido a Bear antes de morir! Pero no tenía que ser así.

—No. Oye, Ma…

—¿Sí, Electra?

—¿Estabas con Pa cuando me encontró y me trajo a casa?

—No, estaba cuidando de tus hermanas.

—¿De modo que no sabes de dónde vengo?

—Sin duda tú ya deberías saberlo por la carta que te escribió.

—La perdí —dije encogiéndome de hombros, y me levanté antes de que me soltara un reproche—. Bajo a prepararme un café. ¿Quieres algo?

—No, gracias. Voy a acostar a este pequeñín y me reúno contigo abajo cuando me haya aseado y vestido.

—Vale, hasta luego.

A las ocho, cuando se levantó Ally, yo ya iba por mi segundo vodka y lamentaba no haber adelantado mi viaje de vuelta a Nueva York. En cierto modo, tenía catorce horas por delante para hacer algo antes de marcharme. Sinceramente, no sabía cómo llenar el «tiempo muerto»; mi tolerancia al aburrimiento era tan poca que parecía inexistente.

—¿Te apetece salir a navegar un rato, Electra? —me preguntó Ally mientras comía más tortitas de Claudia.

—¿Quieres decir en tu Laser?

—Sí. Hace un día magnífico, y las condiciones son perfectas; hay algo de brisa, pero no como para que resulte desagradable.

—Ya sabes que los deportes extremos no me van.

—En serio, Electra, no sé cómo llamas «deporte extremo» a una vuelta en barca por el lago cuando lo único que puedes hacer es quedarte aquí sentada de brazos cruzados —dijo mirando al techo—. Bueno, Bear y yo nos vamos, así que hasta luego.

En cuanto se marchó, suspiré aliviada y me puse a comer una magdalena recién horneada solo porque me pareció muy solitaria en la cesta. Al cabo de diez minutos, Ally volvió a aparecer con Bear, que llevaba un chalequito salvavidas graciosísimo; lo llevaba sujeto a la cintura en una mochila portabebés.

—¿Estás segura de que no quieres venir?

—Sí, lo estoy —repetí, y luego me dirigí al salón; había decidido pasar un día de películas.

Encendí la pantalla y revisé los montones de DVD, pero no encontré ni uno que suscitara mi interés.

—¡Mierda! —murmuré mirando el reloj.

¿Qué diablos hacía allí de pequeña, cuando estaba aburrida e inquieta?

«Salías a correr, Electra...»

—Eso es lo que hacía —me dije.

Si estaba disgustada o alguien estaba molesto conmigo (y normalmente se daban las dos cosas a la vez), me iba a las montañas que hay detrás de la casa —había encontrado un sendero que me llevaba hasta una zona bastante accidentada, pero no excesivamente empinada— y echaba a correr y me sacudía de encima todos los malos pensamientos que rondaban por mi cabeza.

Subí a mi habitación y en el cajón inferior de mi cómoda encontré mis viejos leggings de licra y una camiseta con un eslogan un poco soez que Ma me había dicho mil veces que me pusiera del revés cuando saliera con ella. Debajo de la ropa vi uno de los cuadernos de dibujo en los que solía garabatear. Lo cogí y empecé a pasar las páginas, medio llenas de dibujitos a lápiz de vestidos con estrafalarios cuellos de volantes, pantalones tejanos con aberturas desde el muslo hasta el dobladillo y blusas muy recatadas por delante pero con la espalda al aire...

—¡Uau! —murmuré, pensando que la blusa que había llevado hacía poco para una sesión fotográfica era muy similar a las que había dibujado. Había añadido incluso muestras de tela, todas de colores vivos. De niña, me encantaban los colores vivos.

Guardé el cuaderno en el compartimento delantero de mi bolsa de viaje, pues era lo único que poseía que unía a la persona que fui de niña con la que era ahora. Luego, del fondo del armario recuperé mis viejas zapatillas de correr, me cambié y salí de la casa por la cocina. Crucé el huerto corriendo y abrí la puerta de la finca que daba a las montañas.

Seguí el sendero que había recorrido por última vez hacía diez años, y aunque iba al gimnasio con regularidad, lo cierto es que me dolían las piernas y los últimos metros se me hicieron muy duros. Me costó abrirme paso entre las piedras y resbalé al atravesar algunas zonas de hierba húmeda y espesa, pero al final lo logré.

Jadeando, llegué al peñasco que había al pie de las montañas que se elevaban a mi espalda, desde donde se disfrutaba de las vistas más espectaculares del lago. Miré hacia abajo para contemplar los tejados de Atlantis y, gracias a toda la terapia que había hecho, me di cuenta de por qué esa vista era tan especial para mí: Atlantis había sido mi universo cuando era más joven —lo había abarcado todo— y, sin embargo, desde allí arriba parecía una casa de muñecas, diminuta e insignificante.

«Me daba perspectiva», me dije mientras me sentaba al borde del peñasco con las piernas colgando. «Incluso hacía que me sintiera pequeña.»

Me quedé un rato allí sentada, disfrutando de lo que realmente era un día maravilloso. En el lago, a lo lejos, observé lo que parecía una barquita de juguete, con su vela hinchada por el viento, deslizándose por el agua. Y de repente ya no deseaba volver a la realidad, lo único que quería era quedarme allí en lo alto, donde nadie pudiera encontrarme. Me sentía libre, y la simple idea de regresar a Nueva York y a las montañas de Manhattan creadas por el hombre hacía que se me revolvieran las tripas. En la ciudad de los rascacielos, todo era falsedad y codicia, nada tenía sentido; en cambio, allí todo era real, puro y limpio.

—¡Madre mía, Electra! ¡Empiezas a hablar como Tiggy! —me reprendí.

Pero aunque así fuera, ¿qué importaba? Lo único que sabía era que me sentía muy desgraciada, y que envidiaba la nueva vida plena y feliz de cada una de mis hermanas. Cuando Ally me contó que todas habían visitado Atlantis con sus flamantes parejas, amigos y parientes, me sentí aún más sola porque no se me ocurrió nadie a quien llevar allí.

Me puse de pie, consciente de que tenía que bajar por la simple tontería de que se me había olvidado llevar una botella de agua y estaba sedienta, pero antes eché un último vistazo a aquel espectáculo.

—¿Cómo es que, teniéndolo todo, me siento como si no tuviera nada? —pregunté a las montañas que se alzaban ante mí.

Mientras me alejaba del peñasco, me di cuenta de que necesitaba conseguir una vida real, y un poco de amor. Pero por dónde debía empezar a buscar eso, solo el cielo —y quizá Pa desde él— lo sabía.

5

Los días posteriores a mi regreso a Nueva York no pude dejar de pensar en lo bien que me había sentido en Atlantis después de mi escapada a la montaña y decidí empezar a correr por Central Park cuando mi agenda lo permitiera. La buena noticia era que, aunque alguien me reconociera, podía dejarlo atrás sin problema. También intenté poner coto a la bebida y —tal vez por el ejercicio y el subidón natural que me provocaba— no tenía la necesidad constante de meterme coca. Si me invadía una sensación de pánico, abría el libro de crucigramas de *Telegraph* y hacía algún pasatiempo para tranquilizarme.

En pocas palabras, me sentía un poco más bajo control.

Lo único que me fastidiaba era que había puesto mi apartamento patas arriba para encontrar la carta de Pa y aun así no lograba dar con ella. Me estrujé el cerebro tratando de recordar dónde diablos la había puesto cuando me mudé al piso nuevo. Incluso había implicado a Mariam en la búsqueda.

—¡Oh, Electra, tenemos que encontrarla! —dijo con aquellos ojos suyos tan expresivos, llenos de comprensión, mientras rebuscaba arrodillada en los cajones en los que yo guardaba la lencería.

—¡Oye! No estoy diciendo que quiera leerla, solo encontrarla. Me gustaría saber que la tengo.

—¡Claro que sí! Fueron sus últimas palabras para ti, y estoy convencida de que él quería que las leyeras. No te preocupes, Electra, la encontraremos.

Pero después de revolver todos los cajones y los armarios, y de revisar todos los bolsillos de abrigos y chaquetas y cada pedazo de papel que había en el apartamento, incluso la actitud positiva de Mariam comenzó a flaquear.

—No busques más —le dije una soleada mañana de abril mientras ella vaciaba los cajones de las mesillas de mi dormitorio por enésima vez—. Igual estaba destinada a no leerla. Bueno, voy a prepararme la copa del almuerzo. ¿Quieres una?

Como siempre, Mariam dijo que no, que solo quería un poco de agua. Nos sentamos y comenzamos a repasar los e-mails del día, en su mayoría invitaciones para la inauguración de tiendas de moda o para asistir a estrenos cinematográficos y galas benéficas. Recordé los días en los que me entusiasmaba recibirlas, pero ahora sabía que en ese tipo de eventos no me querían a mí, sino unas cuantas líneas en la crónica social de las que sacar partido.

—¡Uy! ¡Casi me olvido! —exclamó Mariam mientras buscaba algo en su bolso—. Susie me entregó una carta que recibieron en la agencia.

—Estas cosas son asunto tuyo —dije un poco molesta—. Casi siempre son peticiones de ayuda o de donativos, o de gente que dice ser mi hermano perdido hace mucho tiempo.

—Lo sé, Electra, y normalmente me encargo de ellas, pero Susie y yo pensamos que esta deberías leerla.

Me pasó la carta y vi que iba dirigida a la agencia, a mi atención, y que estaba escrita con una caligrafía elegante. Me quedé mirando a Mariam, que estaba sentada enfrente de mí junto a la mesita auxiliar.

—¿Por qué? ¿Qué dice?

—Creemos que deberías leerla, eso es todo —repitió.

—Vale —dije suspirando. Abrí el sobre y saqué la carta—. No es nada malo, ¿no? No será una notificación de Hacienda…

—No, Electra, no lo es, te lo prometo.

—De acuerdo.

Desplegué la hoja y vi una dirección de Brooklyn en el margen superior. Y empecé a leer.

Mi querida señorita D'Aplièse, ¿o puedo llamarla Electra?:

Mi nombre es Stella Jackson y soy su abuela biológica…

—¡Por Dios! —exclamé. Hice una pelota con la hoja y se la lancé a Mariam en broma—. ¿Sabes cuántas cartas recibo de este tipo, de supuestos «parientes perdidos»? Susie suele tirarlas a la papelera. ¿Qué quiere esta tía?

—Por lo que dice en la carta, nada, solo conocerte.

—Vale. Pues dime qué tiene de inusual para que me la hayáis entregado.

—Hay algo más en el interior del sobre, Electra. —Me señaló el lugar de la mesita donde lo había dejado—. De verdad, creo que deberías echarle un vistazo.

Solo para que se callara, cogí el sobre y miré en su interior. Había una pequeña fotografía medio escondida en una esquina. La saqué y vi que era en blanco y negro, con los bordes un poco amarillentos. Era de una mujer negra muy guapa que sostenía a un bebé en brazos y sonreía a la cámara.

—¿Y bien? —dije mirando a Mariam—. ¿Qué pasa?

—¿No ves el parecido?

—¿El parecido con quién?

—Contigo, por supuesto. Susie lo vio enseguida, y yo también. Volví a mirar la fotografía.

—Vale, ella es negra y, sí, es una mujer muy bella, pero estoy segura de que hay miles de mujeres que se parecen a ella —añadí encogiéndome de hombros—, ¡y a mí!

—Como bien sabes, Electra, hay muy pocas mujeres que se parezcan a ti. La forma de su rostro, esos ojos y esas mejillas… De verdad, ella podría ser tú. O, mejor dicho…, tú podrías ser ella.

—Sí, pero, hasta que encuentre la carta de Pa, no estoy dispuesta a aceptar como familia a ningún desconocido que afirme que es mi abuela, por el mero hecho de que guarda cierto parecido conmigo, ¿está claro?

—Entonces más vale que encontremos esa carta —dijo Mariam mientras recogía del suelo la carta de la abuelita. Estiró y alisó aquella hoja de papel convertida en pelota (a mí me parecía una operación imposible), la dobló y la metió de nuevo en el sobre junto con la fotografía—. La guardaré en un lugar seguro, ¿vale?

—Vale.

Oí que me habían entrado mensajes de texto y miré la pantalla del móvil.

—Bueno, te recogeré a las ocho de la mañana. Tienes la reunión con Thomas y Marcella para hablar de la campaña navideña de perfumes. ¿Me oyes, Electra?

—Sí. Perfecto. Adiós —dije, y me despedí con la mano mientras leía el mensaje que acababa de recibir.

—Y luego, por la tarde, tienes la sesión fotográfica de los relojes. Así que, si no hay ninguna novedad, te veo mañana.

No la escuchaba, pues no podía apartar los ojos de las palabras que aparecían en la pantalla. Me limité a asentir con la cabeza en dirección a Mariam, que se dirigía hacia la puerta. Cogí la copa de vodka y le di un buen trago mientras volvía a leerlas.

Hola, cariño, estoy en la ciudad para un concierto y me preguntaba si estarás mañana por aquí. Sería bueno que habláramos. Mitch

«¡Mierda! ¡Mierda! ¡Mierda!»

Me terminé la copa y me levanté para servirme otra; el corazón me iba a mil por hora y necesitaba calmarme.

Volví a leer el mensaje una y otra vez. Luego cogí mi portátil para averiguar si me decía la verdad. Me la decía. Estaba previsto que la gira concluyera en el Madison Square Garden en dos días. Me puse de pie, me dirigí a los ventanales de mi apartamento y abrí uno para salir a la terraza. En algún lugar de la ciudad, cerca de allí, estaba Mitch. Aquella noche, estuviera donde estuviese, él y yo respiraríamos el mismo aire.

Volví a mirar el móvil intentando descifrar si me estaba ofreciendo una rama de olivo y, si así era, qué significado tenía todo aquello. Pero las ramas de olivo podían tener a su vez ramitas más pequeñas, como una que dijera: «¡Oye! Te echo de menos, te quiero y me he dado cuenta del error que cometí». Y también otra que dijera: «Ya nos hemos dado un tiempo, y sería conveniente que pasáramos a ser amigos…».

Y yo no tenía ni idea de cuál de las ramitas sería.

«Simplemente di que no, Electra… Es demasiado peligroso volver a caer en lo mismo.»

—¡Mierda! ¡Maldita sea! —dije golpeando con fuerza la barandilla de cristal que me impedía lanzarme al vacío desde varios cientos de metros para encontrar la muerte.

En aquel momento, llegué a preguntarme si esa era la decisión más fácil; me sentía muy angustiada porque no sabía qué hacer. Deseé tener un amigo íntimo al que poder llamar para pedirle consejo. ¡Qué triste me resultaba tener cinco hermanas y que no hubiera ni una a la que considerara una verdadera amiga o en la que confiara a ciegas!

—Ignora el mensaje —me dije en voz alta mientras daba vueltas por la terraza, arrancaba una flor marchita de una planta y lanzaba los pétalos por encima de la barandilla de cristal antes de volver a entrar.

Una vez en mi habitación, tiré el teléfono sobre la cama y cayó boca abajo. Tal vez debería pasar. Al fin y al cabo, si yo no contestaba y él no se molestaba en enviarme otro mensaje, la cosa me quedaría mucho más clara.

Sí, eso haría. Me preparé otra copa de vodka y me dirigí al vestidor, pensando en qué me pondría si al final nos veíamos. Lo único que tenía en mi arsenal era la ropa. Una llamada mía a cualquier diseñador de moda de la ciudad y en pocas horas todo el mundo sabría cuál era el look por el que había optado. Mi elección dependería, por supuesto, de dónde nos encontráramos. Si era en mi apartamento, debía ser casual pero sexy. A él siempre le habían encantado mis piernas, de modo que la decisión tal vez fuera fácil...

Entré en el baño, me desnudé y cogí una mullida toalla blanca del toallero eléctrico. Me envolví con ella y luego abrí el grifo, puse la mano debajo y unas gotas de agua me salpicaron la piel. Me recogí el pelo en un moño, y entonces empecé a estudiarme frente al espejo de cuerpo entero.

Me entró una especie de risa tonta, porque podría ir tal cual si la cita con Mitch era en mi piso. Sin embargo, si era yo la que iba a su encuentro... Dejé caer la toalla en el suelo y regresé al vestidor. Acababa de sacar un minivestido verde esmeralda de Versace cuando un sonido metálico me anunció que me había llegado otro mensaje de texto, y fui corriendo a verlo.

Era de Mitch, y contuve la respiración antes de abrirlo.

Electra. Recibiste mi mensaje? De verdad, me gustaría que
mañana quedásemos y habláramos

—¡Sí! —grité—. ¡Está desesperado!
Saltando —literalmente— encima de la cama, bebí un poco más
de vodka para armarme de valor y me dispuse a escribir una respuesta apropiada.

Hola… acabo de ver este

Mis dedos aferraban la pantalla mientras trataba de imaginar
qué agenda tendría él al día siguiente. Las entrevistas con la prensa
lo mantendrían ocupado toda la mañana; después de comer, iría
con su banda al lugar donde iba a celebrarse el concierto para ensayar y hacer las pruebas de sonido. Calculé que quedaría libre a
eso de las ocho.

Durante el día, mañana no puedo porque tengo una reunión para
una campaña de perfumes, pero a eso de las ocho ya tendría
que estar en casa

Volví a leer mi mensaje y me sentí lo bastante satisfecha como
para enviarlo. Apenas habían pasado unos segundos cuando llegó
su respuesta.

Puedo estar en tu casa a las nueve. Va bien?

En este punto, decidí darme un baño. Subí el volumen de mi
equipo de sonido y me sumergí en la bañera llena de agua perfu-
mada mientras escuchaba el último CD de Mitch. Salí entusiasmada porque, por una vez, era yo la que tenía todo el poder. Entré sin
prisa en el dormitorio y cogí el móvil.

Sí, va bien. Hasta mañana

Le di a enviar y me permití reírme un poço. «Y lo mejor de
todo es que podré ponerme mi nuevo conjunto favorito», pensé
mirándome en el espejo.

Apenas logré conciliar el sueño esa noche, y aunque me había prometido a mí misma que no lo haría porque Mitch podía reconocer a un cocainómano desde un kilómetro de distancia, por la mañana estaba tan nerviosa que tuve que meterme una raya antes de empezar la reunión para hablar de la campaña de perfumes.

—¿Estás bien? —me preguntó Mariam cuando salí del lavabo de señoras.

—Sí, estoy perfectamente. ¿Entramos ya?

Cuando terminamos al cabo de un par de horas, di gracias a Dios por que Mariam hubiera asistido a la reunión para anotar todo lo que se había acordado sobre mi plan de trabajo para el rodaje del anuncio publicitario en Brasil y para el lanzamiento previsto para el mes de octubre. Lo único que sabía era que yo apestaba como una prostituta callejera porque el cliente había asistido a la reunión y, como era de esperar, había mandado que pulverizaran con el perfume toda la sala antes de nuestra llegada.

—¡Uau! —exclamó Mariam cuando bajábamos en el ascensor—. No reparan en gastos. Nunca he estado en Río, ¿y tú?

—¿Sabes una cosa? Así de improviso no me acuerdo, pero creo que no, no…

—¿No me dijiste que tu hermana mayor vive allí?

—Si lo sabes, es posible que te lo dijera —respondí, y me pregunté si podría conseguir que mi manicura se pasara por mi casa aquella tarde.

—Podrías ir a verla, ¿no?

—Sí, supongo que sí.

Salimos del ascensor y Mariam caminó delante de mí hasta la salida del edificio. Luego nos acomodamos en los asientos traseros de la limusina que nos aguardaba.

—¿Quieres que te pida el almuerzo?

—No, gracias, seguro que hay algo en casa.

—Electra, tu frigorífico está vacío, y es importante que comas. A las tres tienes la sesión fotográfica para la campaña de Jaeger-LeCoultre.

—¡¿Qué?! —exclamé horrorizada—. Ayer no me dijiste nada de eso.

—Te lo dije, Electra —contestó en voz baja—. Acuérdate, la semana pasada nos hicieron llegar con dos guardias de seguridad aquel increíble reloj con diamantes color rosa para estar seguros de que te queda bien.

Lamentablemente, me acordaba.

—¡Mierda! —murmuré en un suspiro, pues ya me había dado cuenta de que Mariam hacía una mueca de disgusto cada vez que yo decía palabrotas—. ¿Podemos cancelarlo? ¿Decir que estoy indispuesta o algo parecido?

—Supongo que sí, por supuesto, pero ¿por qué deberíamos hacerlo?

—Pues mira… porque me había olvidado por completo de que tenía plan para esta noche.

—¿A qué hora tienes tu cita?

—¡Oh, a eso de las ocho! —contesté, pensando que necesitaba una hora larga para prepararme para recibir a Mitch.

—Bueno, quieren aprovechar la luz del atardecer y, en cualquier caso, ya será de noche a las siete y media. Creo que te dará tiempo si vas a tu cita directamente desde el lugar de la sesión fotográfica.

—¡Pero necesito un buen rato para prepararme! ¡Por Dios! ¿No pueden posponerlo una semana? Aún faltan meses para que empiece la campaña. ¿Cuánto tiempo necesitan esos tipos?

—Electra, no soy tu niñera, pero…

—¡No, no lo eres! ¡Nadie lo es, pero todo el mundo actúa como si lo fuera!

Vi que se sonrojaba y bajaba la mirada.

—Te ruego que me perdones si es esa la sensación que tienes.

De pronto me sentí fatal. La culpa no era de Mariam sino mía.

—No, soy yo la que tiene que disculparse. Lo que ocurre es que hoy estoy muy nerviosa, nada más. En cualquier caso —añadí suspirando—, supongo que tienes razón. No quedaría bien que los dejara colgados. Solo tengo que ser brillante y conseguir la fotografía perfecta con rapidez.

—Si alguien puede hacerlo eres tú, Electra. Bueno, dime, ¿seguro que no quieres nada para comer?

—Tal vez unos fideos con wasabi y un poco de kale…

—Te los pediré. Vale, ahora tengo que irme a ver a Susie, pero vendré a recogerte a las dos y media. ¿De acuerdo?

—De acuerdo.

De vuelta en mi apartamento, me metí un par de rayas porque tenía los nervios a flor de piel, y para acompañar mi almuerzo opté por mi amigo Grey Goose. Luego me bebí medio litro de agua, gasté media botella de colutorio haciendo gárgaras y empecé a mascar un chicle de menta. Me senté en la cama e intenté relajarme practicando los ejercicios de respiración que mi psicoterapeuta me había enseñado.

La cosa no funcionaba. Nada funcionaba salvo el Goose y su compañera en polvo, a la que yo había bautizado con el nombre de Cielo Blanco.

—¿Por qué lo bueno siempre es malo para ti? —me lamenté mientras esnifaba un par de veces más la única medicina que podía calmarme.

—¡Hola, Electra! Tiene un aspecto formidable, como siempre —me dijo Tommy, mi admirador número uno, acercándose a mí en cuanto salí del edificio.

—Gracias.

—¿Hay algo que pueda hacer por usted hoy?

—No, pero gracias por preguntar —respondí sonriendo cuando pasé junto a él y entré en la limusina que me estaba esperando.

—Es tan encantador —comentó Mariam al sentarse conmigo en la parte trasera—. Y tan protector contigo. Tal vez deberías contratarlo como guardaespaldas. Se nota que debajo de esas viejas sudaderas que lleva hay un cuerpo bien fornido.

—¡Mariam! —exclamé mirándola con cara de sorpresa—. ¡Me dejas de piedra!

—Electra, tal vez no beba ni diga palabrotas, pero puedo asegurarte que no se me pasa una, ¿sabes? —dijo sonriendo mientras el coche se adentraba en el tráfico—. ¿Y qué tienes esta noche que es tan importante?

—¡Oh, solo una cena en privado con un amigo!

—Bueno, haremos todo lo posible para que estés de vuelta a tiempo.

Llegué a casa poco antes de las ocho, con un hombro dolorido porque había tenido que mantener el brazo inmóvil en la misma posición hasta que consiguieron sacar la fotografía perfecta del reloj. Me alivió comprobar que Tommy ya no estaba en la entrada (antes de marcharse, solía asegurarse de que yo me encontraba en casa sana y salva). Lo último que necesitaba era que alguien reconociera a Mitch entrando en mi edificio, aunque él era un maestro del disfraz y tenía un armario lleno de barbas, pelucas y bigotes postizos. Después de que el portero me acompañara hasta mi ático, corrí a llenar la bañera y me miré en el espejo para ver si me merecía la pena conservar el maquillaje de la sesión fotográfica. Sabía que Mitch me prefería al natural, de modo que me lo quité todo y luego me metí en el agua con cuidado de no mojarme el pelo. ¡Ojalá tuviera una verdadera melena sedosa natural! Quizá un día me decidiera a raparme como Alek Wek —otra modelo con la que había coincidido varias veces en las pasarelas—, lo cual me facilitaría mucho las cosas.

Cuando salí del baño, me dirigí en zapatillas a la cocina porque quería añadir hielo a mi Goose para aguarlo un poco.

—¡Mierda! —exclamé al darme cuenta de que Mariam tenía razón cuando comentó que mi frigorífico estaba vacío; Mitch solo aguantaría unos minutos sin beber un vaso de té verde helado.

«Por otro lado, ¿a quién leches le importa lo que él quiera beber?», me dije mientras regresaba al baño para cepillarme los dientes. «Te dejó plantada, ¿o es que no te acuerdas? Te partió el corazón.»

—¡Cuánta razón tienes! —añadí en voz alta al mirarme en el espejo para darme unos toques de vaselina en los labios.

Ya en el salón, miré el reloj y vi que eran las nueve menos cuarto. Como solo llevaría puesta una toalla, no había nada más que hacer aparte de llenar una botella de plástico con algo de vodka; quería tener a mano unas dosis de emergencia pero sin que él se diera cuenta de lo que era. Rebusqué en mi cartera, saqué mis mejores fotos recientes y las dispuse al azar sobre la mesita para aparentar que estaba tratando de escoger una. Luego me dirigí al mueble donde estaba mi equipo de sonido, pero no fui capaz de decidirme entre Springsteen, a quien Mitch idolatraba, o canciones pop de los ochenta, que a mí me encantaban pero que él aborrecía. Ante la duda, opté por pasar de poner música.

—¡Dios mío! ¡Cuánto estrés! —murmuré mientras me sentaba en el sofá.

Detecté un indicio de sudor acre y volví al baño para asearme y perfumarme un poco más. No había estado tan nerviosa desde mi primer desfile en París.

«¿Y si al final quiere que vuelvas con él? ¿Le dirás que sí y lo seguirás como un corderito?»

«Sabes que lo harás, Electra...»

La charla conmigo misma terminó cuando sonó el interfono y me comunicaron que abajo, en el vestíbulo, había un tal «Señor Mike».

—Sí, hágalo subir —dije, y colgué bruscamente el auricular.

Corrí al baño para echarme un poco de agua de la bañera por los hombros. Repasando mi imagen en el espejo, esperé a que sonara el timbre de la puerta. Aguardé una eternidad, y entonces oí una voz familiar procedente del salón.

—¿Electra? ¿Estás ahí?

«¡Dios mío! ¡Mitch estaba en mi apartamento!»

—¡Ya voy! —exclamé mientras agitaba el agua de la bañera para que se oyera el chapoteo y me echaba más agua por los hombros.

Comprobé que me había colocado la toalla blanca de manera seductora y luego me dirigí al salón.

Y allí estaba él, en carne y hueso: el hombre que me había partido el corazón. Se había quitado la gorra de béisbol y la barba postiza, y su aspecto era (para desesperación mía) el de un tipo alto y sexy, tal y como lo recordaba, con sus pantalones vaqueros sucios, una camisa a cuadros y sus eternas botas de cowboy. Si había un verdadero macho americano, ese era Mitch. Noté que tenía el pelo más largo que la última vez que lo vi, y evidentemente llevaba días sin afeitarse porque la barba ya asomaba en sus mejillas. ¡Lo único que yo quería era abalanzarme sobre él y arrancarle la ropa!

—¿Cómo has entrado?

—La puerta estaba abierta de par en par —contestó encogiéndose de hombros—. Supongo que no la has cerrado bien.

—¡Dios, siempre me pasa! Un día me asesinarán en la cama.

—Espero que eso no ocurra —dijo repasándome de arriba abajo antes de apartar la mirada—. Es evidente que te he interrumpido. Si quieres ponerte algo de ropa puedo esperar.

—Yo… ¡Oh, sí, claro! Acabo de salir de la bañera. La reunión duró más de la cuenta.

—Tranquila, no tengo prisa. Haz lo que tengas que hacer.

—¡Vale! —dije, y me metí en mi dormitorio queriendo darme de cabezazos contra la pared.

En algún lugar de mi interior yo había creído que solo con verme medio desnuda, envuelta en una toalla, bastaría para que él se abalanzara sobre mí y me la arrancara. Pero estaba claro que teníamos que pasar por una especie de juego de empecemos-a-conocernos-de-nuevo antes de llegar a ese punto.

Como no tenía un plan B en lo concerniente a la ropa, dejé caer al suelo la toalla y me quedé plantada en mi vestidor sin saber qué ponerme. Al final opté por mis vaqueros favoritos y un top verde de tirantes (Mitch era un auténtico muchachote del Sur y sentía debilidad por los tejanos ajustados).

Volví al salón respirando hondo y abanicándome porque seguía sudando a causa de los nervios, y me lo encontré sentado en el sofá mirando mis fotografías.

—Te juro que cada vez que te veo estás más guapa. Y me refiero a la persona de carne y hueso, no a la de papel —dijo sonriéndome.

—Gracias. ¿Quieres algo de beber?

—¿Tienes una Coca-Cola?

—Pensaba que solo tomabas infusiones…

—Ha sido un día estresante, y a veces un tío necesita un chute de cafeína.

—Voy a ver —dije camino de la cocina, y descubrí que había un par de latas de Coca-Cola en la puerta del frigorífico—. Aquí tienes. —Le pasé la lata (nunca utilizaba vaso, le parecía demasiado femenino). Luego me senté en el sofá a cierta distancia de él con mi botella de «agua»—. Cuéntame, ¿cómo te va la vida?

—Ando muy ocupado con la gira. Según mis cálculos, la de mañana por la noche será mi actuación número cien.

—¡Uau! ¡Un número redondo! —exclamé, y succioné con fuerza de la pajita para llenarme la boca de vodka a palo seco. Me lo tragué y asentí—. Bueno, ya está a punto de acabar.

—Sí, claro, y no veo la hora de regresar a mi casa de Malibú para dedicarme a no hacer nada. ¿Y a ti, Electra, cómo te va la vida?

—Bien. También ando muy atareada, pero bien, sí.

—Me encanta oír eso, y, como te he dicho, estás fantástica.

—Tú también estás fantástico.

—Bueno, gracias por el cumplido, pero me cuesta creerlo. Ni que decir tiene que meses y meses sin dormir en la cama de uno pasan factura. Después de la actuación de mañana, me voy a retirar durante unos meses. Me estoy haciendo viejo, y esta mierda me pesa —dijo mirándome con una sonrisa vaga, una sonrisa que hacía que cayeran de rodillas millones de mujeres.

—No digas tonterías, Mitch. Los viejos rockeros nunca mueren, lo sabes. Mira a los Stones.

—Sí. Mejor no sigo hablando de esto —me dijo levantando las cejas—. Ven, cariño, acércate y dale un abrazo a Mitch.

No necesité que me lo dijera dos veces. Me dejé caer entre sus brazos abiertos, esperando que él echara hacia atrás mi cabeza y me besara. Sin embargo, empezó a acariciar mi pelo.

—En comparación conmigo, eres una criatura, ¿no crees?

—Qué va. Por culpa de mi profesión tuve que crecer deprisa. Me siento vieja, probablemente más vieja que tú.

Levanté la mirada hacia él con los labios entreabiertos, dispuestos a entregarse, pero Mitch se limitó a bajar la vista con una expresión rara en los ojos.

—¿Así que sin rencores?

—¿Por qué iba a haberlos?

—Porque… te dejé colgadísima.

—Sí, ya, pero todo eso forma parte del pasado. Tenías tus razones. Lo entiendo.

—Eres muy generosa, Electra, pero eso no hace que me sienta menos gilipollas. No habría estado bien seguir con nuestra relación cuando yo sabía perfectamente que no podía funcionar.

Yo esperaba el «pero», aunque ese «pero» no llegó.

—De verdad, estoy muy contento de que hayas salido adelante —dijo—. Nunca quise hacerte daño.

—Te lo he dicho, estoy bien.

Era evidente que la conversación iba por unos derroteros que no eran los que yo había imaginado, de modo que me solté de sus brazos, cogí la botella de «agua» y di otro trago.

—Parece que tú también estás limpia.

—Pues sí —dije mientras me metía más vodka en el cuerpo. Había llegado la hora de poner punto final a tantas chorradas—. Y dime, ¿por qué has venido?

—Porque… porque tengo algo que decirte.

—¿Sí? ¿Qué?

—Bueno…, es que quería que lo supieras antes de que se anuncie oficialmente. Creo que te lo debo.

Lo miré en silencio, sin tener la más mínima idea de lo que pretendía decirme, pero segura de que no sería una declaración de amor eterno.

—Me caso —soltó—, con una mujer maravillosa que he conocido durante la gira. Es una cantante de coro, y del Sur, como yo. Lo cierto es que encajamos bien, ¿sabes?

Había oído descripciones de cómo se le puede helar a uno la sangre, pero hasta ese momento no había experimentado esa sensación.

—Felicidades —conseguí decir, casi atragantándome por el esfuerzo.

—Gracias. Ahora me siento estúpido por haber venido para decírtelo en persona, porque es evidente que la vida te va realmente bien.

—Sí, oh, sí, me va muy bien —dije empleando cada gramo de autocontrol que poseía para no agarrar la estatuilla de bronce que descansaba sobre el cristal de la mesita y estamparla contra su hermosa y arrogante cabeza.

—Bueno, pues supongo que eso es todo. Mañana por la noche, en el escenario, se lo anunciaré a mis fans: haré que Sharon dé unos pasos hacia delante y lo soltaré.

Observé que hacía un gesto con la cabeza como aprobando la idoneidad del escenario, imaginándoselo con claridad. Permanecí en silencio, succionando de la pajita sin parar, aunque ya no quedaba nada que succionar.

—Si te apetece, puedo conseguirte unos pases VIP para mañana.

—Lo siento, tengo cosas que hacer mañana por la noche —dije encogiéndome de hombros con aire de indiferencia.

Lo observé cuando se levantó.

—Pues, bueno, ya te dejo en paz. Tengo que dormir y reponer fuerzas. Mañana será un gran día.

—Seguro que sí. —Asentí con la cabeza sin moverme del sitio.

Entonces me miró, y tal vez vio algo en mi expresión que le dio una pista.

—¿Me he equivocado viniendo? Yo solo...

—Mitch...

—Dime.

—¿Te vas de una puta vez? ¡Ya!

Entonces me levanté del sofá y me quedé mirándolo cara a cara.

—Claro, ya me voy. Lo siento muchísimo, Electra —dijo mientras se dirigía a la puerta—. Lo último que pretendía era disgustarte.

—Ya. Pues adivina... ¡Lo has hecho! ¡Llevas mucho tiempo haciéndolo!

Me adelanté a él y abrí la puerta.

—Adiós, Mitch. Que seas feliz con tu nueva esposa.

Por suerte para él, no dijo nada más, porque de lo contrario probablemente yo habría acabado cumpliendo condena por asesinato. En cuanto salió, cerré dando un portazo tan fuerte que temblaron los vasos de los armarios de la cocina. Luego me apoyé en la pared, me dejé caer y estallé en desgarradores sollozos de cólera y dolor.

6

¿Puedo ofrecerle algo, señorita D'Aplièse? —preguntó el auxiliar de vuelo.

—Sí, una tónica con hielo.

—¿Quiere también limón?

—No, gracias.

—¿Y algo de comer?

Miré alrededor de mi asiento en busca del menú.

—No se preocupe, tengo uno aquí.

Me entregó la carta. La cabeza me daba vueltas y apenas podía concentrarme.

—Tomaré el salteado de pasta y una ensalada.

—Perfecto. ¿Y algún vino de acompañamiento?

—No. Solo la tónica.

Asintió y se marchó hacia el fondo de la cabina de primera clase. Abrí el compartimento en el que había guardado mi bolso y la bolsa de la tienda libre de impuestos y, cerciorándome de que no me veía nadie, destapé la botella de Grey Goose que había comprado y le di un buen trago. Cuando el auxiliar de vuelo volvió con la tónica, me bebí la mitad y rellené el vaso con el vodka que llevaba escondido. Me tumbé en el asiento y cerré los ojos, pero había unas luces brillantes muy raras que chocaban contra mis párpados. Sabía que me había metido demasiada coca la noche anterior, y el éxtasis no me sentaba bien. Ya eran las siete de la mañana cuando empezó a darme el bajón, pero para entonces me había tomado un par de somníferos. Lo siguiente que recordaba era la voz de alguien que pronunciaba mi nombre y me abría los ojos a la fuerza, y entonces vi a Mariam mirándome desde lo alto y diciendo que ya era hora de salir hacia el aeropuerto JFK.

—Hola.

«Hablando del rey de Roma...» Mariam apareció junto a mí procedente de su asiento en clase business.

—Hola —dije levantando la vista.

—¿Cómo te encuentras? —me preguntó.

—Estoy bien, gracias. Acabé muy tarde la otra noche, eso es todo.

—Bueno, el vuelo a São Paulo dura diez horas, así que espero que puedas echarte un sueñecito antes de tomar el jet privado con destino a Río. Mañana tienes un día entero de rodaje.

—Lo sé. Estaré bien, de verdad —dije para tranquilizarla.

—Por cierto, ¿te has puesto en contacto con tu hermana?

—No, todavía no.

—Bueno, seguramente podrás verla mañana por la noche, o el jueves antes de coger el vuelo de regreso.

—Ya, la llamaré cuando aterricemos.

—Estupendo. Vale, bueno, si necesitas algo manda al auxiliar a buscarme —dijo con una sonrisa.

—Lo haré. —Asentí con la cabeza.

Justo en ese momento llegó mi tónica con unos anacardos.

—Gracias —dije.

En cuanto Mariam y el auxiliar de vuelo se retiraron, me bebí de un trago la mitad de la tónica y llené el vaso hasta los topes con Gray Goose, tal como había planeado.

Las dos últimas semanas habían sido las peores de mi vida, literalmente. No podían haber sido peores, pensé mientras bebía dos grandes tragos de mi copa. Allá donde fuese, había fotos de Mitch con su sosa prometida sureña en la portada de las revistas y los periódicos, y las televisiones repetían una y otra vez el momento en que anunció en el escenario del Madison Square Garden que iba a casarse con ella. Todo el mundo lo comentaba en las sesiones fotográficas, y sus voces se esfumaban convertidas en un murmullo en cuanto yo aparecía. Lo mismo que las noticias de la CNN, aquella pesadilla giraba y giraba en una emisión continua dentro de mi cabeza. Y, por supuesto, yo no podía dar la impresión de que me importaba. Cualquier gesto de exnovia triste que hubieran visto en mí habría dado a los periodistas lo que andaban buscando. Así que me dediqué a salir de fiesta todas las noches: asistí al estreno de alguna película, me dejé ver en algún club nocturno o acudí a la inauguración de una exposición en alguna galería conocida. Llamé a cualquier amigo famoso que estuviera disponible para que me acompañara; Zed me había venido muy bien y habían aparecido fotos e informaciones en las que se discutía si éramos «pareja». Había hecho todo eso porque sencillamente nadie iba a verme llorando. ¡De ninguna manera!

—Nadie en absoluto —murmuré mientras apuraba mi vaso.

—Su pasta y su ensalada, señorita D'Aplièse —dijo el auxiliar de vuelo, que apareció a mi lado como si fuera Campanilla. Extendió la mesa ante mí y otro azafato colocó un mantel y unos cubiertos de plata antes de servirme la comida—. ¿Puedo ofrecerle algo más?

—¿Tal vez una copa de champán? —contesté sonriéndole.

—¿Por qué no? —Asintió y procedió a retirar mi vaso de tónica casi vacío.

—Y tráigame otra tónica, si no le importa.

—Desde luego, señorita D'Aplièse.

¡Por Dios!, qué cansino resultaba hacer de mí misma. Incluso a treinta y dos mil pies de altura, seguía fingiendo ser alguien que no era. Alguien que estaba limpio, sobrio y bajo control.

Después de la pasta me tomé otra tónica con vodka, y luego eché una ojeada a la selección de películas. A mitad de la última de Harry Potter (en aquellos momentos las comedias románticas habían quedado definitivamente fuera del menú), me quedé dormida. Cuando me desperté, los demás pasajeros habían apagado las luces y dormían envueltos en sus edredones, con los cinturones de seguridad abrochados. Me levanté para ir al baño y cuando volví a mi asiento pensé que la cabina, con sus fantasmales luces azules, se parecía a un laboratorio espacial. «Las personas cuando duermen son tan vulnerables…», dije para mis adentros cuando entré en mi reservado, que, durante mi ausencia, se había convertido como por arte de magia en una cama. Y la única cosa que yo no podía mostrar en ningún momento era vulnerabilidad; cualquier señal por mi parte de que estaba sufriendo bastaría para que los medios de comunicación se encargaran de difundir por todo el mundo los detalles más sórdidos. Desde Tallahassee hasta Tokio, todos se harían señas con la cabeza de un extremo a otro de la mesa mientras cenaban y dirían que ellos ya lo veían venir y que se alegraban de que todo hubiera salido a la luz porque, afirmarían, ese era el precio del éxito.

Quizá lo fuera, pero yo nunca lo había pedido, pensé mientras miraba por la ventanilla y veía a mis pies las luces de lo que debía de ser Sudamérica. ¡Cuántos «famosos» conocidos míos me habían dicho que soñaban desde niños con ser ricos y célebres! Yo solo soñaba con un mundo en el que no me sintiera una intrusa, un mundo al que perteneciera. Porque eso era todo lo que había deseado en realidad.

—¡Por Dios, qué calor! ¿Podemos hacer una pausa ya? —pregunté al director. Eran las tres de la tarde y yo estaba a punto de venirme abajo.

—Solo una toma más, Electra, y después recogemos por hoy. Lo estás haciendo genial, cariño.

Me mordí la lengua —todavía no había roto mi regla de oro de no expresar más que alguna leve queja durante un rodaje o una sesión de fotos— y volví sobre mis pasos por la suave arena de la playa de Ipanema para situarme en mis marcas. La señora de maquillaje ya me estaba esperando, dispuesta a echarme más polvos en la cara para disimular el sudor.

—¡Ya está lista! —gritó imponiéndose sobre el fuerte y caluroso viento que soplaba en la playa.

—¡Vale, Electra! —tronó el director a través del megáfono—. Tres pasos adelante y luego empieza a levantar los brazos hasta que yo diga «¡Corten!».

Mostré mi conformidad levantando los pulgares.

—Y... ¡acción!

Volví a aislarme de todo quizá por vigésima vez, rezando para que fuera la última y pudiera quitarme la bata blanca de gasa —con su abultada capucha, que sobresalía por detrás de mi cabeza como un paracaídas, mientras que la ropa interior, empapada, se me pegaba a la piel— y lanzarme a las enormes olas que rugían detrás de mí.

—Vale. ¡Corten!

Me quedé donde estaba, a la espera de que el director revisara el encuadre.

—¡Chicos, es todo por hoy!

Casi desgarré la bata al quitármela y fui dando traspiés sobre la arena hasta la tienda que hacía las veces de camerino.

—¿A alguien le apetece un baño? —pregunté cuando el director y Mariam asomaron la cabeza.

—No tengo la certeza de que el seguro te cubra si te bañas con semejante oleaje, Electra —me advirtió el director.

—¡Anda, vamos, Ken! ¡Si ahí delante hay unos niños bañándose!

—¿Qué te parece mañana por la tarde, cuando hayamos terminado? Estaré encantado de permitir que te ahogues —bromeó—. Joaquim acaba de llegar, así que parece que todo está bien.

—Vale. Volveré al hotel y me daré un chapuzón en la piscina. Y ahora, si no te importa, tengo que cambiarme.

—¡Claro, cariño!

Ken se marchó y Mariam se quedó conmigo. Me pasó una botella de agua.

—Buen trabajo —me dijo con una sonrisa—. Ha quedado increíble en la pantalla.

—Estupendo. Y ahora salgamos de aquí —murmuré casi sin aliento, pero antes me volví hacia la señora del vestuario y le dediqué una sonrisa de lo más dulce—. Gracias por la ayuda que me ha prestado hoy.

—Ha sido un placer, Electra. Hasta mañana a las siete en punto —dijo en un inglés con acento muy marcado.

Al llegar al Copacabana Palace, había un montón de cazadores de autógrafos congregados en la entrada. Me llamaron a gritos cuando salí de la limusina, y yo sonreí a las cámaras y firmé fotos y libros de autógrafos.

Una vez dentro del hotel, me dirigí casi corriendo al ascensor, ansiosa por encerrarme en mi suite.

—¿Quieres que vaya contigo? —se ofreció Mariam.

—No. Voy a darme una ducha fría y descansaré un rato. Ha sido una jornada muy larga.

—¿Qué me dices del chapuzón en la piscina? —me preguntó cuando se abrieron las puertas del ascensor.

—Quizá después —dije al entrar, y apreté el botón del último piso—. Ya te llamaré —añadí en el momento en que se cerraban las puertas.

Una vez en mi suite, corrí a coger mi bolsa de viaje y me serví un lingotazo de vodka. Las manos me temblaban visiblemente cuando me acerqué el vaso a los labios; no me había atrevido a llevar encima nada de drogas en un vuelo comercial, pero confiaba en que en el rodaje hubiera alguien dispuesto a compartir conmigo sus provisiones. Sin embargo, aquel equipo estaba formado por gente sana (al menos por lo que yo sabía) y no conocía lo bastante bien a nadie como para fiarme. No obstante, estaba en Sudamérica, donde el tráfico de drogas probablemente generara más dinero que cualquier otro negocio. En el peor de los casos, pensé, haría una visita al recepcionista. Al fin y al cabo, estábamos en Brasil, y estaba segura de que alguien podría ayudarme.

Justo cuando me estaba metiendo en la ducha, sonó el teléfono de la habitación. Dejé que sonara, convencida de que no había ni una persona en todo el planeta con la que me interesara hablar.

Debajo del agua, empecé a soltar un torrente de improperios que habrían hecho estremecerse a Ma, siempre dispuesta a recordarnos a todas las hermanas que no debíamos decir palabrotas. Pero Mitch se las merecía todas y más. Tras coger una toalla y dirigirme de puntillas al salón, vi una luz roja parpadeando en el teléfono que me avisaba de que tenía un mensaje. Me acerqué al aparato, cogí el auricular y apreté el botón para escuchar el mensaje, que supuse que sería de la camarera preguntándome a qué hora deseaba que vinieran a prepararme la cama.

Pero lo que escuché fue la reconfortante voz de mi hermana Maia.

«Hola, Electra, siento no haberte pillado. Floriano vio esta mañana en el periódico una fotografía de tu llegada al Copacabana Palace. No sé cuánto tiempo vas a quedarte, pero, como te puedes figurar, me encantaría verte. Vivo a la vuelta del hotel, y mi número es...»

Cogí el lápiz que había junto al teléfono y escribí el número en una pequeña libreta. Luego me planteé la noche que tenía por delante. Estaba prevista una cena en no sé qué restaurante de moda para los modelos y el equipo, a la que había dicho que iba a asistir, aunque podría saltármela alegando que estaba agotada. Por otro lado, Maia había dicho que vivía por allí cerca, así que podía pasar de la cena, llamar a mi hermana mayor e ir a conocer a su nueva familia.

Lo cierto es que no me apetecía ni una cosa ni otra. A decir verdad, lo único que quería era quitarme de en medio y olvidarme incluso de que estaba viva.

—¡Por Dios, necesito un poco de coca! —exclamé, pensando que el único inconveniente de mi nueva y magnífica asistente personal era que llevaba una vida asquerosamente sana. Al menos Amy me habría echado una mano en caso de querer pillar algo, pues a ella también le iban estas cosas. A Mariam le hubiera dado un patatús solo con decirle que me pidiera un vodka con tónica.

Sonó el timbre de mi suite, pero no hice caso. Treinta segundos después, volvió a sonar.

—¿Quién es? —pregunté.

—Soy yo, Joaquim —respondió a través de la puerta una voz sonora y grave.

—¿Joaquim?

¿Conocía yo a algún Joaquim?

Entonces vi la luz, como habría dicho Pa: era el nuevo modelo de moda, el tío ese que estaba tan bueno y era tan sofisticado que aparecería conmigo en el anuncio. El director me había comentado que llegaba ese mismo día en avión para participar en el rodaje del día siguiente.

—Espera, ya voy.

Me puse el albornoz antes de abrir la puerta.

—¡Hola, Electra!

Me dirigió una vaga sonrisa. Su cabello negro, espeso y rizado, rodeaba un rostro que ya era casi tan famoso como el mío por su belleza. Mis ojos evaluaron el resto de su persona y le devolví la sonrisa.

—*Olá*, ¿qué tal?

—Es un honor para mí conocerte por fin. ¿Te interrumpo?

—No, pasa —dije abriendo la puerta de par en par.

—Me he dicho que si mañana vamos a tener que darnos un beso en el plató, primero debería presentarme.

—Claro. —Señalé el sofá—. Pasa y siéntate.

Lo observé mientras cruzaba la habitación y decidí que sí, que estaba bueno.

—¿Quieres algo de beber?

—¿Qué tienes?

—Lo que hay en el minibar, o llamamos al servicio de habitaciones —respondí encogiéndome de hombros.

—Entonces ¿tenemos champán, *sim*?

—Claro, si es lo que deseas. —Llamé al servicio de habitaciones y encargué una botella de Taittinger en una cubitera con hielo.

—¿Sabes? Esto es una locura. —Me sonrió mostrándome unos dientes blancos e iguales.

—¿Por qué lo dices?

—Porque hace solo un año yo vivía aquí, en Río. Yo rastrillaba la arena de la playa justo ahí enfrente —y señaló por la ventana la playa de Copacabana, situada a nuestros pies dibujando una perfecta raya blanca—, cuando una estadounidense se me acerca y me dice que quiere hacer de mí una estrella. Bueno, pues aquí estoy ahora, sentado en la mejor suite del Copacabana Palace con una de las mujeres más famosas del mundo.

—Ya. Algo parecido me sucedió a mí. Un cambio muy extraño, ¿no?

—*Sim*, así es. ¡Y mañana estaremos en esa misma playa y por besarte van a pagarme más de lo que ganaría en cinco años!

Mientras lo estudiaba más de cerca, me di cuenta de que no tendría más de diecinueve o veinte años. Vamos, que era un niño. En comparación, me sentí una abuela.

—Electra, ¿puedo decirte una cosa?

—Lo que quieras.

—Aún tengo fotos tuyas en mi habitación, la que compartía antes con mis hermanos pequeños. Tú eres... ¿Cómo diría yo?... ¡Mi chica de calendario!

—¡Vaya! Eso es encantador, gracias.

En ese momento sonó el timbre y trajeron el champán.

—En fin... —Brindé con él cuando el camarero del servicio de habitaciones se marchó—. ¡Por tu éxito! He visto tu cara en las vallas publicitarias de Nueva York. Eres muy famoso.

—No tanto como tú... todavía —dijo soltando una risita infantil, antes de tomar un sorbo de champán.

—Bueno, esto puede ser una montaña rusa de lo más disparatada, así que, si alguna vez necesitas consejo, estaré encantada de ayudarte. Ya he pasado por eso —dije con cierta emoción.

—¡Y todavía estás ahí! Mi agente me dice a todas horas que mi vela puede apagarse tan rápido como se ha encendido. Así que pondré todo mi empeño para asegurarme de que sigue encendida, porque no deseo volver nunca a eso. —Señaló de nuevo la playa con la mano—. Tengo que saber comportarme, ¿no?

—Sí, seguro que ya estás aprendiendo cómo van las cosas con esto de la fama.

—Lo sé, es muy duro. La gente me ve por la calle o en cualquier bar y tengo que llevar fotos encima y firmar muchos autógrafos. Y la agenda… ¡Uf! —Se pasó la mano por el pelo—. Si no me equivoco, el mes pasado estuve en tres continentes. Me despierto y no sé dónde estoy. Pero no me quejo, porque sé la suerte que tengo.

—Sí, ese es el espíritu que hay que tener —masculló.

Apuré mi copa y me serví otra; y le serví otra a él también.

—Y me meto más de esto de lo que debería…

Vi cómo introducía la mano en el bolsillo de los vaqueros y sacaba una bolsita de polvo blanco.

—¿No te importa si…? —dijo mirando la bolsita.

De repente creí en Dios, en Papá Noel y en el Conejo de Pascua, todo en uno.

—¿Qué pasaría si te digo que sí me importa? —dije sonriendo mientras él echaba un poquito de polvo encima de la mesa.

Me miró horrorizado.

—Entonces no la tomaría, Electra, pero la gente de nuestro mundillo me dijo que a ti… no te importaba.

Entonces me tocó a mí sentirme horrorizada, aunque intenté que no se me notara.

—Ya, pero procuro no hacer de ello un hábito, por supuesto.

—Pero estamos en el Copacabana Palace y acabo de conocerte. ¿No te animas?

¡Que si me animaba! Hice lo posible por mantener la calma.

—¿Por qué no?

—Aquí tienes. Tú primero. Es un material muy bueno. Me lo ha pasado un amigo que conozco en Río.

Y cuando la sensación de «¡Uy, qué bien!» empezaba a invadir todo mi ser, me entró la risa.

—¡Es buenísima! ¿Podrías pasarme el número de tu amigo, por si me hiciera falta más?

—No te preocupes, Electra. Tengo suficiente para los dos.

Joaquim localizó el equipo de sonido y subió el volumen. Luego nos sentamos en la terraza con vistas a la playa de Copacabana. De repente, la vida era maravillosa y mi nuevo amigo se volvía más atractivo por momentos.

—¿Vas a ir esta noche a la cena? —me preguntó.

—Tenía pensado ir, sí, pero no me seduce mucho la idea.

—A mí tampoco. Esta es mi ciudad y tengo ganas de fiesta. Puedo llevarte a algunos sitios que solo conocemos los de aquí.

—Me encantaría, de verdad que me encantaría. Rara vez tengo la oportunidad de ver algo de las ciudades que visito.

Me levanté con la intención de llamar a Mariam, pero él se había colocado detrás de mí y me agarró por la cintura.

—O podemos montar la fiesta aquí... los dos solos.

Sus flexibles caderas empezaron a balancearse detrás de mí al ritmo de la música. Me dio la vuelta para que estuviéramos uno frente a otro y no tardó ni un segundo en besarme.

Cuarenta y cinco minutos después oí el timbre de la puerta. No hice caso, y luego oí que sonaba mi móvil.

—Espera aquí. —Besé a Joaquim y me levanté de la cama, me puse el albornoz y fui de puntillas al salón para contestar al teléfono.

—Electra, soy Mariam. Estoy aquí en la puerta.

—¡Joder! —murmuré mientras iba a abrir la puerta y recogía un sobre que habían deslizado por debajo—. Hola —dije al abrir intentando poner cara de adormilada aunque estaba totalmente despierta.

—Todavía no te has vestido. Electra, tenemos que salir dentro de quince minutos para asistir a la cena...

—Lo siento, pero no me encuentro muy bien. ¿Puedes disculparte por mí? Di que me he ido a dormir temprano.

—Vale...

Tuve la sensación de que me taladraba con la mirada. Le entregué el sobre.

—Ocúpate de esto, sea lo que sea. ¿Te importa? Hasta mañana. Estaré fresca como una rosa.

—Vale, pero no te olvides de pedir que te despierten a las seis y media.

—No, no me olvidaré.

—Que te mejores —dijo.

—Gracias. Buenas noches.

Cerré la puerta y eché la cadena de seguridad. Me dirigí a la mesita auxiliar y me metí otra raya antes de volver al dormitorio y a los brazos ardientes de Joaquim.

7

Quizá porque habíamos llegado a conocernos muy bien la noche anterior, el rodaje fue como la seda y a las cuatro en punto ya habíamos acabado.

—¿Recuerdas que te dije antes que la nota que te pasó el conserje por debajo de la puerta era de tu hermana Maia? —me preguntó Mariam cuando me estaba cambiando en la tienda que servía de camerino.

—Pues claro, no tengo el cerebro de gomaespuma, ¿sabes? —dije mientras me abrochaba los shorts.

—¿La llamarás cuando vuelvas al hotel? Su nota decía que esta noche la tiene libre, y no salimos para el aeropuerto hasta las diez.

—Claro que la llamaré —respondí, bastante irritada.

Últimamente me daba la sensación de que Mariam se comportaba como una pariente sobreprotectora (y marimandona). No obstante, cuando llegué a mi suite, marqué el número que había copiado la tarde anterior.

—*Oi!* —respondió de inmediato la suave voz de Maia.

—Hola, soy yo, Electra.

—¡Electra! ¡No me puedo creer que estés en Río! ¿Cuánto tiempo te vas a quedar?

—Cojo el avión de regreso hoy a medianoche.

—Entonces ¿tienes tiempo de pasarte por aquí un par de horas y así conoces a Floriano y Valentina?

—Me temo que no —mentí, pensando en la cita secreta que tenía con Joaquim en veinte minutos—. Pero podemos tomarnos una copa rápida aquí mismo alrededor de las ocho, antes de salir para el aeropuerto. ¿Te va bien?

—¡Oh, vale! Bueno, ahí estaré.

—Dile al recepcionista que te haga subir a mi suite, ¿vale? Avisaré de que vas a venir.

—De acuerdo. ¡Me muero de ganas de verte, Electra!

—Sí, ya. ¡Adiós!

Colgué y a continuación, antes de meterme en la ducha, me preparé una raya de la reserva secreta que Joaquim me había dejado la noche anterior. Llamé al servicio de habitaciones y pedí una botella de vodka y otra de champán helado. Diez minutos más tarde, Joaquim estaba ya en mi suite e inmediatamente después en mi cama.

—Eres una preciosidad —me susurró al oído—. No me canso de tenerte.

Nos quedamos dormidos y cuando nos despertamos nos metimos otro par de rayas y seguimos haciendo el amor. Después, cuando me oyó decir que todavía me costaba un montón mantenerme despierta, sacó un par de pastillas de su cartera.

—Prueba esto, Electra. Te pegará un subidón y te sentirás como nunca.

Me tomé una pastilla regada con champán y él hizo lo mismo. A los diez minutos estábamos haciendo el amor otra vez, luego nos duchamos, y nos reímos a lo tonto mientras Joaquim intentaba enseñarme a bailar la samba desnudos en la terraza.

—Podría vernos cualquiera —susurré cuando desde la balaustrada vi la piscina a nuestros pies.

—Y hacer unas fotos preciosas. —Sonrió y me besó.

—¡Que no!

A pesar de estar ofuscada por las drogas y el alcohol, sabía que lo que hacíamos era peligroso, así que lo arrastré al interior.

Y me encontré a Mariam y a mi hermana Maia plantadas en medio del salón.

—¡Uuy! —exclamé, intentando taparme con las manos.

Joaquim agarró un cojín en su afán de preservar su pudicia. Al ver la cara que ponían mi asistente y mi hermana me dio un ataque de risa histérica.

—Lo siento, chicas, deberíais haber llamado a la puerta.

—Lo hicimos, y también llamamos al teléfono de la habitación. Estábamos preocupadas, así que al final el director nos dejó pasar —dijo Mariam, y en aquel momento deseé cruzarle la cara de una bofetada y dejarle rojas sus mejillas abstemias y casi con toda seguridad virginales—. Iré a buscarte el albornoz, Electra.

—Y yo será mejor que me vaya —añadió Joaquim, desapareciendo en el dormitorio detrás de mi asistente.

—Por favor, siéntate —dije a Maia cuando Mariam volvió y me pasó el albornoz.

—Tenemos que salir hacia el aeropuerto dentro de cuarenta minutos. Voy a preparar tu maleta —comentó tranquilamente mi asistente.

—Gracias.

Joaquim reapareció vestido y le di un fuerte abrazo.

—¿Nos vemos en el aeropuerto?

—No. Me quedo todavía unos días, y luego me voy a México para una cosa con *GQ*.

—Vale —dije asintiendo con la cabeza—. Seguimos en contacto, ¿de acuerdo?

—Te llamo cuando esté de vuelta en Nueva York —respondió—. *Tchau*, Electra. *Adeus, senhora* —añadió dirigiéndose a Maia antes de salir.

—¿Quieres champán? —pregunté a mi hermana echando mano a la botella que estaba en la mesita auxiliar y agitándola—. ¡Uff, se ha terminado! Pediré otra.

—No, gracias, Electra.

—¿Puedo ofrecerte otra cosa? —Me serví un vodka a palo seco de la botella que había pedido al servicio de habitaciones.

—De verdad, estoy bien. ¿Y tú qué me cuentas?

—¡Ah, estoy muy bien! Y Río me ha vuelto loca. ¡Qué ciudad!

Maia observó en silencio cómo me bebía el vodka. Dejé el vaso en la mesa y me puse a estudiarla.

—Mira, tú eres la guapa de la familia. Deberías ser tú la que hiciera mi trabajo.

—Gracias por el cumplido.

—No, en serio —insistí mientras estudiaba su magnífica melena oscura y brillante, su piel inmaculada y sus grandes ojos oscuros, que me recordaban los de Joaquim—. Estás guapísima. O sea, más guapa que la última vez que te vi —afirmé con energía.

—Bueno —dijo Maia con su voz suave y amable—, tal vez sea porque soy feliz. Y tú, Electra, ¿eres feliz?

—¡Oh! —dije abriendo los brazos—. ¡Estoy en éxtasis! ¿No te parece que Joaquim está buenísimo? Es brasileño de nacimiento, ¿sabes? ¿Todos los brasileños son tan guapos como vosotros dos? ¡Si es así, creo que podría trasladarme a vivir aquí!

—Es hora de prepararse para ir al aeropuerto, Electra. —Mariam había aparecido detrás de mí—. He dejado la ropa que sueles utilizar para los viajes encima de la cama.

—Gracias —dije, y me tambaleé un poco cuando fui a coger de la mesa mi vaso de vodka—. ¿Te has acordado también de mi ropa interior? —le espeté, y me eché a reír—. No tardaré mucho —añadí dirigiéndome a Maia y sacudiendo ligeramente la mano, camino ya del dormitorio para hacer lo que me habían dicho que hiciera.

Pude oír a mi hermana y a mi asistente personal cuchichear algo mientras me vestía.

—¡Eh, Mariam! Estoy hambrienta. ¿Puedes llamar al servicio de habitaciones y que me preparen un club sándwich para llevar? —le dije.

—Por supuesto —la oí responder.

Me senté en la cama e intenté abrocharme los cordones de las zapatillas de deporte antes de darme cuenta de que me las había puesto al revés, lo que hizo que se me escapara una sonora carcajada. Pensé lo parecidas, lo iguales que eran Maia y Mariam. Las dos eran unas chicas que nunca se descontrolaban; nunca sabías lo que estaban pensando, y…

—¿Sabéis qué? ¡Acabo de llegar a la conclusión de que se puede sacar el nombre Maia de Mariam! —exclamé en cuanto me reuní con ellas en el salón y me dejé caer en el sofá—. ¿Verdad que es gracioso?

Las dos me dirigieron una sonrisa a cuál más extraña, y poco después apareció en la puerta un hombre vestido de uniforme.

—¿Ha venido usted a recogerme? —le pregunté sin poder parar de reír.

Mariam se acercó a hablar con él y el hombre desapareció de inmediato.

—¡Solo estaba bromeando! Tiene que llevarse mis bolsas.

—Mira, Electra, hace un momento Mariam y yo nos preguntábamos si te apetecería quedarte conmigo en Río unos días —dijo Maia—. Como has dicho que te gusta tanto…

—Sí, sí, me encanta, pero es porque me lo paso muy bien con Joaquim, ¿sabes? Nos llevamos genial.

—Ya me he dado cuenta —afirmó Maia—. Daba la impresión de que habíais conectado muy bien, desde luego.

—Pues sí, pues sí.

—Entonces —dijo Maia después de una pausa—, ¿qué te parece quedarte aquí esta noche e intentar dormir un poco, y luego decidimos mañana si te quedas o no?

—No tienes nada en la agenda hasta después del fin de semana —añadió Mariam.

—Pues… no sé —dije encogiéndome de hombros, y a continuación me salió un bostezo enorme.

La idea de hundirme en aquella cama tan grande y tan cómoda de la habitación de al lado en vez de arrastrarme hasta el aeropuerto y meterme en un avión de vuelta a…, ¿adónde?, ¿a mi apartamento vacío?, según cómo, resultaba muy tentadora.

—Joaquim también estará aquí mañana —recordé de repente con una sonrisa—. Eso me dijo.

—En efecto —corroboró Maia.

—Bueno —terció Mariam poniéndose frente a mí—, ¿nos quedamos? ¿Nos tomamos unas pequeñas vacaciones?

—Vale —respondí asintiendo con la cabeza.

—Muy bien. Pues bajo a ampliar tu reserva y a cambiar los vuelos, ¿de acuerdo?

—De acuerdo.

Cuando mi asistente se marchó, Maia vino al sofá, se sentó junto a mí y me cogió de las manos.

—Mariam es encantadora, ¿no?

—¡Uy, sí, un ángel! Lo que puede ser muy molesto a veces —añadí levantando una ceja. Tuve la sensación de que Maia me atravesaba con la mirada—. ¿Qué pasa?

—¡Oh, solo estaba pensando cuánto quiero a mi hermanita pequeña!

—Yo también quiero mucho a mi hermana mayor. —Al fijarme en ella, vi que tenía los ojos llenos de lágrimas—. Eh, ¿por qué lloras? ¿No te alegras de verme?

—Claro que me alegro, Electra, te lo prometo. Bueno —dijo al ver que me ponía otra vez a bostezar—, ¿qué te parece si te metes en la cama, te arropo como cuando eras pequeña y te cuento un cuento?

Me volvió a la memoria un vago recuerdo: Maia, que tendría ya unos trece años, sentada en mi cama leyéndome cuentos de hadas. En una ocasión me dijo que su nombre significaba «madre» en griego, y decidí que, de haber tenido una, habría sido como ella.

—¡Claro! —exclamé poniéndome de pie, todavía algo inestable, y fui con Maia al dormitorio—. ¡Eh! —dije metiéndome a gatas en la cama y pasando la mano por las sábanas arrugadas después de estar toda la tarde con Joaquim—. Hay sitio de sobra para que te tumbes a mi lado…

Maia alisó la colcha en su parte de la cama y se tumbó encima. Alargó una mano hacia mí y yo se la agarré y la apreté con fuerza, notando que empezaba a entrarme el bajón del éxtasis y la coca.

—¿Sabes una cosa? Siempre fuiste mi hermana favorita —susurré volviéndome hacia ella.

—¿Ah, sí? Me encanta que me lo digas, Electra. Bueno, yo tengo que decirte que tú eras la niña más bonita de todas. Aunque berrearas mucho.

—Sé cómo me llamabais Ally y tú.

—¿Ah, sí? —Vi cómo el rubor ascendía por el cuello de cisne de Maia.

—¡Sí! Me llamabais Tronada. Sé lo qué quiere decir, pero ¿a qué venía eso?

—Pues porque te llamas Electra, que viene de *elektron*, y de ahí… Tronada. ¿Ves? Lo siento, cariño, no lo decíamos en serio.

—Por aquel entonces me hizo daño, pero quizá tuvierais razón. Y no creo haber cambiado mucho. —Las lágrimas que me venían a los ojos empezaron a escocerme.

—Bueno, tal vez tuvieras unas cuantas rabietas, pero en muchos aspectos eras la más brillante de las pequeñas. Cuando en verano jugábamos a esos juegos mentales de matemáticas con Pa en el barco, siempre ganabas tú.

—¿Ah, sí? ¿Y por qué a medida que fui creciendo me volví más tonta y no más lista? Ya sabes que en el colegio cateaba todos los exámenes.

—Creo que no te importaban y por eso no estudiabas nada.

—Es verdad —comenté—. Maia, ¿puedo tomarme un café? Estoy mareada.

—Por supuesto. ¿Con o sin cafeína?

—Con, desde luego —respondí al ver que mi hermana alargaba la mano para coger el teléfono—. Todas esas tonterías sobre lo que es sano que tanto me interesaban la última vez que te vi eran solo por Mitch. Para él, su cuerpo era una especie de templo.

—¿De verdad? —dijo mientras esperaba a que contestara el servicio de habitaciones—. Vi una foto suya en una revista y me pareció que estaba hecho una ruina.

Maia encargó el café y me puse a reír a carcajadas, pero luego las carcajadas se convirtieron en un gemido, que a su vez se convirtió en sollozos.

—¡Eh, pequeña! —dijo mi hermana en su tono suave—. ¿Qué pasa?

—Oh, solo… ¡pasa de todo! —Me encogí de hombros y las lágrimas empezaron a caer por mis mejillas—. Es por Mitch, supongo. No ando lo que se dice muy bien ahora.

—Te entiendo, cariño. Y me imagino que no puedes permitir que se te note, ¿no?

—Claro que no. Los periodistas se pondrían locos de contento y no quiero que nadie me tenga lástima.

—Bueno, yo no soy un periódico, solo tu hermana que te quiere. Ven aquí.

Maia me estrechó entre sus brazos y pude aspirar el delicioso aroma de su piel.

—Esto me recuerda a casa… —dije sonriendo.

—¡Qué bonito que digas una cosa así!

—¿Sabes? Volví a Atlantis hace unas semanas y no tuve la sensación de estar en casa. —Sacudí la cabeza con vehemencia—. ¡No tuve ni por asomo la sensación de estar en casa!

—Lo sé, Electra. Es porque Pa no está.

—No es que Pa ya no esté, es que tampoco estáis ninguna de vosotras. Es muy triste estar allí solo con Ma y Claudia.

—Pero Ally me dijo que la viste y que conociste a Bear.

—Sí, es un niño monísimo. Ally es afortunada por tener a alguien a quien querer y que la quiera a ella. Yo… no. Yo no tengo a nadie. —Entonces rompí a llorar con ganas encima de la camisa blanca de Maia, que despedía un olor fresco y tranquilizador, igual que ella—. Lo siento, estoy siendo demasiado autocomplaciente, es… por todo lo que he tomado.

Me di cuenta de que era la primera vez que pronunciaba esas palabras ante alguien cercano.

—Ya lo sé.

—Además… —añadí limpiándome la nariz—, quería pedirte perdón por haber sido mala contigo cuando estuve en Atlantis después de la muerte de Pa.

—¿Fuiste mala? No me acuerdo.

—Sí. Lo fui. Dije que no importaba el aspecto que tuvieras porque no veías a nadie durante meses. No lo decía en serio, Maia, de verdad que no. Eres tan dulce y tan buena y tan perfecta… Todo lo que yo no soy.

Sonó el timbre de la puerta y Maia fue a recoger el café que traía el camarero.

—Aquí tienes —dijo alargándome la taza.

Al sentarme, la cabeza empezó a darme vueltas y me sentí fatal, así que volví a tumbarme.

—Quizá dentro de un minuto…

—Vale. Electra, cariño…

—¿Sí?

—¿No crees que sería buena idea tomarte un descanso y buscar a alguien que te ayude?

—Ya me ayudan bastante… —Suspiré—. En los últimos meses he despedido a cinco psicoterapeutas.

—No suena muy bien, pero yo me refiero… a una ayuda más seria.

—¿Como qué?

—Hay un sitio muy bueno en Arizona… Un amigo de Floriano estuvo allí y volvió convertido en una persona nueva. Yo…

A pesar de mi cabeza, me incorporé y me la quedé mirando.

—¿Intentas decirme que necesito ir a un centro de rehabilitación?

—Pues sí. Mariam me ha dicho que no has estado… —suspiró mientras intentaba encontrar las palabras adecuadas— muy bien últimamente.

—¡Desde luego que no! ¡El amor de mi vida anunció que iba a casarse con otra y la noticia apareció en todos los medios de comunicación! ¿Qué tendría que haber hecho? ¿Ponerme a dar saltos de alegría?

—Lo querías de verdad, ¿no?

—Sí, lo quería, pero lo superaré. No han sido más que unas cuantas semanas malas. ¿Y por qué Mariam va por ahí hablando de mí?

—No va por ahí hablando de ti, Electra. Se preocupa por ti...

—¡Se preocupa por su puñetero empleo! ¡Por eso es por lo que se preocupa!

—Electra, querida, cálmate, por favor...

—¡Uff! —exploté—. ¡Tía, odio esa frase más que cualquier otra! ¡Me pregunto cuántas veces vosotras y Pa y Ma me la habréis repetido!

—Perdona, solo intento ayudarte...

—Bueno, pues déjalo. Me pondré bien —afirmé asintiendo con la cabeza—. ¿Estamos? Y ahora... ¿podemos hablar de otra cosa, por favor?

—Sí, claro, Electra, pero...

—¡No! Quiero que me cuentes alguna historia, como hacías antes.

—Vale... —Maia se me quedó mirando—. ¿Qué historia quieres que te cuente?

—La tuya. Quiero que me cuentes cómo conociste a tu chico en Río y cómo te enamoraste de él.

—Vale... ¿Quieres un poco de café antes de que empiece?

—No. Ahora estoy muy mareada. Háblame de ti y de Floriano... Por cierto, es un nombre fantástico, dicho sea de paso... Y haz que me olvide de toda esta mierda que tengo encima.

Di unas palmaditas en la cama, justo a mi lado, y Maia volvió a tumbarse. Me acurruqué junto a ella y apoyé la cabeza sobre su pecho, pero no podía cerrar los ojos porque, cuando lo hacía, la cabeza me daba vueltas; en cambio, me sentí aliviada cuando mi hermana empezó a acariciarme el pelo.

—Bueno, pues lo conocí cuando subí por primera vez al Corcovado a ver el Cristo Redentor, y, por cierto, te recomiendo que lo veas antes de marcharte, porque es impresionante. Floriano era el guía de la excursión, ¿sabes?, y...

Escuché su historia, que resultó tan romántica como un cuento de hadas.

—Y luego fuisteis felices y comisteis perdices…

—Pues sí, o al menos espero que así sea. Quiero decir, no es ningún príncipe y tenemos poco dinero, pero somos felices.

—¿Y qué pasó con esa pariente tuya que Floriano te ayudó a encontrar? ¿Llegaste a conocerla?

—Sí, la conocí, pero estaba muy enferma y por desgracia murió poco después. Al menos tuve la suerte de pasar algún tiempo con ella.

—Cuéntame algo más de todo eso, Maia —insistí, ansiosa por distraerme y no pensar en la coca que tenía guardada en el cajón de la mesilla. No podría dormirme si tomaba más, y necesitaba dormir… ¡Qué a gusto dormía cuando estaba con Mitch!

Así que Maia me contó el cuento del hombre que diseñó la efigie del Cristo Redentor y del joven escultor del que su bisabuela se enamoró perdidamente y…

La siguiente cosa que recuerdo fue que Maia me daba un beso en la frente y apagaba la luz.

—¿Dónde vas? —dije agarrándola del brazo en la oscuridad.

—A casa, Electra. Tienes que dormir.

—Maia, por favor, no me dejes sola. Quédate un poquito más, te lo ruego. Y vuelve a encender la luz… Me da miedo la oscuridad.

—Nunca te había dado miedo —dijo, pero no dudó en hacer lo que le pedía.

—Bueno, ahora sí. Quiero encontrar el amor, como lo habéis encontrado tú y Floriano, o Izabela y Laurent. —Levanté la vista y sonreí.

—*Chérie*, solo tienes veintiséis años. Recuerda que yo voy a cumplir treinta y cuatro…, ocho más que tú. Tienes mucho tiempo por delante para encontrar el amor, te lo prometo.

—Bueno, espero no tener que esperar otros ocho años para encontrarlo —contesté encogiéndome de hombros—. Me siento tan vieja, Maia…

—Pero no lo eres. —Posó su mano en mi frente y me gustó sentir la palma de su mano fría sobre la piel—. Has tenido que crecer muy deprisa, ¿verdad?

—Quizá…

—¡Eres tan valiente y tan fuerte, Electra…!

—No, no lo soy. —Sacudí la cabeza—. ¿Quieres saber un secreto?

—Bueno —dijo echándose a reír.

—¿Sabes por qué creo que berreaba tanto de pequeña?

—No, ¿por qué?

—Porque odiaba ser yo. Y sigo odiándolo.

—Quizá deberías buscarte un compañero de piso.

—¿Y quién querría vivir conmigo?

—Electra, no seas tan dura contigo misma. Eres un icono para millones de mujeres de todo el mundo. Me encantaría llevarte a dar una vuelta por las colinas que rodean Río y mostrarte la *fazenda*... Significa «finca» en portugués. O sea, la finca que heredé de mi abuela. La he convertido en un centro para los desfavorecidos niños de las favelas. Si aparecieras por allí conmigo, creerían estar soñando. ¿No te das cuenta de que sirves de inspiración para ellos?

—Ya, pero no me conocen, ¿verdad? Fíjate, tú conviertes tu herencia en algo que resulta bueno para otros. Yo no hago nada por nadie salvo por mí.

Oí a Maia lanzar un pequeño suspiro, pero me había dado tal bajón que nadie podría levantarme los ánimos, así que cerré los ojos y supliqué que me llegara el sueño.

A la mañana siguiente, cuando me desperté, tenía la madre de todas las resacas. Cogí unas cuantas pastillas de Tylenol y Advil y me las tragué con una botella de agua. Miré el reloj y vi que eran poco más de las seis. Pedí que me trajeran café y un cestito de pasteles de queso que servían recién sacados del horno y que estaban riquísimos. Mientras llegaba el servicio de habitaciones, me entretuve intentando recordar lo que había pasado el día anterior, y se me cayó el alma a los pies cuando me vi bailando desnuda con Joaquim en la terraza. Y las caras de Mariam y de Maia cuando aparecimos los dos en el salón...

—¡Por Dios, Electra! —gruñí levantándome bruscamente de la cama.

Fui dando zancadas a la puerta para abrir a los del servicio de habitaciones. Cuando me bebí el café caliente, recordé haber admitido ante mi hermana que me había metido de todo, cosa que desde luego no debió de sorprenderla, después de encontrarme en pleno subidón y desnuda con un desconocido. Luego eso de que me quedara en Río unos días y que me planteara la idea de ingresar en un centro de rehabilitación…

¡Mierda! No era una buena noticia. Y lo que era aún peor: Mariam había estado intrigando contra mí. Bueno, ¡ni hablar! ¡Pero es que ni hablar! Desde luego, no pensaba ir a ninguna granja por buena que fuera. El de ayer había sido un mal día, eso era todo. Y por supuesto no iba a andar por ahí con Santa Maia para que me diera lecciones. Levanté el auricular y llamé a Mariam.

—Buenos días, Electra, ¿cómo te encuentras?

—Genial, sencillamente genial. —Me pregunté si mi llamada habría despertado a Mariam y estaba medio dormida—. Necesito que vuelvas a cambiar el vuelo a Nueva York para lo antes posible.

Se produjo una pequeña pausa en la línea telefónica.

—Muy bien. Pensé que el plan era quedarte aquí para pasar unos días con tu hermana.

—No era un plan, Mariam, era una idea, pero necesito volver a la Gran Manzana.

—Como te dije, no tienes nada en tu agenda, así que puedes quedarte…

—Y yo te estoy diciendo que adelantes el vuelo a Nueva York, ¿vale? Tengo las maletas hechas y estoy lista para salir en cualquier momento a partir de ya.

Mariam se dio cuenta de que no estaba de humor para discusiones y una hora más tarde íbamos rumbo al aeropuerto. Envié a Maia un mensaje de texto dándole las gracias por haberse quedado conmigo la noche anterior y diciéndole que la vería en Atlantis para el funeral de Pa en el mar en el mes de junio.

En cuanto el avión despegó, sentí alivio por haber logrado escapar. Nadie iba a encerrarme en ningún sitio. Nunca.

8

Asustada por la manera en que había perdido el control durante mi viaje a Río, tomé la determinación de hacer un esfuerzo por mantenerme limpia durante el fin de semana. Bebí litros y litros de agua y pedí que me trajeran zumos cargados de vitamina C. El primer día después de mi regreso, conseguí llegar a la hora del almuerzo antes de servirme un dedo de vodka. Consciente de que me bebería otra copita si no había nada que me distrajera, salí de casa y crucé la calle para correr un poco por Central Park.

—¿Todo bien, Electra? —me preguntó Tommy a la vuelta, cuando me acercaba corriendo.

—Sí, todo bien. ¿Y tú cómo estás?

—Bien, gracias por preguntar. ¿Sabe una cosa? Mientras estaba en Río, vino por aquí una mujer que se le parecía mucho.

—¿De verdad? —dije levantando una ceja. Reduje la marcha hasta detenerme—. Bueno, pues si vuelve por aquí, dile, por favor, que no estoy, aunque sepas que estoy. Es una chiflada más que está convencida de que es pariente mía.

—Ya, está bien, se lo digo porque esta sí parecía estar emparentada con usted. ¡Hasta mañana, Electra!

De vuelta en mi apartamento, me quité rápidamente la ropa empapada de sudor, y estaba a punto de meterme en la ducha cuando sonó el interfono.

—¿Sí?

—Hola, señorita D'Aplièse, han llegado dos cajas para usted. ¿Podemos subírselas?

—Sí, claro, siempre y cuando hayan comprobado que no contienen explosivos —bromeé.

Al cabo de cinco minutos, el portero y su ayudante aparecieron empujando un carrito cargado con dos grandes cajas de cartón, que depositaron en el suelo de mi salón.

—¿Quién las ha traído? Parecen cajas de las que se utilizan en las mudanzas.

—Un repartidor que llegó en una furgoneta. Nos entregó esto —dijo dándome un sobre—. ¿Quiere que la ayudemos a abrirlas, señora?

—No, pero gracias…

Muerta de curiosidad, como una niña a la que acaban de entregar un regalo, abrí una de las cajas. Estaba llena de ropa. Mi ropa. En lo alto del montón había una caja de zapatos con mi antifaz de seda para dormir, un protector labial, unos auriculares, unas gafas de sol… y debajo de todas esas chorradas vi el grueso papel vitela de color crema de la carta de Pa Salt.

Mientras la cogía, me di cuenta de lo que contenían esas cajas: todo lo que me había dejado en la casa de Mitch en Malibú. En la caja de zapatos estaba lo que había guardado en la mesilla situada junto a la cama que, en otro tiempo, había compartido con él, convencida de que esa sería la cama en la que iba a dormir para siempre.

—¡No, Electra! ¡No. Vas. A. Permitir. Que. Siga. Haciéndote. Daño! ¡Maldita sea!

Llamé por el interfono y pedí que volvieran a subir con el carrito para llevarse las cajas.

—Si sus mujeres o novias quieren algo de lo que hay en ellas, es suyo. Y el resto se lo pueden dar a quien quieran —le dije al portero cuando retiró las cajas.

—De acuerdo, señorita D'Aplièse, así lo haremos. Y gracias.

Salí a la terraza con una caja de cerillas y un sobre que Mitch había mandado junto con mis cosas. Prendí fuego a su carta sin abrirla. Luego me dirigí al mueble bar y me preparé un vodka con tónica y le puse hielo. Me lo merecía después de aquello. Y aunque traté de no pensar en el asunto y concentrarme en lo positivo —la aparición de la carta de Pa—, no lo logré. Solo podía imaginarme a Mitch llegando a casa después de terminar su gira. Consciente de que su novia se iría a vivir con él, Mitch se había deshecho de todas mis pertenencias que quedaban en la casa, borrándome así de su vida.

Me bebí de un trago lo que quedaba en la copa y me serví otra. Mientras me mantuviera alejada de la coca, la cosa iba bien, ¿no? A continuación, me quedé contemplando la carta de Pa, depositada en la mesita auxiliar como una bomba de relojería que ya ha empezado la cuenta atrás.

—¿Te abro?

No me quitaba de la cabeza que todas mis hermanas parecían haber encontrado su billete dorado a la felicidad en el interior de sus cartas. Así que me metí en el cuerpo otro trago de vodka, cogí la carta y la abrí.

Atlantis
Lago de Ginebra
Suiza

Mi querida Electra...

—¡Madre mía!

Volví a beber. Los ojos se me habían llenado de lágrimas antes incluso de empezar a leer.

Hay una parte de mí que se pregunta si llegarás a leer esta carta algún día; tal vez la guardes para abrirla más adelante, o incluso la quemes. Lo ignoro, porque eres la más impredecible de todas mis hijas. E irónicamente, en mi opinión, la más vulnerable.

Electra, sé perfectamente que la nuestra no ha sido nunca una relación fácil: dos personalidades fuertes y decididas tienen muchos encontronazos. Pero también aman con más pasión que la demás gente: otra cualidad que compartimos.

En primer lugar, permíteme que me disculpe por lo ocurrido durante nuestro último encuentro en Nueva York. Baste decir que ninguno de los dos pasaba por su mejor momento. Por mi parte, me dolía profundamente ver a mi extraordinaria hija pequeña teniendo que recurrir a ciertas sustancias para soportar una cena con su padre. Sabes lo que pienso de las drogas, y solo me queda rezar y esperar que hayas decidido —o que decidas en un futuro— dar los pasos necesarios para librarte de ellas, por tu bien. Cualquier padre que ve cómo su hija o su hijo amado se está destrozando, se siente desolado, es lógico, pero solo hay una persona que puede ayudarte, Electra, y esa persona eres tú.

Y ahora, ya basta de todo esto. También quiero explicarte por qué a veces te ha podido parecer que no me mostraba tan claramente orgulloso de ti como quizá pensabas que debería sentirme. Ante todo, déjame decirte que cada vez que veía una fotografía tuya en una revista, mi corazón se llenaba de orgullo al contemplar tu belleza y tu elegancia. Y, por supuesto, al comprobar tu talento, pues entiendo que hace falta tener un don especial para conseguir que la cámara te quiera. Así como ese tipo de paciencia que no estoy seguro de que vaya a poseer nunca, y que, en realidad, pensaba que tú tampoco llegarías a poseer. Pero lo cierto es que has aprendido a tener paciencia, y te admiro por ello.

El motivo de que me sintiera tan frustrado contigo durante tus años de colegio es que me daba perfecta cuenta de lo lista que eras, tal vez la más lista de todas tus hermanas. Solo espero que un día seas capaz de combinar la fama que te has ganado con el cerebro con el que naciste. Cuando esto ocurra, serás una fuerza con la que habrá que contar. No hay límites para lo que puedes llegar a ser, una voz que hable en nombre de los que no pueden hacerlo por sí mismos. De verdad, hermosa y amada hija, eres capaz de hacer cosas grandiosas.

Espero que esto explique por qué me ha resultado difícil ser tu padre; ver a una hija con tantísimo potencial y comprobar que no se da cuenta de lo que posee puede resultar sumamente descorazonador. Y de verdad me pregunto si te he fallado; en realidad, nunca me diste una respuesta clara de por qué odiabas el internado. Si hubieras confiado en mí, tal vez yo habría podido ayudarte, pero también sé lo orgullosa que eres.

Ahora, lamentablemente, debo dejar que descubras por ti misma quién eres y la persona extraordinaria que puedes llegar a ser. Sin embargo, no voy a marcharme sin ofrecerte mi ayuda. Como sabrás, todas tus hermanas han recibido una carta, y en ella les he dado las pistas necesarias para que encuentren el camino que las lleva hasta sus padres biológicos, si desean dar con ellos. En tu caso, todo lo que puedo proporcionarte es el nombre y el número de teléfono de tu abuela, que vive no muy lejos de ti. Es una de las mujeres más inspiradoras que he tenido el privilegio de conocer, y lo único que lamento es no haberla conocido antes. Adjunto toda esta información en una nota aparte, junto con una fotografía. El parecido es innegable, y estoy convencido de que ella estará a tu lado para ayudarte cuando yo ya no esté.

Mi querida Electra, te ruego que no olvides que tu padre te quiere, y siempre te querrá, con todo su corazón.

PA SALT X

Me tomé otro trago de vodka mientras permanecía sentada contemplando la carta con la mirada perdida. Quizá mi cabeza no estaba lo bastante despejada como para asimilar todo lo que Pa había dicho, o quizá era yo la que no quería hacerlo. Suspiré, y luego saqué la fotografía del interior del sobre, en blanco y negro...

—¡Madre mía! Joder...

Volví a analizar la fotografía, pero estaba claro que era la misma que había visto hacía unas semanas, la que había enviado esa mujer que decía ser mi abuela.

La observé con detenimiento, y sí, la mujer que salía en la foto guardaba un gran parecido conmigo, o tal vez fuera yo la que guardaba un gran parecido con ella. Recordé que Mariam dijo que había puesto la carta de mi «abuela» en un lugar seguro, de modo que fui a buscarla. Con cuidado, saqué la fotografía que me había enviado aquella mujer y la coloqué al lado de la que me había mandado Pa. Eran idénticas.

Volví a mirar la fotografía de la carta de Pa y vi que en el reverso había una dirección con un número de teléfono móvil. Entonces miré también la carta arrugada que Mariam se había empeñado en alisar y leí la dirección del margen superior.

Coincidían. Luego leí la carta, escrita en un papel caro y con la misma caligrafía bonita y elegante de la dirección que aparecía en el sobre.

Apartamento 1
Sidney Place, 28
Brooklyn 11201

Mi querida señorita D'Aplièse, ¿o puedo llamarla Electra?:

Mi nombre es Stella Jackson y soy su abuela biológica. Estoy segura de que recibe muchas cartas, y me atrevería a decir que gran parte de ellas son peticiones. Permítame tranquilizarla y adelantarle que esta no es una de esas cartas. Simplemente he decidido que había llegado la hora de presentarme.

Sé que es una mujer ocupada, pero creo que sería beneficioso para usted y para mí que nos conociéramos. Su padre adoptivo decía de mí que era una «clave viva». No sé si me gusta la descripción, pero me permito enviarle una fotografía mía y de su madre. Puede contactar conmigo en la dirección indicada más arriba, y mi teléfono móvil está encendido día y noche.

Quedo a la espera de sus noticias.

Atentamente,

STELLA JACKSON

No cabía duda de que, fuera quien fuese, Stella había recibido una educación esmerada. De tener que escribir una carta semejante, yo no habría sabido por dónde empezar. Aunque daba la sensación (incómoda) de que pretendiera concertar una cita para hablar de la reparación de las zonas comunes del edificio con un vecino al que no había visto jamás, en vez de presentarse a su nieta perdida desde hacía muchísimo tiempo, en el caso de que, efectivamente, yo lo fuera…

Pero incluso a una persona como yo, verdadera maestra en el arte del cinismo, le parecía imposible que esa mujer no fuese quien decía ser.

—¡Oh, Dios mío! ¡Tengo un pariente de mi misma sangre! —anuncié mientras me levantaba y empezaba a dar vueltas por la sala—. Dime, Electra —añadí imitando la voz nasal de Theresa, pues había empezado a mantener una conversación imaginaria con ella—, ¿cómo te sientes al descubrir que tienes un pariente de tu misma sangre vivo, que no reside muy lejos de ti?

—Pues aún no lo sé, Theresa. Todavía no la conozco.

—¿Y tienes pensado conocerla?

—Aún no lo he decidido.

—Bueno, no es un asunto baladí, de modo que tómate todo el tiempo que necesites. Y si al final decides conocerla, tendrás que ir preparada.

—¿Qué quieres decir, Theresa? ¿Qué tal vez no sea una persona de mi agrado?

—No, lo que quiero decir es que puede ser peligroso dar demasiada importancia a una situación como esa, por si te llevas una decepción.

—Por favor, no te preocupes, iré bien preparada. Me beberé media botella de vodka y me meteré dos rayas antes de reunirme con ella, te lo prometo.

—Buena idea, Electra, tienes que ir relajada...

Me eché a reír y luego fui a buscar mi bote especial para meterme un poco de Cielo Blanco. Al fin y al cabo, pensé, no todos los días descubre una que tiene una abuela de carne y hueso.

«¿Y qué piensas hacer el resto del día y mañana, Electra? —me dije a mí misma—. Tu agenda no es que esté hasta arriba las próximas veinticuatro horas, ¿verdad?»

«Bueno, puede ser, pero tampoco me apetece ver a nadie.»

«¿Qué me dices de Joaquim?»

«Está en México, ¿recuerdas? Y es un chico malo, muy malo», dije apuntando con un dedo a mi insistente otro yo.

Volví a mirar las dos fotografías de mi abuela preguntándome si la criatura que sostenía en brazos era realmente mi madre, luego respiré hondo y cogí el móvil. Marqué el número que aparecía en el reverso de la fotografía que Pa había adjuntado en la carta que me había dejado, y esperé.

—Stella Jackson al habla...

—Oh... esto... hola... soy Electra D'Aplièse y...

—¡Electra! Bien, bien... —Su voz me resultaba familiar, hasta que caí en que se parecía a la mía.

—Bueno, recibí sus mensajes. Pensé que debía contactar con usted.

—Estoy encantada de que lo haya hecho. ¿Cuándo puedo ir a verla?

—Pues… ¿qué le parece mañana?

—Mañana me resulta imposible. Es domingo. ¿Qué tal esta tarde? Además, ¿cómo voy a esperar un día entero para conocer a mi nieta en persona?

—De acuerdo —dije encogiéndome de hombros—. Pásese esta tarde. ¿Le va bien a eso de las siete?

—Sí, por supuesto. Tengo su dirección, así que nos vemos a las siete. Adiós, Electra.

—Esto… Perfecto… Adiós.

Al finalizar la llamada me di cuenta de que mi interlocutora estaría en mi apartamento en poco más de una hora.

—¡Vale! —Asentí con la cabeza y me puse a dar vueltas por el apartamento completamente aturdida—. Así que mi abuela, mejor dicho, mi verdadera abuela, me visitará esta noche. Estoy helada, todo está frío… Joder, ¿cómo ha ocurrido todo esto?

«La buena noticia —pensé mientras empezaba a ordenar el salón a toda prisa y limpiaba cualquier rastro de polvo blanco en la mesita auxiliar— es que no has entrado en crisis por culpa de Mitch y sus cajas.» Y eso era lo que mi psicoterapeuta habría calificado de auténtico avance. Después de colocar las cosas en su sitio lo mejor que pude, fui al vestidor y me quedé mirando los percheros. ¿Cómo debía vestirse una nieta para encontrarse con su abuela? Cogí una chaqueta de tweed de Chanel, que pensé que podría combinar con unos vaqueros para no parecer muy formal.

«Pero estás en tu apartamento, Electra. El sol entra por las ventanas y la temperatura aquí dentro supera los veintiséis grados.»

Al final, me quedé con los vaqueros y me puse una sencilla camiseta blanca con unas bailarinas de Chanel para dar un toque de clase al conjunto. La siguiente parada fue la cocina: a la gente mayor le gusta tomar té, ¿no? Empecé a buscar en los armarios, pero las teteras no eran una pieza fundamental en los áticos neoyorquinos superchic de alquiler.

«Oye, tendrá que aceptarte tal como eres, Electra», me dije con firmeza. «Lo que significa que le ofrecerás un vaso de agua o un vodka con tónica», pensé entre risitas.

Barajé la posibilidad de llamar a Mariam para que me consiguiera un juego de té y una tarta, pero, por alguna razón, prefería que ella no supiera que iba a encontrarme con Stella Jackson. Quería guardar un secreto, un secreto positivo.

Las reflexiones se terminaron cuando llamó el portero para decirme que la señorita Jackson esperaba abajo y que si la dejaba subir.

—Sí, por supuesto —dije, y me pasé el minuto siguiente dando vueltas de nuevo por el apartamento con el corazón latiéndome cada vez más rápido en el pecho.

Sonó el timbre de la puerta y respiré hondo, tratando de no pensar en lo que todo aquello podría significar para mí. ¿Y si esa mujer me parecía odiosa? Después de que mis hermanas tuvieran su final feliz a raíz de conocer a sus parientes, en mi caso sería de lo más normal, pensé mientras iba a abrir la puerta.

—Hola —dije sonriendo, pero solo porque estaba acostumbrada a sonreír ante las cámaras; de hecho, a adoptar la expresión que requiriera la situación.

—Hola, Electra. Soy Stella Jackson, tu abuela.

—Por favor, pasa.

—Muchas gracias por tu amabilidad.

Al verla caminar delante de mí, me dio la sensación de que estaba teniendo el mayor *déjà vu* de mi vida. Tommy no bromeaba cuando me dijo que aquella mujer era idéntica a mí. Era como ver un maldito reflejo de mi persona, solo que con más años.

—¡Pareces tan joven! —exclamé sin poder reprimirme.

—¡Anda, gracias! En realidad, tengo casi sesenta y ocho años.

—¡Uau! Te habría echado como mucho cuarenta y cinco. Por favor, siéntate.

—Gracias —contestó mirando a su alrededor—. Este apartamento que te has buscado es muy elegante.

—Sí, está muy bien situado.

—Antes vivía al otro lado del parque. Es un buen vecindario. Es seguro, muy seguro.

—¿Vivías en el Upper East Side? —pregunté mirándola fijamente.

En ese momento estaba de pie frente a mí, y observé que vestía una blusa de confección impecable y unos pantalones negros hechos a medida. Alrededor de su largo cuello llevaba anudado lo que parecía un pañuelo de Hermès, y tenía el pelo cortito, pero a lo afro. En conjunto rezumaba belleza y elegancia natural, ¡y su aspecto era el de una mujer rica!

—Sí, durante un tiempo.

Me di cuenta de que me estaba mirando tan fijamente como yo a ella.

—¿Cuánto mides? —me preguntó.

—Un metro ochenta y tres.

—Entonces te gano. —Stella parecía complacida—. Yo, uno ochenta y siete y medio.

—¿Te apetece algo de beber?

—No, gracias.

—Vale. Yo me prepararé algo.

Me dirigí al mueble bar, hice como si no lograra dar con el vodka y luego me serví una copa con un poco de tónica.

—¿Te gusta el vodka? —me preguntó.

—Sí, a veces. ¿Y a ti? —respondí mientras tomaba un trago.

—No, nunca me ha gustado tomar alcohol.

—Muy bien. —Fue lo único que se me ocurrió decir—. Y bueno, en tu carta decías que querías conocerme.

—Sí, así es.

—¿Y por qué?

Se quedó mirándome durante un rato antes de ofrecerme una pequeña sonrisa.

—Probablemente te estés preguntando qué es lo que pretendo, ¿no es así? Quizá pienses que estoy aquí para aprovecharme de tu fama y de tu riqueza…

Noté que el calor me subía por las mejillas. Era evidente que esa señora no perdía el tiempo.

«¿Y eso a quién te recuerda, Electra?…»

—Sí, un poco. —Opté por combatir el fuego con fuego.

—Pues bien, te garantizo que no estoy aquí para pedirte dinero, yo ya tengo suficiente…

—Vale. Perfecto. —Su acento americano era muy refinado. En otras palabras, era una mujer con clase—. ¿Nos sentamos? —Señalé el sofá, pero Stella Jackson se dirigió a una de las dos sillas con respaldo recto y se acomodó en ella.

—¿Vas a formularme la gran pregunta?

—¿Y cuál sería la gran pregunta? ¡Como hay tantas!… —exclamé encogiéndome de hombros.

—¿Cuáles son tus orígenes, por ejemplo? —dijo guiñándome el ojo.

—No estaría mal para empezar —reconocí, y quise dar un sorbito a mi bebida para parecer educada, pero fracasé y bebí un buen trago.

—Desciendes de una larga sucesión de princesas de Kenia, o, en cualquier caso, de su equivalente en ese país.

—Kenia está en África, ¿no?

—Muy bien, Electra. Así es.

—¿Y tú naciste allí?

—Sí, nací allí.

—¿Y cómo acabaste aquí? ¿O fue mi madre?

—Bueno, esa es una historia muy larga.

—Me gustaría escucharla, si estás dispuesta a contarla.

—Sí, claro, por supuesto que lo estoy. Para eso he venido. Pero antes de empezar, tal vez tome un vaso de agua.

—Te lo traigo ahora mismo.

Cuando me levanté y fui a la cocina para coger una botella de agua del frigorífico y servirle un vaso, la cabeza me daba vueltas, pero no era por el vodka. La señora que estaba sentada en mi salón no era como yo la había imaginado. La pregunta que me obsesionaba era qué había pasado para que me hubieran dado en adopción, cuando esa mujer tenía el aspecto de ser realmente rica. ¿Y quién era mi madre, dónde estaba ahora?

—Gracias —dijo Stella cuando le ofrecí el vaso, del que tomó apenas un sorbo—. Y ahora, ¿por qué no te sientas?

Me acomodé tímidamente.

—Pareces asustada, Electra. ¿Lo estás?

—Tal vez —reconocí.

—Lo entiendo. Bueno, hace mucho tiempo que no contaba esta historia. Ten un poco de paciencia conmigo, ¿quieres?

—Sí, claro.

—Veamos… ¿Por dónde empiezo?

Observé cómo los dedos de mi abuela golpeaban rítmicamente su muslo. Era un gesto tan familiar —yo lo hacía siempre que pensaba en algo— que se esfumó cualquier sombra de duda que pudiera abrigar sobre las pretensiones de aquella mujer al afirmar que teníamos la misma sangre.

—Pa decía siempre que hay que empezar por el principio.

Stella sonrió.

—Pues tu querido padre tenía razón. Empezaré contándote que…

Cecily

Nueva York

Nochevieja de 1938

Escudos de piel de búfalo de los guerreros masáis
(Kenia)

9

Cecily, cariño, ¿qué demonios haces tumbada en la cama? Nos vamos a la fiesta dentro de media hora.

—Yo no voy, mamá. Ya te lo dije a la hora de comer.

—Y yo te dije que por supuesto que te vienes. ¿Quieres que todas las personas que son alguien en Manhattan se pongan a chismorrear al ver que no te presentas esta noche?

—Me importa un bledo, mamá. Además, estoy segura de que tienen cosas más interesantes de las que hablar que de mí y de la cancelación de mi compromiso.

Cecily Huntley-Morgan volvió a clavar la vista en *El gran Gatsby* y siguió leyendo.

—Bueno, tal vez a ti no te importe, jovencita, pero yo no estoy dispuesta a aguantar que todo el mundo piense que mi hija se esconde en casa el día de Nochevieja porque tiene el corazón destrozado.

—Pero, mamá, es que estoy escondiéndome el día de Nochevieja. Y tengo el corazón destrozado.

—Toma, bébete esto. —Dorothea Huntley-Morgan ofreció a su hija una copa de champán llena hasta el borde—. Brindemos juntas por el año nuevo, pero tienes que prometerme que te lo beberás de un trago, ¿vale?

—No estoy de humor, mamá...

—Esa no es la cuestión, cariño. Todo el mundo bebe champán en Nochevieja, tanto si está de humor como si no. ¿Lista? —Dorothea levantó su copa para darle ánimos.

—Si me prometes que luego me dejarás tranquila.

—¡Por 1939 y por los nuevos comienzos!

Dorothea chocó su copa con la de su hija.

A regañadientes, Cecily se bebió el contenido de la copa como su madre le había pedido. Las burbujas le provocaron náuseas… probablemente porque lo único que había comido en los últimos cuatro días eran unas cuantas cucharadas de sopa.

—Solo sé que será un año feliz, si permites que lo sea.

Cecily se dejó abrazar y se hundió en aquellos abultados pechos y, por el aliento de su madre, supo que la copa de champán no era lo único que se había tomado aquella tarde. Y todo por ella: Jack Hamblin había roto su breve compromiso dos días antes de Navidad, cuando la familia de ella estaba reunida para celebrar las fiestas en su mansión de los Hamptons. Cecily y Jack se conocían desde niños, pues la familia de él era propietaria de una de las fincas vecinas de Westhampton. Habían veraneado juntos y Cecily estaba enamorada de él desde siempre, que ella recordara. Una vez, en la playa, cuando tenía seis años, Jack le dijo que le había traído un regalo y le entregó un cangrejo que le mordió un dedo y el bañador se puso perdido de sangre. Pero ni siquiera entonces le permitió que la viera llorar, y luego, casi diecisiete años después, tampoco había llorado cuando él le dijo que no podían casarse porque estaba enamorado de otra.

Cecily había oído rumores acerca de Patricia Ogden-Forbes. ¿Quién no los había oído en la alta sociedad neoyorquina? Era de Chicago, hija única de una familia inmensamente rica, y su belleza había sido la comidilla de toda la ciudad desde que apareció en Manhattan esas Navidades. Al parecer, Jack —que, como Dorothea no se cansaba nunca de recordar a su hija y a todo el que quisiera oírla, era pariente lejano de los Vanderbilt— se había quedado prendado de la señorita Ogden-Forbes y ya no hubo más que hablar. Tampoco de su inminente boda con Cecily.

—Recuerda, tesoro, Patricia no es de buena cuna —le susurró entrecortadamente su madre al oído—. Al fin y al cabo, es hija de un carnicero.

«Y tú eres hija de un fabricante de pasta de dientes», pensó Cecily, pero se lo calló.

Era algo que siempre había tenido en cuenta: en Estados Unidos, la llamada «alta sociedad» estaba formada por hombres de negocios y por banqueros. Los títulos nobiliarios habían sido otorgados a las familias que poseían las mayores fortunas y no a las que eran de sangre azul. No es que aquello tuviera nada de malo, pero, a diferencia de Europa, en la Tierra de la Libertad no había lores ni duques ni príncipes.

—¿No vas a venir a la fiesta, Cecily? Aunque solo sea una hora, si no puedes aguantar más tiempo… —le suplicó Dorothea.

—Pero ella estará allí, mamá. Con él.

—Lo sé, cariño, pero tú eres una Morgan. ¡Y los Morgan somos valientes y nos enfrentamos a nuestros enemigos! —Dorothea dio unos golpecitos en la barbilla de su hija hasta que la vio levantar los ojos—. Puedes hacerlo, sé que puedes. He dicho a Evelyn que te planche el vestido de satén verde y yo te prestaré el collar de Cartier de mi madre. Causarás sensación… ¿Y quién sabe si no hay alguien en el salón de baile esperándote solo a ti?

Cecily sabía que lo único que le esperaba era la humillación, cuando su exprometido se paseara con su riquísima beldad de Chicago por el salón de baile del Waldorf Astoria delante de la flor y nata de la sociedad neoyorquina. Pero su madre tenía razón: ella podía ser muchas cosas, pero cobarde no era.

—De acuerdo, mamá —dijo con un suspiro—. Tú ganas.

—¡Esta es mi chica! Mandaré a Evelyn que te traiga el vestido, y que te arregle el pelo y te prepare el baño. No hueles precisamente a rosas, cariño.

—¡Vaya! Gracias, mamá —exclamó Cecily encogiéndose de hombros—. ¡Necesitaré más champán! —dijo elevando la voz cuando Dorothea ya salía del dormitorio—. ¡Cubos de champán!

A continuación, hizo una mueca y colocó el marcapáginas dentro de *El gran Gatsby*, sacudiendo la cabeza ante la ridícula idea de que el amor y una gran mansión podían conquistarlo todo.

Cecily tenía las dos cosas. Y sabía que no era verdad.

La buena noticia era que el salón de baile del Waldorf Astoria era tan grande que ir de una punta a otra era como recorrer la Ruta de Oregón. Una araña resplandeciente colgaba del altísimo techo abovedado y en los palcos que rodeaban la sala había más luces brillando. El murmullo de las conversaciones y las risas se veía amortiguado por la lujosa alfombra roja, y la orquesta tocaba en una plataforma instalada en un extremo del salón, delante de la cual se extendía la resplandeciente pista de baile de parquet. Las mesas para la cena, que habían colocado a un lado, estaban montadas con un gusto exquisito: mantelería de lino, porcelana fina, rutilante cristalería y magníficos centros de flores. Junto a ella apareció un camarero con una bandeja con copas de champán y Cecily cogió una con su mano sudorosa.

Allí estaban todos los que eran alguien en Nueva York, por supuesto. «Las joyas de las mujeres bastarían por sí solas para comprar todo un territorio en el que instalar a los cientos de miles de pobres de esta gran nación», pensó Cecily cuando encontró la tarjeta que indicaba su sitio en una de las mesas y tomó asiento. Se alegró de tener enfrente una pared y no verse obligada a contemplar el abismo de riqueza y humillación inminente que quedaba a su espalda, e intentó, a sabiendas de que no debería hacerlo, localizar a Jack y a Patricia...

—¡Mira quién está aquí, cariño!

Cecily levantó la vista y se quedó mirando los límpidos ojos de una de las beldades más célebres de la sociedad neoyorquina: Kiki Preston. Mientras su madrina le daba un abrazo caluroso, Cecily se fijó en que sus pupilas parecían dilatarse, como dos enormes orbes oscuros rodeados por el halo de sus iris.

—¡Mi dulce niña! Tu mamá ya me ha contado tus aflicciones... Pero no importa, hay muchos más hombres en el sitio del que él procede.

Kiki hizo un guiño a la joven y luego, agarrando el respaldo de la silla de Cecily, le dio un empujoncito y se sentó en la que estaba a su lado, antes de sacar una boquilla de marfil y encenderse un cigarrillo.

Cecily llevaba varios años sin ver a su madrina —si no se equivocaba, ella tendría doce o trece años— y no pudo por menos que contemplar llena de admiración a la mujer que, según le había confesado su madre, en otro tiempo mantuvo una relación con un príncipe bien situado en la línea de sucesión al trono de Inglaterra. Cecily sabía que Kiki había vivido en África muchos años, pero su piel seguía tan blanca y luminosa como las vueltas del collar de perlas que adornaban su esbelto cuello; resaltaban las líneas fluidas de su vestido Chanel con la espalda al descubierto. Su cabellera oscura iba recogida en un moño alto, que subrayaba sus exquisitos pómulos y la elevada frente que enmarcaba sus hipnotizadores ojos verdes.

—¿No es maravilloso que vuelvas a ver a tu madrina después de tanto tiempo? —comentó entusiasmada Dorothea—. Kiki, tendrías que haberme avisado de que ibas a venir a Manhattan y habríamos dado una fiesta en tu honor.

—Habría parecido más bien un velatorio —murmuró Kiki exhalando una delgada bocanada de humo—. Ha habido tantas muertes… He venido a ver a unos abogados…

—Lo sé, querida. —Dorothea se sentó al otro lado de Kiki y agarró su mano—. ¡Qué terribles han sido para ti estos últimos años!

Mientras Cecily observaba cómo su madre consolaba a la exótica criatura que estaba sentada a su lado, por primera vez en varios días abrigó un poco de esperanza respecto a su propia vida. Sabía que Kiki había perdido a varios familiares, incluido su esposo, Jerome, en una sucesión de trágicas circunstancias. Como Cecily no había visto a una mujer más guapa que Kiki —y eso que tendría en torno a los cuarenta años—, su madrina era la prueba fehaciente de que la belleza no implicaba necesariamente felicidad.

—¿Quién se sentará a tu lado durante la cena? —le preguntó Dorothea a Kiki.

—No tengo la menor idea, pero seguro que es algún pelmazo, así que me quedaré aquí con vosotras.

—Nos encantaría, querida. Voy a buscar a un camarero para que ponga otro cubierto.

Cuando su madre se marchó toda presurosa, Kiki miró a Cecily y le cogió la mano. La joven se la estrechó y notó que los dedos largos y delgados que enlazaban los suyos estaban fríos, a pesar del calor reinante en la sala.

—Has demostrado tener valor viniendo aquí esta noche —dijo Kiki, y apagó su cigarrillo en un cenicero—. Y haces bien. Me importa un bledo toda esta gente. No hay nada real en esta sala, ¿sabes? —Suspiró. Cogió la copa de champán que Dorothea había dejado en la mesa y se la bebió de un trago—. Como dice mi amiga Alice, todos acabaremos convertidos en polvo, por muchos condenados diamantes que tengamos.

Kiki miró con firmeza hacia lo lejos, como si intentara ver más allá de los muros del Waldorf.

—¿Cómo es África? —preguntó por fin Cecily, pensando que debía ser ella la que dirigiera la conversación, pues su madrina parecía estar en otro mundo.

—Majestuosa, aterradora, misteriosa y... totalmente inexplicable. Tengo una casa a orillas del lago Naivasha, en Kenia. Por las mañanas, cuando me despierto, puedo ver a los hipopótamos nadando en sus aguas, a las jirafas metiendo la cabeza entre los árboles, como si pretendieran ser sus ramas... —Kiki se echó a reír con su voz profunda y gutural—. Deberías hacerme una visita, salir del gueto claustrofóbico de la ciudad y ver cómo es el mundo real.

—Me encantaría hacerlo algún día —afirmó Cecily.

—Cariño, no existe eso de «algún día». El único tiempo que tenemos es este, ahora, este minuto, una milésima de segundo tal vez... —Su voz fue apagándose mientras cogía su bolsito de noche, cuajado de lo que parecían cientos de diminutos y fulgurantes diamantes—. Ahora tendrás que perdonarme, necesito ir al tocador, pero vuelvo enseguida.

Con un elegante gesto de la cabeza, Kiki se levantó y se abrió camino entre las mesas. A Cecily le recordaba a Daisy Buchanan —la mujer que Jay Gatsby tenía idealizada en *El gran Gatsby*—, la chica de moda por excelencia en los años veinte. Pero los tiempos habían cambiado. Aquellos no eran los «felices años veinte», aunque su madre y sus amigos vivieran como si todavía durara el magnífico momento de locura que se dio cuando acabó la guerra. Fuera de los sagrados muros del salón de baile, Estados Unidos seguía luchando por librarse de las consecuencias de la Gran Depresión. La única experiencia personal que había tenido Cecily fue a los trece años, cuando vio a su padre llorar en el hombro de su madre mientras le contaba que un buen amigo suyo se había tirado por la ventana tras el crac del 29. Más tarde, Cecily arrancó el periódico de su padre de las manos de Mary, el ama de llaves, que se disponía a tirarlo a la basura, e intentó enterarse de lo que estaba ocurriendo. Sorprendentemente, la cuestión no llegó a plantearse nunca en Spence, el colegio privado de chicas al que asistía, aunque ella preguntó a sus profesores en varias ocasiones. Cuando acabó el colegio, Cecily suplicó a su padre, Walter, que la dejara ir a la universidad. Quería estudiar Económicas en Vassar, y le contó que dos amigas suyas, que tenían unos padres más ilustrados, se habían matriculado en Brown. Para su sorpresa, Walter accedió a que recibiera una educación universitaria, pero cuestionó la carrera que había elegido.

—¿Económicas? —había exclamado frunciendo el entrecejo, antes de dar un trago a su bourbon preferido—. Querida Cecily..., esa es una carrera reservada exclusivamente a los hombres. ¿Por qué no escoges Historia? No sería demasiado difícil para ti, y te daría bagaje suficiente para mantener una conversación cuando alternes con los amigos y colegas de tu futuro esposo.

Cecily hizo lo que le dijeron, pues entendió que se trataba de un compromiso. Eligió economía como asignatura secundaria y disfrutó de las clases de álgebra, de estadística y de la famosa economía 105 para principiantes. Sentada en el aula con las paredes forradas de paneles de madera y espoleada por las demás mujeres de talento que tenía a su alrededor, Cecily no había vuelto a sentirte tan inspirada como entonces.

Pues bien, ¿cómo era posible que ahora se encontrara de nuevo en su dormitorio de la infancia, en la mansión familiar de la Quinta Avenida, sin esperanzas para el futuro? En aquel momento, sentada sola a la mesa, Cecily miró alrededor del salón de baile buscando a su madre y bebió un poco de champán para poner freno a los pensamientos sensibleros que inundaban su cerebro.

Tras dejar Vassar en verano para reunirse con su familia en la casa de los Hamptons, Cecily tuvo que pellizcarse cuando vio que Jack empezaba a hacerle la corte, escogiéndola a ella entre todas las demás en la habitual ronda de fiestas, insistiendo en tenerla como compañera en los partidos de tenis y colmándola de cumplidos y de regalos que la divertían y la emocionaban en igual medida. Sus padres fueron testigos de todo ello entre bambalinas, con la satisfacción que era de suponer, sin duda haciendo comentarios en voz baja acerca de un posible compromiso. Por fin, Jack pidió su mano en septiembre, irónicamente durante el terrible huracán que había asolado Long Island casi sin avisar. Cecily recordaba aquella tarde espantosa en la que Jack y sus padres, acompañados de todo el servicio, se presentaron con el rostro demudado en casa de los Huntley-Morgan buscando guarecerse de la violenta tempestad. Unas olas gigantescas y furiosas azotaban la casa de los Hamblin en Westhampton Beach y corría peligro de que la inundaran por completo; en cambio, la residencia de su familia se hallaba más en el interior, en lo alto de un cerro, y disponía de un sótano grande. Después de refugiarse todos en él, con el viento bramando por encima de sus cabezas, arrancando tablones del tejado y derribando árboles, Jack la llevó a un rincón y la estrechó entre sus brazos.

—Cecily, mi querida niña —le había susurrado mientras ella temblaba—, momentos como este nos recuerdan lo terriblemente corta que puede ser la vida... ¿Quieres casarte conmigo?

Cecily levantó los ojos y lo miró desconcertada.

—¡No puedes hablar en serio, Jack!

—Te aseguro que hablo muy en serio. Por favor, cariño, di que sí.

Y dijo que sí. En el fondo de su ser tendría que haberse imaginado que aquello era demasiado bonito para ser verdad, pero la sorpresa de que la hubiera elegido a ella, unida al intenso amor que siempre había sentido por Jack, le había nublado el juicio borrando cualquier atisbo de sensatez. Apenas tres meses más tarde, el noviazgo había concluido y ahora ahí estaba ella, sentada sola en la fiesta de Nochevieja, sintiéndose absolutamente humillada.

Cecily se vio obligada a salir de su ensimismamiento cuando apareció su hermana menor, Priscilla, que se plantó delante de ella con un magnífico vestido de seda rosa y con su cabellera rubia de ondas perfectas cayéndole hasta los hombros. Se parecía a Carole Lombard, actriz a la que admiraba, y se había encargado de adoptar su mismo estilo. Por desgracia, el marido de Priscilla, Robert, no era Clark Gable. Con sus zapatos de tacón, Priscilla le sacaba la cabeza. Robert tendió sus manos pequeñas y sudorosas hacia Cecily.

—¡Querida cuñada, mis condolencias por tu pérdida! —Cecily se mordió la lengua para no responderle que en realidad Jack no se había muerto—. Pero, de todas formas, ¡feliz Año Nuevo!

Cecily dejó que la cogiera por los hombros y la besara en ambas mejillas con su boca babosa. Por mucho que lo intentara, no podía comprender cómo Priscilla era capaz de meterse en la cama cada noche con ese hombre feo y flaco, cuya tez pálida le recordaba el color de las gachas de avena recalentadas.

«Quizá se ponga a contar los dólares que tiene en el banco cuando se acuesta con él», pensó con crueldad.

Detrás de Priscilla iba la hermana mediana, Mamie. A sus veintiún años, era solo trece meses más joven que Cecily. Siempre había tenido poco pecho y las proporciones de un muchacho, pero los siete meses de embarazo habían transformado su cuerpo por completo. El vestido de satén azul ponía sutilmente de relieve sus pechos abultados y la suave curva provocada por la criatura que llevaba en su seno.

—¡Hola, querida! —dijo Mamie besándola en las dos mejillas—. Tienes un aspecto maravilloso, sobre todo dadas las circunstancias.

Cecily no estaba muy segura de si se trataba de un cumplido o un insulto.

—¿Verdad, Hunter? —Mamie se volvió hacia su marido, que, a diferencia de Robert, les sacaba a todos la cabeza.

—Tiene muy buen aspecto —aseguró Hunter rodeando a Cecily con sus brazos y dándole un abrazo que parecía más bien un placaje de rugby.

A Cecily le gustaba mucho Hunter; de hecho, cuando Mamie lo llevó a casa por primera vez el año anterior, se medio enamoriscó de él. Rubio, ojos color avellana, dientes blancos y perfectos, se había doctorado *summa cum laude* en Yale antes de seguir los pasos de su padre y entrar a trabajar en el banco de la familia. Hunter era un chico listo y agradable, y por lo menos vivía de su trabajo, aunque Mamie decía que se pasaba la mayor parte del tiempo almorzando en el Union Club con sus clientes. Cecily abrigaba la esperanza de que se sentara a su lado durante la cena; siempre podría preguntarle sobre las repercusiones que la anexión de los Sudetes por parte de herr Hitler tendría sobre la economía estadounidense.

—Damas y caballeros, ¿tendrían la bondad de ocupar sus asientos para que dé comienzo la cena? —tronó al fondo de la sala una voz procedente no se sabía muy bien de dónde.

—Justo a tiempo, papá —dijo Cecily al ver a Walter Huntley-Morgan II acercarse a la mesa a grandes zancadas.

—En el vestíbulo me cogió por banda Jeremiah Swift…, probablemente el hombre más aburrido de Manhattan —comentó Wal-

139

ter sonriendo a Cecily—. Bueno, ¿cuál es mi sitio? —preguntó sin dirigirse a nadie en particular.

—Al otro lado, junto a Edith Wilberforce —le dijo Cecily.

—Que probablemente sea la mujer más aburrida de Manhattan. Pero, ¡mira por dónde!, tu madre insiste en que la encuentra agradable. Por cierto, estás preciosa —añadió dirigiendo una mirada afectuosa a su hija mayor—. Demuestras una gran valentía al haber venido, Cecily, y me gusta la valentía.

La joven le respondió con una leve sonrisa cuando Walter se separó de ella para dirigirse al sitio que le habían asignado al otro lado de la mesa. Para ser un hombre mayor, Cecily pensaba que su padre todavía era muy atractivo... Solo alguna que otra sombra gris en sus cabellos rubios y una insinuación de barriga indicaban el paso de los años. Los Huntley-Morgan tenían fama de ser «guapos», aunque Cecily tenía la impresión de ser la excepción. Los rasgos de Priscilla, rubia y de ojos azules, eran el vivo reflejo de los de su padre, y Mamie había salido a su madre; ella, en cambio, a veces pensaba que la habían cambiado al nacer por la hija de otros padres, lo que explicaría la maraña de rizos de color castaño claro, la tonalidad de sus ojos, que oscilaba entre el azul pálido los días buenos y el gris los malos, y el puñado de pecas que cubrían su nariz y que se multiplicaban cuando hacía sol. Debido a su metro cincuenta y tantos de estatura y su complexión menuda, que para ella rayaba en lo escuálido, Cecily se sentía a menudo una enana al lado de sus hermanas, tan esbeltas y esculturales.

—¿Has visto a Kiki, Cecily? —le preguntó Dorothea cuando ocupó su sitio tres asientos más allá de su hija.

—No desde que se fue al tocador, mamá —contestó Cecily.

Cuando sirvieron el aperitivo de gambas, el lugar reservado para Kiki seguía vacío. «Lo que me faltaba..., un asiento vacío a mi lado.»

Hunter se inclinó hacia ella y le susurró:

—Si no aparece en los próximos diez minutos, me pongo a tu lado.

—Gracias —dijo Cecily, tomando un sorbo del vino que acababa de servirle un camarero, consciente de que iba a ser una noche muy larga.

Como pasó una hora sin que Kiki diera señales de vida, su cubierto fue retirado y Hunter se colocó junto a ella. Mantuvieron una larga charla acerca de la situación en Europa; Hunter no creía que fuera a haber guerra, debido al acuerdo alcanzado por el primer ministro británico con Hitler a comienzos de año.

—Pero como el señor Hitler es imprevisible, los mercados han vuelto a entrar en una fase de volatilidad, justo cuando acababan de recuperar la estabilidad. Por supuesto —añadió Hunter inclinándose hacia ella—, hay unos cuantos que yo me sé que han empezado a frotarse las manos ante la idea de una guerra en Europa.

—¿De verdad? —exclamó Cecily frunciendo el ceño—. ¿Por qué iban a hacer una cosa así?

—En las guerras hacen falta armas y municiones, y a Estados Unidos se le da muy bien fabricarlas. Sobre todo si no participamos directamente en la confrontación militar.

—¿Estás seguro de que Estados Unidos no se verá envuelto en la conflagración?

—Sí, bastante seguro. Ni siquiera el señor Hitler se atrevería a pensar en anexionarse los Estados Unidos de América.

—Cuesta creer que un ser humano pueda desear la guerra.

—Las guerras hacen más ricas a las personas y por ende a los países, Cecily. Fíjate en Estados Unidos después de la Gran Guerra. Aparecieron un montón de nuevos multimillonarios. Todo es cíclico. Por decirlo rudamente, todo lo que sube tiene que bajar, y viceversa.

—¿No te parece bastante deprimente?

—Supongo que sí, aunque es posible que los seres humanos aprendan de sus errores y salgan adelante, o al menos eso espero. Pero aquí estamos, con Europa al borde de la guerra —dijo Hunter exhalando un suspiro—. Siempre hay que tener fe en la naturaleza humana, y Nochevieja —añadió en el momento en que la orquesta empezó a tocar y la gente se dirigía hacia la pista de baile— tal vez sea la única noche en la que deberíamos olvidar nuestras preocupaciones y celebrar el presente. ¿Bailas conmigo?

Se levantó y ofreció la mano a su cuñada.

—Encantada.

Diez minutos más tarde, Cecily se encontraba de nuevo sentada a la mesa, pero ahora estaba desierta. Todo el mundo bailaba, cada uno con su pareja, y, para empeorar las cosas, la joven vio pasar ante ella el fulgor de un deslumbrante vestido plateado, que acababa en unas piernas largas y bien formadas, del brazo de su exprometido.

Aunque no fumaba, Cecily cogió el paquete de cigarrillos que alguien había dejado encima de la mesa y encendió uno por hacer algo. Pensó en lo sola que podía llegar a sentirse una persona en una sala con cientos de invitados, y estaba sopesando la idea de coger un taxi para volver a casa cuando apareció Kiki arrastrando tras ella a un hombre muy atractivo.

—¡Oh, Cecily! No puedes quedarte aquí sola. Permíteme presentarte al capitán Tarquin Price. Es un gran amigo mío de Kenia.

—Es un placer conocerla —dijo el hombre, inclinándose con solemnidad ante Cecily.

—Vaya, os dejo que charléis, jovencitos... La verdad es que necesito ir al tocador.

Tarquin se sentó al lado de Cecily y le ofreció un cigarrillo, que ella rechazó. En ese momento Cecily estaba pensando que su madrina tenía una vejiga muy débil.

—Bueno, me han dicho que es usted la ahijada de Kiki...

—Sí, así es. Y usted es un gran amigo suyo, ¿no?

—¡Oh, yo no diría tanto! Nos hemos visto un par de veces en el Muthaiga Club de Nairobi. Yo tenía unas semanas de permiso y Kiki me invitó a venir con ella a Manhattan a pasar la Navidad. Su madrina es una mujer que hace amigos con mucha facilidad. Es todo un personaje, ¿verdad?

—Desde luego que lo es.

Lo único que deseaba Cecily era cerrar los ojos y pasarse toda la noche oyendo el entrecortado acento inglés del capitán.

—¿Así que vive usted en Kenia?

—De momento, sí. Soy capitán del ejército británico y me destinaron allí hace unos meses, cuando estalló todo este asunto de Hitler.

—¿Y le gusta aquello?

—Indudablemente, es uno de los países más hermosos que he visto. Bastante diferente de Inglaterra.

Su hermoso rostro, con una piel bronceada que hacía juego con sus ojos marrones y su espesa cabellera oscura, dibujó una amplia sonrisa.

—¿Ha visto usted leones y tigres desde que está allí?

—Bueno, detesto tener que corregirla, señorita…

—Por favor, llámeme Cecily.

—Cecily… Me parece que es un error muy habitual creer que hay tigres en África. Pero lo cierto es que no los hay. Ahora bien, lo que sí he visto han sido unos cuantos leones. Hace unas semanas cacé uno en la sabana.

—¿De verdad?

—Sí —dijo asintiendo con la cabeza—. El muy canalla vino a husmear alrededor de nuestro campamento y a los condenados negros, que se habían quedado dormidos, les pilló desprevenidos. ¡Menos mal que oí el jaleo, agarré mi escopeta y lo maté antes de que nos convirtiera en su cena! Estaban presentes también algunas señoras.

—¿Había mujeres acampando con usted?

—Sí, y algunas cazan mejor que muchos hombres. Uno tiene que ser hábil con la escopeta si vive en África, sea del sexo que sea.

—Yo nunca he cogido una escopeta, y no hablemos ya de dispararla.

—Estoy seguro de que aprendería enseguida… La mayor parte de la gente lo hace. Bueno, Cecily, ¿y a qué se dedica aquí en Nueva York?

—Fundamentalmente ayudo a mi madre en sus obras de caridad. Formo parte de varios comités…

La voz de Cecily fue apagándose. Resultaba tan cursi hablar de almuerzos benéficos con un oficial del ejército británico que había cazado un león…

—Quiero decir, me gustaría hacer muchas más cosas, pero…

«Vamos, Cecily, intenta al menos no dar la impresión de ser la triste pavisosa que eres…»

—Lo cierto es que me interesa mucho la economía.

—¿Ah, sí? ¿Por qué no damos unas vueltas por la pista de baile y me aconseja cómo y dónde debo invertir mi miserable sueldo de militar?

—De acuerdo —respondió Cecily, pensando que al menos el baile se le daría mejor que la charla.

Con la música de Benny Goodman y su orquesta invadiendo el ambiente, aunque se le hubiera ocurrido algo inteligente y divertido que decir, Tarquin no habría podido oírla. La joven descubrió con agrado que el capitán era mucho mejor bailarín que Jack, y por poco le dio un patatús cuando casi chocaron con él y su prometida, que parecía una diosa envuelta en su vestido plateado. Llegó la medianoche y soltaron encima de los invitados una multitud de globos que estaban aprisionados en una red.

—¡Feliz Año Nuevo, Cecily! —exclamó Tarquin agachándose para darle un beso en la mejilla—. ¡Por los viejos amigos y los nuevos!

Después de que todos cantaran la *Canción del adiós*, la orquesta se puso a tocar de nuevo y Tarquin no parecía estar dispuesto a apartarse del lado de la joven, hasta que apareció Kiki como el bellísimo espectro que era y tiró del brazo del capitán.

—¿Serías tan amable de acompañarme a mi suite, querido? Me he pasado toda la noche bailando y mis pobres pies me están matando. Tengo que librarme de estos zapatos. He invitado a unas cuantas personas, de modo que podremos continuar la fiesta arriba. Por supuesto, tú también tienes que venir, querida Cecily.

—Gracias, Kiki, pero nuestro chófer ya estará esperando fuera.

—Pues dile al chófer que espere un poco más —repuso Kiki echándose a reír.

—No puedo, debo irme a casa.

Después de varias noches en blanco, Cecily estaba a punto de quedarse dormida en los brazos de Tarquin.

—Bueno, si tienes que irte, márchate, pero volveré a verte antes de regresar a Kenia. Estaba diciéndole a Cecily que debería venir a pasar una temporada conmigo.

—Desde luego —convino Tarquin bajando la vista hacia Cecily y mirándola con gesto cariñoso—. Bueno, pues ha sido un auténtico placer conocerla. —Tomó su mano y se la acercó a los labios—. Me encantaría enseñarle el país, si al final hace el viaje. Espero que volvamos a vernos pronto. Buenas noches.

—Buenas noches.

Mientras observaba cómo Tarquin desaparecía en medio de la multitud en compañía de Kiki, y luego recorría con los ojos el salón buscando a sus padres, Cecily pensó que, aunque no volviera a verlo nunca más, aquella noche el capitán Tarquin Price había sido su caballero de la armadura resplandeciente.

10

Como le sucedía a cualquiera que viviese en Nueva York, a Cecily no le gustaba el mes de enero, pero el de aquel año le pareció más deprimente que cualquier otro. Por lo general, la vista de Central Park cubierto de nieve desde la ventana de su habitación le levantaba el ánimo, pero aquel año llovió muchísimo, y las aceras estaban cubiertas de un barro gris que hacía juego con el cielo encapotado.

Antes de que Jack saliera bruscamente de su vida, la joven llenaba sus días planificando su boda y participando en las numerosas obras de beneficencia que organizaban su madre y sus amigas. Esto último, en opinión de Cecily, suponía desperdiciar infinitas horas en decidir el local en el que se celebraría el próximo acto de recaudación de fondos, y luego perder más tiempo todavía escogiendo los menús. A continuación, venía la lista de invitados, la cual dependía de la cantidad de dólares que el destinatario de la invitación estuviera dispuesto a dar. Dorothea confiaba en su hija mayor para que le contara con quiénes iban a casarse las jóvenes debutantes amigas suyas; si el prometido o el nuevo marido era lo suficientemente rico, Cecily los invitaría también.

Aunque sabía que su madre y sus queridas amigas trabajaban con denuedo por sus nobles causas, Cecily no había visto todavía a ninguna de ellas ensuciarse sus guantes de seda por haber visitado cualquiera de los centros benéficos para los que recaudaban fondos. Cuando sugirió que pensaba ir a Harlem a visitar el orfanato para el que habían conseguido más de mil dólares en una cena benéfica, Dorothea se la quedó mirando como si estuviera loca:

—Cecily, tesoro, pero qué cosas se te ocurren. Podrían atracarte antes de que tuvieras ocasión de salir del coche. Todo lo que tienes que hacer en las obras benéficas es obtener fondos para esas criaturitas de color. Conténtate con eso.

Desde los disturbios de Harlem de 1935, que tuvieron lugar cuando estudiaba su segundo curso en Vassar, Cecily era consciente de la tensión reinante. En muchas ocasiones se había sentido tentada de preguntar a Evelyn, la doncella negra de su casa durante los últimos veinte años, cómo era su vida, pero la regla de oro decía que nunca había que intercambiar detalles personales con el servicio. Evelyn vivía en la buhardilla, con el resto del personal de cocina, y solo salía de casa el domingo para ir a «mi iglesia», como ella decía. Archer, el chófer, y Mary, el ama de llaves, estaban casados y vivían en Harlem. En Vassar conoció a unas cuantas mujeres sin pelos en la lengua que exigían un cambio social. Su amiga Theodora a menudo salía del campus los fines de semana para ir a alguna concentración a favor de los derechos civiles en el famoso Distrito 19. Volvía a la residencia el domingo, justo antes de medianoche, y entraba por la ventana del dormitorio apestando a humo y rebosante de cólera.

—El mundo necesita un cambio —susurraba mientras se ponía el camisón—. Puede que ya no haya esclavitud, pero seguimos tratando a toda una raza como si fueran menos que seres humamos. Los segregamos, los reprimimos... Estoy harta de todo esto, Cecily. ¡Maldita sea!

Enero era también un mes muy tranquilo en lo referente a las actividades de los comités benéficos, de modo que Cecily se veía la mayor parte del tiempo encerrada en casa con sus pensamientos. Incluso la radio le proporcionaba poca diversión: Hitler seguía pronunciando discursos incendiarios y atacando a los británicos y a los judíos, a los que tildaba de «belicistas».

«El invierno de 1939 seguro que se no recordará con agrado», se dijo Cecily mientras se dirigía a dar un paseo por Central Park, totalmente envuelto en niebla, solo por salir un rato de casa.

Dorothea se había ido a Chicago a visitar a su madre. Aquella noche, cuando se sentó con su padre a la enorme mesa del comedor con vistas al jardín nevado, Cecily se preguntó si algún día se armaría de valor para proponer que en esas ocasiones cenaran en la mesa pequeña del gabinete, mucho más acogedor.

—¿Te gusta la nueva decoración? —le preguntó Walter tomando un sorbo de vino y señalando con un leve gesto el mobiliario moderno, de líneas puras.

La mansión de la Quinta Avenida, con su imponente fachada de piedra que daba a Central Park, había sido redecorada recientemente por Dorothea siguiendo el estilo art déco, por entonces de moda, un estilo que había desorientado a Cecily la primera vez que vio las innovaciones introducidas en la casa, pues cada vez que se daba la vuelta se encontraba con su propia imagen reflejada en las infinitas superficies de espejo, y lo cierto era que echaba de menos el pesado mobiliario de caoba que conocía desde que era niña. El único vestigio de su antiguo dormitorio era Horace, su viejo osito de peluche.

—Bueno, a mí me gustaba lo que teníamos antes, pero mamá parece contenta con el nuevo estilo —se permitió comentar.

—Exacto, y eso es una buena cosa.

Al ver que su padre guardaba silencio, Cecily decidió introducir el tema en el que no dejaba de pensar.

—He seguido las noticias, papá, y quería preguntarte algo. ¿Por qué continúa Hitler fomentando la guerra? Ya sacó lo que quería de los Acuerdos de Munich, ¿no?

—Pues, querida —dijo Walter animándose—, porque ese tipo es un psicópata, en el estricto sentido del término. En otras palabras, no tiene el mínimo sentimiento de culpabilidad ni de vergüenza, y es harto improbable que respete los acuerdos que ha firmado.

—Entonces ¿es posible que haya guerra en Europa?

—¿Quién sabe? —dijo Walter encogiéndose hombros—. Supongo que depende de la dirección en la que sople el viento psicológico de Hitler y si un día le da por ahí. Quizá te hayas dado cuenta de que la economía alemana es muy boyante. Él es el que ha dado la vuelta a la economía, de modo que los alemanes podrían permitirse el lujo de desencadenar una guerra si él la quiere.

—Todo se reduce al dinero, ¿no? —comentó Cecily, y suspiró mientras jugueteaba con su chuleta de cordero.

—Muchas cosas se reducen a eso, sí, pero no todas. Bueno, ¿y tú qué has hecho hoy?

—Nada. Absolutamente nada —contestó la joven.

—¿No has ido a almorzar con ninguna de tus amigas?

—Papá, la mayoría de mis amigas están casadas, embarazadas o criando ya algún hijo.

—Estoy seguro de que dentro de poco tú también estarás en ese barco —le dijo para consolarla.

—Pues yo no estoy tan segura de eso. Papá...

—Sí, Cecily...

—Bueno, me... me preguntaba si, dado que no voy a casarme enseguida, volverías a considerar la idea de que buscara un... —tragó saliva— un empleo. ¿Es posible que haya alguna vacante en tu banco?

Walter se limpió el bigote con la servilleta, la dobló pulcramente y la colocó al lado de su plato.

—Cecily, ya hemos ido por ese camino muchas veces. Y la respuesta es no.

—Pero ¿por qué? ¡Hay mujeres desempeñando trabajos en todo Nueva York! ¡No se limitan a esperar que aparezca un hombre que beba los vientos por ellas! Tengo un título universitario y quiero sacar provecho de él. ¿No hay nada que pueda hacer en tu banco? Cada vez que voy a almorzar contigo, veo a chicas que salen del edificio, así que me imagino que algo harán allí...

—Tienes razón, algo hacen. Son mecanógrafas, y se pasan el día escribiendo a máquina las cartas de los directores, cerrando sobres, pegando sellos y llevando la correspondencia al departamento de correos. ¿Es eso lo que quieres?

—¡Sí! ¡Al menos haría algo útil!

—Cecily, sabes tan bien como yo que ninguna hija mía puede trabajar de mecanógrafa en el banco. Tú... y yo, de paso, nos convertiríamos en el hazmerreír de la entidad. Esas chicas tienen unos orígenes muy distintos...

—Lo sé, papá, pero no me interesan los «orígenes». Solo quiero... llenar mi tiempo.

Cecily sintió el escozor de unas lágrimas de frustración en el fondo de sus ojos.

—Querida, comprendo cuánto te ha dolido y desestabilizado la traición de Jack, pero estoy seguro de que no tardará en aparecer algún otro chico.

—Pero ¿qué pasa si no quiero casarme?

—Entonces te convertirás en una solterona amargada con un montón de sobrinas y sobrinos a tu alrededor. —Los ojos de Walter revelaron un destello de bondadosa burla—. ¿Te resulta eso más atractivo?

—No… sí, quiero decir… que ahora mismo eso no me importa, papá. Entonces ¿por qué permitiste que tuviera una formación universitaria, si no iba a poder utilizarla nunca?

—Cecily, esa formación ha ensanchado tu mente, te ha dado ideas sobre muchos asuntos que te permitirán hablar con seguridad en las cenas…

—¡Por Dios santo! ¡Te pareces a mamá! —La joven se cubrió el rostro con las manos—. ¿Por qué no me dejas utilizar mi título de una manera más productiva?

—Cecily, comprendo lo que es no poder seguir la senda en la que has depositado todas tus ilusiones. Yo estudié Económicas en Harvard simplemente porque mi abuelo lo hizo, y solo el Señor sabe cuántos antepasados lo hicieron antes que él. Cuando me gradué, mi único deseo era recorrer el mundo y ganarme la vida lejos del descarnado mundo del comercio. Creo que me imaginaba que era un gran cazador blanco o algo así. —Soltó una risita amarga—. Por supuesto, cuando le conté mis planes a mi padre, me miró como si me hubiera vuelto loco y su respuesta fue: «¡No!». Tuve que seguir sus pasos en el banco, y luego ocupé un sillón en el consejo de administración.

Cecily observó cómo su padre hacía una breve pausa para tomar un trago de vino.

—¿Crees que de verdad me gusta lo que hago? —preguntó Walter.

—No sé… Bueno, papá, yo pensé que te gustaba. Por lo menos trabajas.

—Si se puede llamar trabajo a eso. En realidad, me reúno con los clientes y los saludo… Los llevo a almorzar y de cena y hago que se sientan queridos… Es mi hermano mayor, Victor, el que cierra los tratos. Yo solo soy el ayudante encantador. Y no lo olvides, los tiempos se han vuelto muy duros desde el crac del 29.

—Pero el banco sobrevivió, ¿verdad? Todavía tenemos bastante dinero, ¿no?

—Sí, pero debes saber que nuestra familia continúa llevando el nivel de vida que siempre ha llevado gracias al patrimonio que heredó tu madre, no al mío. Comprendo tu frustración, pero nada es perfecto… La vida es un reto al que hay que hacer frente, y tenemos que sacarle el mayor partido posible. Cuando estés casada y tengas una familia, al menos podrás detectar de inmediato a cualquiera del personal de servicio que intente darte gato por liebre —comentó sonriendo—. Tú estás destinada a ser la esposa de alguien, y yo estoy destinado a permanecer al lado de Victor viendo cómo lleva nuestra banca familiar a la ruina. Y ahora, si has terminado, pediré a Mary que nos traiga el postre.

Uno tras otro, aquellos días grises fueron pasando, y entretanto Cecily pensó mucho en la conversación insólitamente honesta que había mantenido con su padre. Después se dio cuenta de que Walter se sentía frustrado porque su esposa era mucho más rica que él. Su gran mansión de la Quinta Avenida la heredó Dorothea de su padre, el abuelo materno de Cecily, a quien habían puesto ese nombre en su honor. Cecil H. Homer fue uno de los primeros estadounidenses que fabricó pasta de dientes a escala industrial, y luego amasó una gran fortuna con el negocio. Su esposa, Jacqueline, se había divorciado de Cecil cuando Dorothea era todavía una recién nacida, aduciendo como causa en los documentos legales «abandono del hogar», lo que en realidad significaba —comentaba siempre su madre con una risita— que su padre había abandonado a Jacqueline por un tubo fino y alargado de crema blanca con sabor a menta, no por otra mujer. Con trece años, Dorothea era la única heredera de la fortuna de su padre, que falleció de un ataque al corazón cuando estaba sentado ante su escritorio, y a los veintiuno se convirtió en la propietaria legal de la mansión de la Quinta Avenida, así como de una gran finca en los Hamptons, y de una gran cantidad de depósitos bancarios en metálico y de inversiones en el extranjero.

Poco después se casó con Walter Huntley-Morgan. Walter era de muy buena familia, pero a su hermano mayor le adjudicaron la dirección del banco de la familia, mientras que el padre de Cecily llegó «en un magnífico segundo puesto», como él solía decir con ironía.

Pero por mucho que quisiera razonar consigo misma y convencerse de que su padre tenía razón al afirmar que la vida era un reto al que había que hacer frente, Cecily no veía que tuviera enfrente ningún reto, y pensaba que se moriría de aburrimiento. Era consciente de que, incluso en el mes de enero más tenebroso, siempre había algo que hacer en el círculo neoyorquino que frecuentaba, pero en la bandeja de plata del vestíbulo no había ni una sola invitación a un almuerzo o un té. Y echando un vistazo a la sección de sociedad del *New York Times*, finalmente entendió por qué: era impensable que una exnovia y la actual prometida fueran invitadas a las mismas reuniones, y Patricia Ogden-Forbes se había impuesto sobre ella en los afectos de las integrantes de su círculo. Incluso sus amigas más íntimas parecían haberla abandonado.

Una tarde, Cecily se tomó un traguito de bourbon de la licorera que estaba encima del aparador del salón y luego llamó a su amiga más íntima, Charlotte Amery. Tras hablar con el ama de llaves, que fue a buscar a Charlotte, Cecily fue informada de que su amiga tenía «otro compromiso».

—¡Pero es urgente! —insistió—. Por favor, dígale que me llame lo antes posible.

Pasaron dos horas antes de que su ama de llaves, Mary, le comunicara que Charlotte la llamaba por teléfono.

—¡Hola, Charlotte! ¿Qué tal estás?

—Muy bien, cariño. ¿Y tú qué tal?

—Bueno, ya sabes. Mi guapísimo novio me ha dejado, es posible que estalle una guerra en Europa… —comentó con una risilla.

—Oh, Cecily, ¡cuánto lo siento!

—¡Por Dios! Era broma, Charlotte. Estoy bien, de verdad.

—¡Ay, cuánto me alegro! ¿Seguro que estás bien? Con lo de Jack y todo eso…

—Bueno, no es que sea la mejor situación, claro, pero vaya, sigo respirando. Estaba pensando que llevo tiempo sin saber de ti. ¿Qué te parece quedar mañana? ¿Nos vemos para merendar en el Plaza? Los bollos de allí son los mejores de la ciudad.

—¡Uy, me temo que no voy a poder! Rosemary celebra una pequeña reunión en su casa. Al parecer, su amiga inglesa ha venido para quedarse una temporada y vamos a ir todas a aprender a jugar al bridge.

Cecily tragó saliva. Rosemary Ellis era, sin duda alguna, la reina de la sociedad de su generación, y hasta aquel momento había sido amiga suya.

—Ya veo. ¿Quizá la semana que viene?

—Ahora no tengo aquí la agenda, pero ¿por qué no te llamo el lunes y vemos cómo podemos arreglarlo entre las dos?

—¡Buena idea! —dijo Cecily intentando que no le temblara la voz.

Nada en la sociedad neoyorquina era espontáneo. Cada visita a la peluquería, a la modista o a la manicura, por no hablar de cualquier cita con una amiga, era planeada con semanas de antelación. Charlotte no iba a llamarla el lunes.

—¡Vale, estupendo! —consiguió decir Cecily—. Entonces, adiós.

Colgó el auricular y estalló en sollozos.

Una hora más tarde, estaba tumbada en la cama mirando al techo, pues era incapaz de considerar siquiera la idea de leer un libro, cuando Evelyn llamó a la puerta de su habitación.

—Disculpe, señorita Cecily. Me envía Mary para que le diga que hay una señora y un caballero en el vestíbulo. Han preguntado por su madre, pero ella les ha contestado que había salido. Luego la señora ha dicho que deseaba verla también a usted.

Evelyn cruzó la habitación y entregó a Cecily una tarjeta de visita. La joven la leyó y soltó un suspiro. Al parecer, Kiki, su madrina, la esperaba abajo. Se le ocurrió fingir que estaba enferma, pero sabía que su madre no la perdonaría nunca si no recibía en su lugar a su vieja amiga.

—Llévalos al salón y di que bajaré en diez minutos. Necesito refrescarme un poco.

—¡Oh, pero la chimenea no está encendida, señorita Cecily!

—Bueno, pues ve a encenderla.

—Sí, señorita.

Cecily saltó de la cama y se miró en el espejo. Tras cepillarse un poco su irritante cabellera rizada y decidir que se parecía más a Shirley Temple que a Greta Garbo, se alisó la blusa y la falda y se calzó. Por último, se retocó los labios antes de bajar a saludar a Kiki.

—¡Queridaaa! —exclamó Kiki abrazando a Cecily—. ¿Qué tal estás?

—Bueno, bien, gracias.

—Pues la verdad es que no lo parece, cariño. Estás tan demacrada y pálida como el cielo de Manhattan.

—¡Oh, he estado resfriada, pero ya pasó! —mintió Cecily.

—No puedo decir que me sorprenda. ¡Vaya! ¡Manhattan es una nevera en esta época del año, y además está vacía! —Kiki se echó a reír temblando con un escalofrío y arrebujándose en su abrigo de visón mientras se dirigía a la chimenea recién encendida. Sacó un cigarrillo del bolso y lo colocó en la boquilla—. Debo decir que no puedo por menos que admirar la audacia del gusto de tu madre en materia de diseño. El art déco no es para todo el mundo. —Hizo un gesto con la mano abarcando todo el salón, donde una de las paredes estaba cubierta de espejos—. Te acuerdas de Tarquin, ¿verdad?

Cecily pareció acordarse en ese momento de la presencia del apuesto caballero con el que había bailado dos semanas antes, en la fiesta de Nochevieja. El hombre seguía envuelto en su pesado abrigo de tweed; a pesar del fuego de la chimenea, la temperatura del salón solo estaba unos grados por encima de cero.

—Por supuesto que me acuerdo —dijo Cecily sonriendo—. ¿Qué tal estás, Tarquin?

—Muy bien, Cecily, gracias.

—¿Puedo ofreceros algo de beber? ¿Té? ¿Café?

—Creo que un poco de brandy es justo lo que nos haría entrar en calor, ¿sabes? Tarquin, ¿serías tan amable? —dijo Kiki señalando las licoreras colocadas encima del aparador.

—Desde luego —dijo él asintiendo con la cabeza—. ¿Una copa para ti también, Cecily?

—Pues...

—¡Oh, venga! El brandy es medicinal, especialmente para el resfriado, ¿no crees, Tarquin?

—Por supuesto que sí.

«Pero no a media tarde», pensó Cecily.

—Bueno, ¿y adónde se ha ido tu madre? —preguntó Kiki—. En busca de climas más cálidos, espero.

—Pues no. Se ha ido a Chicago a visitar a su madre, o sea, a mi abuela.

—¡Qué mujer tan espantosa es Jacqueline! —dijo Kiki inclinándose sobre el salvachispas recubierto de piel por arriba que había delante del hogar—. Tan rica como Creso, por supuesto —añadió al tiempo que Tarquin le ofrecía, al igual que a Cecily, una copa de brandy—. Está emparentada con los Whitney, ¿sabes?

—Ese nombre no significa nada para mí —comentó Tarquin ofreciendo a Cecily el sillón situado junto a la chimenea, para luego sentarse frente a ella, mientras Kiki parecía estar concediendo audiencia al pie del salvachispas—. Perdonadme, me temo que no estoy al corriente de quién es quién en la sociedad neoyorquina.

—Baste decir que, si viviéramos en Inglaterra, los Vanderbilt y los Rockefeller se disputarían el trono; en cambio, los Whitney observarían la jugada desde la banda discutiendo a quién iban a apoyar —explicó Kiki entre risas.

—O sea, ¿que la abuela de Cecily pertenece a la realeza estadounidense?

—¡Ah, desde luego! Pero ¿verdad que todo eso no es más que una payasada? —dijo Kiki. Suspiró con dramatismo y arrojó la colilla al fuego de la chimenea—. Bueno, Cecily, mi vida, es una auténtica pena que no esté tu madre, porque iba a proponerle que me acompañara a Kenia cuando me vaya de Estados Unidos a finales de mes. Y, por supuesto, que te llevara a ti también. Te encantaría aquello: el cielo es siempre azul, el tiempo siempre es cálido y la fauna es sencillamente adorable.

—Kiki, comprendo que anheles volver allí, pero las cosas no son del todo así y Cecily podría hacerse una idea equivocada —terció Tarquin—. Sí, el cielo es azul, pero también llueve… ¡Por Dios, y llueve a cántaros! Y en cuanto a los animales, pueden resultar mucho menos adorables si te ven interesante como merienda.

—¡Querida, eso no pasaría nunca en Mundui House! Cecily, tesoro, tu madre y tú tenéis que venir a comprobarlo personalmente.

—Bueno, eres muy amable, pero dudo que mamá esté dispuesta a dejar a mi hermana Mamie hasta que haya tenido al niño.

—Pero hay miles de mujeres que dan a luz cada día. ¡Yo misma lo he hecho en tres ocasiones! Y hace unas semanas iba camino de la cocina en Mundui House a dar instrucciones para un almuerzo que tenía pensado ofrecer, cuando me encontré a una de mis doncellas en cuclillas con la cabeza de un niño entre las piernas. Por supuesto, pedí ayuda, pero para cuando acudió alguien, la criatura ya había salido y estaba en el suelo, berreando mientras aún permanecía unida a su madre por el cordón umbilical.

—¡Santo Dios! —exclamó Cecily—. ¿Y logró sobrevivir?

—Por supuesto que sobrevivió. Una de las tías de la madre cortó el cordón umbilical, cogió al niño en brazos y se llevó a la recién parida para que descansara un poco. Al día siguiente, allí estaba otra vez la muchacha en la cocina. ¡Creo que en la actualidad se arma demasiado revuelo por esas cosas! ¿No te parece, Tarquin?

—Para ser sincero, nunca he pensado en ello —contestó el oficial, más bien con cara de fastidio, y luego bebió un sorbo de brandy.

—En cualquier caso, la cosa es que tu madre y tú tenéis que veniros conmigo a Kenia. Me voy a finales de enero, cuando me haya reunido con los abogados de mi difunto esposo en Denver, así que hay tiempo de sobra para hacer los preparativos necesarios. Bueno, y ahora ¿dónde está el cuarto de baño?

—Oh, al final del pasillo, a la derecha. —Cecily se levantó—. Te acompaño.

—Después de recorrer la sabana por mi cuenta, creo que podré arreglármelas para encontrar el aseo —dijo Kiki sonriendo, y salió de la habitación.

—En fin, Cecily, ¿y qué has hecho desde la última vez que nos vimos? —preguntó Tarquin.

—Bueno, pues no gran cosa. Como dije antes, he estado resfriada.

—Vaya, pues una visita a Kenia haría que mejoraras enseguida. ¿No te atrae la idea?

—Sinceramente, no lo sé. Quiero decir… He estado en Europa, desde luego, en Londres y Escocia, en París y en Roma, pero allí no hay leones. Aunque la idea me atrajera, sé que mamá nunca dejaría sola a Mamie, diga lo que diga Kiki. Y los nativos… ¿son amistosos? —preguntó Cecily.

—La mayoría de los que he conocido, sí. Muchos trabajan para nosotros en el ejército, y los kikuyus de Kiki están bastante entregados a ella.

—¿Los kikuyus?

—Son la tribu de Naivasha y de la zona circundante.

—Entonces ¿no llevan lanzas ni usan taparrabos…? —preguntó Cecily sonrojándose.

—Los masáis sí, pero viven lejos, en la llanura, cuidando su ganado. No te causan problemas si tú tampoco se los causas a ellos.

—¿Y qué? —dijo Kiki cuando volvió a entrar en la sala balanceando su bolso, cuya cadena llevaba atada alrededor de sus elegantes dedos—. ¿Has logrado convencer a Cecily de que se venga conmigo?

—No sé. ¿Tú qué dices? —Los ojos castaños de Tarquin centellearon mirando a Cecily.

—Bueno, desde luego suena bastante más interesante que Nueva York, pero...

—Querido —Kiki puso una mano en el brazo de Tarquin—, tenemos que irnos o llegaremos tarde a tomar el té con los Forbes, y ya sabes lo puntuales que son.

—Yo vuelvo a África mañana mismo —dijo Tarquin cuando se puso en pie—. Debo presentarme en la base esta semana, pero espero que te pienses lo de venir a Kenia y que nos veamos pronto allí, Cecily.

—¡Y yo te haré otra visita para presionarte y que te vengas! —exclamó Kiki echándose a reír mientras Tarquin sujetaba la puerta para dejarla pasar.

Cuando se marcharon, Cecily se sentó junto al salvachispas y se bebió el resto de su copa de brandy sopesando la propuesta de Kiki. En la fiesta de Nochevieja había creído que se trataba de una invitación de cortesía, no de una propuesta seria.

—África —musitó pasando un dedo por el borde de su copa.

De repente se levantó, sacó el abrigo y el sombrero del armario del vestíbulo y salió. Una vez en la calle, se dirigió a la biblioteca del barrio antes de que cerrara.

Aquella noche, cenando con su padre, Cecily le habló de la propuesta de Kiki.

—¿Qué piensas, papá? ¿Me permitiría mamá viajar hasta allí sin venir ella de carabina?

—¿Que qué pienso? —Walter dejó en la mesa su copa de bourbon y juntó los dedos mientras consideraba la cuestión—. Pues pienso que me gustaría ir contigo en lugar de tu madre. Siempre he deseado conocer África. Quizá ese viaje sea lo que te hace falta para olvidar a Jack y seguir adelante. Eres una chica muy especial —añadió levantándose y depositando un beso en la frente de su hija—. Y ahora tengo una reunión en el club. Dile a Mary que volveré sobre las diez. Hablaré con tu madre cuando regrese de Chicago. Buenas noches, cariño.

Cuando se marchó su padre, Cecily subió al piso de arriba y se tumbó en la cama. Abrió los tres libros que había sacado de la biblioteca. Había infinitos dibujos, cuadros y fotografías de nativos negros y de hombres blancos que se mostraban orgullosos junto a los despojos de un león o sosteniendo un enorme colmillo de marfil en cada mano. Se estremeció al ver aquellas imágenes, pero también era un escalofrío de excitación ante la idea de visitar la que parecía una tierra maravillosa y libre. Una tierra en la que nadie había oído hablar de ella ni de la ruptura de su compromiso con Jack Hamblin.

—Cecily, ¿puedes reunirte con tu madre y conmigo en el salón cuando estés lista? —le preguntó su padre en el momento que la joven entraba en el vestíbulo y se sacudía los copos de nieve del abrigo. Había estado en la calle todo el día; por la mañana fue a peinarse y luego, por la tarde, visitó a Mamie.

—Por supuesto, papá. Estaré ahí en un minuto o dos.

Después de entregar su abrigo a Mary, pasó al baño de la planta baja y se arregló un poco ante el espejo. Cuando entró en el salón, donde el fuego de la chimenea crepitaba alegremente, vio que su madre tenía una expresión pétrea, pero su padre le habló en un tono afectuoso.

—Siéntate, querida.

—¿De qué queríais hablarme? —preguntó Cecily al tiempo que su padre se acomodaba en un sillón al lado del fuego.

—Kiki volvió a visitarnos ayer e insistió en que nos fuéramos a África con ella. Yo le contesté que no pensaba dejar sola a Mamie, tan cerca como está de dar a luz —dijo Dorothea—, pero tu padre opina que tú deberías ir.

—Pues sí, así es —reconoció Walter—. Como le he explicado a tu madre, no solo es una oportunidad para ti que te permitirá conocer mundo, sino que implica que, cuando vuelvas, la boda ya se habrá celebrado y podrás seguir adelante con tu vida.

—¿Jack y Patricia han anunciado ya la fecha de su enlace? —preguntó Cecily mostrando toda la calma de la que fue capaz.

—Sí. El 17 de abril. La noticia ha aparecido esta mañana en todas las páginas de sociedad.

—Bueno, ¿y tú qué piensas, mamá?

—Pues bien, estoy de acuerdo con tu padre en que la boda de Jack y Patricia será la comidilla de Manhattan durante los próximos meses y que puede resultarte muy duro. Pero ¿es eso motivo suficiente para que te vayas a África? Parece un lugar totalmente incivilizado. Nativos medio desnudos corriendo de aquí para allá, animales salvajes paseando por el jardín... —dijo horrorizada—. Y por supuesto está el riesgo de contraer alguna enfermedad. Mira, Walter, pienso que podríamos mandar a Cecily a casa de mi madre, si de verdad necesita marcharse de aquí.

Cecily y su padre cerraron los ojos y sintieron que un escalofrío les recorría la espalda a ambos a la vez.

—Bueno, Kiki ha logrado sobrevivir allí durante veinte años y, como bien sabes, hay una comunidad de expatriados asentada en el país —puntualizó Walter.

—Lo sé, y su mala fama me inquieta más que los leones —respondió Dorothea secamente—. Todos me parecen una panda de libertinos, por lo que he leído en los periódicos. Estaba la amiga esa de Kiki... ¿Cómo se llamaba?

—Alice de Janzé —contestó Walter—. Pero eso fue hace muchos años.

—¿Qué pasó? —preguntó Cecily, y luego vio que sus padres se miraban.

—Bueno, pues... —empezó Dorothea, y se encogió de hombros—. Fue un escándalo bastante sonado. Alice y Kiki formaban parte de lo que allí en Kenia llamaban la «pandilla del Valle Feliz». Hubo toda clase de comentarios acerca de sus correrías. Alice estaba casada, pero mantenía una... desafortunada relación con un hombre llamado...

—Raymund de Trafford —respondió Walter.

—Eso es. En cualquier caso, Alice se encaprichó de Raymund, pero él se negó a casarse con ella, y se sintió tan desolada que le pegó un tiro cuando se disponía a subir a un tren en la Gare du Nord de París, donde él había acudido a decirle adiós, antes de apuntarse a sí misma con la pistola. Pero no murió ninguno de los dos —concluyó Dorothea.

—¡Por Dios santo! —Cecily estaba intrigadísima—. ¿La metieron en la cárcel?

—No. Hubo un juicio, por supuesto, y pasó una breve temporada bajo custodia, pero al final acabó casándose con Raymund.

—¡No! —Cecily se sentía cautivada por el tremendo romanticismo de la historia. África empezaba a resultarle muy emocionante.

—Todo eso pasó hace mucho tiempo. Y estoy seguro de que Kiki no se comporta de ese modo —apostilló Walter con firmeza—. Nos ha asegurado que se ocuparía de nuestra hija como si fuera hija suya. Pues bien, Cecily, la cuestión es si tú quieres ir…

—De hecho…, sí, creo que sí. Y no por lo de la boda de Jack. Ya soy una mujer hecha y derecha y puedo soportar una cosa así. Es más bien que…, bueno, Kenia me resulta fascinante.

—¿Aunque te pierdas el nacimiento del hijo de tu hermana? —terció Dorothea.

—Oh, mamá, tú estarás con Mamie, y no me voy para toda la vida, ya lo sabes. Solo unas cuantas semanas.

—Y, por supuesto, cariño —dijo Walter volviéndose hacia su esposa—, Cecily podría alojarse en casa de Audrey cuando pase por Inglaterra camino de África, ¿no?

Audrey era la «amiga trofeo» de Dorothea desde que, unos quince años antes, pescó a un lord inglés y se casó con él. Si algo podía convencer a su madre de que la dejara emprender el viaje era la idea de que se quedara en casa de Audrey, y la cantidad de jóvenes ingleses en edad de merecer que podría conocer mientras viviera allí.

—Es verdad, es verdad… Pero, Walter, ¿Inglaterra es un lugar seguro en estos momentos? ¿Qué me dices del señor Hitler?

—¿Es Manhattan un lugar seguro en estos momentos? —dijo Walter levantando una ceja—. Si lo que se pretende es estar seguro, no debería uno traspasar el umbral de su casa. Entonces ¿qué? ¿Estamos decididos?

—Naturalmente tendría que ponerme en contacto con Audrey para asegurarme de que va a estar en casa cuando Cecily llegue a Inglaterra, y para que mande a su chófer a recogerla al puerto. Kiki también podría ir con Cecily a visitar a Audrey... Las dos se conocen de cuando vivían en París —añadió Dorothea pensando en voz alta.

Walter dirigió una mirada furtiva a su hija y le hizo un guiño imperceptible.

—Bien —dijo Cecily—, si los dos estáis de acuerdo, no se hable más. Sí, me iré —aseguró la joven.

Por primera vez en varias semanas, en los labios de Cecily se dibujó una sonrisa que no era forzada.

Como solo tenían dos semanas para preparar el viaje, Cecily y Dorothea estuvieron muy atareadas comprando todo lo necesario para aquella aventura: ropa de etiqueta para la semana que la joven iba a pasar en casa de Audrey, y luego vestidos veraniegos y blusas de algodón y gasa (que tuvo que coser una modista porque estaban en pleno invierno), así como faldas e incluso pantalones cortos, cosa que a Dorothea no le hizo ninguna gracia.

—Ay, Señor, ¿adónde te vamos a mandar? —exclamó con cara de espanto cuando Cecily se los probó.

—A un sitio donde hace mucho calor, mamá. Como en los Hamptons en verano.

A pesar de la actitud negativa de su madre, cuando Evelyn la ayudó a preparar el baúl, la excitación de Cecily había aumentado. La noche antes de la partida, sus hermanas y sus respectivos maridos fueron a cenar. Walter regaló a su hija una cámara Kodak Bantam Special, y sus hermanas le trajeron unos prismáticos para «cazar novio», como dijo Priscilla.

—Cuídate, hermanita —dijo Mamie cuando se despidieron en el vestíbulo—. Espero poder presentarte a tu sobrinito o sobrinita a tu regreso.

—Vuelve muy feliz —dijo Hunter dándole un beso de despedida.

—Y preferiblemente casada —exclamó Priscilla ya desde el porche.

—Haré lo posible —exclamó también Cecily antes de que todos desaparecieran en la noche nevada.

11

A medida que el barco se aproximaba al puerto de Southampton, Cecily comprobó, con gran decepción, que Inglaterra parecía tan triste y gris como el Manhattan que había dejado atrás. La joven se caló su sombrero nuevo y se puso el bolero de piel sobre los hombros mientras el mozo se llevaba su equipaje.

—¿Vendrá alguien a buscarla, señorita?

—Sí. —Cecily metió la mano en el bolso y sacó una tarjeta con el nombre del chófer que supuestamente habían enviado de Woodhead Hall para recogerla.

—Gracias, señorita. Por ahora quédese en su camarote. Ahí fuera hace un frío de mil demonios. Vendré a buscarla en cuanto llegue el coche.

—Gracias a usted, señor Jones. Ha sido usted muy servicial.

—Ha sido un placer cuidar de usted, señorita Cecily, de verdad que sí. Tal vez volvamos a encontrarnos en el viaje de regreso.

—Espero que así sea.

El mozo cerró la puerta del camarote al salir y Cecily se sentó en el sillón que había al lado del ojo de buey. En cuanto llegara a Woodhead Hall, tenía que telefonear a sus padres para que supieran que había llegado bien. Las últimas veinticuatro horas que pasó en Nueva York, hacía ya una semana, habían sido un poco frenéticas. La doncella de Kiki llamó la misma mañana de la partida para comunicarle que su señora tenía bronquitis. El médico le había advertido que podía convertirse en neumonía si no guardaba cama unos cuantos días. A Cecily no le habría importado retrasar el viaje hasta que Kiki estuviera recuperada, pero Dorothea, que había organizado la visita a Woodhead Hall, se opuso.

—Kiki dice que su médico tiene la certeza de que estará bien para viajar dentro de una semana, lo que significa que puede reunirse contigo en Inglaterra para coger el vuelo a Kenia. Puedes visitar igualmente a Audrey y a su familia, Cecily. Ha hecho planes especiales para vuestra visita.

Así que Cecily partió de Nueva York sola y, aunque la idea la ponía nerviosa, había disfrutado de los días a bordo del barco. Su confianza se había reforzado, ya que no le quedó más remedio que hablar con desconocidos durante las cenas y aceptar sus invitaciones para jugar después a las cartas, algo que se le daba bastante bien. También había conocido, al menos, a tres jóvenes ansiosos por ganarse su favor; era como si, lejos de Manhattan, donde nadie sabía quién era, pudiera ser por fin ella misma.

Llamaron a la puerta y el señor Jones asomó la cabeza.

—Ya han comprobado su documentación y el coche la espera —le comunicó el hombre a la vez que le devolvía el pasaporte—. Y ya he cargado su baúl, señorita Cecily. ¿Está lista para desembarcar?

—Sí, gracias, señor Jones.

Cecily notó el viento gélido al bajar por la pasarela. La densa niebla lo desdibujaba todo a su alrededor. El chófer la ayudó a subir al Bentley en el que la esperaba.

—¿Está cómoda, señorita? —le preguntó el hombre antes de encender el motor, mientras Cecily se arrebujaba en el mullido asiento de cuero—. Hay más mantas, si las necesita.

—Estoy perfectamente, gracias. ¿Cuánto dura el viaje?

—Depende de la niebla, señorita, pero yo creo que llegaremos a Woodhead Hall en dos o tres horas. Hay un termo de té caliente, si está seca.

—Gracias —repuso Cecily, preguntándose a qué diablos se referiría con lo de «seca».

En realidad, el trayecto duró bastante más de tres horas, en las que ella iba dormitando y despertándose, incapaz de ver nada del paisaje inglés a través de la niebla. La otra vez que estuvo en Inglaterra, Audrey recibió a Cecily y a sus padres en su mansión londinense de Eaton Square y luego se fueron a París. Solo esperaba que el tiempo mejorara un poco para poder ver algo de la famosa campiña inglesa. Dorothea había visitado a su amiga en la vasta propiedad que poseía en un lugar llamado West Sussex y le había asegurado que era preciosa. Pero cuando el chófer atravesó unas grandes puertas y anunció que ya habían llegado, era casi de noche y Cecily solo distinguió la silueta de una mansión gótica enorme que se recortaba de forma siniestra sobre la luz crepuscular. Mientras se acercaba a la imponente puerta principal porticada, Cecily suspiró contrariada al ver la fachada de ladrillo rojo. En los libros de Jane Austen, las casas eran todas de piedra caliza. Esa parecía que hubiera salido de las novelas de Edgar Allan Poe.

Abrió la puerta un hombre de aspecto imponente. Al principio, Cecily creyó que era el marido de Audrey, lord Woodhead, pero este se presentó como el mayordomo. Cecily entró en el enorme vestíbulo, cuyo principal atractivo era una escalera de madera de caoba impresionante, aunque bastante fea.

—¡Mi querida Cecily! —Audrey, tan hermosa y jovial como la recordaba, salió a recibirla. Besó a Cecily en ambas mejillas—. ¿Qué tal el viaje? Yo odio con toda mi alma cruzar el océano, ¿tú no? Con esas olas enormes que alteran la digestión… Ven, te enseñaré tu habitación, debes de estar agotada. He hecho que la doncella encienda tu chimenea. El bueno de Edgar suele ser muy comedido con la calefacción.

Una vez instalada en su cuarto, Cecily se sentó al lado del fuego para calentarse las manos y observó la majestuosa cama con dosel. La habitación estaba helada. Se alegró de que su madre la previniera sobre la temperatura en las casas de campo inglesas y hubiera incluido en su equipaje calzones largos y camisetas interiores para estar bien abrigada.

Aunque Audrey insistió en que Cecily debía de estar exhausta tras el viaje, lo cierto era que se sentía bastante despejada. Después de que la doncella deshiciera su equipaje «inglés» y se llevara su vestido de noche para plancharlo y dejarlo listo para la cena, Cecily cogió una chaqueta de lana, abrió la puerta de la habitación y salió a echar un vistazo. En el pasillo, giró a la izquierda y llegó hasta el final después de haber contado doce puertas. De vuelta, pasó por delante de su cuarto y continuó hasta el otro extremo.

—Veinticuatro puertas —dijo con un suspiro, preguntándose cómo las doncellas recordaban quién estaba en cada habitación, ya que estas no tenían números fuera como en los hoteles.

Al volver a su habitación, se encontró a la doncella alimentando el fuego.

—He colgado su vestido en el ropero, señorita. Ya está listo para esta noche.

—¿En el ropero?

—Sí, ahí —dijo señalando el armario—. También le he preparado el barreño en la cámara de al lado, señorita, pero hace mucha rasca, así que yo me metería volando antes de que se enfríe el agua y volvería aquí a calentarme a la lumbre.

—De acuerdo, gracias.

—¿Quiere que le eche un cabo con el pelo, señorita? Peino a su señoría casi todas las noches. Soy bastante mañosa, la verdad.

—Eres muy amable, pero puedo arreglármelas sola. Por cierto, ¿cómo te llamas?

—Doris, señorita. Volveré en un periquete, después de que se haya dado un baño.

Cecily se desvistió, perpleja, y se puso la bata para ir al cuarto de baño, que era la puerta contigua en el pasillo. Era como si Doris hablara en otro idioma, aunque lo cierto era que no se equivocaba con lo de la temperatura del baño ni con la del agua. Entró y salió lo más rápido que pudo y, cuando regresaba a su habitación, vio que un joven más o menos de su edad se acercaba por el pasillo.

Dado su estado de ánimo actual por causa de Jack, lo último que le apetecía a Cecily era fantasear con otro hombre, pero cuando este alzó la vista y le sonrió, se le aceleró el corazón. Bajo aquellos mechones cimbreantes de pelo negro (de un largo excesivo para un caballero), un par de grandes ojos castaños, enmarcados por unas pestañas gruesas como las de una muchacha, se le quedaron mirando.

—Hola —la saludó mientras se acercaba a ella—. ¿Puedo preguntarle con quién tengo el placer de hablar?

—Soy Cecily Huntley-Morgan.

—¿Ah, sí? ¿Y qué está haciendo aquí, exactamente?

—Mi madre y lady Woodhead son viejas amigas y voy a quedarme unos días antes de viajar a Kenia. —Cecily se llevó una mano al escote. Se sentía expuesta con aquella bata ligera.

—Conque a África... —comentó el muchacho con una sonrisa—. Vaya, vaya. Yo soy Julius Woodhead. —Le tendió una mano—. Encantado de conocerla.

—Lo mismo digo. —Cecily se la estrechó y notó que una sensación extraña, no muy diferente a una descarga eléctrica, le recorría el brazo.

—Nos vemos en la cena —dijo Julius mientras seguía su camino—. Al parecer habrá faisán; tenga cuidado con los perdigones.

—Ah... De acuerdo, lo tendré —repuso la joven, aunque no tenía ni idea de a qué se refería.

Julius desapareció en otra de las habitaciones del pasillo. Con mano temblorosa, Cecily abrió la puerta de su cuarto, la cerró tras ella y fue a sentarse al lado del fuego.

—Julius Woodhead... —susurró—. No puede ser hijo de Audrey. —Para empezar, no le constaba que Audrey tuviera ninguno. Y además, el muchacho llevaba un viejo jersey de lana con agujeros del tamaño del anillo de sello de su padre—. Ay, Dios —dijo abanicándose, súbitamente ruborizada.

Se levantó, fue hacia el cajón de la lencería y decidió que al final sí le pediría a Doris que la peinara para la cena.

—Bienvenida, querida —dijo Audrey cuando Cecily entró en aquel inmenso salón que hacía que el de la mansión de sus padres pareciera de una casa de muñecas—. Ven, siéntate al lado del fuego. —Audrey la acompañó y por el camino cogió un cóctel de una bandeja que sostenía un sirviente y se lo ofreció—. Me alegra ver que te has vestido de terciopelo: es mucho más cálido que el satén o la seda. El mes que viene van a instalarnos la calefacción central. Le dije a Edgar que me negaba a pasar otro invierno en esta casa si no lo hacía.

—Estoy bien, Audrey. Y has sido muy amable al acogerme.

—Sí, bueno... —Audrey hizo un pequeño gesto con el brazo hacia sus invitados—. Lamentablemente, el inicio de febrero no es el momento más álgido de la vida social aquí. La mayoría de la gente está en lugares más cálidos o esquiando en Saint-Moritz. Y mi querido Edgar estará en Londres toda la semana, así que no tendrás ocasión de conocerlo, aunque he hecho lo que he podido. Ahora, permite que te presente a algunos de mis amigos y vecinos.

Cecily hizo la ronda con Audrey, asintiendo y sonriendo a los allí reunidos. Decepcionada, comprobó que el hijo del vicario —Tristan no sé qué— era la única persona de edad similar a la suya. Este le contó que había ido a hacerles una visita rápida a sus padres, que vivían en el pueblo, desde un lugar llamado Sandhurst donde se estaba preparando para ser oficial del ejército británico.

—¿Cree que habrá guerra? —le preguntó Cecily.

—Eso espero, señorita Huntley-Morgan. No tiene sentido prepararse para algo que no va a ocurrir.

—¿De verdad quiere que haya una guerra?

—Dudo que haya una sola persona en Inglaterra que no piense que a herr Hitler le vendría bien una buena tunda. Y yo, por mi parte, estoy deseoso de ayudar.

Sintiéndose un poco mareada, por los dos cócteles que había bebido o por la jornada de viaje, Cecily por fin logró zafarse de Tristan y volver al lado de la chimenea.

—Buenas noches, señorita Huntley-Morgan. Me alegra ver que se ha vestido para cenar.

Cecily se volvió y se encontró con Julius, que estaba sublime vestido de etiqueta. El muchacho le sonrió abiertamente, sin disimular su regodeo.

—¡Perdone, pero acababa de salir del baño!

—No me diga. Yo creía que salía a hurtadillas de la habitación de su amante.

—Pues... —Cecily notó que el rubor le subía por el cuello hasta la cara.

—Es broma —soltó él sonriendo—. He de reconocer que está impresionante con ese vestido. Hace juego con sus ojos.

—¡Pero si el vestido es de color púrpura!

—Ya, bueno. —Julius se encogió de hombros—. ¿No es eso lo que los caballeros les dicen siempre a las damas?

—Sí, cuando resulta apropiado.

—Bueno, así soy yo; «inapropiado» debería ser mi segundo nombre. Discúlpeme. Tengo entendido que la buena de la tía Audrey ha organizado esta pequeña fiesta para usted. Al parecer, es la invitada de honor.

—Es muy amable por su parte. No debería haberse molestado.

—Dado que es estadounidense, supongo que ya habrá echado un vistazo por la sala en busca de un candidato de la aristocracia británica. Sin duda hay unos cuantos aquí, aunque todos tienen más de cincuenta años. Salvo yo, claro —añadió con una sonrisa.

—¿Ha dicho que Audrey es su tía?

—Sí, pero no de sangre. Mi difunto padre era el hermano menor del tío Edgar.

—Vaya, lamento su pérdida.

—Agradezco sus condolencias, pero mi padre falleció hace más de veinte años, en la Gran Guerra. Yo solo tenía dieciocho meses por aquel entonces.

—Entiendo. ¿Y tiene madre?

—Sí, desde luego. Aunque no la verá aquí esta noche. —Julius se inclinó hacia Cecily—. Mis tíos no la soportan.

—¿Por qué no iban a hacerlo?

—Pues porque en lugar de guardar luto cuando mi padre falleció en Flandes, se buscó un pretendiente mucho más rico que mi pobre padre y se casó seis meses después. Ahora vive en Italia.

—¡Me encanta Italia! Ha sido muy afortunado al criarse allí.

—No, no, señorita Huntley-Morgan —dijo mientras encendía un cigarro—. Mi madre no me llevó con ella cuando se fue en busca de un clima más cálido. Me dejó en la puerta de este mausoleo y me crio la vieja niñera del tío Edgar, la señorita Naylor. Era una arpía.

—Entonces ¿vive aquí, en Woodhead Hall?

—Así es. He hecho todo lo posible para salir de esta casa, pero una y otra vez, como la proverbial pelota de goma, acabo rebotando y encontrándome de nuevo aquí.

—¿Y qué hace? Me refiero a cómo se gana la vida.

—Bueno, en mi caso, lo de «ganarse la vida» es un eufemismo, porque con lo que hago apenas me saco un penique. Pero lo cierto es que soy poeta.

—¡Santo cielo! ¿Es posible que haya oído hablar de usted?

—Aún no, señorita Huntley-Morgan, a menos que sea ávida lectora del *Woodhead Village Gazette*, donde tan amablemente publican las cosas que garabateo.

Se oyó un fuerte golpe metálico procedente de otra habitación, cuyo eco reverberó por el salón unos segundos.

—El gong de la cena, señorita Huntley-Morgan.

—Por favor, llámeme Cecily —le pidió ella mientras cruzaban el frío vestíbulo con el resto de los invitados y entraban en el comedor, igualmente grandioso y gélido.

—Bueno, veamos dónde la ha sentado mi tía —dijo Julius, y recorrió la mesa mirando los nombres hermosamente escritos a mano que había al lado de cada plato—. ¡Me lo imaginaba! —exclamó sonriendo—. Está ahí, junto al fuego. Sin embargo, a mí me han desterrado a Siberia, al otro extremo de la mesa. Recuerde lo de los tiros —dijo ya alejándose.

Cecily se sentó en su sitio, decepcionada por que la hubieran puesto al lado de Tristan y no de Julius. Durante toda la velada, aunque se las arregló para hablar de temas banales tanto con Tristan como con el anciano que estaba a su derecha, sus pensamientos y sus ojos no dejaban de volar sobre la mesa hacia Julius. De pronto, Cecily se sacó de la boca una bolita de metal plateado, del trozo de faisán que estaba comiendo, y levantó la vista hacia él.

—Se lo advertí —articuló él con los labios, y sonrió antes de seguir hablando con una señora pechugona que, al parecer, era la esposa del comandante.

—Tengo entendido que se va a África, ¿no? ¿Adónde? —bramó el comandante—. Yo estuve allí hace unos años. Mi hermano menor compró una granja de ganado en Kenia, en un lugar al oeste de las montañas Aberdare.

—Vaya, pues allí es a donde voy yo; a Kenia, quiero decir. Me alojaré en una casa a orillas del lago Naivasha. ¿Ha oído hablar de él?

—¿Que si he oído hablar de él? ¡Por supuesto, querida! Así que va a unirse a la pandilla del Valle Feliz, ¿eh?

—No sabría decirle. Mi madrina me ha invitado a quedarme con ella una temporada.

—¿Y quién es su madrina, si se me permite el atrevimiento de preguntarlo?

—Una dama llamada Kiki Preston. Es de Estados Unidos, como yo.

—¡Santo cielo! —Cecily vio que las mejillas rubicundas del comandante se volvían aún más rubicundas mientras la observaba—. Vaya, vaya, ¿quién lo habría imaginado? Una muchacha tan angelical como usted…

—¿La conoce?

—Bueno, mentiría si dijera que sí, porque nunca la he visto en persona. Pero he oído hablar de ella. Como todo el mundo en Kenia.

—¿Es famosa allí?

—Sí, ella y su amiga Alice de Trafford son tristemente célebres, por decirlo de alguna manera. En el Muthaiga Club, en Nairobi, siempre se comentaban sus aventuras y, por supuesto, las de la bella Idina Sackville. Si yo tuviera veinte años menos y no estuviera casado, sin duda Idina me habría llevado por el mal camino, como les pasó a muchos otros afortunados, alejándolos del redil. Sus fiestas y las de Joss Erroll eran legendarias, ¿sabe? Y yo diría… Tengo casi la certeza de que a su madrina, Kiki, se la conocía como «la chica de la aguja de plata».

—¿Acaso cosía? —A Cecily le daba vueltas la cabeza.

—Seguro que tenía a un montón de negros que lo hacían por ella, pero… —El comandante se fijó en la expresión nerviosa de Cecily—. Bueno, querida, supongo que eran simples habladurías y, además, hace casi veinte años que estuve allí. Seguro que todos los involucrados ya han dejado atrás sus travesuras juveniles.

—Pues parece que se lo pasaban muy bien.

—Y que lo diga. —El comandante se limpió la boca con la servilleta—. Lamentablemente, mi hermano no formaba parte de esa pandilla. Le interesaba más su ganado que divertirse en el Muthaiga Club. Aun así, disfrutamos de unas veladas muy agradables cuando estuve allí. Debería buscar a mi hermano cuando llegue. Le daré a Audrey su nombre y su dirección. Aunque no es alguien difícil de encontrar: usted pregunte por Bill y le indicarán el camino.

—¿Dice que tiene una granja de ganado?

—Así es. Un tipo curioso, mi hermano —dijo bajando la voz—. Nunca se ha casado y, al parecer, pasa mucho tiempo en las llanuras con la tribu de los masáis. Siempre ha sido un poco solitario, incluso de niño. Ahora, señorita Huntley-Morgan, hábleme un poco de usted.

Cecily estaba a punto de desfallecer de agotamiento cuando el último invitado por fin se marchó y ella pudo dar las buenas noches y subir la interminable escalera. Cuando se disponía a abrir la puerta de su habitación, alguien le puso una mano sobre el hombro. La joven dejó escapar un pequeño grito, se volvió y se encontró a Julius sonriéndole.

—Solo quería comprobar que tenía todos los dientes en su sitio después de comer ese condenado faisán.

—¡Santo Dios! ¡Casi me mata del susto con tanto sigilo!

—Le pido disculpas, Cecily. Pero antes de que se retire, quería preguntarle si, por casualidad, monta a caballo.

—La verdad es que sí. Tenemos caballos en nuestra finca de los Hamptons. Me encanta, aunque me temo que mi forma de montar no es muy ortodoxa.

—No sé a qué se refiere con eso, pero no importa. Yo suelo salir temprano a galopar por los Downs. Me quita las telarañas antes de enfrentarme a una mañana de trabajo. Si le apetece acompañarme, estaré en los establos a las siete. Siempre y cuando no haya niebla, claro.

—Me encantaría, Julius, pero no tengo ropa apropiada.

—Le pediré a Doris que le consiga unos pantalones de montar y unas botas. Hay un armario lleno de prendas que los invitados se han ido olvidando aquí. Seguro que hay algo de su talla. Bueno, hasta mañana, tal vez —se despidió sonriéndole.

—Muy bien. Buenas noches, Julius.

Diez minutos después, a pesar de sentirse aliviada por encontrarse en posición horizontal (aunque fuera sobre un colchón que debían de haber rellenado hasta los topes con crin de caballo), Cecily seguía despierta. Y su maldito corazón se aceleraba cada vez que pensaba en Julius.

No lo entendía. Llevaba toda la vida enamorada de Jack, pero su mente y su cuerpo nunca habían reaccionado así ante un hombre. Julius ni siquiera era su tipo. Ella siempre había encontrado más atractivos a los hombres rubios y él era moreno, casi de aspecto mediterráneo. Por no hablar de su actitud hacia ella. Definitivamente, Cecily no aprobaba sus insinuaciones, sobre todo teniendo en cuenta que se habían conocido esa misma tarde. Era como si le trajera sin cuidado lo que la gente pensara de él.

«Pero ¿por qué debería importarle? Es más, ¿por qué debería importarme a mí?»

Finalmente, Cecily consiguió dormir a ratos, pero no paraba de soñar con mujeres que empuñaban enormes agujas de coser plateadas contra nativos con lanzas mientras a Julius le atacaba un león.

Se despertó sobresaltada y se sentó de golpe en la cama. Decidió levantarse, abrió las cortinas y comprobó si había niebla. Con el corazón en un puño, vio que hacía una mañana espléndida. La vasta zona verde que se extendía hasta donde alcanzaba la vista aún estaba blanca por la escarcha, pero se derretiría pronto, a juzgar por el perfecto amanecer rosado que ya se intuía sobre las interminables hileras de castaños que delimitaban los jardines.

—Alguien debería escribir una ópera sobre estas vistas —murmuró cuando llamaron a la puerta y Doris entró con una bandeja de té.

—¿Ha dormido bien, señorita?

—Sí, de maravilla. Gracias, Doris.

—¿Se lo sirvo?

—No, puedo hacerlo yo.

—Como quiera. ¿Va a salir a montar? He elegido unos atavíos y unas botas que creo que le quedarán que ni pintados. Tiene un cuerpecito de pitiminí que es un primor, señorita Cecily.

—Gracias. Bueno… Sí, creo que es probable que salga a dar un paseo a caballo.

—¿Por qué no? Hace una mañana preciosa. —Doris le sonrió—. Vuelvo en un santiamén con su ropa.

Cecily se bebió el té, que estaba mucho más aguado que el que ella solía tomar, y de pronto recordó que aún no había llamado a sus padres para decirles que había llegado sana y salva a Inglaterra. Se imaginó la cara de su madre si le contaba que iba a salir a montar a caballo con el sobrino de Audrey y Edgar…

«Seguro que empezaba a organizar la fiesta de compromiso antes de que volviera», se dijo riéndose.

—¿Pasa algo, señorita? —le preguntó Doris.

—No, solo estaba recordándome que debo telefonear a mis padres para comunicarles que he llegado bien.

—Pierda cuidado, señorita Cecily. El mayordomo los llamó anoche para decírselo. Ahora vamos a ponerle el traje de montar, ¿le parece bien?

Julius la esperaba a lomos de un magnífico semental negro cuando Cecily llegó a los establos.

—Hola, empezaba a preguntarme si vendría —dijo mirándola desde las alturas—. Ya puede subir a bordo —añadió señalando la hermosa yegua de color castaño que uno de los palafreneros estaba sacando al patio. Cecily permitió que este la ayudara a subirse a la silla. La yegua relinchó, inclinó la cabeza hacia atrás y estuvo a punto de derribarla—. Bonnie tiene mucho carácter, Cecily. ¿Cree que podrá con ella?

No era tanto una pregunta como un reto.

—Haré lo que pueda —dijo, y cogió las riendas que le entregaba el palafrenero. Intentó tranquilizar al caballo.

—Muy bien, pues vamos allá.

Salieron trotando del patio y Cecily siguió a Julius por el estrecho sendero que, más adelante, discurría entre los árboles hasta campo abierto. El joven esperó unos segundos a que ella lo alcanzara.

—¿Va todo bien? —le preguntó.

—Creo que sí, aunque preferiría ir despacio durante un rato, si no le importa.

—Desde luego. Iremos a medio galope por el jardín y luego veremos si le apetece seguir hasta los Downs. —Julius señaló hacia un punto impreciso del horizonte—. Las vistas son realmente imponentes desde allí.

Ambos continuaron con un trote suave, lo que le proporcionó tiempo a Cecily para acomodarse en la silla y ganar confianza, hasta que Julius se lanzó a medio galope y ella lo siguió. Los cascos de Bonnie levantaban un intenso olor a tierra y Cecily observó que la brillante escarcha se derretía y que algunas campanillas de invierno, heraldos de la primavera, asomaban la cabeza entre la larga hierba que crecía bajo los castaños. A pesar del frío, los pájaros se llamaban unos a otros y Cecily por fin empezó a sentirse casi como si estuviera en la novela de Jane Austen que había imaginado.

—¡Avíseme si necesita ir más despacio! —le gritó Julius mientras la cola del semental oscilaba de lado a lado delante de ella—. ¡No quiero que la invitada de honor de la tía Audrey se rompa el cuello estando en mi compañía!

Con el gélido viento azotándole el rostro, a Cecily le lloraban los ojos y la nariz empezó a gotearle, pero siguió obstinadamente al caballo de Julius. Justo cuando estaba a punto de detener a Bonnie porque ya no era capaz de ver bien, Julius redujo el paso y se giró en la silla.

—¿Va todo fetén por ahí? —le preguntó.

—No tengo la menor idea de qué significa «fetén», pero necesito con urgencia un pañuelo —respondió jadeando.

—Por supuesto.

Julius hizo que su montura diera la vuelta y fuera hacia Cecily, hasta que estuvieron cara a cara. Entonces sacó un inmaculado pañuelo blanco del bolsillo superior de su chaqueta de tweed, se inclinó hacia delante y le secó los ojos.

—Puedo hacerlo yo. —Cecily intentó quitarle el pañuelo.

—No pasa nada, aunque no pienso ayudarla a sonarse la nariz. —Julius le pasó el pañuelo y ella se sonó lo más delicadamente que pudo—. Tiene unos ojos preciosos.

—Gracias por el cumplido. Pero ahora mismo lo dudo; no paran de lagrimear.

—Tal vez deberíamos dejar lo de los Downs para mañana, aunque el viento en esta época del año puede ser muy fuerte. Y supongo que estará acostumbrada al clima más cálido de Estados Unidos.

—No, hace más frío en Nueva York que aquí. No sé... Puede que me esté resfriando.

—Eso no me sorprendería en absoluto. A mi querido tío Edgar le gusta ahorrar hasta el último penique y, como puede imaginar, calentar Woodhead Hall es costoso. Resulta absurdo, si uno piensa que podría vivir en una cabaña en los trópicos sin apenas necesidades. En fin, será mejor que volvamos a casa para que Doris la acomode delante de un buen fuego con una taza de té caliente.

—Por favor, si usted quiere disfrutar de los Downs, yo puedo encontrar el camino de vuelta sin problema.

—De ninguna manera. Los Downs puedo verlos cualquier día —dijo Julius con una sonrisa—. Pero usted estará aquí muy poco tiempo, así que prefiero verla a usted.

Cecily giró la cabeza para que él no viera el rubor que le subía por el cuello. Agarró las riendas y ambos regresaron al trote, uno al lado del otro.

—Dígame, ¿qué hace a diario en esta casa? ¿Entregarse a su poesía, tal vez?

—Ojalá. —Julius suspiró—. Puede que algún día huya a París y acabe viviendo en una buhardilla en Montmartre. Lamentablemente, debo dedicar la mayoría de mi tiempo a ayudar al tío Edgar con la propiedad. Me está preparando para que a la larga me haga cargo de ella pero, como un caballo terco, me resulta difícil quedarme quieto mientras me enseña. Sobre todo con los libros de contabilidad. ¡Por Dios, los libros de contabilidad! Imagino que sabe qué es un libro de contabilidad.

—Sí, claro. Mi padre también pasa mucho tiempo concentrado en sus libros de contabilidad.

—Una vida sin libros de contabilidad sería sublime. Sueño con que algún día esa vida pueda ser mía —dijo riéndose—. Creo que mi querido tío Edgar ya se ha dado cuenta de que mis conocimientos de cálculo y comercio son inexistentes, pero como soy su único heredero, no le queda más remedio que cruzar los dedos y rezar para que un día de estos aprenda a sumar. El problema es que no me interesa.

—Pues a mí me gustan mucho las sumas —dijo Cecily sonriendo.

—¡Qué maravilla! Santo cielo, señorita Huntley-Morgan, cada vez que sale una palabra de su hermosa boca, usted se vuelve aún más perfecta. Es la primera mujer que conozco a la que le gustan las matemáticas.

—Pues aunque le parezca una locura, me encantan —replicó a la defensiva.

—Por favor, lo que he dicho no pretendía ser una crítica. Más bien estaba expresando el deseo de tener algún día una esposa como usted. Así, en lugar de ofrecerle mi probidad, sea lo que sea eso, le ofrecería mis libros de cuentas. En fin —dijo señalando la mansión—, ya estamos aquí. Le sugiero que vaya directamente a la casa en lugar de volver andando desde los establos conmigo.

Cecily iba a oponerse, porque cualquier precioso segundo que pudiera pasar con su nuevo acompañante lo atesoraría para siempre, pero Julius ya se había bajado del caballo y la observaba expectante. Para ayudarla a desmontar, las manos del joven rodearon con firmeza su cintura, hasta que los pies de Cecily tocaron el suelo.

—Es usted realmente muy delgadita. No he notado ni un gramo de grasa alrededor de sus caderas. Y ahora entre en la casa. Yo pasaré más tarde a ver cómo se encuentra.

—Estoy bien, de verdad.

Pero Julius ya se había subido al caballo y sujetaba las riendas de su yegua. Se despidió de Cecily con un pequeño gesto de la mano y se alejó trotando con ambos animales en dirección a los establos.

Cecily se sintió decepcionada al no ver a Julius durante almuerzo. En la mesa estaban Audrey y ella solas. Mientras Audrey le preguntaba por sus hermanas, por Dorothea y por amigos y conocidos del círculo de su madre que ella apenas conocía, intentó tragarse una sopa que, aunque supuestamente era de verduras, sabía a agua de fregar recalentada.

—Querida, apenas has tocado el cordero —comentó Audrey cuando la doncella retiraba la mesa, tras el plato principal—. Puede que estés cogiendo un resfriado.

—Es posible —repuso con una bola de carne grasienta e intragable todavía en un carrillo—. Creo que voy a subir a descansar. No entiendo por qué iba a enfermar; en Manhattan hace mucho más frío.

—Tal vez, pero aquí tenemos esta humedad que te cala hasta los huesos —replicó Audrey con su extraño acento medio estadounidense, medio inglés—. Julius ha dicho que puede que estuvieras incubando algo. Enviaré arriba a Doris con una botella de agua caliente y unas aspirinas, y si esta noche prefieres que te suban una bandeja a tu habitación, no hay ningún problema. Lamentablemente, debo asistir a una reunión a las seis. Pertenezco al consejo de la parroquia local y esas reuniones siempre suelen alargarse. Como te he comentado, Edgar está en Londres y no tengo ni idea de dónde pasará la noche Julius… —Alzó las cejas—. Aunque eso no es ninguna novedad. De cualquier modo, quiero que estés en plena forma para el domingo: voy a ofrecer un pequeño cóctel de despedida en tu honor. Y ahora, vete a descansar.

Una vez arriba, en la cama, Cecily miró fijamente las llamas de la chimenea que bailaban delante de ella. No estaba enferma, como mucho tendría un ligero resfriado, pero había algo más que le había quitado el apetito. Cerró los ojos deseando quedarse dormida, pero lo único que veía era la cara de Julius secándole los ojos con ternura…

Cecily abrió la mano e inspiró el olor del pañuelo que guardaba desde la mañana y, con él, el aroma de Julius.

«¡Cecily, no seas ridícula! Para empezar, no sabes nada de él. Y además de estar recuperándote de un desamor, te vas a África dentro de cinco días y no volverás a verlo jamás», se dijo con firmeza mientras volvía a guardar el pañuelo en el cajón de la mesilla. «Esta noche pedirás que te suban la cena a tu habitación y no pensarás más en él.»

Por fin se quedó dormida, y se despertó con un cielo en penumbra que anunciaba la llegada de la noche. Doris apareció con más té.

—Si no se siente muy bien, será mejor que no tome un baño esta noche. Hace un frío que pela ahí dentro. ¿Para qué hora quiere la bandeja? Yo creo que a las siete estaría bien, para que le dé tiempo de hacer la digestión —comentó a la vez que alimentaba el fuego.

—Me parece todo muy bien, gracias.

—Hoy es mi noche libre, así que Ellen, la sirvienta de sala, estará pendiente de usted. Toque la campanilla si la necesita.

—Lo haré. Entonces ¿hoy no va a cenar aquí nadie? —indagó Cecily.

—No que yo sepa, señorita. Aunque el señor Julius va y viene a su antojo, así que nunca se sabe —dijo repitiendo lo que Audrey había señalado durante el almuerzo.

—¿Hay muchas cosas que hacer por aquí? Quiero decir, ¿hay algún pueblo cerca?

—Sí, aunque no sé yo si llamarlo «pueblo». En Haslemere hay tiendas y un cine, y esta noche Betty y yo vamos allí a ver *Las aventuras de Robin Hood*, de Errol Flynn. Y ahora, si no necesita nada más, le diré a Ellen que le suba la cena a las siete.

—Que te diviertas esta noche, Doris.

—Lo haré, señorita, y usted mejórese pronto.

Cuando Doris se marchó, Cecily cogió *El gran Gatsby* —que aún no había terminado porque las últimas semanas había tenido la cabeza en otra parte— y se sentó a leer al lado del fuego. No iba a ponerse a pensar en que Julius estaría en algún lugar de la casa, cerca de ella, no señor.

A las siete en punto llamaron a la puerta y Ellen apareció con la bandeja de la cena. Había más sopa, un huevo cocido y unas finas rebanadas de pan con mantequilla. Aunque hubiera tenido apetito, la comida no resultaba tentadora. Le dio unos golpecitos al huevo, con recelo. Duro como una piedra. Estaba tomando una cucharada de sopa templada cuando volvieron a llamar a la puerta. Antes de que le diera tiempo a contestar, la puerta se abrió.

—Buenas noches, Cecily. Me han dicho que cenaría en su habitación, y como yo me disponía a hacer lo mismo, he pensado que deberíamos lamentarnos juntos del escaso talento de la cocinera. —Julius sostenía una bandeja idéntica a la suya—. ¿Le causaría mucho trastorno que me uniera a usted?

—Pues… No, claro que no.

—Perfecto. —Julius puso la bandeja sobre la mesita que había delante del fuego y se sentó enfrente de Cecily—. Bueno, como he oído que está usted resfriada y en vista de que nuestra cena será, casi con certeza, intragable, he traído una cosita para alegrarnos la noche.

Julius sacó de un bolsillo una botella de algo que parecía bourbon y una taza de lavarse los dientes del otro.

—Tendremos que compartirla, pero la vida es improvisación, ¿no cree? —Le sonrió y sirvió una considerable cantidad de licor en la taza antes de ofrecérsela—. Las damas primero. Es solo con fines medicinales, por supuesto.

—La verdad es que…

—Vale, entonces yo seré el primero. —Se bebió un buen trago—. Eso está mejor. Nada como un poco de whisky para mantener a raya el frío.

Cecily sentía mariposas en el estómago y necesitaba algo que la tranquilizara.

—Puede que un sorbito no me haga daño.

—Pues claro que no. Y uno grande le sentaría estupendamente —la animó mientras Cecily inclinaba indecisa la taza entre sus labios—. Muy bien, ahora vamos a por el huevo.

Cecily observó cómo cogía la cucharilla, golpeaba con fuerza la parte superior del huevo y luego la cortaba con un cuchillo.

—Están duros, como siempre. —Julius suspiró—. He hablado con mi tía sobre la calidad de la comida en esta casa y las dudosas aptitudes de la cocinera, pero parece que mis palabras han caído en saco roto. —Se recostó en el sillón—. No hay quien se lo coma. Solo nos queda darnos a la bebida. Salud. —Cogió la taza y se bebió el resto del contenido—. Y ahora, hábleme de su vida en Nueva York —le dijo al tiempo que rellenaba la taza y volvía a ofrecérsela—. Yo nunca he estado allí, pero todo el mundo asegura que es una ciudad maravillosa.

—Y lo es. Hay rascacielos altísimos, pero también grandes espacios abiertos, así que nunca sientes claustrofobia. Nuestra casa da a Central Park y puedes caminar durante kilómetros sin apenas ver a otro ser humano. Tiene lo mejor de ambos mundos, creo yo. Es mi hogar —dijo encogiéndose de hombros— y lo adoro.

—Y si tanto lo adora, ¿por qué dentro de unos días se irá para perderse en la selva africana?

—Porque… mi madrina me ha invitado.

—¿Justo ahora? —Los penetrantes ojos castaños de Julius se clavaron en los de ella—. Teniendo en cuenta que en Europa reina el caos y que Kenia podría verse arrastrada a la guerra que se avecina, yo diría que se trata de algo más que eso.

—Pues… Iba a casarme y, bueno, no salió bien.

—Entiendo. En resumidas cuentas, está huyendo —dijo después de beber otro trago de la taza que estaban compartiendo.

—En realidad, más que huir lo que pretendo es abrir horizontes. Es una gran oportunidad para conocer un sitio totalmente distinto y he decidido aprovecharla.

—Bien hecho, alabo su actitud positiva. Cualquier sitio sería mejor que Woodhead Hall en pleno invierno —declaró con un suspiro—. Pero es mi destino. A menos, claro está, que estalle la guerra en Europa. En ese caso, no me quedará más remedio que ponerme el uniforme y viajar a tierras lejanas para enfrentarme a una muerte segura. Por eso hay que aprovechar el momento, ¿no le parece? —añadió mientras volvía a rellenar la taza—. Puede que me convierta en el Rupert Brooke de la nueva guerra, aunque preferiría no acabar mis días en un campo de batalla en Galípoli.

—Lo lamento, pero no sé de quién habla.

—Santo Dios, señorita Huntley-Morgan, ¿es que no ha recibido educación?

—¡Claro que sí, he estudiado en Vassar, una de las mejores universidades femeninas de Estados Unidos! —replicó molesta.

—Entonces su profesor de literatura inglesa ha fracasado estrepitosamente. Rupert Brooke era un genio y el poeta bélico más famoso de todos los tiempos. Le proporcionaré un libro con sus poemas.

—La literatura nunca ha sido mi fuerte, aunque me gusta leer por placer. —Cecily se encogió de hombros; se sentía mucho más relajada después del whisky—. Como le he dicho, se me dan mucho mejor las matemáticas.

—Entonces tiene un cerebro más lógico que estético. Pongámoslo a prueba: a ver lo rápido que puede calcular… Veamos, novecientos siete menos doscientos catorce.

—Seiscientos noventa y tres —dijo Cecily al cabo de unos segundos.

—Ciento setenta y dos dividido entre seis.

—Veintiocho coma seis periódico.

—Quinientos sesenta multiplicado por treinta y nueve.

—Veintiún mil ochocientos cuarenta. —Cecily se rio—. Eso es muy fácil. Pregúnteme cosas de álgebra o logaritmos.

—Dado que apenas conozco el significado de esas dos palabras, no me molestaré en hacerlo. Es usted muy lista, ¿no es así? ¿Alguna vez se ha planteado utilizar sus dones para ganarse la vida, además de para revisar los libros de contabilidad de la casa en un abrir y cerrar de ojos?

—Si le soy sincera, lo cierto es que sí. Sin embargo, mi padre nunca permitiría que una hija suya trabajara. Supongo que así son las cosas.

—Vaya, ¿no resulta irónico? Lo único que yo deseo es que me dejen en paz para poder pensar en las palabras perfectas para un poema y pasarme el día soñando despierto, en lugar de estar atado a la gestión de una propiedad y, cómo no, a los eternos libros de contabilidad. —Sonrió—. Y sin embargo a usted, que estaría dispuesta a hacerlo con entusiasmo, le niegan esa posibilidad por ser mujer.

—La vida nunca es justa. Y supongo que debemos aceptarlo sin más. Lo que quiero decir es que somos unos privilegiados, Julius.

Algún día, usted heredará estas tierras y esta casa y yo llevaré una vida cómoda como esposa y madre. Ninguno de los dos viviremos en la pobreza, ¿no es cierto?

—Desde luego, pero la cuestión es si el dinero da la felicidad. Cecily, ¿es usted feliz? ¿Lo soy yo? —preguntó mirándola fijamente.

«En este momento soy más feliz que nunca», pensó Cecily.

—La verdad es que ahora mismo me siento muy bien —dijo.

—Pero ¿qué cree usted que da la verdadera felicidad?

—Bueno… El amor, supongo —respondió Cecily, pensando que, aunque sus mejillas se ruborizaran, a esas alturas ya estaría colorada a causa del whisky.

—¡Totalmente cierto! —Julius dio un manotazo en el brazo del sillón—. Luego, en el fondo, bajo toda esa lógica sí tiene un alma de poeta.

—Todo el mundo sabe que el amor es lo que da la felicidad.

—Pero también tiene la capacidad de causar el peor de los dolores, ¿no está de acuerdo?

—Sí, desde luego.

Le tocaba a Cecily acabar la taza. La cabeza le daba vueltas por el licor y porque no había comido nada, pero le traía sin cuidado. Aquella era la conversación más honesta que había tenido jamás con un hombre.

—Es usted una mujer muy interesante. No obstante, dado que mi tía regresará en cualquier momento de una de sus interminables reuniones, me veo obligado a dejarla. —Julius se levantó y Cecily hizo lo propio—. ¿Volveremos a salir a caballo mañana? —le preguntó acercándose a ella—. Quiero decir, si se encuentra mejor, claro.

La cogió de la mano y la atrajo hacia él. Y antes de que Cecily tuviera tiempo de protestar, la boca de Julius buscó la suya y ella le devolvió el beso con una pasión con la que jamás había besado a Jack. Ni siquiera le impidió que una de sus manos le acariciara el pecho mientras con la otra la estrechaba con tal fuerza contra él que Cecily pudo sentir su excitación.

—Dios mío, eres preciosa —le susurró al oído.

Solo cuando una de sus manos empezó a buscar la forma de meterse bajo su blusa, ella sacó fuerzas de flaqueza y se apartó.

—Julius, no deberíamos…

—Lo sé, no deberíamos —dijo él. Llevó la mano errante a su mejilla y la acarició con ternura—. Perdóname, Cecily. Es que eres irresistible. Y antes de sentirme tentado a ir más allá, más vale que me vaya. Buenas noches.

La besó una vez más en la boca y salió de la habitación con la bandeja de la cena prácticamente intacta.

12

Sin lugar a dudas, Cecily se encontraba lo bastante bien como para salir a montar con Julius la mañana después de «el beso»; de hecho, dos días más tarde, mientras yacía entre sus brazos sobre una de las hediondas mantas de los caballos, pensó que nunca se había sentido más sana. Después de ver amanecer en los Downs, él propuso atar a los caballos para enseñarle el capricho: una extraña construcción cuadrada en medio de la nada, lejos de las miradas entrometidas de la casa. Dentro olía a penumbra y a humedad, pero en cuanto la puerta se cerró a su espalda, ella corrió a sus brazos. El sentido común la abandonó y lo dejó pasar a segunda base. Y al día siguiente, a tercera...

—¿Qué estoy haciendo? —se lamentó Cecily mientras miraba por la ventana de su cuarto, tras librarse por los pelos esa mañana de la temida «cuarta base»—. Dentro de dos días me voy a Kenia. No quiero marcharme —susurró con los ojos llenos de lágrimas—. Quiero quedarme aquí con Julius...

Se dirigió desconsolada hacia la cama y se tumbó boca abajo, con los ojos cerrados. Estaba agotada de tantas noches sin dormir, y el corazón se le aceleraba cada vez que se imaginaba en los brazos de él. Aunque, al mismo tiempo, estaba tan eufórica que le parecía tener más energía que nunca. Al menos cuando estaba con Julius.

—Con Jack jamás me sentí así —le dijo al dosel de la cama, y recordó la torpeza de Jack cuando le daba un beso de buenas noches—. Dios mío, ¿qué voy a hacer?

En realidad, no habían hablado del futuro. De hecho, no habían hablado mucho de nada, porque los labios de Julius solían estar pegados a los de ella la mayor parte del tiempo que pasaban juntos a solas. Pero él no paraba de repetirle una y otra vez que era la chica más guapa del mundo, que nunca había conocido a nadie igual e incluso que creía estar enamorado de ella.

—Desde luego, yo sí estoy enamorada de él —reconoció Cecily, y se le llenaron los ojos de lágrimas al pensar en su partida. Aun así, todavía faltaban dos días, dos días en los que él todavía podía pedirle que se quedara…

Esa noche, después de cenar con Audrey, Cecily fingió que le dolía la cabeza y se retiró. El dolor de ver a Julius al otro lado de la mesa hablando de banalidades, mientras pensaba que cada precioso minuto que pasaba sin estar entre sus brazos era un desperdicio, era demasiado para ella. Se metió en la cama, apagó la luz y rezó para que su mente se aplacara y la dejara descansar. Se estaba quedando dormida cuando alguien llamó a la puerta.

—Cecily, cariño, ¿duermes?

Y antes de que se diera cuenta, él estaba a su lado en la cama rodeándola con sus brazos.

—Julius, ¿qué haces? ¿Y tu tía? Yo…

—Se ha ido a dormir. Y su cuarto está en el otro extremo del pasillo. Silencio, deja que te bese.

Las sábanas fueron las primeras en abandonar su cuerpo, seguidas del camisón.

—¡No! ¡No podemos, no está bien! Pronto me iré a Kenia y…

—¿No te parece maravilloso, cariño? Estamos desnudos por primera vez, piel con piel… —Él le cogió la mano y la posó sobre la piel de su cuello, suave como la seda, antes de guiarla hacia abajo.

Cecily descubrió el escaso pelo de su pecho, luego los músculos de su abdomen y luego…

—¡No! Por favor, no puedo. Ni siquiera somos pareja oficial.

—Por supuesto que lo somos. Una pareja unida por una apasionada historia de amor. Yo te quiero, Cecily. Te quiero muchísimo.

—Y yo a ti —murmuró mientras Julius le soltaba la mano para acariciarle los pechos, antes de ir descendiendo por su cuerpo—. ¿Esperarás a que vuelva? —susurró.

—¿Esperar a qué? —preguntó rodando sobre ella.

Cecily sintió su erección contra su cuerpo.

—A mí, por supuesto —musitó, con las facultades mentales anestesiadas por las maravillosas sensaciones que estaba experimentando.

—Claro, cariño, claro que sí.

Pero cuando él empezó a introducirse con suavidad dentro de ella, el cerebro de Cecily se impuso sobre su cuerpo.

—¡No, Julius! Podría quedarme embarazada. Por favor, no puedo.

—Tranquila, cariño, no permitiré que eso pase, te lo prometo. Pararé antes. Ahora relájate y confía en mí.

—¡Pero si ni siquiera estamos prometidos, Julius!

—Pues nos prometeremos —dijo, y empezó a moverse despacio—. Esto ha sido cosa del destino, mi querida Cecily, ¿no crees?

Por un instante, la joven pensó en lo contenta que se pondría Dorothea si un día ella se convertía en la señora de Woodhead Hall. Seguramente, hasta su padre le perdonaría lo de esa noche, si ese era el peaje que debía pagar.

—Sí —dijo Cecily.

Cuando Cecily se despertó a la mañana siguiente, miró el despertador de viaje que estaba al lado de la cama y vio que eran las nueve y media. Aunque era tarde, se quedó allí tumbada, todavía cansada por los excesos de la noche anterior, mientras su mente rumiaba el error que había cometido. Pero enseguida se sintió mejor al recordar que varias estudiantes de Vassar habían perdido la virginidad en la universidad y se puso a pensar en cómo y cuándo anunciarían su compromiso Julius y ella. Aunque él no había dicho exactamente que se casarían, ni cuándo. Tal vez cuando ella volviera de África. Aunque claro, siempre estaba la amenaza de la guerra.

Finalmente, Cecily se incorporó y sacó las piernas de la cama. Le dolían partes del cuerpo que ignoraba que podían doler. Al levantarse para tocar la campanilla, vio una pequeña mancha de sangre en la sábana bajera.

—¿Será ya el período? —murmuró para sí, confusa.

Entonces recordó las conversaciones en voz baja que había escuchado en la sala común de Vassar y se dio cuenta de lo que era. Se ruborizó al pensar que Doris podría verlo y lo tapó con la sábana y el edredón antes de llamarla. En ese momento vio que alguien había metido un sobre por debajo de la puerta. Se apresuró a cogerlo antes de que Doris llegara con el té, se sentó en la cama y lo abrió.

Mi queridísima y amada Cecily:

He tenido que irme a Londres para solucionar unos asuntos de negocios de mi tío, pero volveré para despedirme de ti antes de que te vayas. Ha sido una semana realmente maravillosa, ¿no te parece? Si no regreso a tiempo, buen viaje, mi dulce niña. Y no olvides escribirme en cuanto puedas para enviarme tu dirección de Kenia. Deberíamos seguir en contacto.
Un beso,

JULIUS

A Cecily no le dio tiempo a interpretar el tono de la nota porque en ese momento Doris entró con la bandeja del té.

—Buenos días, señorita Cecily. Hace un día precioso —comentó mientras abría las cortinas—. Ha dormido hasta tarde, para variar, pero le vendrá bien. Sobre todo porque esta noche es el cóctel y mañana tiene que ir a Southampton a coger el avión. No me gustaría estar en su pellejo —dijo estremeciéndose. Luego le sirvió el té—. Rezaré por usted. ¿Se encuentra bien, señorita? La noto un poco rara.

Cecily, que estaba mirando por la ventana, se volvió hacia Doris y sonrió.

—Puede que esté un poco nerviosa por el vuelo, solo es eso.

—Como tendrá que irse de buena mañana, si le parece bien, organizaremos su baúl esta tarde. Después podrá descansar un poco, antes de la fiesta. ¿Quiere que venga a peinarla para esta noche?

—¿Por qué no? —Volvió a sonreír, pero estaba impaciente por que la doncella saliera de la habitación para diseccionar la nota que Julius le había dejado—. Gracias, Doris. Bajaré a desayunar dentro de un momento.

—Muy bien, señorita. Toque la campanilla si me necesita. —Hizo una reverencia y salió de la habitación.

En cuanto la puerta se cerró, Cecily volvió a leer la nota. No fue capaz de descifrar los sentimientos que se escondían en ella y no entendía por qué diablos Julius no le había dicho que se iba a Londres por la mañana. Quizá había tenido que salir de manera precipitada. Sí, eso justificaría la frialdad de aquellas palabras que le había escrito. Eran tan diferentes de las que le dijo la noche anterior…

«Volverá para despedirse en persona», se dijo, y se tomó el té. «Aunque puede que solo sea una nota por si no puede…»

Sintiéndose realmente sola, pues Julius había sido su compañero casi todo el tiempo que había estado allí, Cecily fue a dar un paseo por el jardín para despejarse. Un mal presentimiento empezó a invadirla a medida que repasaba una y otra vez las palabras de aquella carta. La gente solía ser más formal por escrito que cuando hablaba, aunque, por otra parte, Julius era un poeta…

Por la tarde, Cecily no dejó de pasear por la habitación mientras Doris doblaba su ropa con esmero y la guardaba en el baúl; la doncella hablaba tanto que lo único que Cecily tenía que hacer era responder de vez en cuando «sí», «no» o «¿de verdad?». Por fin, Doris cerró la tapa.

—Pues esto ya está, señorita. Ahora solo tiene que relajarse y disfrutar de la fiesta.

—¿Sabes si Julius vendrá esta noche?

—No sabría decirle, señorita, él siempre hace lo que le viene en gana. —Puso los ojos en blanco para exagerar su afirmación—. Suele quedarse a pasar la noche en Londres. Su prometida vive allí, ¿sabe?

—¿Su prometida?

—Sí, se llama Veronica. Es una muchacha muy dada a los eventos sociales; siempre la veo en las páginas de alguna revista. A ver cómo lo hace la pobre cuando se casen y tenga que venirse a vivir aquí, en medio de la nada.

Cecily se sentó de golpe en la cama, a punto de desmayarse de la impresión.

—Ya. Y… ¿cuánto tiempo hace que están… prometidos? —Cecily tragó saliva.

—Bueno, algo más de seis meses, creo yo. La boda se celebrará este verano.

—Lady Woodhead no me lo había comentado.

—Bueno, puede que no lo haya hecho porque ella no lo aprueba. Su señoría cree que Veronica es un poco «ligera de cascos». No la ve convertida en la próxima señora de la casa. Claro que solo se es joven una vez, ¿verdad, señorita? Seguro que se tranquiliza cuando se case. Además, le queda trabajo por delante. Me refiero a lo de ser su esposa, ya me entiende.

—Me temo que no —respondió Cecily con la voz quebrada—. ¿Podrías explicármelo?

—Tengo el presentimiento de que el señorito ve a otras mujeres. Y las demás doncellas también. Sé de buena tinta que iba detrás de una joven del pueblo; Ellen y yo la vimos salir corriendo de la casa hace un par de meses, cuando nos levantamos al amanecer para encender las chimeneas. Hombres. A veces pienso que preferiría pasarme el resto de mi vida sola antes que confiar en ellos. Bueno, la dejaré descansar un poco y volveré a las cinco para prepararle el baño.

Doris se marchó y Cecily se quedó sentada donde estaba, con las manos entrelazadas sobre el regazo, mirando por la ventana. Todavía notaba su presencia dentro de ella, y la quemazón en la ingle era un recuerdo físico de cómo la había engatusado. A ella, que no podía creer que hubiera mujeres tan tontas como para tragarse las zalamerías de hombres que solo buscaban una cosa. Y ahora, casi con total certeza, había pasado a ser una de ellas.

Él no había mencionado a Veronica ni su inminente enlace ni una sola vez.

A menos, claro, que tuviera pensado romper su compromiso esa misma noche y por eso se hubiera ido a Londres.

«No, Cecily», dijo para sí, dejando caer la cabeza y negando rítmicamente. «No seas tan ingenua, sabes que no lo va a hacer.»

Una lágrima brotó de sus ojos, pero se la enjugó sin más. No iba a autocompadecerse. Ella se lo había buscado. Había sido una estúpida, a pesar de su pretendida inteligencia. Tanto, que no se merecía ni una pizca de conmiseración.

Al cabo de un rato, se levantó, fue hacia el baúl, giró las llaves de latón para cerrarlo y se sentó encima.

Si una cosa tenía clara era que jamás volvería a confiar en un hombre.

13

Lago Naivasha (Kenia)

Bienvenida a Mundui House, mi querida niña! —exclamó Kiki a la vez que saltaba del asiento del copiloto del Bugatti blanco en el que habían hecho las tres horas de viaje desde Nairobi y que ahora estaba cubierto por una gruesa capa de polvo marrón rojizo.

Cecily había ido la mayor parte del camino con los ojos cerrados. Por un lado, porque le picaban a causa del polvo que se arremolinaba alrededor del coche como si fuera el humo de la lámpara de Aladino, pero sobre todo porque estaba tan agotada que le costaba mantenerlos abiertos.

—¡Ay! —exclamó Kiki alzando los brazos hacia el cielo—. Cuánto me alegro de estar en casa. Vamos, quiero enseñarte esto. Tienes que verlo todo. Luego celebraremos con champán que estás aquí. O mejor nos lo bebemos antes de la visita guiada y llamo a unos amigos para que vengan a tomar unos cócteles más tarde, para que te conozcan.

—Kiki, es que... Bueno, que después del viaje no puedo dar ni un paso —dijo Cecily mientras se las arreglaba para salir arrastrándose del coche.

La intensa luz del sol le hizo parpadear. Era como si le estuviera taladrando las pupilas. Cerró los ojos para protegerse del embate solar, se tambaleó ligeramente y se agarró a la puerta del coche.

—Claro. Pobrecilla. —En cuestión de segundos, Kiki estaba a su lado para sujetarla—. ¡Aleeki! —gritó—. Ven a ayudar a la señorita Cecily a entrar en casa, está exhausta. Llévala a la suite rosa, la que está en el extremo opuesto a la mía. En la que se quedaba Winston.

—Sí, *memsahib*.

Un fuerte brazo con unos dedos de acero rodeó los hombros de Cecily.

La joven abrió los ojos esperando encontrarse a un hombre negro y alto, pero se topó con los curiosos ojos marrones de un señor mayor que se parecía a un pájaro.

—Apóyese en mí, *memsahib*.

Cecily obedeció, avergonzada porque aquel hombre tendría, como poco, el triple de años que ella. Lo único que percibió mientras la llevaba adentro y la conducía escaleras arriba fue un frescor maravilloso que contrastaba con el calor sofocante del viaje en coche.

—Esta es su habitación, *memsahib*.

Cecily caminó hacia un sillón que había en un rincón y se sentó para evitar desplomarse en el suelo. Aleeki retiró la sábana blanca y el edredón de la cama. ¿Qué diablos pintaba allí un edredón, con aquel calor abrasador? Acto seguido, el hombre extendió el brazo hacia arriba y tiró del cordón del ventilador del techo, que cobró vida con un zumbido.

—¿Quiere que cierre las contraventanas, *memsahib*?

—Sí, por favor.

Cecily suspiró aliviada cuando el sol, que entraba a raudales a través de las grandes ventanas divididas en paneles, desapareció de la habitación.

—¿Le traigo un té? ¿O un café?

—No, me basta con un poco de agua, gracias.

—El agua está allí —dijo señalando una botella que había al lado de la cama—. Abajo hay más. —Apuntó hacia el armario que había debajo—. ¿Necesita ayuda con la ropa? Puedo llamar a la doncella.

—No, gracias, solo necesito dormir un poco.

—Muy bien, *memsahib*. Pulse el timbre si necesita ayuda, ¿de acuerdo? —Esta vez señaló un botón que había en la pared, al lado de la cama.

—Lo haré, gracias.

Por fin, la puerta se cerró. Cecily estuvo a punto de llorar de alivio cuando recorrió los pocos pasos que la separaban de la enorme cama y se hundió en el colchón. Obviamente, sería mejor que se desnudara. Tenía la ropa sucia y llena de polvo del viaje, pero...

Sus ojos se cerraron y, mientras la agradable brisa del ventilador refrescaba sus ardientes mejillas, se quedó dormida.

—Querida, es hora de despertarse. Si no, no podrás dormir por la noche. Además, dentro de una hora vendrán unos amigos a conocerte. —La voz de su madrina se coló en los sueños de Cecily—. He hecho que Muratha te prepare el baño y te he traído una copa de champán para espabilarte.

—Uf... ¿Qué hora es? —murmuró Cecily. Tenía la voz ronca y le costaba tragar porque tenía la garganta seca y dolorida.

—Son las cinco de la tarde, cielo. Llevas seis horas durmiendo a pierna suelta.

«Y podría dormir seis semanas más», pensó levantando la cabeza de la almohada y mirando amodorrada a su madrina.

Kiki estaba fresca como una lechuga, con su oscura melena recogida en un moño y el maquillaje perfecto. El vestido largo de seda verde que llevaba resaltaba sus pendientes de esmeraldas y diamantes, que hacían juego con un collar. En resumidas cuentas, que estaba realmente espectacular y no parecía que hubiera atravesado varios continentes en avión, barco y coche. Cecily pensó que necesitaba un poco de eso que su madrina guardaba en su brillante bolso, fuera lo que fuese.

—Bebe, querida; te aseguro que es el mejor reconstituyente. —Kiki le ofreció una copa, pero Cecily negó con la cabeza, preguntándose por qué la gente mayor no paraba de recomendarle que bebiera alcohol.

—De verdad, no puedo, Kiki.

—Bueno, te la dejaré al lado de la cama por si cambias de opinión. He elegido algo de tu baúl para que te lo pongas esta noche y le he pedido a Muratha que lo planche. Está colgado en tu armario, justo ahí. —Kiki señaló un armario de estilo oriental y cruzó la habitación con elegancia para abrir las contraventanas—. Tienes que arreglarte rápido, querida, o te perderás tu primera puesta de sol en Mundui. Por muy triste que esté, eso siempre me levanta el ánimo.

Cecily vio que se detenía unos instantes para mirar por una de las ventanas. Un discreto suspiro se escapó entre sus labios, antes de darse la vuelta y sonreír a su ahijada.

—Me alegra tanto que hayas venido, cariño. Nos vamos a divertir muchísimo juntas y arreglaremos lo de tu corazón roto. Te espero abajo antes de las seis. —Kiki abandonó la habitación dejando tras de sí su característico perfume, tan inusual y exótico como ella.

Ya completamente despierta, Cecily se dio cuenta de que estaba sedienta. Le quitó el tapón a la botella y bebió un poco de agua tibia que le dejó en la boca cierto regusto amargo. Volvieron a llamar a la puerta y una muchacha negra de cabello hirsuto, tan corto que parecía cortado con navaja, entró en la habitación. Un sencillo vestido de algodón beis cubría su esbelta figura. Debía de tener unos trece o catorce años. «Es apenas una niña», pensó Cecily.

—*Bwana*, su baño estar listo. —Señaló la puerta que tenía a su espalda y luego hizo un gesto con la mano a para que Cecily se acercara.

A regañadientes, esta se levantó de la cama y la siguió. En la habitación contigua había una gran bañera y un lavabo con un enorme asiento de madera, más bien parecido a un trono.

Muratha le señaló la pastilla de jabón, un trapo y un montón de toallas de algodón, dobladas con esmero al lado de la bañera.

—¿Bien, *bwana*?

—Bien, gracias. —Cecily asintió y le sonrió.

Si alguna vez antes Cecily se había «deleitado» con un baño, acababa de darse cuenta de que no conocía el verdadero significado de esa palabra. El viaje había empezado en Southampton y había durado tres días. ¿O habían sido cuatro? Hicieron varias paradas para que el avión repostara, la última en un lugar llamado Kisumu, a orillas del lago Victoria, aunque para entonces Cecily ya había perdido la noción del tiempo y del espacio. Salió tambaleándose del pequeño avión y Kiki la llevó hasta una cabaña de hojalata que se encontraba al lado del aeródromo, donde se echaron un poco de agua por encima antes de embarcar en otro vuelo que se dirigía (por fin) a Nairobi. Cecily no había visto una pastilla de jabón en todo el trayecto. Tampoco había dormido ni su mente había descansado desde que abandonó Inglaterra.

Tras asearse a conciencia, Cecily examinó el agua que la rodeaba: estaba bastante turbia y una capa de arenilla flotaba por los bordes de la bañera. Le habría gustado darse otro baño para aclararse bien, pero no tenía tiempo y quién sabía cuántos litros de agua habían tenido que acarrear para llenar aquello, porque allí no se veía ningún grifo.

Cuando volvió a su habitación, le reconfortó pensar que la casa de Kiki no era en absoluto la cabaña polvorienta que ella se esperaba. Las enormes ventanas con paneles de cristal, los techos altos y los suelos de madera le recordaban las casas coloniales que había visto en Boston. El dormitorio estaba pintado de blanco, lo que resaltaba los muebles de estilo oriental. En medio se encontraba la pesada cama de madera maciza, sobre la que pendía un extraño artilugio que parecía hecho de red. Cecily fue hacia una de las ventanas y por primera vez se fijó en el entorno.

Se tapó la boca con una mano y ahogó un grito. Las palabras de Kiki no hacían justicia a aquel paisaje. El sol estaba bajo en un cielo todavía azul y proyectaba un haz de luz dorada sobre unos extraños árboles de copa plana. El césped de Mundui House descendía con elegancia hasta la orilla de un gran lago, cuyas aguas reflejaban los tonos del cielo, y unos coloridos pájaros planeaban entre los árboles. Cecily nunca había visto unos colores tan vivos.

—¡Uau! —exclamó en voz baja. Aquel paisaje era casi «bíblico», como decía una de sus amigas de Vassar que, por supuesto, estudiaba Teología.

Por primera vez desde que había dejado la costa de Inglaterra, su pulso —que se aceleraba al recordar lo que había hecho con Julius, por no hablar de los botes que había dado esos últimos días atravesando cielo, tierra y mar— empezó a disminuir un poco. Cecily abrió la ventana y una ola de calor le azotó el rostro. Oyó los reclamos de aves y animales desconocidos, mientras pensaba en lo lejos que parecían quedar ya Inglaterra y Estados Unidos. Aquello era otro país, otro mundo, y de repente tuvo la extraña sensación de que aquel lugar la marcaría para siempre.

—¿*Bwana*? —Una voz tímida a su espalda la sacó de su ensoñación.

—Ah... Sí, hola.

—¡No, no, no! —Muratha, la joven doncella, fue hacia ella—. Nunca, nunca —dijo cerrando la ventana de golpe—. De noche no —le advirtió agitando un dedo—. *Mbu.*

—¿Perdona?

La niña agitó los dedos y emitió un ligero zumbido antes de señalar la red que estaba recogida sobre la cama.

—¡Ah! ¿Te refieres a los mosquitos?

—Sí, sí, *bwana*. Muy malos. —Deslizó el dedo por su garganta y puso una expresión de agonía. Después volvió a comprobar la ventana, como si los mosquitos fueran capaces de abrir pestillos—. De noche no. ¿Entender?

—Sí, lo entiendo. —Cecily asintió, pensando en la quinina que supuestamente protegía de la malaria y que su madre insistió que metiera en el botiquín que el médico de la familia le había preparado.

Observó cómo la niña iba hacia el armario para coger el vestido que ella se pondría esa noche.

—¿Ayuda?

—No, gracias.

—*Hakuna matata, bwana* —dijo Muratha antes de salir de la habitación.

—¡Queriiida! —Kiki recibió a Cecily en la terraza cuando esta llegó escoltada por Aleeki—. Justo a tiempo. —La cogió del brazo y la condujo al otro extremo del cenador. Caminaron entre los extraños árboles de copa plana, que crecían más hacia los lados que hacia arriba, hasta el borde del agua—. Me alegro de que los demás no hayan llegado aún, así podremos disfrutar en la intimidad de tu primera puesta de sol. ¿No es espectacular?

—Sí —contestó Cecily, sobrecogida, mientras observaba cómo el sol se ponía en un cielo iluminado por una explosión de tonos anaranjados y rojizos, ocultándose tras un largo día.

Un estridente coro de cigarras empezó a cantar, llenando el aire cálido con sus vibraciones. Aquella cacofonía hizo estremecer a Cecily, a quien se le puso la piel de gallina a pesar del calor. Cuando finalmente el sol desapareció tras el horizonte, el ruido se volvió más intenso bajo la luz púrpura del crepúsculo.

—No tengas miedo, cielo, solo son insectos, pájaros y animales dándose las buenas noches. O al menos eso es lo que me gusta pensar, ¡hasta que oigamos el rugido de un león en la terraza a las tres de la mañana! —comentó su madrina con una risita nerviosa—. Es broma, solo ha pasado una vez. La buena noticia es que no se comió a nadie. Cuando te hayas recuperado del viaje, te llevaremos de safari por la selva.

Una repentina ondulación en las aguas tranquilas del lago llamó la atención de Cecily.

—No es más que un hipopótamo que va a darse un baño nocturno —dijo Kiki encogiéndose de hombros, y a continuación encendió un cigarrillo y lo metió en una larga boquilla de marfil—. Son feísimos y enormes, y me sorprende que no se hundan, pero son un encanto. Mientras no los molestemos, ellos no nos molestarán a nosotros. —Echó el humo por la nariz muy despacio—. Esa es la clave de vivir en África: respetar aquello que ya estaba aquí antes. Tanto a la gente como a los animales.

De pronto, un mosquito se puso a zumbar al lado de la oreja de Cecily y esta lo espantó preguntándose si debía respetarlo.

—No te preocupes por ellos —dijo Kiki cuando vio su ademán—. Es inevitable que te piquen. Con un poco de suerte, la malaria no te matará y acabarás siendo inmune, como la gente de aquí. Y el aloe vera va de maravilla para las picaduras. ¿Champán? —le preguntó mientras volvían a subir a la terraza.

Allí, varios sirvientes, todos ellos vestidos con ropa de algodón en diferentes tonos de beis, colocaban las bebidas sobre una mesa. Cecily reconoció a Aleeki, el hombre que la había ayudado antes. Su atuendo lo diferenciaba del resto de los sirvientes. Además de un chaleco gris, llevaba un largo pedazo de tela de cuadros sujeto a la cintura, que parecía más una falda que un pantalón. Además, en la cabeza canosa lucía un gorrito estampado similar a un fez. El hombre miró a Cecily con sus ojos oscuros y serios y señaló el bar.

—¿O mejor un martini? —sugirió Kiki—. Aleeki prepara unos excelentes.

—Creo que esta noche no debería beber alcohol, Kiki. Estoy exhausta por el viaje y…

—Dos martinis, por favor, Aleeki —pidió Kiki antes de entrelazar su brazo con el de Cecily—. Cielo, yo llevo años haciendo viajes intercontinentales y te aseguro que lo mejor que puedes hacer es empezar como pretendes continuar. Siéntate —le dijo delante de un grupo de mesas bajas que habían colocado en la terraza.

—¿Quieres decir que deberíamos estar borrachas todo el rato?

—Para serte sincera, tengo que admitir que aquí todo el mundo bebe más de lo que debería, pero alivia el dolor y hace que todo sea un poco más agradable. De todos modos, ¿quién quiere vivir hasta los ochenta años? ¡Toda la gente mínimamente divertida que he conocido ya está muerta!

Kiki soltó una carcajada breve y áspera, y en ese momento Aleeki les llevó los martinis. Kiki cogió el suyo de inmediato y Cecily, que no quería ser descortés, hizo lo propio.

—Salud, cariño, y bienvenida a Kenia. —Entrechocaron las copas y Kiki se tomó la suya de golpe. Cecily solo bebió un sorbito y estuvo a punto de atragantarse por lo fuerte que era el alcohol—. Bien… —empezó Kiki al tiempo que indicaba a Aleeki que quería otro dando unos golpecitos al cristal—. Esta noche vas a conocer a algunos personajes que viven por estos lares. Puedes estar segura de que son todos bastante peculiares. Supongo que hay que serlo para cruzar el planeta e instalarse en un país como este. Aquí la vida es realmente salvaje, en todos los sentidos. O al menos lo era. Aleeki, querido, ¿por qué no le das cuerda al gramófono? No nos vendría mal un poco de música.

—Sí, *memsahib* —dijo el hombre cuando le sirvió a Kiki otro martini.

Cecily contempló a la mujer que estaba sentada a su lado, su perfil perfecto sobre el oscuro cielo ambarino, y decidió que Kiki era el ser más complejo que había conocido jamás. De camino a África, su madrina se había mostrado o bien eufórica, bailando por el poco sitio que había entre los asientos del avión, cantando canciones de Cole Porter a voz en grito mientras el aeroplano se sacudía y se hundía entre las nubes, o bien hermética, durmiendo el sueño de los muertos. Y en el avión en el que hicieron el tramo final del viaje, Cecily vio a Kiki observando el paisaje absorta.

«Es tan hermoso y tan salvaje…», había susurrado su madrina, casi para sus adentros, con lágrimas en los ojos.

Aunque Cecily sabía que había sufrido numerosas pérdidas en los últimos años, Kiki raras veces hablaba de ellas, a no ser de forma colectiva. Y aunque se habían pasado cuatro días metidas en una lata de sardinas voladora, tenía la sensación de que no sabía más sobre esa mujer que cuando partieron de Southampton. A pesar de su gran belleza y su «extraordinaria riqueza», como solía decir su madre, por no hablar de un absoluto aplomo en sociedad que Cecily solo podía soñar con emular, esta intuía cierta vulnerabilidad bajo la superficie.

Sin embargo, cuando llegaron los primeros invitados de Kiki a la terraza, acompañados por Aleeki, no había ni rastro de esa vulnerabilidad.

—¡Queridos, he vuelto! —Kiki se levantó y envolvió a la pareja en un enorme abrazo—. Tenéis que contarme todo lo que ha pasado desde mi partida. Conociendo el valle, seguro que no es poco. Yo casi me muero de neumonía en Nueva York, así que no podéis imaginaros cuánto me complace estar en casa de nuevo. Venid a saludar a mi preciosa ahijada. Cecily, cielo, esta es Idina, una de mis mejores amigas en todo el mundo.

Cecily saludó a la mujer, que llevaba un vaporoso vestido largo de gasa de excelente calidad, como diría su madre. Idina olía a perfume caro, lucía una media melena impecablemente ondulada y sus cejas dibujaban un arco perfecto.

—¿Y quién es ese caballero? —preguntó Kiki sonriendo al hombre alto que acompañaba a Idina.

—¿Cómo? ¡Es Lynx,* por supuesto! —respondió Idina con un marcado acento británico—. ¿No recuerdas que te escribí hablándote de él? Estamos prometidos y vamos a casarnos.

—Hola, Cecily.

Lynx hizo una reverencia, le cogió una mano y se la besó. Ella se fijó en sus rasgos perfectos y en aquellos ojos que la observaban, sagaces e inteligentes, como los del animal que llevaba su mismo nombre.

—Es un placer conocerte, querida —dijo Idina—. Espero que Kiki te haya puesto al corriente de todos y cada uno de los escándalos que he protagonizado desde que llegué a Kenia.

—Lo cierto es que ha sido muy discreta.

—Eso no es nada propio de ella. De todos modos, ahora he vuelto al redil. ¿Verdad, Lynx?

* En español, «lince». *(N. de los T.)*

—Eso deseo con todas mis fuerzas, querida —respondió él en el momento en que Aleeki llegaba con una bandeja de martinis y champán—. Aunque por lo que me ha contado Idina, tengo la sensación de haberme perdido toda la diversión.

—Esto ya no es lo que era, pero hacemos todo lo posible para estar a la altura de la escandalosa reputación que nos hemos ganado a lo largo de los años —comentó Idina, y le guiñó un ojo a Kiki.

Aún agotada, Cecily se conformó con escuchar más que con participar e hizo un esfuerzo para sentarse muy recta en la silla y no quedarse dormida. Idina y Kiki siguieron chismorreando sobre sus amigos comunes, mientras que Lynx permaneció sentado pacientemente al lado de su prometida.

Cecily vio que Aleeki colocaba un samovar dorado sobre la mesa. Kiki levantó la tapa y dejó al descubierto un montoncito de polvo blanco y unas cuantas pajitas finas de papel. Sin dejar de hablar con Idina, Kiki se puso el samovar delante, cogió una pajita y separó una pequeña cantidad de polvo. Se metió la pajita por la nariz, se inclinó e inhaló con fuerza. Se apartó la pajita de la nariz, se limpió los restos de polvo y le pasó el samovar a Idina, que hizo lo mismo.

—¿Quieres un poco, cielo? Sin duda te ayudaría a aguantar despierta un poco más —dijo Kiki.

—Es que… No, gracias.

Cecily no tenía ni idea de qué era aquel polvo blanco ni por qué había que metérselo en la nariz en lugar de en la boca, así que decidió que sería mejor no probarlo.

—¡Alice, querida! —Kiki se levantó para saludar a la mujer que acababa de llegar a la terraza. Llevaba un vestido largo de seda de color azul noche que dejaba entrever su delgada figura. Tenía unos enormes ojos castaños y su pelo corto y oscuro enmarcaba su elegante mandíbula—. ¡Si es nuestra pícara Madonna! —Le dio un cálido abrazo—. Gracias por no venir vestida de granjera, querida. ¡Y mira a quién has arrastrado hasta aquí!

—En realidad, creo que ha sido él quien me ha arrastrado —comentó Alice.

Cecily reconoció al hombre de inmediato, aunque su aspecto era bastante distinto del que tenía en Nueva York: el capitán Tarquin Price iba vestido con el uniforme militar, a pesar de la cálida noche.

—Lo siento, no he tenido tiempo de cambiarme. He venido directamente de Nairobi y he dado un rodeo considerable para recoger a Alice en su granja.

—Pues yo creo que tienes un aspecto de lo más sofisticado, querido —comentó Kiki mientras conducía a ambos a la mesa—. Y mira a quién he conseguido arrastrar yo desde Manhattan —dijo señalando a Cecily.

—¡No puedo creerlo! Señorita Huntley-Morgan, volvemos a encontrarnos. Me alegro de que hayas podido venir —dijo Tarquin con exquisita amabilidad cuando Cecily se levantó para que la besara en ambas mejillas. Luego él cogió una copa de champán y se sentó a su lado—. ¿Qué tal el viaje?

—Largo —respondió Cecily antes de beber un sorbo de su martini—. Y polvoriento.

—Pero ¿te alegras de haber venido? La casa que tu madrina tiene aquí es extraordinaria, ¿no te parece?

—No sabría decirte, ya que he dormido durante la mayor parte del día. Pero la puesta de sol ha sido increíble y el lago es sencillamente maravilloso. ¿Es posible bañarse en él?

—Sí, siempre y cuando uno tenga cuidado con los hipopótamos. Y con los cocodrilos, claro…

—¿Cocodrilos?

—Solo es una broma, Cecily, por supuesto que puedes bañarte. La sensación es muy refrescante. Yo mismo me he dado algún chapuzón matinal en él. En fin, bienvenida a Kenia. He de admitir que me sorprende mucho que hayas venido. Hace falta poseer un espíritu intrépido para hacer el viaje, sobre todo siendo mujer.

—Espero estar a gusto aquí, porque no tengo ningunas ganas de repetir el viaje, al menos por ahora.

—Necesitas tiempo para acostumbrarte; esto es muy diferente de Nueva York. Podría decirse que es otro planeta. Pero ahora que estás aquí, debes disfrutarlo. Olvídate de la Cecily de Manhattan y de sus prejuicios, y disfruta de cada segundo que estés aquí.

—Esa es mi intención, si logro librarme de tanto sueño. —Cecily ahogó otro bostezo—. Kiki ha dicho que debería tomar un poco de eso —comentó señalando el samovar—. Que me ayudaría a mantenerme despierta, pero lo cierto es que no tengo ni idea de qué es.

—Eso, mi querida Cecily, es una sustancia tremendamente adictiva e ilegal llamada cocaína —le explicó Tarquin, inclinándose hacia ella.

—¡Cocaína! ¡Santo cielo! Es decir, había oído hablar de ella, desde luego, pero nunca la había visto. Y siendo ilegal, ¿podría venir la policía y detener a Kiki?

—Mi querida niña, aquí la «policía» somos nosotros —dijo Tarquin riéndose—. Como acabarás descubriendo, todo vale en el Valle Feliz —añadió mientras ambos observaban cómo Kiki volvía a esnifar el polvo del samovar.

—¿La has probado alguna vez? —le preguntó Cecily.

—Un caballero no debe mentir, y mentiría si te digo que no. Sí, la he probado alguna vez y produce una sensación extraordinaria. Pero no se la recomendaría a una jovencita como tú. Como supongo que sabrás, estos últimos años han sido terriblemente difíciles para tu madrina. Como suele decirse, todo está permitido para salir adelante. Ni tú ni yo estamos en posición de juzgarla.

—No, claro que no. Aunque no me gustaría que enfermara o algo parecido.

—Te entiendo, Cecily, pero, como te he dicho, ni Kiki ni Kenia se rigen por las reglas habituales. Ese es el mejor consejo que puedo darte.

Tarquin la dejó minutos después, probablemente para hablar con alguien más interesante. Cecily se limitó a quedarse sentada observando al grupo que se iba formando, mientras Kiki le presentaba a varios amigos de mediana edad. Aleeki y su tropa de sirvientes pululaban por la terraza rellenando las copas de los invitados y pasando bandejas de canapés. Al darse cuenta de que llevaba todo el día sin comer nada, Cecily cogió sin mucha convicción un huevo a la diabla y al morderlo descubrió sorprendida que sabía igual que los de casa. Y ella que creía que tendría que comer antílope asado en una hoguera… No se esperaba exquisiteces estadounidenses. Cuando ya se había comido dos unidades de todo lo que se cruzaba en su camino, Aleeki se inclinó para susurrarle al oído:

—Puedo prepararle un sándwich a *memsahib*, si lo prefiere. Y hay sopa en la cocina.

—No, gracias, estos canapés están divinos —respondió, conmovida al ver que el hombre se había percatado de su evidente apetito.

—¿Tu madrina ya te ha abandonado a tu suerte, querida? —Alice, la mujer del vestido de seda azul que había llegado con Tarquin, se sentó a su lado—. No te lo tomes como algo personal, al final de la noche habrá olvidado hasta su propio nombre —dijo arrastrando las palabras—. Creo que estuve una vez con tu madre en Nueva York. Vive en esa casa tan bonita de la Quinta Avenida, rodeada de bloques de apartamentos, ¿no?

—Sí, vive… vivimos allí —respondió Cecily mirando a Alice a los ojos. Eran bonitos, aunque estaban un poco vidriosos—. Esto… ¿Usted vive cerca de aquí? —preguntó, esforzándose para entablar conversación.

—Supongo que eso depende de lo que entiendas por «cerca». Mi casa no está muy lejos, al menos para los pájaros. Pero el problema es que nosotros no somos pájaros, ¿no? Solo somos humanos, malditos humanos, con brazos y piernas pero sin alas. Tienes que venir algún día a mi granja. A ver a todos mis animales.

—¿Qué tipo de animales tiene?

—Bueno, de todas clases. Tuve un cachorro de león como mascota durante años, pero no me quedó más remedio que deshacerme de él cuando se hizo demasiado grande.

—¿Un león?

—Sí. No te gustarán las armas, ¿verdad?

—No sabría decirle. Nunca he cogido ni usado una.

—Buena chica, entonces no. Los animales tienen corazón y cabeza, ¿sabes? Tienen los mismos sentimientos que nosotros.

Ambas se quedaron mirando a Idina cuando pasó por delante de ellas con Lynx, su acompañante. La pareja se alejó paseando hacia el lago y desapareció en la oscuridad.

—¿Sabes? Idina estuvo casada con el amor de mi vida —reveló Alice con un suspiro—. Lo compartimos hace mucho tiempo…

—Ah. —Cecily estuvo a punto de atragantarse con la bebida—. ¿Está aquí esta noche?

—No, aunque antes vivía ahí al lado, en Djinn Palace, en el lago. No dejes que Joss Erroll te seduzca, ¿me oyes, querida? Sería agradable saber que al menos una virgen no le ha entregado su virtud.

Cecily se ruborizó al oír las palabras de Alice. No porque le sorprendieran especialmente —estaba aprendiendo a marchas forzadas que las salvajes planicies de África no eran nada en comparación con la naturaleza salvaje de los humanos que las habitaban—, sino porque le recordaban que ella ya no tenía una «virtud» que perder.

—¿En Estados Unidos creen que habrá guerra? —preguntó Alice mientras miraba distraída al resto de invitados.

—Creo que tienen tan poca idea como cualquiera —dijo Cecily intentando seguir el ritmo de la conversación, que saltaba de un tema a otro. Aun así, había algo en Alice que le gustaba, por muy loca que pareciera.

—Espero que no, o será el fin de todo esto. A Joss le afectaría, por supuesto. Y yo no podría soportar que él muriera, ¿sabes? —dijo poniéndose en pie—. Encantada de conocerte, cielo. Ven a verme pronto.

Cecily vio cómo se alejaba deslizándose entre la multitud de la terraza. Algunos invitados habían empezado a bailar al ritmo de la música metálica del gramófono y una mujer besaba abiertamente a su pareja de baile mientras él le metía las manos por debajo del vestido.

—Hora de irse a la cama —dijo Cecily con un suspiro, y se puso de pie.

Entonces oyó unas risas procedentes del lago, se volvió y vio dos cuerpos de espaldas, completamente desnudos, corriendo hacia el agua. Tras un nuevo suspiro, se dirigió al santuario de su dormitorio.

Cecily se despertó con la cacofonía de trinos, reclamos y graznidos de aves y animales desconocidos. Se quedó tumbada, desesperada por volver a conciliar el sueño. La noche anterior había permanecido despierta durante horas por el molesto sonido de las risas de los invitados y el gramófono, que estuvo sonando bajo la ventana de su habitación al menos hasta las cuatro de la madrugada. E incluso después seguían oyéndose gritos ahogados y risillas dentro de la casa. Si era posible estar exhausto nada más levantarse, Cecily lo estaba. Sin embargo, mientras obligaba a sus párpados a cerrarse, el coro del amanecer no hacía más que aumentar de volumen.

—¡Maldita sea! —se lamentó cuando se dio cuenta de que contar ovejitas o leones no iba ayudar. Así que se levantó de la cama tras emplear unos segundos en liberarse de la mosquitera, fue hacia una de las ventanas y abrió los postigos—. ¡Dios mío! —exclamó atónita. Allí, sobre el césped que daba al lago, había una jirafa mordisqueando las hojas de uno de los árboles de copa plana.

A pesar de la fatiga y de la ansiedad que seguía atenazándole el estómago por todo lo que había presenciado la noche anterior, no pudo evitar sonreír. Buscó por la habitación la cámara que su padre le había regalado, pero no tenía ni idea de dónde la había guardado Muratha tras deshacer su baúl. Cuando la encontró, la jirafa había desaparecido. Aun así, incluso sin la jirafa, Cecily pensó que aquel paisaje haría llorar de emoción a un hombre hecho y derecho.

Ni siquiera eran las siete de la mañana y el cielo ya exhibía un color azul que proyectaba una luz resplandeciente sobre el lago. Cecily fue hacia el armario para coger uno de los vestidos de algodón que Kiki le había recomendado que se llevara de Nueva York. Tras vestirse apresuradamente y cepillarse por encima el pelo, que el calor había vuelto incluso más indomable, abrió la puerta, cruzó el pasillo y bajó la escalera de puntillas.

—Buenos días, *memsahib*.

Cecily se sobresaltó. Al darse la vuelta, Aleeki apareció ante ella.

—¿Ha dormido bien?

—Sí, he dormido bien, gracias.

—¿Le apetece desayunar?

—Es muy amable, pero antes iba a dar un paseo hasta el lago.

—Entonces le prepararé el desayuno en el porche y estará listo para cuando vuelva. ¿Té o café, *memsahib*?

—Café, por favor. Gracias, Aleeki.

Cecily fue hacia la puerta pero Aleeki se le adelantó raudo para abrirla. El hombre hizo una pequeña reverencia cuando ella salió. En la terraza no quedaba ni rastro de la fiesta de la noche anterior; obviamente, los sirvientes habían eliminado cualquier vestigio de la misma. Mientras Cecily se ponía las gafas oscuras para proteger sus delicados ojos de un sol que parecía haberse acercado varios kilómetros durante la noche, se maravilló al ver el aspecto que tenía el «mayordomo» de Kiki, como lo llamaba su madrina. Parecía fresco como una lechuga, como solía decirse, tras una noche en la que debía de haber dormido aún menos que ella. Cuando llegó al borde del agua, Cecily miró hacia la izquierda y vio a un grupo de hipopótamos tomando el sol en la orilla, a unos cientos de metros de distancia.

«Esto es surrealista», dijo para sus adentros. «¿De verdad estoy aquí?»

Fue hacia el banco que estaba estratégicamente situado al borde del lago y vio que había un sujetador blanco colgado en el respaldo. Recordó a Idina y a su prometido nadando desnudos la noche anterior y se preguntó con una risita si debía alertar a Aleeki de la presencia del sostén. El hombre era tan hierático que seguro que ni parpadeaba aunque se lo entregara mientras estaba sentada a la mesa durante el desayuno.

—Puede que solo fuera una fiesta de bienvenida que se salió de madre —le dijo en voz alta a un pájaro recubierto de plumas azules y verdes con un brillo metálico que estaba posado en una rama. Estaba casi segura de que era un martín pescador. Sus sospechas se confirmaron cuando el pájaro se zambulló súbitamente en el agua por debajo de la rama colgante y emergió con un pez en el pico segundos después.

Cecily se quedó allí sentada un rato. Notaba cómo sus hombros se relajaban mientras observaba la rutina diaria de la naturaleza a su alrededor. Se comportaran como se comportasen los humanos —que todavía dormían en la casa, a su espalda—, ese paisaje y sus habitantes tenían un pulso propio con el que ella debía intentar conectar.

Finalmente, el sol la obligó a buscar cobijo a la sombra del porche lateral de la casa. Cecily no podía olvidarse de llevar siempre sombrero, incluso a primera hora de la mañana, o las pecas le dejarían la cara como la piel de un leopardo. Cruzó los jardines que había alrededor de la terraza, llenos de flores que desprendían un olor dulzón y de plantas con aspecto exótico cuyos nombres desconocía. El sol ya había calentado la hierba y el aire estaba lleno de insectos que sumergían la cabeza en las flores rebosantes de néctar.

—Ya está todo preparado, *memsahib*.

Cuando llegó al porche, Aleeki retiró una silla para que se sentara. En la mesa del desayuno había todo tipo de viandas servidas en cestitas o en bandejas de plata.

—Gracias —dijo Cecily, que estaba un poco mareada a causa del sol.

—Tenga. —Aleeki le ofreció un vaso de agua y un abanico—. Es muy útil para el calor durante el día. ¿Le sirvo café?

—Sí, por favor —respondió Cecily tras beberse el vaso de agua fría; luego empezó a abanicarse con rapidez—. Dios santo, qué calor hace hoy.

—Aquí hace calor todos los días, *memsahib*, pero se acostumbrará. —Chascó los dedos y apareció un sirviente con una versión gigante de su abanico. El hombre empezó a agitarlo y el mareo de Cecily remitió enseguida—. *Memsahib* debe llevar sombrero, es muy importante —dijo Aleeki—. ¿Quiere leche para el café?

—Lo tomaré solo, gracias. Y, por favor, dígale que ya puede dejar de abanicarme. ¿A qué hora suele levantarse mi madrina para desayunar?

—No suele hacerlo antes de mediodía. Hay fruta, cereales y pan fresco con mermelada y miel caseras. Podemos tostarle el pan, si lo desea, y también hay huevos. ¿Le gustan fritos?

—Creo que con todo esto es suficiente, gracias. —Cecily señaló el festín que había sobre la mesa.

Aleeki hizo su acostumbrada reverencia y se retiró a un lado del porche. Ella se tomó el café con la sensación de encontrarse en una versión tropical del Waldorf Astoria. Hasta el momento, la comida estaba mucho más rica que la del cocinero de Manhattan y el servicio era mucho más atento.

Cuando Aleeki le sirvió una segunda taza de café, Cecily se volvió hacia él mientras disfrutaba de una rebanada de aquel maravilloso pan recién horneado recubierto de miel.

—¿Cuánto tiempo hace que trabaja para mi madrina?

—Desde que llegó aquí y compró esta casa. Hace muchos años, *memsahib*.

—Me encantaría saber qué hay más allá de esos árboles —comentó Cecily señalando el seto que rodeaba los jardines y la casa—. ¿Qué hay allí?

—A un lado hay un rancho de ganado y al otro los caballos de *memsahib*. Si desea montar después del desayuno, puedo prepararle un buen caballo.

De repente, a Cecily le vino a la cabeza la imagen de ella y Julius a caballo por la helada campiña inglesa, antes de encender una hoguera, emocionados, y calentarse juntos delante del fuego.

—Tal vez en otro momento, Aleeki. Hoy todavía me siento un poco cansada.

—Desde luego, *memsahib*. ¿Le gustaría tomar ahora unos huevos?

—No, gracias —murmuró Cecily, y se dio cuenta de que el recuerdo de Julius había puesto fin a la belleza y el sosiego de su primera mañana en Kenia.

Eran las dos de la tarde cuando Cecily vio que su madrina salía al porche. Ella había pasado las últimas horas sola en su habitación, evitando el intenso sol de mediodía y tomando fotografías del paisaje utilizando su ventana como atalaya. Tendría que buscar algún sitio donde las revelaran para poder enviárselas a su familia. Les había escrito una larga carta en el grueso papel vitela que Aleeki le había proporcionado, en la que detallaba sus aventuras hasta el momento. Bueno, la mayoría de ellas. Y mientras la escribía a veces le saltaban las lágrimas; nunca se había sentido tan lejos de casa.

—¡Cecily, querida! ¿Estás dormida? —gritó alguien bajo su ventana.

«Bueno, si lo estaba, a estas alturas estaría ya despierta.»

La joven asomó la cabeza.

—No, estaba escribiendo a mis padres.

—¡Pues entonces baja de una vez!

—Vale.

Con un suspiro, Cecily cogió la carta y se dirigió al piso de abajo.

—¿Champán? —le ofreció Kiki cuando se acercaba a la mesa del porche. Su madrina estaba sentada allí sola, con una botella dentro de una cubitera y un paquete de Lucky Strike como único sustento, según parecía.

—No, gracias, todavía estoy llena con tanta comida.

—Por favor, acepta mis disculpas, cielo —dijo Kiki antes de lanzar un suspiro, beber un trago de champán y coger la pitillera—. Ayer la fiesta se alargó demasiado —reconoció, aunque a Cecily no le parecía que Kiki lo lamentara en absoluto—. ¿Qué te han parecido mis amigos? Espero que fueran amables contigo. Desde luego, esas fueron mis instrucciones.

—Sí, muy amables, gracias.

—Al menos has cautivado a Alice. Nos ha pedido que vayamos mañana a tomar el té a Wanjohi Farm. ¿Te ha caído bien?

—Claro que sí, es una mujer interesante…

—Eso sin duda. ¿Sabes que hace unos años Alice tuvo un juicio por disparar a su amante en una estación de tren de París?

—¡Santo cielo! ¿Era ella? —Cecily recordó que su madre había mencionado aquel escándalo.

—La mismísima. Por suerte, le disparó en París, una ciudad que entiende de amor, y no tuvo que ir a la cárcel por intento de homicidio. Está como una cabra y yo la adoro.

—Lo que sí me contó fue que una vez tuvo un cachorrito de león como mascota.

—El pequeño Samson, sí. Se deshizo de él cuando empezó a comer dos cebras por semana. —Kiki volvió a llenarse la copa de champán—. ¿Aleeki te cuida bien?

—Sí, es maravilloso —señaló Cecily—. Me preguntaba si sería posible enviar esta carta a mis padres.

—No hay ningún problema. Dásela a Aleeki y él lo hará por ti.

—Vale. ¿A cuánto está el pueblo más cercano?

—Depende de lo que quieras hacer o comprar. Gilgil es el más cercano, pero es un auténtico basurero porque lo atraviesan las vías del tren. Después está Nairobi, claro, donde aterrizamos ayer, y Nyeri, que está a cierta distancia de aquí, al otro lado de las montañas Aberdare, pero es muy popular por el valle de Wanjohi.

—¿El valle de Wanjohi?

—Allí vive la mayoría de la gente que estuvo aquí ayer, incluida Alice. Lo verás mañana, cuando vayamos en coche a tomar el té con ella. En fin, hoy no me encuentro demasiado bien. Como tú, me imagino que estoy sufriendo los efectos de nuestro viaje, además de los de la bronquitis. Aleeki puede mostrarte la biblioteca si quieres coger algún libro. Nos vemos a las ocho para cenar, ¿de acuerdo?

—De acuerdo.

Como por arte de magia, ya que no hubo ningún gesto que Cecily percibiera, Aleeki apareció al lado de su señora. Kiki se levantó, se agarró a su brazo y regresó a la casa.

Mientras Cecily se arreglaba para la cena de esa noche, pensó en las cosas que sabía —o que había oído— de su madrina. Era una rica heredera y, lo más importante, estaba relacionada tanto con los Vanderbilt como con la familia Whitney. Se había divorciado de su primer marido y luego se había casado con Jerome Preston. Cecily recordaba que lo había conocido de niña y que le habían fascinado su gallardía y su carácter jovial. Su muerte repentina hacía cinco años fue un duro golpe para toda la familia. Además, su madre le había contado que el cuñado de Kiki había fallecido hacía un par de años y que su querido primo William se había quedado parapléjico debido a un accidente de coche.

Así que allí estaba Kiki, tumbada en la cama a unos cuantos metros de ella, completamente sola.

—Y tan triste... —dijo Cecily con un suspiro cuando aquel pensamiento le sobrevino de repente—. Está desolada.

14

Me temo que hoy la señora vuelve a encontrarse mal —anunció Aleeki cuando Cecily apareció en la terraza al día siguiente a mediodía, dispuesta a ir a tomar el té en coche a la granja de Alice.

—Dios mío, no se trata de nada grave, ¿verdad?

—No, seguro que esta noche se encontrará mucho mejor, *memsahib*. Pero dice que vaya usted sola. Y que se lleve esto a modo de disculpa.

Aleeki sostenía dos cestos de mimbre: uno de ellos lleno de botellas de champán y el otro cubierto por un paño de tela que Cecily supuso que contendría algo de comer. La joven rodeó la casa con Aleeki para ir a la parte de atrás y el hombre abrió la puerta trasera del Bugatti, que habían lavado y pulido tan a conciencia que el sol se reflejaba en su techo de color blanco. En su interior hacía un calor abrasador. Cecily se situó cerca de la ventanilla abierta y empezó a abanicarse con fuerza, sentada en el asiento de cuero color crema.

—Este es Makena, *memsahib*. El conductor que la llevará a Wanjohi Farm. —El hombre, vestido de blanco impoluto, hizo una reverencia. Cecily recordaba su cara, del viaje hasta allí—. La veré a la hora de la cena, señorita Cecily —dijo Aleeki mientras cerraba la puerta y Makena encendía el motor.

El viaje por la orilla del lago fue muy agradable, pero solo después de cruzar un pequeño pueblo atravesado por las vías del tren, que Cecily supuso que era Gilgil, empezó a ser interesante. La joven notaba como si el potente motor del coche quisiera saltar hacia arriba cuando recorrían una pésima carretera llena de baches (que en Estados Unidos no se consideraría más que un sendero) y sonrió al pensar que era típico de Kiki tener un coche tan elegante pero tan rotundamente inapropiado para la geografía de Kenia. A lo lejos, el paisaje se volvió cada vez más exuberante y Cecily divisó una cordillera montañosa cuyos picos estaban cubiertos por una nube de niebla. Ojalá pudiera preguntarle a Makena cómo se llamaban, pero después de haber intentado un par de veces entablar conversación, se dio cuenta de que sus conocimientos de inglés se limitaban a unas cuantas frases básicas. La joven notó que la temperatura bajaba de forma considerable y una brisa fresca le apartó el pelo de la cara. Los olores de allí eran distintos a los de Mundui House. El aire olía a humedad por la lluvia que se acercaba y al humo de madera quemada que salía de las granjas que dejaban atrás.

—¡Madre mía! —exclamó al ver casas que no estarían fuera de lugar en los pueblos ingleses por los que había pasado de camino al aeródromo de Southampton. Eso por no hablar de los impecables jardines rebosantes de rosas, azucenas y jazmines, que llenaban el aire con su aroma intenso y dulce.

Dos horas después de salir, el Bugatti entró en el camino de acceso a una casa de una sola planta en forma de «U» que tenía un techo gigantesco, similar a otros que había visto por el camino. Supuso que sería para evitar que el sol entrara en las habitaciones, pero, al salir del coche, Cecily se estremeció ligeramente bajo el viento cortante. Unos arbustos de color verde oscuro rodeaban el césped y Cecily vio a un antílope mordisqueando la hierba. El animal levantó la cabeza para mirarla con sus enormes ojos castaños y luego siguió pastando como si nada.

—¡Hola, querida! ¡Has venido!

Cecily se dio la vuelta y vio que Alice iba hacia ella. Llevaba una camisa de algodón de talla extragrande y un pantalón ancho de color caqui.

—Sí, hola, es decir, buenas tardes, Alice. Discúlpeme, estaba embelesada por el paisaje. Es… espectacular —dijo admirando el verde valle, con un río al fondo.

—Es realmente extraordinario, ¿verdad? Al verlo todos los días, una tiende a ignorarlo.

—La última vez que estuve en Europa con mis padres, subimos desde Londres a las Tierras Altas de Escocia y pasamos allí unos cuantos días. Me recuerda un poco a esa región —comentó Cecily, y vio que su anfitriona llevaba una criatura de aspecto extraño acurrucada en el cuello. Era pequeña y peluda, tenía una larga nariz puntiaguda y las orejas redondas, y a Cecily le recordaba a un gatito deforme—. ¿Qué es eso? —le preguntó mientras la seguía hacia la casa. Varios perros se unieron a ellas por el camino.

—Es una mangosta, solo tiene unos días. La encontré abandonada bajo un arbusto del jardín. Pero no le he puesto nombre, porque si lo hago tendré que adoptarla, le cogeré cariño y dormirá conmigo por las noches. Eso haría que los perros se pusieran celosos y… ¿Por qué no te la quedas tú? —Alice se quitó la mangosta del hombro, que empezó a retorcerse, y se la puso a Cecily en las manos—. Son unas mascotas perfectas y muy buenas matando alimañas.

—Yo nunca he tenido una mascota, Alice. Además, solo voy a estar aquí un tiempo, así que no sería justo quedármela.

—Qué lástima. Entonces tendré que soltarla y seguramente se la comerán. Son unas protectoras maravillosas porque son inmunes al veneno de las serpientes. Una vez encontré una cobra en mi habitación y el pequeño Bertie, que llevaba años conmigo, saltó de la cama y la mató. Quédatela un tiempo para ver cómo os lleváis y luego decides —insistió mientras conducía a Cecily hasta una amplia terraza, donde ya había varias personas sentadas a una mesa larga bebiendo té.

—Bueno… vale —dijo Cecily intentando controlar a la criatura, que parecía desesperada por trepar a su hombro y escabullirse—. He olvidado decirle que mi madrina no ha podido venir. Le pide disculpas. No se encontraba bien.

—Aleeki me ha llamado hace un rato —dijo Alice en un tono alegre—. Pues más champán para los demás, ¿no? Vamos a abrirlo —anunció al grupo señalando las cestas que Makena llevaba detrás de ellas—. Esta es… —Hizo un gesto desenfadado hacia Cecily.

—Cecily Huntley-Morgan.

Mientras intentaba sujetar a la mangosta y saludar al grupo allí reunido, sintió alivio al percatarse de que había, al menos, un par de caras jóvenes sentadas a la mesa.

—Dame ese bicho fastidioso. —Alice se lo quitó y se lo puso en el hombro, donde este se acurrucó satisfecho y cerró sus diminutos ojos rosados—. Siéntate allí, al lado de Katherine.

Cecily se sentó, ligeramente sofocada y bastante desaliñada. Además, necesitaba ir al baño tras un viaje tan largo, pero le daba vergüenza preguntar dónde estaba.

—Hola, soy Katherine Stewart —dijo la joven que estaba a su lado.

Tenía un aspecto que su madre habría definido como «modesto». Era más bien rellenita, pero no por ello menos atractiva, en opinión de Cecily, con aquel impresionante cabello de color dorado rojizo, cuyos rizos enmarcaban un rostro de piel pálida, y aquellos ojos tan azules y brillantes como el cielo que había sobre ellas.

—Y yo Cecily Huntley-Morgan. Es un placer conocerte.

—¿Acabas de llegar? —le preguntó Katherine, con un suave acento británico.

—Llegué hace un par de días en avión. Fue un viaje larguísimo y todavía sufro las consecuencias.

—¿Té o champán? —Katherine le sonrió cuando el equivalente de Aleeki en casa de Alice le ofreció ambos. A diferencia del inmaculado Aleeki, aquel hombre llevaba una túnica blanca arrugada que lucía varias manchas y un ajado fez rojo.

—Té, gracias.

—Buena elección. Aunque yo me crie en el Valle, todavía me cuesta creer cuánto bebe la gente por las tardes. Y por las mañanas —dijo bajando la voz.

Cecily no conocía lo suficiente a Katherine como para hacer ningún comentario, pero asintió en silencio.

—A estas horas, para mí el té es más que suficiente.

—Dime, Cecily, ¿dónde te alojas?

—Con mi madrina, que tiene una casa junto al lago Naivasha. Aquello es precioso, pero hace mucho más calor que aquí.

—Bueno, estamos a trescientos metros más por encima del nivel del mar y normalmente tenemos que encender una fogata por las noches. Puede que por eso muchos de los primeros colonos eligieran esta zona: porque el clima les recordaba al de su Inglaterra natal.

—Yo le he comentado a Alice que me recuerda a las Tierras Altas de Escocia, sobre todo por las montañas de color púrpura del fondo.

—¡Anda! Pues mi padre es escocés y yo fui a un internado al lado de una ciudad llamada Aberdeen —le explicó Katherine sonriendo—. Allí es donde empiezan las Tierras Altas.

—¿Has vuelto para visitar a la familia? —Cecily le dio un mordisco a un sándwich de pepino que le había ofrecido un sirviente en una bandeja de plata.

—En realidad, he vuelto para quedarme. Mi padre vino aquí como misionero con mi madre, antes de que yo naciera; por desgracia, mi madre falleció hace unos años, pero papá sigue en muy buena forma y mi prometido, Bobby Sinclair, vive aquí. Cuando nos casemos, me mudaré a la granja de los padres de Bobby, que regresaron a Inglaterra hace unos años. Nuestra intención es volver a tener un rebaño de ganado y renovar la vieja casa. —Katherine sonrió con cariño a un hombre corpulento que tenía el rostro bronceado y el cabello oscuro con un extraño mechón gris.

—¿Cómo os conocisteis?

—Conocí a Bobby de niña. Él tiene diez años más que yo, pero siempre he estado enamorada de él. ¡No lograbas librarte de mí cuando iba al colegio y volvía a casa por vacaciones, ¿verdad, querido?! —le gritó Katherine a su prometido.

—Y que lo digas. —Bobby le devolvió la sonrisa—. Era como una pequeña lapa, siempre pululando a mi alrededor para que la llevara a nadar al río. ¿Quién iba a imaginar que un día acabaríamos casándonos?

El afecto que sentían el uno por el otro era evidente, y que se conocieran desde la infancia y fueran a casarse pronto hizo que Cecily volviera a pensar en Jack. Se obligó a recordar la promesa que se había hecho a sí misma mientras observaba las llanuras de África desde el avión que la alejaba de los dos hombres que habían destruido su fe en el romanticismo; el amor, con toda la dicha y el dolor que traía consigo, era algo que no tenía prisa por volver a experimentar.

—¿Cuánto tiempo vas a quedarte? —oyó que le preguntaba Katherine.

—Pues... no lo sé. Unas cuantas semanas, supongo.

—Vale, pues si sigues aquí, tienes que venir a nuestra boda. Necesitamos desesperadamente invitados de menos de cincuenta años, ¿verdad, Bobby?

—Sí, y espero que yo esté incluido en esa categoría, a pesar de mis canas.

—Estaré encantada de asistir, si puedo, gracias. —Cecily bajó la voz—. ¿Por casualidad sabes dónde está el...?

—¿Te refieres al baño? Claro que sí. Vamos, te acompaño.

Cecily siguió a Katherine hacia la casa. Las risas empezaban a oírse en la mesa gracias al champán de Kiki. El interior de la vivienda era deliciosamente fresco, si bien un tanto caótico, con los perros corriendo entre sus piernas y montones de libros y papeles esparcidos sobre unos muebles antiguos de aspecto elegante pero polvoriento.

Después de aliviarse y de acicalarse un poco, Cecily deambuló por el pasillo hasta llegar al jardín. Oyó unas voces estridentes que salían de un edificio que había a un lado de la casa principal y fue hasta allí: era la cocina. Katherine estaba hablando con mucha firmeza (y soltura) en un idioma extranjero con una mujer negra de aspecto desaliñado que, a juzgar por el delantal que llevaba, era una cocinera o una sirvienta. Aunque Cecily no entendía una palabra de lo que decían, resultaba obvio que no estaban de acuerdo en algo. La mujer gesticulaba, pero parecía que a Katherine eso no le importaba lo más mínimo.

Entonces Katherine vio a Cecily allí de pie, le dijo unas últimas palabras a la mujer y caminó hacia ella.

—Por el amor de Dios, ¿has visto cómo está esa cocina? ¡Es asqueroso! No me extraña que la pobre Alice tenga dolores de estómago.

—¿Está enferma?

—Sí, lleva un tiempo con molestias. La semana pasada fue a ver al doctor Boyle, pero solo porque yo la obligué. La ha mandado al hospital de Nairobi para que le hagan más pruebas. Y claro, cuando el gato está fuera, los ratones bailan.

—¿Perdona?

—Lo que quiero decir es que Alice no supervisa al servicio, y desde que Noel, su viejo mayordomo, abandonó el barco hace unas semanas, los sirvientes han dejado de cumplir con sus obligaciones. Da igual. —Katherine sonrió a Cecily de camino a la terraza—. Alice me ha pedido que me quede aquí mientras está en Nairobi, así que pronto los meteré en cintura, que no te quepa la menor duda.

—¿Hace mucho que conoces a Alice?

—Sí, desde que era pequeña. Mi madre y ella eran amigas, aunque, ahora que lo pienso, es rarísimo. La verdad es que no podían ser más distintas.

—¿En qué sentido?

—Bueno, Alice era una rica heredera que sin duda tenía un papel importante en el estilo de vida hedonista del Valle; en cambio, mi madre era una mujer muy franca, que estaba casada con un misionero escocés sin un céntimo. Creo que fue el amor por los animales lo que las unió: cuando Alice y su primer marido estaban de viaje, mi madre se venía aquí conmigo para ganar un poco de dinero extra como ama de llaves y cuidaba de los animales. Oye —dijo cuando llegaron a la mesa—, a lo mejor te apetece venir a visitarme mientras Alice está en el hospital.

—Me encantaría —dijo Cecily. Cada vez le caía mejor Katherine.

—Mira, has deslumbrado a la pequeña Minnie —le gritó Alice cuando un pequeño perro salchicha saltó a las rodillas de Cecily—. Los animales siempre reconocen a las buenas personas —dijo a la vez que se servía más champán.

Una vez más, Cecily rechazó el ofrecimiento de una copa de «burbujas», como decía Alice, y centró su atención en las nubes que se asentaban, cada vez más pesadas, sobre los picos de la cordillera que quedaba detrás de la granja.

—¡Vaya! —Katherine se levantó. El cielo se oscureció de repente y unas gruesas gotas de lluvia empezaron a caer—. ¡Todos al porche! —exclamó cogiendo todo lo que podía de la mesa y guardándolo en una de las cestas.

Como una máquina bien engrasada, los invitados se movieron como una sola persona y se sentaron a otra mesa bajo el tejado saliente, mientras la lluvia arreciaba y empezaba a caer con fuerza alrededor.

—Solo es un chaparrón —comentó Katherine—. Espera a que la estación de las lluvias llegue en abril y la carretera se convierta bajo tus pies en un mar de lodo rojo que desciende de las montañas.

—Suena muy dramático —dijo Cecily—. Pero no creo que siga aquí para entonces.

—Hablando de irse, muchachita, será mejor que nos pongamos en camino —dijo Bobby, rodeando de forma protectora con un brazo los hombros de Katherine. Era un hombre físicamente descomunal, mucho más alto que su futura esposa.

—¿Vivís cerca de aquí? —les preguntó Cecily.

—Sí, a quince kilómetros hacia el oeste, en línea recta, pero por carretera el trayecto puede llevar mucho tiempo. ¿Sabes montar a caballo, Cecily? —le preguntó Bobby.

—Sí. —Cecily se preguntó por qué los caballos, que hasta hacía poco no habían sido más que una pequeña parte de su pasado, de pronto tenían tanta importancia en su presente.

—Suele ser la mejor forma de moverse por aquí, la verdad. Al menos, así es como volveremos nosotros a casa —comentó Bobby.

—Ha sido un verdadero placer conocerte, Cecily —dijo Katherine con una sonrisa afable—. Me pondré en contacto contigo para que vengas a hacerme compañía cuando Alice esté en el hospital. La próxima vez tienes que quedarte a dormir; el viaje de vuelta a Naivasha es bastante pesado.

Cecily observó cómo Bobby y Katherine se subían a los caballos y se alejaban trotando por el camino de acceso a la casa.

Al cabo de una hora, la lluvia cesó y los invitados se aventuraron a salir una vez más. Cecily esperó que no resultara descortés marcharse.

—Me temo que debo volver ya a casa —dijo mientras se acercaba a la anfitriona, que estaba en la cabecera de la mesa. La cría de mangosta seguía acurrucada en su cuello—. Mi madrina da una cena esta noche. —Cecily no lo sabía a ciencia cierta, pero había muchas posibilidades de que así fuera.

—Por supuesto, querida, y estoy encantada de que tú y Katherine hayáis congeniado. Es una chica encantadora, con mucho más juicio del que yo nunca tendré. Saluda a Kiki de mi parte y vuelve a verme pronto, ¿de acuerdo? —Alice posó su blanca y delicada mano sobre la de Cecily—. Es revitalizante estar en compañía de alguien joven y no con estos vejestorios que viven de sus glorias pasadas.

—Sí, estaré encantada de hacerle otra visita. Gracias, Alice.

Cecily no se molestó en despedirse del resto de los invitados que, obviamente, pensaban continuar hasta la noche. Se quedaron bebiendo champán como si fuera agua y el sonido de sus risas resonaba en el valle cuando Cecily tomó el camino de acceso hacia el Bugatti. Makena le abrió la puerta de atrás y le puso una manta sobre las rodillas para protegerla del frescor que la lluvia había dejado a su paso.

Aunque no había bebido champán, Cecily se sintió mareada cuando salieron a la carretera, que ahora estaba llena de barro. A esa altura sobre el nivel del mar, el aire era más denso, así que pensó que tal vez esa fuera la razón. Miró por la ventanilla y vio surgir a sus pies la amplia extensión del Gran Valle del Rift. Era un contraste total con la exuberante vegetación que había sobre su cabeza, y resultaba impresionante. Sabía, por lo que había leído en los libros sobre África de la biblioteca, que el Rift tenía una extensión de miles de kilómetros y que las fuerzas primigenias de la naturaleza lo habían formado hacía millones de años. Pero por mucho que hubiera leído, nada podía prepararla para su imponente magnitud real; sobre todo, vista desde aquella privilegiada atalaya. El sol poniente bañaba la llanura casi sin árboles con un intenso resplandor de color melocotón y, forzando la vista, Cecily alcanzaba a ver unos puntitos diminutos que podían ser animales o personas —o ambos— y que se movían de forma imperceptible a través de aquel escenario espectacular.

—Este es un país increíble —murmuró mientras apoyaba la cabeza en el cristal de la ventanilla—. Hay demasiadas cosas que asimilar —añadió con un suspiro.

Deseaba que su familia estuviera allí para que lo compartiera con ella. Así todo tendría más sentido. El contraste entre Manhattan y aquello era tan gigantesco como ese majestuoso valle en sí mismo. Eran dos mundos aparte. Quería llegar a entenderlo, entender a la gente y al lugar. Era como intentar comerse un elefante, sencillamente abrumador, pero en cierto modo tenía la esperanza de lograrlo antes de volver a casa...

De pronto, Aleeki la estaba sacudiendo con suavidad para despertarla.

—Bienvenida a casa, *memsahib*. Deje que la ayude a salir del coche.

Cecily le permitió hacerlo y juntos cruzaron la terraza para entrar en casa.

—¿Qué hora es? —preguntó.

—Las ocho y media.

—Vaya. —Cecily volvió la vista hacia la terraza desierta, donde reinaba el silencio—. ¿Mi madrina está fuera esta noche?

—No, *memsahib*, todavía no se encuentra bien y está en su cuarto durmiendo. Seguro que tiene usted hambre. Pondré la mesa en la terraza o le enviaré una bandeja a su habitación, como prefiera.

—Con un vaso de leche bastará, gracias. ¿Puedo darme un baño? Me siento muy sucia tras el viaje.

—Por supuesto, *memsahib*. Enviaré arriba a Muratha con la leche y ella le llenará la bañera.

—Gracias. —Cecily fue hacia la escalera y se detuvo de repente—. ¿Mi madrina no se encuentra bien? Me refiero a si está muy enferma.

—Pronto se pondrá bien. No se preocupe. Yo cuidaré de ella.

—Por favor, dele las buenas noches de mi parte.

—Por supuesto —dijo Aleeki haciendo una reverencia—. Buenas noches, *memsahib*.

15

Al día siguiente, Kiki continuaba indispuesta y Cecily agradeció (sintiéndose culpable por ello) la tranquilidad que reinaba en la casa. Por primera vez desde su llegada, sentía que tenía tiempo para respirar y asimilar la belleza de todo lo que la rodeaba. Aleeki siempre estaba cerca con sugerencias para entretenerla, así que esa tarde la llevó al lago Kagai un niño kikuyu que le comentó en un inglés macarrónico que había nacido allí. Además de enseñarle algunas frases básicas en el idioma nativo, el pequeño le explicó cómo pescar con caña por el costado del barco: sosteniéndola con firmeza hasta que sintiera un tirón. Luego la ayudó a sacar un pez que se retorcía y cuya piel metálica brillaba con todos los colores del arcoíris bajo la luz del sol. Sentada en medio del enorme lago de plata, con las aguas calmas como una balsa de aceite, Cecily observó cómo los hipopótamos tomaban el sol en la orilla antes de levantarse e introducir sus corpulentos cuerpos en el agua, para luego deslizarse por ella con la elegancia de los cisnes.

Al día siguiente (todavía sin señales de Kiki), Cecily acompañó a Aleeki a Gilgil, envió otra carta a sus padres y le llevó el carrete de la cámara a un hombre alemán que Aleeki conocía, para que se lo revelara en un cuarto oscuro que tenía en la trastienda de su taller mecánico. Cecily deambuló por el pueblo, se paraba en los puestos que había en la calle, donde vendían una amplia variedad de frutas y verduras, tanto conocidas como desconocidas.

—¿Eso son plátanos normales? —le preguntó Cecily a Aleeki señalando unas enormes frutas verdes con forma de plátanos, cuando el hombre se reunió con ella al acabar de hacer sus recados.

—No exactamente, *memsahib*, son plátanos macho. Son parecidos. Están muy buenos asados. Aquí se llaman *matoki*. ¿Quiere que le pida a la cocinera que le prepare unos?

—¿Por qué no? Me encantaría probar algo de la cocina local antes de irme.

—Hay tiempo para eso, *memsahib* —dijo, y se puso a negociar el precio con el dueño del puesto de fruta—. La comida india también es muy popular aquí; lleva muchas especias. A mí me gusta mucho.

—Nunca he probado nada con especias —reconoció Cecily, y regresaron caminando hasta el coche por la calle polvorienta y ardiente.

—Entonces debe probar un curri, y también estofado y *yugali*, muy popular entre los kikuyu.

—¿Usted es kikuyu? —le preguntó Cecily, dejándose llevar por la curiosidad.

—No, *memsahib*, yo soy de Somalilandia —respondió él—. Está al otro lado de la frontera de este país.

Antes de que pudiera hacerle más preguntas a Aleeki, la sorprendió una voz a su espalda.

—¿Cecily? —La joven se dio la vuelta y vio a Katherine, que se acercaba a toda prisa—. ¡Anda, ya me parecía que eras tú! ¿Qué tal te estás adaptando?

—Pues creo que muy bien, gracias, Katherine.

—Lleva algún tiempo acostumbrarse, pero una vez que lo haces, lo realmente duro es marcharse.

—Aleeki, esta es Katherine Stewart. La conocí tomando el té en casa de Alice.

—Es un verdadero placer conocerla, *memsahib* —dijo Aleeki con una reverencia.

—¿Cómo está Alice? —le preguntó Cecily.

—Sigue en el hospital, en Nairobi. Y parece que va a quedarse algún tiempo más. Esta tarde iré a visitarla. Bobby me va a llevar en coche desde aquí.

Cecily tenía la sensación de que, fuera cual fuese el problema de Alice, desde luego no se debía a una intoxicación alimentaria por culpa de la suciedad de su cocina.

—Dile que espero que se recupere pronto, ¿lo harás?

—Por supuesto que sí. Y, por favor, ven a visitarme en cuanto puedas a Wanjohi Farm. Bobby estará ocupado arreglando nuestra granja y esa ruina de casa que se convertirá en nuestro hogar conyugal dentro de un mes —comentó Katherine sonriendo—. Me siento sola. ¿Qué tal este viernes?

Cecily miró a Aleeki, para consultarle.

—Desde luego, *memsahib*. ¿Qué hora considera apropiada para la visita?

—¿Qué le parece si la señorita Cecily llega para comer y se va el sábado después del desayuno? —sugirió Katherine.

—Entonces lo prepararé todo —respondió Aleeki.

—Tengo que irme a buscar a Bobby; está en el banco pidiendo un préstamo para comprar más ganado para la granja. —Katherine alzó las cejas—. Pero te veo a finales de esta semana. Adiós, Cecily.

—Adiós, Katherine. Y gracias.

—¿Katherine ha estado alguna vez en Mundui House? —le preguntó Cecily a Aleeki cuando este le abrió la puerta del coche, que, como siempre, parecía un horno.

—No, creo que no —respondió antes de cerrar con fuerza la puerta y sentarse en el asiento del copiloto, al lado de Makena.

Cecily bajó la ventanilla, sacó el abanico y lo movió lo más rápido que pudo. Volvió a sentir aquel terrible mareo y se preguntó por qué Aleeki había dejado tan claro, a pesar de sus palabras aparentemente amables, que su nueva amiga no era bien recibida en Mundui House.

Cuando llegó el día en que tenía planeado pasar la noche fuera, Cecily estaba desesperada por tener un poco de compañía. Habían transcurrido cinco días y su madrina aún no había salido de su habitación. Aunque le había suplicado a Aleeki que le permitiera entrar a ver a Kiki, la respuesta siempre era: «*Memsahib* está durmiendo». En más de una ocasión, Cecily se había preguntado si su madrina estaría muerta allá arriba y a Aleeki le daría miedo contárselo.

Esa mañana, a la hora del desayuno, Cecily estaba a punto de insistir en ver a Kiki antes de partir hacia Wanjohi Farm cuando Aleeki le entregó un sobre. Ella lo abrió, extrajo una hoja del costoso papel de carta grabado de Kiki y vio la letra elegante y familiar de su madrina.

Mi querida niña:

Discúlpame por no poder atender tus necesidades, pero me encuentro indispuesta. Estoy segura de que el descanso aliviará mi dolencia y luego estaré a tu servicio durante el resto de tu estancia.

Espero que Aleeki esté cumpliendo todos tus caprichos. Me ha dicho que vas a ir a visitar a Katherine a Wanjohi Farm. ¡Disfrútalo!

Un beso enorme,

Kiki

Al menos su madrina seguía viva, y ella por fin podía alejarse de Mundui House y de su extraña atmósfera silente con la conciencia tranquila, se dijo Cecily, ya sentada en el Bugatti, mientras Aleeki le decía adiós con la mano.

—¡Cecily, has venido! Estoy tan contenta de que estés aquí —le dijo Katherine en cuanto se bajó del coche en el camino de entrada a Wanjohi Farm.

—Y yo estoy encantada de estar aquí —repuso Cecily mientras Makena bajaba su reducido equipaje para esa noche y varias cestas de mimbre llenas de champán y otras viandas, cortesía de Kiki.

—¡Santo cielo! ¿Tu madrina cree que vamos a dar una fiesta esta noche? —Katherine entrelazó su brazo con el de Cecily y se encaminaron hacia la casa.

—A lo mejor es que ninguna visita está completa a menos que corra el champán.

—Veo que ya le has cogido el tranquillo a esto —comentó Katherine mientras conducía a Cecily al interior, que había cambiado por completo en una semana. Los montones de libros y papeles habían desaparecido, y el dulce aroma del abrillantador, así como el de los lirios y las rosas que había sobre una brillante mesa de caoba, camuflaba el hedor a perro y demás bichos sin identificar adoptados.

—¡Dios mío! Has obrado un milagro —dijo Cecily cuando Katherine le mostró su dormitorio.

—Gracias, pero me temo que ha sido más por mí que por Alice. No soporto vivir en el caos —reconoció—. Hasta he construido una perrera de alambre para sus perros. Aunque me temo que los monos que consideran esto su segundo hogar no son tan fáciles de controlar. ¿Te parezco cruel?

—En absoluto —respondió Cecily. En ese momento, una de las sirvientas entró con su equipaje—. Por favor, dile que no lo deshaga. Solo he traído el camisón, el cepillo de dientes y algo de ropa para cambiarme.

—Me temo que lo hará gustosamente —dijo Katherine antes de gritarle las órdenes a la muchacha, que parecía aterrorizada—. Han olvidado que Alice les paga un buen suelo y que cuida de ellos. A cambio, tienen que trabajar. En fin, seguro que estás muerta de sed. Hay limonada casera en la terraza.

—¿Y no hay champán? —exclamó Cecily fingiendo estar horrorizada.

Katherine se rio.

Se acomodaron en sendas sillas en la terraza y Cecily contempló el paisaje de pastos verdes que se extendía ante ella y el brillo del río que los atravesaba. Antílopes, caballos y cabras pastaban libremente, y la brisa fresca le acariciaba el rostro.

—¿Cómo está Alice? —preguntó Cecily antes de beber un sorbo de limonada.

—Me temo que no demasiado bien. Han tenido que introducirle una sonda en el estómago. William, es decir, el doctor Boyle, cree que los dolores pueden deberse a las lesiones que le causaron aquellos disparos en París hace años.

—¿Se pondrá bien?

—Eso espero, aunque lo cierto es que no se cuida nada.

—Dios santo. Qué vida tan complicada ha tenido Alice. Debía de amar mucho a ese hombre, para querer matarlo y luego matarse ella.

—He oído muchas versiones de la historia, pero al parecer Raymund le dijo que no podía casarse con ella porque su familia le había amenazado con desheredarlo si lo hacía. Dios mío, las cosas que hace la gente por amor, ¿verdad? —Katherine suspiró—. Aunque creo que yo también le pegaría un tiro a Bobby si de repente me dijera que no puede casarse conmigo. Simplemente, no me imagino la vida sin él.

—¿Cuándo y dónde va a ser la boda? —le preguntó Cecily.

—Primero el cuándo: queda menos de un mes, como puede que te haya mencionado ya. En cuanto al dónde, es un poco complicado.

—¿Por qué?

—Bueno, mi padre trabaja en una misión en Tumutumu, justo al otro lado de las montañas Aberdare. Lleva años allí. Habla perfectamente la lengua local y, como has podido comprobar, yo también. A él le gustaría que me casara allí, pero la iglesia es una choza y no me imagino a Idina y al resto llegando allí con sus elegantes vestidos de fiesta, sobre todo si han empezado las lluvias —dijo riéndose entre dientes.

—Lo que está claro es que es tu boda y que tú debes decidir, ¿no?

—La mía y la de Bobby, sí, aunque a él le da igual, siempre y cuando nos casemos. Pero tienes que entender que cuando mis padres llegaron a Kenia vivían en la misión. Luego, cuando me tuvieron a mí, como mi padre viajaba tan a menudo a la selva a predicar el evangelio, mi madre insistió en que nos construyera una casita en el valle, para que al menos yo pudiera hacer amigos.

—Tiene sentido —dijo Cecily—. ¿Así que te criaste entre dos mundos?

—Sí, supongo que sí. Y la verdad es que me encantaban ambos. Me enviaron a un internado cuando tenía diez años, pero durante las vacaciones pasaba la mayor parte del tiempo con mi madre y el pesado de Bobby aquí arriba, y luego al menos dos semanas abajo, en la misión, con mi padre. Lo que me lleva de nuevo a la peliaguda cuestión de dónde deberíamos darnos el «sí quiero» Bobby y yo. Creo que por fin hemos llegado a un acuerdo: nos casaremos oficialmente en la misión de Tumutumu, lo que hará feliz a mi padre, y la celebración tendrá lugar en el Muthaiga Club al día siguiente. Alice ha insistido en pagarlo todo como regalo de bodas, aunque yo le he sugerido un cheque para ayudarnos a comprar algunos muebles para nuestro nuevo hogar. Nos resultaría más útil. Es una romántica de las de antes, aun después de lo desastrosos que fueron sus matrimonios. Y, por supuesto, también es una buena excusa para dar una fiesta —añadió con cierta ironía—. Solo espero que ella se encuentre bien y pueda asistir. En fin, ¿qué te parece?

—Pues me parece la solución perfecta. ¿Adónde iréis de luna de miel?

—Por Dios, a ningún sitio —dijo sonriendo—. Me voy a mudar a la vieja granja de los padres de Bobby, y, como te he comentado, el pobre está intentando por todos los medios que esté arreglada antes del gran día. Eso será suficiente luna de miel y, además, volver a poner en marcha una granja de ganado es un negocio arriesgado. Ayudaré a Bobby con los animales. Al menos los años que pasé en Dick me servirán de algo.

—¿Cómo dices?

—En la facultad de Veterinaria de Dick, en Edimburgo. Soy veterinaria titulada, Cecily, lo que sin duda resultará útil para mantener sano al ganado. Bill Forsythe, el vecino más cercano de Bobby, y pronto también el mío, nos está poniendo al día de los métodos modernos de cría de ganado y de los entresijos de las vacunas, los baños de insecticidas y todo eso. Hay muchas enfermedades de las que preocuparse cuando tienes grandes cantidades de animales juntos: carbunco, peste bovina, brucelosis. Eso sin contar a los leones, que intentarán conseguir comida gratis —añadió Katherine—. Por cierto, he invitado a Bill a cenar con nosotros esta noche. Debo advertirte que es todo un personaje.

—Tranquila, ya me voy acostumbrando poco a poco a los de por aquí. Sin duda, hay gente de lo más interesante —comentó Cecily.

—Bill tiene una relación especial con los masáis, que también tienen mucho que enseñarnos porque llevan siglos haciendo medicinas naturales.

—¿Los empleados de esta casa son masáis? —le preguntó Cecily cuando vio a una mujer salir de la cocina con una escoba y ponerse a barrer el polvo del porche cubierto que daba al patio interior.

—No, kikuyus. Los masáis son nómadas: se pasan la vida con el ganado, en las llanuras. El servicio doméstico es casi todo kikuyu; a Ada, como la llaman aquí, se la recomendó mi madre a Alice cuando buscaba más personal. Es de la misión.

—¿Crees que son buenos sirvientes?

—Por supuesto, siempre y cuando se les dirija con mano dura. Es gente muy leal, en general. Pero ya basta de hablar de eso. Cuéntame a qué te dedicabas en Manhattan.

—Pues... a nada en especial. Estaba prometida, hasta que dejé de estarlo.

—¿Así que estás aquí para sanar un corazón roto? ¿Puedo preguntarte cuántos años tienes?

—Este año cumplo veintitrés. Soy una solterona.

—¡Por favor! —Katherine se rio—. Yo voy a cumplir veintisiete. ¿Lo amabas?

—Creía que sí. Pero, en serio: no quiero saber nada más de los hombres.

—Eso ya se verá —dijo Katherine sonriendo antes de ponerse de pie—. Bueno, creo que es la hora del almuerzo.

Comieron un pescado con especias delicioso que, según Katherine, habían cogido en el río esa misma mañana.

—¿Has estado alguna vez en Mundui House? —se aventuró a preguntarle Cecily, al recordar la discreta frialdad de Aleeki hacia su nueva amiga.

—No, mi madre y mi padre rechazaban enérgicamente a toda la pandilla del Valle Feliz. Salvo a Alice, claro, por lo de los animales. Pero tengo entendido que es precioso y está claro que Kiki es muy generosa.

—Sí, lo es, aunque... Bueno, estoy preocupada por ella —le confesó Cecily—. Lleva días sin salir de su habitación. Sé que está viva porque esta mañana me ha escrito una carta antes de que me fuera. Tú no sabrás si sufre alguna enfermedad crónica, ¿verdad?

—Dios santo, pues... no, me temo que no, Cecily. ¿Por qué no vamos a los establos y salimos a dar un paseo a caballo? Te enseñaré algunos de los lugares más bonitos de la zona.

Cecily dejó a un lado la sensación de que Katherine sabía algo más de lo que le estaba contando, y también el rechazo que le causaba la idea de volver a montar a caballo —aunque sabía que tendría que hacerlo si iba a quedarse un tiempo en Kenia—, y finalmente asintió.

—Gracias, me encantaría —dijo.

Por suerte, el terreno era complicado, así que, en lugar de pensar en la última vez que salió a caballo con Julius, Cecily se concentró en guiar a la yegua por la orilla del río. Disfrutó del frescor del aire libre, del canto de los pájaros y de la luz del sol que se reflejaba en el río que transcurría apacible a su lado. Cuando los caballos se detuvieron para beber, Cecily observó el vasto valle llano y verde que se extendía a sus pies.

—Es como si hubieran pegado Inglaterra aquí arriba con Kenia allá abajo —comentó.

—Tienes razón, lo parece. En fin, Bobby y Bill llegarán en breve, así que deberíamos volver.

Después de asearse lo mejor que pudo en la palangana de agua tibia que le habían dejado encima de la cómoda, Cecily se puso un vestido limpio de algodón, se arregló el pelo y volvió a salir para reunirse con Katherine y ver la puesta de sol sobre el valle. En cuanto el sol desapareció detrás del horizonte, la brisa fresca que circulaba por la terraza la hizo estremecerse. Cecily se envolvió bien en el chal, disfrutando de aquel frescor.

De pronto, oyeron el sonido de unos motores que se acercaban.

—Los chicos ya están aquí —dijo Katherine.

Cecily la siguió hasta el camino de acceso, donde dos camionetas abiertas algo antiguas acababan de detenerse. Bobby se bajó de una, seguido por otro hombre que Cecily supuso que sería Bill.

—Como te he dicho, Cecily, intenta no sentirte ofendida por Bill. Se ha vuelto medio nativo con los años y ha olvidado cómo comportarse en sociedad —le susurró Katherine mientras ambos hombres caminaban hacia ellas.

De lejos, a Cecily le sorprendió lo joven y delgado que era Bill. Pero a medida que se acercaba, a pesar de su mata de pelo rubio, se fijó en que unas profundas arrugas surcaban su rostro bronceado. Calculó por lo alto y le echó unos cuarenta años. Por otra parte, aquel hombre le resultaba vagamente familiar.

—Hola, querido —saludó Katherine inclinando la cara para recibir un beso de Bobby—. Bill, ¿cómo estás?

—Muy bien, gracias. —El hombre tenía la voz grave y bastante ronca, además de un acento británico sincopado.

—Te presento a Cecily Huntley-Morgan; ha llegado hace poco de Nueva York —dijo Katherine cuando se dirigían a la terraza.

Cecily notó que los ojos azules de Bill se posaban sobre ella, para luego desviarse y mirar al infinito.

—Pobre —dijo Bill al cabo de unos segundos—. Tener que vivir allí.

—A mí me gusta vivir en Manhattan. Es un lugar maravilloso y es mi hogar —replicó Cecily, poniéndose de pronto a la defensiva.

—Con todos esos edificios altos tan absurdos, por no hablar de la cantidad de gente que vive apiñada en esa isla diminuta.

—No le hagas caso, Cecily. Bill lleva demasiado tiempo en la selva, ¿verdad? —dijo Katherine mientras se sentaban; luego les ofreció champán o cerveza.

—Y gracias a Dios que es así —repuso Bill, y cogió una botella de cerveza—. Como bien sabes, Katherine, no soy muy fan de los humanos.

Una vez más, Bill volvió a observar a Cecily con aquella mirada extraña, casi hipnótica.

—¿Cuánto tiempo va a estar aquí, antes de volver a la claustrofobia de lo que usted llamaría «civilización»?

—No lo sabe, Bill. ¿Verdad, Cecily? —intervino Katherine.

—No, no lo sé —replicó Cecily cogiendo su copa de champán. La rudeza de aquel hombre la estaba poniendo nerviosa.

—¿Ha ido ya a la selva?

—No.

—Entonces aún no ha experimentado la verdadera África.

—Estoy seguro de que tendremos ocasión de llevarla, ¿verdad, Bill? —dijo Bobby.

Cecily se fijó en que Bill estaba mirando algo por debajo de la mesa.

—Bueno —dijo levantando por fin la mirada y la botella de cerveza hacia ella—. Al menos no lleva esos ridículos zapatos de tacón que insisten en usar otras estadounidenses, como la insufrible Preston.

Cecily estuvo a punto de atragantarse con el champán. La joven miró a Katherine suplicando ayuda en silencio.

—Resulta que Kiki es la madrina de Cecily, Bill —dijo Katherine tranquilamente—. Y ahora, por el amor de Dios, deja de aterrorizar a la pobre chica. No se parece en nada a su madrina. Y no la tomes con ella solo porque sea de Estados Unidos. No debe juzgarse un libro por su cubierta, ¿recuerdas? A ver, ¿qué tal os ha ido hoy a vosotros dos?

Cecily escuchó con desgana cómo Bobby describía la subasta de ganado a la que habían ido y cuántas cabezas había comprado.

—Lo ha hecho muy bien —dijo Bill. Era el primer comentario positivo que Cecily había oído salir de su boca desde que había llegado—. Consiguió las boran por un buen precio.

—Gracias a tu ayuda, Bill. Saben que a ti no pueden darte gato por liebre. Bill es famoso en la zona por sus amplios conocimientos sobre el ganado —le explicó Bobby a Cecily.

—¿Y en qué es experta usted, señorita Huntley-Morgan? —le preguntó Bill.

—Probablemente en nada —respondió Cecily encogiéndose de hombros, todavía ofendida por lo grosero que había sido con ella y con su madrina.

—Vamos, Cecily. No permitas que Bill te desanime. —Katherine miró con dureza a Bill—. Les hace esto a todas las personas que acaba de conocer, ¿verdad?

—Como bien sabes, hace tiempo que no vivo en una sociedad educada.

—Seguro que estás encantado. —Bobby puso los ojos en blanco y le guiñó un ojo a Bill—. En fin, estamos muertos de hambre. ¿Qué hay para cenar?

Durante la cena, Cecily agradeció que Bill dejara de prestarle atención. Se pusieron a hablar del tiempo que Bobby tardaría en obtener beneficios con la granja de ganado, valorando el plazo que le daba el banco para devolver el crédito.

—Todo depende de cuánto tiempo estás dispuesta a dejar que Bobby pase con los animales en las montañas o en las planicies durante la estación de las lluvias, Katherine. Yo solo estuve fuera una semana el noviembre pasado, porque tenía negocios que atender en Nairobi, y perdí al menos cien cabezas.

—¿A manos de quién? —preguntó Cecily, interesada por primera vez.

—De los masáis, por supuesto.

—Pero ¿no cuidan de su ganado y trabajan para usted?

—Algunos sí, pero hay muchos clanes de masáis por estas tierras. Ellos creen que todas las vacas de Kenia les pertenecen. Son sagradas para la tribu y, aunque no suelen matar ganado, pueden intercambiarlo por maíz y verduras con otros clanes.

—Pero ¿las vacas son suyas?

—Técnicamente sí, pero el hecho de que el dinero cambie de manos entre los *mzungus* no significa nada para ellos.

—*Mzungu* es como nos llaman aquí a los blancos —explicó Katherine.

—¿No puede despedirlos y buscar a otras personas que cuiden del ganado? —preguntó Cecily.

Bill la miró fijamente.

—No, señorita Huntley-Morgan, no puedo. Tengo una relación excelente con ellos, muchos se han convertido en mis amigos. Y si el precio que debo pagar son unas cuantas decenas de cabezas de ganado al año, que así sea. Los masáis estaban aquí antes que nosotros y, a pesar de que las autoridades han intentado en varias ocasiones trasladarlos y confinarlos, ellos continúan con sus costumbres nómadas tradicionales. Tienen una relación simbiótica con las vacas; les extraen sangre y se la beben porque creen que les dará fuerza y salud.

—Eso es repugnante —dijo Cecily.

—Bueno, al menos a las vacas no les gusta el sabor de la sangre humana, como a los leones —replicó Bill.

—Todavía no he visto ningún león, ni ningún elefante.

Bill la miró en silencio durante unos instantes, como si estuviera rumiando algo. Finalmente, empezó a hablar.

—Yo iré mañana a la selva, señorita Huntley-como quiera que se llame. ¿Tiene la agenda libre? ¿O piensa echarse atrás ahora que se lo pregunto?

—¡Ay, Cecily, tienes que ir! Nosotros os acompañaremos, por supuesto —exclamó Katherine—. Bill me llevó cuando tenía once años. ¿Recuerdas que me contaste que era la edad en la que las chicas masáis se convertían en mujeres?

—¿A los once años? —exclamó Cecily.

—Muchas de ellas están casadas y embarazadas a los doce o trece años, señorita Huntley no sé qué —dijo Bill.

—¡Por favor! Llámeme Cecily. —Suspiró exasperada porque sabía que él estaba haciendo todo lo posible por sacarla de quicio.

—¿No hay más remedio? Me temo que detesto ese nombre. Tenía una tía abuela que vivía en West Sussex. Aunque era una verdadera arpía, mis padres siempre nos mandaban a mi hermano mayor y a mí a su casa durante las vacaciones de verano. Se llamaba Cecily.

—Le pido disculpas por haberle recordado algo tan nefasto, pero yo no tengo la culpa, ¿no cree?

—En serio, Bill —lo reprendió Katherine—. Deja en paz a la pobre muchacha.

Pero Bill seguía mirándola fijamente. Y gracias a esa mirada y a la mención de West Sussex, Cecily por fin cayó en la cuenta de quién era.

—¿Y usted se llama Bill? ¿Bill Forsythe?

—Sí. Otro nombre excelente y de lo más británico.

—Su hermano es comandante, ¿verdad? ¿Y vive donde vivía su tía abuela, en West Sussex?

—Sí, bueno. Ambas cosas. ¿Cómo lo sabe?

—Lo he conocido hace poco, en Inglaterra. —A Cecily le complació que aquello descolocara un poco a Bill.

—¿No me diga? ¿Dónde y cuándo?

—En Woodhead Hall, en Sussex, hace unas tres semanas. Lady Woodhead me invitó a su casa y él vive cerca.

—Vaya, me deja anonadado, como diría el comandante. Mi querido hermano vino a visitarme a Kenia cuando me mudé aquí y se metió debajo de todas las faldas que encontró en el Muthaiga Club, a pesar de tener una esposa encantadora. ¿Está usted casada?

—No.

—Y al igual que tú, Bill, tampoco está interesada en el amor —anunció Katherine desde el otro extremo de la mesa, antes de mirar a Cecily de forma tranquilizadora.

—Eso sí que es una declaración de principios, si me permite decirlo. —Bill levantó una ceja—. Al menos a su edad. Yo no me di cuenta de que el amor era un mito hasta que cumplí los treinta y ocho. En fin. —Bill se levantó y se volvió hacia Bobby—. Tú y yo deberíamos irnos, mañana tenemos que madrugar.

—Desde luego —dijo Bobby asintiendo. Luego se levantó y Cecily tuvo la impresión de que estaba realmente fascinado con su amigo—. Entonces ¿vas a atreverte con tu primer safari, Cecily?

—Por favor, di que sí —exclamó Katherine mientras recorrían juntos el camino de acceso—. El personal puede hacerse cargo de esto una noche, y hace siglos que no voy a la selva.

—Debes advertirle a tu amiga estadounidense que no es tan glamuroso como las salidas en coche para ir a cazar de las que quizá le haya hablado su madrina. —Bill ignoró a Cecily y se dirigió hacia la camioneta—. Nada de canapés, champán y sirvientes; solo una manta, una tienda de campaña y una hoguera bajo las estrellas.

—La prepararemos para eso, Bill. Entonces ¿aceptas, Cecily? Tres pares de ojos se posaron en ella.

—Bueno…, vale. Me encantaría ir.

—Estupendo —dijo Bill—. Pues nos vemos en mi casa mañana por la mañana, a las siete en punto. Gracias por la cena, Katherine. Últimamente no tengo muchas oportunidades de comer comida casera.

—Adiós, cariño. —Katherine le dio un beso a Bobby antes de que se subiera a la camioneta que estaba aparcada al lado de la de Bill—. Nos vemos mañana por la mañana a primera hora.

Cecily y Katherine se despidieron de ellos con la mano y se encaminaron de nuevo hacia la casa.

—Tenemos que preparar tu equipamiento para mañana —comentó Katherine—. Alice tiene un montón de ropa de safari y tú usas más o menos su talla.

—Gracias. He de admitir que estoy un poco nerviosa, sobre todo por Bill. Ha dejado muy claro que le desagrado —señaló Cecily cuando llegaron al recibidor.

—¿Qué dices? Yo no creo que le desagrades en absoluto. Hacía tiempo que no le veía prestar tanta atención a una mujer.

—Bueno, si esa es su idea de prestar atención, no me extraña que no se haya casado. ¡Es un grosero!

—Pues tengo entendido que, al igual que tú, huyó a África para sanar su corazón roto. Eso fue hace casi veinte años y nunca he oído ni el más mínimo rumor sobre él desde que está aquí. Es bastante reservado, ya me entiendes. Es muy atractivo, ¿no te parece?

—Para nada —repuso Cecily. Las dos copas de champán que había tomado esa noche le hacían hablar con franqueza—. No ha hecho más que insultarme.

—En fin, así es Bill. Pero no podrías estar en mejores manos para tu primer viaje a la selva. Él conoce el territorio y sus peligros mejor que nadie. Y ahora —Katherine sofocó un bostezo—, tengo que meter a los perros en la perrera y encontrar a esa irritante mangosta a la que tanto cariño tiene Alice. Le he dado de comer esta mañana y no he vuelto a verla en todo el día. Y también buscaré algo de ropa adecuada para nosotras dos. Buenas noches, Cecily, nos vemos al amanecer.

—Buenas noches y muchas gracias por la velada.

Mientras Katherine se adentraba en la fría noche para reunir a la omnipresente manada de perros, Cecily cerró la puerta de la habitación y se tumbó en la cama. Se preguntó qué tipo de desamor habría sufrido Bill para convertirse en un hombre con tan poca fe en la humanidad. Sobre todo en las mujeres.

Se quitó los zapatos y se desabrochó el vestido. Se alegraba de que hubiera edredón porque tenía frío. Se acurrucó debajo, extendió la mano y notó algo caliente y peludo. Soltó un pequeño grito, miró debajo de las mantas y vio que se trataba de la cría de mangosta que había conocido la última vez que estuvo allí de visita. Estaba escondida bajo el edredón. El animal trepó con sus patitas diminutas sobre su pecho y se acurrucó en el hueco entre su cuello y su hombro.

Cecily sonrió al pensar en la reacción de su madre si la viera. Un animal salvaje —seguramente lleno de pulgas y garrapatas— acurrucado con ella en la cama. Aun así, la respiración del animalillo resultaba reconfortante y Cecily se alegró de que la mangosta hubiera elegido precisamente su cama como refugio. En cuanto a Bill y a las complejidades de la velada, estaba demasiado cansada para pensar en ellas.

«Pero si alguna vez decido quedarme, sin duda viviré aquí, en el valle de Wanjohi.» Y con ese pensamiento se quedó dormida.

Electra

Nueva York

Abril de 2008

16

Miré a mi abuela, cuyas manos reposaban cruzadas sobre su regazo. Tenía los ojos cerrados y supuse que se encontraba todavía en otro mundo. En un mundo tan diferente a aquel en el que estábamos en ese momento que era difícil de entender. Por fin abrió los ojos, y vi que se estremecía mientras persuadía a su cuerpo y a su mente para que volvieran al presente.

—¡Uau, África! —dije, y me levanté para servirme otra copa de vodka Goose—. Pero sigo sin saber qué pinto yo en toda esa historia y por qué me adoptaron.

—Me lo imaginaba, pero hay muchas cosas que contar antes de llegar a esa parte. Tengo que explicarte quién era Cecily y lo que le pasó para que lo entiendas. Paciencia, Electra —añadió con un suspiro.

—Ya, no es una de mis mayores virtudes. Oye, parece que Cecily lo pasó bastante mal. Ese tío inglés era un gilipollas.

—Electra, ¿es necesario que digas palabrotas? Hay muchas palabras en nuestra maravillosa lengua inglesa que describen con precisión cómo era ese hombre.

—Perdón.

Vi que me observaba con sus penetrantes ojos.

—¿Quieres una? —le pregunté.

—Como te he dicho, no bebo alcohol. Y tú tampoco deberías. Es el cuarto vodka que te sirves desde que he llegado.

—¿Y qué? —dije antes de beber un trago—. Además, ¿quién eres tú para presentarte aquí y decirme lo que tengo que hacer, decir o beber? ¿Por qué has aparecido en mi vida de repente? ¿Dónde estabas cuando me adoptaron?

Stella se puso de pie.

—¿Te vas? —le pregunté.

—Sí, Electra, porque estás fuera de control, tal y como tu padre me dijo. No solo bebes alcohol, sino que cuando me dijiste que tenías que ir al baño, al volver vi que te habías metido una o dos rayas de cocaína. Y probablemente he perdido el tiempo contándote todo esto porque ni siquiera lo recordarás mañana. Estoy aquí porque tengo tu misma sangre y porque tu padre me lo pidió. Y, al igual que él, te suplico que pidas ayuda antes de que sea demasiado tarde y destruyas tu vida. Dudo que quieras volver a verme, porque estarás enfadadísima conmigo por haberte dicho esto. Ahora estás en la fase de negación, pero algún día no muy lejano tocarás fondo. Cuando lo hagas, llámame, y estaré ahí para ayudarte. ¿De acuerdo? Ahora, adiós. —Dicho lo cual, cruzó la sala, abrió la puerta del piso, se marchó y cerró de un portazo.

—¡Uau! —Reí para mis adentros—. ¡Alucino!

Fui hacia el mueble bar para ponerme otro vodka y vi que la botella estaba vacía. Cogí otra del armario que estaba debajo, me serví un vaso grande y me lo bebí de un trago. «¡Madre mía! ¡Esa mujer está como una cabra! ¿Cómo se atreve a entrar aquí sin haberme visto nunca y acusarme de esas cosas? ¿Quién coño se cree que es? A mí nadie me habla así.» «Es tu abuela, tiene tu misma sangre.»

—¿Y qué es esa mierda de que Pa la ha «enviado»? —le pregunté a la habitación vacía—. Pa está muerto, ¿no?

Sentí que la rabia se apoderaba de mí y fui a meterme otra raya para animarme. La rabia era peligrosa: me hacía decir y hacer todo tipo de estupideces. Como llamar a Mitch para decirle que pensaba en él.

—Tal vez sería mejor llamar a su novia y soltarle un par de verdades dolorosas —solté plantada ante las ventanas mientras observaba la línea del horizonte de Nueva York. Tenía el corazón acelerado y la cabeza a punto de estallar—. ¡Joder! ¿Por qué mis hermanas tienen relaciones dulces y tiernas y a mí me viene a visitar una abuela infernal?

Empecé a llorar y caí de rodillas. «¿Por qué nadie me quiere? ¿Y por qué todo el mundo me deja? Necesito dormir. Necesito dormir.»

Sí, esa era la solución. Me iría a dormir. Me levanté del suelo como pude con el vaso de vodka en la mano, y fui dando tumbos hasta la habitación. Abrí el cajón de la mesilla de noche y busqué el bote de somníferos que un médico me había recetado hacía poco porque tenía jet lag. Lo abrí y vacié el contenido sobre el edredón. Me tomé un par de pastillas con un poco de vodka, porque una sola ya no me hacía efecto, posé la cabeza sobre la almohada y cerré los ojos. Pero la cabeza me daba vueltas, así que tuve que volver a abrirlos. Ojalá Maia estuviera conmigo para contarme historias, como había hecho en Río.

—Ella me quiere, lo sé —gemí.

Intenté volver a cerrar los ojos, pero las lágrimas no paraban de brotar y la habitación seguía dando vueltas, así que me senté y me tomé un par de pastillas más.

—Quiero hablar con Maia —dije, y salté de la cama para buscar el móvil—. ¿Dónde estás? ¡Necesito hablar con mi hermana! —lloriqueé mientras lo buscaba por todo el piso.

Por fin lo encontré sobre el mueble bar, al lado de la botella de vodka. Cogí ambas cosas y me senté en el suelo, porque me notaba cada vez más aturdida. Logré encontrar el número de Maia, aunque veía borroso, y pulsé el botón para llamar. Sonó unas cuantas veces y saltó el buzón de voz.

—Maia, soy Electra —dije entre sollozos—. Necesito que me devuelvas la llamada. Es urgente. Por favor, llámame.

Me quedé mirando fijamente el móvil, deseando que sonara, pero como no lo hacía lo lancé al otro lado de la habitación.

Entonces sonó y tuve que reptar por el suelo para cogerlo.

—¿Sí?

—Soy Maia, Electra. ¿Qué pasa, *chérie*?

—¡De todo! —grité, y rompí a llorar al oír la voz dulce de mi hermana—. Mitch me ha enviado las cosas que tenía en su casa porque se va a casar con otra y acabo de conocer a mi abuela, que es una bruja, y… —Negué con la cabeza y me pasé el brazo por la nariz, que no paraba de gotear—. Lo único que quiero es dormir durante mucho tiempo.

—Electra, ojalá pudiera estar ahí. ¿Qué puedo hacer por ti?

—No lo sé —dije encogiéndome de hombros—. Nada, nadie puede hacer nada. —Y mientras pronunciaba esas palabras, me di cuenta de que eran ciertas—. Siento haberte molestado, estoy bien. Me he tomado unas pastillas y espero dormirme pronto. Adiós.

Finalicé la llamada, dejé el móvil donde estaba y me volví a la cama con la botella de vodka. Me tomé dos pastillas más, porque necesitaba dormir como fuera, y me acurruqué como un feto, deseando no haber nacido.

—De todos modos, nadie me quiere. —Tragué saliva y mis ojos por fin empezaron a cerrarse. Y me quedé dormida.

—¿Electra? ¡Electra, háblame! ¿Estás bien?

Era una voz lejana que me llegaba amortiguada por la gran nube negra que se cernía sobre mí.

—Mmm —conseguí decir, sintiendo que la negrura descendía, pero entonces alguien empezó a darme unas palmadas en la cara con fuerza.

—¿Sabes cuántas ha tomado? —preguntó una voz de hombre, que me sonaba pero no sabía de qué.

—No tengo ni idea. ¿Llamo al teléfono de emergencias? —respondió una voz de mujer.

Noté que alguien me agarraba la muñeca y apretaba los dedos sobre ella.

—El pulso es lento pero está ahí. Trae agua y un poco de sal de la cocina. Tenemos que hacerla vomitar.

—Vale.

—Electra, ¿cuántas pastillas te has tomado? —La voz del hombre retumbó en mi oído—. ¡Electra!

—Varias —articulé.

—¿Cuántas son «varias»?

—Cuatro… Seis… —farfullé—. Es que no podía dormir…

—Vale, vale.

—¿No deberíamos llamar a una ambulancia, Tommy? —dijo la mujer.

—Está consciente y puede hablar. Si conseguimos que vomite, se pondrá bien. Vale, echa la sal en el agua y remuévela. Muy bien, Electra, vamos a sentarte. Y a menos que quieras acabar en urgencias y que todo el mundo te vea en una camilla, vas a hacer lo que yo te diga. A ver, vamos allá.

Noté que un par de brazos fuertes me levantaban y el mundo empezó a girar de nuevo.

—¡Voy a vomitar! ¡Mierda!

Y eso hice. Encima de mí y por todo el suelo.

—¡Trae un cubo! —gritó el hombre—. Lo estás haciendo genial, cielo. Ni siquiera hemos tenido que darte el agua con sal.

Y vomité un poco más. Y luego más aún.

—¡Tengo que tumbarme, por favor, deja que me tumbe!

—Aún no. Vas a apoyarte en mí, te voy a levantar y vamos a caminar, ¿vale?

—No, por favor, deja que me tumbe.

—Mariam, trae un poco de café solo. Lo estás haciendo fenomenal, Electra —insistió el hombre tirando de mí para levantarme.

Me incliné para vomitar todavía más.

—¿Quién eres? —le pregunté, con la cabeza colgando y el cuerpo inerte, como una muñeca de trapo.

—Soy Tommy, el tío que hace guardia delante de tu edificio, ¿recuerdas? Soy tu amigo, ¿vale? Y sé lo que hago, así que confía en mí. Ahora vamos a caminar, ¿de acuerdo? Un pie delante de otro... Muy bien, cielo, sigue así. ¿Tienes el café, Mariam?

—Ya va.

—Perfecto. Ahora vamos a salir a la terraza para respirar un poco de aire fresco, ¿vale? Vamos allá. Cuidado con el borde de la puerta... ¡Genial! Ya estás fuera.

—¿Puedo sentarme ya? Estoy muy mareada...

—Antes vamos a caminar un poco más, y luego te sentarás y beberás algo caliente.

El frescor del aire empezó a hacerme efecto a medida que Tommy me paseaba por la terraza. Él iba contando nuestras inspiraciones y espiraciones. Abrí los ojos y me tambaleé un poco.

—¡Lo estás haciendo de maravilla! ¿Te encuentras mejor?

—Sí —respondí asintiendo.

—Vale, eso está muy bien. Vamos a sentarnos aquí.

Me depositó en una silla y, al cabo de unos segundos, el fuerte aroma del café subió por mis fosas nasales, lo que me provocó más arcadas.

—No creo que te quede nada por echar —dijo él—. Aquí tienes el café, cielo.

Cuando cogí la taza de café, distinguí su cara por primera vez.

—Voy a limpiar la habitación —dijo la voz de mujer, que por fin reconocí como la de Mariam.

—¡No! Por favor, no lo hagas. ¡Es asqueroso!

—No te preocupes por mí, Electra. Recuerda que tengo cinco hermanos en casa. Estoy acostumbrada a los vómitos —añadió con voz alegre, y se metió dentro.

—Bebe un poquito de café, Electra, te sentará bien.

Hice caso a Tommy, pero se me derramó el café porque me temblaban las manos.

—Espera, ya te lo doy yo. Toma.

Me acercó la taza a los labios y bebí unos cuantos sorbos. Noté que mi mente empezaba a aclararse.

—¿Cómo es que estáis aquí? —le pregunté.

—Mariam vino a ver cómo estabas porque tu hermana la llamó en estado de pánico. Yo me encontraba abajo y me dijo que tu hermana creía que podías haber sufrido una sobredosis. Ella quería llamar a emergencias, pero yo preferí subir antes porque tengo algunos conocimientos médicos de cuando estuve en el ejército y sé que no te habría gustado acabar en el hospital, ¿me equivoco?

—No, y gracias, Tommy. Me siento avergonzada. Ha sido asqueroso.

—Oye, soy veterano del ejército y he visto a muchos tíos engancharse al alcohol y las drogas al volver a la vida civil. Yo también pasé por esa fase.

—Bueno, gracias de todos modos. —Tenía el estómago revuelto por todo lo que me había metido y por lo que Tommy debía de estar pensando de mí—. Esta noche no tengo mucha pinta de diosa, ¿verdad?

—Oye, Electra, solo eres una persona de carne y hueso, como todos nosotros. Eres humana, ¿entiendes?

Bajé la vista hacia mis vaqueros cubiertos de vómito y sentí verdadera repulsión por haber caído tan bajo.

—Voy a darme una ducha, si no te importa.

—Claro que no. ¿Necesitas ayuda para caminar?

—No, gracias, puedo arreglármelas. —Me levanté, todavía mareada, pero capaz de entrar sin ayuda en el salón.

—Ya casi he terminado aquí —dijo Mariam saliendo de la habitación—. Aunque tal vez prefieras dormir en el cuarto de invitados esta noche: el olor a desinfectante es bastante fuerte.

—Vale, gracias.

Me metí en la ducha y me froté la piel casi hasta desollarme, como si las sustancias químicas que había tomado la hubieran contaminado también. Salí, me envolví en una toalla y me senté con pesadez en el inodoro. Solo deseaba quedarme allí para no enfrentarme al desastre en el que me había convertido, ni a la gente que había intentado ayudarme, ni a la que había sido testigo…

—La has cagado pero bien, Electra —susurré mientras me frotaba los muslos una y otra vez con las manos, nerviosa—. Tienen razón: necesitas ayuda. Necesitas. Ayuda. —Al verbalizar aquellas palabras, noté una sensación de alivio, una especie de liberación o algo que me hizo sentirme mejor de lo que me había sentido en las últimas semanas—. Sé sincera, Electra, en el último año…

Pensé que aquello se debía a lo que había dicho Tommy: «Solo eres una persona de carne y hueso, como todos nosotros. Eres humana». Y tenía toda la razón del mundo, porque así era.

Alguien llamó a la puerta del baño.

—¿Va todo bien? —preguntó Mariam desde el otro lado.

—Sí, estoy bien.

—Maia ha llamado para hablar contigo. ¿Te la paso?

—Sí. —Me levanté, fui hacia la puerta y la abrí. Mariam me pasó mi móvil y volvió a mi habitación—. Gracias, Mariam. ¿Maia?

—¡Electra! —exclamó Maia con su suave voz—. ¡Gracias a Dios que estás bien! ¡Me dejaste tan preocupada cuando dijiste que solo querías dormir! Yo…

—No he intentado suicidarme, Maia. De verdad que quería dormir. Solo eso, en serio.

—Mariam dice que ya estás bien, pero que cuando te encontraron…

—He tomado demasiadas pastillas para dormir por error, eso es todo.

—Tenías una voz terrible, así que llamé a Mariam cuando me colgaste el teléfono y le pedí que fuera a ver si estabas bien.

—Sí, lo sé. Bueno, gracias por hacerlo.

—Electra, yo…

—Antes de que me digas que necesito ayuda, sé que es así. Y… —Respiré hondo, muy muy hondo—. Si tienes el teléfono de esa clínica que me mencionaste, Mariam llamará para ver si pueden ingresarme de inmediato.

Se hizo el silencio en la línea. Oí a Maia tragar saliva un par de veces y me di cuenta de que estaba llorando.

—¡Dios mío! ¡Eso es maravilloso! Estaba muy preocupada, todos lo estábamos. Admitir que necesitas ayuda es muy valiente. Estoy orgullosa de ti, Electra, de verdad.

—Bueno, no estoy diciendo que vaya a funcionar, pero al menos puedo intentarlo, ¿no?

—Claro que sí. —Oí que Maia se sonaba la nariz—. ¿Te parece bien que se lo diga a Ma y a Ally? También están muy preocupadas.

—Solo a Ma y a Ally. Sí, claro. Y siento haberos preocupado.

—Bueno, no nos preocuparíamos por ti si no te quisiéramos, ¿verdad, hermanita? Y por supuesto que te queremos. Muchísimo.

—Vale, te dejo antes de que me hagas llorar a mí también. Te paso con Mariam. Adiós, Maia, y gracias otra vez. —Busqué a Mariam—. Maia quiere darte el contacto de una clínica de rehabilitación de Arizona —le dije restándole importancia, mientras le pasaba el móvil—. Ingresaré en cuanto puedan admitirme.

No esperé para ver su reacción; me puse el albornoz y abandoné la habitación, que apestaba a todas las razones por las que necesitaba volar a Arizona al día siguiente. Volví a salir a la terraza para ver a Tommy, que estaba apoyado en la barandilla de cristal.

—Hola, Electra —dijo dándose la vuelta hacia mí—. Menudas vistas tienes desde aquí arriba.

—Pues sí. ¿Puedes traerme un poco de agua? Tengo sed.

—Desde luego.

Tommy volvió con agua para los dos.

—Salud. —Choqué mi copa contra la suya y bebimos—. Tengo que darte las gracias de nuevo por ayudarme esta noche.

—¡Oye, tú eres mi reina! Ha sido un placer ayudarte y siempre lo será.

—En realidad, le he dado vueltas a algo que me has dicho, lo de ser humana. Me ha hecho ver las cosas desde otra perspectiva. Es bueno reconocer que eres débil, ¿no?

—Desde luego.

—Acabo de decirle a mi hermana que iré a la clínica de rehabilitación que me recomendó. Estoy harta de cagarla.

—Eso es una gran noticia, Electra, aunque te echaré de menos mientras estés fuera.

—Espero que no sea demasiado tiempo, pero de todos modos, Tommy… —Aún me costaba creer que la decisión que había tomado era real—. Te has portado genial.

—No va a ser fácil, te lo digo por experiencia, pero ya has hecho lo más difícil al admitir que necesitas ayuda. Si pudiera retroceder en el tiempo… —Tommy se encogió de hombros—. Bueno, lo haría. Todavía no has perdido nada. Y te prometo que la vida va mejorando poco a poco cuando estás limpio. En fin, creo que debería irme.

—Vale. —Observé cómo se levantaba—. Nos vemos cuando vuelva, Tommy.

—Buena suerte, Electra, estaré contigo en espíritu todo el tiempo, te lo prometo. —Me sonrió por última vez y entró en el apartamento.

Mariam salió unos minutos después.

—Hola.

—Hola.

—A ver, he hablado con Maia y he llamado a la clínica; siempre hay alguien en recepción, veinticuatro horas al día, siete días a la semana. Tienen habitación, así que puedes volar mañana mismo. También he llamado a la empresa de aviones privados y tendrás uno en la pista del aeropuerto de Teterboro a las diez de la mañana.

—Vale. ¿Los de la clínica han dicho cuánto tiempo tengo que estar allí?

—La mujer con la que he hablado dice que la estancia media es de un mes, así que es lo que he reservado.

—¡Un mes! Por Dios, Mariam, ¿qué vamos a decirle a todo el mundo? Me refiero a que no pueden enterarse de la verdad.

—Susie sí, ya la he llamado. No eres la primera modelo que ha estado… enferma. Te manda un beso y se alegra de que hayas tomado esa decisión. Está acostumbrada a gestionar este tipo de situaciones: dirá a los clientes que estás agotada y que necesitas tomarte un descanso.

—Seguro que se lo creen… —murmuré, con gesto taciturno.

—¿Qué más da lo que crean? Lo importante es que tu agenda seguirá estando tan llena como siempre cuando vuelvas. Eres una de las mejores modelos del mundo, si no la mejor. Es maravilloso trabajar contigo, Electra, todo el mundo me lo dice.

—¿En serio? —Levanté una ceja.

—¡Sí! Nunca llegas tarde a una sesión, eres educada en el plató y tratas a todo el mundo con respeto, no como otras modelos que podría nombrar.

—Entonces ¿por qué creo que soy un desastre?

—¿Porque así es como te ves por dentro? —sugirió con delicadeza—. La buena noticia es que nunca has dejado que ese desastre salga a la luz en público. Además, eres muy creativa. ¿Recuerdas aquella sesión de fotos para *Marie Claire* en la que no daban con la ropa adecuada y tú te levantaste y cogiste un mantel de estampado africano del catering y te envolviste en él? ¡Quedó increíble y salvó la sesión!

Sonó el timbre de la puerta y Mariam fue corriendo a abrir. Tenía una mirada extraña, como si se sintiera culpable.

La oí hablar con alguien en el salón y me levanté para ver quién era.

—Hola, Electra —me dijo mi abuela—. ¿Cómo te encuentras?

—Pues… bien. —Fruncí el ceño, y sentí que la rabia volvía a emerger súbitamente en mi interior—. ¿Qué haces aquí?

—Llamé a tu asistente cuando me fui de aquí —explicó Stella—. ¿Recuerdas que me diste su número?

—Sí, pero…

—Le conté que estaba preocupada por ti y que era probable que mi visita te hubiera desestabilizado un poco. Quería saber si estabas bien. Y le pedí que me llamara si no lo estabas.

—Y al ver que no lo estabas, es decir, cuando te encontramos inconsciente, la he llamado. —El rubor empezó a ascender por el cuello de Mariam al ver la expresión de mi cara—. Stella es tu abuela, Electra, quiere ayudarte.

—Electra, por favor… —Stella vino hacia mí y extendió las manos—. Solo estoy aquí para ayudarte, no para darte sermones. Mariam me ha dicho que has decidido pedir ayuda. Estoy muy orgullosa de ti.

Empezaba a sentirme como si hubiera ganado un concurso en el colegio en lugar de haber reconocido que tenía una adicción.

—Gracias. —Noté la presión de sus manos frías y serenas sobre las mías—. Pero es tarde y ya deberíamos estar todos en la cama.

—¿Qué te parece si dejamos que Mariam se vaya a casa y yo me quedo un rato, por si necesitas compañía?

Vi que Mariam y mi abuela se miraban y me puse a la defensiva.

—Has venido para asegurarte de que no cambio de opinión y cojo un vuelo a Tombuctú antes de lo de mañana, ¿verdad?

—Puede. —Stella me dedicó una sonrisa que hizo que le brillaran los ojos, tan parecidos a los míos—. No sería la primera vez. Pero sobre todo quiero que pases la noche tranquila.

—¿Te refieres a que no consuma más alcohol ni drogas?

—A eso también. Bueno, Mariam, tú ya has hecho suficiente y necesitas irte a casa. Seguro que Electra te está muy agradecida, ¿verdad?

—¡Pues claro que sí! Mariam ya lo sabe.

—Muy bien. —Mariam me sonrió—. Bueno, nos vemos aquí a las ocho de la mañana. He metido en tu maleta casi todo lo que necesitas, que no será mucho. Así que ya está lista. Buenas noches.

Stella y yo nos quedamos de pie, en silencio, mientras Mariam abandonaba el apartamento.

—Esa mujer es un tesoro, Electra.

—Lo sé, es muy eficiente.

—Es un tesoro porque se preocupa por ti de verdad. Y eso es lo que realmente importa.

—Oye, no es necesario que te quedes. Te prometo que me portaré bien. Me iré directa a la cama como una niña buena y me levantaré al amanecer para ir al aeropuerto.

—Ya sé que no es necesario que me quede, pero quiero hacerlo. Al menos un rato.

—Bueno, voy a ir al baño y luego me acostaré. Y no —dije mirándola con los ojos encendidos—, no me meteré una raya mientras esté dentro.

Unos minutos después, me encontraba en la habitación de invitados. Estaba muy cansada. En cuanto apagué la luz, llamaron a la puerta.

—Adelante.

—Solo quería… Bueno, quería darle las buenas noches a mi nieta por primera vez en veintiséis años. ¿Puedo?

—Por supuesto.

Se acercó a mí y me dio un beso suave en la frente. Levanté la vista hacia ella. Su silueta se recortaba a su espalda contra la luz que entraba por la puerta abierta.

—¿Por qué no te pusiste en contacto conmigo antes?

—Porque hasta hace poco ni siquiera sabía que existías.

—Ah. ¿Por qué?

—Mi querida Electra, esa es una larga historia que no voy a contarte a estas horas de la noche.

—¿Y has dicho…? ¿Has dicho que papá te dijo que vinieras a buscarme?

—Sí, así es.

—Pero si está muerto…

—Que Dios lo tenga en su gloria.

—¿Entonces?

—¿Recuerdas cuando lo viste en Nueva York hace un año o así?

—Sí, quedamos para cenar y fue una hecatombe.

—Lo sé, él me lo contó. En realidad, vino hasta aquí para verme a mí también. Había logrado localizarme después de todos esos años y quería conocerme en persona. Entonces ya sabía que estaba muy enfermo y me dijo que estaba preocupado por ti. Y me pidió que viniera a verte cuando él ya no estuviera aquí para hacerlo. Su abogado, el señor Hoffman, se puso en contacto conmigo posteriormente por carta, en julio, para informarme de su muerte, pero yo pasé unos meses fuera y no la leí hasta que volví en marzo. Que fue cuando le escribí a tu agente.

—Ah, vale. —Mis ojos languidecían de cansancio.

—Da igual, ha sido una noche muy larga para ti, cariño, y te quedan más por delante. Quiero que duermas un poco. ¿Quieres que me vaya?

Lo curioso era que, ahora que sabía que papá había confiado en ella, no quería que se fuera. Él había enviado a esa mujer, a la que yo no conocía, para que cuidara de mí. Y lo cierto era que resultaba reconfortante.

—¿Tal vez dentro de un rato?

—Muy bien —dijo ella, y se sentó en el sillón que había en un rincón del dormitorio—. ¿Qué te parece si te canto para que te duermas, como solía hacerme mi *yeyo*? Ahora cierra los ojos e imagina el cielo raso, lleno de estrellas, sobre las llanuras de África.

Inmediatamente me vino a la cabeza *El rey león*, que siempre había sido mi película favorita de Disney. Sobre todo cuando «mi abuelita» (¿llegaría a llamarla así algún día?) empezó a tararear y luego a cantar en un idioma que yo no entendía. Pero su voz era tan profunda, dulce y maravillosa que cerré los ojos y vi ese vasto cielo estrellado. Sonreí, sintiéndome más tranquila de lo que había estado en mucho mucho tiempo. Y con su voz arrullándome, me quedé dormida.

—Electra, es hora de levantarse. Mariam está aquí.

Abrí los ojos, frustrada porque no recordaba la última vez que había dormido tan profundamente y ahora alguien estaba intentando despertarme. Me di la vuelta negando con la cabeza.

—Electra, tienes que levantarte, cariño. El coche ya está abajo para llevarte al aeropuerto.

Cuando recuperé la conciencia, recordé por qué me habían despertado.

«Nooo…»

—No quiero ir… Por favor, dejad que me quede aquí. Ya me siento mejor… —gemí.

Alguien me quitó las mantas y unos brazos fuertes tiraron de mí para levantarme.

—Tienes que ir, Electra. Ponte esto.

Me quedé mirando a mi abuela, que me tendía mi pantalón de chándal de cachemira. Di un golpe con el puño en la cama.

—¿Quién eres tú para decirme lo que tengo que hacer? —le espeté—. ¡En veintiséis años nunca había oído hablar de ti ni te había visto! ¡Ni siquiera sabía que existías! ¡Y de repente apareces y empiezas a darme órdenes!

—Bueno, alguien tiene que hacerlo. Mira el lío en el que te has metido porque nadie lo ha hecho antes.

—¡Fuera! ¡Lárgate! —le grité.

—Vale, vale… Ya me voy. Sé que no tengo derecho a nada, pero te lo advierto, si no lo afrontas ahora, no hará más que repetirse una y otra vez. ¿Quieres que te cuente una cosa? Yo perdí a mi precioso hijo por culpa de una adicción. ¡Así que no te quedes ahí autocompadeciéndote, señorita! ¡Tú no sabes lo que es la adversidad, y que me muera si no hago algo para no perderte a ti también! ¡Así que levanta tu culo de la cama y ve a asearte!

Dicho esto, mi abuela salió de la habitación dando un portazo y dejándome sin palabras. Nadie, ni siquiera Pa Salt, me había hablado jamás con esa rabia. Tal vez a causa de la impresión, me vestí y abrí la puerta con timidez. Mariam me esperaba sentada en el sofá.

—¿Ya estás lista? —me preguntó.

—Sí. ¿Se ha ido?

—¿Te refieres a tu abuela? Sí. Anda, tu bolsa de viaje está en el maletero. Tenemos que irnos ya.

Salí del apartamento detrás de Mariam. Me sentía igual que cuando me iba de Atlantis para empezar un nuevo semestre en el internado. Sería tan fácil dar media vuelta y volver a entrar, servirme un vodka, meterme una raya…

Pero las palabras de mi abuela resonaban en mis oídos y seguí a Mariam hasta el ascensor como una oveja camino del matadero.

17

El Rancho, Arizona
Mayo

E lectra, ya llevas veintidós días de programa con nosotros en El Rancho. ¿Cómo te sientes?

Fi me miró con falsa amabilidad. Cuando empezamos nuestras sesiones de terapia, tuve la sensación de que daba igual la cantidad de mierda que le echara encima porque, con su voz tranquila (con vestigios de acento europeo) y sus ojos azules caídos, parecía siempre medio dormida. Qué equivocada estaba. Aquella pregunta, el mantra de «¿cómo te sientes?», me había perseguido desde mi primera sesión de terapia allí.

¿Que cómo me sentía?

Primera semana: durante las primeras cuarenta y ocho horas en el centro de desintoxicación, mi respuesta había sido: «Tengo ganas de meterme un chute de vodka mezclado con un par de éxtasis y veinte rayas de coca. Y luego robar una pistola para escaparme a tiros de este lugar».

Me pusieron bajo vigilancia de prevención de suicidio por culpa de la «sobredosis» y me atiborraron de medicamentos para desengancharme de la bebida y de las drogas. Creo que en esos dos días sentí más rabia y desesperación que durante toda mi vida; parecía que nadie creía que aquello no había sido un intento de suicidio y que no pretendía volver a hacerme daño.

Una vez fuera de desintoxicación, me pasaron al «dormitorio compartido». Comprobé horrorizada que, básicamente, había vuelto al internado con dos compañeras que roncaban, gritaban en sueños, ventoseaban o lloraban sobre la almohada (y a veces todo eso en la misma noche). ¿Y por qué coño un lugar que costaba más que el hotel de cinco estrellas más exclusivo no tenía habitaciones privadas?

Segunda semana: la pasé enfadada porque los Doce Pasos del programa de Alcohólicos Anónimos incluían pedirle ayuda a un Dios en el que yo no creía. Y, lo que era aún peor, porque para desengancharme debía someterme a esa figura mítica y a su grandiosa gloria. También odiaba a Fi por entrometerse en mi vida y preguntarme cómo me «sentía» en relación con esta, cuando eso no era de su puñetera incumbencia. Lo bueno era que me caía muy bien una de mis compañeras de cuarto, Lizzie, y que había gente en la terapia de grupo que, obviamente, estaba más jodida que yo.

Tercera semana: ahí me sentí un poco aliviada, porque los Doce Pasos empezaron a tener más sentido cuando un tío de la terapia de grupo dijo que él tampoco creía en Dios, así que en vez de encomendarse a él se imaginaba un poder supremo, algo mucho más poderoso de lo que jamás seríamos los humanos que caminábamos sobre la faz de la tierra. Eso me ayudó mucho. Además, descubrí que me encantaba la terapia equina, aunque no me conformaba con acicalar a los caballos, también quería subirme a sus lomos y galopar por el desierto de Sonora. Y Lizzie y yo «intimamos» más cuando la tercera compañera de habitación se fue (tenía serios problemas de olor corporal y dormía con un conejo de peluche al que llamaba Bobo). Nuestra relación era cada día más estrecha.

—Dime, Electra, ¿cómo te sientes?

Allí estaba la omnipresente pregunta de Fi. En realidad, ahora que me paraba a pensarlo, me sentía orgullosa. Sí, orgullosa porque llevaba sin beber alcohol, sin meterme una raya y sin tomar una pastilla veintidós días.

Y eso fue lo que dije, porque sabía que a Fi le gustaban las respuestas positivas.

—Eso es maravilloso, Electra. Tienes motivos para estarlo. Como todos los internos de El Rancho, has tenido que hacer un viaje muy duro, pero has seguido adelante. Claro que debes estar orgullosa de ti misma. Yo lo estoy —dijo sonriendo.

—Gracias. —Me encogí de hombros.

—Sé que te ha costado gestionar los acontecimientos que te han traído hasta aquí —comentó.

Sabía exactamente adónde pretendía llegar con eso y sentí la punzada habitual de rabia e irritación.

—¿Has reflexionado más acerca de la sobredosis que sufriste aquella noche en Nueva York? —preguntó.

—¡No! —le espeté—. Sigo intentando explicaros a todos que fue un accidente. ¡Solo quería dormir! ¡Eso era lo que quería! Las estaba pasando putas porque mi mente no se callaba y solo quería que cerrara el pico…

—Electra, no es que no te crea, es solo que si hay algún indicio de que hayas intentado hacerte daño, mi deber como terapeuta es protegerte. Aunque me alegro de que tengas una nueva perspectiva, quiero hablar de lo que me has comentado, de que te resulta difícil abrirte a la gente en lo que respecta a tus sentimientos. Como has aprendido durante tu estancia aquí, la forma en que nos sentimos afecta a todo lo que hacemos. Incluida tu capacidad de no volver a engancharte una vez hayas dejado El Rancho.

—Ya te he dicho que soy una persona discreta. Me gusta enfrentarme a las cosas sola.

—Y lo entiendo, Electra, de verdad, pero al unirte a nosotros has reconocido que necesitas la ayuda de otras personas. Y me preocupa que cuando vuelvas al mundo «real» no pidas ayuda cuando la necesites.

—Ya hemos hablado de mis problemas de confianza. Supongo que es solo eso.

—Sí, y asumo que, como cualquier famoso, es normal que tengas esos problemas. Aun así, te has mostrado especialmente reacia a hablar de tu infancia.

—Te he contado que nos adoptaron a mí y a mis cinco hermanas. Que tuvimos una vida privilegiada… No hay mucho más que añadir. Además, mi padre me enseñó a no mirar nunca atrás. Aunque parece que esta terapia se basa precisamente en eso.

—Esta terapia se basa en enfrentarse al pasado para no tener que mirar atrás nunca más, Electra. Y tu infancia comprende dos tercios de la vida que has vivido hasta ahora.

Me encogí de hombros, para variar, y luego inspeccioné mis uñas desnudas y pensé en lo bien que estaban creciendo desde que había dejado de mordérmelas. A continuación libramos una «batalla de silencios», como yo lo llamaba; era una guerra que yo sabía que podía ganar en cualquier momento. Y solía hacerlo.

—¿Dirías que tu padre fue la principal influencia de tu vida? —dijo finalmente Fi.

—Puede. Como todos los padres, ¿no?

—Suele ser así, aunque a veces otro familiar o un hermano desempeña ese papel. ¿Decías que tu padre pasaba mucho tiempo fuera durante tu infancia?

—Sí, así es. Pero todas mis hermanas lo adoraban y yo era la menor, así que supongo que seguí su ejemplo.

—Seguro que es muy duro ser la última de seis hermanas —comentó Fi—. Yo tengo tres hermanas, pero soy la mayor.

—Qué suerte.

—¿Por qué lo dices?

—Porque… No lo sé. Mis dos hermanas mayores eran las que mandaban y el resto se limitaba a obedecer. Todas menos yo.

—¿Tú eras la rebelde?

—Eso parece. Pero no lo hacía a propósito —respondí con recelo, porque Fi me estaba arrastrando a un terreno que no me gustaba.

—¿Eso fue en la adolescencia?

—No, creo que nací rebelde; todas dicen que, cuando era un bebé, berreaba sin parar. Me llamaban Tronada: una vez oí a Ally y Maia hablar de mí, cuando tenía cuatro o cinco años. Me escondí en el jardín y lloré hasta quedarme sin lágrimas.

—Puedo imaginarlo.

—Pero lo superé. No fue para tanto. Todas las hermanas se llaman cosas, ¿no?

—Sí, es cierto. ¿Cuáles eran los motes de tus otras hermanas?

—Pues… no me acuerdo. —Levanté la vista hacia el reloj de la pared—. Debo irme. Tengo terapia equina a las tres.

—Vale, lo dejamos por hoy —dijo Fi, aunque todavía faltaban diez minutos para acabar la sesión—. Pero tus deberes para esta noche son continuar con tu diario de estados de ánimo y centrarte en los detonantes que hacían que te entraran ganas de consumir. ¿Y qué te parece si intentas recordar los apodos de tus hermanas?

—Claro. Hasta mañana.

Me levanté de la silla y salí enfadada de la consulta. Ambas sabíamos que era imposible que recordara los apodos de mis hermanas porque ellas nunca habían tenido ninguno. Mientras caminaba por el pasillo de terapia y entraba en la zona de recepción, antes de salir al cegador sol de Arizona, le concedí aquel asalto a Fi. Se le daba bien, pero que muy bien, hacerme caer en mis propias trampas. Como me sobraban unos minutos, me dirigí a mi nuevo lugar favorito: el Laberinto de las Preocupaciones, un camino circular de ladrillo que daba vueltas y más vueltas, y que cambiaba de dirección dependiendo de hacia dónde decidieras girar en un momento determinado. Para mí era una metáfora de la vida; habíamos hablado en la terapia de grupo de cómo cada decisión que tomábamos afectaba al rumbo de nuestra vida. Unas decisiones eran pequeñas y otras sumamente grandes, pero todas tenían sus consecuencias. Ese día, caminando por el gastado sendero de ladrillo, pensé en la decisión que había tomado sin ni siquiera darme cuenta.

«¿Por qué no confías en nadie?», me pregunté. Era demasiado fácil echarle la culpa a la fama. Sonreí arrepentida cuando pensé en la cantidad de personas en el mundo a las que les gustaría ser famosas, mientras que a mí la fama me había llegado de forma inesperada —literalmente, de la noche a la mañana— y siendo tan joven. Pero sabía que no era por eso. Ni porque mis hermanas no me soportaran, ni por mi padre, aunque él tenía cierta responsabilidad por haberme puesto en aquella situación... «Entonces ¿por qué no se lo cuentas a Fi y habláis de ello?», me dije. «Porque tienes miedo, Electra, miedo de revivirlo...» Además, me resultaba patético que toda mi percepción de la confianza se basara en un pequeño detalle de la infancia. Y si había algo que yo no era, y que nunca sería, era una víctima. Y eso que en El Rancho había conocido a un montón de víctimas. De todos modos, no había ido allí a hacer terapia, sino a desengancharme, y lo había conseguido.

—Por ahora —dije en voz alta, recordando los Doce Pasos. El mantra era: «Paso a paso».

Aquellas tres semanas habían sido muy difíciles, las más difíciles de mi vida. Y la situación en la que me encontraba tampoco era para tirar cohetes, porque no consumir implicaba volver a tener cerebro, lo que significaba que tenías que enfrentarte a ti misma y a quién eras y, bueno…, eso era una mierda. Pero levantarte por las mañanas después de haber descansado de verdad y ser capaz de pensar era realmente maravilloso. Así que, aunque no lograra superar mi problema de confianza en las personas, al menos había conseguido superar mis adicciones. ¿Y no era eso lo más importante?

Salí del Laberinto de las Preocupaciones y fui hacia los establos y la pradera donde pastaban los caballos, listos para que los colgados (entre los que yo me incluía) fueran a darles palmaditas.

—¿Qué tal, Electra? —me preguntó Marissa, la joven moza de cuadra.

—Bien, gracias. —Mi respuesta habitual—. ¿Y tú?

—Ah, bien. —Me dejó entrar en el establo y me señaló un montón de paja sucio—. Te toca limpiar el estiércol —dijo sonriendo al tiempo que me pasaba un par de guantes de goma y una horquilla.

—Gracias.

La joven abandonó el establo y me pregunté qué pensaría al ver a una de las modelos más importantes del mundo enterrada hasta las cejas en excrementos de caballo. Fuera lo que fuese, sabía que ellos (al menos en teoría) tenían un contrato de confidencialidad y bajo ningún concepto podían revelar quién había pasado por El Rancho y lo que sucedía dentro.

Mientras empezaba a realizar la asquerosa pero reconfortante tarea de retirar la paja sucia, pensé en lo que habíamos hablado Fi y yo —es decir, en mi infancia— y eso me hizo recordar un momento feliz. Cuando tenía seis o siete años, estábamos de vacaciones por el Mediterráneo en el *Titán*, como siempre, y Pa me llevó en la lancha motora a ver unos establos que tenía un amigo suyo cerca de Niza.

«Pensé que te gustaría ver los caballos», me dijo. «Hasta puedes montar, si quieres.»

Al principio me dio miedo, porque me parecían gigantes y yo era una niña, pero el mozo de cuadra buscó el poni más pequeño y cuando me montaron encima me sentí más alta que nunca. Me dio una vuelta alrededor del prado. Al principio iba dando botes arriba y abajo, pero luego dejé que mi cuerpo se adaptara al ritmo natural del animal y al final incluso espoleé al poni para ir a medio galope.

«Tienes un don natural para los caballos», me dijo Pa, que iba montado a mi lado en un hermoso semental castaño. «¿Te gustaría aprender a montar bien?»

«Me encantaría, papá.»

Así que mi padre me apuntó a clases de equitación en Ginebra y también en el internado, cuando me fui. Era el mejor momento de la semana, porque sabía que podía contarle todos mis secretos a mi caballo y amarlo cuanto quisiera, porque él jamás me traicionaría.

—Bueno, ya está —le dije a Marissa mientras me quitaba los guantes, después de haber cambiado la paja por una nueva de la bala que había en el patio.

Señaló el prado, donde tres colgados mimaban a Philomena, una dulce yegua alazana.

Fui hasta la valla y me incliné sobre ella; saludé a los demás con la cabeza pero no me uní a ellos.

—¡Hola, Electra! —Hank, el chico que llevaba los establos, me hizo señas con la mano—. ¡Eres la siguiente!

—Gracias —respondí levantando el pulgar.

Lo observé desde lejos. Me parecía muy atractivo, y su torso estaba musculado no por horas de gimnasio, sino por montar en el desierto a diario. Me gustaba cómo trataba a los caballos. Aunque lo había visto matar de un palazo a una serpiente de cascabel de espalda de diamante que había aparecido en el prado, era tan cariñoso con los caballos que resultaba adorable. He de admitir que iba tanto por verlo a él como a los animales...

—Vale, cielo, te toca —me gritó al cabo de unos minutos, después de que yo me lo imaginara completamente desnudo en un establo. Lo bueno de mi piel oscura era que no se notaba cuando me ruborizaba—. Es toda tuya —me dijo mientras me acercaba a Philomena.

—Hola, Philly —susurré. Le acaricié la nariz y le di un beso, aspirando su olor a caballo limpio—. Caray, eres una chica afortunada. En primer lugar porque eres un animal, y en segundo lugar porque obtienes todo el amor y nada del sufrimiento que eso conlleva. Pero me encantaría subirme a tu espalda y llevarte a dar un paseo.

Me volví y vi a Hank observándome. Le sonreí. Cuando me hicieron la primera evaluación psicológica, me preguntaron si creía que era adicta al sexo. Yo respondí que era una mujer de veintiséis años que disfrutaba del sexo, sobre todo cuando estaba colocada, pero no creía, para nada, que fuera adicta. Al menos, no más que cualquier mujer de mi edad.

—Ese es el problema de venir aquí —le susurré a Philly—. Que sales con más adicciones de las que tenías al llegar.

Cuando mi sesión de «abrazar caballos» hubo terminado —no se podían hacer demasiadas cosas con una yegua estática—, le hice una señal con la cabeza a Hank, que se acercó y me ofreció un premio para ella.

—¿Estás bien? —me preguntó cuando le daba a Philly la que debía de ser la vigésima zanahoria del día.

—Sí, estoy bien. Esta yegua va a engordar como siga aquí parada comiendo todo el día.

—Tranquila, haré que eche una buena carrera más tarde.

—Ojalá pudiera sacarla de aquí —suspiré.

—Me temo que va en contra de las reglas. Si por mí fuera… —Hank se encogió de hombros.

—Lo entiendo.

—A lo mejor, cuando salgas de aquí, puedes venir a mi rancho a montar.

—Gracias, ya veremos —dije, y en ese momento noté un charco de sudor bajo las axilas.

Tal vez fuera cosa de mi imaginación, pero cuando me alejaba y vi con el rabillo del ojo que él me miraba, me pregunté si me estaba tirando los tejos. En fin, me alegró un poco pensar que aún podía atraer a un hombre, incluso estando en rehabilitación.

Volví al dormitorio, una habitación pintada en tono pastel con tres camas dobles que tenían el largo justo para que yo cupiera. Había un armario estrecho para mis sudaderas de capucha y mis pantalones de chándal, y un escritorio que aún no había usado. Al principio, la idea de compartir ducha y ver pelos en ella (tenía fobia a los pelos que se quedaban en los desagües) había bastado para evitar que me lavara, así que iba por ahí cubierta de sudor. Pero claudiqué al darme cuenta de que olía mal, y la verdad es que no fue para tanto.

Por suerte, la ducha ese día estaba inmaculada —era obvio que la empleada de la limpieza había estado allí—, así que me desnudé lo más rápido que pude y me metí bajo el bendito chorro de agua fría mirando hacia arriba en lugar de al agua que se arremolinaba a mis pies. Cuando terminé y me vestí, cogí un lápiz, mi viejo cuaderno de dibujo (lo había encontrado en el bolsillo delantero de la bolsa de viaje, donde seguía tras mi visita a Atlantis), y empecé a dibujar. Había descubierto hacía poco que diseñar prendas originales pero cómodas me relajaba. Me había puesto demasiadas veces ropa de alta costura, básicamente imponible (y a menudo horrorosa), para crear una imagen que las mujeres normales de la calle no podían imitar ni de lejos. Pero, como había oído decir a infinidad de diseñadores, la moda era arte moderno. A mí me repateaba que se adueñaran de ese concepto, porque la moda siempre había sido una expresión artística. Como para las cortesanas de Versalles, por ejemplo, o para los antiguos egipcios.

Empecé a dibujar un vestido que tenía un cuello con brillos desmontable y que caía en suaves pliegues hasta los tobillos. Su sencillez me parecía hermosa, y era muy muy ponible. Unos minutos después, me distrajo una cara nueva en la puerta del dormitorio. La chica caminó despacio hacia la cama vacía que estaba junto a la ventana. Tenía la delgadez característica de la anorexia (como muchas otras internas) y medía poco más de metro y medio. Y su maravilloso tono de piel indicaba una herencia mixta, como el de Maia, además de su exuberante melena rizada, oscura y brillante.

—Hola —le dije, y solté el lápiz—. ¿Eres nueva?

Ella asintió. Se sentó en la cama con las rodillas juntas y las manos entrelazadas con fuerza sobre ellas. No levantó la vista hacia mí, lo cual me alegró. Normalmente, los desconocidos me reconocían a la primera y empezaban a hacerme las preguntas habituales. Observé cómo descruzaba las manos y vi que le temblaban cuando levantó una para apartarse un mechón de la cara.

—¿Acabas de salir de la desintoxicación médica? —le pregunté. Ella asintió—. Es duro, pero lo superarás —le dije, como si fuera una experta después de tres semanas allí.

Ella se encogió de hombros a modo de respuesta.

—¿Te han dado «benzos»? A mí me ayudaron muchísimo —comenté.

La chica parecía muy frágil, y ahora que el pelo no le tapaba los ojos, pude ver el miedo reflejado en ellos.

—¿Coca?

—No, caballo.

Mientras buscaba las marcas delatoras en el interior de sus brazos escuálidos, se las ocultó con las manos mediante un gesto reflejo.

—Tengo entendido que es lo más duro —dije.

—Sí.

Se rodeó el cuerpo con los brazos y se acurrucó en la cama en posición fetal dándome la espalda. Me di cuenta de que estaba temblando, así que cogí la manta que había a los pies de la cama y la tapé con ella.

—Puedes conseguirlo —dije dándole unas palmaditas en el hombro—. Soy Electra, por cierto. —No hubo ninguna reacción, lo cual me extrañó porque solía haberla cuando pronunciaba mi nombre—. Bueno, me voy a comer. Hasta luego.

La dejé acurrucada bajo la manta y me sorprendió darme cuenta de que la estaba cuidando. Era obvio que el verla en el mismo estado en el que yo me encontraba al salir de la desintoxicación clínica me había provocado empatía.

La cafetería estaba llena de gente y muchos internos charlaban tranquilamente en las mesas circulares. La luz entraba a raudales a través de los ventanales, desde los que se veía el Jardín de la Serenidad, que estaba al otro lado. El bufet ocupaba todo un lado de la cafetería y había cocineros con gorro que servían comida deliciosa. Hice acopio de mi ingesta diaria de carbohidratos: una enchilada de ternera ardiendo con queso fundido por encima, acompañada de patatas fritas. Sabía que tendría que someterme a una dieta intensiva cuando saliera, pero comer parecía aliviar el deseo de beber vodka. Mientras comía, reflexioné sobre la palabra «empatía». Se usaba mucho en El Rancho. Al parecer, el abuso del alcohol y las drogas te hacía perder la que sentías por los demás, eliminando tus partes buenas y minimizando las cosas malas que querías bloquear, que era la verdadera razón por la que bebías y tomabas pastillas. Al día siguiente le contaría a Fi que había mostrado cierta empatía hacia la chica nueva de mi dormitorio. Le gustaría oírlo.

—Hola.

Levanté la vista cuando Lizzie, mi compañera de cuarto cuya cama estaba al lado de la mía, llegó y se sentó con su sopa y un plato de verduras. Tenía el pelo tan liso como siempre, una media melena rubia con las mechas perfectas. Me recordaba a una muñeca de porcelana, salvo porque se había retocado tanto que su cara parecía tallada por un escultor alumno de Picasso. Estaba allí porque era adicta a la comida y me maravillaba que pudiera estar en la cafetería; para mí sería como estar en un bar con la barra llena de rayas de coca.

—¿Qué tal estás hoy? —me dijo con su acento británico.

—Bien, gracias, Lizzie. —Me pregunté si se acordaba de que la noche anterior la había puesto de lado porque roncaba como para despertar a todos los coyotes del desierto.

—Tienes mucho mejor aspecto. Te brillan más los ojos. Tampoco es que los tuvieras apagados —añadió de inmediato—. Tienes una mirada preciosa, Electra.

—Gracias —dije, y me sentí culpable mientras saboreaba mi enchilada, que ella miraba de una forma que me decía que mataría por probarla—. ¿Y tú?

—Voy bastante bien. He perdido más de cinco kilos desde que llegué. ¡Tres semanas más y Christopher no me reconocerá!

Christopher era el marido de Lizzie. Un productor de Los Ángeles que, como ella me había contado sin escatimar detalles, era el típico que iba picoteando por ahí. Lizzie estaba convencida de que sus escarceos acabarían si ella perdía diez kilos. La cuestión era que, para empezar, ni siquiera estaba gorda. Y yo ya no sabía muy bien qué partes de su cuerpo eran realmente suyas. Se había pinchado, operado y estirado tanto que parecía que unas manos invisibles tiraban hacia arriba de la piel de su cara. Yo no tenía muchas esperanzas de que Christopher volviera a serle fiel. En mi humilde opinión, Lizzie no era adicta a la comida, era adicta a complacer a su marido.

—¿Cuánto tiempo te queda? —me preguntó.

—Saldré en una semana.

—Lo has hecho muy bien, Electra. He visto a muchas personas que han venido aquí y no lo han conseguido, ¿sabes? Además, tú eres demasiado guapa y brillante para necesitar todas esas porquerías. —Pinchó con el tenedor una hoja de rúcula y empezó a masticarla como si fuera un trozo de entrecot—. Estoy orgullosa de ti.

—Vaya, gracias. —Sonreí pensando que ese era mi primer día bueno de verdad y que era genial recibir cumplidos—. Por cierto, hay una chica nueva en nuestro dormitorio —añadí, mientras me preguntaba si sería desconsiderado ir a buscar una porción de tarta de queso y chocolate y comérmela delante de ella.

—Ah, sí, Vanessa. —Lizzie alzó las cejas. Siempre era la primera en enterarse de todo lo que pasaba allí y yo me alimentaba de sus chismes—. Pobrecita mía. Es tan joven. Creo que solo tiene dieciocho años. Una de las enfermeras de desintoxicación me ha contado que es de Nueva York, y que la ha sacado de la calle un tipo rico que está pagando su estancia para que se desintoxique en serio aquí. Existen programas para jóvenes subvencionados por el Gobierno, pero los niños que entran en ellos, cuando en teoría están desintoxicados y limpios, salen y regresan a su antigua vida. Y vuelven a consumir en cuestión de semanas. —Suspiró—. Y si eres legalmente adulta, como Vanessa, olvídate.

Hasta esos últimos días en que mi cerebro había empezado a funcionar más o menos con normalidad, no había caído en que los que estábamos allí éramos unos privilegiados. Yo ni siquiera había tenido que pensar en cuánto costaría entrar allí y desintoxicarme, solo si quería hacerlo o no. Había miles de niños estadounidenses que eran adictos como yo y que no tenían ninguna posibilidad de recibir el tratamiento adecuado.

—La enfermera me ha dicho que el de Vanessa es uno de los peores casos que han tenido. Ha estado en desintoxicación durante cuatro días. Pobrecita. —Lizzie, a pesar de su desesperación por ser guapa y de cómo había destrozado su rostro, que un día había sido hermoso, tenía un marcado instinto maternal—. Nosotras cuidaremos de ella, ¿verdad, Electra?

—Lo intentaremos, Lizzie, sí.

Esa tarde, para quemar la comida, fui a correr por el sendero que discurría por el perímetro de El Rancho. Me acordé de cuando subí a la montaña que se encontraba al lado de Atlantis, hacía más de un mes, y de lo bien que me sentí luego. Aunque el aire seco y caliente de Arizona me quemaba los pulmones y me ardía la nariz al respirar, seguí adelante.

Me detuve al lado del dispensador de agua fría y me serví un vaso que me bebí con avidez, y luego otro que me eché por encima.

Me dejé caer en un banco y disfruté de la sensación de… Bueno, de sentir. A pesar de mi reticencia a aceptar el enfoque espiritual de El Rancho, estar allí sentada con las montañas a mi espalda y el cielo azul sobre la tierra roja resultaba tranquilizador. La naturaleza era relajante. El aire traía el aroma de los arbustos bajos que se desplegaban al sol. La árida belleza del desierto estaba salpicada de flores increíbles y de cactus, algunos de más de tres metros de altura, con sus verdes troncos cubiertos de pinchos y llenos de agua suficiente para autoabastecerse hasta la llegada de las siguientes lluvias.

Por primera vez, me imaginé de vuelta en mi apartamento de Nueva York y me sentí atrapada como un animal en una jaula. De alguna manera, lo que me rodeaba allí era un territorio más natural para mí, como si encajara más con mi persona. El calor no me molestaba tanto como a Lizzie y los espacios abiertos me hacían sentir viva.

Me quedé allí sentada y esbocé una sonrisa.

—¿Por qué? —me pregunté.

«Pues porque sí, Electra…»

Me levanté para entrar. Recordé que la terapia de grupo estaba a punto de empezar, así que tendría que ir con la ropa de deporte. De pronto, me di cuenta de que no había pensado en beber ni en meterme una raya en las últimas dos horas. Y eso me hizo volver a sonreír.

Cuando más tarde volví al dormitorio, muerta de ganas de darme otra ducha, Vanessa seguía acurrucada en la cama y tenía fuertes temblores. Lizzie —cuya cama era la del medio— estaba allí sentada, observándola.

—No está bien, Electra —dijo con un suspiro—. He llamado a la enfermera y le ha puesto otra inyección de lo que sea que le estén dando, pero…

—No, no tiene buen aspecto —reconocí, y cogí la toalla para entrar a darme una ducha. Al salir, me puse unos pantalones de chándal limpios y una sudadera de capucha—. ¿Vas a venir a cenar? —le pregunté a Lizzie.

—No, voy a quedarme un rato vigilando a Vanessa. Me tiene preocupada.

—Vale, nos vemos después.

Deprimida, porque lo último que quería era ver cómo Vanessa pasaba por lo que yo había pasado, entré en la cafetería. Evité a los «chalados», como yo los llamaba: los que habían adoptado los valores espirituales de El Rancho y no hacían más que repetir citas, como si fueran libros de autoayuda parlantes y con patas, y llené la bandeja con un filete y varias guarniciones. Como no quería volver al dormitorio pronto, cogí papel y un bolígrafo de la consola y mientras comía pensé en lo que habíamos hablado en la reunión de Alcohólicos Anónimos por la mañana. Estaba en la fase número nueve, así que debía escribir una carta de disculpa a todos aquellos a los que había hecho daño cuando el consumo de sustancias se me había ido de las manos.

«Vale, ¿a quién tengo que pedir perdón?», pensé. «¿A Ma?»

Sí. Sabía que de niña yo era un enorme grano en el culo y ella siempre fue muy paciente conmigo. Debía escribirle una nota. Por otra parte, pensé mientras devoraba un trozo de tarta de queso, ¿las disculpas eran por ser mala persona, o por ser mala persona cuando estaba bajo los efectos de las drogas y el alcohol? Apenas había visto a Ma en los últimos años, y raras veces la llamaba.

«Entonces se merece una disculpa porque la he ignorado», me dije, y la añadí a la lista.

¿Maia? Sí, se merecía una disculpa por mi pésimo comportamiento cuando murió Pa y por cómo había actuado en Río. Si ella no hubiera llamado a Mariam, yo podría estar muerta. Se había portado de maravilla y la quería muchísimo. Escribí su nombre con letras grandes.

Ally. A ella también debería enviarle una disculpa. Mientras miraba por la ventana, recordé lo maleducada que había sido con ella cuando estuve en Atlantis el mes anterior. Entonces me pregunté por qué Ally siempre me ponía de mal humor, con lo buena que era. Tal vez esa fuera la razón: el que fuera tan buena persona, siempre tan resuelta y serena, aun tras haber perdido al amor de su vida, y que luego tuviera a su bebé. A su lado, mi falta de serenidad resultaba más obvia.

Star. Mi apocada hermana pequeña, que sería incapaz de matar una mosca. No tenía ni idea de si me caía bien o no, porque nunca había sido muy habladora; ella era el silencio de mi caos. Ally me había contado que estaba con un tío y que se había ido a vivir con él a Inglaterra. Quizá hiciera un esfuerzo para ir a verla cuando saliera de allí. Siempre me había dado pena por la forma en que mi hermana CeCe, mi archienemiga, la eclipsaba en todos los sentidos. Escribiría una carta a Star de todos modos, solo para saludarla, porque no se me ocurría nada malo que le hubiera hecho a ella en concreto.

CeCe. Clavé la punta del bolígrafo con fuerza en el papel. Ella y yo nunca nos habíamos llevado bien; Ma siempre decía que nos parecíamos demasiado, pero yo no estaba tan segura. No me gustaba la forma en que dominaba a Star y, a veces, de niñas, nos pegábamos y Ally tenía que separarnos. Me alegré al enterarme de que se había mudado a Australia.

—Y todo porque Star la dejó por un hombre —murmuré con malicia, consciente de que ni a Fi ni al grupo de terapia les gustaría aquella negatividad. Pero no se podía caer bien a todo el mundo, ¿verdad? Aunque, al parecer, sí podías hacer que todo el mundo te perdonara.

Puse una interrogación provisional al lado del nombre de CeCe y pasé a Tiggy.

Estaba claro que de adulta se había transformado en el tipo de persona que podría pedir trabajo en El Rancho. Me di un bofetón metafórico por ser mala con ella, porque no se lo merecía. Era dulce y amable, y solo quería hacer feliz a la gente. Éramos polos opuestos, aunque yo aspiraba a ser como ella porque siempre veía algo bueno en todo y en todos, mientras que a mí me pasaba todo lo contrario. Recuerdo vagamente a Ally en Atlantis contándome que tenía un problema de salud. Y yo ni siquiera le había enviado un correo electrónico para preguntarle cómo estaba. Debería darme vergüenza. Sin duda, Tiggy estaba en mi lista de disculpas.

Me recosté en la silla y me pregunté si, de estar vivo, querría escribirle una carta a Pa para pedirle perdón. No. Era él quien debería escribirme una carta a mí, por haber muerto cuando yo aún era tan joven y dejar que me enfrentara sola a todo aquello. Lo que incluía a Stella, mi abuela. Pero no me apetecía pensar en eso, así que pasé a mi vida en Nueva York.

Mariam: «MEGADISCULPA», escribí. Era con diferencia la mejor asistente personal que había tenido, aunque no sabía si aún lo seguía siendo. Añadí eso a la lista de cosas que quería preguntarle a Maia cuando respondiera al correo electrónico que me había enviado hacía un par de días. Podíamos usar los ordenadores y los teléfonos móviles durante una hora al día pero, como lo controlaban todo, aún no le había escrito a nadie.

Stella, alias «abuela». Hice una pausa y mordí el bolígrafo mientras navegaba por el caos mental que habían sido las últimas semanas antes de llegar a El Rancho. Lo cierto era que no recordaba bien las conversaciones que habíamos tenido, pero sí que la vi, cuando me desperté, sentada en el sillón que había al lado de mi cama. También me parecía haberla oído cantar, aunque puede que eso solo hubiera sido un sueño. Pero a pesar de lo confusos que habían sido mis dos encuentros con ella, lo que tenía claro era que se trataba, sin duda, de una de las personas que más miedo me había dado en la vida.

Todavía no había decidido si debía escribirle, cuando un tipo negro altísimo pasó por delante de mí con una bandeja de comida y captó mi atención. A diferencia de la mayoría de los internos, que llevaban sudaderas con capucha y pantalones de chándal, como yo, él iba vestido con una camisa blanca inmaculada y unos pantalones chinos. En circunstancias normales, me importaría una mierda si alguien me veía con esas pintas, pero miré hacia la izquierda y me pareció muy guapo. Antes de que pudiera verme, me puse la capucha, cogí la bandeja, el bolígrafo y el papel y salí de la cafetería.

Cuando volví a mi dormitorio, la cama de Vanessa estaba vacía y Lizzie realizaba su acostumbrado ritual nocturno de belleza, tras haber transformado su mesa en un muestrario de cosméticos caros.

—¿Dónde está Vanessa? —le pregunté.

Vi cómo se untaba crema en la cara, usaba una pipeta para ponerse en el cuello unas gotas de algo que, según ella, contenía polvo de oro y se tragaba unas cuantas pastillas a las que el médico había dado el visto bueno, así que debían de contener un montón de nada.

—Pobrecita mía, ha empezado a convulsionar y he llamado a la enfermera, que se la ha llevado otra vez al pabellón de desintoxicación clínica. —Soltó un suspiro—. Solo espero que no sea demasiado tarde.

—¿Qué quieres decir?

—Electra, ¿es que no sabes cómo pueden haber afectado la heroína y todas esas drogas que consumía a sus órganos vitales?

Si llevas mucho tiempo abusando de esas sustancias, cuando intentas desengancharte puedes tener ataques. Al parecer, el novio que le pasaba las drogas también era su chulo, y quién sabe lo que les metía.

—Entonces ¿era prostituta?

—Eso ha comentado una enfermera, sí. Además, es seropositiva —comentó mientras empezaba a guardar su «muestrario» en una maleta de Louis Vuitton—. Es tristísimo, porque ella es solo la punta del iceberg. Una vez, mi marido produjo un documental sobre las bandas que venden drogas en Harlem; esos son los verdaderos criminales.

—Es verdad. —Ya me había puesto el pijama y me subí a la cama—. Es increíble. Y pensar que Harlem está solo a unas manzanas al norte de donde yo vivo.

Cogí el cuaderno de dibujo y el lápiz que tenía en la mesilla de noche y pasé a una página nueva. Ahora que había recuperado las ganas de diseñar, todas las noches, antes de dormir, garabateaba un par de figurines.

—Pues sí —dijo Lizzie metiéndose a su vez en la cama—. Por supuesto, nosotros también tenemos bandas importantes en Los Ángeles; por desgracia, hoy están por todas partes. No sabemos lo afortunadas que somos, ¿verdad? Por tener una vida tan segura.

—Tienes razón —afirmé.

Tenía la sensación de que, encerrada en El Rancho en medio del desierto, estaba aprendiendo más de la vida de lo que había aprendido en Nueva York y en todos mis viajes alrededor del mundo. Para empezar, ¿de dónde creía que sacaban la coca mis camellos? Daba igual que te metieras una raya en un hotel caro o en la esquina de una calle. Todo venía del mismo lugar: de la barbarie, la muerte y la codicia. Me estremecí al pensarlo.

—En fin, ¿qué vas a hacer mañana? —me preguntó Lizzie.

—Lo de siempre. Saldré a correr antes de desayunar, reunión de Alcohólicos Anónimos, luego terapia con Fi…

—Es la mejor terapeuta que he tenido nunca. Y eso que han sido unas cuantas.

—Y yo —dije con entusiasmo—. Aunque creo que la terapia no es lo mío.

—¿A qué te refieres?

—No me gusta sentarme a hablar de mí misma.

—Dirás que no te gusta tener que enfrentarte a quién eres —comentó con perspicacia—. Hasta que no hacemos eso, cariño, ninguno de los que estamos aquí llegamos a ninguna parte.

—Pues antes les iba bien sin terapeutas. Nunca he visto que nadie tuviera uno en las películas de la Primera y la Segunda Guerra Mundial.

—No. —Lizzie me dedicó una sonrisa torcida debido a la cantidad de relleno que tenía en los labios—. Pero recuerda, Electra, que muchos de esos hombres volvían a casa con neurosis de guerra o síndrome de estrés postraumático, como se conoce hoy en día. Claro que necesitaban ayuda, como los soldados después de Vietnam, pero ignoraban sus necesidades. Así que tenemos suerte de vivir en una cultura en la que está bien admitir que necesitas ayuda. Estoy segura de que se salvan muchas vidas que de otro modo se perderían.

—Sí, tienes razón —reconocí.

—Tampoco ayuda que hayamos perdido nuestras comunidades. Yo me crie en un pueblo de Inglaterra donde todo el mundo se conocía. Cuando mi padre murió, recuerdo que se unieron para apoyar a mi madre. Todos estaban ahí para ayudarnos a ella y a mí, pero eso ya no pasa. Estamos todos tan fuera de lugar... No sentimos que «pertenezcamos» a ningún sitio. Ni a nadie. Una de las desventajas de la globalización, supongo. ¿Cuántos amigos tienes en los que puedes confiar?

Me lo planteé durante un segundo y luego me encogí de hombros.

—Ninguno. Pero tal vez sea por mi forma de ser.

—Sí, seguro que en parte es por eso, pero al resto tampoco nos va mucho mejor. Es triste, porque muchos sentimos que estamos solos con nuestros problemas.

Observé a Lizzie, con su extraña cara, su absurdo ritual de belleza y ese marido que era una víbora, estaba claro, y me pregunté en qué momento se le torció todo. Ella era tan reflexiva y sensata....

—¿Qué hacías antes de casarte con Christopher? —le pregunté.

—Era abogada en prácticas. Cuando conocí a Chris, el bufete me había enviado a la sede de Nueva York. Quería especializarme en derecho de familia, pero caí rendida a sus pies y nos mudamos a Los Ángeles. Luego vinieron los niños, después se fueron de casa y… —Lizzie se encogió de hombros—. Esa es la historia.

—¿Eres licenciada en Derecho?

—Sí, pero nunca llegué a ejercer.

—Pues tal vez deberías replanteártelo. Como tú misma has dicho, todos tus hijos se han ido ya.

—¡Ay, Electra, si casi tengo cincuenta años! Ya es demasiado tarde para mí.

—Pero eres muy inteligente, Lizzie. «No deberías desperdiciar tu cerebro», mi padre siempre me decía eso.

—¿Ah, sí?

—Sí. Sé que pensaba que traicioné mis valores cuando me hice modelo.

—¡Electra, solo tenías dieciséis años! Por lo que me has contado, tú no elegiste el mundo de la moda, él te eligió a ti, y cuando te diste cuenta estabas en una montaña rusa de la que no podías bajarte. Por favor, si tienes veintiséis años, un año más que mi hijo mayor. Y él sigue en la facultad de Medicina.

—Al menos él sabe lo que quiere hacer. Yo nunca lo he sabido.

—Bueno, sea lo que sea, puedes permitirte el lujo de elegir. Y alguien con tu perfil podría hacer cosas muy importantes.

—¿A qué te refieres?

—Pues podrías ser embajadora de aquellos que no tienen voz. Como Vanessa, por ejemplo. Tú sabes de primera mano lo que hacen las drogas. Podrías ayudar.

—Tal vez —dije encogiéndome de hombros—. Aunque las modelos no tienen ni voz ni cerebro, ¿no?

—Estás siendo autoindulgente, y si fueras Rosie, mi hija, te echaría una buena reprimenda. Para mí (y para tu padre) resulta obvio que eres una persona muy inteligente. Tienes todas las herramientas necesarias, así que utilízalas. Mira lo que has dibujado mientras hablábamos —dijo señalando mi cuaderno de bocetos. Lo estreché contra el pecho, como para protegerlo—. Tienes muchísimo talento, Electra. Me compraría esa chaqueta sin pensarlo dos veces.

Bajé la vista hacia mi boceto de una modelo con una chaqueta de cuero corta y un vestido asimétrico.

—Ya, claro —dije—. Creo que necesito dormir un poco, Lizzie. Buenas noches. —Extendí el brazo para apagar la lámpara.

—Buenas noches —respondió, y abrió el libro que estaba leyendo, en el que por lo visto se decía que las dietas podían engordar.

Yo me acurruqué bajo el edredón y me di la vuelta.

—Ah, solo una cosa más —dijo mi compañera de cuarto.

—¿Sí?

—Hay que ser muy fuerte para admitir que tienes un problema, Electra. No es un signo de debilidad: más bien lo contrario. Buenas noches.

18

Al día siguiente me desperté al amanecer, algo que era totalmente nuevo para mí; durante años había tenido que salir de la cama arrastrándome y, acto seguido, tomarme un puñado de analgésicos y estimulantes para aliviar el dolor de cabeza y darme un empujoncito. Conté en la terapia de grupo que de repente me despertaba temprano (era un dato inofensivo con el que daba la impresión de estar implicada, aunque en realidad no revelaba nada importante) y varias personas me dijeron que era porque mi cuerpo estaba recuperando su ritmo natural después de haberlo inhibido durante años con el alcohol y las drogas. Entonces recordé que de niña, en Atlantis, siempre era la primera en despertarme y salía de la cama, ansiosa, llena de energía, mientras todas mis hermanas seguían durmiendo. Bajaba a la cocina, donde estaba Claudia, la única persona despierta en toda la casa, y ella me daba una rebanada de pan recién hecho, todavía caliente, bien untado de mantequilla y miel.

Me levanté y me puse unos pantalones cortos, me até los cordones de las zapatillas y salí a correr. No había nadie por allí, aparte de un grupo de budistas que estaba en el Jardín de la Serenidad, todos sentados con las piernas cruzadas y los ojos cerrados para darle la bienvenida al nuevo día. Llegué al camino y empecé a trotar sobre la tierra roja y a pensar en Lizzie y en lo que habíamos hablado la noche anterior: que no era una señal de debilidad admitir que necesitabas ayuda. Bueno, yo ya había llegado a ese punto: estaba allí, y recibía la ayuda que necesitaba, ¿no? Irónicamente, la parte fácil (al menos en comparación) había sido dejar toda esa mierda que estaba tomando. Fi me explicó que en mi caso habían intervenido a tiempo, pero que eso no ocurría con la mayoría. Si en adelante seguía limpia, mi salud no se vería deteriorada a largo plazo, como le había pasado a Vanessa.

La parte difícil era enfrentarme a mí misma, y ahí era donde se escondía el porqué de mi abuso de las drogas y el alcohol. No valía con decir que lo había dejado; por Dios, solo habían pasado tres semanas y, además, la euforia de estar limpia y el ambiente seguro en el que vivía en ese momento se desvanecerían como la niebla en cuanto volviera al circuito infinito que era mi vida «real». Empezaría a tomar una copa de vez en cuando, tal vez una raya en reuniones sociales, y poco después acabaría allí de nuevo, solo que peor que ahora, e incluso con el tiempo llegaría a estar en las últimas, como Vanessa. Si no admitía toda la angustia que sentía y la exteriorizaba, estaría siempre en peligro.

Iba pensando en todo esto cuando presentí que alguien venía detrás de mí. Como estaba dando la vuelta, pude mirar atrás y vi al tipo de la camisa blanca que me había llamado la atención en el comedor. Le sacaba unos cien metros, pero reducía la distancia que nos separaba muy rápido. Yo no tenía intención de permitírselo, y no quería que lo hiciera por varias razones que no podía expresar con palabras, así que aceleré el ritmo y aumenté la distancia. Pero él seguía acercándose. Vi que el final del camino estaba a unos doscientos metros, así que aceleré al máximo y me lancé hacia ese punto.

Cuando llegué a la línea de meta, fui directa al surtidor de agua, jadeando y desesperada por beber.

—Menuda potencia —dijo una voz profunda y bien modulada detrás de mí—. Perdón. —Al instante apareció una mano grande de dedos largos y elegantes que cogía un vasito (en el meñique vi un sello universitario de oro) y me aparté a un lado—. Yo corría los quinientos metros lisos en la universidad y nunca me ganaron. ¿Tú competías en la tuya?

—Yo no he ido a la universidad —respondí.

Tuve que levantar la vista para mirarlo, y eso era algo que me ocurría muy pocas veces.

—Anda, ese acento no es del todo estadounidense, ¿no? —preguntó.

Llené otro vasito y me lo eché por encima. Aunque aún era temprano, el sol ya calentaba bastante.

—No, digamos que es un poco francés. Me crie en Suiza.

—Oh, ¿de verdad? —Me observó más detenidamente. Después dijo—: ¿Te conozco? Me suenas de algo.

—No, no nos conocemos.

—Si tú lo dices, te creo. —Sonrió—. Pero de verdad que tengo la sensación de que te conozco. Me llamo Miles, por cierto. ¿Y tú?

—Electra —respondí con un suspiro, esperando ver en su cara la expresión de que me había reconocido. Y la vi.

—Uau, vaya… Vale —fue lo único que dijo. Tiró el vasito a la papelera y se metió las manos en los bolsillos de los pantalones cortos—. Cuando fui al aeropuerto la semana pasada, vi una valla publicitaria de más de seis metros de alto en la que aparecías tú.

—Oh —respondí—. Oye, tengo que volver.

—Claro. Yo también.

Volvimos juntos hasta El Rancho sin decir nada más. Había algo en ese hombre que hacía que me sintiera tímida e insegura. Por la confianza que veía en él y por el pelo rizado y salpicado de canas, supuse que tendría treinta y muchos.

—¿Te importa que te pregunte por qué estás aquí? —dijo.

—No. No hay secretos aquí, ¿verdad? Abuso de alcohol y estupefacientes.

—Yo igual.

—¿En serio? Te vi en el comedor anoche y no me pareciste un tío que acaba de pasar por rehabilitación.

—Es que no acabo de pasar. Llevo limpio cinco años, pero vuelvo aquí todos los años para descansar y recordarme lo que hay en juego. Es fácil pensar que puedes con todo cuando estás aquí, sintiendo el apoyo de los que te rodean, pero ahí fuera, en ese mundo cruel, te puedes venir abajo de nuevo.

—¿A qué te dedicas?

—Soy abogado. La presión se acumula y… quiero asegurarme de que no volveré a explotar ni a acabar en el punto en el que estaba. Pero bueno, tú ya sabes de lo que hablo.

—Sí —admití justo cuando llegábamos a la entrada de El Rancho.

—Lo único que te recomiendo es que no tengas prisa; tómate tu tiempo. Es una enfermedad de la que nunca nos curaremos del todo; el truco está en aprender a llevarla bien. Escucha lo que te dice la gente de aquí, Electra, porque ellos saben cómo salvarte la vida. Nos vemos. —Se despidió con la mano y enfiló el pasillo con unas piernas tonificadas que eran todavía más largas que las mías.

—Vaya, vaya… —susurré entre dientes, un poco alucinada.

A Miles le envolvía un halo de solemnidad que me recordaba a mi abuela. «Si estuviera en un tribunal, querría a ese tío de mi lado», pensé mientras entraba a desayunar, todavía acalorada e incómoda. Y no me sentía así solo por la carrera.

«Dios, concédeme la serenidad para aceptar las cosas que no puedo cambiar, el valor para cambiar las cosas que puedo y la sabiduría para reconocer la diferencia.»

Recité la oración de la serenidad, que marcaba el fin de la reunión, junto a las cinco personas que formábamos ese pequeño círculo de Alcohólicos Anónimos. Por un lado le cogía la mano a Ben, bajista en un grupo del que nunca había oído hablar, y por el otro a una recién llegada que se llamaba Sabrina. Vi que ella seguía emocionada; acababa de compartir su historia con nosotros.

—Lo tenía todo y lo dejé escapar por el cuello de una botella —había dicho con las manos apretadas con fuerza delante de su cuerpo. Era una mujer asiática menuda, con un pelo negro que le caía como una cortina brillante y rodeaba su cara delgada—. He perdido mi trabajo, a mi marido, a mi familia… He robado a todos los que conozco para comprar más alcohol, incluso he sacado dinero de las huchas de mis hijos. Y no me decidí a venir aquí hasta que un día acabé en urgencias, porque me desmayé en el baño del trabajo. —Se mordió el labio—. No puedo seguir cagándola en mi vida, ni continuar creyendo que no tengo nada que perder.

Cuando salí de la reunión, me di cuenta de que yo también había creído que no tenía nada que perder. Estaba tan desesperada por encontrar una forma de escapar, que había estado a punto de tirarlo todo por la borda…

—Veamos, Electra, ¿cómo han ido las últimas veinticuatro horas? —me preguntó Fi unas horas más tarde.

—Han sido interesantes —contesté frotándome la nariz.

—Bien, muy bien. —Fi sonrió—. ¿Y puedes contarme por qué?

—Pues… No lo sé, pero estoy tomando conciencia de muchas cosas. Es como si todo el año pasado hubiera vivido en un sueño.

—En cierto modo, así ha sido. El abuso de los estupefacientes provoca esa sensación, solo que después todo acaba en pesadilla, como bien sabes. ¿Y cómo te sientes al ver más clara tu realidad?

«Ya empezamos de nuevo…»

—Bueno… eh… me siento eufórica por estar limpia, pero avergonzada porque recuerdo todas las cosas malas que he hecho y cómo me he comportado con la gente. Y también tengo miedo de caer en la misma dinámica cuando salga de aquí.

—¡Estupendo, Electra, genial! —Fi volvió a sonreír—. Estás haciendo muchos progresos. Todas esas emociones son completamente normales en esta fase. Ser más consciente de ti misma y de cómo te has portado con los demás es un gran paso adelante. Ya no eres una víctima.

—¿Una víctima? Dios, no, yo nunca he sido una víctima.

—Lo eras, Electra, una víctima de ti misma —replicó—. Pero ahora lo estás afrontando, así que ya no volverás a maltratarte, ¿lo comprendes?

—Sí, pero yo bebía y tomaba todas esas cosas para seguir adelante con mi vida y que nadie me viera como una víctima.

—¿Te da miedo que te vean como una víctima, como alguien débil?

—Sí, claro —asentí con vehemencia—. Pero una cosa que dijo mi compañera de cuarto anoche me hizo sentir mejor.

—¿Y qué fue?

—Que dejé de ser débil cuando pedí ayuda.

—¿Crees que tiene razón?

—Sí, pero no quiero volverme dependiente ni nada por el estilo. Yo puedo cuidarme sola.

—Tal vez el problema era que no podías, y en realidad no lo estabas haciendo. ¿No te parece?

—Bueno, sí, supongo —reconocí.

—Como dice la sabiduría popular, «ningún hombre es una isla». Ni tampoco ninguna mujer, en este caso. —Fi sonrió—. No eres la única a la que le pasa. El mundo en el que vivimos está lleno de gente que tiene miedo o a la que le da vergüenza pedir ayuda.

—O que tiene demasiado orgullo —añadí—. Yo soy una persona muy orgullosa.

—Ya se nota. ¿Y crees que esa es una buena cualidad?

—No sé… Tanto si lo es como si no, es parte de mí. Seguramente tiene una parte buena y otra mala.

Fi asintió y escribió algo en su cuaderno.

—¿Sabes, Electra? Creo que ya estás lista para recibir una visita. ¿Qué te parece?

—Yo… no sé.

—¿Quieres que venga a verte algún familiar o algún amigo?

—¿Puedo pensármelo?

—Claro. Mostrar a tu nueva tú y entrar en contacto con el mundo exterior a través de alguien cercano a veces resulta aterrador. ¿Te asusta la idea?

—Sí. Bueno, ya sabes que tenía muy pocas ganas de entrar aquí, pero he conocido a gente estupenda y ahora me siento segura en este sitio, ¿entiendes?

—No hemos hablado de cuándo te vas a ir porque las dos sabíamos que aún no estás preparada. Todavía te quedan siete días hasta que termine tu tratamiento de un mes. Has avanzado a pasos de gigante últimamente, pero ¿estás de acuerdo conmigo en que aún tienes problemas que necesitas solucionar antes de irte?

—Es posible —reconocí.

—¿Cómo van esos deseos compulsivos?

—Los llevo mucho mejor si me mantengo activa, saliendo a correr, por ejemplo. Después ni siquiera me acuerdo de nada de eso.

—Entonces, una de las herramientas que has descubierto durante este tratamiento es que la actividad física te ayuda. ¿Y los cambios de humor? Has comentado que la semana pasada sentías ira y «negrura»; esa es la palabra que usaste para describirlo. ¿Sigues sintiéndote así?

—No… —Tragué saliva—. Esos pensamientos negativos han mejorado… Sí, van mejor.

—Entonces ¿qué te parece lo de la visita? —insistió Fi.

—La semana que viene, tal vez —respondí.

—Vale. ¿Y a quién te gustaría ver?

«Sí, ahí está el problema»; en ese momento se me vino a la cabeza esa cita de Shakespeare, que era una de las favoritas de Pa. Por desgracia, la lista de potenciales visitas era un reflejo de lo desastrosa que había llegado a ser mi vida: solo estaba Ma, que era como una especie de madre para mí, Maia y Stella, una abuela a la que solo había visto un par de veces cuando estaba fatal…

—¿Puedo pensarme eso también?

—Por supuesto. ¿La lista es corta?

—Muy corta —admití.

—¿Cuántos nombres?

—Tres.

—Bueno, quizá te parezcan pocos, Electra, pero te puedo asegurar que, cuando la gente llega aquí, a muchos les cuesta dar un solo nombre cuando les hago esa misma pregunta. Se han aislado, han apartado a la gente que quieren y que les quiere, y el alcohol y las drogas se han convertido en sus únicos amigos. ¿Te suena eso?

—Sí —dije, y percibí el miedo en mi voz—. Me suena. Aunque creo que hay una cuarta persona.

—Pues mejor aún. —Fi volvió a sonreír—. ¿Y quién es?

—Mariam. Es mi asistente personal pero… Bueno, se podría decir que la admiro.

—¿Y tú también le caes bien?

—Yo… Me he portado muy mal con ella, pero sí, creo que sí.

—A veces es bueno que el primer contacto con el exterior sea a través de alguien con quien no estás vinculado emocionalmente de forma directa. Pero bueno, tú piénsalo, Electra, y me lo dices mañana.

—Vale.

—Genial. Sigue así, estás haciendo un buen trabajo. —Se levantó.

—Gracias. Adiós, Fi.

Salí de la consulta casi eufórica, como una niña a la que su profesora le acaba de dar una estrellita dorada por buen comportamiento.

—¿Alguna noticia de Vanessa? —le pregunté a Lizzie unas horas más tarde, cuando las dos estábamos en la habitación.

—No, ni siquiera yo he conseguido sonsacarle información a la enfermera, así que supongo que no está bien. Se te ve radiante hoy, Electra —dijo justo cuando yo estaba descolgando la toalla para ir a ducharme—. ¿Qué te ha pasado?

—No sé, nada. —Me quité la ropa y me envolví en la toalla.

—¡Dios! —exclamó con un suspiro—. Con todas las compañeras de cuarto que podía haber tenido en rehabilitación, resulta que me toca una de las mujeres más guapas del mundo. Tienes un cuerpo de muerte, en serio. Y comes como un caballo sin engordar ni un gramo. Debería odiarte —aseguró, y la oí reír entre dientes antes de meterme en la ducha y cerrar la puerta.

Bajo el chorro de agua, me puse a pensar en el comentario de Lizzie: que alguien me dijera que tenía un cuerpo fantástico no era ninguna novedad, pero si era verdad, ¿por qué me había empeñado en maltratarlo?

Tal vez porque lo odiaba, porque mi cuerpo era la causa de que los demás me odiaran a mí. La mayoría de las mujeres desconfiaban de mí y, si estaban con algún hombre y yo me acercaba, notaba cómo sus dedos de uñas pintadas lo agarraban con más fuerza por si acaso. Y eso que a mí ni siquiera me parecía que yo tuviera una cara bonita o un buen cuerpo; lo que pasaba era que me quedaba bien la ropa que se llevaba. Todo el mundo decía siempre que Maia era la belleza de la familia, y si alguien me pidiera que describiera a la mujer perfecta, para mí sería ella, con sus curvas, sus pechos generosos, el pelo negro brillante y esos rasgos increíbles.

Me miré en el espejo mientras me cepillaba los dientes y reconocí que tenía los ojos bonitos, unos pómulos marcados y unos labios que nunca habían necesitado relleno. Aunque el color de mi piel no iba a cambiar, esa era una de las cosas que me convertían en una modelo de éxito. Solo esperaba que llegara el día en que hubiera más modelos de piel oscura. Cuando era pequeña nunca le di demasiada importancia a ser negra, ni a que el resto de mis hermanas tuvieran la piel más o menos morena (Maia y CeCe) o blanca (Star, Tiggy y Ally). Todas éramos diferentes, así que para mí eso era «lo normal». Solo cuando fui al internado, donde yo era la única chica negra y además les sacaba más de cabeza y media al resto de mis compañeras, empecé a avergonzarme de mi aspecto exterior.

—Electra, ¿has terminado? Necesito hacer pis.

—Voy —dije, y abrí la puerta.

Estaba claro que Lizzie estaba haciendo una de esas dietas que sacian a base de zumos, porque se pasaba el día orinando.

Cuando salió, yo estaba sentada en la cama, vestida con pantalones de chándal y una sudadera con capucha. Ella me miró de arriba abajo.

—Sabes que hoy es martes, día de salida, ¿no? —preguntó con los brazos cruzados—. Esta noche vamos a ir todos a la ciudad a jugar a los bolos.

—Sí, lo sé, pero eso no me va mucho.

—Yo también pensé eso mismo la primera vez que estuve aquí, pero la verdad es que es divertido. Y después iremos a comer pizza. Bueno, todos menos yo. Vente, creo que te sentará bien. Es una oportunidad para conocer a otra gente de aquí y hablar de algo que no sea lo de siempre. No sé si me entiendes.

—Gracias, pero no —contesté encogiéndome de hombros—. Tengo que escribir unas cartas.

—Vale…—Sacó su bolsa de cosméticos, montó su estación de maquillaje y empezó a prepararse para la salida de esa noche—. Por cierto, ¿has visto a ese maromo que ha llegado hace poco?

—Eh… No sé…

—Es imposible que no te hayas fijado. Es tan alto como tú, está macizo, es puro músculo y tiene los ojos castaños más seductores que he visto en mi vida.

—Ah, te refieres a Miles.

Lizzie apartó la vista del espejo para mirarme, con el cepillo del rímel a medio camino entre la mesa y su cara.

—¿Has hablado con él?

—Sí, nos hemos encontrado en el camino esta mañana, cuando he salido a correr.

—Es un tío con el que podría tener fantasías y haríamos cosas muy salvajes —confesó con una risita—. Parece un actor de cine. ¿Se dedica a eso?

—No, es abogado.

—Uau, os ha dado tiempo a conoceros bien. Cuando entré en el comedor a la hora del almuerzo, vi que estaba solo y, como soy una persona amistosa y cordial, fui a sentarme con él. Pero dos minutos después él cogió la bandeja y se fue. —Lizzie frunció el ceño—. Fíjate para lo que me han servido las tácticas de acercamiento, ¿eh?

—Creía que estabas loca por tu marido —comenté.

—Ya sabes que sí, pero no hace ningún daño mirar otro escaparate de vez en cuando, ¡aunque no puedas comprar lo que hay detrás del cristal! Se le ve en muy buena forma para estar aquí. ¿Por qué ha venido?

—Me ha dicho que vuelve todos los años para asegurarse de no recaer.

—He estado aquí seis veces, así que lo comprendo perfectamente. Me gusta esto porque todo el mundo es amable y siempre hay alguien con quien hablar. No como en mi casa.

—¿Y tu marido no te echa de menos?

—Oh, él casi nunca está. Y ahora que mis hijos se han ido, bueno... Da igual. Si estás segura de que no quieres venir, será mejor que me vaya ya. ¿Qué tal me quedan estos vaqueros? —Se puso de pie y dio una vuelta para que la viera—. Cuando llegué no podía abrochármelos. Y no me mientas, por favor, dime la verdad.

Miré su figura delgada, con la cintura estrecha y un culo pequeño y respingón que habría hecho sentirse orgullosa a cualquier chica de veinticinco años, pero que resultaba espectacular en una mujer de cuarenta y ocho.

—En serio, Lizzie, estás genial.

—¿Seguro? Mi marido odia que me ponga vaqueros. Dice que tengo «tripita».

—Pues no, te lo juro. Anda, vete y pásatelo muy bien, ¿vale?

—Gracias, Electra. Te veo luego.

Cuando Lizzie salió, envuelta en una nube de perfume caro, comprendí que ella no había ingresado solo para perder peso; estaba en El Rancho porque se sentía sola.

Aparté la silla que estaba junto al escritorio, saqué papel, sobres y bolígrafos del cajón y empecé mis cartas de «disculpa».

Querida Maia:

Me va muy bien aquí. Llevo tres semanas limpia de toda esa mierda y voy a las reuniones de Alcohólicos Anónimos todos los días. Desde que estoy en este lugar he tenido tiempo para pensar en lo mal que me he portado contigo en el último...

«¿Mes? ¿Año?», pensé.

… año. Sobre todo en Río. Ahora me doy cuenta de que solo querías ayudarme. Si no hubieras llamado a Mariam esa noche, yo ya no estaría aquí, literalmente. Espero que puedas perdonarme. Estoy deseando verte en junio.

Gracias otra vez.

Te quiero,

ELECTRA

Cuando doblé la carta y la metí en un sobre, pensé en escribirle un e-mail, porque a saber cuánto tardaría mi carta en llegar a Río. Pero Margot, la líder del grupo de Alcohólicos Anónimos, había dicho que era mejor que las cartas estuvieran escritas a mano porque eran más personales. Tal vez debería enviarle a Maia un e-mail de todas formas para avisarla de que le iba a enviar una carta. Aunque, si venía de visita la semana siguiente, se la podría dar en persona.

Puse la dirección en el sobre y la guardé en el cajón.

Después le escribí a Ma más o menos lo mismo, pero cambiando algunas cosas para adaptar la carta. Sentí una repentina necesidad de escribir «te quiero» al final, porque no recordaba haberle dicho nunca esas palabras. Sin embargo, era cierto que la quería, y mucho. Era la persona más buena que había conocido, y había tenido que soportarme a mí y mis rabietas durante mucho tiempo, así que terminé la carta añadiendo unas palabras que hablaban de eso.

De repente me emocioné al pensar en Atlantis, en lo segura que me sentía allí, y en lo mucho que deseaba volver cuando estaba en el internado, porque era un «hogar»…

—Ahora necesito encontrar mi propio hogar… —murmuré, y mientras escribía el nombre y la dirección de Ma en el sobre, una lágrima cayó encima.

De pronto empecé a sentirme deprimida y eso no era nada bueno, así que dejé los papeles y los bolis, me estiré y decidí salir a tomar el aire. Al final del pasillo había una pequeña cocina donde había café, té, infusiones y galletas, así que me preparé una infusión de jengibre (el picorcillo que sentía cuando bajaba por la garganta era lo más parecido a echar un trago que había encontrado hasta entonces) y después salí al exterior. La temperatura había bajado al caer la noche y con la brisa me llegó el aroma de las grandes flores de saguaro que salpicaban los cactus del jardín. El cielo estaba increíble: por encima de mi cabeza se veía negro como la tinta y despejado. Como siempre que miraba las estrellas, busqué la constelación de las Siete Hermanas y ahí estaba, titilando a lo lejos. Conté seis, igual que siempre; muy pocas veces llegaba a ver la séptima. Pa me contó una vez que en algunas culturas se decía que Electra (o sea, yo) era la hermana perdida de las Pléyades. Incluso me regaló un grabado antiguo en el que había una escena de un ballet que se titulaba *Electra, o la Pléyade perdida*, que se representó una vez en Londres. Fui hasta el banco que había en el centro del Jardín de la Serenidad, un lugar lleno de hierbas aromáticas, protegidas por otras plantas con flores de brillantes colores, que desprendían un aroma delicado. Se oía de fondo el relajante sonido del agua de una fuentecilla y yo cerré los ojos y pensé en que siempre me había sentido como la hermana «extraviada» de las seis que éramos. A pesar, incluso, de que Pa nunca encontró a la séptima.

—Hola. —La voz venía del banco que había al otro lado del jardín.

Abrí los ojos y, cuando se acostumbraron a la penumbra, vi que era Miles, que estaba fumando.

—Hola, ¿molesto? —pregunté.

—No, la verdad es que me vendría bien un poco de compañía. —Se levantó y vino hacia el banco en el que yo estaba—. Si no te importa…

Como estaba sentada, su cara quedaba muy arriba y tuve que estirar el cuello para establecer contacto visual.

—No, siéntate.

Se sentó a mi lado.

—¿Quieres uno? —Sacó un paquete de cigarrillos del bolsillo de su camisa.

—No, gracias. Es la única adicción que no tenía y no me apetece salir de aquí con ella.

—Para mí fue la primera de muchas, y la única que he recuperado ahora que no tengo a mano las demás. —Le dio una última calada al cigarrillo antes de tirarlo y apagarlo con el pie—. Hace unos años, en Nueva York, más o menos a esta hora de la noche, estaba en un bar oyendo el tintineo del hielo en mi vaso y sirviéndome sin parar Grey Goose sobre esos cubitos, como si aquello fuera un arroyo de montaña.

—Eso suena hasta poético —dije riendo—. El Grey Goose y yo también éramos muy amigos. Ahora tengo jengibre seco sumergido en agua caliente.

—Llevo casi cinco años sin pisar ese bar —comentó mientras encendía otro cigarrillo—. Seguramente mi antiguo camello seguirá por allí.

—¿Cuánto tiempo estuviste enganchado?

—Me metí la primera raya hace diecinueve años, en Harvard.

—¡Uau! ¿Fuiste a Harvard? Debes de ser muy inteligente.

—Supongo que lo era —dijo encogiéndose de hombros—. Era un empollón total… Ya sabes, el club de debate y todo eso. Conseguí una beca académica; soy alto y negro, pero se me daba fatal el baloncesto, por mucho que a los blancos, anglosajones y protestantes, les costara entenderlo. Me sentía como un extraterrestre, ¿sabes? Aun así, me saqué Derecho y entré a trabajar en uno de los grandes bufetes de Nueva York. Y ahí fue donde empezó de verdad la dependencia de las drogas y el alcohol.

—Es curioso que digas que llamabas la atención en la universidad. Yo crecí en una familia multicultural. Nos adoptaron a todas en distintos países, así que, como éramos todas «diferentes», nunca le di importancia. Después fui a un internado y, bueno…, allí las cosas cambiaron. Últimamente he pensado mucho en esa época. Ya sabes que aquí les gusta hacer que vuelvas sobre tu pasado.

—Lo sé, Electra. Limpiar la cabeza es igual de importante que limpiar el cuerpo de todo lo demás. Pero continúa, perdona, te he interrumpido.

—He llegado a la conclusión de que de niña, como no me sentía distinta al resto de mis hermanas, no era consciente de que era «negra». Por eso, cuando fui al internado y me empezaron a pasar cosas, nunca lo asocié con eso. Como tú, estaba en un instituto en el que la mayoría de las alumnas eran blancas, y sí, me pasaron cosas, pero no sé si fue por eso o solo porque era un grano en el culo.

—Tal vez solo fuera porque eras diferente a ellas. Los niños pueden ser muy crueles.

—Sí, pueden serlo y lo fueron, pero ¿qué sentido tiene hablar de eso ahora? Ya ha pasado.

—¿En serio? —Miles soltó una profunda carcajada—. Si me preguntas eso es que no llevas aquí mucho tiempo. Creo que soy justo lo opuesto a ti; yo siempre he tenido problemas con los aspectos físicos de la abstinencia, mientras que tú luchas con los aspectos mentales y con la búsqueda de la razón que te llevó a convertirte en adicta en un primer momento.

Se produjo un silencio que se prolongó hasta que Miles acabó el cigarrillo.

—¿Tienes a alguien? —preguntó un momento después—. ¿Alguien especial?

—No. Ni tampoco alguien no especial —dije en tono de broma, y le di un sorbo al té—. Creí que lo había encontrado, pero me dejó.

—Sí, creo que lo leí en alguna parte. Lo siento. —Miles pareció avergonzado—. ¿Y empeoraste a raíz de eso?

—¡Mucho! ¿Te puedes imaginar lo humillante que es que todo el mundo sepa que te han dejado tirada y que el amor de tu vida se ha comprometido con otra persona?

—El amor de tu vida hasta ese momento, Electra —puntualizó—. No eres mucho mayor que la mayoría de los universitarios. Pero, en respuesta a tu pregunta, no, no me lo puedo imaginar. He ido a juicio varias veces contra los medios representando a clientes famosos, pero eso es lo más cerca que he estado de los *paparazzi*.

—¿Y ganaste?

—No —confesó sonriendo.

—¿Ibas colocado al juzgado?

—Probablemente. ¿Y tú desfilabas colocada?

—Probablemente. —Lo miré y en la cara de los dos apareció una sonrisa triste.

—Conozco a un montón de abogados que necesitan meterse una rayita antes de entrar en el juzgado y exponer sus conclusiones. Pero no le cuentes a nadie que te lo he dicho. —Sonrió de nuevo.

—Oh, en mi profesión pasa lo mismo. Ambos tenemos que hacer una especie de representación, como los actores.

—El problema es que, cuando te crees el rey del mambo, no sabes cuándo parar. Seguro que he perdido algunos casos por eso.

Y como trabajo en un mundo en el que predominan los hombres blancos, no me puedo permitir esas cosas.

—Nunca se sabe, es posible que pronto tengamos el primer presidente negro —señalé. Había visto las noticias en la televisión del comedor unas horas antes—. A Obama le está yendo bien en las primarias.

—Y menudo logro sería —comentó sonriendo—. Todavía queda mucho camino por delante, pero parece que por fin el mundo está cambiando.

—Yo me siento afortunada porque me he criado con un padre que nunca hizo distinciones entre nosotras. Todas éramos sus niñas. Y si alguna vez tenía razones para reñirnos, era por nuestro comportamiento, no por el color de nuestra piel. Y yo recibía muchas regañinas.

—Sí, me lo imagino. Pareces una chica guerrera. ¿De dónde eres originariamente?

—Yo… No lo sé con seguridad —dije, y pensé en lo que me había contado Stella.

—Es una pena que no tengas padres, abuelos ni bisabuelos que te den la lata con historias del pasado. Los míos no paran de contarme sus batallitas.

—Ya te lo he dicho, me adoptaron.

—¿Y nunca le has pedido a tu padre que te hable de tu familia biológica?

—No.

Miles estaba empezando a irritarme con todas esas preguntas que yo no sabía encajar. Era como tener una sesión de terapia en una cita rápida y ya me daba vueltas la cabeza. Me levanté.

—Estoy muy cansada esta noche, ¿sabes? Ya nos veremos.

De nuevo en la seguridad de mi habitación, me tumbé en la cama y deseé no haber salido ni haberme sentado en ese banco. Tenía la cabeza hecha un lío y de repente comprendí la razón por la que la gente iba a terapia: era un lugar seguro, en el que hablabas con alguien que no te soltaba sus opiniones sin más, sino que solo te preguntaba acerca de las tuyas con mucha calma y amabilidad.

Por primera vez desde que llegué a El Rancho, me sentí agradecida por tener a Fi para hablar al día siguiente.

19

A la mañana siguiente volví a salir al camino. Me había despertado más temprano aún y sentí que necesitaba correr y pisar
la tierra para recuperar la estabilidad. Estaba dando la segunda
vuelta cuando vi a Miles, que empezaba a dar la primera. La buena
noticia era que nos separaba todo el camino, así que era imposible
que me diera alcance. Aun así aceleré, por si acaso, y me concentré
en limpiar mi mente y empaparme de la naturaleza que me rodeaba. Pero unos minutos después lo vi delante de mí, no detrás, y me
di cuenta, horrorizada, de que era yo la que le estaba alcanzando a
él. Reduje el ritmo pero, a diferencia del día anterior, él iba a la
velocidad de esos corredores de cierta edad que yo siempre adelan-
taba cuando salía a correr por Central Park.

—¡Megamierda! —murmuré, utilizando una de las expresiones
favoritas de Lizzie.

Bajé el ritmo hasta que no me quedó más remedio que caminar
a paso normal, pero vi que era inevitable que nos encontráramos a
menos que yo abandonara el camino.

—Vale, tú ganas —refunfuñé entre dientes. Salté los ladrillos
que marcaban el límite del camino y me dirigí trotando hacia la
entrada principal de El Rancho.

—¡Oye!

El trote se convirtió en carrera cuando miré hacia atrás y vi que
venía corriendo.

—¡Para!

Soltando tacos por lo bajo, seguí corriendo hasta la entrada, y
estaba a punto de cruzar la puerta y llegar al santuario que había
detrás cuando una mano fuerte cayó sobre mi hombro.

—¡Suéltame!

—¡Vale, vale, Electra!

Me di la vuelta y lo vi con las manos en alto, como si acabara de pararle la policía.

—No quería asustarte, solo disculparme por lo de anoche. Lo último que quería era llenarte la cabeza de cosas que no son un problema para ti. Lo siento mucho. Me he dado cuenta de que estaba proyectando mis propios problemas en ti.

Los dos jadeábamos tras la carrera hasta la puerta. Me agaché y apoyé las manos en las rodillas.

—No pasa nada, de verdad —logré decir.

—Sí, sí que pasa.

—Bueno, tengo que ir a desayunar y después...

—La oración de la serenidad, lo sé.

Abrí la puerta y entré, pero no me volví para comprobar si él entraba detrás. Necesitaba ver a Fi y hablar de todo eso.

—Veamos si lo he entendido bien... —Fi miró sus notas—. ¿Quieres hablar de algo que ocurrió cuando estabas en el internado?

—Sí.

La verdad es que no me apetecía lo más mínimo, pero sabía que tenía que hacerlo.

—¿Y qué fue lo que te pasó allí, Electra?

Tragué saliva con dificultad y después respiré hondo varias veces para calmarme. Porque nunca, jamás, se lo había contado a nadie.

—Bien... Acababa de llegar al internado y había un grupo de chicas que eran... las chicas populares, digamos. Todas eran muy guapas y siempre hablaban de lo ricos que eran sus padres. Yo quería ser simpática y... encajar —añadí, y me di cuenta de que estaba jadeando casi tanto como después de correr.

—Tranquila, Electra, no hay prisa. Podemos parar cuando quieras.

—No. —Ya estaba en la pista y ese avión lleno de mierda tenía que despegar antes de que se estrellara y me quemara viva—. Así que les hablé de nuestra casa, Atlantis, y les dije que estaba en un lago, que parecía un castillo, que Pa decía que todas éramos sus princesas y que teníamos todo lo que queríamos (lo que no era cierto, porque solo recibíamos regalos en Navidad, en nuestro cumpleaños y algunas veces cuando él volvía de viaje de donde fuese). Y les conté también que todos los años nos íbamos al sur de Francia con nuestro superyate y que… —Tragué saliva otra vez e inspiré hondo—. Hice todo lo que pude para ser como ellas, que tenían esas casas tan grandes y vestían con ropa de diseñador y…

—Toma, bebe un poco de agua. —Fi me dio un vaso de plástico. Siempre me lo ponía delante cuando iba a su consulta, pero nunca había necesitado beber. Le di un buen trago.

—Bueno, estuve yendo con ellas a todas partes durante unas cuantas semanas. Mis hermanas que estudiaban allí (Tiggy, Star y CeCe, que estaban en cursos superiores) me vieron con ese grupo y se alegraron de que me estuviera adaptando tan bien. Y entonces… —Tomé otro sorbo de agua—. Le conté a una niña, Sylvie, la líder del grupo, que cuando era pequeña me quedé encerrada en el diminuto baño que había en mi camarote del *Titán*, el barco de mi padre. Mis hermanas estaban en la cubierta o nadando, y yo estaba encerrada en ese espacio tan reducido; fue solo un rato, pero a mí me parecieron horas. No paraba de gritar, pero nadie me oía. —Tragué saliva—. Al final, una mujer del servicio entró en el camarote, me oyó y me sacó, pero desde entonces tengo miedo a los espacios pequeños.

—Es comprensible, Electra. ¿Y qué ocurrió después de que le contaras eso a tu amiga?

—Fue justo antes de un partido de hockey. Se me daba muy bien el hockey. —Asentí con la cabeza y se me llenaron los ojos de lágrimas—. Había un armario en el gimnasio en el que se guardaba el equipamiento deportivo. Sylvie me dijo que no encontraba su stick, que alguien se lo había robado, y me pidió que la ayudara a buscarlo. Fui al armario para mirar, y al instante siguiente me empujaron dentro y cerraron con llave. Estuve allí encerrada cuatro horas; las demás estaban en el campo de hockey y después merendaron con el equipo… Al final, Sylvie vino a sacarme.

—Toma, Electra… —Fi me pasó la caja de pañuelos, que yo había jurado que nunca usaría. Me caían lágrimas por las mejillas sin parar, así que cogí unos cuantos.

Cuando recuperé la compostura, miré la cara amable de Fi.

—¿Y cómo te sentiste allí, encerrada en ese armario?

—Sentí que me iba a volver loca… Que me quería morir… Tenía mucho miedo… No puedo revivirlo, no puedo.

—Lo estás reviviendo, Electra, y lo vas a dejar atrás para siempre. Porque ¿sabes? Saliste. Y nadie volverá a encerrarte allí nunca más.

—No, no lo harán —dije—. Nunca.

—¿Y qué te dijo Sylvie cuando te abrió?

—Que no pintaba nada con ellas, que era una presumida, y que nadie del grupo quería saber nada de mí. Y que si me chivaba, volverían a castigarme. Así que no me chivé. No dije nada, eso hice.

—¿A nadie, ni siquiera a tus hermanas?

—Durante semanas me habían visto feliz con esas chicas. Habrían pensado que me inventaba la historia porque me había enfadado con ellas.

—No conozco a tus hermanas pero, por lo que cuentas, sobre todo de Tiggy, no estoy segura de que esa hubiera sido su reacción.

—Ya había mentido antes, Fi. Muchas veces, para librarme de algún problema en casa.

—¿Y qué hiciste?

—Me escapé. Tenía algo de dinero y conseguí llegar a la ciudad. Desde allí llamé a Christian, nuestro chófer, y le pedí que viniera a buscarme.

—¿Y qué te dijeron cuando llegaste a casa?

—No entendieron nada, claro, porque hasta ese momento yo les había dicho que estaba contenta en el internado. Así que mi padre me hizo volver.

—Ya veo. ¿Y qué pasó después?

—Oh, bueno, ya sabes cómo es esto. Más de lo mismo. Me encontraba las camisas del uniforme manchadas de tinta (los profesores insistían mucho en que fuéramos muy pulcras), las zapatillas de deporte sin cordones, arañas y otros bichos en mi pupitre… Cosas de niñas, supongo, pero me buscaban problemas o intentaban que me muriese de miedo.

—En otras palabras, acoso escolar.

—Sí. Así que me escapé otra vez, y cuando me enviaron de vuelta decidí que la única manera de salir de allí era consiguiendo que me expulsaran. Después cambié de colegio y me convertí en la acosadora, supongo que para que no me acosaran a mí. Nadie me iba a hacer la vida imposible otra vez, ¿sabes? Pero me expulsaron de nuevo por las cosas que hacía. Y lo mismo ocurrió en el siguiente colegio. Además, empecé a suspender todos los exámenes. Por eso decidí irme a París, donde conseguí trabajo como camarera, y pocas semanas después me descubrió una agente de modelos. El resto es historia —dije encogiéndome de hombros.

Vi que Fi no paraba de escribir. Ese día le había dado más información que en las últimas tres semanas. Después levantó la vista y me sonrió.

—Gracias por confiar en mí y contarme esto, Electra. Sabía que había algo que necesitabas sacar, y lo que acabas de hacer ha sido muy valiente por tu parte. ¿Cómo te sientes ahora?

—Perdón por la palabrota, pero ahora mismo no tengo ni puta idea.

—No, claro. Pero eres una mujer inteligente y sabes, sin necesidad de que yo te lo diga, que ese es el origen de muchos de tus problemas a la hora de confiar en las personas. Te tendieron la mano de la amistad y después viste cómo esa amistad se convertía en un maltrato muy cruel… Pero bueno, ha sido más que suficiente por hoy. Lo has hecho muy bien. —Se levantó—. Solo por curiosidad, ¿qué ha sido lo que te animado a contarme esto?

—Una conversación con alguien que está aquí. Te veo mañana.

Tras rodear el Laberinto de las Preocupaciones unas cuantas veces para calmarme, volví a entrar para ir al baño. Entonces vi que Vanessa había vuelto a la habitación y que parecía mucho más recuperada que la última vez.

—Hola, ¿qué tal te encuentras? —pregunté.

—Hecha una mierda —respondió—. Me han sacao de allí demasiao pronto. Esas putas no saben lo que hacen. No confíes en ellas, ¿eh?

Vista la conversación que acababa de tener, decidí que lo mejor que podía hacer era no acercarme mucho a Vanessa en ese momento.

—Tengo que ir a terapia equina. Hasta luego.

Tras el hedor de los recuerdos venenosos que me había envuelto un rato antes, oler el aroma natural y limpio de los caballos me hizo sentir bien. Y lo cierto era que una de mis «grandes escapadas», como las llamaba Ally, la había hecho a caballo: saqué uno de los caballos de los establos del colegio y fui hasta una granja cercana, allí le expliqué al dueño dónde tenía que devolver el caballo. Después caminé (más bien corrí) ocho kilómetros hasta Zurich, y allí me subí en un tren que me llevó a Ginebra.

Hank se acercó a mí con una zanahoria; era la señal de que se me había acabado el tiempo.

—¿De verdad que es imposible montar de vez en cuando? —le pregunté—. Me sentaría bien galopar un poco, te lo aseguro.

—No mientras estés aquí. Como te he dicho, va contra las normas. Pero un vecino mío tiene un rancho aquí cerca. Habla con la gente de recepción y diles que tienes experiencia como amazona y que sería bueno para tu salud mental —sugirió Hank con un guiño.

—Gracias, lo haré. —Y dejé los establos con una misión en mente.

Después de mucho tira y afloja, resultó que el problema tenía más que ver con el seguro que con otra cosa; para ir a montar tenía que pedir el alta voluntaria en la clínica, por si me caía y me rompía la crisma, y luego ingresar otra vez cuando volviera. A la hora de la comida, mientras iba de camino al comedor, exhausta tras todo el estrés de la mañana, pensé que el tema de las demandas en Estados Unidos era una pesadilla.

Me senté con Lizzie e inspeccioné nerviosa el comedor buscando a Miles, porque en ese momento no estaba preparada para tener ningún tipo de conversación con él.

—Hola, Electra —me saludó Lizzie—. Pareces tensa. ¿Qué te pasa?

—Oh, nada. De hecho, creo que va a mejorar todo muy pronto. ¿Y tú cómo estás?

—No muy bien —reconoció con un suspiro, y empezó a juguetear con un tomate cherry en su plato.

—¿Por qué?

—Acabo de estar en la consulta de Fi... —Tragó saliva con dificultad y se le llenaron los ojos de lágrimas—. Ha llegado el momento de irse. Hemos estado hablando de que mi tendencia a las reacciones exageradas se debe a que intento compensar las cosas que creo que faltan en mi vida, pero aun así ella opina que tengo que volver al mundo real.

—Vale. ¿Y eso no son buenas noticias?

—En realidad no. Porque, como tú y como los demás que están aquí, estaré bien unas cuantas semanas, pero después pasará algo y volveré a la pastelería a comprar donuts y magdalenas con doble de pepitas de chocolate para darme mis atracones.

—Oh, Lizzie, ser tan negativa no es propio de ti —dije para calmarla—. Seguro que estás deseando enseñarle a Chris lo estupenda que te has quedado.

—Electra, las dos sabemos que no —contestó en voz baja—. Me he destrozado la cara con toda la cirugía que me he hecho. ¡Parezco un monstruo! ¿Y por qué lo hice? ¡Todo por él! ¿Y dónde está él ahora? ¡Probablemente en la cama con alguna de sus putillas!

Lizzie se había puesto a gritar y todo el mundo en el comedor se quedó en silencio. Dejó caer el tenedor en el plato, se levantó y salió corriendo.

Me quedé ahí sentada, perdida, agobiada por el dilema de si ir tras ella o si preferiría estar sola. Tras unos segundos, decidí que la primera opción era la mejor: así le demostraría que me importaba, aunque me pidiera que me fuera. Fui al dormitorio primero, pero solo encontré a Vanessa tumbada en la cama con sus auriculares puestos, así que salí corriendo a los jardines, porque, conociendo la afición de Lizzie por los tacones de aguja, no habría podido ir muy lejos. Por fin la encontré en un rincón del Jardín de la Serenidad, llorando tras un enorme cactus.

—Lizzie, soy yo, Electra. ¿Puedo sentarme?

Ella se encogió de hombros y me lo tomé como un sí. No tenía ni idea de qué decir; estaba aprendiendo a reconfortar a los demás (eso también tenía que añadirlo a la lista de cosas de las que quería hablar con Fi, una lista que no dejaba de crecer). Así que le cogí la mano y se la apreté hasta que los sollozos se convirtieron en hipos. Parecía que la cara se le estaba desmoronando, porque todo el maquillaje que se había aplicado con tanto esmero se le estaba corriendo por la humedad de las lágrimas. Me quité la sudadera y le di la manga para que se limpiara con ella.

—Gracias, Electra —dijo sorbiendo por la nariz—. Eres adorable.

—Yo no diría eso de mí, pero gracias.

—Sí que lo eres —insistió. Se sonó la nariz y me miró con una sonrisa triste—. Seguro que estoy hecha un cromo, ¿no?

—Un poco —respondí con total sinceridad—. Pero así estamos todos después de llorar a mares.

—La verdad es que me da miedo volver a ese enorme mausoleo que es mi casa. No quiero prepararle la cena a Chris para que me llame a las diez de la noche y me diga que llegará tarde y no le espere levantada. Y que al día siguiente, cuando me levante, ya se haya ido… Dormimos en cuartos separados, ¿sabes? He aprendido que se puede vivir con otra persona bajo el mismo techo y pasar una semana sin verla.

Nada de lo que contaba me pillaba por sorpresa.

—Oye, Lizzie…

—¿Sí?

—¿Has pensado alguna vez en…, bueno…, divorciarte?

—Sí, claro que lo he pensado. Es más, él también lo ha pensado, pero, según la ley de California, me correspondería la mitad de todo lo que tiene, y es demasiado avaricioso para aceptarlo. Así que estoy atrapada en esta farsa de matrimonio y…, aunque estoy al tanto de su interminable lista de aventuras, lo que más me duele es que se avergüence de mí, Electra. ¡Se avergüenza de su propia mujer! ¡Y yo sigo queriéndolo!

—¿Estás segura? Bueno, yo no soy experta en esto, pero en Nueva York fui a terapia tras una ruptura. El terapeuta me preguntó si de verdad me gustaba ese hombre y yo le dije que no, que lo odiaba, pero que también lo quería. Entonces él me explicó que había establecido una relación de codependencia.

—Oh, cariño, a lo largo de los años he probado con todo tipo de terapeutas —reconoció con un suspiro—. Miles de dólares y cajas y cajas de pañuelos. Pero eso no ha hecho que deje de quererlo, aunque ellos lo llamen de otra manera. Además, están los niños. Se les partiría el corazón.

—Pero el pequeño tiene veintitrés años, Lizzie. Y ya ni siquiera viven en casa. Además, no creo que ningún hijo quiera ver infelices a sus padres.

—Nosotros fingimos cuando están ellos. Hacemos unas actuaciones de Oscar cuando representamos el papel de perfecta familia feliz. Si supieran la verdad, se quedarían conmocionados.

—Pero tus hijos tienen que saberlo, seguro…. ¿Dónde piensan que has estado todo el tiempo que llevas aquí?

—Oh, creen que estoy con mi mejor amiga, Billie, que vive cerca de Tucson. Todas las semanas les llamo y les digo que nos lo estamos pasando muy bien. Patético, ¿verdad?

Un poco sí, la verdad (sus hijos ya eran adultos, por Dios), pero obviamente eso no era lo que ella necesitaba oír en ese momento.

—Supongo que, cuando eres padre, quieres proteger a tus hijos siempre, tengan la edad que tengan —respondí, y pensé que quizá empezaba a desarrollar un poco de tacto, una cualidad que Pa me dijo una vez que era una habilidad muy necesaria y que a mí me faltaba. Y recuerdo que le respondí que «tener tacto» era muy parecido a mentir.

—Eso hago, Electra. Ellos son la única cosa de mi vida de la que estoy orgullosa. Pero bueno… —Lizzie dejó escapar un profundo suspiro—. No debería agobiarte con todas estas tonterías. Tú ya tienes bastante.

—Eres mi amiga, Lizzie. Y las amigas se ayudan, ¿no?

—Sí, así es. Y la verdad es que no tengo muchas. Ninguna en la que pueda confiar, eso seguro.

—Yo tampoco —reconocí.

—Me encantaría poder decir que eres mi amiga. —Lizzie acercó la mano y yo se la apreté.

—A mí también.

Por segunda vez ese día, se me hizo un enorme nudo en la garganta. Yo no solía llorar (nunca había llorado mucho), pero estaba conmovida. Nos levantamos y volvimos caminando juntas a El Rancho. En ese momento vi a Hank a lo lejos, dirigiéndose hacia los establos.

—Oye, Lizzie, ¿tú montas a caballo? —pregunté de repente.

—¡Claro que sí! Que sepas que fui campeona en el Pony Club de mi condado cuando tenía trece años.

—¿Y cuándo te vas?

—El sábado.

—Entonces ¿qué te parece si contrato un paseo a caballo por el desierto para las dos antes de que vuelvas a California?

—¿Sabes qué? —Su cara se iluminó—. No hay nada que me apetezca más.

Al día siguiente, tras dormir como un tronco, agotada como estaba por los altibajos emocionales del día anterior, me desperté al amanecer y me encontré a Lizzie sentada en su cama, en albornoz, tomando una taza de café.

—Buenos días —dije un poco adormilada—. Te has levantado temprano.

—Sí, no sé cómo has conseguido dormir toda la noche con las pesadillas de nuestra compañera de cuarto —comentó señalando a Vanessa, que roncaba bajito—. Cada vez que lograba conciliar el sueño, me despertaba con sus gritos. Al final me he rendido y me he levantado. Y ahora duerme a pierna suelta. Pobrecilla. Obviamente está muy traumatizada.

—Yo no he oído nada —confesé. Me quité la ropa, me puse el chaleco, los pantalones cortos y las zapatillas de deporte—. Voy a correr. Te veo en las oraciones.

Salí corriendo de El Rancho, deseaba llegar al camino y dar mis tres vueltas antes de que apareciera Miles. Cuando me dirigía hacia allí, noté que estaba enfadada porque su presencia alteraba la serenidad que yo buscaba en mis carreras matutinas. Ya había llegado al surtidor y estaba bebiendo un vaso de agua cuando apareció al principio del camino.

—Buenos días, Electra.

Empecé a caminar de vuelta a El Rancho.

—Buenos días.

—Oye —dijo, y cambió de dirección para ponerse a mi lado—, ¿me estás evitando?

—Tal vez.

—Ya te dije ayer que lo sentía. ¿Tengo que disculparme otra vez?

—No, no… —Me detuve y me volví para mirarlo—. De hecho, debería darte las gracias.

—¿Las gracias? ¿A mí?

—Sí, necesitaba enfrentarme a algunas cosas y en parte lo he conseguido gracias a ti.

—Oh, vale. Entonces ¿estamos bien?

—Sí, la mar de bien.

—¿Y por qué me evitas?

—Yo... Todavía estoy peleándome con algunas cosas.

—Vale. Y no quieres que te diga nada que lo complique.

—Sí, algo así.

—Está bien. Pues mantendré las distancias.

Lo vi alejarse de vuelta al camino, y solté un taco entre dientes. Esa había sido una de las conversaciones más incómodas de mi vida. No tenía ni idea de por qué me sentía tan rara cuando él estaba cerca.

Después del desayuno y las oraciones, fui a ver a Fi.

—Buenos días, Electra. ¿Cómo te encuentras hoy?

—Más ligera —contesté. Y era cierto.

—Eso son muy buenas noticias. ¿Quieres hablar de alguna otra cosa?

—Yo... estoy confusa.

—¿Por qué?

—He conocido a alguien aquí. También es negro, y la otra noche hablamos de los prejuicios raciales. Y ahora creo que las niñas del internado fueron malas conmigo porque yo también lo soy. Negra, quiero decir.

—¿Y eso nunca se te había pasado por la cabeza?

—No, la verdad es que no. Tal vez parezca una ingenua, pero para mí yo solo soy yo: Electra, la supermodelo.

—Exacto. ¿Y ahora crees que tus orígenes raciales definen lo que eres?

—No, pero cuando corría esta mañana iba pensando que, para según quién, la definición de «los otros» se basa en el color de su piel. —La miré—. ¿Crees que es así?

—Extraoficialmente, sí. Somos animales tribales. Los más tolerantes pueden estar por encima de eso, pero...

—Muchos no pueden. —Suspiré—. Pero yo no he sufrido por eso, ¿no? Mi cara y mi cuerpo han sido una gran suerte para mí, no mi perdición.

—Electra, tienes que reconocer que tú también has sufrido...

—¿Cómo?

—Con lo que te pasó en el internado. Aquello marcó el curso de tu vida, fuera por la razón que fuese, aunque casi seguro que se dio una mezcla de cosas. ¿Ves cómo ha influido?

—Sí, supongo que sí. Ha hecho que deje de confiar en la gente y que...

—Continúa —me animó.

—Supongo que si pierdes la confianza en la naturaleza humana te sientes solo. Yo me he sentido sola desde entonces. Sí. —Asentí tras darle otra vuelta—. Así me he sentido.

—Hace un par de días hablamos de que ningún hombre ni ninguna mujer es una isla, ¿verdad? Pues ahí estabas tú, en tu isla. ¿Cómo te sientes ahora?

—Mejor —dije encogiéndome de hombros—, menos sola. He hecho... Bueno, creo que he hecho una amiga aquí. Una amiga de verdad.

—Eso también son muy buenas noticias, Electra. ¿Y te sientes cómoda compartiendo tu isla con ella? —Fi sonrió.

—Sí, se podría decir así, sí. —Pensé en la noche anterior, cuando Lizzie me cogió la mano—. ¿Sabes? También estoy enfadada por haber permitido que esas chicas impidieran que me sacara un título. Podría haber hecho que mi padre se sintiera orgulloso.

—¿Crees que no estaba orgulloso de ti por lo que has conseguido como modelo?

—Me dijo que sí, pero eso ha sido solo suerte; ya nací con este cuerpo y esta cara. No hace falta cerebro para salir en una campaña publicitaria, ¿no?

—He tenido a unas cuantas modelos famosas sentadas donde estás tú, y muchas me han dicho eso mismo. Pero por lo poco que sé de tu profesión, parece un trabajo agotador, y tiene la complicación añadida de que trae consigo una fama y un dinero que llegan a una edad muy temprana. Has mencionado en varias ocasiones que sientes que decepcionaste a tu padre. ¿Es porque, de algún modo, te avergüenzas de lo que haces?

—Quizá. No me gusta la idea de que alguien, especialmente mi padre, crea que soy tonta. Me iba bien en los estudios antes del internado y de que pasara... eso. Y ahora no le puedo explicar por qué cambiaron las cosas porque está muerto.

—¿Y eso te enfada?

—¿Que esté muerto, quieres decir? Sí, supongo que sí. Los últimos años no nos llevábamos muy bien, sinceramente. Yo no iba mucho por casa.

—¿Lo evitabas?

—Sí. La última vez que lo vi fue en Nueva York. Yo estaba…, bueno, colgada. No recuerdo gran cosa, aparte de su expresión cuando nos despedimos. Fue… —tragué saliva— de pura decepción. Y unas semanas después murió.

—Me has dicho que murió el verano pasado. Y coincide con el momento en que empeoró tu adicción al alcohol y a otras sustancias. ¿Crees que las dos cosas están relacionadas?

—Seguro. No quería estar triste por que él ya no estaba; prefería estar furiosa. Pero… —De repente, noté un nudo en la garganta y se me atragantaron las palabras—. Lo echaba de menos, mucho. ¡Oh, mierda! —Otra vez volví a necesitar los pañuelos, y en cantidad—. Él era esa persona especial para mí, ¿sabes? Sentía que de verdad me quería y, aunque discutiéramos, siempre estaba pendiente de mí y… ahora no está, me ha dejado un gran vacío y ya no puedo decirle cuánto le quiero, ni que estoy aquí recibiendo tratamiento…

—Oh, Electra, perdón —se disculpó Fi, y vi que ella también tenía los ojos llenos de lágrimas, lo que provocó que me cayeran de nuevo unos lagrimones.

—También mis hermanas estaban afligidas —continué—. Y supongo que pensé que ellas tenían más derecho a estar así porque nosotros estábamos distanciados y yo no estuve allí con él, así que volví a sentirme excluida.

—Tu relación con tus hermanas es otra cosa que podemos trabajar, si quieres.

Asentí, sonándome con fuerza.

—Sí, ¿por qué no? Cuantas más cosas mejor, ¿no?

—También me gustaría que reflexionaras sobre la posible conexión entre la relación que tenías con tus hermanas y el hecho de que, cuando llegaste al internado, gravitaras hacia un grupo de chicas ya establecido. Podrías haberte relacionado con alguna compañera que se hubiera convertido en tu mejor amiga pero te juntaste con ellas, tal vez porque estabas acostumbrada a estar siempre rodeada de un grupo.

—Pues nunca lo había pensado, pero sí, puede que tengas razón.

—La relación natural que tuviste con tus hermanas durante tu infancia hizo que tus expectativas sobre el nuevo grupo en el que entraste fueran poco realistas.

—¿Quieres decir que esperaba que me quisieran y me aceptaran porque eso era lo que habían hecho mis hermanas? ¿Que estaba ciega ante lo que realmente eran?

—Tal vez. Bueno, piénsalo. Por hoy ya hemos tenido bastante —concluyó Fi mirando el reloj. Me di cuenta, sorprendida, de que nos habíamos pasado tres minutos de la hora—. Te veo mañana. Electra, estás haciendo unos progresos espectaculares. —Se levantó a la vez que yo y abrió los brazos para darme un abrazo—. En serio, estoy orgullosa de ti.

—Gracias —contesté, y me fui corriendo antes de que me entrara la llorera otra vez.

20

Te voy a echar mucho de menos, Electra —dijo Lizzie el sábado, cuando salimos de El Rancho en su coche.

Era mi primera salida desde mi llegada, hacía casi cuatro semanas.

—¡Pero si acabamos de cruzar la puerta! Tenemos todo el día por delante y lo vamos a pasar juntas, ¿se te ha olvidado ya? —Me sentí un poco abrumada cuando llegamos a la carretera que cruzaba ese desierto tan abierto.

—No, y por eso tengo que disfrutarlo —contestó Lizzie—. Es como si fuéramos las dos mujeres de esa película... ¿Cómo se titulaba? *Thelma y Louise*. ¡Esa! ¿La has visto?

—Creo que sí. ¿No iba de dos mujeres que robaban y después se lanzaban en coche por un acantilado?

—Esa, sí. —Lizzie soltó una risita—. No te preocupes, espero que nuestra breve aventura no acabe así, aunque todo esto sí que parece una gran huida.

—¡Es una locura haber tenido que pedir el alta voluntaria por un día para que no les pueda demandar si me caigo del caballo! —exclamé riendo.

—Pero vas a volver, ¿no?

—Sí, claro. Todavía no he terminado lo que vine a hacer aquí, aunque ya me falta poco.

—Con suerte tú sabrás cuándo estás lista, no como yo, que me han tenido que echar. Estos sitios se pueden volver adictivos, ¿sabes? Sobre todo para los que ya somos adictos.

—Yo no estoy en El Rancho solo por mí, ¡también por esto! —exclamé abriendo los brazos al máximo para abarcar todo lo que nos rodeaba—. ¡Me siento libre!

—¡Y yo! ¡Yija! ¡Vamos a montar a caballo!

Lizzie pisó el acelerador y el potente Mercedes descapotable salió disparado en medio del increíble paisaje de Arizona. El aire ardía por el calor y se veían unos cactus altos aquí y allá, salpicando la tierra naranja, con los brazos extendidos hacia el cielo azul. Por todos lados surgían unas brillantes flores doradas que cubrían los agrestes arbustos que se aferraban como podían a la arena del desierto, y también vimos un conejito, que se escabulló para ponerse a salvo cuando nuestro coche se acercó. Siempre me había imaginado los desiertos como espacios vacíos, pero ese rebosaba de vida y de color.

—Esto siempre me ha recordado a África, con ese polvo rojo y los amplios espacios abiertos —comentó Lizzie—. ¿Has estado allí alguna vez?

—No.

Mientras Lizzie conducía, pensé de nuevo en Stella y en la historia que había empezado a contarme sobre esa mujer que se llamaba Cecily y que se había ido a Kenia cuando su prometido la dejó. No tenía ni idea de qué relación guardaban su historia y la mía, pero suponía que la había. Lo más probable era que mis orígenes estuvieran en África. Tal vez también por eso me gustaba tanto aquello, porque se parecía a África, como decía Lizzie.

—¿Electra? ¿Hacia dónde?

—Perdón, he desconectado un momento. —Miré el pequeño mapa que me había dibujado Hank—. Acabamos de pasar Tucson, así que tenemos que girar a la derecha cuando veamos la señal que indica el camino al centro de aventura.

Unos minutos después apareció la señal delante de nosotras y abandonamos la autopista para dirigirnos a las montañas. Algo más adelante vimos un pequeño cartel que decía: «Hacienda Orquídea», y entramos en un estrecho camino de tierra, lleno de baches, que parecía que no llevaba a ninguna parte.

—Dios, desde luego, este no es el vehículo adecuado para esto —bromeó Lizzie, porque el Mercedes iba rozando en todos los baches—. ¿Estás segura de que este es el camino?

—Sí, mira.

Señalé un punto entre dos cactus enormes, por donde se veía un caballo pastando en un campo vallado.

Un poco más adelante apareció un edificio de techos bajos. Lizzie aparcó enfrente y las dos salimos del Mercedes.

—Espero que los caballos estén en forma, porque no estoy segura de que esa cosa con ruedas sea capaz de llevarme de vuelta a Los Ángeles, y a lo mejor tengo que ir hasta allí a caballo —dijo con una risita.

No había ningún cartel indicador, así que subimos la escalera y entramos en una amplia galería, protegida del sol por un tejado que sobresalía y rodeada de enormes jardineras turquesa con adelfas. En la galería había una larga mesa de madera y unas sillas. Cuando miré hacia la llanura desértica que llegaba hasta las montañas, me imaginé sentada allí, fuera, en una noche apacible, comiendo en perfecta soledad.

—¡Hola! —Un hombre abrió la puerta antes de que Lizzie terminara de levantar la mano para llamar—. ¿Son ustedes las amigas de Hank?

Al verlo, me pregunté si todos los hombres de Arizona eran altos y guapos. Este parecía latino, tenía la piel oscura, los ojos marrones y el pelo tan negro que emitía reflejos azulados.

—Sí, somos nosotras.

—Bienvenidas a la Hacienda Orquídea —dijo, y nos tendió la mano—. Soy Manuel. ¿Quieren tomar un poco de agua fresca antes de ir a los establos? —Nos acompañó al interior, donde se notaba que la temperatura bajaba varios grados gracias al aire acondicionado.

—Sí, gracias —dijo Lizzie mientras yo examinaba el lugar.

Si me esperaba la típica casa de ranchero, que oliera a caballo y a perro, no podía estar más equivocada. Me encontraba en medio de una habitación cuadrada enorme, con dos paredes de cristal con unas vistas impresionantes de las montañas que había detrás de la casa. El edificio estaba rodeado de plantas coloridas y flores autóctonas, y vi más caballos pastando en un cercado a lo lejos.

El suelo era de brillante madera roja y en el centro había una chimenea enorme de piedra, con unos sofás grandes y cómodos a ambos lados. También había una cocina, forrada de armarios relucientes y elegantes, que me recordó a mi apartamento de Nueva York.

—¡Uau! Qué lugar más espectacular tiene aquí —exclamé.

Él estaba sirviendo agua con hielo en dos vasos.

—Me alegro de que le guste —respondió Manuel con una sonrisa—. Mi mujer es la que ha diseñado todo esto. Tiene talento, ¿eh?

—Mucho —intervino Lizzie, y vino hacia donde estábamos nosotros, pegados a las ventanas de atrás, mirando las montañas.

Había otra galería larga detrás de la cocina. Manuel abrió las puertas de cristal y nos indicó con un gesto que lo siguiéramos. Ahí el espacio también estaba protegido por un tejado que sobresalía, y cuando nos sentamos a una mesa de madera curvada, que parecía tallada a partir de un viejo tronco de árbol, oímos de fondo el ruido del agua.

—¿Hay un arroyo cerca? —pregunté.

—No, pero mi mujer dice que con el sonido del agua se siente menos calor, así que sacamos unas tuberías de la casa e hicimos eso. —Señaló a un estanque rectangular revestido con piedras en el que nadaba una gran carpa koi. Estaba rodeado de flores de hibisco y adelfas, y me pareció una de las cosas más bonitas que había visto.

Cuando me acerqué el vaso a los labios, el tintineo del hielo hizo que cada centímetro de mi cuerpo deseara sentir esa quemazón que produce el alcohol. Así que me recordé que era mi primer encuentro social fuera del El Rancho y que obviamente iba a ser difícil.

Inspiré hondo y cogí un puñado de patatas fritas del bol que Manuel había puesto en la mesa. Tenían un sabor un poco picante (no sabía por qué, pero el picante me ayudaba a combatir esos deseos compulsivos) y me las zampé, esperando no tener que volver allí al cabo de pocos meses para tratarme la adicción a la comida, como Lizzie.

—Manuel, creo que este es el lugar más agradable que he visto en mi vida —afirmó Lizzie—. ¿Cómo lo encontró?

—El rancho era de mi padre, y antes lo fue de mi abuelo. Murió hace dos años y lo heredé. Mi padre vendió la mayor parte de las tierras y lo que queda no es suficiente para explotarlo como rancho. Así que mi mujer, Sammi, y yo decidimos invertir todos nuestros ahorros y reformarlo como casa particular para alguien que quiera tener caballos. Pero hasta ahora no hemos tenido suerte.

—¿Está en venta? —pregunté.

—Sí, señorita. Sammi y yo vivimos en la ciudad. Ella es decoradora de interiores y yo trabajo en la construcción —explicó—. Bien, ¿preparadas para montar?

—¡Sí! —exclamé, y me levanté de un salto.

El deseo compulsivo de alcohol iba en aumento, así que crucé los dedos para no salir al trote en dirección a la licorería que habíamos visto en Tucson.

—Madre mía —dijo Lizzie mientras seguíamos a Manuel por la galería hasta unos establos que parecían recién construidos—. Este lugar es mágico, ¿no te parece? Yo podría vivir aquí, ¿y tú?

La respuesta era un sí enorme, pero solo fui capaz de asentir, porque en mi imaginación había aparecido una botella de Grey Goose.

—¿Estás bien? —preguntó Lizzie mirándome.

—Sí, lo estaré.

Ella me cogió la mano y me la apretó.

—Paso a paso. La primera salida es la peor de todas. Lo estás haciendo muy muy bien —susurró cuando llegamos a los establos.

Manuel nos dio botas y cascos.

—¿Así que no explota esto como unos establos convencionales? —quise saber.

—No, aunque los fines de semana me gusta salir de la ciudad y venir aquí a montar.

—Pero entonces se quedará sin esa opción cuando lo venda, ¿no? —apuntó Lizzie, pragmática.

—Oh, vamos a conservar algo de tierra para mantener un cercado pequeño y reformaremos la casita que hay ahí detrás. —Manuel señaló un edificio de madera en ruinas que estaba unos cien metros por detrás de los establos, al otro lado de la llanura roja—. Estamos esperando a vender la casa grande para contar con dinero para hacerlo. —Se encogió de hombros y se puso el casco—. Cuando Hank me llamó para preguntarme si podía acompañarlas, me dijo que las dos montan muy bien.

—Eso tal vez sea un poco exagerado en mi caso —reconoció Lizzie, y puso los ojos en blanco—. Hace casi treinta años que no me subo a un caballo.

—Entonces montará a Jenny. Es una yegua muy tranquila. ¿Y usted, Electra?

—Lo mismo que Lizzie, pero en mi caso no hace tanto tiempo.

—Pero cómo te quiero —dijo Lizzie irónicamente, y me sacó la lengua.

Manuel sacó a Jenny de los establos y le dio las riendas a Lizzie.

—¿Qué le parece Hector? —Manuel me llevó hasta un enorme caballo negro que se revolvía inquieto en su box.

—Lo puedo intentar —dije.

—Se porta bien cuando sabe quién manda. Y usted da la sensación de ser una chica que sabe mandar.

—¿Ah, sí?

—Sí, como mi Sammi, que es quien manda en casa. —Cogió las riendas y sacó a Hector del establo—. Bien, nos subimos ya, ¿vale?

Cuando salimos al patio tras él, Hector resopló y sacudió la cabeza varias veces mientras yo intentaba acomodarme en la silla.

—Vale, iremos despacio al principio —sugirió Manuel colocándose a nuestro lado.

Vi a Lizzie pasar delante y pensé que estaba muy elegante subida a un caballo.

—¿Su amiga es inglesa?

—Sí.

—¡Ja! Lo he adivinado por la forma de montar.

—Ella lo hace muy bien y yo soy un desastre, lo sé —dije, y Hector echó la cabeza hacia atrás, impaciente.

—Se tranquilizará cuando empecemos a movernos. Es que le gusta correr.

Me llevó más de quince minutos controlar a Hector, pero cuando lo conseguí, Manuel me hizo una señal.

—Ya podemos irnos.

Manuel y yo regresamos un par de horas después, tan cubiertos de polvo rojo que lo notábamos incluso en los labios. Pero, uau, estaba eufórica. Empezamos con un trote suave, pero pronto empecé a sentir debajo de mí la vibración del motor de Hector, que iba subiendo de revoluciones. Miré a Manuel, que asintió porque claramente confiaba en mi habilidad como jinete, y entonces dejé que Hector siguiera su instinto. Cruzamos volando la magnífica llanura y no recordaba haberme sentido en mi vida más feliz que en ese momento. Era libre, aunque mantenía cierto control, y eso me parecía increíble.

—¿Te lo has pasado bien? —preguntó Lizzie cuando entré en el patio acompañada del ruido de los cascos y seguida de Manuel. Ella había vuelto veinte minutos antes que nosotros.

—Oh, Lizzie, me ha encantado. —Desmonté—. Perdona si hemos ido demasiado rápido.

—No te preocupes, ha sido fantástico veros a los dos. Lo mío en Inglaterra era ir tranquilita a campo traviesa. Pero a ti te sale natural, ¿a que sí, Manuel?

—Sí —contestó Manuel sonriendo—. Creo que ha llegado el momento de que nos tomemos una cerveza fría.

Después de que Lizzie y yo pasáramos por el enorme y moderno baño para quitarnos el polvo de la cara (y de que yo le echara un vistazo al increíble dormitorio principal, también con vistas a las montañas, y con una piscina en una pequeña terraza vallada, al otro lado de una pared de cristal), fuimos a la galería con Manuel y nos sentamos.

Ya se había bebido media cerveza y había otras dos en la mesa, junto a una jarra de agua.

—¿Les apetece? —preguntó señalando las cervezas.

—Sí, gracias —dijo Lizzie, y cogió una.

—Eh… —Tragué saliva con dificultad—. No, gracias. Prefiero el agua.

Lizzie se volvió y me dedicó una mirada de aprobación mientras yo me servía un vaso de la jarra. Cuando regresara a mi antigua vida, tendría que acostumbrarme a que la gente bebiera a mi alrededor. La buena noticia era que esa introducción había sido fácil, porque la cerveza no me gustaba. Dejé que las voces de Lizzie y Manuel resbalaran sobre mí y me centré en respirar profundamente, empaparme de las vistas y disfrutar de la brisa del desierto.

—Bien, señoras, siento decirles que tengo que irme —comentó Manuel un rato después—. Sammi y yo tenemos una cena en la ciudad esta noche.

—Claro, no se preocupe, y gracias por lo de hoy. —Lizzie se terminó la cerveza—. Y tiene una casa preciosa. Espero que la venda pronto —añadió cuando íbamos de camino a la puerta principal.

—Eso esperamos nosotros también. Pedimos prestado el dinero para reformarla cuando las cosas iban bien y ahora… Bueno, ha sido un placer conocerlas a ambas —dijo. Abrió la puerta principal y nos estrechó la mano a las dos.

—Y también a usted —contestó Lizzie, y bajamos los escalones.

—¿Cree que yo podría volver otro día? —pregunté después de que Manuel cerrara la puerta con llave y fuera hasta su jeep, que estaba aparcado junto al coche de Lizzie.

—Claro, yo estoy aquí todos los fines de semana.

—Vale. ¿Me da su número de móvil?

—Pregúntele a Hank, él lo tiene. Hasta pronto, Electra y Lizzie.

Salimos detrás del jeep de Manuel y lo seguimos hasta la ciudad. Yo me entretuve mirando el cielo del desierto que, en cuanto el sol empezó a retirarse para pasar la noche, mostró diferentes tonos de magenta y morado.

—Creo que necesito un coche como ese —comenté cuando Manuel sacó una mano por la ventanilla y se despidió antes de girar a la derecha. Nosotras continuábamos recto.

—¿Para qué? —preguntó Lizzie.

—Para ir y venir a la ciudad, claro. Cuando llegue a El Rancho, llamaré a mi gestor.

—¿Qué estás pensando?

La miré y sonreí.

—Voy a comprar esa casa.

Era sábado, no había terapeutas pasando consulta y los internos habían hecho otra salida de grupo para ir al cine, así que El Rancho estaba sumido en un maravilloso silencio. Desde que estaba allí, siempre me sentía más a gusto los fines de semana porque no había sesiones de terapia, pero esa noche me di cuenta de que deseaba contarle a Fi el fantástico día que había pasado, o a cualquiera, me daba igual. Tras la cena en un comedor casi desierto, volví a mi cuarto con la idea de terminar mis cartas de disculpa y enviarlas. Solo me quedaban por escribir una dirigida a Susie, mi agente, y otra a mi querida y dulce Mariam.

Vanessa estaba tumbada en su cama con los auriculares puestos mirando al techo, como siempre. La había visto sentada en el Jardín de la Serenidad con Miles cuando volvía tras haberme despedido de Lizzie, con lágrimas en los ojos. Me senté en mi silla y saqué papel, bolis y sobres del cajón del escritorio.

—¿Adónde has ido hoy? —preguntó Vanessa, y me sobresalté porque ella hablaba muy poco.

—A montar a caballo.

—¿Te han dejao salir de aquí? ¿Sola?

—Sí, pero iba con Lizzie. No estamos presas, ¿sabes? Podemos salir siempre que queramos.

—Sí, y yo lo haría, pero no tengo a donde ir.

—¿No tienes casa?

—Sí, pero no puedo volver. Él me mataría.

—¿Quién es él?

—Mi novio, Tyler. Un mal bicho. ¿Te ha pegao algún tío alguna vez?

—No.

—Entonces tienes suerte, chica.

—¿Y qué vas a hacer?

Vanessa se encogió de hombros.

—Miles dice que me ayudará a encontrar en la ciudad un sitio donde vivir y un trabajo. Pero no terminé el instituto y nunca conseguiré sacarme el título.

—¿Miles?

—Sí, él me sacó de la calle y me trajo aquí. Todo lo paga él, pero eso no quiere decir que sea Jesucristo, mi Salvador —murmuró ella.

—Claro —respondí como si nada. Estaba muy perdida respecto a esa chica—. ¿Te va bien con la desintoxicación?

—¡Sí! ¡Te chutan un montón de cosas para quitarte de todo eso! —Un destello de sonrisa apareció en los labios de Vanessa—. Pero en cuanto vuelva a la ciudad, me engancho otra vez fijo.

—Si Miles dice que te puede encontrar un trabajo y un sitio donde vivir, tendrás que confiar en él.

Vanessa resopló, puso los ojos en blanco y volvió a ponerse los auriculares. Yo miré el bolígrafo y el papel, pero lo guardé todo en el cajón y salí para tomar el aire. «Nunca me he sentido tan afortunada y privilegiada como ahora mismo», pensé cuando llegué al Jardín de la Serenidad y me senté en un banco. Y lo peor de todo era que siempre había sido consciente de que las drogas y la prostitución formaban parte de la vida cotidiana de Nueva York, pero hasta ese momento había sido algo lejano.

—Hola —dijo una voz conocida desde el banco que había detrás de la fuente—. Deberíamos dejar de vernos así o la gente empezará a murmurar.

—Hola, Miles —respondí cuando vino a sentarse a mi lado. Me alegré de que estuviera allí.

—Me ha dicho un pajarito que hoy te has escapado.

—Sí. He ido a montar a caballo y ha sido espectacular.

—Me alegro. Hay que encontrar cosas que hagan que la vida merezca la pena.

—No sabía que estabas ayudando a Vanessa.

—Sí, bueno, podría haber sido yo el que tocara fondo, pero tengo gente que me apoya, familia. Ella no tiene a nadie.

—Dice que no puede volver a donde vivía y que tú le vas a encontrar una casa y un trabajo.

—Puedo buscarle un sitio donde vivir, un centro de reinserción o una pensión, y tal vez le consiga un trabajo con un sueldo bajo. Pero eso no garantiza que ella no vuelva corriendo a lo que ya conoce. —Miles suspiró—. Tiene que querer hacerlo por ella.

—Quizá cuando consiga sacar toda esa mierda de su cuerpo y su cerebro, la terapia le ayude.

—Quizá, pero al traerla aquí me he dado cuenta de que no le va a servir de mucho escuchar a un grupo de gente con estudios y títulos que no tiene ni idea de cómo es su vida. Soy voluntario en un centro de acogida en Manhattan; asesoro sobre temas legales a chicos que se han metido en líos e intento mantenerlos fuera de la cárcel, si puedo. Hay una epidemia de drogadicción ahí fuera que crece por momentos, y deja que te diga una cosa: afecta a todos los colores y credos.

—Yo podría ayudar, ¿no crees? —Esas palabras salieron de mi boca antes de que pudiera detenerlas—. Quiero hacer algo. He visto historias así en la televisión, pero…

—… te importan un bledo hasta que te tocan directamente. —añadió Miles terminando mi frase.

—Eso es. Y ahora estoy aquí sentada sintiéndome mal, egoísta, mimada y…

—No te fustigues, Electra. No eres mucho mayor que Vanessa y has vivido en un mundo diferente. Eso no es culpa tuya.

—Pero ahora que soy consciente, quiero ayudar. —Me froté la frente con fuerza. Veía en mi mente la cara de Vanessa y el vacío de sus ojos—. ¿Sabes? Cuando la miro… es como si estuviera muerta por dentro, como si en su interior no hubiera…

—Esperanza. Esa es la palabra que buscas. Sí, yo intento devolvérsela a los chicos con los que trabajo, que crean que merece la pena seguir luchando porque puede que les aguarde algo mejor, algo que no sea hundirse en un abismo y sentir que da igual si vives o mueres. Eso es lo más difícil de todo, pero hay que seguir intentándolo.

—Antes he estado pensando en los Doce Pasos y en que todo va sobre Dios y que Él nos ayudará, salvará nuestra alma y demás. Pero ¿por qué a unos les da una vida de mierda y otros lo tienen todo?

—Porque tenemos que sufrir por nuestros pecados aquí en la tierra, antes de entrar en su glorioso reino.

—¿Estás diciendo que lo de ahí arriba es mejor que lo de aquí abajo?

—Sí, señorita, eso es lo que digo.

—Entonces ¿por qué no te suicidas ya y pones fin al aquí y ahora?

—Ay, Electra —respondió Miles con una risita—. Porque todos tenemos una tarea que cumplir aquí, la que Él nos ha asignado. Y si miras en el fondo de tu corazón y rezas para encontrar el camino, sabrás cuál es la tuya. Yo la encontré.

Me volví para mirarlo a los ojos.

—¿Tú eres creyente?

—Claro que sí. Jesús me salvó hace muchos años y ahora estoy haciendo su obra. O al menos intentándolo.

—Oh. —Me quedé un rato mirando a la oscuridad sin saber qué decir, porque no salía de mi asombro. Nunca había conocido a un cristiano devoto. Para mí todo eso de la Biblia estaba al mismo nivel que los cuentos de hadas y los mitos griegos—. Bueno… —Carraspeé—. De verdad que me gustaría ayudar. Pero antes tengo que llamar a mi gestor, que es quien se ocupa de todos mis asuntos financieros, para preguntarle qué puedo ofrecer. Soy bastante rica.

Esta vez fue Miles el que me miró fijamente con cara de espanto.

—¿Quieres decir que no sabes cuánto dinero tienes?

—No. Vivo en un apartamento muy bonito y no tengo problemas para comprar lo que necesito, aunque la mayoría de la ropa me la regalan los diseñadores. Y no suelo querer nada más, aparte de drogas y alcohol. Aunque ahora hay algo que sí quiero. —Sonreí solo de pensarlo.

—Perdona que te diga esto, Electra, pero ¿no deberías saber la cantidad exacta? En temas de dinero, yo no confío en nadie.

—Oh, me enseña las cuentas una vez al año y me explica en qué ha invertido, pero para mí solo son columnas de cifras... La verdad es que no tengo ni idea de lo que significan —confesé.

De repente, Miles levantó una mano y me acarició con los dedos un lado de la cara. Suspiró y sus ojos se fijaron en los míos.

—Actúas como si fueras una tigresa, pero no eres más que una cachorrita inocente, ¿verdad? Me haces sentir muy mayor —reconoció sonriendo—. Bueno, creo que debería irme a la cama, como hace la gente de mi edad.

Se levantó y todo mi ser quiso pedirle que se quedara y volviera a acariciarme la cara. Pero no lo hice porque, por primera vez en mi vida, sentí una enorme timidez.

—Buenas noches, preciosa —dijo, y se alejó en medio de la oscuridad.

Aunque estaba exhausta por haber montado a caballo, esa noche no dormí bien. En parte fue por Vanessa, que tuvo una noche muy complicada, pero también porque no podía dejar de pensar en Miles. Creía que se me daba bien calar a los hombres, pero con este estaba muy perdida. Un abogado que había estudiado en Harvard, antes adicto, salvador de yonquis y cristiano...

Me pregunté si estaría casado; nunca había mencionado a una mujer, aunque tampoco habíamos hablado tanto. Además, ¿por qué me importaba? Era mucho mayor que yo y vivíamos en mundos diferentes.

Cuando me desperté, estaba un poco grogui, como si hubiera tomado algo. Miré el reloj que tenía junto a la cama y vi que eran más de las diez. Normalmente el gong sonaba a las siete y teníamos media hora para reunirnos en el comedor a rezar la oración de la serenidad, pero era domingo, así que no había gong y las oraciones eran a las diez.

—Te has perdió el desayuno y las oraciones —dijo Vanessa cuando me incorporé—. Te he traío un tazón de sémola y zumo. —Señaló mi mesa.

—Oh —contesté, conmovida por lo considerada que había sido—. Gracias.

—De nada. Miles quería llevarme a la iglesia en la ciudad, pero le he dicho que prefería quedarme para cuidarte.

—Pero si solo estaba durmiendo. Podrías haberte ido con él.

—¿Te crees que quiero ir a ese sitio? Esos son iguales que los camellos, ahí intentando meterte todo ese rollo de Jesús. Anoche te busqué en Google —continuó—. Se ve que eres la supermodelo más famosa del mundo ¡y yo estoy compartiendo cuarto contigo! Este mundo es de locos, ¿a que sí?

—Sí, y tanto que lo es —contesté cogiendo el tazón de sémola, que no me gustaba nada, pero no quería hacerle un feo.

—¿Cómo te convertiste en modelo?

—Una agente de modelos me vio en París cuando tenía dieciséis años —expliqué encogiéndome de hombros—. Tuve suerte.

—Es porque eres una jirafa —dijo entre risas y, aunque se estaba riendo de mí, me alegró verla así—. Y la ropa te queda genial. Además eres guapa. ¿De dónde es tu familia?

—No lo sé. Me adoptaron. ¿Y la tuya?

—Mamá era puertorriqueña y papá, bueno, solo fue un espermatozoide, ya sabes ¿Tu pelo es de verdad?

—No. Al menos la mayor parte. Ojalá tuviera un pelo como el tuyo, Vanessa, largo y bonito.

—No, tú no quieres nada mío, eso seguro —contestó, pero por su expresión supe que se sentía halagada—. ¿Te gusta ser modelo?

—Está bien. O sea, me pagan bien, pero a veces es aburrido que todos los días te vistan, te peinen y te pongan todo ese maquillaje, como a una muñeca.

—¿Como si tu cuerpo no fuera tuyo?

—Algo así, sí.

—Bueno, yo vendo el mío todos los días a quien lo quiera. O sea que más o menos hacemos lo mismo, ¿no?

Y tras decir eso, se levantó y salió de la habitación.

—Vaya. Uau... —balbuceé. El corazón empezó a martillearme en el pecho y se me llenaron los ojos de lágrimas porque, no sabía cómo lo había conseguido, pero una chica yonqui sacada de las calles de Nueva York me había hecho sentir muy pequeñita.

En medio de un ataque de pánico, porque esos sentimientos de ira eran los que me habían llevado a perderme primero en el callejón del vodka y después en el paseo de la cocaína, me puse la ropa de correr y salí. El camino estaba mucho más concurrido que al amanecer, así que adelanté a otros corredores para librarme de esa ira a través de los pies, a base de zancadas.

—¡Cómo demonios se atreve! Compararme con ella... ¡Por Dios!

Cuando salí del camino y llegué al surtidor de agua, estaba empapada, en parte por el sol, que ya estaba en lo alto, y también porque había dado cinco vueltas. Me lancé a por el agua porque me sentía mareada y desorientada, y deseé que Fi estuviera por allí para hablar con ella de mis sentimientos.

—Hola. —Miles venía del aparcamiento cuando yo me dirigía casi arrastrándome hacia la entrada de El Rancho. Iba más elegante que de costumbre, con chaqueta, camisa y corbata—. Hoy has salido a correr tarde —comentó cuando llegábamos a la puerta.

—Sí. Oye, ¿podríamos hablar un momento?

—Claro. ¿Qué te parece en el comedor? Tiene aire acondicionado; hoy el sol abrasa.

Entramos, yo cogí una botella de agua y Miles se sirvió un café.

—¿Qué te ocurre? —preguntó cuando nos sentamos, después de aflojarse la corbata.

—Vanessa. Me ha dicho que ella y yo somos iguales porque yo también vendo mi cuerpo.

—Y supongo que eso no te ha sentado bien. —Le dio un sorbo al café y me miró fijamente—. ¿Y?

—¿Qué quieres decir con ese «¿y?»? Dios, Miles, ¿no puedes dejar de parecer un terapeuta?

—De verdad que lo intento, pero cuando te enfadas por algo, suele ser porque una parte de ti cree que es verdad.

—¡Oh, gracias! ¿Así que tú también crees que ser modelo es lo mismo que ser prostituta?

—Yo no he dicho eso, Electra. Te he preguntado qué es lo que piensas tú.

—Pienso que me pagan una cantidad indecente de dinero por promocionar cosas —dije citando una frase de otra modelo famosa a la que le habían preguntado sobre el tema—. ¿Y sabes qué? Estoy harta de que la gente piense que este trabajo es… fácil. —Me levanté de repente—. Es muy duro, se trabaja muchas horas y yo llevo casi dos años en los que rara vez duermo en la misma cama varios días seguidos. Y… te voy a decir otra cosa.

—¡Venga!

—Ser famosa no es un camino de rosas. Todo el mundo busca la fama, pero nadie se para a pensar en la libertad que supone salir a correr un domingo por la mañana sin que alguien te reconozca o le dé un soplo a un periodista y te hagan una foto sudando como un cerdo. Todas las semanas hay cotilleos sobre mí, relacionándome con un hombre distinto cada vez o comentando si he dejado o no a alguno mientras me estoy follando a otro al mismo tiempo… ¡Dios! Perdón —añadí enseguida.

—No pasa nada. Pero gracias por la disculpa.

—¿Y sabes qué? He ganado un montón de dinero, no sé cuánto exactamente, pero me voy a enterar, y cuando lo sepa me compraré una casa de verdad y después empezaré a hacer cosas que importen. Como ayudar a chicas como Vanessa.

—¡Aleluya! —exclamó Miles, y me dio un aplauso lento.

—Por favor, no te rías de mí. Lo digo en serio. Totalmente en serio.

—Lo sé. Y por eso me encantas. Parece que has tenido una epifanía.

—Tal vez sí. —Me dejé caer en la silla, de repente exhausta—. No he tenido el control de mi vida desde… tal vez nunca. Bueno, durante unos días en París, antes de que me descubrieran, supongo. Todo eso de la bebida, las drogas, no saber nada de mi situación económica y dejar que los demás tomen las decisiones por mí no está bien y lo voy a cambiar, Miles, de verdad. Salud —dije brindando con mi agua, y me la bebía de un trago.

—¡A por ello, chica! Y una cosa…

—¿Qué?

—Todo eso que has dicho sobre el trabajo duro y la fama…

—¿Sí?

—Puedes darle la vuelta a la tortilla y utilizar tu fama para hacer el bien. Por ejemplo, esos periodistas que no dejan de incordiarte, tráetelos con sus cámaras a mi centro de acogida y haz que la gente tome conciencia de lo que pasa en las calles.

—¿Sabes qué? Tienes razón. ¿Y sabes qué más?

—¿Qué?

—Creo que ya estoy lista para volver a casa.

—¿Estás segura?

—Sí. Bueno, lo hablaré con Fi para ver qué opina, pero ahora me siento llena de energía.

—Ya lo veo, pero ten cuidado, Electra. Los malos momentos llegan y…

—Lo sé —lo interrumpí—. Lo sé.

—Lo estás haciendo muy bien, Electra, y estoy orgulloso de ti.

—Gracias, Miles. —Me levanté—. Tengo que terminar unas cartas de disculpa lo antes posible.

—Vale. Oye, Electra…

—¿Sí?

—Solo tienes veintiséis años. Has tenido que crecer demasiado rápido, como Vanessa. Tienes tiempo de sobra para hacer todas las cosas buenas que quieras, así que date un poco de margen, ¿vale?

—Claro. Gracias. —Me disponía a alejarme de la mesa, pero me detuve y me volví—. Oye, ¿cuántos años tienes tú? Hablas como si fueras muy mayor.

—Treinta y siete, pronto treinta y ocho. Pero, al igual que tú, he visto muchas cosas. Supongo que eso te hace envejecer antes de tiempo.

—Tal vez los dos necesitamos divertirnos un poco —dije antes de echar a andar de nuevo.

—Tal vez sí —oí que Miles murmuraba a mi espalda.

21

Entonces ¿crees que ya estoy lista para irme? —le pregunté a Fi a la mañana siguiente, después de contarle cómo había ido mi fin de semana y la «epifanía», como la había llamado Miles.

—Tú eres la única que puede decidir eso. La semana pasada te habría dicho que no, pero ahora parece que, no sé cómo, el corcho ha salido disparado y todo lo que llevabas años guardando ha salido a borbotones.

—Sí, es una buena forma de describirlo —contesté.

—Tal vez deberías esperar un par de días para ver cómo te va, porque tras las revelaciones llega una especie de euforia, pero muchas veces le sigue un bajón. Necesitas recuperar un poco el equilibrio, ¿no te parece?

—Supongo que sí. ¿Y si me voy el jueves, por ejemplo? Así estaría en casa el fin de semana y tendría algo de tiempo para adaptarme antes retomar mi vida real. Y en lugar de que alguien venga a visitarme, puedo pedirle a esa persona que me acompañe de vuelta a casa.

—Es un buen plan. ¿Y a quién se lo vas a pedir?

—A Mariam —respondí muy segura—. Maia está demasiado lejos, en Río, y no me parece justo pedirle que venga hasta aquí. Tiene una familia que atender.

—Bueno, eso es cosa tuya. Siempre que llama para preguntar cómo vas, dice que no le importaría hacer el viaje. No olvides que has estado enferma, Electra, y cuando alguien está enfermo, sus seres queridos corren a ayudarlo.

—No, prefiero que sea Mariam.

—De acuerdo. Informaré a tu médico de que estás lista para irte el jueves, ¿vale?

—Vale. ¿Sabes? Este sitio ha resultado ser maravilloso, al menos esta última semana. Y a veces lo que más me ha ayudado ha sido hablar con otras personas que están aquí. Cuando llegué no me gustó nada lo de compartir habitación, pero ahora me alegro. Incluso me he atrevido a aportar algo en la terapia de grupo de esta mañana.

—Eso es genial. —Fi sabía que me había costado mucho lo de las sesiones compartidas—. ¿Quieres contarme lo que has dicho?

—Oh, había una chica, Miranda, que sufrió acoso en el colegio. Así que he contado mis experiencias y luego ella me ha dicho que le ha ayudado oírlas.

—Excelente —dijo Fi con una sonrisa.

—Y he decidido que voy a compartir mi historia con…, bueno, con el mundo en general.

—¿Quieres decir en los medios de comunicación?

—Sí, porque puedes estar segura de que ya estarán especulando sobre por qué no he atendido algunos compromisos y sobre dónde he estado.

—¿Tu agente ha publicado algún comunicado?

—Creo que ha dicho algo así como que me he tomado unas vacaciones porque estoy agotada. Tal vez ya haya salido algo en los medios, pero creo que involucrarme en el centro de acogida del que te he hablado puede servirme de plataforma para compartir mi historia.

—Eso es decisión tuya, Electra, y el poder está en tus manos. Pero intenta no pensarlo ahora; bastante tienes con enfrentarte otra vez a tu vida a finales de esta semana. Hay que hacer las cosas paso a paso, ¿recuerdas?

—Sí, claro.

—Bien, te veo mañana. Cuídate.

Cuando me dieron mi teléfono y mi portátil esa noche, me fui al Jardín de la Serenidad y me puse en contacto con el mundo exterior por primera vez en un mes.

—¡Electra! Pero ¿cómo estás? —Casey, mi gestor y contable, respondió al segundo tono.

—Estoy bien, Casey, muy bien.

—Vaya, me alegro mucho de oír eso.

Percibí cierto alivio, lo que me hizo sospechar que sabía dónde estaba.

—¿Qué puedo hacer por ti? —preguntó.

—Me gustaría tener una reunión contigo la semana que viene, cuando vuelva a la ciudad. Estoy pensando en comprar una propiedad.

—Bien. Sin duda es un buen momento para comprar; el mercado ahora está plano como una tortita. Podríamos conseguir alguna ganga en un edificio de nueva construcción en la ciudad, uno de esos de los que las constructoras y los avalistas están deseando librarse. Las malas noticias son que el Dow Jones ha caído mucho.

—Vale —contesté, y me dije que tenía que averiguar qué significaba exactamente Dow Jones—. Pero no quiero nada en Nueva York por ahora. He visto un rancho aquí, en Arizona.

—Bien, ¿y puedes decirme alguna cifra?

—Todavía no, pero me enteraré en cuanto vuelva.

—Bueno, la mayor parte de tu dinero está bloqueado en bonos, y acaban de perder valor por la situación del mercado, pero puedo convertir en líquido lo que necesites para comprar la propiedad, no hay problema.

—¿Hasta qué cantidad?

—Tengo que mirar los números, pero, como ya sabes, eres muy rica, señorita.

Quería preguntarle cómo de rica era ese «muy rica», pero me dio vergüenza porque, si le hacía esa pregunta, sabría que no leía nada de lo que me enviaba.

—Oye, ¿te viene bien el próximo lunes por la mañana? Me pasaría por tu despacho y así repasaríamos algunas cosas, porque hay otro tema que quiero comentar contigo.

—Claro, Electra, encantado. ¿Quedamos a las once?

—Genial. Te veo el lunes. Adiós.

«Bueno, no ha estado tan mal», pensé al colgar, pero vi que el teléfono estaba cubierto del sudor de mis manos. Me quedé soñando con la Hacienda Orquídea y decidí pasar allí todo mi tiempo libre (que me proponía encontrar en mi agenda, fuera lo que fuese lo que me ofreciera Susie). Podría tener mi propio camino para salir a correr, contratar a un ama de llaves para que cuidara de la casa y un trabajador para el rancho que se ocuparía de los caballos que me compraría. Tal vez incluso consiguiera que Manuel me vendiera a Hector...

Volví a mi habitación y me senté en la cama. Ya era hora de dormir, pero estaba demasiado emocionada. Eché un vistazo a la habitación y vi que la cama de Vanessa estaba vacía. Entonces noté un extraño olor metálico que de repente me inundó la nariz. Me giré al instante y vi que por debajo de la puerta del baño salía un líquido rojo.

—¡Mierda! —chillé, y pulsé el timbre de emergencia antes de armarme de valor y abrir la puerta. Vanessa estaba en el suelo en medio de un charco de sangre. Tenía los ojos cerrados y vi unos cortes profundos en el interior de sus brazos abiertos—. ¡Ayuda! —Salí corriendo al pasillo desierto—. ¡Que alguien me ayude! —Como no había nadie y todavía tenía el móvil, fui a buscarlo a mi cama y llamé al teléfono de emergencias.

Cuando la operadora respondió, le di la dirección de El Rancho e intenté contestar a sus preguntas. Mercy, la enfermera de noche, entró en la habitación y abrió los ojos como platos, horrorizada, cuando le señalé el baño.

—Es Vanessa —logré decir—. Se ha autolesionado... No sé si está bien... No sé...

Mercy corrió al baño y vi que empezaba a hacerle la maniobra de reanimación; el cuerpecito menudo de Vanesa parecía de trapo.

—¿Señora? —me dijo la voz por teléfono—. Una ambulancia va para allá. Asegúrese de que haya alguien en la puerta principal para recibir al personal sanitario y llevarlo hasta la paciente.

Dejé el teléfono en la cama y corrí al baño jadeando, en estado de shock.

—Hay una ambulancia de camino. ¿Se va a poner bien? —le pregunté a Mercy.

—Tráeme toallas —pidió en tono urgente—. Tenemos que detener la hemorragia. Una enfermera del ala hospitalaria llegará en cualquier momento para ayudarnos.

Tragué saliva con dificultad (nunca me gustó la sangre) y después nos colocamos cada una junto a un brazo y yo hice lo que ella me ordenó: le envolví con las toallas la herida abierta apretando todo lo que pude. Y me quedé allí, sentada en el suelo, agarrando la toalla que se iba empapando por momentos. Vi un pequeño cuchillo de cocina en el suelo al lado de Vanessa y lo recogí.

—¿Cómo demonios ha conseguido hacerse con esto?

—Cuando quieres hacerlo, siempre hay una forma —dijo Mercy con un suspiro—. Probablemente entró en la cocina para pedir algo y lo robó cuando nadie la veía.

Apareció otra enfermera en el baño y yo solté un enorme suspiro de alivio.

—Gracias, Electra. Ya se ocupa Vicky. ¿Puedes ir tú a recepción y decirles que los de seguridad abran las puertas para que pase la ambulancia?

—Claro.

Corrí a toda velocidad y les di el mensaje. Después fui al baño de la entrada y me lavé las manos llenas de sangre. Cuando salí, había dos técnicos sanitarios entrando una camilla por las puertas de cristal. Los llevé hasta nuestra habitación y me quedé allí paralizada, contemplando cómo atendían a Vanessa. La pusieron en la camilla y los seguí por todo el edificio hasta el aparcamiento, donde las luces de la ambulancia parpadeaban iluminando la noche.

—¿Se pondrá bien? —le pregunté a uno de los técnicos sanitarios cuando subían la camilla a la ambulancia.

Mercy subió detrás.

—Haremos lo que podamos, señora —contestó—. Pero tenemos que irnos ya.

Fue a cerrar la puerta de la ambulancia, pero yo, en un acto reflejo, extendí un brazo para impedirlo.

—Yo también voy. Vanessa me necesita —le dije a Mercy.

—Electra, es mejor que te quedes aquí. Vanessa ya está en buenas manos.

—¡No! Yo también voy.

—Vale, pues vamos las dos con Vanessa. —Y me tendió una mano para ayudarme a subir.

—Bien, señora —dijo uno de los sanitarios—. Siéntese ahí y póngase el cinturón mientras atendemos a su amiga. Sujétese bien.

Yo nunca había estado en una ambulancia y siempre había imaginado que tenían una buena suspensión. Pero no: cuando la sirena empezó a sonar y arrancamos a toda velocidad, tuve que agarrarme a un asa que tenía al lado porque íbamos dando bandazos y saltando con los baches. Durante el trayecto observé, con una mezcla de asco y admiración, el trabajo de los técnicos sanitarios, que intentaban poner una vía en los brazos heridos y dolorosamente delgados de Vanessa.

—Las de este brazo están inservibles. Se la voy a poner en la mano —oí que decía uno.

Hice una mueca y aparté la vista cuando me di cuenta de lo dañada que tenía la parte interna del brazo a causa de los frecuentes pinchazos.

—Cae la tensión arterial —dijo otro, y una máquina empezó a pitar frenéticamente—. Y baja el ritmo cardíaco.

—Quédate con nosotros, Vanessa —le pidió el que estaba intentando ponerle la vía en la mano.

—¿Cuánto queda? —pregunté.

—Poco, señora.

—¡Sigue bajando! ¡Ponle la vía ya!

—¡Estoy haciendo todo lo que puedo!

Cinco minutos después la ambulancia se detuvo con un chirrido de ruedas, las puertas de atrás se abrieron y metieron corriendo la camilla de Vanessa en el hospital.

Me quité el cinturón y noté que el corazón me iba a mil. Mercy me ayudó a salir y las dos entramos en la sala de urgencias, que estaba abarrotada de gente. Sentí vergüenza porque en ese momento solo pensaba en dónde estaría la licorería más cercana; jamás había necesitado diez chupitos de vodka como entonces.

Una enfermera se llevó a Mercy y desapareció con ella por las puertas de vaivén, y yo me vi acorralada por la recepcionista, que me preguntaba detalles del seguro médico de Vanessa que yo ignoraba por completo. Al final me hizo firmar un documento que decía que yo me haría cargo de los gastos si ella no tenía seguro (lo más probable) y después me pidió la tarjeta de crédito.

—Oiga, me he subido a la ambulancia y no me he parado a coger el bolso. ¡Mi amiga se estaba desangrando, por Dios!

—Sí, señora, pero necesitamos el número de su tarjeta. ¿Puede llamar a alguien?

Estuve a punto de decir que no, pero entonces me di cuenta de que todavía llevaba el móvil.

—Sí, deme unos minutos. —Me aparté del mostrador, me saqué el teléfono del bolsillo y llamé a Mariam.

—¿Electra? ¡Cómo me alegro de oírte! ¿Qué tal estás?

El sonido de la voz suave y cálida de Mariam me calmó un poco.

—Estoy bien, muy bien, pero… eh… una amiga no está tan bien. Es una larga historia, pero estoy en la sala de urgencias de un hospital de Tucson y me piden los datos de mi tarjeta. ¿Podrías hablar con ellos?

—Claro. ¡Oh, Electra! ¿Has dicho que es una amiga tuya?

—Sí, es solo por si alguien tiene que hacerse cargo de los gastos —le expliqué.

Volví al mostrador y le di el teléfono a la recepcionista. Me quedé cerca mientras hablaban y después la recepcionista me devolvió el teléfono.

—Quiere hablar con usted, señora.

—Vale. Hola, Mariam, ¿está arreglado?

—Sí, ya está. Pero necesitas los datos del seguro de tu amiga porque su tratamiento puede ser muy caro.

—Eso no importa —afirmé con un suspiro—. Si hace falta, lo pago y listo.

—Lo entiendo. Pero ¿tú estás bien?

—Sí, de verdad. Tengo que irme. Luego te vuelvo a llamar. Gracias, Mariam. Adiós.

Vi un baño enfrente. Corrí allí dentro, me encerré en un cubículo y me senté en la taza respirando con dificultad. Metí la cabeza entre las piernas porque me estaba mareando y, al mirarme los pantalones del chándal, vi que estaban salpicados de sangre. Gruñí al pensar en toda la gente que había en urgencias; era posible que alguien me hubiera reconocido. Saqué el teléfono para mandarle un mensaje a Miles contándole lo que había ocurrido, pero me di cuenta de que ya había pasado la hora de devolver los teléfonos, así que no lo iba recibir. Entonces llamé a El Rancho para dejarle un mensaje en recepción y que se lo comunicaran inmediatamente. Después me quedé allí sentada, mirando un cartel sobre enfermedades de transmisión sexual que había detrás de la puerta.

—Esa podría ser yo algún día —me dije en un susurro—. No puedes volver a caer, Electra —añadí mientras hacía añicos la botella de Grey Goose que llenaba esa especie de pantalla de televisión que tenía en la cabeza.

Oí que se abría la puerta del baño.

—¿Electra? ¿Estás ahí?

—Sí —respondí, y al salir del cubículo me encontré a Mercy—. ¿Cómo está?

—¿Por qué no salimos y hablamos fuera?

Cuando pasamos por delante de la recepción, vi diez caras que me observaban atónitas. Suspiré. Mercy me llevó enseguida hasta un lateral del hospital y después a un callejón lleno de contenedores de basura que apestaban.

—¿Qué?

—Está viva, querida. La están estabilizando. Hemos llegado a tiempo y se va a recuperar.

Suspiré profundamente y sentí que Mercy me rodeaba con un brazo.

—Le has salvado la vida, Electra. Si no la hubieras encontrado… Lo has hecho muy bien, querida. Ahora tienes que descansar. Voy a llamar a un taxi para que te lleve de vuelta a El Rancho. Yo me quedaré aquí. Cuando llegues, que lo organicen todo para que pases la noche en otra habitación.

—¡No! Me quedaré con Vanessa. No tiene a nadie más, está sola —insistí.

—Electra, tú sigues en tratamiento y esto es demasiado para ti. Deberías volver…

—¡Ni hablar! Me voy a quedar y estaré a su lado en cuanto me lo permitan. Si necesitas que firme algo conforme no voy a demandar a El Rancho, lo firmaré, pero no puede obligarme a volver, ¿vale?

—De acuerdo, Electra, está bien —aceptó Mercy—. Hablaré con recepción para decirles que te quedas, y también con alguien de aquí dentro; a ver si hay algún sitio donde puedas esperar con algo más de intimidad. Hasta que lo arreglemos, es mejor que te quedes aquí, lejos de las miradas curiosas.

—Muy bien —dije con un suspiro.

—¿Quieres algo de beber?

«Vodka», pensé.

—Café, gracias.

—Espera aquí, ahora vuelvo.

La vi marcharse y en ese momento odié mi fama más que nunca. En realidad me daba igual que me sacaran en la portada de todos los periódicos de Tucson; lo único que quería era estar allí dentro con Vanessa.

Veinte minutos después me colaron por una puerta trasera y me metieron en una habitación en la que había un par de sillas cómodas y una televisión. Un médico, que tenía unos amables ojos azules, me estaba esperando allí.

—Hola, señorita D'Aplièse. Soy el doctor Cole.

—¿Cómo se encuentra? —pregunté.

—Sus constantes son estables, así que la hemos subido a una habitación. Es una chica fuerte —comentó sonriendo—. ¿Quiere verla?

—Sí, por favor. —Me levanté.

—Electra —intervino Mercy—, yo me vuelvo ahora a El Rancho, pero por la mañana vendrá alguien para ver cómo está Vanessa y a recogerte. Le has salvado la vida, querida. —Se acercó, me dio un abrazo y me sonrió antes de salir de la habitación.

—Vanessa está despierta, pero le hemos administrado una medicación muy fuerte para el dolor, así que la encontrará un poco aturdida —me explicó el doctor Cole por el camino. Llegamos a una habitación en penumbra—. La dejo con ella —dijo entonces, y se marchó.

Rodeé la cama y me senté en una silla al lado de Vanessa. Se la veía tan frágil y tan joven allí tumbada... Tenía los ojos abiertos y los brazos apoyados sobre las sábanas, vendados desde las muñecas hasta los codos. Llevaba puesto un gotero y estaba conectada a un monitor que pitaba de vez en cuando.

—Hola, Vanessa. Soy yo, Electra —le susurré, y me incliné hacia ella—. ¿Qué tal estás?

No hubo respuesta. Siguió mirando al techo.

—El médico ha dicho que te vas a recuperar, que eres muy fuerte —continué, buscando desesperadamente algo positivo que decir. Levanté una mano, pero no supe dónde apoyarla al ver cómo tenía los antebrazos, así que se la puse sobre la cabeza y le acaricié el pelo—. Solo quería decirte que estoy a tu lado.

Nada.

—He venido contigo en la ambulancia. Nunca había montado en una. Ha sido como estar en un episodio de *Anatomía de Grey*, pero el médico dice que te vas a poner bien.

Hubo una larga pausa y entonces Vanessa emitió un ruido.

—Mi…

«No sé si ha dicho algo», pensé, y la vi humedecerse los labios agrietados.

—Mi madre hacía eso —susurró.

—¿El qué?

—Acariciarme el pelo. Me gusta.

—Pues entonces lo seguiré haciendo. ¿Quieres que venga tu madre a hacerte compañía?

—Sí, pero está muerta.

Vi que dos lágrimas caían de los ojos de Vanessa.

—Lo siento, cariño —murmuré, y sentí que también se me llenaban los ojos de lágrimas—. Me quedaré contigo y te acariciaré el pelo hasta que te duermas, ¿vale?

Ella asintió, y se le empezaron a cerrar los ojos lentamente.

—Aquí estás a salvo —añadí.

Al poco, su respiración adquirió un ritmo relajado y yo me preparé para una noche larga.

Unos minutos después se abrió la puerta y, para mi sorpresa, apareció Miles.

—¿Cómo está? —preguntó.

—Duerme —susurré acercándome un dedo a los labios.

—¿Puedes salir un momento para que hablemos?

Negué con la cabeza.

—No. Le he dicho que me quedaría a su lado hasta que se despertara.

—Vale. —Miles entró de puntillas, cogió una silla y la puso al lado de la mía.

—¿Cómo has venido hasta aquí?

—Cuando los de recepción me dieron tu mensaje, fui a por mi coche de alquiler, pero como no tenía permiso de las «autoridades» para salir, el maldito guardia no ha querido abrirme la puerta. Así que he tenido que saltar la valla, llamar a un taxi y esperarlo fuera.

Los dos nos reímos bajito.

—¿Y esto constituye una fuga masiva de El Rancho?

—Seguro que sí. —Asintió—. ¿Y tú cómo estás?

—Oh, bien, si no fuera porque ya me duele el brazo. —Señalé la mano que acariciaba el pelo de Vanessa—. Me ha dicho que su madre le hacía esto. Y que está muerta.

—Sí, lo sé.

—¿Qué le pasó?

—Eso no lo sé —contestó Miles—. Vanessa es seropositiva, así que tal vez murió de sida.

Vanessa se revolvió y yo hice callar a Miles.

—Será mejor que te vayas. Hablamos luego.

—Oye, que puedo estar callado. Me quedo aquí y te hago compañía.

Y eso hizo, y yo tuve la extraña sensación de que éramos unos padres cuidando de nuestra hija. Y eso, a pesar de las circunstancias, me resultaba tranquilizador. Poco antes del amanecer, los ojos me pesaban y empecé a dar cabezadas. Entonces sentí que su brazo me rodeaba los hombros y apoyé la cabeza en su cálido pecho.

22

Tengo sed —oí que decía una voz a lo lejos.

Me desperté sobresaltada y abrí los ojos cuando la almohada improvisada desapareció de debajo de mi cabeza. Miles estaba sirviendo agua en un vaso y pulsó el botón para que se elevara la cama y Vanessa pudiera beber.

—Sorbos pequeños, cariño, muy despacio —le dijo sujetándole la pajita.

Cuando Vanessa terminó, él volvió a sentarse en la silla y ella nos miró.

—¿Qué estáis haciendo los dos aquí? ¿Sois mis padres o qué?

Sonreí al ver que Vanessa acababa de decir en voz alta lo que yo había sentido la noche anterior.

—Veo que ya te encuentras mejor —comentó Miles sonriendo—. Nos has dado un susto de muerte.

Vanessa se encogió de hombros.

—Esperaba no tener que despertarme para ver otro día, pero mira, aquí estoy.

Tal vez era cosa mía, pero me pareció que estaba más animada.

—Electra ha estado toda la noche a tu lado, por si te despertabas —le explicó Miles, y después se volvió hacia mí—. ¿Por qué no vas a lavarte la cara y de paso miras si alguien puede traernos un café?

La verdad es que necesitaba ir al baño, así que accedí.

—¿Solo?

—¿Estamos hablando de café o de otra cosa? —preguntó Miles con mirada burlona.

—¡Ja, ja! Pues te conformas con lo que te traiga.

—Oye, ¿pasa algo entre vosotros o qué? —preguntó alegremente Vanessa desde la cama cuando yo ya salía de la habitación.

Noté que me ardían las mejillas. Entré en el baño y me miré en el espejo. El pelo, que se había soltado de la trenza, me colgaba en mechones sucios a ambos lados de la cara y tenía unas bolsas enormes bajo los ojos. Hice lo que pude para arreglarme, pero sin nada a mano era imposible, así que fui al final del pasillo a por café.

—El servicio de habitaciones llegará dentro de un momento —dije cuando entré de nuevo en la habitación.

Vanessa me miró.

—Pues sí que tienes un acento raro, ¿a que sí, Miles?

—Me crie en Suiza, es por eso. Mi lengua materna es el francés —añadí cuando volví a sentarme.

Entonces Miles se levantó.

—Discúlpenme, señoritas. Las dejo solas un momento mientras voy a asearme.

—Yo nunca he salío de Manhattan, aparte del viaje hasta aquí, pero esto no se parece a ninguna sala de urgencias en las que he estao antes. —Vanessa puso los ojos en blanco en cuanto Miles se fue—. ¿Tengo que follarme a alguien pa pagar todo esto?

—No, esto ya está pagado, Vanessa —la tranquilicé.

Al cabo de un momento vi que daba cabezadas y que empezaban a cerrársele los párpados, como si fuera un cachorrito que se despierta con ganas de jugar pero después se queda sin energía. Me costaba creer que la chica arisca que había estado durmiendo a mi lado durante la rehabilitación hubiera intentado quitarse la vida la noche anterior. Al despertarse parecía tan contenta...

Tal vez fuese porque Miles y yo estábamos allí con ella. O porque le habían dado algún opiáceo para el dolor y su cerebro había reaccionado al estímulo del fármaco (se me cayó el alma a los pies al pensarlo).

—Se ha dormido otra vez —informé a Miles cuando reapareció, y detrás llegó la enfermera con el café. Me bebí el líquido caliente de un trago después de echarle un montón de azúcar para reemplazar los carbohidratos que me tomaba por las mañanas—. ¿Y qué va a pasar ahora?

—Cuando hablé con el médico anoche, me dijo que tenía que evaluarla el equipo de psiquiatría. Los dos sabemos que lo que ha ocurrido no era un ensayo.

—¿Y después?

—No lo sé, pero ya te dije la otra noche que Vanessa necesita algo más que la oración de la serenidad y acariciar caballos para reconducirse. Cuando se recupere y salga de aquí, los médicos recomiendan una estancia en un centro de rehabilitación a largo plazo para que avance. Una trabajadora social se ocupaba de ella en Manhattan, pero desde que cumplió los dieciocho, hace un par de meses, técnicamente ya no es menor, aunque contactaré con ella de todas formas. En circunstancias especiales, el equipo de seguimiento puede pedir una extensión del programa hasta los veintiuno. En pocas palabras, significa que el Estado se haría cargo de la ayuda que necesita.

—Yo no sé nada de todo eso, pero creo que lo que necesita es sentirse querida.

—Tienes razón, Electra, así es, y eso no es algo que se pueda comprar.

—Y… ¿Y si se viene a vivir conmigo cuando vuelva a Nueva York? Así podría cuidar de ella.

Hubo un silencio, y Miles se dio la vuelta y me miró con una expresión de espanto e incredulidad.

—¿Estás loca? ¡Eres una top model que se pasa la vida volando de acá para allá en jets privados! No tienes tiempo para darle lo que necesita. Además —bajó la voz cuando Vanessa cambió de postura—, no puedes darle a alguien esa vida si no hay esperanzas de continuidad.

—Pero si no tienes ni idea de lo que quiero hacer con mi vida cuando salga de aquí —respondí airada.

—Yo… Mira, ya hablaremos después, ¿vale? Esto no es un cuento de hadas, Electra, y Vanessa no es Cenicienta. No puedes tratarla como si fuera un proyecto que abandonarás cuando pierdas el interés.

La furia que sentí al oír eso hizo que mi taza se estrellara contra el platillo.

—¡Dios, Miles! ¡Solo intento ayudar! De todas formas —añadí haciendo todo lo posible por controlarme—, deberías saber que me voy de El Rancho hoy.

—¿Ah, sí?

—Sí. Estoy todo lo recuperada que puedo estar por ahora y tengo cosas de las que ocuparme. Y una vida que llevar adelante —aseguré, pero mis manos se aferraron a la taza de café buscando una especie de apoyo moral. Después me levanté y pasé por su lado como pude—. Voy a buscar al médico.

—Vale —respondió con un suspiro—. Haz lo que tengas que hacer.

—Lo haré —contesté, y me dirigí a la puerta.

—Solo una cosa antes de que te vayas, Electra.

—¿Qué?

—Yo no saldría por la puerta principal del hospital. Hay un montón de *paparazzi* intentando pillarte.

No quería hacer ruido para no molestar a Vanessa, así que ni siquiera pude darme el gusto de salir dando un portazo cuando fui a la zona de enfermeras a preguntar si podía ver al médico.

La mujer que había allí hizo unas llamadas y después asintió.

—Ahora mismo está haciendo las rondas. Pero no tardará.

Como no podía ir a ninguna parte, me refugié en el baño y me senté en el suelo de azulejos para estar a solas con mi enfado. Simplemente no sabía qué hacer con Miles. La noche anterior me había sentido muy unida a él, allí sentada con la cabeza en su pecho, y que me rodeara con el brazo me había resultado de lo más natural. Pero esa mañana… Solté un grito de frustración.

Respiré hondo varias veces para calmarme y, tras librarme de la niebla morada que me envolvía durante la fase inicial de la ira, intenté poner mi cerebro en marcha. Al final me di cuenta de que lo que Miles quería decirme era que, si me hacía cargo de Vanessa, ella iba a necesitar todo lo que tuviera para darle, y tal vez durante toda la vida. Ella no era un juguete que pudiera coger y dejar cuando me cansara de él. Era un ser humano que respiraba y que estaba gravemente dañado… Y yo también era un ser humano que respiraba y que estaba dañado.

—¿Señorita D'Aplièse? —preguntó una voz desde el otro lado de la puerta.

—¿Sí?

—¿Podría salir para que habláramos un momento?

Reconocí la voz del doctor Cole.

—Claro. —Abrí la puerta y salí.

—Hola —dijo con una sonrisa—. ¿Se encuentra usted bien?

—Sí, estoy bien. ¿Y cómo está ella?

—Vanessa evoluciona muy bien. Físicamente, al menos. Debería estar en condiciones de abandonar el hospital dentro de un par de días, y después, dependiendo de lo que diga el equipo de psiquiatría y su trabajadora social, tendrá que pasar un tiempo en una institución especializada donde puedan ayudarla de verdad.

—¿Cree que Vanessa es…, bueno, recuperable?

El doctor Cole suspiró.

—Donde hay vida, hay esperanza. Estoy seguro de que le han comentado que cada adicto está en una zona diferente del espectro. Algunos tienen suerte y lo atajan pronto, y otros, como Vanessa, están casi en el extremo y son los más difíciles de rehabilitar. La buena noticia es que ha empezado el proceso en El Rancho, pero ahora necesita continuarlo en algún programa a medio o largo plazo que pueda integrar en su vida cuando salga. Tendrá que hacerlo en Manhattan o cerca, principalmente porque es ahí donde estará la financiación, si su trabajadora social consigue que le amplíen la cobertura estatal.

—Yo puedo ayudar si es necesario, doctor Cole.

—Es muy generoso por su parte, señora, pero el Estado tiene suficiente dinero para financiar la ayuda que necesita. Solo hay que abrirse paso entre la farragosa burocracia y tener un brazo fuerte de tu lado. Hay mucha apropiación indebida y bastante corrupción en los diferentes departamentos gubernamentales, pero su amigo Miles parece saber lo que se hace. Sin embargo, es bueno que usted se interese tanto por Vanessa y esté dispuesta a ayudarla —añadió con otra sonrisa.

—Bueno, a mí también me ayudaron no hace mucho —expliqué—. Manténgala aquí todo el tiempo que haga falta, por favor. Tiene mi número de móvil, ¿verdad?

—Está en su historial, sí. Y ahora tendrá que disculparme, he de seguir con la ronda para ver a otros pacientes. Adiós.

Se despidió con un gesto de la cabeza y se fue. Yo volví a mi «oficina» del baño y marqué el número de Mariam.

—Hola, Electra. ¿Qué tal está tu amiga? —me preguntó antes de que me diera tiempo a decir nada.

—Oh, ya está fuera de peligro, gracias. Te llamo para pedirte que me busques un vuelo para volver a Nueva York.

—¿Cuándo?

—Mañana por la mañana, si es posible. Pensaba volver el jueves, como sabes, pero quiero adelantarlo un día.

Se oyó un breve silencio en la línea.

—Bien. ¿Estamos hablando de jets privados?

—Sí. —Pensé en la multitud de *paparazzi* que estaba montando guardia delante del hospital.

—¿A qué hora te viene bien?

—No sé, ¿más o menos a las dos? Así llegaré a eso de las diez.

—No hay problema. Yo… ¿Estás segura de que no quieres que coja un avión para acompañarte en el viaje de vuelta, Electra?

—Ya he volado sola antes, Mariam, y no estoy enferma ni nada por el estilo. Además, esto está muy lejos para que vengas hasta aquí.

—No me importa ir si me necesitas.

—Gracias, te lo agradezco de verdad, pero estaré bien.

—De acuerdo. Voy a prepararlo todo y te llamo entre las siete y las ocho, cuando tengas el móvil.

—Oh, no te preocupes por eso. Voy a volver a El Rancho ahora para ver a mi terapeuta y seguro que me permiten tener el móvil durante todo el día. Adiós, Mariam.

Mientras regresaba a la habitación de Vanessa, me pregunté si Mariam se había ofrecido a acompañarme a casa porque le preocupaba que dejara seco el bar del avión antes de aterrizar en Nueva York. A mí también me preocupaba, pero en algún momento tenía que enfrentarme a la tentación yo sola.

Vanessa estaba sentada en la cama picoteando un poco de su desayuno, que consistía en un bollo y un zumo. Me alegró ver que le habían quitado la vía y que ya solo tenía la pinza en el dedo para vigilarle la tensión. Ya no se la veía tan animada como antes, así que tal vez volvía a ser consciente de la cruda realidad.

—Hola. ¿Qué tal te encuentras?

—Bien, gracias.

—No es verdad. Está preocupada porque va a venir el equipo de psiquiatría a evaluarla —dijo Miles desde el otro lado de la cama.

—Sí, y no pienso ir a un manicomio. Seré una yonqui, pero no estoy loca. —Vanessa se estremeció—. No dejarás que me encierren en un sitio de esos, ¿a que no, Electra?

—Aquí todos intentan ayudarte, Vanessa, así que tendrás que confiar en ellos, ¿vale?

—Sí, pero no me van a meter en un psiquiátrico ni nada de eso, ¿no? —repitió.

—Oye… —Vi que se estaba agobiando—. Acabo de hablar con el médico que te atendió cuando llegaste anoche. Puede que encontremos un centro que te proporcione la ayuda que necesitas cerca de Manhattan. Será como El Rancho, pero sin caballos —bromeé—. Miles y yo nos asustamos mucho anoche y no queremos que vuelvas a pasar por esto.

Vanessa me miró fijamente.

—¿Y por qué os importa a vosotros lo que me pase a mí? ¿A vosotros, con la de dólares que tenéis en el banco?

—Pues a mí me importa. Y a Miles también. Y tienes que confiar en nosotros y en los médicos; solo queremos ayudarte.

—¿Y por qué he de confiar en ti más de lo que confiaba en Tyler? Él dijo que cuidaría de mí, pero lo que hizo fue engancharme al caballo.

—Pues porque yo te he dicho que esta noche no iba a apartarme de tu lado y es lo que he hecho. En definitiva, solo tienes dos opciones: confiar en nosotros y en los profesionales que quieren ayudarte o volver a tu antigua vida.

—O acabar con todo y adiós muy buenas —murmuró Vanessa.

—Recuerda que lo estás haciendo muy bien —añadió Miles—. Llevas desenganchada de las drogas duras casi dos semanas.

—Sí, y como lo hago tan bien he intentao suicidarme. —Vanessa puso los ojos en blanco, apartó la bandeja del desayuno y se quedó mirando al techo.

Miré a Miles en busca de ayuda.

—Electra y yo vamos a salir un momento para hablar —dijo, y se levantó.

—Sí, vale, tíos, ya os habéis hartao los dos de mí, ¿veis?

Abrí la boca para decir algo, pero Miles negó con la cabeza y fui tras él hacia la puerta.

—¡Mierda! ¡Mira que es negativa!

—El médico ha dicho que sufre una depresión posdesintoxicación y que un psiquiatra le recetará pastillas para superarlo.

—Pero también ha dicho que Vanessa físicamente ya está bien y que solo necesita la ayuda y el apoyo adecuados para mantenerse así. Y eso tiene que ser algo positivo.

—Sí. Oye, siento haberme excedido antes, Electra. Sé que solo quieres ayudarla.

—Sí, eso quiero, pero entiendo que necesita más de lo que yo puedo darle.

Estaba tan cansada, física y mentalmente, que me tambaleaba cuando permanecía de pie.

—¿Por qué no vuelves y duermes un poco? Yo me quedaré con ella. Acaba de llegar una enfermera de El Rancho para llevarte de vuelta en el jeep. No hay nada más que puedas hacer aquí.

—Sí, me voy. Estoy agotada, la verdad. Pero me despediré de Vanessa primero.

—Vale, pues yo voy a aprovechar para ir al baño. —Me sonrió y siguió por el pasillo.

—¿Vanessa? ¿Estás despierta? —pregunté al entrar. Su respuesta fue un encogimiento de hombros—. Oye, solo quería decirte que el médico ha dicho que podrás marcharte pronto porque estás evolucionando muy bien.

—Y después me enviarán a una granja de esas, ¿no?

—No, Vanessa, te juro que no pienso permitirlo. Mañana vuelvo a Nueva York y...

—O sea, que al final te largas...

—¡No! Voy a arreglar algunas cosas para poder ayudarte. A ti y a otras personas como tú que tienen problemas. Por favor, Vanessa, confía en mí. Miles y yo nos aseguraremos de que recibes los mejores cuidados. No te abandonaré, lo juro.

—Entonces llévame contigo. Quiero largarme de aquí ya —refunfuñó Vanessa.

—Oye, escúchame bien —la reprendí, y de repente me vinieron a la mente las palabras de mi abuela—. Has pasado momentos muy malos, pero cuando más lo necesitabas has encontrado ayuda. Y ahora la tienes, mientras que muchos otros chicos no. No te voy a decir que soy tu hada madrina, ni Miles tampoco... —Vi que una levísima sonrisa asomaba a sus labios—. Pero estamos aquí y tú estás a salvo, y vas a recuperarte, ¿vale? Y algún día ayudarás tú a otras personas como ahora te estamos ayudando a ti. —No sé cómo sabía eso, pero de alguna forma lo sabía (últimamente parecía que también me llamaba Tiggy)—. Así que, señorita, vas a hacer lo que te digan los médicos y a agradecer la suerte que has tenido, ¿vale? Yo te veré en Nueva York, y cuando estés curada nos iremos a cenar a un sitio elegante. Y todo el mundo, Tyler incluido, te verá conmigo en una revista y sabrá que eres una ganadora, no una perdedora.

—Eso molaría —admitió Vanessa por fin—. ¿Me lo prometes?

—Ya te lo he prometido. ¿Y sabes qué?

—¿Qué?

—Tu pelo siempre será más bonito que el mío. Te quiero, Vanessa. Te veo pronto.

Le di un beso en la coronilla y salí de la habitación. Miles estaba esperando en el pasillo.

—¿Todo bien?

—Sí. Me voy ya. Mantenme informada.

—Lo haré.

—Gracias.

—Oh, el jeep está aparcado en la parte de atrás del hospital —me advirtió antes de desaparecer en el interior de la habitación de Vanessa.

Cuando subí al coche de El Rancho, por primera vez agradecí ser famosa y la utilidad que podía tener la fama para ayudar a los demás. Yo tenía poder. Y había llegado la hora de canalizarlo hacia algo positivo.

—Entonces ¿estás segura de que quieres irte mañana? —me preguntó Fi esa tarde, después de que yo hubiera dormido un poco y de hablar de lo que había ocurrido la noche anterior—. ¿Por qué no te quedas un poco más? Lo de anoche fue una experiencia traumática para ti, Electra.

—Necesito irme —aseguré—. Quiero volver a mi vida y empezar a hacer cambios, en lugar de quedarme aquí sentada pensando en lo que quiero hacer.

—¿Quieres compartir conmigo esos cambios que piensas hacer?

—Bueno, lo primero que haré será sacar todo el alcohol que hay en mi apartamento y borrar el número de mi camello —bromeé.

—Es un buen comienzo. ¿Y?

—Voy a reunirme con mi agente para encontrar la manera de tener más tiempo libre. Ya he quedado con mi gestor para hablar de mi situación financiera, porque hay otra cosa que quiero hacer.

—¿Qué es?

—Ayudar a chicos como Vanessa —afirmé—. Y no solo pretendo donar dinero, sino convertirme en una especie de portavoz para ellos e implicarme en la lucha contra las drogas.

—Eso suena genial, Electra. —Fi me dedicó una sonrisa genuina—. Sin duda, esos chicos necesitan a alguien que luche por ellos. Pero ten cuidado de no agotarte poniendo en marcha todas estas ideas nuevas, sobre todo durante las primeras semanas. Necesitas tiempo para ti y para tus cosas, como durante tu estancia aquí: tiempo para correr por la mañana, para asistir a diario a las reuniones de Alcohólicos Anónimos, al menos durante los seis primeros meses, comer bien, acostarte pronto... Todavía estás en fase de recuperación, Electra, no lo olvides. No le servirás de nada a nadie si pierdes el norte. ¿Tienes vacaciones pronto?

—Sí, la verdad es que sí.

Le expliqué a Fi lo de la reunión de hermanas para ir en el *Titán* por las islas griegas y lanzar allí una corona por Pa.

—Pasar tiempo con tu familia es crucial —insistió Fi—. ¿Y qué me dices de Nueva York? ¿Tienes allí gente que te apoye?

—Mariam, mi asistente personal, y mi abuela Stella. No te he hablado mucho sobre ella, pero sé que cuento con ella para lo que necesite.

—Bien, pues no dudes en llamarlas. Y a Maia también, claro, que ha estado muy preocupada por ti. Voy a enviarles a ella y a tu asistente un correo con una lista de las reuniones de Alcohólicos Anónimos locales, además del nombre de un par de terapeutas que conozco en Nueva York. Y recuerda que necesitas a otras personas, Electra, y confiar en ellas.

—No lo olvidaré, aunque también quiero estar allí para ayudar a Vanessa —añadí.

—Eso está muy bien, pero cuanto más fuerte estés tú, más podrás ayudarla a ella.

—Ella me necesita, y además, ver lo que hizo anoche ha sido para mí el mejor baño de realidad que podía tener.

—Es cierto —reconoció Fi—. ¿Sentir que ella te necesita te resulta positivo?

—Sí, supongo que sí. —Vi que los ojos de Fi miraban el reloj y supe que se me había acabado el tiempo—. Oye, Fi, quería decirte que siento haber sido tan difícil al principio, pero gracias por todo. Tú, todo esto… ha sido genial. Me ha cambiado la vida.

—No me des las gracias —dijo cuando las dos nos levantamos—, lo has hecho tú sola. Suerte, Electra. —Abrió los brazos y me abrazó—. Mantenme informada, ¿vale? Cuéntame cómo te va.

—Sí, lo haré. —Fui hacia la puerta y, antes de salir, me volví y le sonreí—. Nunca pensé que diría esto, Fi, pero te voy a echar de menos. Adiós.

Esa noche vi a Miles en el comedor.

—¿Cómo está? —pregunté, y dejé la bandeja enfrente de la suya.

—Asustada, negativa… Más o menos como cuando te has ido esta mañana.

—¿Qué ha dicho el equipo de psiquiatría?

—El psiquiatra ha sugerido un sitio en Long Island que está especializado en el tratamiento de chicos como Vanessa. Ya he contactado con la trabajadora social y voy a hablar también con el agente de la condicional de Vanessa.

—¿Tiene agente de la condicional?

—Sí. Su trabajadora social me dijo que ha estado saliendo y entrando de casas de acogida desde que murió su madre, y que después, a los dieciséis, desapareció del mapa hasta que la arrestaron por prostitución en Harlem. Solo le pusieron una multa, pero ya quedó fichada como delincuente juvenil, lo que significa que hasta hace unos meses, cuando cumplió los dieciocho, tenía un «equipo» para vigilarla. Ida, la trabajadora social, tramitará el papeleo lo más rápido posible, y si el juzgado le concede una ampliación hasta los veintiuno, hará las llamadas oportunas para meterla en el programa que ha recomendado el psiquiatra. Así tendrá los cuidados que necesita y, con el tiempo, un lugar donde alojarse. Con suerte, no en uno de los Proyectos.

—¿Qué es un «Proyecto»? —quise saber.

—Jo, Electra. —Miles puso los ojos en blanco—. De verdad que has vivido en otro mundo. Creía que todos los estadounidenses sabían lo que era eso.

—Yo soy suiza —puntualicé, y me ruboricé porque sabía que no era excusa—. ¿Qué es?

—Son viviendas sociales. El problema es que algunas se encuentran en lugares muy complicados. Pero ya veremos.

—Miles, por favor, os he dicho a los dos que quiero ayudar todo lo que pueda. Si necesita un sitio donde alojarse, yo puedo pagarlo. Me siento mal dejándola, pero necesito salir de aquí ya.

—Tú tienes que hacer lo mejor para ti, Electra. Vanessa sabe que cuenta con tu ayuda y que te has hecho cargo del tratamiento en el hospital.

—Si te doy dinero, ¿podrías comprarle un móvil? Así podría llamarla.

—Sí, claro, pero recuerda que ahora está en un lugar muy oscuro y tal vez no tenga ganas de comunicarse. Y tú, señorita, primero tienes que ocuparte de ti —dijo señalándome con un dedo—. No le servirás de nada a Vanessa si vuelves a abrazarte al Grey Goose.

—Lo sé, Miles. ¿Y tú qué?

—Yo estaré por aquí un tiempo, hasta que lo de Vanessa esté arreglado, y después, con suerte, la llevaré de vuelta a Nueva York.

—Vale, entonces será mejor que me vaya a hacer las maletas. —Le di un sobre—. Ahí dentro está mi número de móvil y el de mi asistente personal, por si no me localizáis. En cuanto haya alguna novedad de lo de Vanessa, me la cuentas, ¿vale? Adiós, Miles.

—Claro que sí. ¡Oye! —me llamó.

Me di la vuelta.

—¿Qué?

—Eres una buena persona, Electra. Ha sido un placer conocerte.

—Gracias —contesté, y me alejé antes de que viera que los ojos se me estaban llenando de lágrimas.

23

Una semana después me desperté en mi ático de Nueva York y me estiré en mi colchón, que era como una nube de plumas. Rodé para mirar la hora y vi que eran las seis de la mañana. Necesitaba levantarme y salir a correr antes de que el parque se llenara de gente. Me puse los pantalones del chándal y una sudadera con capucha, y añadí la peluca, las gafas de sol y la gorra de béisbol que hasta entonces me habían protegido de los *paparazzi*. Salí del apartamento y cogí el ascensor. Empecé a correr ya en la acera y seguí hasta el parque, al otro lado de la calle. Los magnolios estaban floreciendo y la primavera llenaba de coloridas flores los arriates que flanqueaban el camino. Nueva York se había puesto sus mejores galas ese día (el cielo estaba tan azul como en cualquier lugar del sur de Francia) y yo sonreí simplemente porque estaba contenta.

Cuando Mariam fue a buscarme al aeropuerto, vi inquietud en su cara. Lo primero que hice en cuanto bajé la escalerilla del jet fue darle un gran abrazo, que ella me devolvió sin dudar.

—¡Estás estupenda, Electra! —exclamó cuando íbamos hacia la limusina que esperaba aparcada en la pista.

—No, no es verdad. Tengo las uñas y las extensiones hechas un asco, y me ha crecido pelo de todo tipo y en todas partes. Como imaginarás, en El Rancho no nos dejan tener tijeras —bromeé.

En la limusina, de camino al centro, hablamos de mi experiencia en El Rancho y Mariam me dio las gracias por la carta que le había escrito, y me dijo que siempre la conservaría.

—No me des las gracias. He sido una bruja y te pido disculpas. Pero todavía quieres seguir trabajando conmigo, ¿no? —La miré con preocupación.

—Claro que sí. Me encanta mi trabajo, y a ti te adoro, Electra —añadió, y aunque pudiera sonar un poco falso, yo sabía que era cierto.

Al llegar al apartamento vi que Mariam lo había decorado con un montón de flores olorosas y que había llenado la nevera de refrescos y zumos de todos los sabores imaginables.

—No sé qué bebes ahora.

—Coca-Cola y también infusión de jengibre. —Abrí una lata y di un sorbo.

Después estuvimos hablando de lo que Susie había contado a los clientes sobre mi repentina desaparición.

—Ha dicho que tenías un problema familiar y que te has cogido unos días. La verdad es que no ha habido muchos cotilleos al respecto. Yo no he visto nada malo en la prensa —me tranquilizó Mariam.

—Bueno, he tenido suerte de que nadie me hiciera una foto cubierta de sangre en la sala de urgencias de Tucson —dije con un suspiro—. Parecía que había asesinado a alguien.

Como era ya tarde, le dije que se fuera a casa, pero ella negó con la cabeza.

—No, lo siento. Me quedo en la habitación de invitados esta noche.

—Te juro que lo he dejado todo, Mariam —aseguré, momentáneamente molesta.

—Lo sé, Electra, no es que no confíe en ti. Es que me gustaría que me contaras todo lo que te ha pasado desde que te fuiste. He pensado que podíamos pedir comida china y… Tengo curiosidad por saber qué le pasó a esa amiga tuya que acabó en el hospital.

Así que nos duchamos, nos pusimos los albornoces, nos comimos la comida china y le conté lo de Vanessa.

—¡Oh, Electra, eres una buena samaritana! —exclamó Mariam, lo que hizo que me ruborizara—. Vanessa tiene suerte de que te intereses tanto por ella.

Después empecé a contarle mis planes para hacer más cosas, hasta que noté que se me estaban cerrando los ojos, así que me acosté en mi nube de plumas y dormí de un tirón hasta las seis de la mañana del día siguiente.

Desde entonces no había parado. Había tenido una reunión con Susie para decirle que necesitaba aligerar mi agenda desde ya y, aunque no pareció muy contenta, accedió y decidimos que solo haría las campañas que ya tenía contratadas.

—¿Y los desfiles de otoño? —preguntó.

—No —respondí con firmeza, sabiendo que si había algo que podía arrastrarme a mis antiguos hábitos era el loco mundo de la pasarela.

—Oh, por cierto, me han llamado un par de diseñadores para proponer una colaboración, como la que hiciste con Xavier el año pasado.

Al oír eso, durante un par de segundos pensé en mi cuaderno de dibujo y en cuánto me gustaba diseñar. Pero me había prometido no meterme en demasiadas cosas.

—Tal vez el año que viene —contesté.

Al final resultó que estaría ocupada hasta mediados de junio, y después me escaparía a Atlantis para ir de viaje en barco con mis hermanas. A mi vuelta, esperaba poder ir a la Hacienda Orquídea para organizar las reformas que quería hacer.

Cada vez que pensaba en el que sería mi nuevo hogar, el entusiasmo bullía en mi interior. Casey, mi gestor, me había confirmado que podía permitirme la compra sin problemas, así que llamé a Manuel para hacerle una oferta y la aceptó. También accedió a venderme a Hector, y dijo que me buscaría un trabajador para el rancho que se ocuparía de él y de los otros caballos que comprara para el establo.

«Pero tiene que venir a escogerlos personalmente, señorita. Los caballos se eligen con el alma», había dicho Manuel.

La compré con todos los muebles y a un precio que incluso a Casey le pareció bueno. Tenía intención de añadir una piscina y otra ala para tener más dormitorios; soñaba con invitar a todas mis hermanas a pasar allí la Navidad…

En cuanto a Miles, había dejado El Rancho y estaba en un motel próximo al hospital mientras esperaba que el equipo de Vanessa terminara con los trámites burocráticos para llevarla de vuelta a Nueva York y que entrara en el programa que había sugerido el médico. De Vanessa no había mucho que contar: desde que me fui, le habían recetado lo que Miles llamaba antidepresivos de uso industrial y se pasaba la mayor parte del tiempo durmiendo. La llamaba al móvil pero no respondía, así que le mandaba un mensaje todas las noches y a veces recibía algún que otro «vale» o «gracias» por toda respuesta.

Hablar con Miles por teléfono era diferente a hacerlo en persona; tal vez fuera por su voz profunda y cálida y su inteligente sentido del humor, pero sus llamadas se habían convertido en el mejor momento del día. Y también, en parte, porque él sabía por lo que estaba pasando yo. La transición para volver a la realidad era una de las fases más difíciles en el proceso de mantenerse limpio. Podía hablar con él libremente sobre cómo me sentía, aunque la mayoría eran sentimientos positivos. Sí, todavía era difícil abrir la nevera y sacar una lata de Coca-Cola o un zumo, cuando hacía un mes siempre había una botella de vodka allí. Por la noche, mientras veía la tele o dibujaba en el cuaderno (no me atrevía a hacer vida social, aún no estaba lo bastante fuerte para eso), era consciente de que solo necesitaba hacer una llamada para que mi camello apareciera en la puerta. La vida siendo legal era dura: echaba mucho de menos los momentos de subidón, pero al menos no tenía que pasar por los de bajón.

Fi le había enviado a Mariam la lista de terapeutas y las fechas de las reuniones locales de Alcohólicos Anónimos. La primera vez, Mariam tuvo que obligarme a ir a la reunión; fue en coche conmigo hasta allí, me apretó la mano y me dijo que me esperaría fuera. Incluso me acompañó hasta la puerta.

—¿Y si alguien me reconoce? —pregunté antes de entrar, aterrorizada.

—Es anónimo, que no se te olvide. Nadie puede hablar de lo que pasa ahí dentro. Venga, todo irá bien.

Y entré y no pasó nada raro. Para mi sorpresa, en la reunión encontré otras caras conocidas, y cuando me levanté y dije que me llamaba Electra y que era alcohólica, todo el mundo aplaudió y yo lloré.

Después el líder de la reunión me dio la bienvenida y me preguntó si tenía algo más que decir. Cuando me enfrenté a la misma situación por primera vez en El Rancho, negué con la cabeza y volví a sentarme deprisa, pero esta vez asentí.

—Sí, solo quiero decir que acabo de salir de rehabilitación. Al principio odiaba los Doce Pasos, no los entendía y no sabía cómo podían ayudarme. Pero... seguí y al final lo comprendí. Y por eso quiero darle las gracias a…, bueno, al poder superior y a todos los que me han apoyado, porque personas como vosotros, como los que estáis aquí hoy, me han salvado la vida.

Hubo otro aplauso (y algunos vítores) y me sentí tan bien acogida que desde ese día encaraba con ilusión la reunión diaria.

«Todo esto es demasiado bueno para ser cierto», me dije mientras corría por el parque, exactamente lo mismo que le había dicho a Miles la noche anterior.

—Ni mucho menos —respondió—. Estás en la fase de luna de miel y piensas que puedes con todo, pero cuando vuelvas a la normalidad y lleves un tiempo sin estar enganchada será cuando la cosa se ponga peligrosa de verdad.

Todas las veces que sentía ese deseo compulsivo (que era como una niebla roja que caía sobre mí mientras una vocecilla demoníaca me susurraba al oído que una vez no me haría daño, ¿a que no?, que me lo merecía por haber pasado un día sin, o por haber asistido a la reunión, o por haber ido a correr) visualizaba la sangre roja saliendo de los brazos de Vanessa, tirada en el suelo del baño, y eso me provocaba arcadas de horror y me ayudaba a olvidar esa necesidad.

«Mariam es la compañera de piso perfecta», pensé cuando salí corriendo del parque y seguí por Central Park West para volver a casa. Desde mi regreso, había insistido en quedarse en mi apartamento, y parecía saber instintivamente cuándo necesitaba compañía y cuándo no. Ella también me ayudaba porque no había bebido alcohol en su vida y era una de las personas más tranquilas que conocía. Además, había resultado ser una cocinera estupenda; se le daban muy bien los curris, que a mí me encantaban porque las especias me ayudaban a combatir mis deseos compulsivos. Aunque yo siempre le decía que podíamos pedir comida, ella se negaba. Me dijo que le encantaba cocinar y que, como sabía lo que ponía en sus platos, estaba muy contenta porque las dos nos alimentábamos bien.

—Buenos días, Tommy. —Sonreí de oreja a oreja y me paré a su lado.

A mi regreso de Arizona, había encontrado un ramito de flores esperándome y Mariam me había dicho que eran de Tommy; según ella, las había cogido sin permiso en Central Park.

—Buenos días, Electra. ¿Qué tal estás hoy?

—Bien, ¿y tú?

—Ah, yo también —contestó encogiéndose de hombros.

—¿Seguro? Pareces un poco apagado.

—Oh, eso es porque últimamente he tenido que levantarme más temprano para poder verte —bromeó con poco ánimo.

—¿Y por qué no te vienes a correr un día conmigo? —dije sin pensar—. Me vendría bien la compañía.

—Bueno, tal vez. Gracias, Electra. —Se despidió inclinando su gorra de béisbol.

Entré corriendo y subí a mi apartamento.

—El desayuno estará listo a las diez —dijo Mariam desde la cocina.

—Vale, voy a ducharme —contesté, y la saludé al pasar.

Mariam se levantaba más temprano que yo para rezar su oración de la mañana.

—Estaban deliciosas —dije mientras limpiaba el plato de tortitas con arándanos recubiertas con sirope de arce—. Madre mía, esta tripa parece de embarazo —añadí poniéndome las manos sobre el vientre.

«Madre mía» era mi nueva coletilla. Ma y mis hermanas siempre me habían dicho que tenía «una boca muy sucia», y además estaba Miles y su costumbre de estremecerse visiblemente cada vez que utilizaba el nombre de su querido Dios en vano, igual que le pasaba a Mariam, así que decidí que había llegado el momento de limpiarme también en ese sentido. De vez en cuando se me escapaba algún «joder» o un «mierda», pero estaba orgullosa de mis progresos; de seguir así, hasta la reina de Inglaterra querría tenerme como invitada. El siguiente paso ya sería comprarme una Biblia e ir a la iglesia, pensé riéndome de mí misma.

—Gracias. —Mariam empezó a recoger los platos—. Algún día te prepararé un verdadero banquete iraní —prometió justo cuando sonó mi móvil.

El corazón me dio un vuelco al ver que era Miles.

—Hola.

—Hola, Electra. Buenas noticias: Ida acaba de llamar para decirme que han aceptado la ampliación del programa de Vanessa y que han conseguido que entre en el centro que nos recomendó el psiquiatra. Está en Long Island, a unos treinta minutos del JFK.

Voy a hacer los preparativos del viaje ahora mismo y espero conseguir un vuelo esta noche o mañana por la mañana.

—¡Fantástico! ¡Qué buenas noticias!

—Sí, lo son. He llamado a una amiga que trabaja en el centro de acogida y me ha hablado muy bien de ese sitio. Es un centro de rehabilitación de verdad, lo que implica ingreso a medio o largo plazo; o sea, que no la van a echar a las dos semanas. Pero bueno, te cuento más cuando nos veamos.

—Vale. ¿Y si voy a recogeros al JFK? Así veo a Vanessa.

«Y a ti», pensé.

—Si estás libre, sería genial.

—Sí, lo estoy. Oye, tengo que irme a la reunión, pero llama a Mariam en cuanto tengas los datos del vuelo, ¿vale?

—Claro. Te veo dentro de nada, Electra. Hasta pronto.

—Miles te va a llamar —le dije a Mariam cuando ya me dirigía a la puerta.

—Bien. Oye, por cierto, ha vuelto a llamar tu abuela esta mañana. Como tienes la agenda libre el fin de semana…

—Bueno, luego te digo, ¿vale?

—Claro. Hasta ahora.

De camino a la reunión reflexioné sobre por qué no tenía ganas de ver a Stella. Me había llamado al móvil varias veces (y yo no se lo había cogido) y también había llamado a Mariam (que sí había respondido). Cuando bajé del coche —un coche porque las limusinas eran muy llamativas, y además quería utilizar mi dinero de una forma más constructiva—, concluí que no sabía por qué.

La reunión de Alcohólicos Anónimos se celebraba en el salón de una iglesia que había cerca del edificio Flatiron, en el cruce de Broadway con la Quinta Avenida. Me encantaba porque estaba justo en la intersección; un metafórico crisol de humanidad. A nadie le importaba de dónde eran los demás porque teníamos el mismo diagnóstico: todos estábamos en algún punto del espectro de la adicción.

El lugar olía a perro y a sudor, con un leve toque a alcohol, y pensé en los años que llevaban haciéndose reuniones en las que los alcohólicos entraban directamente desde la calle para confesar que habían recaído. La sesión estaba bastante concurrida, había unas dos docenas de personas, así que me senté en una silla al fondo.

Todos nos levantamos y rezamos la oración de la serenidad, y después el líder de la reunión preguntó si había alguien nuevo en el grupo.

Vi que una persona de la primera fila se ajustaba la gorra de béisbol y se levantaba. Me sonaba mucho...

—Hola. Me llamo Tommy y soy alcohólico.

Y todos aplaudimos automáticamente.

—Bienvenido, Tommy. ¿Quieres compartir algo con el grupo? —preguntó el líder, justo cuando mi cerebro hizo la conexión y di un respingo.

—Sí, creía que ya no necesitaba estas reuniones, así que dejé de venir. Pero hace dos días me tomé una copa. —Tommy hizo una pausa y carraspeó. Todos esperamos a que continuara (yo conteniendo el aliento)—. He conocido a una chica, ¿sabéis? Y... creo que estoy enamorado, pero nunca podremos estar juntos. Ella ha estado fuera un tiempo y la he echado mucho de menos... Y os necesitaba a todos... Esto... me ayuda.

Volvimos a aplaudir todos, pero él no se sentó, así que estaba claro que había algo más.

—Algunos de los que estáis aquí recordaréis que, cuando volví de Afganistán, me encontré con que mi mujer me había dejado y se había llevado a mi hijo. Entonces me dejé arrastrar por el alcohol y juré que no volvería a querer a nadie. Pero ahora ha pasado y... ella ha estado fuera un tiempo... Pero, sí, eso es todo lo que tengo que decir.

—¡Mierda! —murmuré entre dientes.

—Todos pensaremos en tu historia y rezaremos por ti, Tommy, y ya sabes que estamos aquí para lo que necesites —dijo el líder.

Vi que algunas personas que estaban cerca de Tommy le daban palmaditas en la espalda.

—¿Hay alguien más que quiera compartir algo?

Un actor al que reconocí se levantó, pero yo desconecté. Tommy, mi Tommy, que, por lo que había visto en Facebook, tenía una mujer y un hijo, en realidad no los tenía. Y decía estar enamorado de una chica con la que nunca podría estar (alguien que había estado «fuera un tiempo») y a la que había echado mucho de menos.

No presté atención al resto de la reunión y, en cuanto el líder empezó a dar los avisos de que estábamos terminando, me escabullí antes de que Tommy me viera. No quería que pasara vergüenza al saber que había escuchado la confesión de sus sentimientos más íntimos. Subí al coche y miré el teléfono. Mariam me había dejado un mensaje de voz, así que la llamé, todavía con la respiración acelerada.

—Hola, soy yo. ¿Me has llamado?

—Sí. ¿Qué pasa, Electra? ¿Va todo bien?

«Uau, pero qué bien me conoce», pensé. Era la primera vez que me enfrentaba al problema de la confidencialidad: deseaba contárselo a Mariam y estaba a punto de soltarlo. Sabía que ella le tenía cariño a Tommy (recurrió a él para que la ayudara aquella noche que yo no estaba en mis cabales), pero tragué saliva y recordé el código de Alcohólicos Anónimos.

—Oh, no es nada, solo una historia muy conmovedora que ha contado alguien en la reunión. ¿Qué querías?

—Tan solo decirte que estoy haciendo sopa de tomate con guindilla para comer. ¿Te parece bien?

—Suena genial.

—Y también que Miles ha conseguido billetes para un vuelo desde Tucson para él y para Vanessa. Llegan a las diez al JFK.

Cuando el chófer se detuvo delante de mi edificio, salí y miré bajo la marquesina para asegurarme de que Tommy no aparecía de repente para saludarme. Yo sabía que estaba en la reunión, así que, a menos que tuviera un gemelo, no podía estar allí. Pero sí que había una sorpresa esperándome en el vestíbulo. Sentada en uno de los sillones de cuero estaba Stella, mi abuela.

—Hola, Electra. —Se levantó para saludarme—. Perdona que me presente así, pero si la montaña no va a Mahoma… Quería ver con mis propios ojos cómo estás.

—Claro. Sube, por favor. —La acompañé hasta el ascensor, maravillada por la elegancia de sus movimientos con ese conjunto anticuado de falda y chaqueta de rizo.

—No quiero entretenerte si tienes algo que hacer —dijo cuando entramos en el apartamento.

—No te preocupes. —Sentí una repentina oleada de cariño hacia ella. Y de nuevo me pregunté por qué me había asustado tanto la idea de volver verla—. Entra y siéntate. Mariam está preparando la comida.

—Así es —confirmó Mariam, que apareció en el pasillo—. Estará en cinco minutos. Hola, Stella —añadió con una sonrisa, y volvió a la cocina.

—Es una mujer muy auténtica, Electra —comentó Stella, y se sentó en una butaca. No me la podía imaginar tumbada en un sofá con un pantalón de chándal y una sudadera, como yo—. Me ha llamado regularmente para contarme las novedades mientras estabas… fuera. ¿Qué tal te encuentras?

—Estoy bien, bien de verdad —añadí, por si creía que era una respuesta de cortesía.

—¿Y sigues sin probar el alcohol y las drogas?

—Así es, nada de nada. Pero hay que ir paso a paso, día a día, así que no quiero confiarme y pensar que ya he salido del agujero ni nada por el estilo.

—No, no debes hacerlo. Es lo más peligroso. Pero cuéntame, ¿cómo era la vida en ese sitio?

Intenté hacerle un breve resumen de todo.

—Ya sabes que me daba mucho miedo ir, pero ha sido fantástico.

—Espero que seas consciente de la suerte que tienes por haber estado en un sitio así. Parece un resort de vacaciones. Aunque todos sabemos que no lo es, claro —se apresuró a añadir.

—La comida está servida —avisó Mariam desde la cocina, y mi abuela y yo fuimos hacia la mesa en la que Mariam había colocado un centro improvisado cogiendo flores de los jarrones repartidos por toda la casa.

—Le decía a Mariam esta mañana que tengo que empezar a vigilar las calorías que como —comenté cuando todas nos pusimos a comer—. O pronto estaré demasiado gorda para ser supermodelo.

—Lo dudo. Mírame, tengo casi setenta años y no he engordado un kilo en mi vida. Tienes buenos genes.

—Tenéis los pómulos idénticos, y muy altos —señaló Mariam—. Los míos están casi al lado de la mandíbula.

—¡No digas tonterías! Eres una jovencita muy atractiva, tanto por dentro como por fuera, y espero que no te moleste que te lo diga —aseguró Stella, y Mariam sonrió ante el cumplido.

—Por cierto, quiero saber vuestra opinión —dije cuando terminamos con la sopa y pasamos a la macedonia, que Mariam habían empapado en un *coulis* delicioso—. He estado pensando en cambiar de peinado.

—Bueno... —contestó Mariam—. ¿Has hablado de eso con Susie?

—No, pero es mi pelo, ¿no? Puedo hacer lo que quiera con él.

—Bien dicho, Electra. Tu cuerpo es de tu propiedad y debes ser tú quien decida sobre él —afirmó Stella—. Yo creo que te vendría bien un buen corte; me parece que lo llevas demasiado largo. Y cuidarlo tiene que ser una pesadilla. No sé cómo vosotras, las jóvenes negras, conseguís mantenerlo bajo control.

—¿Ves esto? —Me cogí un mechón de la coleta—. No es mi pelo de verdad, son extensiones.

Mi abuela cogió el mechón y se encogió de hombros.

—Pues a mí me parece pelo real.

—Lo es, solo que no es mío. A veces me parece que llevarlo es de mal gusto, sobre todo si la dueña de este pelo tuvo que venderlo para alimentar a su familia. Así que he decidido que me voy a quitar las extensiones y me lo voy a cortar muy corto, como el tuyo —dije señalando la melena afro de Stella, como de un centímetro de largo.

—¡Uau! —exclamó Mariam, y estuve a punto de echarme a reír porque era evidente que esa expresión se la había pegado yo; sonaba muy rara al salir de su boca.

—Bueno, yo lo llevo así porque es más cómodo, pero ¿los diseñadores de moda y los fotógrafos van a querer que tengas este aspecto?

—No lo sé. ¿Y sabes una cosa? Me importa un huevo. —Me fijé en la cara de Stella al oír esa expresión—. Perdón. Pero, como tú misma acabas de decir, ¡es mi pelo y tal vez quiera volver a mis raíces, literalmente! Pueden ponerme pelucas para las sesiones, si eso es lo que quieren. Y...

—¿Sí? —preguntó Stella al ver que el silencio se alargaba.

—Bueno, todo esto va de ser quien soy, aunque todavía no sepa bien qué es eso. En la familia de Mariam son todos musulmanes y conocen su historia desde hace cien años o más. Yo me crie en una casa multicultural; una niña negra con un padre blanco y hermanas de todos los tonos que hay entre ambos.

—Tal vez te sientes un poco confundida con respecto a tu identidad —apuntó Stella—. Pero créeme, yo crecí entre dos mundos, Electra, igual que tú. Algunos dirán que somos unas privilegiadas, y es cierto que lo somos en muchos aspectos, pero… al final acabas sintiendo que no perteneces a ninguno de los dos lados.

—Eso es —reconocí, y de repente me emocioné porque por fin había encontrado a una persona que entendía mi confusión—. Stella, ¿recuerdas que antes de irme a rehabilitación empezaste a contarme la historia de una chica que se fue a África?

—Claro. Pero la pregunta es: ¿te acuerdas tú?

Vi un destello en sus ojos y supe que me estaba tomando el pelo. Al menos en parte.

—Sí, me acuerdo de algo, pero creo… Creo que necesito escuchar un poco más.

—Bueno, pues un día que tengas tiempo seguiré contándote la historia. Tu historia.

—La verdad es que ahora tengo tiempo. El avión de Miles y Vanessa no aterriza hasta las diez de la noche, ¿no, Mariam?

—Sí —confirmó ella—. Stella, si vas a quedarte un rato, creo que saldré a hacer unos recados. ¿Queréis que os lleve café al salón?

—Eso sería estupendo. —Stella se levantó—. ¿Podemos ayudarte a recoger?

—No, pero gracias por el ofrecimiento. Pasad las dos al salón.

Irritada porque no se me había ocurrido siquiera preguntarle a Mariam si quería que la ayudara en la cocina, seguí a mi abuela hasta el salón y la observé mientras se sentaba.

—Cuando estaba fuera, me di cuenta de que seguía sin saber nada de mi madre ni del resto de mi familia. A lo mejor me lo contaste, pero yo estaba demasiado ida y no me acuerdo. ¿Quién era? —pregunté, y me acurruqué en el sofá.

—No, no te he hablado de ella todavía. Todo a su tiempo, Electra, todo a su tiempo; hay mucho que contar. ¿Recuerdas que te conté que a Cecily, la chica de Nueva York, la dejó su prometido y decidió irse a África para arreglar su corazón roto?

—Sí, de eso sí acuerdo. Y de que luego se enamoró de un cer… mujeriego —corregí inmediatamente.

—Exacto. Creo que interrumpí la historia cuando Cecily ya estaba en Kenia, alojada en Wanjohi Farm, con Katherine…

Cecily

Kenia

Febrero de 1939

*Una vaca de la raza boran de Kenia
con las marcas de un clan masái*

24

Hora de levantarse. —Katherine despertó a Cecily a las cinco de la mañana—. Te he puesto la ropa para el safari a los pies de la cama. Iremos en el DeSoto de Alice hasta la granja de Bill, así que nos vemos fuera. Voy a preparar unos cestos con comida y después tengo que llamar a Aleeki para decirle que volverás a casa mañana —dijo de carrerilla, y luego salió del dormitorio.

Todavía adormilada, Cecily se puso una chaqueta y unos pantalones caqui que le quedaban casi perfectos y después se ató unas pesadas botas altas que no le quedaban tan bien. Ella usaba varios números menos (tenía unos pies diminutos), pero tendría que apañarse con ellas.

—Sube —dijo Katherine, que estaba dejando unas mantas en el asiento de atrás. Después arrancó el motor y encendió los faros porque todavía era noche cerrada.

Cecily se subió y, tras echarle un último vistazo a Wanjohi Farm y despedirse de la relativa seguridad y comodidad que le ofrecía, se pusieron en marcha.

Dormitó a ratos durante el viaje de una hora hasta que se despertó de repente. Abrió los ojos y vio que el sol ya apretaba. Habían abandonado la carretera principal y ahora iban traqueteando por un camino estrecho que parecía no acabar nunca, serpenteando a través de varias hectáreas de una llanura caliente en la que solo se veían hierbas y algunos árboles que se aferraban como podían a la tierra naranja. Cecily bajó la ventanilla, intentando que le llegara un poco de brisa, pero se encontró con el fuerte olor terroso y fecal del ganado. Vio que unos hombres muy altos con ropa de un naranja oscuro, casi igual al de la tierra que pisaban con sus pies descalzos, estaban pastoreando un rebaño de vacas en las praderas. Le llamaron la atención las vacas, que solo guardaban un parecido lejano con sus primas estadounidenses. Tenían una gran joroba en el lomo y del cuello escuálido les colgaban unos pliegues de piel sobrante casi hasta el suelo.

—Ya hemos llegado, querida —anunció Katherine—. Bienvenida a la granja de Bill.

Cecily vio una casita baja de madera en medio de la planicie. El sol reverberaba con fuerza sobre su tejado de hojalata.

—¡Hola! Lo habéis conseguido. —Bobby salía de un cobertizo justo cuando Katherine paró el coche, y se acercó a ellas.

Cecily se bajó.

—Madre mía —exclamó mirando a su alrededor—, ¿esto es lo que llaman el Bush? —le preguntó.

—Estamos justo en el límite de las llanuras de Loita —explicó Bobby, aunque eso no significaba nada para Cecily—. Señoritas, entren en casa y sírvanse algo de beber. Bill y yo estamos cargando los suministros en los vehículos.

—Las cestas y las mantas están en la parte de atrás del DeSoto —dijo Katherine mientras las dos se dirigían a la casa.

Una vez dentro, llenó dos vasos de agua y Cecily observó el austero alojamiento.

—¿Aquí vive Bill?

—Sí. Como ves, le falta un toque femenino —comentó sonriendo—. Como se pasa la mayor parte del tiempo en el Bush, supongo que piensa que no merece la pena arreglar un poco esto. Tengo que confesar que estoy muy emocionada. Espero que encontremos elefantes. De todas las criaturas que habitan esta tierra, los elefantes me parecen los más magníficos.

—¿Son peligrosos?

—Como cualquier animal salvaje, pero con Bill no podías estar en mejores manos. Hablando del rey de Roma —dijo Katherine, y en ese momento entró Bill.

—Buenos días, Cecily. Me alegro de que hayan llegado bien. ¿Lista?

—Sí. —Cecily vio que otra vez se le quedaba mirando los pies.

—Katherine, ¿puedes hacerle unas polainas? —Bill le dio dos rollos de vendas—. No podemos permitir que una víbora bufadora le muerda esos preciosos tobillos mientras duerme, ¿a que no? Os veo fuera.

—Siéntate, Cecily —ordenó Katherine. Cecily obedeció y ella le envolvió ambos tobillos con las vendas, metió el extremo por la parte de arriba y después ató las vendas con dos nudos fuertes—. Ya está. No es muy glamuroso, pero cumple su función.

—Madre mía, estoy sudando como un cerdo con tanta ropa —murmuró Cecily. El calor era insoportable y se sentía mareada.

—Te acostumbrarás, no te preocupes. Bueno, vámonos.

Salieron de la casa y fueron hacia un lateral, donde Bill ya estaba al volante de su vieja camioneta. Bobby iba en la suya, aparcada al lado. Cecily abrió los ojos como platos cuando vio allí mismo una versión de carne y hueso de uno de los dibujos de los guerreros masáis que había visto en los libros que sacaba de la biblioteca de Manhattan. El masái, sentado en la parte de atrás de la camioneta junto a los suministros, la saludó con un gesto de la cabeza muy majestuoso. Tenía una lanza larga a su lado e iba vestido con una túnica rojo oscuro atada en los hombros. En el cuello llevaba collares de cuentas multicolores y de las orejas agujereadas le colgaban varios aros grandes. Tenía las facciones angulosas, la piel oscura sin apenas arrugas, y llevaba el pelo muy corto y recubierto con un barro rojizo. Cecily no supo calcularle la edad; podría tener entre veinte y cuarenta.

—Este es Nygasi, un amigo mío —dijo Bill—. Suban, señoras.

Bill indicó a Cecily que se sentara delante, a su lado, y Katherine se acomodó en el asiento de atrás, con Nygasi encaramado justo detrás de ella. Cecily se cubrió los ojos con la mano para protegerse de un destello que el sol le arrancaba a la lanza de Nygasi y se preguntó si el masái habría tenido alguna vez motivos para usarla.

—¿Todos listos? —preguntó Bobby desde su camioneta.

Había otros dos masáis sentados en la parte de atrás de su vehículo, también con lanzas.

—Del todo —afirmó Katherine muy emocionada, y le pasó a Cecily una cantimplora con agua—. Bebe solo lo que necesites. El agua es un bien preciado en el Bush en esta época del año.

La recomendación no tranquilizó a Cecily, que ya tenía los nervios de punta.

El motor de la camioneta cobró vida con un rugido. Cuando Bill pisó a fondo el acelerador y arrancaron con una sacudida, Cecily se agarró al asiento y rezó para no vomitar.

Tras viajar por una pradera polvorienta durante lo que le parecieron horas, el terreno empezó a cambiar sutilmente y se volvió más exuberante. El paisaje era muy abierto y el vasto cielo azul rozaba las copas de las acacias de corteza amarilla, que las jirafas ramoneaban enroscando su larga lengua en las ramas para acercárselas. La camioneta dio un giro brusco y Cecily vio que habían esquivado a dos hienas que aparecieron corriendo justo delante de las ruedas.

—¡Malditas bestias! —gruñó Bill por encima del ruido del motor.

—Mira, Cecily, eso son ñus, los que tienen la crin en el lomo. Y ese es el *enkang* de Nygasi, el pueblo donde viven sus mujeres y sus hijos —explicó Katherine señalando a la izquierda.

Cecily observó una especie de corral circular hecho de ramas. Unas mujeres con túnicas de color rojo oscuro caminaban hacia allí con haces de leña bajo los brazos y unas cabras pisándoles los talones. Algunas llevaban colgadas de un hombro unas improvisadas mochilas en las que iban sus bebés. Al ver las camionetas, las mujeres se detuvieron, saludaron con la mano y sonrieron.

—¿Ha dicho «mujeres», en plural? ¿Eso quiere decir que Nygasi tiene más de una?

—Es la tradición masái —contestó Bill—. Cuantas más vacas, mujeres e hijos tengas, más te respetarán en tu tribu. Y a Nygasi lo respetan mucho.

—¡Mira allí! —gritó Katherine media hora después, señalando a lo lejos. Cecily vio que había animales congregados alrededor de una mancha plateada difusa—. ¿Ves las gacelas de Thomson, las pequeñas con los cuernos rectos? Son muy valientes por beber ahí; nunca se sabe cuándo puede salir un cocodrilo y atrapar a alguna. Pero así es la vida en estas praderas.

Cecily se alegró mucho cuando Bill por fin detuvo la camioneta junto a un bosquecillo de acacias y Bobby aparcó a su lado. El sol caía a plomo sobre la camioneta descubierta y ella llevaba todo el trayecto encontrándose mal.

—¿Aquí nos quedamos? —preguntó Bobby.

—Sí, Nygasi dice que este es el mejor sitio para acampar hoy. —Bill hizo un gesto con la cabeza y bajó del coche.

—Hora de montar el campamento —exclamó Katherine, exultante, y se unió a Bobby para descargar el equipo y los suministros. Cecily fue hacia ellos, pero Bill le puso una mano en el hombro para detenerla.

—Quiero ayudar —protestó.

—Será mejor que se quite de en medio —afirmó él—. Se la ve un poco acalorada, Cecily. Vaya a sentarse a la sombra y beba un poco de agua.

Cecily se sentó en una roca bajo unos árboles y bebió varios sorbos de agua mientras veía cómo los demás montaban el campamento. Bajaron de la camioneta grandes rollos de lona, unas neveras de camping y las cestas, que dejaron a su lado, a la sombra. Los tres masáis se pusieron manos a la obra juntos: extendieron las lonas en el suelo y las colgaron de unos frágiles palos de bambú para hacer las tiendas, que cubrieron con mosquiteras. Después echaron montones de hierba sobre las lonas, hasta que se confundieron con el paisaje que las rodeaba. Katherine sacó algo de las neveras, se sentó al lado de Cecily y le dio un sándwich envuelto en papel encerado.

—Será mejor que comas, porque hoy vamos a caminar mucho. Bill no es amigo de los safaris en coche; no le gusta eso de buscar animales y dispararles desde la comodidad de la camioneta.

—¿Vamos a ir de caza? —preguntó Cecily. Había visto que bajaban de las camionetas unos rifles, pero creía que eran como medida de seguridad.

—¿Y qué vamos a cenar si no? —respondió Katherine riendo—. Tómate un té, te refrescará.

Cecily aceptó la cantimplora que le pasó Katherine. Bebió el té caliente, fuerte y negro y con un poco de azúcar, y al poco notó que su estómago se iba asentando.

—Oh, y si piensas en los… servicios básicos —dijo Katherine en un susurro—, aquí solo tienes que irte detrás de un arbusto, nadie mirará. Pero ten cuidado de no levantar ninguna piedra; nunca se sabe si habrá una serpiente o un escorpión echando una siesta debajo. —Después de decir eso, le dio una palmadita en la rodilla y se levantó para ir a ayudar a Bobby, pero Cecily se quedó petrificada por el miedo.

Cuando el campamento estuvo montado y todos terminaron de comer, Bill y Nygasi encabezaron la marcha y los otros dos masáis se colocaron en la retaguardia. Cecily iba con Katherine y Bobby y escuchaba atentamente sus historias sobre otros safaris.

—Una vez oí que lord Delamere estuvo siguiendo a un macho de elefante durante siete días —comentó Bobby—. Estaba decidido a pillar a ese mastodonte. Los colmillos todavía están colgados en Soysambu. Nunca he visto unos tan grandes…

Detrás, los dos masáis hablaban en voz baja en su lengua. A Cecily le resultaba tranquilizadora su presencia. Hacía rato que había pasado el mediodía y el sol estaba en lo más alto. Al levantar la vista vio las siluetas de unos buitres dando vueltas sobre sus cabezas. Una brisa suave agitaba la hierba y traía el zumbido de los insectos y algún que otro mugido de los ñus. Katherine señaló a su derecha, donde había una docena de cebras refugiadas muy juntas bajo la sombra de unas acacias. Cecily sacó la cámara y tomó tantas fotos como pudo, cruzando los dedos para que le hicieran justicia a ese lugar tan increíble.

Por fin, cuando Cecily ya se preguntaba si sería capaz de dar un paso más con esas pesadas botas, Bill hizo un gesto a las mujeres para que se agacharan entre la alta hierba y después señaló un abrevadero a unos cien metros de distancia. Nygasi, Bobby y él se acercaron agachados. Nygasi sujetaba su lanza sin esfuerzo, y Bill y Bobby cargaban con sus pesados rifles al hombro.

El abrevadero estaba atestado de animales, pero Cecily vio que Bill apuntaba a un rebaño de antílopes grandes con rayas. Algunos tenían unos majestuosos cuernos retorcidos.

—Kudús —aclaró Katherine en un susurro.

Cecily vio a Bill amartillar el arma y apuntar por la mira. Un segundo después el disparo resonó con fuerza. Unos pájaros salieron volando y los animales que estaban en el abrevadero echaron a correr para esconderse. Cecily vio que había un kudú tumbado sobre el costado.

Los cinco hombres fueron a por la presa y Nygasi golpeó el suelo con la lanza para asustar a los chacales, que ya estaban rodeándoles tras oler el cadáver. Aunque no era agradable, Cecily descubrió que no podía apartar la vista mientras despellejaban el animal, tan grande como un caballo. Bobby y Bill cargaron con la cabeza entre los dos. Los cuernos eran del tamaño de la pierna de un adulto.

—Un disparo certero en la cabeza —dijo Bobby con admiración cuando llegaron junto a Cecily y Katherine—. Bill es el mejor cazador que conozco. Un kudú adulto. ¡Mirad estos cuernos!

Cuando vio ahí delante a los hombres manchados de sangre y le llegó el olor del cadáver, Cecily tuvo que darles la espalda y contenerse para no vomitar. Katherine la sujetó y todos juntos emprendieron el camino de vuelta al campamento mientras Cecily boqueaba con la mayor discreción posible para aspirar un poco de aire.

—¿Estás bien? —preguntó Katherine.

—Lo estaré —logró responder—. Nunca había visto matar un animal.

Katherine asintió, comprensiva.

—Es bastante impactante, lo sé. Aunque me parece horrible cazar para conseguir trofeos, creo que es honesto hacerlo para comer. Todas las partes de ese kudú se van a aprovechar, Cecily. Mira ahí detrás —dijo señalando los restos que habían quedado en la orilla. Los buitres, los chacales y las hienas ya estaban peleando por el botín—. El ciclo de la vida continúa; solo ocupamos nuestro lugar en la cadena alimentaria.

Cecily estuvo a punto de mostrar su desacuerdo, pero entonces pensó que cada bocado de carne que había comido era gracias a lo que acababa de presenciar. Así que mantuvo la boca cerrada para no pecar de ingenua.

La vuelta al campamento fue mucho más lenta y, cuando estaba anocheciendo, se encontraron con una manada de elefantes a menos de un kilómetro de distancia.

—¡No me lo puedo creer! —soltó Cecily mirando a través de sus prismáticos, y sintió un repentino nudo en la garganta—. Son… ¡majestuosos!

—Tenemos que tener cuidado porque tienen crías —advirtió Katherine—. Son muy protectores y no dudarán en cargar contra nosotros si se ven amenazados.

—Es una manada de hembras —oyó que Bill le decía a Bobby—. No hay machos que cazar. Pero seguro que conseguiremos un trofeo de marfil algún día, no lo dudes.

Cecily sintió una oleada de furia al imaginarse a Bill (o a cualquier otra persona) disparando a esas criaturas tan hermosas. Vio a la manada avanzar despacio, muy junta, y notó que el suelo vibraba bajo su peso y su fortaleza.

Alguien le tocó el hombro y apartó la vista de los elefantes. Nygasi le hizo una seña para que se acercara, se agachó y señaló algo que había en el suelo. Cecily miró y dio un respingo. En la suave tierra naranja se distinguía el contorno perfecto de una huella grande.

—*Olgatuny* —dijo el masái—. León —añadió para que lo entendiera Cecily.

—Sí, es de un león. —La voz de Bill le llegó desde arriba, por encima de su cabeza—. Y es reciente, a juzgar por lo clara que está la huella. Nygasi puede distinguir hasta las huellas de una vaca en concreto, y una vez rastreó y cazó a un leopardo que estuvo merodeando cerca de su *enkang*. Eso significa «pueblo», Cecily. —Le dio una palmada en la espalda a Nygasi—. No me gusta que esté tan cerca del campamento. Tenemos que tener cuidado.

Los dos hombres se apartaron unos metros y se pusieron a hablar, pero Cecily se quedó donde estaba, mirando la huella que tenía delante. Acercó la mano para tocarla con cuidado y el corazón se le aceleró al pensar en lo enorme que tenía que ser el león si la huella era de ese tamaño.

Diez minutos después, de vuelta en el campamento, Cecily pudo sentarse por fin. Mientras se tomaba un té, contempló cómo el sol se escondía tras el horizonte muy despacio y las acacias se convertían en siluetas negras en medio del paisaje. Hicieron una gran hoguera y, cuando la temperatura empezó a caer en picado, Katherine apareció a su lado y la envolvió con una manta. Ella observó, fascinada, cómo los masáis preparaban la carne del kudú y la pinchaban en brochetas. Pronto el aire se inundó del apetecible aroma de la carne asada. Pero Cecily recordó la truculenta muerte del animal y sintió vergüenza cuando su estómago rugió de hambre.

El atardecer se convirtió en noche cerrada y, al levantar la vista, Cecily se encontró con el cielo más repleto de estrellas que había visto en su vida. Bobby y Bill comían y bebían cerveza junto a la hoguera y hablaban de la cacería del día.

—Toma, querida. —Katherine le dio un trozo de carne humeante envuelta en una torta de pan que habían calentado en el fuego.

—Gracias. —Sonrió agradecida y dio un mordisco para probar. Estaba delicioso.

Después de cenar, se acomodó y escuchó el suave murmullo de la conversación junto a la hoguera. Estaba feliz con todo aquello; con las llamas trepidantes y el humo formando volutas que ascendían hacia el aterciopelado cielo nocturno, el campamento parecía un refugio seguro. Aunque de vez en cuando se oían chillidos y aullidos de animales que no identificaba en medio de la oscuridad, Cecily se sentía protegida solo con pensar en el rifle que Bill tenía al lado de sus pies.

Bill encendió una pipa y a Cecily le llegó el aromático olor del tabaco.

—Me voy a la cama ya —anunció Katherine con un gran bostezo—. ¿Vienes, Cecily?

Aunque estaba más que agotada, el increíble cielo estrellado y el hecho de estar sentada en medio del Bush africano hicieron que Cecily quisiera aferrarse a ese momento un ratito más.

—Iré dentro de un minuto.

—De acuerdo. Buenas noches a todos —se despidió Katherine levantándose.

Bobby la imitó.

—Sí, ha sido un día largo —comentó—. Os veré por la mañana temprano.

Bobby y Katherine se retiraron a sus dos tiendas. Nygasi y los otros masáis se alejaron de la hoguera y se adentraron en la oscuridad. Cecily vio que se colocaban alrededor del perímetro del campamento, y de repente se dio cuenta de que se había quedado a solas con Bill.

—¿Qué le ha parecido el día? —preguntó él removiendo el fuego con un palo.

—Yo... La verdad es que ha sido increíble. Me siento una privilegiada, aunque también he pasado miedo. He tenido la adrenalina por las nubes todo el día.

—¿Es usted aventurera, Cecily? —Bill la miró con su mirada profunda—. ¿O prefiere lo seguro?

—No sé, la verdad. Quiero decir que venir a África ya me ha cambiado. Tal vez todavía esté descubriendo quién soy.

—Quizá ninguno sepamos nunca del todo quiénes somos.

—Pero seguro que usted sí es un aventurero.

—Puede que no lo fuese si la vida no me hubiera obligado a convertirme en uno. Yo estudiaba Derecho en Inglaterra y entonces, bueno, llegó la guerra... y el amor, y mi vida cambió irrevocablemente. Dígame, señorita Huntley-Morgan, ¿por qué está usted en África?

—He venido a visitar a mi madrina —contestó sin atreverse a mirarlo a los ojos.

—Para mí es obvio que usted huye de algo. Eso es lo que transmite.

—¿Y cómo lo sabe?

—Porque yo también lo transmitía cuando vine aquí la primera vez. La cuestión es: ¿volverá corriendo?

—No tengo ni idea. Bueno, creo que debería dormir un poco. —Cecily se levantó—. Gracias por enseñarme todo esto, Bill. Le juro que no lo voy a olvidar nunca. Buenas noches. —Se despidió con un gesto de la cabeza y cruzó los pocos metros que la separaban de la tienda que compartía con Katherine.

Entró agachándose. Katherine ya estaba roncando suavemente en su camastro, así que Cecily se quitó las botas, movió un poco los dedos de los pies, aliviada, y se tumbó vestida, con la basta manta por encima para protegerse del frío de la noche. Y se puso a pensar que, pese a su brusquedad y su extraña propensión a avergonzarla, había algo en Bill Forsythe que la fascinaba. Incapaz de seguir despierta ni un minuto más, comprobó que la manta estaba bien remetida a los pies, por si algo intentaba colarse por ahí durante la noche, y después cerró los ojos y se quedó dormida.

Cecily se despertó al amanecer, con la boca seca y muerta de sed. Bebió un sorbo de la cantimplora que tenía a su lado y se puso las botas intentando no despertar a Katherine, que dormía profundamente.

Salió de la tienda, se desperezó y miró el cielo. Era una paleta de diferentes tonos suaves de azul, rosa y morado, y se sintió como si estuviera en medio de un cuadro impresionista. Apartó la vista del espectáculo y buscó sin hacer ruido un lugar para hacer sus necesidades. Encontró una hierba que le llegaba casi hasta la cintura, y cuando terminó, volvió caminando despacio al campamento, disfrutando de los frescos olores de la naturaleza. Entonces oyó un gruñido bajo, como un motor en marcha. Pero si no había coches en muchos kilómetros a la redonda…

Cecily se paró en seco cuando vio un león adulto, muy quieto, agazapado entre la hierba, a solo unos metros, con sus ojos amarillos fijos en ella. El animal se levantó y empezó a acercarse.

Ella se quedó petrificada en el sitio, con el corazón martilleándole en el pecho. Y entonces el león empezó a correr.

—¡CECILY! ¡AL SUELO!

Se agachó por instinto y un disparo cruzó el aire del amanecer. El león dio un traspiés pero siguió directo hacia ella. Resonó otro disparo, y después otro, y entonces el león se detuvo y luego cayó de lado.

—¡Dios santo! ¡Cecily! ¿Está bien?

Ella intentó responder, pero parecía que la boca no le obedecía y que las piernas se negaban a moverse, y además todo le daba vueltas…

—Cecily, ¿me oye?

Sintió una fuerte bofetada en la mejilla y al abrir los ojos vio a Bill mirándola fijamente.

—Disculpe, pero es la forma más rápida de despertar a alguien que se ha desmayado. Voy a levantarla y a darle un poco de brandy.

Cecily notó que unos brazos fuertes la incorporaban y luego un líquido se deslizaba por su garganta. Estuvo a punto de tener un ataque de tos de lo fuerte que estaba, pero le sirvió para recuperarse un poco. Y cuando vio a Bill de pie a su lado, casi deseó no haberlo hecho. Al instante se ruborizó por la vergüenza.

—Perdón. No sé qué me ha pasado.

—Ha visto a un león que iba directo a por usted —explicó Bill—. He visto a hombres hechos y derechos mearse en los zapatos después de algo así. Pero pronto estará bien. Volvamos al campamento.

Él la sostuvo hasta que llegaron a las tiendas. Cecily vio que Nygasi caminaba justo detrás de ellos. Todavía se notaba el olor a pólvora en el aire.

—¿Cómo… cómo lo ha sabido? —preguntó, todavía con las piernas como gelatina.

—¿Que usted iba a cometer la tontería de alejarse? —preguntó enarcando una ceja—. No lo sabía. Nygasi ha visto las huellas del león y lo estábamos siguiendo. Acabábamos de encontrarlo cuando la vimos a usted. Ha tenido suerte de que estuviera yo allí.

Cecily se ruborizó hasta la raíz del pelo y solo deseó que no la hubieran visto en cuclillas entre la hierba alta antes de que el león se lanzara a por ella.

Katherine acudió corriendo y se colocó al otro lado de Cecily para ayudarla.

—¿Qué han sido esos disparos? ¿Qué ha pasado? —quiso saber.

—Un león hambriento, nada más —contestó Bill—. Ya nos hemos ocupado de él. Definitivamente. —Dejó a Cecily al cuidado de Katherine y se fue a hablar con Nygasi, que asintió y volvió a donde estaba el león.

—¿Seguro que está muerto? —logró preguntar Cecily.

—Sí. —Bill asintió—. Créame, he disparado a muchos leones. Bueno, le prepararemos un poco de té.

Cecily dejó que Katherine se ocupara de ella. La envolvió en una manta y la sentó junto al fuego con una taza de aluminio llena de té recién hecho, que insistió en que se bebiera muy despacio.

—De verdad que ya estoy bien —replicó Cecily poniéndose de pie; su orgullo se imponía a sus limitadas fuerzas—. ¿Qué va a pasar con el león?

—Lo cargarán en la camioneta de Bill y se lo llevarán. Seguro que algún estadounidense rico compra la cabeza y la piel como trofeo.

—No seré yo —dijo Cecily con voz ahogada—. Ha sido culpa mía. Me he alejado demasiado.

—Bueno, seguro que en el fondo Bill está encantado. Así ha tenido una excusa para conseguir otro trofeo. ¿Puedes ir andando hasta la camioneta? Creo que ya has tenido bastantes emociones por hoy y voy a pedirle a Bobby que nos lleve de vuelta. Pero primero tengo que llenar las cantimploras.

Katherine se marchó. Cecily, aferrada a su taza, fue hasta el límite del campamento y vio a Bill y a Nygasi colocando el león sobre una lona. Los siguió hasta la camioneta de Bill, donde ellos y los otros dos masáis subieron sin muchos miramientos el animal en la parte de atrás y lo ataron con cuerdas.

De cerca el león era enorme, e incluso muerto conservaba su dignidad. La melena, de un profundo dorado oscuro, brillaba al sol y en la boca se veían unos grandes colmillos amarillos. También tenía unas marcas que parecían cicatrices en la cara.

—Es viejo —explicó Bill—. Ha sobrevivido a unas cuantas batallas, por lo que se ve, y lleva tiempo pasando hambre. ¿Ve las costillas? Lo más seguro es que estuviera herido y no fuera capaz de cazar una presa decente. Menos mal que no consiguió hacerse con usted, Cecily.

Ella asintió sin decir nada y volvió al campamento, donde Bobby estaba desmantelando las tiendas y Katherine guardando las cosas en las cestas.

—¿Has disparado alguna vez a un animal salvaje, Katherine? —preguntó Cecily.

—Sí. Dios me perdone, pero lo he hecho. Si te crías aquí, te enseñan a disparar desde pequeña. Como has visto, eso te puede salvar la vida. Nunca lo he hecho por deporte, pero no olvides que aquí fuera las cosas son muy diferentes. El peligro es real.

—Estoy empezando a darme cuenta.

—¿Listas para irnos? —preguntó Bobby subiendo al asiento del conductor.

—Sí —dijo Katherine con seguridad. Ayudó a Cecily a subir a la parte de atrás y ella se sentó al lado de Bobby.

—Adiós, Cecily. Siento que su primer safari haya sido tan… accidentado. —Bill había aparecido junto a la camioneta y la miraba fijamente.

—Oh, no, Bill. Yo siento haberle causado tantas molestias. Gracias por salvarme la vida —agradeció Cecily.

—Para eso estoy. Que tenga buen viaje de vuelta.

—¿No viene con nosotros?

—No, tenemos trabajo. Me despido aquí.

Cuando Bobby pisó el acelerador y se alejaron del campamento, Cecily miró atrás. Mientras observaba a Bill, de pie junto a

Nygasi al lado de su trofeo, se dio cuenta de que él ya estaba en otro mundo y se había olvidado de ella.

Tras despedirse de Bobby en la granja de Bill y recoger el DeSoto, un vehículo mucho más cómodo, Katherine y Cecily volvieron a Wanjohi Farm. Cuando llegaron, Cecily vio que el brillante Bugatti blanco de Kiki estaba aparcado en la entrada.

—¿Seguro que estás bien para hacer el viaje de vuelta a Naivasha esta noche? —preguntó Katherine cuando apagó el motor y las dos salieron del coche—. Estaré encantada de que te quedes aquí otra noche conmigo.

—Gracias, pero ya han venido a recogerme, y además debo volver. Estoy preocupada por mi madrina.

—Lo sé. —Katherine le rodeó los hombros con el brazo para consolarla—. Pero recuerda que ella no es responsabilidad tuya.

—Sí, pero… —Cecily se encogió de hombros—. Gracias por todo. —Se abrazaron—. Sin duda, ha sido una aventura.

—Lo has llevado muy bien, Cecily. Si me necesitas, estaré aquí, en casa de Alice, hasta la boda. No me puedo creer que ya solo quede un mes —comentó Katherine mientras el silencioso Makena guardaba la maleta de Cecily en el maletero del Bugatti.

—Bueno, si puedo hacer algo para ayudarte, no tienes más que decirlo —dijo Cecily antes de sentarse en el asiento de atrás.

—Lo haré. Adiós.

—Adiós, Katherine, y muchas gracias —dijo a través de la ventanilla cuando el Bugatti arrancó y entró en el camino lleno de baches.

Tras despedirse de su amiga, Cecily se preguntó si haberse visto amenazada por un león hambriento era peor que volver a ese extraño ambiente que se cernía como una nube gris sobre Mundui House…

25

C ariño! ¿De verdad eres tú?

—Sí, mamá, soy yo... —Oír la voz de su madre al otro lado de la línea telefónica entre tantos chasquidos hizo que a Cecily se le llenaran los ojos de lágrimas—. ¿Qué tal estás? ¿Cómo está papá? ¿Y Mamie? ¿Ha tenido ya el bebé?

—Las preguntas una por una, Cecily —pidió su madre riendo—. Llevo días intentando hablar contigo para decirte que sí, que Mamie ha tenido una niñita preciosa que se llamará Christabel. Papá no está contento porque quería un niño para que «estuviera en su equipo», como él dice, pero, oh, Cecily, es la cosa más bonita del mundo.

—¿Y las dos están bien?

—Sí. Según Mamie, el parto fue pan comido. No hace más que repetir que no entiende por qué se quejan tanto las mujeres por eso.

—Habrá sido por todas esas clases de calistenia que ha dado —comentó Cecily—. Dile que la quiero y que estoy deseando conocer a mi nueva sobrina. Me vas a enviar una foto de ella, ¿verdad, mamá?

—Claro que sí. ¿Qué tal por Kenia?

—Yo... Bien, mamá.

«Hace tanto calor que a veces no puedo respirar, en Mundui House todo es muy raro y solitario, por poco no me he convertido en el desayuno de un león hambriento y te echo mucho de menos...»

—¿Y cuándo vuelves a casa? Papá dice que por aquí todo el mundo está preocupado por la guerra. Algunos creen que ya es inevitable.

—Lo sé, mamá, yo también lo he oído, pero...

—Pues por eso me preguntaba si no sería buena idea que regresaras a Inglaterra en cuanto pudieras, cariño. Así, si pasa algo, al menos solo tendrás que coger un barco y cruzar el Atlántico para llegar a casa. Audrey dice que estaría encantada de tenerte otra vez en Woodhead Hall hasta...

—... hasta después de la boda de Jack y Patricia —la cortó Cecily.

Todo su cuerpo se estremeció, no solo porque su madre estaba anteponiendo la vergüenza que le causaba la boda del exprometido a la seguridad de su hija, también porque no deseaba pisar de nuevo Woodhead Hall.

—De verdad, mamá, aunque estoy deseando volver a casa, aquí estoy bien. Si se declara la guerra, mi amigo Tarquin dice que no afectará a Kenia de forma inmediata. Así que ¿por qué no me reservas un billete para mediados de abril?

«En otras palabras, justo después de la boda...»

—¿Estás segura de que no quieres ir con Audrey a Inglaterra?

—Del todo —respondió Cecily con seguridad.

—Vale, le diré a papá que haga la reserva. Oh, te echo tanto de menos, cariño, y todos nosotros...

La voz de Dorothea desapareció en el éter y solo se oyeron unos chasquidos fuertes. Cecily puso el auricular en su soporte, cruzó los brazos, salió a la terraza y examinó el paisaje.

«¿Y si volviera a casa la semana próxima y al diablo con la boda de Jack?»

—¿A quién le importa? —le dijo en voz baja a un babuino que la miraba fijamente, como si sopesara si merecía la pena arriesgarse a saltar a la mesa de la galería para robar el desayuno que acababa de poner allí Chege, el joven criado que era el segundo de Aleeki—. ¡Bu! —Cecily dio unas palmadas y se acercó al babuino, que se quedó justo donde estaba, mirándola con descaro—. ¡Vete! —gritó, y el animal por fin se fue.

Cecily se sentó a la mesa y se bebió el café caliente y fuerte mientras oía los graznidos y los cacareos que anunciaban el comienzo del día allí en Mundui House. Llevaba tres semanas desayunando sola todos los días. A su vuelta del safari, Chege le había entregado una carta.

—De *memsahib* para *memsahib* —dijo.

La carta era de Kiki y en ella le informaba de que se había ido a Nairobi para hacer compañía a Alice durante su enfermedad, y que se llevaba a Aleeki con ella. Añadía que «volvería muy pronto», pero unos días después Aleeki regresó para coger un baúl de ropa y explicarle a Cecily que Kiki se iba a quedar más tiempo en Nairobi. Poco después, desapareció de nuevo para volver junto a su señora.

Cecily sabía que lo que le había dicho Aleeki era mentira; se había encontrado con Katherine justo la semana anterior, cuando fue con Makena y con Chege a Gilgil.

—Siento no haberte llamado estos días —se disculpó Katherine—, pero la boda, entre otras cosas, ha ocupado todo mi tiempo.

Cuando Cecily le preguntó cómo estaba Alice y cuándo saldría del hospital, Katherine pareció sorprendida.

—Oh, ya lleva en casa dos semanas. Insistió en que no aguantaba ni un minuto más en el hospital, así que la estoy cuidando en Wanjohi Farm. Ya está mucho mejor y habla de irse de safari al Congo, aunque está preocupada, claro, como todos, por la situación en Europa y por cómo afectará eso a las cosas en África... Dios, me sorprende que Kiki no te haya dicho que Alice ya estaba en casa.

—Hace semanas que no veo a Kiki —confesó Cecily—. Aleeki me dijo que estaba en Nairobi.

—Bueno, entonces casi seguro que se aloja en el Muthaiga Club, aunque tengo que decir que es bastante descortés por su parte dejar abandonada a su ahijada. De todas formas, cuando se celebre la boda y por fin me haya mudado a nuestra casa nueva, serás más que bienvenida allí y podrás quedarte conmigo y con Bobby. Debes de sentirte muy sola en Mundui, pobrecilla.

—Oh, estoy bien, Katherine. Seguro que Kiki vuelve pronto.

—Bueno, querida, me temo que tengo que irme corriendo. Debo llevar los programas de la ceremonia a la imprenta y cierran al mediodía. Te veo la semana que viene en la boda.

—Claro. ¡Buena suerte! —gritó Cecily cuando Katherine ya se alejaba.

Dos días después de ese encuentro, Cecily aún no había tenido noticias de Kiki. Ningún miembro del personal de la casa hablaba bien su idioma y, además, tampoco estaría bien sonsacarles dónde estaba su madrina...

Y encima debía de haber cogido algún virus, porque tenía náuseas todas las mañanas tras el desayuno y a las dos de la tarde ya no podía ni levantar los pies para subir la escalera hasta el dormitorio y echarse una siesta. Había confiado en que se le pasaría, pero solo había ido a peor, se dijo. Cogió un trozo de pan y lo miró, y de pronto sintió que la bilis le subía hasta la garganta.

Cuando se dio cuenta de que iba a vomitar el café, Cecily se levantó y fue hasta la barandilla. Consciente de que no llegaría al baño a tiempo, corrió tras unos arbustos y vomitó en un arriate.

—Oh, Dios mío… Oh, Dios mío —gimió, limpiándose las lágrimas que le caían—. En qué estado estás, Cecily…

Volvió despacio al frescor del interior de la casa y subió como pudo hasta su habitación. Allí bebió un poco de agua y después se tumbó hasta que se le pasaron las náuseas.

—Oh, Cecily —murmuró—, ¿qué vas a hacer?

Unos minutos después llegó Muratha para arreglar el cuarto y, sorprendida al ver a Cecily tumbada en la cama, que estaba sin hacer, se paró en seco.

—¿Enferma, *bwana*?

—Me temo que sí —admitió. Se encontraba demasiado mal para seguir mintiendo.

—Tal vez malaria. —Muratha dejó un montón de sábanas limpias y fue junto a Cecily. Vacilante, le puso la palma fresca sobre la frente y la apartó rápido—. No caliente, *bwana*, así que bien. Llamo médico, ¿sí?

—No, todavía no. Tal vez mañana, si no mejoro.

—Bien, descansar ahora. —Muratha asintió y salió de la habitación.

Cecily se durmió. A la hora de comer ya se sentía algo mejor y comió un poco de pan y sopa. Escogió otro libro de la biblioteca y, más tranquila porque no había vomitado la comida, se acomodó en su sitio habitual: una hamaca a la sombra de un sicómoro. Unos minutos después oyó la risa alegre de su madrina y al instante apareció en el jardín, con el capitán Tarquin Price y Aleeki detrás.

—¡Ya estoy en casa, cielo! —gritó desde el otro lado del césped al ver a Cecily—. Perdona que te haya dejado tanto tiempo sola, pero ya estamos de vuelta, ¿verdad, Tarquin?

—Sí, mi amor, sí —dijo Tarquin, y le sonrió con cariño.

—¡Ven a darme un abrazo, Cecily! —Kiki abrió los brazos y Cecily fue hacia ella—. Vaya, estás un poco pálida. ¿Te encuentras bien?

—Creo que he cogido algún virus, pero ya estoy mejor.

—Cielo santo, deberías habérselo dicho a alguien del servicio. Yo habría vuelto a casa de inmediato y habríamos llamado al doctor Boyle. Aleeki, ¡vamos a tomar champán para celebrarlo! Tarquin tiene unos días de permiso, así que hemos salido de la ciudad para tomar un poco de aire fresco.

Y fue entonces cuando Cecily lo comprendió: Kiki también miraba con adoración a Tarquin, que tendría, no, seguro que tenía diez o quince años menos que ella.

Diez minutos después estaban todos sentados a la mesa en la galería, Kiki fumando y bebiendo champán con Tarquin, y Cecily decidida a limitarse al té. Kiki empezó a contar historias de las fiestas a las que había asistido en lo que Cecily ya veía como el infame Muthaiga Club y habló de lo bien que se lo habían pasado en cierto partido de polo.

«Y yo aquí, muerta de preocupación por su salud, cuando ella casi seguro que estaba en algún nidito de amor con su joven oficial británico y pegándose la gran vida en Nairobi», pensó Cecily, y volvió a sentir náuseas, aunque no sabía si era por el trocito de tarta que había medio comido o por la conducta egoísta de su madrina.

—Disculpadme, no me encuentro muy bien. Me voy a mi habitación a descansar.

—Claro —respondió Tarquin—. Si necesitas que llamemos al doctor Boyle, no tienes más que decirlo, ¿eh?

Una vez arriba, se tumbó en la cama y siguió oyendo el murmullo de las conversaciones. Aunque no había razón para que Kiki no buscara consuelo en brazos de otro hombre (era viuda y sin compromiso, después de todo), Cecily no podía evitar pensar que Kiki le había presentado a Tarquin en Nochevieja y que, durante esos preciosos minutos que había pasado en sus brazos en la pista de baile, se había llegado a preguntar si ese inglés guapo y encantador sentía algo por ella. Pero no; casi seguro que Tarquin ya era entonces el amante de Kiki y solo le había hecho un favor evitándole la humillación pública a su ahijada.

Jack, Julius y ahora Tarquin... En pocos meses, todos habían aportado su granito de arena para reducir la autoestima de Cecily hasta hacerla prácticamente inexistente. Nueva York, Inglaterra, Kenia... ¡Santo cielo! Era un fracaso de mujer allá donde iba. Y se odiaba aún más por haberle dejado su dirección de Kenia a Doris para que se la diera a Julius antes de su partida de Woodhead Hall...

—Pero qué patética eres, Cecily —murmuró, triste.

«Y eres aún más patética por no dejar de preguntar todos los días a los criados si ha llegado alguna carta de Inglaterra», pensó.

Cecily se levantó de la cama, inquieta, y fue hasta la ventana. Desde allí vio a Kiki, ahora con un traje de baño a rayas muy chic, paseando hacia el lago cogida de la mano de Tarquin, que lucía su cuerpo bronceado y ágil también en traje de baño.

Los vio entrar en el agua y salpicarse y reírse juntos. Después Tarquin rodeó a Kiki con sus brazos y la besó de una forma que Cecily solo podía describir como concienzuda. Recordó la proclama de Bill Forsythe de que no le gustaban los seres humanos.

Y se preguntó si ella compartía el mismo sentimiento.

Por suerte, durante los días siguientes Cecily mejoró. Se dio cuenta de que, si eliminaba su habitual taza de café cargado de las mañanas, podía comer un poco de pan y cereales. El alcohol estaba fuera de su dieta y eso parecía irritar mucho a Kiki.

—Vaya, has perdido el entusiasmo por la vida desde que me fui. ¿Por qué no tomas un sorbito? —la animó Kiki por enésima vez cuando Aleeki le ofreció un martini.

—Kiki, cariño, deja a la pobre chica en paz —dijo Tarquin mirando a Cecily con ojos de disculpa—. Obviamente, aún está convaleciente de su enfermedad.

Aunque Cecily le estaba agradecida a Tarquin por quitarle de encima a Kiki, intentaba coincidir con ellos lo menos posible, algo que no era difícil porque casi nunca se levantaban antes de la hora de la comida, momento en que los veía un rato en la galería, antes de que volvieran a escabullirse para dormir una siesta. El asiento bajo la ventana de su habitación se había convertido en su lugar favorito de la casa. Se sentaba allí acurrucada, donde recibía el aire fresco del ventilador de techo, que atenuaba el calor exterior, y estudiaba con los prismáticos las idas y venidas de los animales salvajes en el lago y sus alrededores.

Ese día, la manada de hipopótamos (cada uno tenía ya nombre en su cabeza) estaba echando su habitual siesta de la tarde y todos dormitaban tumbados de lado. A su alrededor unos antílopes de cuernos pequeños mordisqueaban las hojas de los nenúfares en la orilla del lago, ajenos a las enormes criaturas que roncaban a su lado. Un poco más allá, lejos del agua, los troncos de los árboles caídos que miraban al cielo hacían de perchas para todo tipo de pájaros, desde diminutos martines pescadores hasta los pesados pelícanos.

—¿Cómo puedo estar aquí sentada viendo todo esto y sentirme tan triste? —se regañó Cecily—. Si Mamie estuviera aquí, estaríamos las dos ahí fuera, nadando en el lago, navegando en una barca de remos, ¡viviendo! «Estás alicaída», me diría, y…

Pensar en su hermana y en su hija recién nacida, ambas tan lejos, la indujo a buscar en su mente algún pensamiento positivo, pero desaparecían con la misma rapidez con la que aparecían.

Se oyó un golpe en la puerta y apareció Muratha llevando en los brazos el vestido de seda verde que Cecily se pondría para la boda de Katherine y Bobby un par de días después.

—Muy precioso, *bwana* —dijo, y lo colgó con cuidado en el armario—. Mañana el baúl, ¿sí?

—Sí, gracias, Muratha.

—Nunca estar en Nairobi, ciudad muy grande —dijo Muratha—. *Bwana* mucha suerte. Hago baño, ¿sí?

Antes de que pudiera responder, Muratha desapareció y Cecily se reprendió un poco más por no ser capaz de evitar revolcarse en su propia tristeza, como uno de esos hipopótamos. Sabía que Muratha se cambiaría por ella sin pensárselo.

Fue hasta el espejo y miró su reflejo.

—Vas a ir a esa boda y más vale que te lo pases bien, ¿me oyes?

Dicho eso, Cecily se apartó del espejo y se dirigió al baño.

—Asegúrate de que en el club te dan mi habitación de siempre, ¿eh? Tiene vistas al jardín, no a la carretera —le dijo Kiki a Cecily después de que subiera al Bugatti—. Los has llamado ya para decírselo, ¿no? —preguntó mirando a Aleeki, que estaba a su lado.

—Sí, *memsahib*.

—Dales recuerdos de mi parte a Alice y a todos los de allí que no me odian —añadió Kiki, y soltó una risa seca y forzada. Era obvio que le dolía que no la hubieran invitado a la boda—. Y pásatelo bien, ¿vale?

—Lo haré, te lo prometo —aseguró Cecily.

—Entretanto, nosotros montaremos nuestra propia fiesta aquí, ¿eh, Tarquers?

—Por supuesto que sí, querida —contestó Tarquin. Se acercó y besó a Kiki en la cabeza—. Adiós, Cecily, y di a los compañeros que veas por allí vestidos de caqui que pronto volveré para meterlos en cintura.

—Se lo diré. Adiós.

Cecily se despidió alegremente con la mano y, cuando el Bugatti se alejó despacio de la casa, dejó escapar un suspiro de alivio.

Aunque estaba un poco nerviosa por ir sola a la boda y enfrentarse a un montón de extraños, mientras rodeaba el lago de camino a Nairobi también se sintió entusiasmada. Tras semanas encerrada y sola en Mundui House, estar en una ciudad que bullía de actividad la animaría. Y tenía curiosidad por ver con sus propios ojos el Muthaiga Club, del que tanto había oído hablar. Antes de salir, se había echado un último vistazo en el espejo y, con ese vestido de seda verde esmeralda y un sombrero a juego con una cinta de satén blanco y un lazo almidonado, le pareció que estaba, como mínimo, presentable. Se quitó los largos guantes blancos de satén y los dejó en el asiento de cuero, a su lado. A medida que avanzaban, deseó también poder quitarse el vestido, que le apretaba mucho más que la última vez que se lo puso, para cenar en Woodhead Hall.

—¿Y qué esperabas, Cecily? Aparte del safari, apenas te has movido de tu habitación —murmuró, y se prometió que cuando volviera a Mundui House nadaría en el lago todas las mañanas.

Cuando se acercaban a la ciudad, empezó a mirar ilusionada por la ventanilla, pero solo consiguió vislumbrar los edificios del centro de Nairobi que se extendían a su izquierda, entre el mar de casuchas construidas de cualquier manera junto a la carretera.

—Desde luego no es Manhattan —bromeó justo cuando Makena se salía de la polvorienta carretera principal.

Se paró ante unas puertas dobles y sacó la cabeza por la ventanilla para hablar con el vigilante. Las puertas se abrieron y entraron. Avanzaron entre un césped impecable en el que había plantados robles, castaños y acacias. A Cecily le recordó un parque inglés. Se detuvieron delante de un edificio de dos plantas de color salmón, con un bonito tejado de tejas rojas y ventanas cubiertas por unas persianas blancas relucientes. Unas palmeras y unos setos bien recortados cubrían las paredes, y unas pequeñas columnas dóricas adornaban la entrada. Cecily no había visto ningún edificio en Kenia que se esforzara tanto por demostrar lo civilizado que era. Salió rápido del coche y delante de la puerta doble se encontró con un hombre que parecía una versión más joven de Aleeki.

—Buenas tardes, *memsahib*. ¿Le importaría darme su nombre?

—Cecily Huntley-Morgan, señor.

—¿Ha venido a la boda del señor y la señora Sinclair?

—Sí —afirmó Cecily.

El hombre repasó la larga lista de nombres con una pluma estilográfica

—La señora Sinclair ya la ha registrado. ¡Ali! —Miró hacia el interior en penumbra y chasqueó los dedos. Enseguida apareció a su lado un criado—. Acompaña a la señorita Huntley-Morgan a su habitación, por favor.

Ali le cogió las maletas a Makena, que saludó con la cabeza y volvió al Bugatti. Cecily siguió al criado y cruzaron la recepción con suelos de madera y un par de pasillos estrechos, y empezó a oír el rumor de voces que llegaba desde alguna parte del edificio.

—Aquí, *memsahib*. Habitación diez —anunció Ali.

Cecily entró en una celda espartana que solo tenía una cama individual, una cómoda con un lavamanos encima y, en la esquina, un armario que parecía un ataúd colocado en vertical.

—¿Todo bien, *memsahib*?

—Perfecto, gracias.

Cuando Ali se fue y cerró la puerta despacio al salir, Cecily sacudió la cabeza: no daba crédito. Se había imaginado que el

Muthaiga Club sería una versión keniana del Waldorf Astoria. Tampoco le importaba mucho si lo era o no (solo se trataba de un sitio para dormir por la noche), pero no se imaginaba a Kiki en una habitación como esa.

Se ajustó el sombrero frente al espejo, se retocó el pintalabios y luego se situó ante la puerta que la llevaría a la fiesta. Inspiró hondo, la abrió y, como no tenía ni idea de hacia dónde tenía que ir, al final del pasillo decidió seguir el murmullo de la gente. Apareció en un comedor desierto, con muchas mesas adornadas con rosas de color crema y guirnaldas, y en las que se veía una cubertería de plata que habían pulido para que brillara. Las mesas continuaban hasta la galería, y al otro lado había un nutrido grupo de invitados bebiendo champán. Fue como si estuviera cruzando un jardín lleno de exóticas aves del paraíso, al menos en lo que se refería a las mujeres, que iban vestidas con sedas de todos los colores y lucían joyas que centelleaban bajo el sol del atardecer. Los hombres parecían una bandada de pingüinos, con sus corbatas blancas y los faldones de los chaqués. Cecily se unió a la multitud por un extremo y desde allí vio a Bobby y a Katherine, que lucía un vestido de encaje sencillo pero precioso que envolvía a la perfección su generosa figura y dejaba al aire sus hombros de piel clara. Unas rosas de color marfil adornaban su pelo pelirrojo, y Cecily sonrió al pensar que era la viva imagen de la felicidad.

—¿Champán, señora? —preguntó un camarero que pasaba.

—¿Puede ser agua? —Cecily no quería arriesgarse a vomitar en los arbustos rodeada de la *crème de la crème* de la sociedad local.

—¡Cecily, cariño! —exclamó Katherine, y se disponía a saludarla cuando una bombilla apareció delante de ella—. Solo un par de fotos más y me acerco a presentarte a todo el mundo.

—¡No hay problema! —contestó Cecily a gritos. En ese momento estaba más que satisfecha porque podía echarle un vistazo a la gente mientras esperaba.

Estaba Alice, que lucía un vestido largo de color zafiro bordado con cuentas que resaltaba su delgadísima figura. E Idina, a la que había visto por última vez en Mundui House corriendo desnuda hacia el lago antes de lanzarse a nadar; esta vez llevaba un vestido morado de seda tornasolada y un turbante a juego. Entre ambas había un hombre alto y elegante con el pelo rubio y los ojos azules. De lejos, a Cecily le recordó a Jack (al menos por el color del pelo y los ojos). Para tratarse de un hombre mayor, era muy guapo, y las dos parecían embelesadas con cada palabra que decía.

—¡Querida Cecily! Muchas gracias por venir. —Katherine apareció a su lado, arrastrando a Bobby con ella.

—Estás preciosa, Katherine.

—Lo está, ¿verdad? —Bobby rodeó con un brazo los hombros de su flamante esposa y le dio un beso en la cabeza.

Katherine extendió la mano izquierda y señaló su anular.

—Mira, Cecily, por fin. Tras todos esos años de amarlo en la distancia, mi sueño se ha hecho realidad.

—Me alegro muchísimo por los dos —contestó Cecily, y lo decía en serio. Si ellos no eran la pareja perfecta, no sabía quién podría serlo—. ¿Qué tal la ceremonia de ayer?

—Nada que ver con esto —contestó Katherine—. Yo llevaba un vestido de algodón, y todos los kikuyus de papá vinieron con sus mejores galas. ¡Nunca había visto unas joyas tan extravagantes! Fue preciosa, la verdad, y al final nos cantaron una canción de boda tradicional.

—Que a mí me gustó mucho más que el *Amazing Grace* —la interrumpió Bobby con una sonrisa.

—¿Está aquí tu padre?

—No, dijo que estaba demasiado lejos para venir y, como sabes, estas fiestas no son de su agrado. Pero ven conmigo, que te voy a presentar al resto del valle, al menos a los que no conoces aún —anunció Katherine sonriendo.

Después de estrechar al menos veinte manos, Cecily ya se había olvidado de todos los nombres. Todos eran lord esto y conde de lo otro, y las mujeres tenían curiosos nombres como Bubbles, Flossy o Tattie.

—Y, por supuesto, ya conoces a mi querida Alice, que ha salido como ha podido de su lecho de enferma para estar aquí hoy —comentó Katherine arrastrando a Cecily a otro círculo—. Te acuerdas de Cecily, ¿verdad, Alice?

—Claro que sí. Estás preciosa, Cecily. ¿A que sí, Joss?

Cecily vio que Alice miraba con adoración al hombre alto en el que se había fijado antes. Sus ojos de halcón se posaron primero en su cara y después la miraron de arriba abajo, evaluándola.

—Efectivamente —respondió con un bonito acento británico—. ¿Y quién es esta señorita?

—Es la ahijada de Kiki Preston —explicó Idina, al otro lado de Joss—. Me sorprende que los tambores de la jungla no te hayan informado ya de la última joven que se ha sumado a nuestras filas —comentó arrastrando las palabras—. Cecily, querida, te presento a Josslyn Hay, conde de Erroll, mi exmarido.

«Así que este es el hombre del que me ha hablado Katherine...», pensó Cecily mientras Joss le cogía la mano y se la llevaba a los labios.

—Encantado, Cecily. Entonces... ¿vives en Mundui House?

—Sí —logré decir. A pesar de la diferencia de edad, era «un sueño de hombre», como habría dicho Priscilla.

—Es una pena que ya no viva en Djinn Palace, junto al lago. Podría haberla invitado a usted a comer o a cenar alguna vez, y a su madrina también, por supuesto. Por desgracia, mi mujer, Molly, está muy enferma y tiene que estar cerca de un hospital.

—Oh, siento oír eso —dijo Cecily, incapaz de apartar los ojos de los de él.

—¿Se va a quedar mucho tiempo en Kenia? —preguntó.

—Bueno, yo...

—Ven, Cecily. Hay muchos más amigos que quiero que conozcas y no puedo permitir que Joss te acapare toda la noche. —Katherine la cogió con fuerza del brazo y la alejó de allí casi a rastras.

Cecily no pudo evitar mirar atrás para echarle un último vistazo y vio que él no había apartado los ojos de ella.

—En serio, Cecily, yo contaba con que tú fueras inmune a los encantos de Joss. Pero, mírate, ¡hecha un flan! —Katherine puso los ojos en blanco—. No sé qué les hace a las mujeres, pero a todas les tiemblan las rodillas cuando está cerca. Aunque, de todas formas, es un poco mayor para ti. —Cogió el vaso de agua que el camarero le había traído a Cecily—. Bebe y recupera la compostura. ¡Pero si tiene treinta y siete años, por Dios!

—¡La misma edad que tu Bobby! —exclamó Cecily, que por fin había recuperado la voz—. Pero ahora entiendo lo que queríais decir todos cuando hablabais de él. Es irresistiblemente guapo y absolutamente encantador.

—Querida, ¿puedo robarte un momento? —Alice interrumpió su conversación—. En la cocina necesitan saber cuánto tiempo quieres que haya entre plato y plato.

—Perdona, Cecily, vuelvo enseguida. Pórtate bien hasta que regrese —dijo Katherine, que siguió a Alice entre la multitud.

Cecily se bebió el vaso de agua. De repente notó que el sol caía a plomo sobre su sombrero de seda, así que fue a refugiarse a la sombra de un gran arbusto cubierto de preciosas flores rosas.

—Maravillosas, ¿verdad? —dijo una voz que llegó desde lo más profundo de los arbustos—. Son hibiscos, ¿sabe? A veces pienso que, si tuviera tiempo para plantar un jardín, los pondría por todas partes. —Bill apareció a su lado con un atuendo formal que parecía muy poco propio de él—. Perdone que la haya abordado así. La verdad es que me estaba aliviando discretamente ahí detrás.

—Oh, entiendo —contestó Cecily. Sintió que se le ruborizaban las mejillas y se preguntó si él se divertía provocándola de esa manera.

—Si me permite que se lo diga, aseada y arreglada está usted muy favorecida —comentó señalando su vestido.

—Lo mismo digo.

—¿Ya ha superado el shock de haberse librado por los pelos de ser el desayuno de un león?

—Sí, lo he superado. Y gracias de nuevo por salvarme.

—Un placer, señora.

Hubo una pausa mientras los dos observaban a la gente.

—Me recuerdan mucho a los flamencos del lago Nakuru; aquí se reúnen todos para cotillear y después migran de nuevo, de vuelta a sus nidos en las montañas, ya saciados de alcohol y de comida —comentó Bill—. Este no es mi elemento, como habrá supuesto, pero aprecio a Katherine y a Bobby, así que he pensado que debía contravenir mi costumbre, tragarme el desagrado y dejarme caer por aquí. Al menos durante una hora.

—¿No ha traído a Nygasi con usted?

—Pues sí. Está vigilando la camioneta, preparado para una salida rápida.

—¿Y no lo ha invitado a entrar?

—Lo haría si pudiera, señorita Huntley-Morgan. Pero aquí hay una política muy estricta que prohíbe la entrada a los negros. Lo que es un poco ridículo, ¿no cree?, dado que son los únicos que trabajan aquí, y en este país son cientos de miles más que nosotros. El colonialismo, ¿eh? Me pregunto de dónde saldrá tanta arrogancia...

—Tal vez su querida reina Victoria tenga algo que ver.

—Seguro. —Bill la miró—. Le confieso que no la tenía por una aficionada a la historia.

—Fue mi especialidad en Vassar —explicó Cecily, y por primera vez agradeció la sugerencia de su padre, que le dijo que sería mucho más útil que economía.

—¿De verdad? Vaya, vaya, ¿no es curioso? —Bill extendió la mano para coger una copa de champán de la bandeja de un camarero—. ¿Y qué piensa hacer con esa educación que ha recibido, si no le molesta que se lo pregunte?

—Poca cosa —reconoció Cecily encogiéndose de hombros—. ¿Qué pueden «hacer» las mujeres con sus conocimientos?

—Usted misma acaba de apuntar que todo esto, el Imperio británico, lo creó una mujer —repuso Bill.

—Por desgracia, yo no soy emperatriz. Ni tampoco lo pretendo.

—Permítame que le diga que hay muchas «emperatrices» delante de usted, al menos dentro de sus cabezas. Y también algún que otro emperador. Pero es fácil ser un pez gordo en un estanque pequeño, siempre y cuando a tu alrededor naden alevines... Eso son peces pequeños, querida... Que están dispuestos a aceptar un segundo lugar. Mire allí, por ejemplo. —Bill señaló a Joss Erroll, con Idina a un lado y Alice al otro—. Todos tienen que aprender a compartir, no sé si me entiende.

—Sí, creo que sí.

—Pero no quisiera privarla de todo esto, que es el evento social del año. Aunque dudo que vaya a haber muchos más. Acabo de oír que Alemania ha invadido Praga. Estamos a punto de meternos en otra guerra mundial. Si yo fuera usted, volvería corriendo a Estados Unidos antes de que fuera demasiado tarde.

—¡Oh, Dios mío! —Cecily lo miró horrorizada—. ¿Cuándo ha oído eso?

—Joss Erroll es amigo mío. De hecho, fue él quien me convenció para venir y quedarme en África. Me lo contó antes. Es el subdirector del Central Manpower Committee y, por tanto, el responsable de la distribución del personal civil y militar. Le he jurado que guardaría el secreto, por supuesto. No quiero que la feliz pareja se entere de esta noticia en un día tan especial, pero… Creo que ya se han hecho todas las apuestas. La declaración de Chamberlain respecto a la «paz de nuestro tiempo» ha quedado aplastada. En fin, ya he estado por aquí el tiempo suficiente; ahora que estoy casi seguro de que se avecina una guerra, he de volver a mi granja para averiguar cuántas cabezas de ganado va a requisar el ejército británico. Buenas noches, Cecily.

Bill se inclinó un poco y se fue por el mismo sitio por el que había aparecido: cruzando entre los hibiscos.

Una hora después, en la cena, a Cecily le costó comer. La habían colocado en una mesa junto a un hombre que se llamaba Percy, que dirigía la Shell Oil Company en África Oriental, y al otro lado tenía a sir Joseph no sé qué, que al parecer había sido el gobernador general de Kenia hasta un par de años antes. Era obvio que se había corrido la voz sobre lo que Bill le había contado en confianza, porque, tras unos minutos de conversación educada, los dos hombres empezaron a hablar en voz baja, ignorando a Cecily. Al menos Joss Erroll estaba enfrente, así que tenía algo agradable que mirar mientras los demás le hacían el vacío, aunque él parecía embelesado con su vecina, Phyllis, que había sido presentada como la esposa de Percy, el hombre de la Shell Oil. Si bien no solía criticar la imagen de otras mujeres, Cecily no pudo evitar preguntarse por qué demonios Joss encontraba fascinante a esa mujer. Era bastante insulsa y regordeta, pero él no paraba de toquetearla en diferentes partes del cuerpo.

—¿Qué tal está, querida?

Cuando el grupo de música empezó a tocar y la mitad de la mesa se levantó y fue a la pista de baile, una mujer más joven (al menos más que la mayoría de los invitados) se volvió hacia ella.

—Oh, estoy bien, gracias —mintió Cecily.

—Soy Ethnie Boyle, la esposa de William. Supongo que habrá oído hablar de él, es el médico local.

—Oh, sí, claro. Él es quien ha estado cuidando de Alice, ¿verdad?

—Intentándolo, sí, pero seguro que ya sabe que es una mujer difícil de cuidar. ¿Puedo? —preguntó señalando el asiento que había dejado vacío el hombre de la Shell Oil.

—Oh, claro.

—Katherine me ha pedido que esté pendiente de usted esta noche. Puede ser complicado enfrentarse a una multitud como esta, y más estando sola.

—Sí, estoy haciendo todo lo que puedo por recordar quién es quién, pero…

—Es muy confuso, sobre todo porque entre nosotros hay muchos matrimonios mezclados —dijo Ethnie con una carcajada—. ¿Cómo está su madrina? La vi hace unos días y parecía tan animada como siempre. Pero ha pasado una época tan mala por una razón o por otra…

—Sí, así es.

Tal vez fuese por el calor pegajoso de la noche o por la copita de champán que se había tomado para brindar por la feliz pareja, por no hablar de las terribles noticias que llegaban desde Checoslovaquia, pero de repente Cecily empezó a sentirse mal. Le daba vueltas la cabeza, así que cogió su bolso para sacar un abanico.

—¿Está bien, querida?

—Sí, es solo este calor y…

—Vamos adentro, ¿le parece? ¡William! —Ethnie llamó a su marido, que estaba al otro lado de la mesa—. Esta es la ahijada de Kiki, Cecily, y creo que el calor le está afectando. Ayúdame, ¿quieres, cariño?

Para humillación de Cecily, marido y mujer la ayudaron a levantarse de la silla y la acompañaron hasta el salón. Se sentó en un sofá de cuero y notó que un ventilador de techo generaba una brisa fresca sobre su cabeza. El doctor Boyle fue a buscarle un vaso de agua.

«Seguro que piensan que he bebido demasiado», se dijo Cecily, avergonzada; Ethnie la abanicaba y el doctor Boyle le acercó el vaso para que bebiera.

—¿Se siente mejor, querida? —preguntó.

—Un poco, sí. Disculpen las molestias.

—No sea tonta, es comprensible. ¿Se va a alojar aquí esta noche o quiere que llamemos a su chófer para que la lleve a casa?

—Me alojo aquí.

—Su pulso se ha calmado un poco —señaló el doctor Boyle tras apartar los dedos de su muñeca—. Y estoy seguro de que se encontrará mejor tras una noche de sueño reparador, aunque no sé si eso será posible con este alboroto. —Sonrió cuando la orquesta se lanzó a tocar *Ain't She Sweet*—. Voy a dejar que mi mujer la acompañe a su habitación y pasaré a verla mañana.

—Oh, no hace falta, de verdad —aseguró.

En ese momento Ethnie apareció a su lado con la llave de su habitación. La ayudó a levantarse y las dos salieron despacio del comedor. Las carcajadas y la música fueron perdiendo intensidad según avanzaban por el pasillo.

—¿Se ha mareado otras veces en los últimos días? —preguntó Ethnie.

Cecily estaba demasiado enferma y se encontraba demasiado mal para mentir.

—Algunas veces, sí, pero seguro que es por el calor.

—Bueno, mi marido vendrá por la mañana y así nos quedaremos todos tranquilos. Mejor prevenir que curar, ¿no? —Cuando llegaron a la puerta de la habitación, la abrió y se despidió—: Buenas noches, Cecily, querida.

—Buenas noches y muchas gracias por su amabilidad.

Cecily se sentó en la cama, se bajó la cremallera del vestido y dejó escapar un suspiro de alivio al sentir, por primera vez esa noche, que podía respirar. Luego se puso el camisón, se tapó con la sábana y cerró los ojos. Aunque la orquesta siguió tocando hasta bien entrada la noche, Cecily ni se enteró.

La despertó un golpe en la puerta. Le costó mucho recuperar del todo la consciencia.

—¿Quién es?

—Soy el doctor Boyle. ¿Puedo entrar?

Antes de que Cecily respondiera, la puerta se abrió y en el umbral apareció el doctor Boyle con su maletín de médico.

—Buenos días, Cecily. ¿Se encuentra mejor?

—Está claro que he dormido mucho.

—Estupendo. La mejor cura para todo es dormir. Pero he pensado que debía pasar a echarle un vistazo.

—En serio, doctor, estoy bien…

—He visto al capitán Tarquin Price hace unos minutos porque, tras las noticias de ayer sobre Hitler, se ha montado una asamblea en el bar de caballeros. Me ha preguntado si la vi anoche en la fiesta y le he dicho que sí pero que empezó a encontrarse mal, y el capitán me ha comentado que ya lleva usted un tiempo con este problema. Así que vamos a ver qué tiene, ¿de acuerdo?

Con un suspiro de vergüenza, Cecily cedió y le dejó que la tocara y la palpara, y contestó a infinidad de preguntas. Después el doctor Boyle se quitó el estetoscopio de las orejas y la miró.

—Querida, ¿está usted casada?

—No. Estuve prometida hasta Navidad, pero el compromiso se rompió.

—¿Antes de Navidad dice?

—Sí.

—¿Y cuándo tuvo usted el último período?

—Yo… —Sintió que se ruborizaba. Jamás había hablado de eso con un hombre—. No estoy segura.

—Piénselo bien.

Cecily lo pensó, aunque nunca había sido lo que se dice «regular».

—Creo que fue justo antes de que partiera para venir aquí.

—¿Y cuánto hace de eso?

—Fue la última semana de enero. Y mi… período fue dos semanas antes.

—Y ahora estamos a dieciséis de marzo. Cecily, querida… —Le cogió la mano—. Dados sus síntomas y tras haberle palpado el vientre, estoy bastante seguro de que está encinta.

—¿Qué? —Cecily se lo quedó mirando.

—Que va a tener un bebé. —Él la miró con una sonrisa triste—. Pero si su compromiso se rompió antes de Navidad, estoy confuso. Se lo voy a decir con toda la delicadeza posible… ¿Existe alguna posibilidad de que pueda estar embarazada?

—Oh, Dios mío… —Cecily se cubrió la cara con las manos y se quedó paralizada por la impresión. Se preguntó si era posible desmayarse estando tumbada.

382

—Querida, no voy a preguntarle los cómos y los porqués, pero me juego mi carrera a que está embarazada de un par de meses. Y no hay duda de que la noticia la ha pillado por sorpresa.

—Sí —susurró Cecily, todavía cubriéndose la cara con las manos, demasiado horrorizada y avergonzada para mirarle a los ojos.

—La buena noticia es que no está enferma. Al capitán Price le preocupaba que pudiera tener la malaria.

—Habría sido preferible, doctor —murmuró Cecily. Por fin se apartó las manos de la cara y lo miró—. ¿Me jura usted que no le va a decir nada de esto a nadie? Se lo suplico, por favor.

—La confidencialidad médico-paciente está garantizada, querida. Pero creo que es importante que hable con alguien de su... actual estado de salud.

—¡Preferiría morirme!

—Lo comprendo, pero deje que le diga que llevo aquí bastante tiempo y he tratado a muchos pacientes, y es imposible que haya algo que pueda asustarme a mí o a la mayor parte de la gente de por aquí. Le recomiendo que se lo cuente a su madrina. La señora Preston puede tener muchos defectos, pero, por encima de todo, es una mujer de mundo y tiene un gran corazón.

Cecily se quedó allí tumbada, en silencio. No había palabras para expresar su horror y su vergüenza.

—¿Y el padre? ¿Debo suponer que es de por aquí?

—Yo... No, no lo es. Lo conocí en Inglaterra. Y no, él no... querrá asumir su responsabilidad. Está comprometido con otra persona. Yo me enteré después de...

Cecily apenas podía sostener la mirada comprensiva del doctor Boyle.

—Entiendo su desconcierto —dijo el médico—, pero no es usted la primera y seguro que tampoco será la última joven que se encuentra en esta situación. Seguro que hallará una solución; la mayoría lo hace.

—¿Hay... algo que pueda hacer para..., bueno..., evitar que llegue el bebé?

—Si me está preguntando por un aborto, estoy obligado a decirle que no solo es ilegal, sino también muy peligroso. Creo que debe aceptar el hecho de que va a tener un bebé dentro de unos siete meses y prepararse para cuando llegue. ¿Tiene usted familia?

—Sí, en Nueva York.

—Tal vez debería considerar la posibilidad de volver a Estados Unidos lo antes posible, sobre todo teniendo en cuenta lo que está pasando en Europa.

Cecily se quedó callada; tenía el cerebro aturdido a causa del shock y en ese momento no podía pensar en nada, y mucho menos planear el futuro.

—Ahora la voy a dejar a solas, querida, pero, como le he dicho, le recomiendo que se lo cuente a su madrina. Ella está *in loco parentis* mientras usted permanezca aquí, después de todo. Y no es por presionarla, pero de todas formas lo va a notar dentro de unas pocas semanas. Le dejo mi tarjeta. Llámeme si necesita ayuda, médica o personal.

Cecily vio que dejaba la tarjeta en la mesita de noche que tenía al lado.

—Gracias. ¿Qué le debo por la… consulta?

—Esta consulta es gratuita. Y si decide quedarse aquí, sepa que estaré encantado de atenderla durante el embarazo. Buenos días, querida.

Cecily vio que salía de la habitación y se quedó mirando la pared que tenía delante, de la que colgaba un cuadro terrible de un guerrero masái de pie junto al cadáver de un león, con una lanza atravesándole el costado.

Estaba helada, a pesar del calor de la habitación. Apartó la sábana, se levantó el camisón y se puso las manos sobre el vientre, dubitativa. ¿Qué debería sentir? No lo sabía. Tal vez podría preguntarle a Mamie…

«¡No! No y no…»

—Oh, Dios mío, Dios mío…. —Sacudió la cabeza y después se acurrucó dándole la espalda a la puerta, como si pudieran entrar más malas noticias—. Pero ¿qué he hecho?

Volvieron a llamar a la puerta, pero Cecily, que tenía los ojos llenos de lágrimas, no contestó.

—Cecily, soy Kiki. ¿Puedo entrar?

—No —susurró para sí negando con la cabeza, pero oyó que la puerta se abría y se cerraba con suavidad.

—Oh, pobrecita, angelito… ¿Qué te pasa?

—Kiki, por favor, te lo suplico, déjame sola…

384

—¿Qué te ha dicho el doctor Boyle? ¿Es grave? Acabo de verlo en el pasillo cuando he llegado para el desayuno... Voy ahora mismo a buscarlo para preguntárselo.

—¡No! —Cecily se incorporó de un salto y se limpió las lágrimas—. Kiki, por favor, no hace falta. El problema que tengo no es... —tragó con dificultad— grave, mi vida no está en peligro.

—Vale. —Kiki se acercó un paso más—. ¿Así que no es malaria?

—No.

—¿Ni cólera?

—No.

—¿Ni cáncer?

—No, Kiki. Te lo prometo, el doctor Boyle ha confirmado que no estoy enferma. No te preocupes por mí, por favor. Me voy a poner bien.

—Pero ¿cómo no me voy a preocupar por ti, cariño, si eres mi ahijada querida? Y además soy responsable de ti mientras estés aquí. Aunque no te he cuidado muy bien últimamente, ¿eh?

Cecily, que todavía tenía los ojos cerrados con fuerza, oyó la respiración de Kiki a su lado y olió su perfume, y le entraron náuseas casi al instante.

—Entonces ¿qué te ha dicho el doctor Boyle que te ha alterado tanto?

Cecily negó con la cabeza otra vez y permaneció en silencio, así que Kiki tampoco dijo nada.

—Los síntomas eran mareos y náuseas —recapituló Kiki tras esa pausa—. Y cansancio, ¿no?

—Kiki, de verdad que me encuentro mucho mejor. Yo...

Kiki le puso una mano en el brazo con suavidad y ella notó que se sentaba en la cama.

—Te ha dicho que estás embarazada, ¿no?

Cecily apretó los párpados aún más para contener las lágrimas. Si se hacía la muerta, tal vez Kiki se iría y la dejaría en paz.

—Cariño, sé que estás impresionada, pero ¿sabes qué? Yo ya he estado donde tú estás ahora. Da miedo, pero vamos a encontrar la forma de superar esto juntas, ¿me oyes? ¿Cecily?

Notó que Kiki la sacudía un poco y logró asentir.

—Bien, vamos a sacarte de aquí. Aleeki está fuera con el coche. Tarquin tuvo que venir a Nairobi anoche por las terribles noticias sobre Hitler y debe quedarse para hacer lo que hace un capitán del ejército en estos casos. Así que tú y yo vamos a volver juntas a Mundui House, ¿vale?

Cecily se encogió de hombros, sintiéndose como una niña mimada, aunque en realidad no lo era. Oyó que Kiki se movía por la habitación.

—Vamos, cariño, tengo aquí tu ropa. Póntela y después nos iremos a casa.

—Me da tanta vergüenza, Kiki —gimoteó—. ¿Y si el doctor Boyle se lo cuenta a la gente de aquí? Puede que ya lo sepa alguien.

—El doctor Boyle es la discreción en persona. Hay muchas cosas que podría haber contado sobre mí y nunca lo ha hecho. Vamos, anda. Levántate y vístete.

El sentido común prevaleció y, con la ayuda de su madrina, Cecily se puso la blusa y la falda. Luego hizo la maleta mientras Kiki hablaba con Ali. Aleeki la recibió en la puerta y la acompañó al Bugatti. Cecily se tumbó en el asiento de atrás, por si alguien decidía fisgonear por las ventanillas.

—Ya estamos. Vámonos —ordenó Kiki tras sentarse delante con Aleeki.

Cecily estuvo dormitando a ratos durante todo el viaje a Mundui House. El shock le embotaba los sentidos como una droga. Cuando llegaron, Aleeki la dejó en manos de Muratha, que la acompañó arriba y la ayudó a acostarse.

Tras cerrar las persianas, Muratha se fue. Cecily cerró los ojos y, una vez más, se quedó dormida.

26

Cecily se despertó sobresaltada y, durante unos segundos maravillosos, no recordó lo que había sucedido aquella mañana. Luego, cuando la realidad se impuso, saltó de la cama, fue hasta la ventana y abrió uno de los batientes para ver el suave sol de la tarde reflejado en el césped, recortado con suma precisión, que crecía entre las acacias. Dio la espalda a aquel espectáculo y volvió a sentarse en un extremo de la cama.

—¿Qué diablos voy a hacer? —susurró llevándose las manos al vientre.

¿Era posible que con una sola cópula con Julius hubiera engendrado una vida diminuta en su interior? Quizá el médico se había equivocado… Al fin y al cabo, no podía ver dentro de ella, no podía demostrar que estaba embarazada, pensó de repente. Quizá fuera alguna variante de malaria (algo infinitamente preferible en aquellos momentos), o una intoxicación alimentaria, o cualquier cosa que no fuera lo que él había dicho que era.

Sin embargo, Cecily se dio cuenta de que, por lo que le había comentado Mamie, tenía todos los síntomas. Durante la última semana había notado que sus pechos habían aumentado y sentía un cosquilleo extraño en ellos; había engordado de cintura, motivo por el cual la noche anterior el vestido le había resultado tan incómodo, aparte de que no había tenido la regla desde que había salido de Nueva York, además de las náuseas…

Alguien dio unos golpecitos en la puerta de su dormitorio.

—*Bwana*… ¿Está despierta? —Los brillantes ojos de Muratha aparecieron detrás de la puerta.

—Sí, adelante.

—Yo vestirla, luego usted abajo para té con señora, ¿sí?

—Puedo vestirme sola, gracias. Dile a Kiki que bajaré en quince minutos.

De pronto, Cecily se obsesionó con la idea de que alguien se percatara de cómo estaba cambiando su cuerpo.

Kiki la aguardaba en el salón, una sala de techos altos con el suelo de madera encerada, llena de objetos de arte y sillones cómodos colocados delante de la chimenea, algo que Cecily nunca se habría imaginado que se necesitara allí.

—Entra, cariño, y cierra la puerta —dijo Kiki desde uno de los sillones—. Estoy segura de que nos apañaremos solas para servirnos el té, ¿no te parece? Sospecho que preferirás la más absoluta privacidad durante nuestra pequeña charla.

—Sí, gracias. —Cecily miró la bandeja de plata de tres pisos llena de delicados bocadillos, bollos y pasteles. Se le revolvió el estómago nada más verlos.

—He mandado que te preparen una infusión de jengibre. Es muy buena para las náuseas. Ven, siéntate. —Kiki señaló el sillón enfrente del suyo, y a continuación sirvió un líquido de color naranja pálido en una taza de porcelana—. Pruébala; a mí me salvó la vida cuando estaba embarazada.

A pesar de los sentimientos de tristeza y vergüenza que la embargaban en aquellos momentos, a Cecily le resultaba interesante oír a Kiki hablar de sus experiencias. Sabía que su madrina tenía hijos, más o menos de su misma edad, pero casi nunca hablaba de ellos. Bebió un sorbo de aquel líquido, que le abrasó la garganta cuando se lo tragó, pero tenía un sabor agradable.

—Y ahora, querida, hablemos de qué es lo más conveniente que hagas —dijo Kiki posando la taza en su plato y encendiendo un cigarrillo—. ¿Puedo preguntarte quién es el padre? ¿Tu exprometido tal vez?

—No, es… —Cecily sintió que se le hacía un nudo en la garganta—. Yo…

—Escúchame, Cecily, y escúchame bien. Me cuentes lo que me cuentes, no solo permanecerá en el más absoluto secreto, sino que además no me asustará. Me han sucedido muchas cosas en mi vida, más que a la mayoría de la gente de Manhattan. Y unas cuantas más todavía. ¿Me entiendes?

—Sí, claro que te entiendo.

—Bueno, ¿quién es el padre?

—Se llama Julius Woodhead. Es el sobrino de Audrey, lady Woodhead, la amiga de mamá.

—Pues mira, conozco a Audrey desde hace mucho tiempo. Esa mujer habría hecho cualquier cosa por ponerse una diadema en esa cabecita suya —comentó Kiki con cierta malicia—. Por supuesto, me odiaba porque…, bueno, me guardaré esa historia para otra ocasión. ¿Así que conociste al tal Julius durante tu estancia en casa de Audrey en Inglaterra?

—Sí, me… Bueno, en fin, pensé que estaba enamorado de mí. Y yo lo estaba de él. Me dijo que nos prometeríamos formalmente y…

—Y luego te sedujo, ¿no?

—Sí. Por favor, Kiki, no me digas que no tendría que haberle creído, que fui una ingenua… Ya lo sé. Pero en aquel momento se mostró tan encantador y, tal vez debido a que mi novio había roto nuestro compromiso por otra mujer, yo me sentía…

—Vulnerable —dijo Kiki terminando la frase por ella—. Todas hemos pasado por eso, Cecily. Pero es que los ingleses son tan fascinantes y divertidos que son capaces de llevarnos a la cama solo con susurrarnos al oído con ese maravilloso acento suyo. —Suspiró—. En muchos sentidos me siento responsable. Si hubiera estado contigo en Woodhead Hall, habría detectado las señales y me hubiera encargado de que esto no pasara. Pero no importa, el caso es que ha pasado. Ahora que conozco los hechos, que son muy parecidos a los que rodearon el… apuro en el que yo me vi envuelta, tenemos que buscar una salida para ti. Supongo que no existe la posibilidad de que el tal Julius te apoye, ¿no?

—¡Qué va! —Cecily soltó una risilla amarga—. Poco antes de marcharme descubrí que estaba comprometido con otra mujer.

—Tesoro, vas a tener que enfrentarte sola a esta situación, pero al menos me tienes a mí, que entiendo de estas cosas, por decirlo de algún modo. —Kiki le dirigió una sonrisa triste y se puso de pie—. Creo que esto requiere algo más fuerte que un té. —Se acercó a un armario esquinero y se sirvió una generosa dosis de bourbon de la licorera que había encima—. Imagino que tú no quieres.

—No, gracias.

—Supongo que tu madre no sabe de esa relación con Julius…

—¡Oh no, en absoluto! Si nos hubiésemos prometido, por supuesto, se habría vuelto loca de alegría. Julius heredará de su tío el título y Woodhead Hall.

—¡Y eso no le habría gustado poco a ella! —La garganta de Kiki gorgoteó al apurar la copa de bourbon—. Por supuesto, siempre podrías escribir a Julius y contarle lo que te sucede. O, mejor aún, yo podría escribir a Audrey y contárselo a ella.

—¡No! Por favor, me moriría antes que arrastrarme ante él. Además, no hay manera de demostrar quién es el padre de la criatura, ¿verdad?

—Desde luego que no. De lo contrario, la mitad de los matrimonios acabarían en divorcio. —Kiki soltó una carcajada, se rellenó el vaso y volvió a sentarse—. Tienes razón, por supuesto. Él se limitaría a negarlo y tú quedarías como una idiota. Y de eso no tienes ni un pelo, me atrevería a decir. Cecily, cariño, voy a revelarte un secreto que quizá te haga sentir un poquito mejor. Hubo una vez una chica más o menos de tu edad que conoció a un príncipe…, un príncipe de verdad. Un príncipe de Inglaterra, para ser exactos, que ocupaba el cuarto lugar en la línea de sucesión al trono. Ella se enamoró hasta los tuétanos, pero luego, lamentablemente, se encontró en la misma situación en la que estás tú. Pensó que él se pondría de su lado…, que velaría por ella y le prestaría su ayuda; quizá incluso que se casaría con ella y la convertiría en princesa. Así que lo llamó por teléfono y le dijo que necesitaba hablar con él porque llevaba un hijo suyo en su seno. Él le dijo que se encargaría, pero aquella fue la última vez que hablaron. La siguiente noticia que tuvo de él fue cuando un ayuda de cámara, se trata de un título palaciego, apareció un día por su casa. Le dijo a la chica que debía ingresar en una clínica de Suiza y aguardar a que la gestación llegara a término, y que diera a luz allí. Y así lo hizo. Poco después, sin que apenas tuviera tiempo de sostener a la criatura entre sus brazos, le quitaron a su hijo. Y jamás volvió a verlo.

Cecily observó que Kiki tenía los ojos llorosos.

—Creo que las dos sabemos quién era esa chica, ¿verdad, cariño? —dijo tras beber un largo trago de bourbon.

Cecily asintió con la cabeza.

—Así que, cuando te digo que he pasado por lo que tú estás pasando ahora, no exagero. La buena noticia es que nadie tiene conocimiento de tu estado, excepto el doctor Boyle, tú y yo. Y si somos inteligentes, seguirá siendo así. Nadie tiene por qué saber nada del asunto.

—Pero... ¿cómo, Kiki? ¿Adónde voy a ir?

—A Suiza, como hice yo. En cuanto a las hostilidades en Europa, Suiza es neutral, así que allí estarás segura. Escribiremos a tu madre y le diremos que quieres quedarte en Kenia un poco más, mientras que aquí todo el mundo pensará que has vuelto a América. ¿Te das cuenta? ¡Es perfecto! —Kiki se puso a aplaudir, encantada con la idea.

—¿Y qué pasará cuando haya dado a luz?

—¿A qué te refieres? Darás al niño en adopción. La clínica encontrará una buena familia, a buen seguro americana, que proporcionará a tu hijo un hogar maravilloso y una nueva vida. Y tú quedarás libre para vivir la tuya. Eso es lo que quieres, ¿no?

—Pues... creo que sí, Kiki. No sé. Todavía me encuentro en estado de shock.

—Ya lo sé, mi vida, pero es muy importante que te decidas lo antes posible. No queremos que empiecen a correr chismorreos por aquí y acaben propagándose por Manhattan, ¿no?

—No, desde luego que no.

—A mí no se me ocurre otra alternativa. ¿Y a ti?

—No. —Cecily sacudió la cabeza, inundada de nuevo por la desesperación—. A mí tampoco.

—Y, por supuesto, te acompañaré a la clínica, te instalaré en ella... El aire fresco de la montaña me sentará bien. Pero tenemos que irnos pronto. En estos momentos las fronteras cambian constantemente en Europa, y no queremos que el señor Hitler arruine nuestros planes, ¿verdad?

—¿Tienes la certeza de que Suiza será un lugar seguro? Quiero decir..., está muy cerca de Alemania.

—Oh, sí, cariño, es un lugar seguro, porque en sus bancos está la mayor parte de las fortunas de su vecino más próximo y los nazis no querrán de ninguna manera poner en peligro su dinero —musitó Kiki—. Pues bien, ¿llamo a tu madre y le digo que vas a quedarte aquí un poco más? Me llamó antes, mientras tú estabas descansando. Tu padre y ella se han enterado de la noticia y están consternados por la situación de Europa. Hablaban de reservarte un pasaje para que vuelvas de inmediato, así que tenemos que impedirlo.

—Pero ¿qué excusa voy a poner? —Cecily se mordió el labio, angustiada ante la idea de separarse de sus padres durante tantos meses.

«Justo cuando más necesitaba a mi familia...»

—Bueno, ya se me ocurrirá algo, tesoro, no te preocupes —dijo Kiki—. Eso se me dan muy bien.

Cecily estudió a su madrina y pensó que, aunque no habría podido ser más amable, daba un poco la sensación de que se lo tomaba como un juego.

—¿Y si lo dejamos estar unos días? Creo que necesito..., bueno, tomarme un tiempo para pensármelo —dijo Cecily.

—De acuerdo, mi vida, pero tiempo no es lo que te sobra. Quiero decir, ¿qué otra opción te queda? A menos que logres encontrar a un hombre dispuesto a casarse contigo mañana mismo —exclamó echándose a reír con desdén.

—Bueno, te agradezco mucho que estés dispuesta a ayudarme. Es muy amable por tu parte, pero, como te he dicho, solo quiero un poco de tiempo para pensármelo. —Se levantó y añadió—: Ahora voy a dar un paseo, ¿te parece bien?

—Por supuesto. Sé que es mucho lo que tienes que asumir, pero podrás con ello. Confía en mí. Eres más fuerte de lo que piensas.

—Eso espero. Hasta luego.

Cecily salió del salón y se dirigió a la puerta de entrada.

—¡Su sombrero, *memsahib*! —Aleeki fue corriendo tras ella con el sombrero en la mano—. Ahí fuera hace demasiado calor para usted.

La mirada que el anciano sirviente dirigió hacia su vientre cuando pronunció aquellas palabras duró una centésima de segundo, pero bastó para que Cecily se diera cuenta de que lo sabía todo.

—Gracias, Aleeki. —Asintió con la cabeza, salió y atravesó el césped con intención de sentarse en su banco preferido a orillas del lago para intentar asimilar todo lo que le había sucedido en esas pocas horas.

Pero era demasiado complicado y no pudo, de modo que permaneció allí sentada contemplando los hipopótamos, viendo cómo se levantaban con lentitud tras disfrutar de su baño de sol y se deslizaban dentro del agua para la zambullida vespertina. El hecho de que hicieran lo mismo cada día y a un ritmo tan relajado resultaba hipnótico y logró tranquilizar a Cecily, cuyos nervios estaban a flor de piel. Nunca se imaginó que estaría ahí deseando ser un hipopótamo —quizá el animal más feo de este mundo de Dios—, pero ahí estaba ella.

Finalmente, dejó de intentar encontrarle sentido a todo aquello y volvió paseando a la casa. Una vez arriba, Muratha le preparó el baño y ella se sumergió en el agua preguntándose si el pequeño abultamiento de su vientre era real o imaginario...

—Señora preguntar si usted cenar abajo con ella —dijo Muratha, que entró sin avisar.

—No, esta noche no. Por favor, preséntale mis disculpas y súbeme una bandeja a la habitación —respondió Cecily con firmeza, sintiéndose culpable por no querer ver a Kiki después de lo amable que se había mostrado con ella, pero no soportaba la manera casi jovial con la que su madrina abordaba la situación. Igual que Checoslovaquia había sido anexionada por Hitler, ella también había sido anexionada por un diminuto ser humano, y la situación era grave, muy grave.

Después de terminarse la sopa que Muratha le había llevado, Cecily cogió la Biblia que su madre le había entregado antes de salir de viaje.

La joven nunca había puesto en entredicho la fe en la que había sido educada; hasta ese momento, para ella solo significaba ir a la iglesia los domingos vestida con sus mejores galas. Pero a medida que fue hojeando el libro, empezó a cuestionarla.

¿Se deshacen los cristianos de sus hijos como si fueran una molestia? Cecily pensó en su hermana Mamie: alguien, según ella misma confesó, con escaso o nulo instinto materno que, por lo que todos decían, se había sentido como pez en el agua tras ser madre.

—¿Cómo me sentiré después de llevarte en mi seno durante los próximos siete meses? —susurró Cecily a su vientre—. O sea, que María se quedó embarazada de Dios antes de casarse con José... ¡Por Dios santo! ¡Eso significa que el Nuevo Testamento se basa en una mujer que fue infiel a su futuro esposo!

Era una idea tan tremenda que Cecily tuvo que recostarse en los almohadones, deseando haber prestado más atención a los sermones del predicador de la iglesia de su barrio.

Después, cuando por fin apagó la luz y se preparó para disfrutar de unas cuantas horas en las que pudiera darse un pequeño respiro por el lío que tenía en la cabeza, comprendió que no tenía respuestas para su problema, y que tendría que encontrar la solución ella misma.

Aunque logró dormir, Cecily se despertó con una sensación de cansancio mayor que la que tenía cuando se había ido a la cama. Al notar que se apoderaban de ella las náuseas, corrió al cuarto de baño y solo pudo vomitar bilis en el lavabo.

—¿*Bwana* enferma otra vez? —Muratha acompañó a Cecily de vuelta a la cama y la ayudó a acostarse.

De nuevo, se fijó en la mirada que la sirvienta dirigía a su vientre y, cuando se quedó sola, se dio la vuelta en la cama y gimió. Era obvio que toda la servidumbre estaba al corriente de su estado.

«Kiki tiene razón, tenemos que marcharnos de aquí antes de que todo el mundo lo descubra», pensó.

Haciendo un esfuerzo, Cecily se vistió y bajó a desayunar. Le sirvieron una infusión de jengibre en vez de café, e hizo cuanto pudo por comer, aunque fuera sin ganas, alguno de los manjares dispuestos sobre la mesa.

—Buenos días, cariño. ¿Qué tal has dormido?

—Bien, gracias —contestó Cecily, sorprendida al ver que Kiki se había levantado tan temprano.

—Bueno, voy a darme un chapuzón. Hace demasiado calor para dormir —dijo dirigiéndose al lago—. Deberías venir conmigo, el barro del fondo hace milagros con la piel.

A falta de algo mejor que hacer, Cecily siguió a su madrina hasta el borde del agua y vio cómo se quitaba la bata de color magenta y mostraba un traje de baño a rayas. Para ser una mujer ya mayor que había tenido hijos, Kiki conservaba un tipo fabuloso. La joven se sentó en el banco, esperando tan solo que su figura lograra sobreponerse también a los estragos del parto…

Kiki dio unas cuantas brazadas, y a continuación salió y cogió la toalla que Aleeki le tendía.

—Me quedaré aquí con Cecily y me secaré al sol —le dijo a Aleeki, que asintió con la cabeza, entregó a Kiki su boquilla y dejó solas a las dos mujeres—. ¿Has pensado algo más? —preguntó dando una calada a su cigarrillo.

La nube de humo hizo que Cecily volviera a sentir náuseas.

—Solo que tienes razón. No veo otra alternativa, aunque no me gusta la idea de dar a mi hijo en adopción. Tendré que vivir con un secreto durante el resto de mi vida.

—Lo sé, tesoro. Pero recuerda que lo haces también por el niño; como madre soltera, los dos seríais unos parias de la sociedad. Por no hablar de la deshonra que traería a tu familia. Tendrás otros hijos, seguro. Cuando encuentres al hombre adecuado, esto no será más que una pesadilla espantosa que acabarás olvidando. Y ahora necesito un café, después de tanto ejercicio. ¿Vienes conmigo?

—Prefiero quedarme aquí un poco más, gracias.

Cecily vio cómo Kiki volvía a ponerse la bata y emprendía el camino de regreso a la casa. Luego se levantó y fue paseando por la orilla del lago hasta que Mundui House quedó fuera de su vista. Observando las olas que rompían a sus pies, una parte de ella se sintió tentada de coger una botella de bourbon de Kiki, bebérsela entera y adentrarse en las mansas aguas del lago hasta desaparecer; sería otra solución para el desastre en el que había convertido su vida.

—¡Ay, mamá! ¡Ojalá pudiera hablar contigo! ¡Pero no puedo, no puedo!

Cecily se tapó la cara con las manos y sus hombros empezaron a temblar mientras se deslizaba a lo largo del tronco de una acacia situada detrás de ella y se sentaba en el suelo. Estaba tan ensimismada que no oyó el ruido de las pisadas que se acercaban hasta que las tuvo casi encima.

—¡Cecily, cariño! Tu madrina me ha dicho que estabas aquí abajo, junto al lago. ¡Pero por Dios! ¿Qué te pasa?

De pie junto a ella estaba Katherine, con la preocupación escrita en su amable rostro.

—¡Oh, nada, nada! —Cecily se limpió las lágrimas—. ¿Qué haces aquí?

—Bill se enteró por el doctor Boyle de que no estabas bien cuando te vio ayer en el Muthaiga Club. Me lo comentó esta mañana, y me preocupé tanto que insistió en traerme en coche para visitarte.

—¿Bill también está aquí? —Se sintió horrorizada al ver con qué rapidez había corrido el rumor de su indisposición—. Pero ¿por qué? ¡Qué encantadores habéis sido! Aunque estoy bien, de verdad.

—Cecily… —Katherine se puso en cuclillas hasta quedar a su altura y la cogió de la mano—. Nunca he visto a nadie que tuviera menos aspecto de estar bien. ¿Qué te ha pasado, por Dios? Y, por favor, no me mientas. Después de las dos horas y media que hemos tardado en llegar hasta aquí, me merezco la verdad.

A Cecily le vinieron a la cabeza más de cien respuestas distintas, pero se sentía demasiado agotada y aterrada para seguir mintiendo.

—¡Estoy embarazada! Eso es lo que me pasa, Katherine. El doctor Boyle dice que daré a luz dentro de siete meses. ¡Esa es la verdad!

Se levantó y empezó a caminar por la orilla del lago para alejarse lo más posible de la casa y de Katherine. Tal vez alguien escribiera un titular en la prensa local ese mismo día, pensó con amargura. Seguro que la noticia vendía más ejemplares que la de la invasión de Checoslovaquia por Hitler.

—¡Oh, Cecily, espera, por favor! —Katherine echó a correr para alcanzarla, pero ella continuó caminando a toda prisa por la orilla.

—¡No! ¡Y no me sentiré ofendida si no quieres volver a verme ni a hablar conmigo nunca más! ¡Soy un desastre! ¡Y parece que todo el mundo ya lo sabe!

—Por favor, ¿quieres calmarte? Nadie sabe nada del asunto. Y por supuesto que seguiremos viéndonos… Cecily, por favor, ¿quieres pararte un minuto para que podamos hablar?

—No hay nada de que hablar, nada… —Se había puesto a sollozar de nuevo—. Kiki ya está organizándolo todo para que me vaya a una clínica de Suiza, donde podré quedarme hasta que nazca el niño, y luego, en cuanto lo tenga, lo daré en adopción. Después podré seguir con mi vida como si no hubiera pasado nada. ¿Lo ves? Ya está todo decidido.

—Sé que estás disgustada, pero...

Cecily había llegado hasta el final del terreno transitable, donde el lago trazaba una curva y la maleza se volvía impenetrable. Dio media vuelta en dirección a Katherine y sacudió la cabeza.

—Por favor, necesito estar sola, ¿vale?

—A juzgar por tu aspecto, eso es justo lo último que necesitas. ¿Podemos sentarnos un rato y hablar de todo esto con tranquilidad?

—Como te he dicho, no hay nada que hablar. ¡Nada!

—Cecily, te estás comportando como una chiquilla histérica y petulante, no como lo que eres, una mujer que va a ser madre. Si no te calmas, me veré obligada a darte una bofetada para que recuperes la sensatez.

Cecily respiraba ahora con dificultad y se sentía mareada y débil. Tambaleándose, quiso reanudar la marcha y Katherine tuvo que agarrarla.

—¡Por Dios! ¡En menudo estado te encuentras! Venga, agárrate a mí y volveremos juntas a la casa para que te metas en la cama.

—No quiero volver a la casa. No quiero ir a ninguna parte, Katherine. ¡Solo quiero morirme!

—Comprendo que estás en un gran apuro, querida, pero siempre hay solución para todo —replicó Katherine en tono pausado; deslizó un brazo por la cintura de Cecily y prácticamente la llevó a rastras por la orilla hasta la casa.

—¡Pero es que no la hay! ¡No podría quedarme con el niño aunque quisiera! Quizá sí que lo quiera, pero... Oh, creo que me voy a...

Katherine sintió que todo el peso del cuerpo de Cecily se le venía encima. Estaba a punto de gritar para pedir ayuda cuando vio que Bill estaba delante de ellas, a pocos metros de distancia.

—¡Bill! ¡Gracias a Dios! ¡Cecily se ha desmayado! —exclamó mientras él se acercaba corriendo, sujetaba a Cecily y la cogía en brazos—. Pero ¿qué haces aquí?

—Te seguí hasta el lago... Lo cierto es que no podía aguantar ni un minuto más en compañía de esa mujer —dijo jadeando, cuando llegaron a los jardines de la casa—. Adelántate y ve a buscar un poco de agua. Esta chica está fuera de combate.

—Sí, sí, ya voy —contestó Katherine al ver que Bill depositaba con delicadeza a Cecily en el banco, a la sombra de una acacia.

—Antes de que te vayas... Supongo que Cecily está... embarazada. Oí sin querer el final de vuestra conversación cuando fui a vuestro encuentro.

—Entonces júrame que no se lo dirás a ningún alma viviente —dijo Katherine con firmeza—. La reputación de Cecily depende de tu discreción.

Bill vio cómo Katherine subía corriendo hasta la casa, y luego bajó la vista para contemplar a la joven que estaba tumbada en el banco. Se quitó el sombrero y empezó a abanicarla con él.

—¿Te encuentras mejor? —preguntó Katherine cuando, media hora después, Cecily estaba ya acostada en su habitación.

—Mucho mejor, sí. Y lamento muchísimo haber sido tan grosera e ingrata contigo, después del esfuerzo que has hecho viniendo hasta aquí con Bill para verme.

—¡Oh, no te preocupes por eso, Cecily! Es la cosa más natural, dadas las circunstancias. ¡Los sustos hacen que las personas reaccionemos de maneras muy raras!

—A mí me hizo hablar más de la cuenta y decirte cosas que no te mereces. Por favor, Katherine, perdóname.

—Te perdono, te lo prometo.

—Y ahora, en serio, estaré bien. Kiki tiene razón. Solo tengo que enfrentarme al problema... De hecho, no puedo culpar a nadie de lo sucedido excepto a mí, por tonta —dijo tomando un sorbo de su infusión de jengibre.

—O sea, que el padre... no te forzó, ¿verdad?

—No. Aunque, en cierto modo, ojalá lo hubiera hecho. En ese caso no me sentiría tan culpable.

—Por favor, no vuelvas a decir una cosa así —exclamó Katherine estremeciéndose—. Mi padre ha tenido que atender a muchas niñas de apenas once o doce años que habían sido forzadas por sus maridos. Nada puede ser más terrible que eso.

—Tienes razón, desde luego —reconoció—. Voy a dejar de sentir lástima de mí misma y voy a hacer lo que tengo que hacer. ¡Aunque la idea de renunciar a mi hijo sea horrible!

—De momento, todo lo que puedo decirte es que no pienses en ello —le aconsejó Katherine—. Lo más importante ahora es que te cuides y que cuides al niño. Bueno, sé que Bill está ansioso por marcharse; ya sabes la poca gracia que le hace tu madrina.

—Sí, por supuesto. Por favor, dale las gracias de mi parte, dale muchísimas gracias por haberte traído hasta aquí.

—Quiere subir y despedirse personalmente, así que podrás dárselas tú misma. Muy bien… —Katherine se levantó de la cabecera de la cama—. Por favor, Cecily, prométeme que vendrás a verme antes de partir para Suiza.

—Por supuesto que lo haré. ¿Crees… que es lo correcto?

—No, no puedo decir que sea lo correcto, pero en la práctica, hasta que este mundo nuestro no se deshaga del ridículo estigma que rodea a una madre soltera, sin atribuir ninguna responsabilidad al padre, no veo qué otra opción tienes. Lo siento muchísimo. Llámame, ¿de acuerdo?

Katherine apretó la mano de su amiga.

—Lo haré, y da muchos recuerdos a Bobby.

Cuando vio salir a Katherine, pensó que sería la persona a la que más echaría de menos cuando se marchara.

Al cabo de unos minutos, oyó que volvían a llamar a la puerta con los nudillos.

—Adelante.

Era Bill, que se quitó el sombrero al entrar y permaneció de pie junto a la puerta. Por la expresión de su cara, parecía incómodo.

—Hola, Bill. Pase y siéntese —dijo señalando la silla situada junto a la cama.

Bill no le hizo caso; se dirigió a los pies de la cama y se quedó mirándola.

—Me alegro de ver que ya tiene color en las mejillas.

—Sí. Gracias por venir a salvarme. Por segunda vez.

—Hoy no ha sido más que una feliz coincidencia. O no, según se mire.

Cecily vio cómo Bill se ponía a dar vueltas arriba y abajo por la habitación.

—¿Se encuentra bien, Bill?

—Sí, estoy muy bien, por supuesto. En realidad, Cecily, hay algo que querría preguntarle.

—Pues pregunte. Haría cualquier cosa por corresponder a toda la amabilidad que me ha mostrado desde que llegué a Kenia.

—Bueno, la cosa es que… —Bill se puso a juguetear con unas cuantas monedas que llevaba en el bolsillo—. Se ve que me he encariñado bastante con usted desde que está aquí.

—¿Ah, sí? —Cecily esperó a que llegara el insulto que seguía al cumplido, como solía ocurrir siempre con Bill.

—Sí, así es. En fin, me preguntaba…, bueno, si consideraría… Si considerarías la posibilidad de…, en fin, casarte conmigo.

—Pues… —Cecily levantó la vista y lo miró aturdida—. Por favor, Bill, ahora no estoy de humor para bromas. Y no lo entiendo muy bien…

—Quiero decir que ya va siendo hora de que tome esposa, de buscarme una mujer que lleve la casa, por así decir, y parece que tú y yo nos llevamos bastante bien, ¿no crees?

—Pero… Bueno, sí, supongo que sí.

—Además, cuando bajé a la orilla del lago… me enteré más o menos del… apuro en el que te encuentras. Así que, cuando estabas tumbada en el banco inconsciente, pensé que tal vez fuese posible llegar a algún tipo de arreglo que resultara beneficioso para los dos. No sé si entiendes lo que quiero decir.

Lo único que pudo hacer Cecily fue quedarse mirándolo, muda por la sorpresa. El hecho de que Bill supiera que estaba embarazada y, aun así, se mostrara dispuesto a casarse con ella, estaba más allá del alcance de su entendimiento. Y, por si fuera poco, se trataba de Bill, el eterno soltero.

—Comprendo que soy unos cuantos años mayor que tú…, tengo treinta y ocho, y que mi casa es…, bueno, muy básica, por no decir otra cosa. Si me dijeras que sí, construiría una en condiciones para ti y para el niño. Sería nuestro hijo, desde luego. O sea, de cara a los demás.

—¡Oh! Ya veo. Creo.

—No hay motivo para que no tuviéramos más si así lo decidiésemos, me imagino. Eso es lo que hace la gente, ¿no?

—Sí, pero…

—No me cabe duda de que tendrás montones de peros, y supongo que esta no es la petición de mano que esperaba una joven como tú cuando soñaba con su futuro. Pero… —Bill suspiró—.

Bueno, estamos donde estamos, y pensé que echaría de menos tu presencia si salieras corriendo a Suiza y después volvieras a América. No se trata de una declaración de amor, pero es lo más cerca que he estado de declararme a nadie en mucho tiempo. Nuestras pasadas experiencias nos han dejado a los dos llenos de cicatrices y deberíamos concluir este... acuerdo con los ojos bien abiertos. Es decir, si accedieras. Y ahora te dejo a solas para que lo pienses, pero si creyeras que es una posible solución al dilema en el que te encuentras, te sugeriría que anunciáramos nuestro compromiso más pronto que tarde, para poner fin a las habladurías y preservar tu reputación. Me pasaré por aquí mañana para ver cómo estás, y para entonces espero que hayas podido considerar mi petición. Y ahora... —Bill dio unas cuantas zancadas hasta llegar a la cama, cogió la mano de Cecily y depositó en ella un beso— no me queda más que despedirme.

Y con esas palabras, dio media vuelta y salió del dormitorio.

Cecily se guardó para sí la propuesta de Bill. Había visto lo suficiente para saber que Kiki era una mujer impulsiva; las fiestas las organizaba sin pensar y las decisiones las tomaba en un abrir y cerrar de ojos. Y si de algo era consciente Cecily era de que ella necesitaba tiempo para pensar a solas. Decidiera lo que decidiese, la elección modificaría de manera irrevocable el rumbo de su vida.

Pero al menos ahora tenía dónde elegir, y eso ponía las cosas mejor, y al mismo tiempo más complicadas.

Cuando oyó que Kiki pasaba por delante de su puerta para disfrutar de su sueño vespertino, la «siesta», como ella lo llamaba, Cecily bajó a sentarse en el banco a la orilla del lago y lo consultó con los hipopótamos.

—¿Podría vivir aquí de manera permanente? —les preguntó contemplando las aguas tranquilas—. Al fin y al cabo, esto es precioso. Y lo que es más importante —dijo dando un suspiro—, ¿podría vivir con Bill?

Se trasladó mentalmente hasta la casucha de hojalata donde él vivía e intentó imaginarse viviendo allí. Aunque Bill le había prometido construir una casa nueva para ella, y tal vez resultara divertido crear un maravilloso jardín como el que tenía a su alrededor... La idea de estar al frente de su propio hogar resultaba muy tentadora. Y Katherine y Bobby serían sus vecinos más próximos…

Sus padres estarían encantados cuando se enteraran de que iba a casarse con un inglés de buena familia (además, el hermano de Bill, el comandante, era amigo de Audrey). Pero lo más importante de todo era que no tendría que renunciar al niño, pues Bill le había dicho que lo criaría como si fuera hijo suyo. Sí, estaba segura de que su boda deprisa y corriendo daría lugar a muchos cotilleos en la región, y más tras el nacimiento prematuro de su hijo, pero eso no era nada comparado con tener que dar al niño en adopción.

—¿Y qué pasa con Bill? —preguntó a los hipopótamos—. Ha dejado bien claro que se trata de un matrimonio de conveniencia…

Pero, en cierto modo, ¿no eran todos los matrimonios de conveniencia? ¿Un simple contrato?

«Además, Cecily, tú decías que lo del amor se había acabado para ti y que nunca volverías a confiar en un hombre», se dijo con determinación. «Así que tendrás que dejar de una vez por todas de aspirar a encontrarlo.»

Como mínimo, sabía que podía confiar en que Bill se ocupara de ella —tenía muy presente que le había salvado la vida— y, para su sorpresa, después de lo incómodo que había sido su primer encuentro, empezaba a disfrutar de su compañía.

Le habría gustado preguntarle si tenía intenciones de consumar el matrimonio, pero, por supuesto, eso estaba fuera de lugar. Cecily cerró con fuerza los ojos e intentó imaginarse cómo sería dejarse besar por él. La idea no le resultó desagradable. No dejaba de ser un hombre atractivo, aunque fuera quince años mayor que ella.

Y luego estaba la opción de irse a Suiza y tener el niño, para después regresar a América y reanudar su vida allí… A decir verdad, Cecily sabía que no podría mirar a sus padres a los ojos y ocultarles su terrible secreto durante el resto de su vida.

Se levantó y se acercó al borde del agua.

—¿Sabéis una cosa, hipopótamos? La decisión está tomada.

Aquella tarde, Cecily salió a la terraza con Kiki. Su madrina con un martini y ella con una taza de infusión de jengibre.

—Tienes mucho mejor aspecto, cariño.

—Me parece que sí —contestó Cecily.

—¡Dios mío, estás siendo muy valiente! Y la valentía es una cosa que me encanta. Bueno, y ahora tenemos que llamar sin falta a tu madre y comunicarle que no vuelves a casa. Y luego hacer planes para irnos a Suiza lo antes posible. Tarquin dice que la guerra ya es inevitable; solo se espera que se haga oficial. Pero, por favor, no te preocupes, mi vida, estarás a salvo en Suiza, y es un lugar precioso.

—En realidad, Kiki, ya no necesito viajar a Suiza.

—Pero ¿cómo que no? Llegamos a la conclusión de que era la única solución.

—Sí, pero desde que hablamos ayer ha aparecido otra solución.

—¿Ah, sí? ¿Y cómo es eso?

—Bill Forsythe me ha pedido que me case con él.

Cecily no pudo evitar alegrarse al ver la expresión de incomprensión total que se dibujó en el rostro de su madrina.

—¿Por qué? Yo pensaba… ¿Que Bill Forsythe quiere casarse contigo? —repitió Kiki como un loro.

—Sí, así es. Debo darle una respuesta mañana por la mañana.

—Bueno, ¡que me parta un rayo! —Kiki echó la cabeza hacia atrás y empezó a reírse a carcajadas—. ¡Qué calladito te lo tenías! ¿Y cuánto tiempo hace que dura esto?

—Pues…

Cecily se dio cuenta de que en adelante tendría que seguir el juego y ocultar la verdadera naturaleza de aquel arreglo. Aunque Kiki conociera la verdad acerca de su embarazo, era posible fingir que Bill y ella sentían algo el uno por el otro. Innegablemente, Kiki formaba parte de aquella comunidad y Cecily no podía arriesgarse a que se fuera de la lengua después de haber tomado unos cuantos cócteles.

—¡Oh! ¡Desde que hice el safari con él para ver la fauna salvaje hace unas semanas!

—¿Y por qué no me has hablado de ello, cariño?

—Porque pensé que Bill no querría saber nada más de mí cuando le dijera lo del niño. ¿Qué hombre lo haría sabiendo que… su novia está embarazada de otro?

—Alguien muy especial, desde luego. Debe de quererte mucho para estar dispuesto a una cosa así. Ayer me pareció raro que hubiera venido hasta aquí para ver cómo estabas. Supongo que los dos diréis a todos que el niño es suyo.

—Sí.

—¿Y Bill no tiene inconveniente? —Kiki la miró con detenimiento.

—No. O sea, si lo tuviera, estoy segura de que no me habría pedido que me casara con él.

—Claro. Pues bien, no puedo decir que haya sido nunca su admiradora número uno, y a la inversa tampoco. Pero me quito el sombrero ante él por ser tan… libre de prejuicios. Espero que te des cuenta de lo afortunada que eres, Cecily. Un caballero de brillante armadura ha venido a salvarte.

—Lo sé. Entonces ¿crees que debería aceptar su propuesta? Le dije que primero tenía que hablarlo contigo.

—Creo que, de ser tú, me lanzaría a por él sin pensarlo. En serio, cariño, ¡estoy muy contenta por ti! Y, lo que es más, eso significa que te tendré aquí a mi lado, en Kenia. ¿Quieres que llamemos ahora mismo a tu madre? Se pondrá loca de contenta cuando le cuentes que has pescado un marido inglés, y encima aristócrata. La madre de Bill es una honorable, ¿sabes?

—¿Qué significa «honorable»?

—Significa que era una lady antes de casarse. Bueno, ¿qué? ¿La llamamos?

—Si no te importa, Kiki, antes quisiera hablar con Bill y darle el sí.

—Por supuesto, y esperemos que para entonces no haya cambiado de idea. ¡Pero bueno, una noticia como esta exige champán!

Una hora más tarde, cuando Cecily logró quitarse de en medio fingiendo sentirse agotada, subió a la planta superior y se detuvo en el descansillo para contemplar desde el enorme ventanal la llegada del anochecer.

—¡Hola, África! —murmuró—. Por lo que parece, voy a quedarme aquí.

27

Y bien, Cecily?
       Cecily y Bill estaban frente al lago. A ella le conmovió ver
que se había esforzado por tener un aspecto cuidado; con una camisa blanca recién planchada y unos pantalones caqui inmaculados, le
pareció de lo más atractivo —y nervioso—, allí de pie ante ella.

—¿Has pensado en mi proposición?

—Naturalmente. Y… la respuesta es sí. Acepto tu amable proposición.

—¡Gracias, Señor! Siendo así —añadió con una sonrisa—, tal
vez debería besarte, ¿no? Estoy seguro de que estamos siendo ob-
servados por ojos indiscretos desde las ventanas que hay a nuestra
espalda.

—Por supuesto. —Asintió.

Bill se acercó a ella y la besó con timidez en los labios. Cecily
se sorprendió porque no se sintió incómoda; de hecho, cuando
él se retiró, casi deseó que el beso hubiera sido más largo.

—Gracias —dijo ruborizándose.

—No hay nada que agradecer, querida. Es un acuerdo que nos
beneficia a los dos. Y estoy convencido de que funcionará a la perfección.

—¡Hola! ¿Qué tal?

Los dos se dieron la vuelta y vieron a Kiki saludándolos con la
mano desde la terraza con una botella de champán.

—¿Se os puede felicitar ya?

—Creo que sí, Kiki, sí…

Bill puso los ojos en blanco y luego le hizo una mueca a Cecily.

—Bueno —dijo ofreciéndole el brazo—, empieza la farsa.

—¿Que vas a… qué?

—A casarme, mamá —gritó Cecily por el auricular. Había más interferencias que nunca, y a duras penas se oían la una a la otra—. Voy a casarme.

—¡Válgame Dios! ¿Te he entendido bien? ¿Vas a casarte? —repitió Dorothea.

—¡Sí! —Cecily se rio por lo absurdo de la situación—. Me caso.

—Pero ¿con quién?

—Te escribiré contándote los detalles, pero se llama Bill y es inglés. Su familia conoce muy bien a la de Audrey. Conocí a su hermano, que es un comandante, en una cena en Woodhead Hall. —Las interrupciones en la comunicación alcanzaron su punto culminante—. ¿Puedes oírme, mamá?

No hubo respuesta, de modo que Cecily suspiró y colgó. Decidió que lo mejor sería ir a Gilgil para enviar un telegrama a sus padres con todos los detalles. Un rato antes, mientras daban cuenta de la botella de champán que Kiki había descorchado, los tres hablaron acerca de la fecha y el lugar donde se celebraría la boda.

—Desde luego, debe celebrarse aquí, ¿no? Y lo antes posible, ¿no os parece? —insistió Kiki.

—Lo que a Cecily le parezca bien —respondió Bill mirando a Cecily de reojo.

Ella casi no podía creerse lo paciente que estaba siendo Bill con su madrina. Le había provocado una ternura enorme que su prometido tratara de facilitarle las cosas, a pesar de que él también desconfiara de Kiki.

—Yo… A decir verdad, no he tenido tiempo de pensarlo. Lo que tú creas que es mejor.

—Para ser sincero, creo que ninguno de los dos quiere una gran fiesta. ¿No es así, Cecily?

—Así es, Bill. Algo que sea discreto me parece lo ideal.

—No creo que la palabra «discreto» esté en el diccionario del valle —dijo Kiki sonriendo—. Aquí nos encantan las celebraciones, ¿no, Bill?

—A algunos sí —replicó Bill antes de ponerse de pie—. Bueno, tengo que volver con mi ganado. Dejo en vuestras manos los preparativos de la boda, pero es evidente que conviene que sea antes de la llegada de las lluvias.

—¡Aguarda un momento! —exclamó Kiki mirando la mano de Cecily—. Dime, Bill, ¿por qué mi ahijada no lleva un anillo de compromiso en el dedo?

—Ah, sí. Claro. —contestó Bill, asintiendo con la cabeza—. Anoche me quedé en el Muthaiga Club y no he tenido tiempo de ocuparme de eso, pero tened la seguridad de que lo haré.

Bill se marchó después de besar la mano de Cecily y saludar a Kiki con un gesto de la cabeza.

Cecily estuvo unos días sin ver a Bill porque él tuvo que ocuparse de su ganado. Pero se habían comunicado por teléfono, a pesar de las constantes interrupciones de la línea; ella le informó de que Kiki había sugerido el tercer lunes de abril (que daba la casualidad de que era el mismo día en que se casaba su exprometido, algo que la llenaba de una sana satisfacción). Así todos tendrían tiempo para organizar lo que fuera necesario. Su madrina estaba ansiosa por celebrar la fiesta en Mundui House, pero Cecily también era consciente de los sentimientos de Bill hacia Kiki.

Subió a su habitación para arreglarse. En apenas una hora llegaría Bill para cenar con ella. A Dios gracias, aquella noche Kiki estaba en Nairobi visitando a Tarquin, de modo que ella y su futuro esposo podrían hablar con claridad de cómo estaban yendo las cosas. Era una pena que su familia no pudiera asistir a la boda, pensó mientras miraba en su armario y se preguntaba qué vestido le permitiría cerrar la cremallera a la altura de su cintura, cada vez más abultada, pero se aseguraría de que en la boda hubiera un fotógrafo para dejar constancia del evento. Tal vez se debiera al entusiasmo contagioso de su madrina, pero lo cierto era que Cecily sentía un hormigueo fruto del nerviosismo ante la inminente llegada de su prometido.

—Mi prometido —exclamó, y se echó a reír por lo absurdo de la situación. Sin embargo, toda noción romántica del enlace se esfumó cuando intentó subir la cremallera de su vestido azul favorito y fracasó miserablemente.

«No te olvides, Cecily, de que se trata de un acuerdo. Bill no te ama. Y, además, ¿cómo podría hacerlo si estás esperando un hijo de otro hombre?»

Al final, vestida con una blusa de muselina de color crema y una falda con cintura elástica, Cecily bajó y fue a la biblioteca a recoger las notas que había preparado con Kiki.

—El *sahib* acaba de llegar. ¿Infusión de jengibre, *memsahib*? —preguntó Aleeki.

—Gracias, pero esta noche solo tomaré agua —contestó antes de salir a la terraza.

—Buenas noches, Cecily. Discúlpame si llego un poco tarde.

—No llegas tarde en absoluto —respondió ella sonriendo mientras Bill se le acercaba.

—Y es probable que además apeste a vaca. Ha surgido un problema, seis han contraído la enfermedad del sueño, por lo que me he pasado estos tres últimos días controlando a las demás.

—Entiendo.

—Es casi seguro que no lo entiendes, y me temo que nunca lo entenderás. — Bill suspiró y se dirigió a la mesa preparada para una cena íntima en el porche. Cogió la botella de champán y se sirvió una copa antes de que pudiera hacerlo Aleeki—. Los malditos animales gobiernan mi vida. Bajarán de las montañas cuando lleguen las lluvias, y hay que mantenerlos en un estado de salud óptimo para la travesía. ¿Y cómo te ha ido a ti la semana?

—Bien, gracias. Como cabe suponer, tengo unas cuantas preguntas para ti. —Se sentó al otro lado de la mesa.

—Es normal que las tengas —dijo Bill antes de beber un trago de su copa—. Yo también tengo unas cuantas para ti —añadió, y colocó sobre la mesa un cilindro de cartón del que extrajo unos papeles que empezó a desenrollar—. Estos son los planos originales de la granja que tenía intención de construir cuando llegué a Kenia por primera vez. Hasta ahora, no se han hecho realidad, y la cabaña me ha bastado. Me gustaría que los estudiaras y me dijeras si hay algo que te gustaría cambiar. Luego buscaré a un equipo de obreros para que la construyan.

—Claro que sí, estaré encantada de echarles un vistazo.

—Tú pasarás allí mucho más tiempo que yo, por lo que es natural que tu opinión cuente —dijo Bill sirviéndose otra copa de champán—. Maldita sea, detesto esta bebida. ¿No hay una cerveza por ahí, Aleeki?

—Sí, *sahib*.

Cuando Aleeki se escabulló a toda prisa en busca de una cerveza, Cecily observó la tensión en el rostro de Bill.

—Y bien —dijo Bill cuando Aleeki reapareció con la bebida solicitada—, ¿has decidido cuándo anunciaremos nuestro enlace?

—Bueno, supongo que en cuanto fijemos la fecha de la boda. Kiki ha propuesto el tercer lunes de abril.

—No me parece mal. —Bill asintió con la cabeza—. Con suerte, justo antes de la llegada de las lluvias. ¿Y qué me dices de la ceremonia?

—Kiki quiere celebrarla aquí.

—Lo que tú digas me va bien, Cecily. Todo eso te toca a ti decidirlo; yo me limitaré a presentarme a la hora convenida el día y en el lugar que me indiques.

—Lo único que me gustaría es que nos casara un ministro de la Iglesia, ante la mirada de Dios y todo eso —dijo con timidez—. Una ceremonia civil no es lo mismo. Kiki dice que conoce a un pastor de Nairobi que estaría dispuesto a celebrar el enlace.

—Vale, de acuerdo. Si es importante para ti, adelante —respondió Bill con cierta brusquedad.

—¿Es que no crees en Dios?

—No creo en un Dios único, no. ¿No te has dado cuenta de que cada cultura tiene un dios a su imagen y semejanza? Jesús era un judío de Israel, moreno y de piel oscura, pero en cualquier pintura que veas, su piel es tan blanca como el concepto de la nieve que tienen los cristianos blancos. No obstante, sí que creo en un hacedor magnífico, como lo llamo yo. En otras palabras, en algo que creó todo lo que aparece ante nuestros ojos. —Bill extendió los brazos y los movió a su alrededor—. Porque es un milagro que podamos disfrutar de tanta belleza, ¿no te parece?

—Hacedor magnífico. —Cecily repitió las palabras de Bill, gratamente sorprendida por la singular elocuencia de su prometido—. ¡Me gusta!

—Pues gracias. Aunque sea un humilde granjero, yo también tengo mis momentos —contestó Bill.

—Me… me estaba preguntando dónde estudiaste…

—Supongo que tus padres quieren conocer mis credenciales —dijo Bill con una mirada irónica mientras llegaba Aleeki con la cena.

—No, es que hay muchas cosas que no sé de ti, y creo que debería saberlas.

—Bueno, estudié en Eton, que, como sabrás, es una escuela donde la aristocracia británica aprende a base de golpes con el fin de que salga preparada para regir los destinos del imperio. Un lugar abominable. —Bill se estremeció—. Durante meses y meses me pasé las noches llorando como un crío. Por curioso que parezca, fue Joss Erroll quien me salvó. Era de mi curso y compartíamos alojamiento. A primera vista, no era el tipo de chico con el que yo fuera a congeniar, pero por alguna razón hicimos buenas migas y desde entonces somos amigos. Por desgracia, Joss fue expulsado de Eton, ya puedes imaginarte que nunca jugaba siguiendo las reglas. Después fui a Oxford a estudiar Derecho, pero me reclutó el ejército a los dieciocho años, ya a finales de la Primera Guerra Mundial. Tuve suerte, porque para entonces ya había terminado el conflicto. Me quedé en el ejército unos años porque no tenía ni idea de lo que quería hacer con mi vida. Luego mi prometida me abandonó y… —Se llevó su cerveza a los labios y bebió un trago—. Creo que he perdido el hilo.

—Lo siento muchísimo, Bill.

—Por favor, no lo sientas, Cecily. Tú has pasado por lo mismo no hace mucho, y en realidad fue una bendición que en aquel momento no supe ver. Como había descartado la posibilidad de reemprender mis estudios de Derecho, Joss me avisó confidencialmente de que el gobierno británico estaba buscando hombres jóvenes que se trasladaran a Kenia para establecer una comunidad, y de paso impartir un determinado tipo de órdenes a los nativos, por supuesto. A cambio ofrecía tierras. Firmé, obtuve mis más de cuatrocientas hectáreas y me vine. De eso hace unos veinte años. No puedo creer que lleve tanto tiempo aquí. —Suspiró—. Ahora ya sabes un poco más de mí. ¿Y qué me cuentas de ti? Tal vez deberías contarme al menos quién es el padre —añadió bajando la voz—. Así estaré preparado en un futuro. Me imagino que es alguien de por aquí.

—¡Oh, no! No lo es.

—Entonces ¿es tu prometido? —preguntó levantando las cejas e hincando el tenedor en el curri de cabra con arroz.

—No, tampoco.

—Bueno, y entonces ¿quién fue? En cualquier caso, lo cierto es que tanto me da si fue Inglaterra o si fue América.

—Me temo que es posible que no te dé igual. Sucedió cuando estuve en Woodhead Hall y conocí a tu hermano en una cena. Lord y lady Woodhead tienen un sobrino que se llama Julius…

—¡Dios bendito! —Bill parecía conmocionado—. Eso me pilla más de cerca de lo que imaginaba. Mi hermano no se enteraría, ¿verdad?

—¡Oh, no! Julius está comprometido con otra. Fue solo un… —Cecily se ruborizó hasta la raíz del pelo y notó un nudo en la garganta—. Fue una breve aventurilla.

—¿Y te partió el corazón? —le preguntó Bill con un tono de voz algo más suave.

—Sí, me lo partió. Yo… creí en la honestidad de sus intenciones.

—Nunca te fíes de un inglés, ¿vale? Bueno, no puedo ofrecerte más que unas cuantas cabezas de ganado, pero te prometo que soy un hombre honrado. Bien, bien, parece que estamos hechos el uno para el otro, ¿no?

—Supongo que sí.

—Pues… —Bill empezó a rebuscar en un bolsillo y sacó una cajita de terciopelo—. Aquí está el anillo. Pruébatelo, ¿quieres? Lo mandé hacer, pero me temo que te vaya un poco grande.

Cecily abrió la cajita y vio una hermosa sortija de diamantes con una piedra entre rosa y rojiza en el centro.

—¡Oh, es precioso!

—Es un rubí estrella. Mi abuelo lo trajo de Birmania para mi abuela. Y ahora está aquí en Kenia, a punto de adornar tu dedito cien por cien americano. ¿Te gusta? Cuando le da la luz directamente se ve una estrella perfecta en medio de la gema.

—¡Me parece… mágico! —exclamó Cecily, que colocó el anillo a la luz del farol que había sobre la mesa y contempló la silueta de una estrella reluciente—. Gracias, Bill.

Como él no hizo ademán de poner el anillo en su dedo, Cecily lo sacó de su nido de terciopelo y se lo colocó en el anular de la mano izquierda.

—Como pensaba, te va grande, pero el joyero de Gilgil puede solucionarlo en un santiamén. Y ahora que la cosa ya es oficial, enviaré un telegrama a mi hermano para pedirle que ponga un anuncio de nuestro compromiso en el *Times*.

—¿Y qué me dices de aquí?

—¡Oh! Los tambores de la jungla ya se encargarán de ello —dijo Bill—. Aunque tal vez fuese mejor que por ahora no digas nada sobre tu... estado. Cuando se haga público, como sucederá inevitablemente, asumiré, por supuesto, la responsabilidad.

—Gracias.

—No tienes que dármelas. Y no debes preocuparte, Cecily: una vez casados, me perderás de vista casi todo el tiempo. El maldito ganado exige mi atención constante.

—¿No tienes un capataz?

—Sí, lo tengo, y también me ayudan los masáis, pero para hacer el trabajo como es debido es necesario que todos arrimemos el hombro. En realidad, me gusta vivir como un nómada. Hasta ahora, no ha habido ninguna buena razón por la que volver a casa. En cualquier caso —dijo Bill mientras Aleeki y los sirvientes retiraban los platos de la cena—, ¿por qué no echamos un vistazo a los planos para empezar cuanto antes la construcción de la casa?

Al cabo de una hora, después de introducir juntos algunos cambios en la distribución de la vivienda y de que Cecily añadiera algún que otro dormitorio por si venía su familia a visitarlos, la futura esposa siguió a Bill hasta su camioneta. Nygasi, el nativo masái, estaba sentado al volante esperando pacientemente. Bill besó a Cecily en la mejilla y le dio las buenas noches.

—Estaré en la llanura durante los próximos diez días, pero, por favor, no dudes en introducir cualquier modificación que consideres oportuna en los planos de la casa y organiza la boda como mejor te parezca —dijo subiendo al vehículo—. Adiós, Cecily.

—Adiós, Bill.

Durante el camino de vuelta a la casa, Cecily empezó a darse cuenta de que Bill le gustaba cada vez más. Aunque fuera un hombre demasiado franco y sincero, su absoluta falta de pretensiones resultaba cautivadora. Una vez en su habitación, Cecily se desvistió, recordando que solo quedaban tres semanas para que compartiera cama con su nuevo esposo... o al menos suponía que eso era lo que él quería. Para su sorpresa, semejante idea la excitó en vez de horrorizarla.

«Para ya, Cecily», se reprendió mientras se metía en la cama. «No olvides que es un matrimonio de conveniencia y que el amor aquí no tiene nada que ver.»

Aun así, se acostó más tranquila y feliz de lo que se había sentido durante muchas, muchísimas semanas.

28

Cecily iba a convertirse en la señora de William Forsythe el 17 de abril al mediodía. Cumpliendo lo prometido, Kiki se había encargado de que el pastor de la iglesia de Nairobi oficiara la ceremonia. De hecho, se había superado organizando toda la boda: solo había que ver la disposición de las sillas, cubiertas de seda blanca, en el jardín, así como el dosel adornado de rosas blancas colocado a orillas del lago, bajo el que se situarían Cecily y Bill para dar el «Sí, quiero».

Cecily estaba de pie frente a la ventana de su habitación observando el jardín, en el que Kiki saludaba a los invitados que iban llegando, muchos de los cuales eran unos perfectos desconocidos para la novia. Y espiaba a Bill, que permanecía sentado en el que ella ya consideraba su banco a orillas del lago, acompañado de Joss Erroll, que actuaba como padrino del novio.

—¿Estás nerviosa? —preguntó Katherine. Le colocó el velo y luego le entregó el ramo de novia, de rosas de color rosa palo—. Es natural. ¡Yo apenas pude comer durante una semana antes de casarme con Bobby!

—Supongo que lo estoy —respondió con un nudo en la garganta—. ¡Todo ha ocurrido tan rápido!

—Cuando una cosa tiene que ocurrir, el tiempo no tiene importancia —dijo Katherine con cariño—. ¡Estás preciosa! ¡Ven y mírate! —añadió, guiando a Cecily hasta el espejo de cuerpo entero.

Habían encargado a una modista que confeccionara un hermoso vestido estilo imperio, por lo que los pliegues de satén color crema caían por debajo de su pecho y ocultaban cualquier indicio de embarazo. El sol le había aclarado el pelo hasta adoptar una tonalidad de rubio claro, y Katherine le había colocado unas rosas a un lado de la cabeza, justo por encima de la oreja. También la había maquillado un poco, pero Cecily pensaba que, incluso sin maquillar, su piel nunca había tenido mejor aspecto. Resplandecía, y sus ojos brillaban.

—Y ahora a casarte —dijo Katherine.

Durante toda su vida, Cecily había fantaseado en muchas ocasiones sobre cómo sería el día de su boda. Pero nunca imaginó que tendría lugar sin la presencia de su familia, bajo el calor húmedo de Kenia y en compañía de una manada de hipopótamos.

Bobby la aguardaba a los pies de la escalera. Había aceptado acompañarla hasta el altar en sustitución de su padre.

—¡Estás guapísima! —exclamó al tiempo que le ofrecía el brazo.

Cecily se cogió a él, y enseguida oyó que la banda empezaba a tocar la marcha nupcial.

—¿Preparada?

—¡Preparada! —exclamó con una sonrisa.

Después de respirar hondo, Cecily y Bobby comenzaron a andar, salieron a la terraza y siguieron avanzando por el jardín entre los invitados.

Bill estaba de pie bajo el dosel. Su única objeción al protocolo había tenido que ver con la vestimenta de los caballeros, pues no quiso ponerse chaqué, y eligió traje y corbata negra para él y los invitados varones. Cecily pensó que estaba muy guapo: iba perfectamente afeitado; su pelo, rebelde y de color arena, estaba bien peinado, y sus ojos azules reflejaban el cielo y brillaban, en contraste con su tez morena por el sol. Aunque a su lado estaba Joss, que era más apuesto que él, Cecily se dio cuenta de que no podía apartar los ojos de su futuro esposo.

Bobby entregó la mano de la novia a Bill, que la recibió mirándola a los ojos, y en cuanto el pastor empezó a hablar, en lo único en lo que Cecily pudo concentrar su atención fue en los ojos de Bill. Oyó el piar de los pájaros llamándose unos a otros alrededor del lago como si ellos también estuvieran de celebración.

—Yo os declaro marido y mujer. Puede besar a la novia —anunció el pastor.

A continuación se oyó un «¡Vivan los novios!», que gritó Alice desde su asiento en primera fila al lado de Kiki (que, por supuesto, había estado bebiendo champán antes de la ceremonia), y un sonoro aplauso del resto de los invitados.

Bill también aplaudió.

—Hola, señora Forsythe —susurró al oído de su flamante esposa.

—Hola —respondió ella con timidez mirándolo a la cara, y echaron a andar entre los invitados, que estaban de pie a uno y otro lado.

Aunque Cecily había desayunado con cierta aprensión, se sentía aliviada porque había desaparecido la sensación de náusea que había tenido por la mañana, de modo que al menos podría disfrutar del maravilloso banquete que Kiki había encargado. Katherine, quien, como dama de honor, se sentaba junto a ella en una de las mesas redondas dispuestas en la terraza, le dio un abrazo.

—¡Estoy tan feliz por ti, Cecily! Tienes un aspecto radiante, y también tu marido —susurró señalando a Bill, que estaba sentado al otro lado de la novia.

Y Cecily se percató de que se sentía realmente radiante; a pesar del subterfugio en el que se había basado la boda, estaba disfrutando del día. Unos minutos más tarde, Joss se levantó para pronunciar, en calidad de padrino, un discurso en clave de humor, haciendo referencia a cómo Cecily había surgido de la nada y había robado el corazón del «eterno soltero del Valle Feliz».

—Querida Cecily —dijo Joss alargando las palabras—, es a mí a quien tienes que agradecer tu dicha conyugal, pues fui yo quien en un principio convenció a Bill de que viniera a Kenia. Así que espero que en los años que están por venir sepas mostrarme tu gratitud —añadió guiñándole un ojo mientras Idina se reía de la broma.

Su tono se volvió más emotivo cuando empezó a leer los telegramas enviados por la familia de la novia desde Nueva York. A Cecily se le llenaron los ojos de lágrimas, pero sabía que ese día había hecho lo correcto para salvar a los suyos de un bochorno peor del que habían vivido.

Sin embargo, no tuvo tiempo para nostalgias porque la orquesta empezó a tocar *Begin the Beguine*, y Bill la llevó en volandas hasta la pista de baile de madera que se había instalado para la ocasión en el jardín junto al lago. Cecily se sorprendió de lo bien que su flamante esposo sabía llevarla, y a medida que iba anocheciendo tuvo la sensación de que, en efecto, había pescado a un soltero muy cotizado.

Ya era medianoche cuando Katherine se colocó a su lado mientras Cecily bailaba con lord John Carberry, otro apuesto caballero más o menos de la misma edad que Bill, cuyas manos, demasiado atrevidas, ella se esforzaba por mantener bajo control.

—Hora de cambiarse de ropa y de partir rumbo al Norfolk Hotel, querida —dijo Katherine, casi arrancándola de los brazos del lord.

Una vez en el dormitorio, Katherine la ayudó a quitarse el vestido de novia y a ponerse un traje de seda de color pistacho y un sombrero a juego tipo casquete.

—Pues ya estamos… Todo listo para partir —dijo Katherine.

—¡Santo Dios! Estoy nerviosa pensando en esta noche. Quiero decir, no estoy segura de lo que… se espera Bill.

—Tranquila, cariño. No cabe duda de que Bill es un caballero. Y, como tal, te tratará bien, te lo prometo.

—¿Estás segura de que no te supone ningún problema que vivamos contigo mientras construyen nuestra casa? —preguntó Cecily levantándose del tocador y acercándose a su amiga.

—Querida, claro que no. Además, ¿para qué están las habitaciones de invitados? Bill y tú sois bienvenidos en mi casa, aunque no tiene nada que ver con Mundui House. Y te sorprenderás de lo rápido que terminan las obras de tu nuevo hogar. Con suerte, a tiempo para cuando nazca el bebé.

—Sí. Y no te olvides…

—Te lo prometo, Cecily, no diré ni una palabra.

—¿Crees que lo sabe alguien más?

—Si es así, desde luego no va pregonándolo por ahí. Hasta hoy, no he oído ni un rumor al respecto.

—¡Menos mal! Pues ya está —dijo ajustándose bien la chaqueta, cuyo botón inferior le apretaba un poco a la altura de aquella barriga cada vez más abultada—. ¡Podemos irnos!

—Sí, ya ha llegado la hora de partir, señora Forsythe.

Abajo, los invitados se habían congregado junto a la puerta principal. Cuando Cecily apareció cogida del brazo de Bill, todos empezaron a aplaudir y a soltar vivas.

—¡Lanza el ramo, señora Forsythe! —gritó Alice—. Necesito un marido nuevo, ¿no crees, Joss? —añadió mirándolo con una sonrisa.

Cecily lo lanzó, pero fue Joss quien lo cogió.

—¡Aguafiestas! —exclamó Alice, enfurruñada. Los demás se reían entre dientes; por lo visto, la esposa de Joss, Molly, estaba muy cerca de la muerte.

—¡Venga, cariño, es hora de irse! —dijo Bill.

La camioneta de Bill había sido decorada por Joss y sus amigos. Nygasi iba sentado como un rey en la parte de atrás, rodeado de globos, y en el parachoques trasero habían atado cuerdas con botes de hojalata.

—No entrará contigo en la habitación del Norfolk Hotel esta noche, ¿verdad que no, Bill? —gritó alguien entre la multitud.

—Muy gracioso —contestó Bill subiendo al vehículo para ocupar el asiento del conductor.

—¡Felicidades, querida! —dijo Kiki acercándose a su ahijada para darle un abrazo—. Tu madre se habría sentido tan orgullosa de ti hoy… Bienvenida al Valle Feliz, cariño, ahora eres una de nosotros.

Cuando Cecily se sentó al lado de Bill, notó de repente que le caía en la cabeza un goterón, y luego otro en su traje.

—¡Demonios! ¡Ya han llegado las lluvias! —gritó uno de los invitados.

—¡Todos adentro! —dijo alguien más.

Empezó a llover a cántaros. Cecily permaneció en su asiento con la sensación de estar tomando un baño tibio mientras Bill y Nygasi desplegaban a toda prisa la capota de lona.

Nygasi le susurró algo a Bill cuando este encendió el motor.

—¿Qué ha dicho? —preguntó Cecily.

—Dice que la lluvia en el día de nuestra boda es un augurio.

—¿Un buen augurio o un mal augurio?

—Un buen augurio, sin duda, un buen augurio —contestó Bill sonriéndole mientras se ponían en marcha.

Cecily se quedó traspuesta durante el viaje a Nairobi, agotada no solo por el día que había vivido, sino también por todos los preparativos de los días previos. Cuando quiso darse cuenta, Bill la estaba despertando con ternura dándole un toquecito.

—Ya hemos llegado, querida. ¿Tienes fuerzas para entrar o nos quedamos todos a dormir en la camioneta?

—Estoy bien. Gracias, Bill.

En el vestíbulo del hotel no había ni un alma, pues ya eran más de las dos de la madrugada, y fue el portero de noche quien los acompañó hasta su habitación. Cuando la puerta se cerró tras ellos, Cecily miró la cama y luego a Bill, y pensó que era demasiado pequeña para que cupieran los dos.

—¡Dios! Todo ese carnaval me ha dejado más agotado que un día de caza en la sabana. —Bill se quitó la chaqueta y la camisa, y después los pantalones.

Cecily se sentó al otro lado de la cama, de espaldas a él, y se quitó con cuidado el sombrero y luego la chaqueta.

Notó que una mano se apoyaba en su hombro.

—Oye, si esto te resulta incómodo, siempre puedo dormir en la camioneta.

—¡Oh, no…, estoy bien!

Cecily se levantó para abrir su maleta y coger un camisón. Oyó el crujir de los muelles a su espalda cuando su marido se metió en la cama.

—No miraré, te lo prometo —dijo Bill dándose la vuelta.

Ruborizada, Cecily se quitó el vestido, la enagua y el sujetador, y enseguida se puso un camisón largo de muselina.

—¡Santo Dios! Pareces salida de una novela de Jane Austen —exclamó Bill cuando ella fue a tumbarse a su lado.

La cama era tan pequeña que percibía el calor del cuerpo de su esposo.

—Oye, Cecily… —Bill giró la cabeza de su mujer para que lo mirara—. En vista de tu actual… estado, no me parece apropiado hacer lo que la gente haría normalmente en su noche de bodas. Así que te doy las buenas noches, señora Forsythe. ¡Que duermas bien!

Bill la besó en la frente y se dio media vuelta. Al cabo de unos segundos, Cecily empezó a oír sus ronquidos. Ella se quedó quieta, escuchando el ruido de la lluvia sobre el tejado del hotel y contra los cristales de la ventana.

Lo único que deseaba era hacer lo que la gente haría normalmente…

A la mañana siguiente, Cecily se despertó cuando sintió una mano en su hombro. Parpadeó y, como una ráfaga repentina, los sucesos del día anterior le vinieron a la memoria. Levantó la mirada hacia Bill, y pudo ver tras él la rosada luz del alba que se colaba a través de un hueco abierto en las cortinas.

—Buenos días —dijo en voz baja su marido—. He llamado al servicio de habitaciones. Desayuna un poco.

Cecily se sentó, y Bill le colocó una servilleta en el regazo.

—Sé que te gusta el café solo —dijo señalando una humeante taza, acompañada de triángulos de pan tostado y tarritos de mermelada—. Come y luego vístete. Cuando estés lista, saldremos.

—¿Vamos a salir? —preguntó Cecily, y bebió un poco de café—. ¿Adónde vamos?

—Es una sorpresa —contestó Bill antes de dirigirse al baño.

Cecily oyó cómo corría el agua del grifo. De repente, se sintió hambrienta y mordió una tostada.

Bill apareció vestido de color caqui, como era habitual en él, y, cuando ella estuvo lista, abandonaron el hotel y se dirigieron a la camioneta, en la que esperaba Nygasi sentado en la parte de atrás. Cecily se preguntó dónde habría dormido aquel hombre, y pensó que tendría que acostumbrarse a su presencia, pues era extraño ver a Bill sin él.

Bill abrió la portezuela y la ayudó a subir, luego saltó al asiento de conductor y encendió el motor. No dio ninguna pista acerca del lugar al que se dirigían, pero Cecily estaba contenta de notar la brisa matinal en su rostro en las ajetreadas calles de Nairobi, feliz de que las lluvias de la noche anterior no hubieran regresado aún y de que el sol brillara con todo su esplendor. Al cabo de una hora llegaron a un aeródromo, y Cecily miró a su esposo con curiosidad.

—Como no vamos a tener luna de miel, y menos ahora que han llegado las lluvias y habrá que trasladar el ganado, he pensado que te mereces un regalo de bodas. Y me he preguntado qué podría regalarte... He estado mucho tiempo soltero... y lo único que conozco es Kenia y su naturaleza. Así que ven, hay algo que quiero mostrarte. Y espero que no tengas miedo a las alturas —añadió.

La ayudó a bajarse de la camioneta y la condujo hasta la pista, donde aguardaba un tipo vestido con un mono junto a un pequeño biplano.

—¿Todo bien, Bill? —preguntó con jovialidad el hombre mientras ellos se acercaban—. Y esta es tu joven esposa, ¿no? Encantado de conocerla, señora Forsythe.

—Para mí también es un placer conocerlo —respondió Cecily.

—Está a punto: le han llenado el depósito y acaba de pasar la revisión —dijo el hombre—. Me refiero a la avioneta, no a usted, señora Forsythe —añadió en broma.

—Ponte esto, por favor. —Bill entregó a Cecily una gruesa cazadora de aviador de cuero y unas gafas de protección, comprobó que se las había puesto bien y luego se subió al ala del aparato y extendió una mano hacia ella—. ¡Venga, vamos!

Cecily le cogió la mano, y Bill la ayudó a subir y luego a meterse en una de las dos cabinas en forma de cuenco, donde le abrochó el cinturón de seguridad. A continuación, se sentó en la cabina trasera, justo detrás de ella.

—¿Sabes pilotar esta cosa? —preguntó Cecily.

—Tendrías muy mala suerte si no supiera —contestó él con ironía—. No te preocupes, los asientos son eyectables por si algo va mal.

—¿Hablas en serio? —Giró la cabeza para mirarlo a los ojos, y él le sonrió.

—Cecily, no corres ningún peligro. Confía en mí y disfruta de las vistas.

A continuación, el motor empezó a rugir y la hélice a zumbar. Bill condujo el aparato por la pista y, cuando un minuto más tarde despegaron, Cecily sintió que se le revolvía el estómago.

Cuando alcanzaron altura y fue acostumbrándose a esa sensación, miró hacia abajo fascinada. Pudo distinguir los tejados de los edificios grises y las calles de Nairobi, los coches y las personas moviéndose como hormigas, y al cabo de unos minutos ya solo se veía una vasta extensión de territorio ondulado, pequeños prados, destellos de tierra anaranjada y el centelleo ocasional de un río que avanzaba perezosamente.

Después de una media hora de vuelo, Bill llamó su atención dándole una palmadita en el hombro y le señaló una mancha a sus

pies. Cecily dio un grito de asombro. Allí, a orillas del resplandeciente lago, estaba Mundui House, que parecía una casita de muñecas.

Luego Bill viró hacia el norte, y Cecily reconoció la vía férrea
que conducía a Gilgil, y contempló a su derecha la imponente ma-
jestuosidad de la cordillera Aberdare. A lo lejos vio unos destellos
rosas y azules, y fijó la vista a través de sus gafas protectoras para
intentar averiguar qué eran.

—¡Es el lago Nakuru! —gritó Bill para hacerse oír por encima
del ruido del motor.

Cecily soltó un chillido de sorpresa cuando Bill hizo que la
avioneta bajara en picado y la nube rosada que ella había visto se
cristalizó ante sus ojos: miles y miles de flamencos, pegados unos
a otros en el agua. En cuanto el aparato empezó a sobrevolarlas, las
aves abrieron sus alas provocando un efecto de ola: el reflejo de su
brillante plumaje en las aguas azules hacía que parecieran un único
organismo gigantesco.

Cuando Bill puso de nuevo rumbo al sur, Cecily miró hacia
abajo y vio cómo Kenia se extendía a sus pies, maravillándose ante
la nueva perspectiva que su esposo había tenido la atención de
ofrecerle. Ese era su nuevo hogar, y en aquellos momentos no podía imaginarse un lugar más hermoso.

Después de aterrizar, Bill la ayudó a bajar de la avioneta y Cecily notó que le temblaban las piernas. Se quitó las gafas, se arregló
el pelo y miró a su esposo, sin saber cómo expresar con palabras la
belleza de todo lo que había visto.

—¡Gracias! —logró decir al final—. Nunca, nunca olvidaré
este momento y lo que acabo de ver.

—Me alegro de que hayas disfrutado. Lo repetiremos después
de las lluvias. Pero ahora —añadió ayudándola a subir a la camioneta—, me temo que ha llegado la hora de volver al trabajo.

Dejaron atrás Nairobi y pusieron rumbo a la cordillera Aberdare y a su hogar conyugal transitorio con Bobby y Katherine (Bill
se había negado en redondo a estar bajo el mismo techo que Kiki
hasta que finalizasen las obras de su nueva casa). Cecily no pudo
evitar mirar a su esposo de reojo. Independientemente de que el
suyo fuera un matrimonio de conveniencia, lo cierto era que Bill
no solo la hacía sentirse segura y protegida, sino que su autocon-

trol la fascinaba. Ese hombre y la vida que la aguardaba tal vez no fueran lo que ella habría elegido si las cosas hubieran sido de otra manera, pero en cuanto entraron en la finca de Katherine y Bobby —y la camioneta empezó a dar botes por la rojiza llanura circundante que pronto se llenaría de ganado recién llegado de las montañas—, se dio cuenta de que deseaba hacer lo que fuera necesario para acostumbrarse a todo aquello. Sí, quería ser una buena esposa para el hombre que no solo había salvado su vida, sino también su reputación.

«Mi marido es un hombre especial», pensó, y una pequeña burbuja de anhelo inesperado creció en su estómago.

—¡Hola! ¡Bienvenidos! —exclamó Katherine saludándolos desde el porche cuando la camioneta subía por el encharcado camino de acceso a la casa, pequeña pero recién restaurada—. ¿Qué tal el vuelo? —preguntó a Cecily cogiéndola del brazo y acompañándola hacia la vivienda.

—Ha sido la experiencia más increíble de mi vida —respondió sonriendo.

Katherine la invitó a sentarse en un sillón del porche.

—¡Oh, cuánto me alegro! —Katherine tomó asiento a su lado—. Bill me preguntó si pensaba que estabas preparada para una cosa así, y por supuesto le dije que sí. Es la única manera de ver toda la magia de Kenia —dijo mientras Bill descargaba la maleta de Cecily—. En una ocasión me invitó a volar en avioneta y decidió hacer una exhibición de su pericia como piloto. Tengo que admitirlo: vomité y ensucié toda la cabina —añadió entre risas.

—¿La pongo en la habitación de invitados, Katherine?

—Sí, por favor, Bill.

—Aleeki me dijo que mañana enviará al chófer de Kiki con el resto de mis cosas —comentó Cecily, viendo cómo Bill entraba en la casa.

—Bueno, es una pena que aún no tengáis casa propia en la que instalaros, pero haremos todo lo posible para que os sintáis cómodos aquí.

—¡Oh, no te preocupes! Estoy tan agradecida por no tener que vivir ya en Mundui House... Allí hay un ambiente muy extraño. Y además esto es precioso, Katherine... —Cecily señaló con la mano el porche, donde había una mesa que Bobby había fabricado con sus propias manos con madera reciclada y que luego había pulido hasta dejarla brillante y suave. Katherine había plantado hibiscos alrededor de la casa junto con vistosas aves del paraíso de color naranja y azul. Aquella pequeña residencia era bonita y acogedora, con las hermosas cortinas de flores que había confeccionado Katherine para las ventanas y con los inmaculados postigos blancos—. ¡Da una sensación de verdadero hogar! —añadió.

—Bueno, la Casita de Inverness no es una gran mansión, pero es nuestra y eso es lo que importa. A ver —dijo Katherine cuando Bill apareció por la puerta—, ¿puedo traeros algo de beber?

—Para mí no, Katherine. Me temo que he de regresar a la finca.

—Sí. Bobby se fue esta mañana.

—Entonces seguro que me lo encuentro allí. Empieza otra vez el día a día, y tengo que bajar todo ese ganado sano y salvo hasta la llanura.

Cecily se esforzó por disimular su decepción.

—¿Cuándo estarás de vuelta? —preguntó.

—A decir verdad, no lo sé con exactitud. Diría que la semana que viene. No puedo asegurarte qué día.

—¡Oh! —exclamó Cecily con un nudo en la garganta—. Bueno, estaré bien aquí con Katherine.

—Seguro que lo estará —afirmó su amiga viendo la congoja de Cecily y acudiendo en su ayuda—. Y... —añadió mirando expectante a Bill—, ¿no tenías otro regalo para tu querida esposa? ¿Qué te parece si voy a buscarlo mientras vosotros dos os despedís?

Bill asintió con la cabeza, y Katherine desapareció por uno de los laterales de la casa.

Cecily se puso de pie.

—Gracias de nuevo por todo, Bill. Te estoy muy agradecida.

—Como ya te dije, estoy seguro de que nos llevaremos bien. Te agradecería que vigilaras las obras de nuestra casa durante mi ausencia. Ya sabes, «cuando el gato no está» y todo lo que sigue.

—Por supuesto que sí. Me encantará.

—¡Y aquí está tu medio de transporte! —Katherine reapareció con una yegua de un espléndido color castaño—. ¡Ven a conocerla!

—¿Es para mí?

—Sí —dijo Bill—. El mejor sistema para visitar a nuestros vecinos, no te quepa duda...

—¡Cielo santo! ¡Es preciosa! ¿Verdad que sí, bonita? —Cecily acarició el hocico de la yegua, que parecía como si alguien le hubiera tirado pintura blanca por encima.

—Su tamaño es perfecto para ti, y además parece que tiene muy buen carácter —añadió Bill.

—Me encanta. ¿De verdad es mía?

—Sí, claro que sí, aunque debes tener cuidado durante los próximos meses. —Bill señaló la barriga de su esposa—. No queremos que haya accidentes, ¿verdad?

—No, no queremos —contestó sonrojándose.

Aunque Katherine estaba al corriente de lo del niño, era la primera vez que Bill hablaba del asunto delante de ella.

—El caballo aún no tiene nombre —dijo Katherine para llenar el vacío que se había creado—. Tendrás que pensar uno, Cecily.

—Sí, deberías. Bueno, ahora me voy.

—Te acompaño hasta la camioneta —dijo Cecily.

—No, quédate aquí con Katherine. Has tenido unos días agotadores. Adiós, Cecily. —Tras un discreto saludo con la mano y un gesto de la cabeza, Bill se dirigió hacia la camioneta, donde Nygasi lo aguardaba pacientemente.

«Ni siquiera me ha dado un beso de despedida», pensó Cecily de regreso al porche, detrás de Katherine. Se había sentido tan animada después de recibir de Bill el regalo de bodas perfecto y de que le dedicara aquella maravillosa sonrisa antes de despegar con la avioneta... Pero ahora...

—¿Estás bien, querida? —preguntó Katherine.

—Sí, solo estoy un poco cansada, nada más...

—Claro. Es una lástima que Bill haya tenido que marcharse tan pronto, pero estoy segura de que volverá a tu lado en cuanto pueda.

—Sí, y no debería molestarme ni hacer que se sienta culpable, porque cuando me pidió que me casara con él ya me dejó claro que sería así.

—¡Oh, querida! Él te importa de veras, ¿no es así?

—Supongo que sí, pero no tengo ni idea de lo que él siente por mí.

—Siempre supe que Bill sentía algo por ti, Cecily. Fue evidente cuando estuvimos de safari. Era de ti de quien yo tenía mis dudas.

—En eso te equivocas. Creo que me ha pedido matrimonio porque tiene buen corazón. —Cecily notó que se le llenaban los ojos de lágrimas cuando vio que la camioneta de Bill desaparecía de su vista.

—Hasta hace poco no era consciente de que Bill tuviera un corazón, y además bondadoso —dijo Katherine con una sonrisa—. Pero lo cierto es que tú lo has cambiado, Cecily, te lo aseguro. Y el hecho de que esté dispuesto a asumir la responsabilidad de tu... estado constituye una prueba clarísima de lo que siente por ti.

—Sí, pero es que... no sé.

—Bueno, todo irá mejor cuando os instaléis en vuestro nuevo hogar. Ya verás, no tardaréis mucho, pero procuraremos que mientras estéis aquí lo paséis bien. Ahora ven a sentarte conmigo en la cocina, que tengo que preparar las verduras. Recuerda que Bobby también se ha ido, de modo que tú y yo debemos hacernos compañía.

Cecily siguió a Katherine hacia la entrada de la casa, que hacía de vestíbulo y de sala de estar. A la izquierda había un pasillo estrecho que llevaba a un cuarto del tamaño de un armario que Bobby utilizaba como despacho, y un poco más allá se encontraba la cocina, pequeña y con una mesa rústica de pino y dos sillas. Todo estaba limpio como una patena. De hecho, todo lo que tenía que ver con Katherine lo estaba.

—Me sorprende que la cocina no esté en una construcción aparte como en la mayoría de las casas de la zona —comentó Cecily observando a Katherine pelar con destreza unas patatas.

—Como no tengo sirvientes que cocinen para mí, me pareció absurdo. Uno de mis momentos favoritos del día es cuando Bobby se sienta ahí donde estás tú y, mientras comemos, hablamos de dónde hemos estado y lo que hemos hecho.

—Me temo que nunca he aprendido a cocinar —confesó Cecily—. ¿Crees que podrías enseñarme?

—Claro que sí, pero estoy segura de que Bill traerá a alguien que lo haga por ti.

—Da igual. Yo debería saber qué hay que hacer para así poder dirigir a los criados.

—Sí, en eso tienes razón, aunque dudo que las mujeres como Kiki o Idina hayan preparado nunca una tostada con mermelada, por no hablar de un estofado de carne de ternera —repuso Katherine.

—Bueno, aprender no es malo, ¿no te parece? Y a mí me gustaría aprender.

—Pues muy bien —dijo Katherine, y le pasó unas zanahorias y un cuchillo—. Lección primera… —añadió sonriendo de oreja a oreja.

29

Quinta Avenida, 925
Manhattan, Nueva York 10021
30 de abril de 1939

Mi querida Cecily:

Tu padre, tus hermanas y yo nos hemos llevado una gran alegría al recibir las fotografías de la ceremonia de tu boda.

Estabas radiante, tesoro, y debo decir que tu marido es muy apuesto. Aunque tu querido padre estaba algo sorprendido por su edad, lo he tranquilizado diciéndole que el hecho de que hayas elegido a un hombre más maduro es una buena cosa.

Como tal vez sepas ya, Jack y Patricia están ahora de luna de miel en Cabo Cod. Junie DuPont, que asistió a su enlace, me dijo que Patricia no estaba, ni de lejos, tan guapa como tú, y que su peinado era un desastre. Me contó que la fiesta fue como un martes de Carnaval y que estuvo fatal. (También han corrido rumores de que el banco de la familia de Jack está al borde de la quiebra. Como te dijo Mamie, ¡parece que te has librado de una buena!)

La pequeña Christabel es una delicia, y Mamie está siendo una madre muy paciente y serena. Y tengo que darte una gran noticia: ¡Priscilla también está embarazada! Tu padre y yo estamos muy contentos de que nuestras tres hijas hayan contraído matrimonio, y quizá no tardes mucho en anunciarnos que tú también estás esperando.

Cecily, aunque ya nos has dicho que estás a salvo de cualquier conflicto que pueda estallar en Europa, estamos preocupados por ti, tesoro. Mi único deseo es que Bill y tú pudierais venir y quedaros aquí hasta que las cosas se tranquilizasen, pero comprendo que su vida está en Kenia.

Escríbeme pronto, y dale recuerdos a Kiki y a tu nuevo marido.

Con todo mi amor,

Mamá XX

Cecily no dejó de suspirar mientras leía la carta de su madre; intentó alegrarse por la noticia de Priscilla, pero en aquellos momentos tenía un nudo en la garganta porque acababa de escribir a su madre contándole lo de su embarazo.

«… Salgo de cuentas en diciembre», le decía, aunque sabía que les enviaría mucho antes un telegrama para anunciar el alumbramiento de la criatura.

—Ya me ocuparé de eso a su debido tiempo —murmuró. Dobló la carta y la introdujo en un sobre.

La buena noticia era que en la Casita de Inverness los días pasaban más deprisa que en Mundui House. Estuvo atareada ayudando a Katherine a sembrar un huerto de hortalizas detrás de la vivienda. También aprendió a preparar cenas y pasteles, pero, después de una serie de intentos frustrados, Cecily se convenció de que la repostería no era su fuerte. Cuando se levantaba pronto, salía a pasear con Belle, su preciosa yegua castaña, y llegaba hasta la finca de Bill, situada a apenas diez kilómetros de distancia, para supervisar el trabajo de los albañiles.

Luego, por las noches, caía rendida en la cama. En cierta manera, le parecía reconfortante el ruido de la lluvia cayendo sobre el tejado, pero le preocupaba que Bill estuviera en la llanura, donde los ríos estaban en plena crecida y podían producirse avalanchas de lodo desde las montañas. Cuando llovía con demasiada fuerza y no podían sentarse en el porche, Bobby encendía un fuego en la pequeña chimenea y jugaban a las cartas o escuchaban en la crepitante radio el Servicio Mundial de la BBC. Aquello resultaba a menudo inquietante, pues informaban constantemente de la situación política en Europa; muchos comentaristas creían que la guerra era inevitable, a pesar de los diversos pactos y alianzas a los que se había llegado.

Aunque las tensiones en Europa siempre estaban presentes en la mente de Cecily, Katherine no habría podido hacer nada más para que la joven se sintiera a gusto. Bobby también estaba ausente ocupándose del ganado, pero siempre lograba encontrar unos días para ir a ver a su mujer.

Al menos se suponía que Bill llegaría al día siguiente, pensó Cecily mientras se lavaba en la bañera de latón que habían instalado junto a la letrina en una construcción anexa detrás de la casa. No podía creer lo ansiosa que estaba por volver a ver a su esposo.

A la mañana siguiente, fue con Katherine a Gilgil a lo que pretendía ser un salón de belleza, que en realidad no era más que un cuartucho en el fondo de una choza. Primero atendieron a Katherine, y cuando llegó su turno, Cecily estaba hecha un manojo de nervios mientras la mujer kikuyu le cortaba el pelo.

—¿Así, *bwana*, estar bien?

Cecily intentó ver su imagen en el pequeño espejo agrietado que la mujer le ofreció.

—Pues sí, supongo que está bien.

—¿Tú qué crees? ¿Tengo un aspecto horrible? —preguntó a Katherine.

—En absoluto —dijo para tranquilizarla.

—Me parece tan corto…

—La buena noticia es que crecerá otra vez. Venga, tenemos que volver a casa para preparar la cena de nuestros chicos.

Cuando llegó a la casa y pudo mirarse bien en el espejo que colgaba de la pared, se cubrió el rostro con las manos y soltó un pequeño chillido. Le habían cortado los rizos a tijeretazos, y lo que quedaba de ellos se pegaba a su cabeza en forma de pequeños bucles.

—¡Lo odio! ¡Lo odio a más no poder! —exclamó con los ojos llenos de lágrimas.

—Creo que te sienta bastante bien.

—¡Parezco un chico, Katherine! A Bill le parecerá horrible, seguro que sí…

—No se dará ni cuenta —dijo Katherine dándole un par de horquillas—. Al menos, Bobby seguro que no se da cuenta. Mira, prueba a ponértelas.

Bobby llegó a las siete de la tarde y, efectivamente, no se percató de que las dos mujeres se habían cortado el pelo.

—Ayer me encontré con Bill en la llanura, Cecily. Te manda sus disculpas, pues me temo que se retrasará unos días. Han tardado más de lo previsto en reunir el ganado para vacunarlo. Con las lluvias y todo eso, ya se sabe…

—¡Oh! —exclamó Cecily, sin saber si se sentía aliviada porque así su esposo no vería su pelo o si se sentía decepcionada.

Ganó la decepción.

—Tomemos algo, ¿vale? —Katherine sirvió a todos una copa de ginebra de la botella que Cecily había comprado en Gilgil a un precio desorbitado para celebrar el regreso de Bill—. Brindemos por la inminente llegada de tu marido. ¡Salud!

Pasó otra semana antes de que Bill apareciera inesperadamente en el umbral de la Casita de Inverness.

—Hola, Cecily —dijo.

Ella se levantó de golpe y tiró el ovillo de lana y las agujas de tejer en una cesta que había a su lado.

—¡Bill! ¡No te esperábamos aún! —exclamó corriendo hacia él.

Bill le apartó las manos.

—Por favor, no te acerques a mí, querida. Apesto a vaca y a sudor. Iré ahí detrás y le diré a Nygasi que me tire encima unos cuantos cubos de agua para quitarme esta mugre.

—Hay una bañera, ya lo sabes…

—Los baños son cosa de mujeres —contestó Bill guiñándole un ojo, y en ese momento apareció Nygasi con un cubo en la mano.

—¡Bill ha vuelto! —le dijo Cecily a Katherine, que estaba en la cocina preparando la cena.

—Bien. Deberías sacar esa ginebra, ¿no?

Cecily le hizo caso y luego fue corriendo a su habitación para cepillarse su odioso pelo y pintarse un poco los labios. Quince minutos más tarde, Bill estaba listo: con una camisa de lino y unos pantalones limpios, ya parecía él.

—¿Una ginebra? —le ofreció Cecily.

—Gracias —dijo Bill, y se bebió de un trago la mitad del vaso—. De vuelta a la civilización —añadió observándola—. Te has cortado el pelo.

—Sí, y ha sido un error tremendo. ¡Menudo destrozo me ha hecho la mujer esa de Gilgil!

—Pues a mí me gusta. Y al menos te librarás durante un tiempo de tener que ir a la ciudad.

—De haber sabido que llegabas hoy, habría hecho algunos..., bueno, preparativos.

—Mi querida Cecily, nunca en mi vida me ha esperado nadie. Ni que decir tiene que no hay necesidad de andar con ceremonias cada vez que regrese.

—Hola, Bill —dijo Katherine sonriendo cuando se reunió con ellos en el porche—. ¿Queda un poco de ginebra, Cecily?

Esa noche, después de cenar, Bill y Bobby se pusieron a hablar de cosas relacionadas con el ganado, y lo único que deseaba Cecily era quedarse a solas con su marido. Tenía mucho que contarle.

—Bueno, ha llegado la hora de irse a dormir. Me disculpáis, ¿no? —dijo Bill bostezando, y luego le dio una palmadita a Cecily en el hombro—. Buenas noches, querida.

Cecily siguió sus pasos hasta el dormitorio de invitados solo diez minutos más tarde, pero Bill ya estaba roncando suave en una de las dos camas. Tras ponerse el camisón, aunque las últimas noches había dormido desnuda porque le resultaba más cómodo, se acostó en la suya, apagó la luz, recostó la cabeza en la almohada e hizo todo lo posible por quedarse dormida.

Cuando se despertó a la mañana siguiente, Bill ya se había marchado.

—¿Adónde ha ido? —le preguntó a Katherine, que siempre se levantaba antes que ella.

—Para serte sincera, no estoy segura. Él y Nygasi se fueron en la camioneta hace más o menos una hora.

—¿Dijo cuándo pensaba regresar?

—No, me temo que no. Mira, creo que vas a tener que aceptar que Bill ha vivido solo durante toda su vida de adulto. Está acostumbrado a entrar y salir cuando le plazca, sin rendirle cuentas a nadie. Seguro que ya lo sabías cuando te casaste con él.

—¡Oh, sí, lo sabía, claro que lo sabía! Y tienes razón, tengo que aceptar que las cosas son así.

—Eso no es un reflejo de sus sentimientos hacia ti, estoy convencida. Lo que ocurre es que todavía no se ha acostumbrado a tener una esposa. Además, estamos en la estación de las lluvias, que siempre es una época de mucho trabajo para los ganaderos.

—Estuvo tan encantador conmigo cuando nos casamos… Simplemente me gustaría pasar un poco más de tiempo con él —añadió suspirando.

—En la vida no hay nada perfecto, tesoro, y como me repetía mi padre una y otra vez, la paciencia es una virtud. Se ha casado contigo, lo que ha sorprendido a mucha gente de aquí. Y conociendo tu estado. Creo que, teniendo en cuenta cómo estabas hace unas semanas, deberías pensar en la suerte que has tenido y no ser tan exigente. Bueno, y ahora tengo que ir a plantar unas coles antes de que empiece a llover.

Katherine salió de la cocina y Cecily se sentó, abatida por las palabras de su amiga, que sin duda tenía razón: Bill era un hombre muy independiente, y ella debía aceptarlo.

Aceptarlo resultó muy difícil porque Bill no volvió a aparecer hasta tres días después. En la camioneta traía un leopardo muerto, con las enormes patas atadas con una cuerda al chasis. Cecily miró para otro lado, asqueada ante la visión de aquella majestuosa criatura que yacía sin vida ante sus ojos.

—Disculpa que me haya ausentado sin avisarte, Cecily —dijo Bill cuando entró en la sala de estar para refugiarse de la lluvia torrencial—. Necesitaba desfogarme. Ahora voy a secarme.

«Está claro que desfogarse significa matar animales a tiros», pensó ella sin atreverse a decirlo en voz alta.

—Y cuéntame, ¿cómo va la casa? —le preguntó Bill durante la cena, una hora más tarde.

—Creo que bien. El capataz es un buen hombre…

—Tiene que serlo, ¡es amigo mío! —exclamó Bobby—. Se encargará de hacerte un buen trabajo, eso seguro. Si no, tendrá que vérselas conmigo.

—Quizá podríamos ir todos mañana y comprobarlo en persona, ¿te parece, Bill? —propuso Cecily.

—Sí, claro que sí. —Asintió—. Primero tengo que hacer algunos recados en la ciudad, pero puedo unirme a vosotros por la tarde.

—Bueno, el tejado ya está muy adelantado desde que lo viste por última vez, de modo que al menos no tendremos que preocuparnos por encontrar un lugar en el que guarecernos de la lluvia —comentó Cecily para animar a todos.

—¡Qué emocionante! —dijo Katherine—. Con todas las ideas que ha tenido Cecily, la casa quedará preciosa.

—¡Eso espero! Aunque con el presupuesto que tenía difícilmente será el Ritz.

Cuando Bill se despidió para irse a la cama, Cecily dijo que ella también iba a acostarse. La puerta del dormitorio se cerró tras ellos, y Bill se desnudó, quitándose incluso la ropa interior, y se metió en la cama.

—Te está creciendo la barriga, ¿no? —comentó mientras la observaba en camisón.

—Eso parece, sí. Bill… —dijo cuando él estaba a punto de apagar la luz de la lámpara de su mesita de noche.

—Dime.

—Solo quería comunicarte que mis padres nos han mandado dinero por giro telegráfico como regalo de bodas. El dinero es para los dos, por supuesto. Así que puedo contribuir para pagar los muebles de la casa y otros extras que vayan surgiendo.

—¿Me estás diciendo que te han dado una dote? —Bill la miraba sonriendo—. ¡Qué generosos! Bueno, no diré que no era necesario, porque nos viene de perlas. A veces me pregunto por qué vivo de la ganadería; no me da más que disgustos y gano poco, sobre todo teniendo en cuenta las horas que invierto.

—¿Quizá porque te encanta?

—Quizá —admitió—. Desde luego, no me veo trabajando en una oficina de nueve a cinco, en absoluto. Joss dice que si estalla la guerra querrán el mayor número posible de hombres para ayudar. Él está pensando en alistarse en el Regimiento de Kenia, y creo que yo debería hacer lo mismo cuando llegue el momento.

—¿Estás seguro de que no eres mayor para entrar en combate? —dijo horrorizada.

—No tan mayor, jovencita.

—¿De verdad tienes que hacerlo?

—Sí, creo que tengo que hacerlo. No puedo quedarme sentado en la llanura hablando del asunto con los ancianos del lugar mientras Inglaterra y mis compatriotas se ven sometidos a los ataques del enemigo, ¿no te parece? En cualquier caso, todavía no ha ocurrido nada, así que lo mejor es esperar a ver qué pasa —añadió antes de darse media vuelta—. Buenas noches, Cecily.

30

A últimos de junio, Cecily y Bill se trasladaron a su nuevo hogar. Quizá fuera el instinto de anidamiento que se había apoderado de ella, pero lo cierto era que se había pasado las últimas semanas eligiendo los colores de la pintura de las paredes, así como el tejido de las cortinas (aunque siempre dentro de la limitadísima selección que ofrecía la tienda de artículos del hogar de Nairobi). Se puso eufórica cuando Bill llegó a casa a primeros de junio y le dijo que acababa de llegar a Mombasa un cargamento de muebles procedentes de América y que la semana siguiente lo llevarían en camión a la granja.

Al menos, como tenía tantas cosas que hacer, Cecily no había notado casi las habituales ausencias de su marido, que unas veces estaba controlando las reses y llevándolas de nuevo a las montañas, ahora que la temporada de lluvias había terminado, o bien participaba en algún safari para observar la fauna salvaje, o bien desaparecía para seguir en contacto con sus amigos masáis.

—Un día de estos tengo que a traer a casa a unos cuantos para que te conozcan, Cecily —le había dicho de pasada—. Tienen una forma de vivir fascinante. Van allá donde va su ganado y reconstruyen sus casas cada vez que se asientan en un sitio.

—Entonces estoy segura de que encontrarán Paradise Farm muy extraña —había respondido Cecily.

El nombre de la granja se les había ocurrido una noche en la que Bill volvió a casa inesperadamente y los dos hicieron una visita a las obras, que ya estaban a punto de finalizar. Cecily se sentó en los escalones que daban acceso a la terraza de la entrada y suspiró al contemplar el valle que se extendía a sus pies.

—¡Esto es el paraíso! —exclamó.

—Como *El paraíso perdido* —dijo Bill sentándose a su lado—, mi poema favorito. Es de John Milton. ¿Has oído hablar de él?

—No, me temo que no estoy muy familiarizada con la literatura inglesa.

—Bueno, a decir verdad, el poema está dividido en doce libros y consta de diez mil versos.

—¡Vaya, eso no es un poema, es un relato!

—En realidad es una epopeya bíblica, reinventada por Milton. La obra cuenta la historia de Satán, que está decidido a destruir a la última criatura de Dios: el ser humano. ¿Por qué no llamamos a la granja Paraíso? Podría significar muchas cosas distintas para los dos.

—Humm… De acuerdo, pero espero que no pienses que el paraíso se ha perdido cuando nos traslademos aquí.

—¡Oh, no te preocupes por eso! El poema que viene a continuación se llama *El paraíso recobrado* —había comentado Bill con una sonrisa—. ¡Vamos! —La cogió de la mano y la hizo levantarse del porche—. Salgamos del paraíso y volvamos a nuestro alojamiento temporal.

Más tarde Cecily había encargado a un carpintero un letrero en el que ponía PARADISE FARM para colgarlo en la puerta, por si alguien iba a visitarlos.

—Y sigo siendo optimista en ese sentido —le dijo a Katherine, que había ido a ayudarla a colgar las cortinas del salón.

—Por supuesto que vendrá gente a visitaros, querida. Las personas son demasiado cotillas para quedarse en su casa.

—Entonces quizá también se fijen en que estoy demasiado gorda para lo que se supone que son tres meses de embarazo —comentó Cecily levantando las cejas.

—Quizá, pero pensarán que ni tú ni él habéis sido capaces de mantener las manos quietas antes de casaros —comentó Katherine encogiéndose de hombros—. En serio, aquí en el valle no tiene que preocuparte lo más mínimo lo que diga la gente. En cualquier caso, por lo pronto ya han cesado los rumores de que a Bill le iba jugar en el otro bando.

—¿Qué quieres decir?

—Bueno, ya sabes… —contestó Katherine bajando la voz—. Que era de la acera de enfrente… O sea, que era homosexual.

—¡No! ¿Pensaban eso solo porque no se había casado?

—Cecily, las mujeres de estos contornos tienen demasiado tiempo para pensar. ¡Bueno, pues ya está listo el salón! —exclamó Katherine bajándose de la escalera de mano y contemplando su obra—. ¿No te parece que está quedando precioso?

Las cortinas se mecieron movidas por el aire del ventilador que habían colocado en el centro del alto techo de la sala, y Cecily miró a su alrededor complacida al ver el ambiente que había logrado crear mezclando elementos de Kenia y de Nueva York. Había pedido a su familia que le enviara todos los muebles viejos que estaban acumulando polvo en el sótano de la mansión de la Quinta Avenida, y los sólidos armatostes de caoba conferían a la casa de campo un aire de gravedad. Decidió colocar la *chaise longue* y los sillones de cuero alrededor de la chimenea, y entre ellos una gran alfombra oriental. Y puso los libros de Bill en las estanterías alineadas a lo largo de las paredes. En toda la estancia reinaba un fuerte olor a cera.

Aunque hacía todo lo posible por no fijarse en la alfombra de piel de leopardo que cubría el suelo del vestíbulo —la aportación de Bill a la decoración de la casa—, que pertenecía al animal que él mismo había cazado pocas semanas antes.

Arrimó uno de los sillones de cuero a la chimenea y se imaginó sentada enfrente de Bill junto al fuego, tomando una copa de ginebra y hablando de lo que habían hecho durante el día.

—¡Cecily! —exclamó Katherine agarrándola del brazo—. En estos momentos no estás en condiciones de empujar nada, y menos un sillón tan pesado.

—Hacer ejercicio es bueno para las embarazadas, y hasta ahora me las he arreglado bien —respondió encogiéndose de hombros—. Espero que a Bill le guste, aunque tal vez todo esto sea demasiado civilizado para él.

—Estoy segura de que le gustará, querida. A mí desde luego me encanta. ¡Y cuánto envidio tu cuarto de baño dentro de casa!... Bobby me ha prometido que el fontanero vendrá a instalarnos uno la próxima primavera.

—Puedes venir a usar el mío cuando quieras.

—Me encantaría, pero solo conseguiría morirme de calor y cubrirme de polvo cuando volviera a casa montada a caballo.

Al cabo de unos días, Bill estaba de vuelta. El plan previsto era que fuese a la Casita de Inverness, como de costumbre, donde Katherine le diría que Cecily estaba en Paradise Farm organizando el cargamento llegado de América. Cecily se asomó entre las cortinas en cuanto vio acercarse la camioneta de Bill y girar poco antes de detenerse delante de la casa. Luego cogió dos copas de champán y fue a la puerta principal a esperar que apareciera su marido.

—¡Hola! —exclamó cuando abrió la puerta.

—Estoy aquí, Bill.

—¡Gracias a Dios! —Unas arrugas de preocupación cruzaban la frente de Bill—. No podía entender qué hacías en la granja tú sola a estas horas.

—Estoy bien —dijo, y le ofreció una copa de champán—. ¡Bienvenido a Paradise Farm! ¡Bienvenido a casa!

—¿Qué? —Bill miró a su alrededor y contempló el vestíbulo recién amueblado—. ¿Quieres decir que ya te has mudado?

—¡Ya nos hemos mudado, sí! Ven a ver primero el salón.

Bill aceptó la copa de champán y permitió que su mujer le mostrara la casa. Cecily había puesto ramos de flores frescas en los cuatro dormitorios y había colocado fotografías y cuadros en las paredes, de modo que daba la sensación de que ya estaba habitada.

—Aquí es donde mamá y papá y mis hermanas podrán alojarse —dijo al entrar en las dos habitaciones de invitados, que tenían las camas hechas.

El baño principal estaba resplandeciente y tenía una bañera con patas de garra y una grifería de latón brillante, y la cocina, al fondo de la casa, ya había sido abastecida de alimentos.

—¡Por Dios! ¡Pero si esto ya es un auténtico hogar! —A medida que seguía los pasos de su esposa por las distintas habitaciones, Bill parecía cada vez más aturdido—. Has hecho un trabajo verdaderamente notable. El único problema es que me dará miedo entrar en casa cuando llegue con la ropa sucia, no vaya a llenar de polvo todas estas superficies tan brillantes.

—¡Oh, no te preocupes por eso! —exclamó Cecily con una sonrisa, y lo condujo de nuevo al salón, donde le rellenó la copa de champán—. Todos estos muebles son viejísimos; mi madre quería deshacerse de ellos antes de que yo le pidiera que me los enviara. Bueno, ¿y qué? ¿Tienes hambre?

—Ya sabes que siempre tengo hambre, Cecily —dijo Bill, que admiraba los cuadros que adornaban las paredes—. ¿Quién es esta? —preguntó señalando un pequeño retrato al óleo de una niña.

—Pero ¿cómo? ¡Si soy yo! Creo que tenía unos cuatro años. Mamá encargó a un pintor que nos retratara a todas para la posteridad.

—No se parece nada a ti. Tú eres mucho más guapa. Bueno, ¿volvemos a casa de Katherine y Bobby para cenar?

—¡Desde luego que no! Ahora esta es nuestra casa. Y he hecho la cena para los dos. ¿Por qué no subes a asearte un poco mientras yo lo preparo todo?

—Buena idea —dijo Bill.

Cecily le sonrió antes de dirigirse a la cocina. Él parecía hipnotizado y ella esperaba que aquello fuera una buena señal.

—Entonces, se acabó lo de andar de acá para allá en calzoncillos largos —comentó Bill cuando ella le sirvió el asado de ternera en la mesa redonda, a la que había sacado brillo a conciencia, colocada en un rincón del salón—. Supongo que tendré que ir a la ciudad y encargar al sastre ropa más formal, si vamos a cenar aquí a diario. Esto tiene un aspecto delicioso, Cecily. No tenía ni idea de que supieras cocinar.

—Hay muchísimas cosas que no sabes de mí, Bill —replicó sonriéndole con coquetería. La alegría por haber podido mudarse a su nuevo hogar, combinada con la copa de champán, le había infundido valor.

—Estoy seguro de que tienes razón. —Bill asintió—. Y esto está riquísimo. ¡A tu salud! —dijo levantando su copa de champán—. Has creado un ambiente muy acogedor. ¡Me siento tentado de volver a casa más a menudo en el futuro!

—¡Me encantaría! —dijo Cecily—. ¡Ah, se me ha olvidado enseñarte el despacho, justo al lado del vestíbulo! No es una habitación muy grande, pero he puesto allí el viejo escritorio de papá y una estantería, para que dispongas de un poco de paz y tranquilidad cuando tengas que trabajar.

—¿Hay algo en lo que no hayas pensado? —comentó Bill—. ¿Y dónde estará la habitación del niño?

Cecily se sonrojó, como sucedía cada vez que él mencionaba a la criatura que llevaba en su seno. La habitación infantil era una estancia de dimensiones reducidas situada justo al lado del dormitorio principal, que no le había mostrado a propósito.

—De verdad, Cecily, no te sientas abochornada, por favor. Sabía muy bien lo que me hacía cuando te pedí que te casaras conmigo.

—Lo sé, pero has sido increíblemente bueno con todo esto y tiene que ser horrible para ti…

—En absoluto. Lo considero una recompensa adicional; como mínimo, el niño te hará compañía cuando yo no esté. Cecily, por favor, no llores.

Bill soltó el tenedor y el cuchillo al ver que los ojos de su esposa se llenaban de lágrimas.

—Perdona. Estoy agotada después de hacer todo esto.

—Y ahora yo me siento avergonzado por no haber estado más tiempo aquí para ayudarte. Toma —metió la mano en el bolsillo de sus pantalones y sacó un pañuelo blanco—, usa esto.

Aquel gesto de Bill transportó a Cecily a un momento anterior, cuando Julius había hecho eso mismo, y bastó para que afloraran más lágrimas a sus ojos.

—Ven aquí, Cecily. No deberías llorar en nuestra primera noche en Paradise Farm —dijo él con amabilidad.

—Ya, pero… —Se sonó la nariz y sacudió la cabeza—. No me hagas caso, ya estoy bien. Dime dónde has estado estos últimos días.

Cuando terminaron de cenar, Bill la ayudó a apilar en el fregadero los platos sucios y hablaron de buscar una doncella kikuyu para que hiciera las tareas domésticas. Cecily recorrió su nueva casa y fue apagando las luces. Permaneció de pie en el salón a oscuras, contemplando desde la ventana la llanura bañada por la luz de la luna.

—Por favor —susurró—, que seamos felices aquí.

Durante todo el cálido mes de julio, Cecily notó cómo el niño le daba patadas y cómo su fuerza inundaba su vientre. A pesar del dramático efecto que la criatura había causado sobre su vida, cada vez estaba más deseosa de conocer a su hijo. Y de ser madre. Al menos tendría alguna compañía, alguien a quien pertenecer y que le perteneciera. Tenía mucho amor que dar y, por primera vez en su vida de adulta, sentía que podía dar todo ese amor libremente, sin miedo.

Kiki la había llamado por teléfono hacía poco para invitarla a participar en un safari.

—Los ñus cruzarán el río Mara a millares y los cocodrilos estarán esperándolos allí para merendárselos. Es todo un espectáculo —le dijo.

Cecily le recordó con tacto que estaba embarazada de seis meses.

—¡Ay, cariño! ¡Qué latazo es eso del embarazo! —respondió Kiki con voz cansina, y después colgó.

Aunque Bill se había esforzado por ir a casa más a menudo, Cecily no lo veía durante días; estaba incluso más ocupado de lo habitual porque pasaba la mayor parte de su escaso tiempo libre en Nairobi, asistiendo a reuniones con Joss y otros militares. Los rumores acerca de una guerra en Europa habían aumentado hasta convertirse en un bramido que podía oírse incluso en el valle de Wanjohi, y, aunque no lo había hablado con nadie, Cecily estaba muy preocupada por lo que le había dicho Bill hacía poco, cuando le comentó que estaba dispuesto a imitar a Joss y alistarse en el Regimiento de Kenia si estallaba la guerra.

Obligada a pasar sola días y días, limpiando una casa que ya estaba limpia, tejiendo abriguitos de punto, botitas y gorritos para el bebé, Cecily intentaba asimilar el hecho de que Bill la considerara más una compañera que una esposa o una amante. Desde que se habían instalado en Paradise Farm, Bill dormía en una de las habitaciones de invitados, y no con ella en el dormitorio principal. Para consolarse, se dijo que aquella manera de proceder tenía que ver con su embarazo y que solo denotaba galantería por parte de Bill, pero no terminaba de convencerse del todo.

«Solo somos dos conocidos que comparten casa», pensó una noche cuando apagó la luz y se metió en la cama.

Después de todo, él nunca había intentado besar otra parte de su cuerpo que no fuese su mano, aparte del breve roce de sus labios contra los suyos cuando formalizaron su compromiso y el día de la boda. Cecily se había acostumbrado a reprimir el deseo, por lo demás muy humano, de que la tocara, diciéndose a sí misma que tenía que estar agradecida por llevarse tan bien con su marido. Ella raras veces se quedaba sin opinar y siempre tenía preguntas que hacerle. Él, por su parte, era un gran entendido en asuntos diversos, sobre todo en lo tocante a su nueva patria y a la guerra…

—Mis padres están deseando visitarnos en cuanto nazca el niño —comentó una noche Cecily durante la sobremesa.

—Bueno, pues más vale que tengan paciencia, y tú también. Los servicios de inteligencia británicos dicen que los alemanes están tanteando a los *ruskis*, que es como nosotros llamamos a los rusos. Hay mucho de verdad en todo eso, fíjate en lo que te digo. Probablemente estén decidiendo cómo van a repartirse Europa.

—¿Cuándo crees que la cosa empezará en serio?

—¿Quién sabe? —respondió Bill soltando un suspiro—. Todos los gobiernos de Europa están haciendo lo posible por impedirlo, pero ya se ha producido una importante concentración de tropas a lo largo de la frontera de Alemania con Polonia.

—Echo tanto de menos a mis padres… —Cecily suspiró, y en ese instante se dio cuenta de que nunca había preguntado a Bill por los suyos.

—¡Oh, están la mar de tranquilos en su casa, en el condado de Gloucestershire! De momento, al menos.

—Pero ¿y si hay guerra e Inglaterra es invadida?

—Esperemos que la cosa no vaya a más, pequeña, pero como mi padre fue coronel del ejército durante la guerra anterior, estoy seguro de que nada le gustaría más que sentirse importante otra vez.

—No entiendo por qué a los hombres parece gustarles tanto la guerra.

—A la mayoría no les gusta tanto cuando se hace realidad, pero, desde luego, el mero hecho de pensar en ella hace que salga a la superficie el patriota que uno lleva dentro. He preguntado a mis padres si les gustaría venir y quedarse con nosotros. Aquí estamos relativamente seguros, aunque ya hemos empezado a estacionar tropas a lo largo de la frontera con Abisinia. El problema es que no tenemos ni idea de cuál será el siguiente paso de los nazis. Da la impresión de que Hitler lleva años reclutando su ejército, como si hubiera estado mucho tiempo preparándose para esto, y los demás vamos a tener que ponernos al día a marchas forzadas.

—¡Según lo cuentas, da la sensación de que hemos perdido la partida antes de que empiece!

—¿Tú crees? Siento ser tan negativo, pero toda la información de carácter militar que llega al cuartel general de Nairobi da a entender que Hitler está casi listo para ejecutar su plan de dominar el mundo.

—Siempre podríamos trasladarnos a vivir con mi familia en Nueva York —volvió a sugerir Cecily—. Aprovechemos para irnos ahora que podemos.

—Cecily, sabes que no puedo abandonar el barco como si tal cosa, por así decir. Y tú no estás en condiciones de viajar —le recordó Bill—. ¿Cómo te encuentras?

—¡Oh, estoy bien, gracias! —dijo, aunque durante los últimos días había padecido jaquecas y sus tobillos parecían los de un elefante—. ¿Quieres que te traiga el postre?

El mes de agosto trajo consigo un calor seco y sofocante que obligó a Cecily a suplicar que llegaran las lluvias. Además, empezaba a tener menos movilidad, lo que significaba que se pasaba sola en casa la mayor parte del tiempo.

Bill llegó una tarde sin avisar y se encontró a su mujer acostada, profundamente dormida, con las contraventanas cerradas para protegerse de la deslumbrante luz del sol.

—¡Ah, estás aquí! Te he llamado por teléfono, pero no has debido de oírlo. He traído invitados —dijo Bill sin más miramientos, y la dejó sola luchando contra el sopor que la dominaba.

Cuando Cecily apareció en el salón, se quedó sorprendida por lo que vio. Sentados al borde del sofá había tres masáis altísimos de aspecto majestuoso.

—¡Ah, Cecily! Te presento a Leshan. —Bill señaló a uno de los hombres, engalanado con joyas de plata y abalorios; tenía los lóbulos de las orejas alargados de forma artificial y adornados con algo que parecían colmillos enormes—. Es el jefe del clan Ilmolean y también un querido amigo mío. Y estos son sus *moran* de confianza —añadió, señalando a los otros dos hombres sentados en el sofá, cuyas lanzas estaban apoyadas en la pared junto a ellos—. Son los guerreros más famosos de Kenia. ¿Por casualidad hay algo de comer? Les ofreceré una ronda de ginebra.

—Por supuesto. —Cecily salió del salón y Bill la siguió a la cocina. Una vez allí, la joven se volvió hacia su marido—. Bill, me habría gustado que me avisaras de que tendríamos invitados.

—Intenté hablar contigo por teléfono, como te he dicho, pero estabas durmiendo. No te preocupes, Leshan y sus hombres no esperan gran cosa. Es todo un honor que quieran visitar nuestra nueva casa.

—Desde luego. —Cecily suspiró y se puso a preparar bocadillos para aquellos huéspedes tan extraños.

Bill volvió al salón con una botella de ginebra y sus copas de cristal más finas.

Cecily cargó con la bandeja y fue a reunirse con ellos, cuando empezó a notar un dolor de cabeza por detrás de los ojos.

Cinco días después, Katherine se presentó en Paradise Farm. Llamó a la puerta pero no contestó nadie.

—¿Cecily? —gritó tras abrir la puerta y entrar en el vestíbulo.

—Sí, aquí… —dijo una voz débil que provenía del dormitorio principal.

Katherine recorrió el pasillo, llamó de forma resuelta a la puerta de la habitación y entró sin esperar respuesta. El dormitorio estaba sumido en la más absoluta oscuridad, pues las contraventanas cerradas impedían que entrara la deslumbrante luz del día. Katherine se acercó a abrir una de ellas.

—¡No abras, por favor! Tengo un dolor de cabeza espantoso.

—¡Pobrecita mía! ¿Te ha empezado hoy?

—Llevo sufriéndolo de forma intermitente desde la semana pasada, pero ha ido a peor… ¡Oh, Katherine, me encuentro fatal!

—¿Dónde está Bill?

—No lo sé, se marchó ayer… ¿O quizá esta mañana?… Solo deseo que la cabeza deje de atormentarme de esta forma.

—Muy bien, voy a llamar por teléfono al doctor Boyle. Le diré que se pase por aquí y te vea.

—Por favor, no armes mucho alboroto… Me he tomado otra aspirina y estoy segura de que pronto me hará efecto…

Katherine no le hizo caso y bajó al salón para telefonear al doctor Boyle. Oyó un par de veces la señal de llamada y enseguida contestó Ethnie, la esposa del médico. Katherine le explicó la situación y oyó un largo suspiro al otro lado de la línea.

—¿Crees que es algo grave?

—Los dolores fuertes de cabeza pueden ser un síntoma de que tiene la tensión alta, lo que es preocupante en una mujer que va a dar a luz en pocas semanas. ¿Sabes si se le han hinchado los tobillos? —preguntó Ethnie.

—Sí, los tiene hinchadísimos. La última vez que pasé por aquí los tenía metidos en una jofaina de agua fría.

—Puedo pedirle a William que vaya a verla, pero la verdad, Katherine, sería mucho mejor que la trajeras a Nairobi. Es posible que necesite tratamiento hospitalario urgente.

—No sé cómo vamos a llegar hasta allí —dijo Katherine mordiéndose un labio—. Yo he venido aquí a caballo, y Bill se ha llevado la camioneta.

—Bueno, mira a ver si hay alguien que te preste un vehículo y dímelo en cuanto lo sepas. Yo hablaré con William y lo tendré al tanto para que se reúna con vosotras en el hospital.

—Gracias, Ethnie.

Katherine marcó el número de Alice, que acababa de regresar de un safari en El Congo.

—¡Oh, Alice, gracias a Dios! —exclamó Katherine, casi sin aliento—. El doctor Boyle quiere que Cecily vaya al hospital de Nairobi lo antes posible y aquí no tenemos ningún medio de transporte. ¿Tienes ahí tu DeSoto?

—Sí, ahora mismo te mando a Arap, mi chófer. Cualquier otra cosa que pueda hacer por vosotras, no tienes más que llamarme.

—Muchas gracias, Alice.

—¡Pobre criatura! Dale muchos recuerdos.

—De tu parte.

Katherine se dirigió de nuevo al dormitorio y oyó la respiración irregular de Cecily. Abrió una contraventana para por lo menos poder verla y se acercó de puntillas a la cama, donde comprobó que tenía los ojos cerrados. Retiró con cuidado la sábana, que estaba empapada, y echó otra ojeada a los tobillos de Cecily. Estaban hinchadísimos. Tragó saliva intentando dominar la sensación de pánico y se dirigió al armario situado en un rincón de la habitación, de donde sacó uno de los vestidos premamá de algodón de Cecily y un par de zapatos, y luego se acercó a la cómoda en busca de una muda limpia.

El cajón de arriba estaba lleno de gorritos, chaquetitas y botitas de punto, todo ello envuelto con esmero en papel de seda. Y todo confeccionado por la propia Cecily. Al verlo, a Katherine se le hizo un nudo en la garganta, e inmediatamente sacó una muda del cajón inferior y se quedó mirando a su amiga, que movía la cabeza de un lado a otro.

—¡Ay, Señor! —susurró Katherine sacando de debajo de la cama el maletín de Cecily—. ¡Por favor, que no les pase nada ni a ella ni al niño!

31

Me temo que su estado reviste gravedad —dijo el doctor Boyle cuando fue a ver a Katherine a la sala de espera del Native Civil Hospital, después de tres horas interminables—. ¿Quiere que vayamos a hablar a otro sitio?

El doctor Boyle condujo a Katherine por un estrecho pasillo. El calor era sofocante y ella sintió un gran alivio cuando el médico abrió la puerta y la hizo pasar a un despacho en el que un ventilador esparcía aire fresco.

—¡Ay, Señor! —dijo Katherine con lágrimas en los ojos.

No era que las palabras del médico la pillaran por sorpresa; Cecily había gritado de dolor cuando ella intentó levantarla de la cama para que se vistiera y luego meterla en el DeSoto. Al final, pidió al chófer que sacara a Cecily de la cama en brazos y que la acomodara con el mayor cuidado posible en el asiento trasero del vehículo, en el que Katherine había colocado una manta y una almohada.

«¡Mis ojos, mis ojos! ¡La luz es tan fuerte...!», había gemido Cecily tapándose con el brazo. «¿Dónde estamos? ¿Qué pasa? ¿Dónde está Bill?», preguntó cuando el coche empezó a dar tumbos por la vereda de acceso a la carretera que las llevaría a Nairobi.

Katherine nunca había sentido tanta alegría al llegar a un sitio. Cecily estuvo quejándose llena de angustia todo el camino, diciendo que le iba a estallar la cabeza, que no veía bien y que los dolores en el vientre eran insoportables.

—¿Qué le pasa? —preguntó Katherine al doctor Boyle.

—Creemos que padece una dolencia llamada preeclampsia. ¿Ha intentado usted ponerse en contacto con Bill?

—He llamado por teléfono al Muthaiga Club y al cuartel general del ejército británico antes de salir para acá, pero en los dos sitios me han dicho que no lo han visto en todo el día. Podría estar en cualquier lugar de la llanura, doctor Boyle. Quizá no vuelva en varios días.

—Ya veo. Pues me temo que tendrá que tomar usted una decisión por su amiga. Para salvarle la vida, debemos operarla de inmediato y sacarle el niño. Como bien sabe —dijo el médico bajando la voz—, a Cecily le quedan casi ocho semanas para dar a luz, de modo que es muy peligroso para la criatura sacarla tan pronto del claustro materno. Sin embargo, si no lo hacemos…

—Entiendo lo que me quiere decir. —Katherine se tapó la cara con las manos, con la espada de Damocles pendiendo sobre su cabeza—. Si no la operan, ¿qué posibilidades tiene la criatura de sobrevivir?

—Con toda seguridad, morirían la madre y el hijo. Al menos, de esta forma hay una posibilidad de salvar a uno de los dos. Pero no hay garantías, y es muy importante saber cuáles son los riesgos.

—Entonces…, por supuesto, tiene usted que operar.

Katherine levantó la vista al ver que un hombre entraba en el despacho; llevaba la bata verde propia de los cirujanos.

—Bien. Pues este es el doctor Stevens, que acaba de llegar del Guy's Hospital de Londres y tiene experiencia en este tipo de intervenciones.

—Encantado de conocerla, señora —dijo el doctor Stevens. Se acercó y estrechó la mano de Katherine—. Haré cuanto pueda por salvarlos a los dos.

—Muchas gracias.

—Y ahora tengo que ponerme a trabajar. —Le dirigió una breve sonrisa y salió de la habitación.

—¡Ay, Señor! —exclamó Katherine sacudiendo la cabeza—. ¡Qué decisión tan terrible!

—Lo sé, querida. Es hora de confiar en el Dios que tanto venera su padre. Le aconsejo que se ponga en contacto con Bobby. Puede que pase bastante tiempo hasta que tengamos noticias.

Y así fue. Katherine se puso a caminar por aquella habitación claustrofóbica y la recorrió arriba y abajo y en diagonal cientos de veces antes de que por fin llegara Bobby.

—¡Oh, Dios mío! —Corrió hacia él y sintió cómo sus brazos la rodeaban—. ¡Cuánto me alegro de que estés aquí!

—Tranquila, tranquila. He venido en cuanto me he enterado. ¿Qué tal está?

—Nadie me dice nada —respondió Katherine—. Hace horas que no sé nada.

—Ven, siéntate.

Bobby acompañó a su mujer hasta una silla; ella sollozaba apoyada en su hombro.

—¡Estaba tan mal, Bobby! No te puedes hacer una idea. ¿Y dónde está Bill? ¿Cómo ha podido dejarla sola en semejante estado? ¡Y sin medio de transporte!

—Quizá no se diera cuenta de que estaba enferma; yo mismo la vi hace unos días y tenía buen aspecto.

—Aun así. Sabiendo lo avanzado que estaba el embarazo, ¡lo menos que podría haber hecho es dejar una nota diciendo dónde está!

—Ya, pero los dos sabemos que Bill no tiene por costumbre decirle a nadie dónde va. Además, el niño no es…

—¿Es que por ser ilegítima significa que la vida de la criatura vale menos? ¡Yo no lo creo, Bobby, desde luego que no!

—Cálmate, Katherine, ya sabes que no quería decir eso. Sean cuales sean las circunstancias, la joven Cecily necesita a su marido a su lado.

—Dios me perdone, Bobby, ya sé que no querías decir eso. Es que estoy fuera de mí. Cecily lleva en el quirófano casi cuatro horas y no me han dicho ni una palabra.

Pasó otra hora antes de que el doctor Stevens apareciera en la habitación. Se le veía agotado.

—¿Qué noticias tiene, doctor? —preguntó Katherine poniéndose de pie con el corazón encogido.

Bobby se levantó también y agarró la mano de su mujer, apretándola con fuerza.

—Ha sido una intervención muy delicada, pero he conseguido salvar a una de las dos.

—¿A cuál, doctor? —Katherine estaba llena de angustia por la incertidumbre.

—La madre se encuentra todavía en estado crítico... Ha perdido mucha sangre... pero está viva. En cuanto a la criatura... —El doctor Stevens sacudió la cabeza con pesar—. La sacamos e hicimos cuanto pudimos, pero solo llegó a vivir media hora antes de que se nos fuera.

—¿Era una niña? —preguntó Katherine conteniendo las lágrimas como pudo—. Dios acoja en su seno su pequeña alma.

—Sí, era una niña. Las próximas veinticuatro horas serán cruciales para la señora Forsythe, pero si todo va bien debería salir adelante.

—¿Ya lo... sabe? —preguntó Katherine—. Lo de la niña, quiero decir.

—¡Por Dios, no! Todavía está bajo los efectos de la anestesia y seguirá sedada algún tiempo. Mi recomendación es no decirle nada hasta que haya pasado lo peor.

—Entiendo. ¿Puedo verla?

—Esta noche no. La mantendremos sedada hasta mañana. Lo siento muchísimo, hemos hecho todo lo que hemos podido por la pequeña —repitió el doctor Stevens.

—Estoy segura de que así ha sido. Muchas gracias, doctor.

—Les sugiero que ahora se vayan a casa; en estos momentos no hay nada que puedan hacer por ninguna de las dos. —Movió la cabeza con tristeza—. Adiós, señores.

Cuando la puerta se cerró tras él, Katherine volvió a abrazar a su marido y sollozó apoyada en su pecho.

—¿Cómo vamos a decírselo, Bobby? Estará desolada. Todo lo que ha hecho ha sido para proteger a su hija, ¿te das cuenta? Y ahora... ahora...

—Lo sé, pichoncito, lo sé.

Cecily estaba soñando que salía de un charco de arenas movedizas, pero cada vez que lograba sacar la cabeza y respirar, volvía a sumergirse en un mundo tenebroso.

—¡Por favor! —gritó—. ¡Dejadme salir!

—Tranquila, cariño. Estás a salvo.

Era una voz que Cecily no reconocía, por lo que su cerebro le ordenó que abriera los ojos para ver quién era. Apareció entonces una imagen borrosa: una enorme cara de mujer, blanca y delicada, con una cofia encima de sus rizos dorados...

«Quizá sea un ángel, y yo he muerto y he subido al cielo...»

—¿Dónde estoy? —La voz de Cecily sonaba como un susurro ronco, y el mero hecho de hablar le dolía.

—Estás en el hospital de Nairobi, Cecily. Soy la enfermera Syssons, y soy la encargada de cuidar de ti. Me alegra comprobar que has vuelto con nosotros.

Cecily cerró de nuevo los ojos e intentó recordar lo sucedido. ¡Sí! Tenía aquel terrible dolor de cabeza, que había ido agravándose cada vez más... Se acordaba vagamente de Katherine y de que la habían metido en un coche, pero aparte de eso no recordaba nada.

—No tienes por qué asustarte. Te vas a poner bien y muy pronto podrás levantarte —dijo a continuación la tranquilizadora voz del ángel.

—Me... —Cecily volvió a abrir los ojos. Se pasó la lengua por los labios y los notó agrietados y entumecidos, como si no fueran suyos—. ¿Qué ha pasado?

—Estabas muy malita, pero que muy malita, cuando llegaste aquí, así que el doctor Stevens tuvo que operarte para que te pusieras bien —contestó el ángel—. Toma, bébete esto. El líquido hará que te sientas mejor.

Cecily vio que le metía una pajita entre los labios. Tenía mucha sed, así que tragó todo lo que pudo.

—¿Qué me pasaba? Recuerdo el dolor de cabeza, pero...

—Bueno, ya estás despierta, así que iré a buscar al doctor Stevens, le diré que venga y él te lo contará todo. Descansa mientras yo salgo un momento a buscarlo.

—Pero... ¿y mi hijo? ¿Está bien?

Su pregunta quedó sin respuesta. Quizá estuviera soñando todavía, pensó, o tal vez empezara a tener un sueño mejor. Cecily cerró los ojos y dejó que las arenas movedizas de la inconsciencia se la tragaran de nuevo.

Cuando volvió a despertarse, Cecily abrió los ojos casi de inmediato, mucho más despejada. Estaba en el hospital, se recordó a sí misma cuando reparó en las paredes encaladas y en el ventilador cuyas aspas giraban en el techo. Bajó los ojos y comprobó que estaba tapada con una sábana. Levantando el brazo que no estaba sujeto al gotero, fue palpando por debajo de la sábana y sus dedos buscaron su vientre, que parecía haber disminuido de tamaño como si fuera un globo desinflado…

—¡Oh, no! ¡Dios mío, no, por favor!… —dijo con un gemido al tiempo que se daba la vuelta hacia la izquierda y veía los contornos borrosos de unas caras que la miraban.

—Buenas tardes, señora Forsythe. Soy el doctor Stevens y ayer tuve que operarla —dijo un hombre con bata blanca al que no conocía—. Estaba usted muy enferma, pero gracias a su amiga, Katherine, llegó aquí a tiempo para que pudiéramos salvarla.

—Hola, Cecily —dijo Katherine, que estaba junto al doctor—. ¿Cómo te encuentras?

—¿Qué más da cómo me encuentre? ¿Está bien mi hijo?

—Lo siento mucho, señora Forsythe. Me temo que no hubo nada que pudiéramos hacer. Logramos sacarla de su vientre sana y salva, pero por desgracia la criatura murió poco después.

—Me… Pero… ¿Qué le pasaba? Pero ¿por qué estoy yo aquí y ella…? Era una niña, ¿verdad? ¡Ay, Dios mío! ¡Con lo que yo deseaba que fuera una niña!…

—Usted, y por lo tanto su hija, padecía una dolencia llamada preeclampsia. De no haber intervenido cuando lo hicimos, las habríamos perdido a las dos. Lamento ser portador de tan malas noticias, pero no es fácil contar lo sucedido. Bueno, ahora la dejo con sus amigos.

El doctor Stevens le dirigió una mirada triste y luego salió de la habitación.

—¡Katherine! —Cecily buscó la mano de su amiga—. ¿Qué ha querido decir? ¡No puede ser verdad! ¡Dime que no es verdad!

—Lo siento muchísimo, querida. La niña era demasiado pequeña y estaba muy débil para vivir, ¿sabes? Así que…

—Pero ¿por qué en vez de salvarla a ella me salvaron a mí?

—No creo que las cosas funcionen así —dijo una voz profunda detrás de Katherine.

Cecily levantó la vista y clavó sus ojos en el rostro preocupado de su marido.

—Bill... Tú también estás aquí.

—Sí, por supuesto que estoy aquí. Eres mi esposa. Vine en cuanto me enteré de lo sucedido.

—Pero ¿qué quiere decir que «las cosas no funcionan así»? No me habría importado morirme... De verdad que no...

—Cariño, hubo que sacarte a la niña para que hubiera una posibilidad de salvaros la vida —dijo Katherine—. No estaba desarrollándose como era debido dentro de ti, ¿sabes?, a causa de la preeclampsia. Solo podía sobrevivir si venía al mundo prematuramente, pero era demasiado pronto, Cecily. Tienes que comprender que no te salvaron a ti en vez de salvar a tu hija. De no haber hecho nada, habríais muerto las dos —repitió—. Ahora, tal vez sea mejor que os dejemos un rato solos a Bill y a ti.

Cuando salía de la habitación, Katherine dirigió una mirada a Bill y se llevó un dedo a los labios, dándole a entender que no dijera nada más.

—Desearía... desearía haber muerto... con ella —dijo Cecily moviendo la cabeza de un lado a otro—. Desearía haber muerto yo también, de verdad que sí... ¡Oh, Señor, Señor!

—Bueno, pues yo me alegro muchísimo de que no hayas muerto —dijo Bill sentándose a su lado y tomando la mano de su esposa entre las suyas.

—No lo dices en serio, Bill. Supongo que te alegras de que la niña haya muerto, y no te culpo.

—Cecily, yo... Me han dicho que te preguntara si quieres..., en fin, si queremos... despedirnos de la niña.

—¿Para qué? Ni siquiera le he dicho hola... —Cecily se limpió la nariz con el brazo—. Ni siquiera le he dicho hola.

—Quizá quieras pensártelo.

—¿Antes de que la entierren?

Las lágrimas empezaron a caer por sus mejillas y Bill agachó la cabeza. Cecily cerró los ojos y los apretó con fuerza.

Pasaron unos segundos antes de que su marido volviera a hablar.

—Cecily, créeme, por favor, no me casé contigo solo para proteger tu reputación. Enterarme de... todo esto..., bueno, me ha hecho ver cuánto me importas. Y siento muchísimo que nuestra hija

no viva. Lo siento muchísimo, cariño. Si yo hubiera estado allí...
—susurró Bill con la voz entrecortada—. Debería haber estado allí.
Es que..., bueno..., yo te quiero.

Cecily notó un roce suave en la frente. Abrió los ojos y vio que
Bill se había inclinado sobre ella para darle un beso.

—Lo siento, la señora Forsythe debe descansar un poco. —La
enfermera de los rizos dorados, que había estado esperando al otro
lado de la puerta, entró en la habitación y se hizo cargo de todo—.
Puede usted volver más tarde a visitarla.

—La señorita tiene razón, ahora debes descansar —le dijo Bill
con voz pausada—. Volveré esta noche —añadió apretándole la
mano antes de levantarse y salir de la habitación.

—Bueno, y ahora le pondré una inyección que le ayudará a
soportar el dolor —dijo la enfermera—. Y además le vendrá bien
para relajarse.

Cecily cerró los ojos una vez más. Poco le importaba que le
pusieran una inyección de cianuro, pensó cuando notó un pincha-
zo en el brazo. Su querida niña había muerto y, por mucho que
dijera Bill, ella seguía pensando que una parte de él se alegraba de
que la criatura hubiera desaparecido.

Electra

Nueva York

Junio de 2008

32

Vi que mi abuela tenía los ojos cerrados y me pregunté si estaría dormida. Había resultado interesante escuchar la historia de Cecily en Kenia, y me daba pena que hubiera perdido a su hija…, pero, la verdad, seguía sin entender qué tenía que ver todo aquello conmigo.

—Es… muy triste —dije levantando la voz para ver si se despertaba.

—Sí —afirmó Stella, y abrió los ojos de inmediato—. La pérdida de aquella criatura cambió el rumbo de su vida… y de la mía también.

—Pero ¿cómo? ¿Qué pintas tú en esta historia? ¿Y dónde nací yo? ¿Y…?

Se oyeron unos toquecitos en la puerta del salón y apareció la cabeza de Mariam tras la puerta.

—Siento interrumpirlas, señoras, pero el coche te espera abajo para llevarte al aeropuerto, Electra.

—Vale, gracias. —Volví a dirigir mi atención a Stella—. ¿Y bien?

—Creo que deberás tener un poco de paciencia. Además —dijo mi abuela poniéndose de pie—, estoy cansada. Contar lo ocurrido en el pasado siempre resulta traumático, sobre todo cuando se trata del pasado de una misma.

—Pero ¿cómo que es el tuyo? —insistí, siguiéndola hasta la entrada—. ¿Qué tiene que ver contigo?

—No se trata de una película, Electra; es una historia real, y tienes que entender lo que pasó antes para hacerte cargo de lo que pasó después. Bueno, y ahora tú tienes que irte y yo también.

—¿Cuándo me contarás el resto?

—Estaré en Washington D. C. este fin de semana, pero volveré el lunes, así que podemos quedar esa misma noche, ¿te parece? ¿Pongamos a las ocho?

—Claro —dije entrando en el ascensor, irritada por tener que esperar cuatro días más para descubrir quién era yo.

—Estoy muy orgullosa de ti, Electra. Has llegado tan lejos en tan poco tiempo… Sigue así, cariño.

En el hall, Stella se dio media vuelta para darme dos besos en las mejillas.

—Lo intentaré —dije, y añadí un «gracias» con una especie de gruñido, recordando justo a tiempo que ese era mi nuevo yo.

Salimos del edificio y el chófer abrió la puerta de la limusina. Me metí de un salto en la parte de atrás.

—Y a ver si me cuentas quién es ese Miles la próxima vez que nos veamos. Venga, adiós —dijo Stella, y me dirigió una sonrisa pícara.

—¡Hola! ¿Qué tal el viaje? —pregunté asomándome por la ventanilla en cuanto vi a Miles y a Vanessa saliendo por la puerta de llegadas del aeropuerto JFK y viniendo hacia mi limusina. (La había reservado para Vanessa porque pensé que le parecería genial.)

—Todo ha ido como la seda —me respondió Miles alzando la voz a la vez que ayudaba al chófer a cargar el equipaje en el maletero.

—Ven, Vanessa, siéntate a mi lado y, Miles, tú puedes ir en el asiento del copiloto, ¿quieres? —dije.

Vanessa me hizo caso, y cuando el conductor cerró la puerta tras ella me fijé en su rostro demacrado y pensé que había perdido más peso todavía desde la última vez que la vi.

—¿Qué tal estás? —le pregunté.

Vanessa acariciaba el cuero del asiento con sus finos dedos.

—¡Menudo frío he pasao en el viaje, Electra! —contestó, haciendo caso omiso a mi pregunta—. Una vez me recogió aquí un tío en su coche. Me llevó a las afueras y me echó un polvo en el aparcamiento que había debajo de su bloque. Llegó su mujer y el fulano tuvo que esconderme en el maletero. Estuve encerrá tres horas hasta que volvió. Casi me ahogo allí dentro.

—Debiste de pasar mucho miedo —dije haciéndome cargo de la situación—. Unas chicas muy malas del colegio me encerraron una vez en un armario y todavía no soy capaz de permanecer en un lugar estrecho.

—Sí, ¿verdad? Fue horrible, tía, horrible.

Intenté pensar en algo positivo que decir, pero fracasé estrepitosamente y las dos nos quedamos calladas.

—Oye, ¿hay minibar? —Vanessa señaló el armarito situado entre los dos asientos delanteros.

—Sí, claro. ¿Quieres un refresco?

Vanessa me echó una de esas miradas que decían: «Las dos sabemos muy bien lo que quiero en realidad».

—Vale, una Coca-Cola.

Abrí el pequeño frigorífico, saqué rápido una lata para no fijarme en las botellitas alineadas en un estante de la puerta, y se la entregué.

—Miles me ha dicho que el sitio al que vas es estupendo —me arriesgué a decir.

Vanessa se puso a mirar por la ventanilla, y no pude reprochárselo. Debía de tener la sensación de que solo iban a meterla en una cárcel distinta, pero al menos parecía más tranquila y un poco más sensata de lo que estaba en el hospital.

—¿A qué distancia está, Miles? —pregunté.

—A una media hora. Está cerca de un sitio llamado Dix Hills.

—Ya le he dicho a Miles que el nombre me va que ni pintao —bromeó Vanessa dejando escapar una risita.*

Treinta minutos más tarde entramos en lo que parecía un barrio residencial muy agradable y llegamos a una cancela que daba acceso al centro de rehabilitación. Mientras Miles hablaba con el guardia de la puerta, me fijé en que, aunque desde fuera lo que se veía eran setos altos alrededor de todo el perímetro, detrás había una valla rematada con alambre de espino y potentes focos que brillaban a lo lejos. Incluso a Miles le costaría llegar a la parte superior de la valla por mucho que estirara los brazos.

---

* Dix Hills es una localidad de Long Island, en el estado de Nueva York. El nombre puede ser interpretado como «colinas de las pollas», y así es como lo entiende Vanessa, que durante un tiempo se dedicó a la prostitución. *(N. de los T.)*

Atravesamos los jardines cuidados con esmero y vimos un imponente edificio blanco de grandes dimensiones.

—¡Joder! —dijo Vanessa mirando por la ventanilla—. ¡Parece la casa del presidente!

—A decir verdad, Landsdowne House y los terrenos circundantes fueron legados a la organización benéfica que dirige el centro de rehabilitación por la mujer que residía aquí —comentó Miles—. Perdió a su único hijo debido a su adicción a las drogas, y vivió aquí recluida hasta que murió hace diez años. Desde luego, el edificio es precioso —añadió observando las columnas dóricas que se erguían a ambos lados de la escalinata que conducía hasta la entrada.

—Si lo llego a saber, me pongo el traje de noche —soltó Vanessa con ironía.

En ese momento vi a una mujer que salía de un coche y se acercaba a nosotros.

—¡Joder! ¡Es Ida! —exclamó Vanessa acurrucándose a mi lado en el asiento mientras la mujer daba unos golpecitos en la ventanilla trasera.

Tenía más o menos el mismo color de piel que yo y llevaba un fabuloso caftán teñido de un brillante color morado que enseguida deseé que fuera mío.

—La asistente social de Vanessa —me explicó Miles, y salió de la limusina para saludarla.

Miles ya me había aconsejado que no me dejara ver cuando llegáramos y que Ida acompañase a Vanessa a la entrada. Aparecer con una supermodelo no contribuiría a que la chica empezara con buen pie su cura de abstinencia de cara a los demás enfermos.

—Es guapísima —le comenté a Vanessa, que empezó a temblar y me agarró del brazo.

—Tú no la conoces. ¡Es una bruja! Más me valía haberme quedao en el hospital —bromeó con aire taciturno—. Yo no salgo, y tú no puedes obligarme.

Vi que se ponía a hurgar en el bolsillo de su sudadera y sacaba un paquete de cigarrillos y un mechero.

—Sé que esto va a ser muy duro para ti, pero… —Me esforcé por encontrar los argumentos más adecuados—. ¿Sabes una cosa, Vanessa? Yo estoy aquí por ti, lo mismo que Miles, y también Ida, que ha peleado muchísimo para que ingresaras en el mejor sitio que conocía. Todos nos preocupamos por ti. Así que tienes que entrar ahí y ponerte bien, y yo vendré a visitarte cuando me lo permitan, ¿vale? ¡Y en cuanto estés mejor, tú y yo empezaremos a divertirnos!

—Eso lo dices de boquilla. Te olvidarás de mí enseguida; yo estaré aquí encerrá y tú seguirás siendo rica y famosa.

—Hasta ahora no me he olvidado de ti, ¿verdad? —Metí la mano en mi bolso y saqué una gorra de béisbol de Burberry que me había mandado un estilista hacía unos meses. No me la habría puesto ni muerta, pero pensé que a Vanessa le gustaría—. Toma.

Tocó el tejido y la miró.

—¿Es de verdad?

—Por supuesto.

—¡Mola! —Se la encasquetó con la visera hacia atrás y durante unos segundos vi en sus ojos un destello de placer infantil—. ¿Es para mí?

—Pues sí.

—Nadie se va a creer que es auténtica… Y si se lo creen, pensarán que la he robao —dijo encogiéndose de hombros, y luego apagó el cigarrillo.

—Bueno, tú sabes que lo es y eso es lo que importa. Venga, hay que irse.

—Me… —Levantó la cabeza para mirarme y vi que tenía los ojos llorosos—. Vale.

—Estaré a tu lado a cada paso que des en tu camino, te lo prometo. —Abrí los brazos y la estreché contra mi pecho lo más fuerte que pude.

Vanessa abrió la puerta y yo me quedé mirando cómo se reunía con Miles e Ida, que también la abrazó, y ese gesto me hizo sentir un poco mejor. Miles intentó llamar mi atención poniendo un teléfono imaginario junto a su oreja.

—Luego te llamo —dijo moviendo los labios, y los tres echaron a andar y subieron los escalones que conducían a la puerta principal.

—¿Lista para marcharse, señora? —me preguntó el chófer.

—Sí —respondí.

Cuando la limusina dio la vuelta, abrí la ventanilla para dejar salir el humo del cigarrillo. En ese momento, Vanessa se volvió hacia mí con una mirada de auténtico miedo en su rostro demacrado.

—Te quiero —le dije dibujando un corazón con las manos mientras el coche enfilaba el camino de acceso. Me tragué las lágrimas, como una madre que deja a su hija en la puerta del colegio el primer día de clase, y me di cuenta de que la quería de verdad.

Menos mal que al día siguiente tenía una sesión fotográfica, porque toda aquella experiencia de Dix Hills había sido como un *déjà vu* y me había dejado helada. Sin embargo, en todas las valoraciones que había leído en internet, el establecimiento sacaba la máxima puntuación, y los profesionales lo calificaban como el mejor centro del estado de Nueva York «para jóvenes adictos de familias desfavorecidas», como decía el *New York Times*. Miles me había llamado para contarme que Vanessa parecía tranquila cuando le presentaron a las demás chicas de su pabellón.

—La buena noticia —añadió— es que el hospital de Tucson ya la había estabilizado, de modo que irá a una sección para pacientes a medio plazo.

Eso quería decir que podría saltarse la estancia en la unidad de desintoxicación, que, por lo que yo había leído en los informes online, incluía el aislamiento en habitaciones acolchadas.

Para mi sorpresa, disfruté de la sesión de fotos, aunque hacía más de un año que no había hecho ninguna sin tomar antes algún tipo de estimulante.

Xavier, conocido como XX, un diseñador con el que había colaborado varias veces —entre otras, aquella en la que diseñamos una línea de ropa deportiva con un rayo eléctrico dorado en la parte delantera de la sudadera con capucha, cuyas existencias se agotaron en una semana—, iba a asistir a la sesión de fotos.

—¿Estarías dispuesta a participar en otra colaboración dentro de poco? —me preguntó.

—Podría ser —dije cuando entrábamos en el plató.

Tras hacer la serie habitual de posados, mis pensamientos volaron otra vez a mi cuaderno de dibujos. Había disfrutado trabajando en los diseños durante mi rehabilitación, y aquello resultaba mucho más gratificante que pasarme la vida poniendo caras…

—¡Uau, Electra, desde luego esas vacaciones te han sentado fenomenal! Hoy echabas chispas ante la cámara. —El fotógrafo, Miguel (que yo estaba convencida de que se llamaba Mike desde que nació), se deshizo en elogios.

—¡Ha sido increíble, Electra! —exclamó Mariam cuando vino luego a recogerme a la salida del camerino—. ¡Nunca te había visto tan radiante!

—¡No será para tanto, Mariam! —le dije sonriendo—. Miguel y XX me han preguntado si quería ir a almorzar con ellos a Dell'Anima… Como hemos acabado tan pronto…

—Electra, no quiero ser una aguafiestas ni nada por el estilo, pero…

—Está bien, de acuerdo, ya les he contestado que no podía. Sé que es demasiado pronto. Les he dicho que tenía que asistir a una reunión, cosa que es verdad, aunque más tarde. Pero antes hay un sitio al que quiero ir.

Cuando nos detuvimos delante de la peluquería en la esquina de la Quinta Avenida con la Cincuenta y siete Este, me volví hacia Mariam.

—¿Por qué no vas a ver si Stefano puede hacerme un hueco?

—Ah, pero… aunque seas tú, Electra, ¡dudo mucho que pueda! Ya sabes que hay que pedirle cita con meses de antelación, y que tarda horas en alisarte el pelo.

—Mariam —dije cerrando los ojos y enarcando las cejas—, ¿no te acuerdas de la conversación que tuvimos Stella y yo ayer después de comer?

—Por supuesto, pero solo estabas bromeando, ¿no?

—Pues no, no estaba bromeando. No te preocupes. Entraré y hablaré con él.

Salí del coche antes de que Mariam pudiera detenerme. Hablé con la recepcionista, y me dijo que Stefano estaba almorzando, pero que, como era yo, no tendría inconveniente en verme para que lo saludara.

Stefano y yo nos conocimos cuando llegué por primera vez a Nueva York y Susie me envió a su peluquería antes incluso de que hiciera mi primera sesión de fotos. Como él era medio afroamericano y medio italiano, estaba acostumbrado a trabajar mi tipo de pelo. Yo consideraba nuestras sesiones juntos una tortura necesaria, pero él me gustaba muchísimo.

—¿Ha vuelto ya? —pregunté a la chica.

—Sí, pero…

Crucé la peluquería y empujé la puerta con el letrero en el que ponía «Privado» y que daba acceso a la habitación en la que Stefano y yo habíamos compartido infinitas rayas durante el larguísimo y aburrido proceso de doma y alisado de mis rizos.

Como era de prever, ahí estaba, «empolvándose» la nariz.

—¡Electra! *Cara*, ¿qué haces por aquí? —exclamó levantándose y dándome un beso en cada mejilla—. Hoy no tenemos cita, ¿verdad?

—No, no. Tan solo me preguntaba si tendrías a mano una maquinilla de cortar el pelo…

Media hora más tarde, salí por la puerta de atrás con, siendo muy generosa, apenas un centímetro de pelo en mi cabeza. Al principio Stefano se había negado a hacer lo que le pedía, pero, después de amenazarlo con cortármelo yo misma, me hizo un corte tipo fundido fantástico. Luego intentó ahuecarme el pelo con cremas y un peine especial, pero lo mandé a paseo. Lo único que quería era que quedara natural.

—¡Hala! —exclamó Mariam llevándose las manos a la boca cuando me acomodé a su lado en el asiento de atrás del coche. Era una actriz terrible; en su rostro podían verse todas las emociones.

—Bueno, aparte del factor susto, ¿qué piensas de mi nuevo yo?

—Pues… ¿de verdad?

—De verdad.

Mariam me examinó con su perspicaz ojo crítico. Por fin, hizo un gesto de asentimiento con la cabeza y sonrió.

—¡Creo que estás increíble! —dijo, y chocamos los cinco entusiasmadas.

—¿Te figuras cuántas horas de mi vida voy a ahorrarme con el pelo así? Horas desperdiciadas, Mariam. A Susie le diremos que de ahora en adelante, si es preciso, me pondré peluca. Bueno, tengo una reunión de Alcohólicos Anónimos dentro de treinta minutos en Chelsea, así que vamos para allá y pararemos por el camino en una cafetería a almorzar cualquier cosa.

En el coche, cuando volvíamos después de la reunión, Mariam se dirigió a mí.

—Electra, ¿te importaría si esta noche me voy a casa? Es que… tengo que ver a mi familia.

—Por supuesto. No quiero tenerte alejada de ellos.

—Sabes que puedes localizarme en el móvil si me necesitas, y estaría enseguida en el centro. Es solo este fin de semana.

Asentí con la cabeza, sintiéndome culpable por haberla mantenido apartada de su familia.

Cuando llegamos a mi edificio, me alegré mucho de ver que Tommy volvía a estar en el sitio de costumbre. Mariam se encaminó al interior del edificio sin decirle más que un «hola», pero yo me detuve a charlar un rato con él.

—Hola, Tommy. No he tenido ocasión de agradecerte otra vez que nos ayudaras a Mariam y a mí la noche que me puse tan… mala.

—Electra, sabes que no hay nada que no estuviera dispuesto a hacer por ti. —Los labios de Tommy dibujaron una sonrisa, pero yo pude ver la tristeza en sus ojos.

—Escucha, si hay algo…, lo que sea, que yo pueda hacer por ti, Tommy, por favor, no tienes más que decírmelo, ¿de acuerdo?

—Vale, gracias. Y, por cierto, me gusta mucho tu nuevo corte de pelo.

—Gracias, Tommy.

Mientras subía en el ascensor decidí que en adelante asistiría a todas mis reuniones de Alcohólicos Anónimos en Chelsea. Lo último que quería era perder a Tommy como amigo, y sabía que le resultaría embarazoso descubrir que había escuchado su confesión.

Me senté en el sofá del salón y vi que tenía una llamada perdida de Miles en el móvil, así que lo llamé.

—¡Hola! ¿Va todo bien con Vanessa? —le pregunté.

—Ida me llamó hace un rato… Vanessa se está adaptando sin problemas.

—Estupendo. Y tú ¿qué tal?

—Yo bien. Aunque es un poco raro volver al trabajo y no poder hablar con nadie de toda la locura de mierda por la que he… por la que hemos pasado.

—Lo sé, ¿sabes? Hoy he hecho mi primera sesión de fotos y me ha resultado muy extraño estar tan… presente, sin todas las cosas que solía tomar para disimular.

—Pues sí. Oye, tengo que dejarte. Un cliente me va a llamar de un momento a otro y justo ahora estoy intentando ponerme al día en el despacho.

Miles puso fin a la llamada. Me levanté y salí a la terraza. Me apoyé en la barandilla de cristal y miré hacia abajo para contemplar Nueva York; por primera vez desde mi regreso a casa, me sentí baja de moral. Quizá fuera porque el fin de semana se abría ante mí como un gran bostezo. Antes solía estar de paso hacia algún sitio, cosa que me venía muy bien, pues los fines de semana las personas de éxito salían de la ciudad y se iban a su casa de campo a descansar con su familia y sus amigos.

—Mira, Electra —dijo Mariam detrás de mí—, hay sopa de lentejas que he hecho antes y un poco de ensalada en el frigorífico para que cenes hoy.

—Gracias.

—¡Ah! ¿Y ya has llamado a la terapeuta que te recomendó Fi?

—Sí, sí.

—¿Y?

—Después de Fi, no me parece muy buena.

—Lo entiendo, Electra, pero tienes que encontrar a alguien en Manhattan. Es el tercer psicoterapeuta con el que has contactado y al que has dicho que no. ¿No deberías ir a ver a alguno sin más? ¿Reunirte y ver cómo es?

—Tal vez, pero no quisiera elegir a la persona equivocada y que me trastoque del todo la cabeza, ¿sabes? Ahora mismo estoy pasando un buen momento, Mariam. Y tengo un montón de personas con quienes hablar si lo necesito.

—De acuerdo. No quiero darte la lata, es solo que me preocupo por ti, Electra.

—Lo sé, Mariam, y has sido increíble.

—¿Necesitas algo antes de que me vaya?

—No. Vete a casa de una vez a ver a tu familia.

—Solo si estás segura, porque…

—Lo estoy. En algún momento tengo que aprender a vivir sin canguro, ¿no?

—Si me necesitas, de día o de noche, llámame. ¿Lo prometes?

—Lo prometo. ¡Por favor, Mariam, vete a casa!

—De acuerdo, me voy. Gracias, Electra. Adiós.

—Adiós.

La puerta se cerró tras ella y, por primera vez en más de cinco semanas, me quedé sola.

—Vas a bajar al gimnasio a levantar unas cuantas pesas, vas a cenar algo y luego te meterás en la cama y verás una película —me dije intentando mantener a raya el pánico.

Así que bajé al gimnasio, me di una ducha, comí lo que Mariam me había dejado para cenar y a continuación me metí en la cama y encendí la tele. Parecía que solo hubiera pelis de gánsteres o que transcurrían en hospitales, y pensé que ninguna de las dos cosas era aconsejable para mi primera noche sola. Hice cuanto pude por concentrar mi atención en una comedia romántica; luego en una película francesa, pues solían gustarme, pero era tan *noir* que me desentendí de ella y me puse a mirar mis e-mails en el portátil. Me alegré muchísimo al ver que había un correo largo de Tiggy. Además estaba escrito en francés, así que me hizo gracia haberme pasado cuarenta minutos viendo la película esa de cine negro a modo de precalentamiento.

Chère Electra:

¡Qué maravilla recibir tu carta (a decir verdad, recibir carta de alguien en estos días), y más aún aquí, en medio de ninguna parte. Como la conexión a internet es tan mala, me siento aisladísima, cosa que tiene sus pros y sus contras. Pero bueno, es como todo en la vida, ¿no te parece?

Pero hoy la conexión es buena, así que me he sentado fuera, junto a una mesa de picnic, y contemplo el valle (o la «cañada», como dicen por aquí), que, según vamos hablando, se está poniendo de un espléndido color lila con el brezo en flor.

Lo primero que quería decirte es que soy tu hermana y que, aunque ha sido muy tierno por tu parte pedirme perdón, era del

469

todo innecesario. No se me ocurre nada que hayas podido decirme o hacerme que merezca una disculpa —¡todo el mundo me llama «copito de nieve», así que de verdad que no es ningún problema!—, pero ha sido encantador oírtelo decir.

Me dijo Ma que habías decidido buscar ayuda para tus problemas y, la verdad, Electra, estoy muy orgullosa de ti. Es muy duro pedir ayuda, ¿verdad? Pero lo importante es dar ese paso. No estoy segura de si has salido ya o no —hace tiempo que no he hablado con Ma ni con Maia porque he estado ocupada—, pero, estés donde estés, solo quiero mandarte un abrazo muy fuerte y decirte que he pensado en ti cada día y he rezado por ti a mi manera, «a lo Tiggy». Sé que no eres muy dada a estas «monsergas», como solías llamar a estas cosas, pero lo único que puedo decirte es que creo que estás muy bien protegida, y que saldrás de esa difícil experiencia mejor y más fuerte, y también más bonita que nunca.

En cuanto a mí, ¡creo que nunca he sido tan feliz! Quizá Ma te dijera que he tenido algunos problemas de salud y, aunque tardaré algún tiempo en volver a recorrer a nado el lago de Ginebra, si me cuido y no hago excesos, aún viviré bastante.

¿No es asombroso que a menudo de algo malo pueda salir algo bueno? Pues bien, a raíz de mis problemas de salud (y de un accidente de caza, que suena mucho más dramático de lo que fue en realidad, pero ya te lo contaré en otro momento), he conocido al Amor de Mi Vida. Es una especie de cliché, porque resulta que es médico y está especializado en problemas de corazón, que es la parte de mi persona que tenía dificultades. Se llama Charlie Kinnaird, y me da vergüenza decir que sigue siendo un hombre casado, y además con una mujer que tú dirías que ha salido del infierno. Desde luego, tiene un carácter muy difícil, pero lo bueno es que tienen una hija llamada Zara que ha salido del cielo. Tiene diecisiete años y está en la Escuela de Ingenieros Agrónomos, porque un día se hará cargo de las más de 16.000 hectáreas de la tierra más espectacular de Escocia (Charlie es un *laird*, que en escocés significa que es un lord, pero nunca presume de título). Él acaba de trasladarse de hospital, de modo que puede estar más cerca de mí y de Zara y atender la finca, que requiere mucho tiempo y también que se invierta más dinero en ella. En cualquier caso, todo es un follón en estos momentos, por un motivo o por otro, pero irónicamente, mientras estoy aquí sentada contemplando la cañada, estoy contenta porque sé que he encontrado a la persona con la que quiero pasar el resto de mi vida. Y soy lo bastante afortunada como para hacerlo en el entorno más hermoso que haya podido imaginar.

Además, no sé si has llegado a abrir la carta de Pa Salt. Yo abrí la mía y consiguió hacerme descender hasta lo más profundo de mi pasado, como quien dice por una conejera. Y bueno, digámoslo así, si crees que soy un poco dada a las «monsergas», deberías conocer a Angelina, que es prima mía ¡y tiene setenta años! Resulta que provengo de una familia de gitanos romaníes originaria de Andalucía, cosa que explica en gran medida quién soy y las cosas tan raras que siempre he visto y sentido. Cuando todo se tranquilice un poco aquí, tengo intención de explorar más a fondo esa parte de mí, y ya estoy colaborando con el veterinario de la zona y poniendo en práctica lo que Angelina me ha enseñado acerca de la medicina natural y el tratamiento de los animales. Y me gustaría ayudar también a las personas con el don que tengo, pero por ahora iré paso a paso.

Querida hermanita, espero que no se te haya olvidado lo de nuestro viaje en el *Titán* para depositar una corona en el aniversario de la muerte de Pa; todas las demás han dicho que irán, incluso CeCe, que ya sabrás que se ha ido a vivir a Australia. Tengo el pálpito de que es importantísimo que estemos todas allí, al margen de lo de depositar la corona y todo eso. ¿Podrás confirmarnos —a mí, a Ma y a Maia— que vas a venir? ¡No puedo creer que todo vaya a suceder este mes!

Bueno, esto es todo de momento, aunque estaré encantada de recibir más noticias tuyas. Si tienes ocasión, mándame un e-mail. Por mi parte, voy a enviarte este antes de que se interrumpa la conexión.

Te mando todo mi cariño, Electra, no veo la hora de que nos encontremos en Atlantis.

Besos,

TIGGY

Sonreí mientras volvía a leer el e-mail para asegurarme de que no se me había escapado nada, y me sentí feliz al ver que Tiggy había encontrado una vida que le iba como anillo al dedo. Dado que disponía de todo el fin de semana para responderle, decidí que la escribiría a la mañana siguiente, cuando tuviera las ideas más claras. No se me daba muy bien contar cosas por carta —ni en mis mejores momentos me había resultado fácil escribir—, pero su extenso e-mail se merecía una respuesta como era debido.

Al pensar en lo cerca que estaba el aniversario de la muerte de Pa, recordé la esfera armilar que llegó misteriosamente al jardín de Atlantis cuando murió. Pensé en los anillos donde estaban grabados nuestros nombres y ciertos números que Ally dijo que eran las coordenadas de los lugares en los que habíamos nacido, y había además una cita en griego destinada a cada una de nosotras. Ally me había mandado todos los detalles en un sobre, pero, ¡lo juro por mi vida!, no podía recordar dónde había ido a parar.

Para no agobiarme pensando en ello, decidí llamar a Ally. Justo cuando empezaba a darme cuenta de que debían de ser cerca de las dos de la madrugada en Europa, mi hermana cogió el teléfono.

—¿Electra? Estás bien, ¿no?

—Hola, Ally. Sí, estoy bien. He estado a punto de colgar al acordarme de la hora que es en Noruega.

—¡Oh, no te preocupes por eso! Aquí la noche y el día se confunden. Además, a Bear le están saliendo los dientes, así que hasta mi legendaria energía está en fase de sequía.

—Lo siento, Ally. Debe de ser muy duro criar a un niño sola.

—Pues sí, lo es —admitió Ally—. Ya me gustaría tener a alguien, en especial a estas horas de la noche.

«Uau», pensé levantando una ceja, gesto que Ally no podía ver. Era una de las pocas veces que había oído a mi hermana reconocer que no era un ser sobrehumano.

—Bueno, pues aquí me tienes, haciéndote compañía, y mandándote un fuerte abrazo y otro a Bear.

—Y te estoy muy agradecida. De verdad, gracias, Electra. Justo ahora estaba pensando en ir a Atlantis antes de que lleguéis las demás. Maia me llamó para decirme que llegará antes, y necesito que Ma, también conocida como *Grand-Mère*, me ayude con Bear. De verdad que no me acuerdo de cuándo fue la última vez que dormí unas pocas horas de un tirón.

—Me parece muy buena idea, Ally.

—En cualquier caso —añadió carraspeando—, ¿llamabas solo para charlar un rato?

—En parte sí. He recibido un e-mail de Tiggy, y eso me ha recordado que quería preguntarte si aún tenías mis coordenadas de la esfera armilar.

—Pues claro que sí. ¿Por qué?

—Supongo que he perdido el sobre que me diste y…, bueno, he tenido algo de tiempo para pensar durante la rehabilitación y…

—Te gustaría saber de dónde vienes —apuntó Ally con suma amabilidad, y a continuación se oyó un berrido al otro lado de la línea—. Espera un minuto. —Entonces se oyó un crujido y una especie de ruido de chupeteo—. Vale, voy a buscar mi portátil.

—De acuerdo —dije, y me di cuenta de que mi ritmo cardíaco se aceleraba a medida que esperaba.

—Ya está… Ahora voy a abrir el documento… Vale, allá voy. ¿Puedes copiar lo que te voy a decir?

—Pues claro, venga.

Ally me leyó las coordenadas, que copié en un papel. Y me quedé mirando la serie de números.

—Gracias. Bueno, ¿y ahora qué hago?

—Vale. Ve a Google Earth. A la izquierda debería haber una casilla de buscar. Introduce en ella los números que te he dado. Son los grados, minutos y segundos. Luego debería salirte la localización de las coordenadas.

—¡Estupendo! Gracias.

—Electra, ¿de verdad vas a buscar las coordenadas ahora?

—Pues sí… ¿Por qué no?

—Es solo que… No sé, es un momento muy importante… Vas a descubrir de dónde vienes. ¿Hay alguien contigo?

—No, pero… —En ese instante se me pasó por la cabeza una idea—. Oye, Ally, ¿tú sabes de dónde vengo?

—Bueno, cuando nos enseñaron la esfera armilar, busqué todas las coordenadas para asegurarme de que funcionaban, pero…, la verdad, solo tengo una idea aproximada de dónde marcaban las tuyas.

—Vale. Entonces no es que estés preocupada por que las busque yo, por si son algo malo o lo que sea.

—¡Oh, Electra, no es solo que sea algo malo o bueno!… Yo puedo decirte que mis coordenadas me condujeron a un museo de

Oslo. En otro tiempo allí había un viejo teatro en el que actuaba mi madre biológica. Resultó que mi hermano Thom y yo nacimos en un hospital de un lugar de Noruega llamado Trondheim. Y poco después fui adoptada por Pa.

—De acuerdo. ¿Y ninguna sabe por qué Pa nos escogió precisamente a nosotras? Me refiero a que él siempre decía que nos había escogido especialmente a cada una.

—No, tal vez fuese porque necesitábamos que nos adoptaran y él quiso proporcionarnos un hogar. ¿Te preocupa descubrir dónde fuiste encontrada, Electra?

—Bueno… —Abrí mi portátil, entré en Google Earth desde el buscador y seguí las instrucciones que Ally me había dado.

—Supongo que no nacimos en un ambiente de familia feliz —comentó Ally—. De lo contrario, ninguna habría acabado siendo adoptada.

—Eso es cierto. —Escribí las coordenadas—. Vale, allá vamos…

—¿Quieres que siga al aparato o prefieres hacer esto sola?

—Sigue ahí, si no te importa —respondí, consciente de que aquel no era el momento de hacerme la valiente. Observé la ruedecita del tiempo muerto que iba dando vueltas en la pantalla y suspiré—. Lo siento. No sé por qué internet va siempre más lento por las noches… ¡Vale! Allá vamos… Muy bien, ya ha aparecido el globo y va acercándose… Parece que se dirige a América del Norte…

Según lo iba narrando, me sentí como un reportero de la NASA. La imagen fue en aumento y se centró en la ciudad de Nueva York, y después en Harlem. Seguí mirando con el corazón en un puño cómo los píxeles cristalizaban en un grupo de edificios de una calle con árboles, y luego el punto rojo se paraba en una de las casas.

—¡Oh, Dios mío!

—¿Qué pasa? ¡No me tengas en ascuas!

—¡Por Dios!

—¡Electra! Por favor, ¿qué ves? ¿Ya te ha mostrado algo?

—Sí, sí, ya… —afirmé casi para mí misma—. Resulta que nací aquí, en Nueva York. Para ser exactos, en un lugar llamado Hale House, que, según Google Earth, está en Harlem y a unas… —fui contando mentalmente a toda velocidad— quince manzanas de mi casa.

—¿Estás de broma?

—De verdad que no. Espera, voy a buscar en Google «Hale House».

Leí las escuetas palabras que aparecieron en la pantalla y solté un suspiro.

—*Quelle surprise!* Nací... o al menos fui encontrada... en un hogar de acogida de madres solteras toxicómanas y enfermas de sida. Me entiendes, ¿no? —dije cerrando los ojos y enarcando las cejas.

—¡Oh, Electra, lo siento! Por favor, no dejes que esto te altere. Maia también salió de un orfanato, y yo de un hospital... Así es como Pa nos encontró, ¿recuerdas?

—Lo sé, pero... Bueno, el caso es que ya es muy tarde, Ally, y tú necesitas descansar un poco. Yo también me voy ya a la cama. Muchas gracias por estar a mi lado, y te prometo que estaré bien. Buenas noches.

Colgué antes de que pudiera detenerme y me quedé mirando la página de Wikipedia, hasta que al fin cerré el portátil. No era tanto lo del hogar de acogida de madres solteras lo que me preocupaba... Ally tenía razón al suponer que la mayoría de nosotras procedíamos de algún lugar de ese estilo. Pero estaba casi segura de que mi abuela me había comentado que procedía de un linaje de princesas. Y aquella idea se me había quedado clavada en algún lugar de la cabeza.

—Me parece que te has equivocado, abuelita —comenté encogiéndome de hombros—. Los únicos genes que he heredado son los de la drogadicción. ¡Ah, y puede que también lo del sida! —añadí con aire taciturno, consciente de que estaba siendo algo melodramática pero convencida de que en ese momento me merecía un poquito de autocompasión. Al menos me había hecho la prueba del sida y sabía que estaba limpia, pero esa no era la cuestión, ¿verdad?

Sintiéndome a todas luces inquieta, decidí llamar a la única hermana que vivía en una zona horaria similar a la mía y que también me ofrecería palabras de sensatez y de consuelo. Marqué el número de Maia y esperé, pero lo que oí fue su contestador automático.

—¡Ah, hola, Maia! Soy Electra. No te preocupes, estoy bien y no se trata de una llamada de pánico ni nada por el estilo. Solo quería saber qué tal tú y charlar un rato, ¿sabes? Ah, y también quería preguntarte si tienes la traducción que hiciste de la cita de mi anillo de la esfera armilar. Me gustaría saber qué decía. Vale. Ya hablamos. Adiós.

Me quedé mirando el teléfono un rato, como esperando a que Maia me devolviera la llamada, pero no lo hizo.

Cogí otra vez el mando de la tele y empecé a mirar la programación de los canales, intentando no darle vueltas a lo que acababa de descubrir. Pero sentía que el pánico iba en aumento dentro de mí a medida que me imaginaba una botella de vodka, que podía llegar en unos minutos con solo levantar el interfono y pedir al portero que fuera a buscarme una. Era evidente que mi dependencia de la bebida era más fuerte que la de las drogas. Pero una cosa conducía a la otra…

«¡Mierda!», me dije al tiempo que saltaba de la cama, consciente de que estaba en zona de peligro y que tenía que encontrar algo que me sirviera de distracción. Estaba en la cocina preparándome una taza de infusión de jengibre cuando oí que sonaba el móvil en el dormitorio.

Me abalancé sobre él y justo entonces dejó de sonar. Era Miles. Oí su mensaje, que solo decía «Llámame». Presa del pánico por si le había ocurrido algo a Vanessa, lo llamé de inmediato.

—Hola —contestó al instante.

—¿Va todo bien con Vanessa?

—Que yo sepa, sí. No he tenido ninguna noticia desde esta mañana.

—¡Gracias a Dios! —exclamé casi sin aliento—. Me… ¿Por qué has llamado entonces?

—Porque Mariam me ha dicho que es la primera noche que pasas sola.

—Y has llamado para vigilarme.

—Si quieres plantearlo así, pues vale, pero también porque sé que la primera noche a solas siempre es dura. Ya he pasado por ello, ¿recuerdas?

—Sí, bueno, hay un montón de cosas que habría podido hacer esta noche, pero he decidido quedarme en casa —dije, poniéndome a la defensiva.

—¿Y cómo va?

—Ah, bueno…, bien —mentí—. No hay mucho que ver en la tele, la verdad.

—¿Tienes la sensación de que la casa se te cae encima?

—Un poco —contesté, aunque en aquellos momentos eso era un eufemismo que ni remotamente se acercaba a la realidad.

—Es normal, Electra. Y quería decirte que aquí me tienes… Estoy solo a unas cuantas manzanas, así que, si necesitas conversación o lo que sea, no tienes más que llamar, como dice la canción.

—Vale, gracias. Muy amable por tu parte pensar en mí.

—De una forma u otra, no he pensado en mucho más —exclamó riendo—. ¡Menudo trajín hemos tenido estas últimas semanas! ¿No te parece?

—Sí, la verdad.

—La otra cosa que quería preguntarte era si tienes algo que hacer mañana.

—Humm… no. ¿Por qué?

—Porque me gustaría llevarte a Harlem y enseñarte el centro de acogida. Es sábado y, debido a la falta de recursos, tenemos que cerrar el fin de semana, pero por lo menos podrás ver el sitio.

—¡Vaya! —dije, sorprendida por la coincidencia.

—¿Qué?

—Bueno, es algo de lo que acabo de enterarme… —No terminé la frase porque no estaba segura de querer contárselo.

—Vale.

—Precisamente esta noche. Hace unos momentos.

—¿Y…?

«Recuerda que debes tener confianza, Electra…»

—Acabo de enterarme de que mi padre adoptivo me encontró en un sitio llamado Hale House. Está en Harlem.

—Lo conozco. En Harlem lo conoce todo el mundo. ¡Por Dios, Electra! ¡Menuda noticia! ¿Quién te lo ha dicho?

—Mi hermana Ally. Mi padre dejó unas coordenadas para cada una de nosotras, por si queríamos saber dónde nos había encontrado.

—Vale. ¿Sabes qué era Hale House por aquel entonces?

—Pues sí… Un sitio en el que una mujer llamada Madre Hale acogía a niños cuyas madres eran drogadictas o tenían sida. —Recité de memoria los datos que había leído hacía un rato.

—¿Y qué te parece?

—Pues aún no lo sé. ¡Y deja ya de sondearme como un psicoterapeuta! —dije bromeando solo a medias.

—Disculpa. Es que me preocupo por ti. Son muchas las cosas a las que tienes que hacer frente. ¿Quieres que me pase por ahí y hablamos?

—No, estoy bien, pero gracias por el ofrecimiento.

—¿Seguro, Electra?

—Sí, seguro.

—Bueno, entonces ¿te recojo mañana a eso de las once?

—Vale. ¿Necesitas mi dirección?

—Tu asistente personal, siempre tan eficiente, ya me la ha dado, por si...

—¿... tenías que cruzar la ciudad para salvarme porque me había emborrachado y no era capaz de recordar dónde vivía? —dije riendo.

—Pues supongo que algo así, sí. Pero me da la impresión de que estás estupenda, Electra, de verdad. Como te decía, estoy aquí si me necesitas, a cualquier hora. Tendré el móvil cerca.

—Gracias, Miles. Hasta mañana entonces.

—Pues claro. Intenta dormir un poco. Y ahora adiós.

—Adiós.

La sonrisa que se había dibujado en mis labios perduraba cuando colgué. Tuve la impresión de que Miles realmente se preocupaba por mí, y eso me hizo sentir muy contenta por dentro.

La cuestión era si al día siguiente visitaría el lugar en el que Pa me había encontrado, pensé cuando decidí que ya no necesitaba la infusión de jengibre.

No lo sabía.

33

Dormí de un tirón hasta las ocho y cuando me desperté fui tambaleándome hasta el baño. Solté un pequeño chillido al ver mi imagen reflejada en el espejo, pues ya me había olvidado de mi cambio de pelo.

—¡Dios mío, Electra! —(Había decidido que no pasaba nada por soltar una blasfemia de vez en cuando siempre que lo hiciera a solas, aunque cualquier purista diría que Dios lo oye todo…)—. ¿Qué demonios dirá Miles? ¡Llevas el pelo más corto que él!

Fui a prepararme un café y, volviendo sobre mis pasos, crucé el salón y salí a la terraza para disfrutar de aquella gloriosa mañana de comienzos de junio y me pregunté por qué debía preocuparme.

Después de una rápida carrerita por el parque, regresé a casa, me duché y me sequé con una toalla aquella hirsuta pelusa que cubría mi cabeza. Luego fui al armario y me pregunté qué demonios sería adecuado para acudir a mi cita —no «reunión»— con Miles. Había estado en Harlem pocas veces, por lo general de paso cuando iba a una sesión fotográfica o a un rodaje en el norte de la ciudad, en Washington Heights o Marble Hill, por ejemplo.

Después de probarme casi todo lo que me pareció más o menos apropiado, opté por lo primero que había pensado: unos vaqueros, unas zapatillas deportivas y una sudadera con capucha con mi firma, un rayo dorado cruzando en zigzag la parte delantera. No había hecho falta mucha imaginación para crear un diseño para XX, pero cada vez que me ponía aquella prenda —y la tenía en cuatro colores distintos— me sentía poderosa.

Me puse rímel en las pestañas y me di unos toques de vaselina en los labios, y luego me senté en el sofá a esperar a que el portero me avisara de que había alguien esperándome abajo.

Sonó mi teléfono móvil, y cuando me lo acerqué al oído pude ver de reojo una «M» en la pantalla. Sentí un peso en el estómago y me preparé para una cancelación de la cita por parte de Miles.

—¿Sí?

—¿Electra? ¡Soy Maia!

—¡Ah!

—¿Qué pasa?

—Nada, creía que eras otra persona... Os tengo a los dos como «M», y tú eres «Mi» para abreviar, y... Bueno, olvídalo —farfullé.

—Vale. En fin, quería pedirte perdón por no haber contestado al teléfono anoche. ¿Cómo estás?

—Oh, muy bien, de verdad, gracias. ¿Y tú?

—Hoy me he levantado muy temprano para ir a la *fazenda*. ¿Recuerdas que te hablé de un proyecto que había iniciado? Los fines de semana llevamos allí a los críos de las favelas que no han estado nunca en el campo.

—Por supuesto que me acuerdo. —Miré el reloj y vi que eran las once y cinco—. ¡Oye, vaya coincidencia! Precisamente estoy esperando a un amigo para ir a Harlem a visitar un centro de acogida para adolescentes toxicómanos con el que él colabora. Quiero hacer algo para ayudar.

—¡Electra! ¡Eso suena muy bien! No te imaginas lo orgullosa que me siento de ti. Y sí, por supuesto que tengo la cita de la esfera armilar que traduje para ti. ¿Quieres saber lo que dice?

—Sí, venga, dímelo.

—Es una frase de un filósofo danés llamado Søren Kierkegaard: «La vida solo se puede entender mirando hacia atrás, pero se ha de vivir mirando hacia delante». Me parece preciosa.

Me quedé unos instantes en silencio, asimilando aquellas palabras. Pa no podía haber encontrado una frase más perfecta para mí. Noté un escozor en los ojos provocado por las lágrimas.

El interfono sonó al otro lado del salón. Sin pretenderlo, suspiré aliviada.

—Oye, ahora tengo que dejarte, pero me ha encantado charlar contigo.

—Y a mí contigo, Electra. Hablaremos la semana que viene con más tranquilidad. Quizá podamos poner en común algunas ideas para nuestros proyectos.

—Pues sí. Adiós, Maia —dije dando por terminada la llamada a la vez que descolgaba el auricular del interfono y contestaba a Miles—. ¡Ya bajo!

—¡Hola!

Miles estaba sentado en la zona de espera y se levantó cuando me vio salir del ascensor.

—¡Hola! —exclamé, y me sentí ridículamente tímida.

—Tu pelo…

—Ya lo sé. —Me llevé la mano a la cabeza de manera protectora.

—Está genial —añadió, y me regaló una de sus grandes sonrisas—. Te pega mucho.

—Me siento como… muy desnuda —comenté cuando salíamos a la calle.

—Con unos pómulos como los tuyos, no creo que haya motivos para preocuparse.

—Gracias. ¿Y dónde está el coche?

—No tengo coche. ¿Quién quiere coche para moverse por una ciudad como esta?

—¿Y cómo te desplazas? ¿En limusina?

—¡No! —exclamó Miles alzando la mano para parar un taxi amarillo. Se detuvo uno frente a nosotros, y él abrió la puerta trasera para que yo entrara primero—. Su carroza la espera, milady —dijo mientras yo subía al taxi y hacía todo lo posible por encajar las piernas en aquel espacio tan angosto—. ¡Bienvenida a mi mundo!

Miles le gritó al conductor una dirección desde el otro lado de la mampara de seguridad y el taxi arrancó.

—Supongo que hace tiempo que no te subes en uno de estos, pero es en tu honor, cariño, pues solo los cojo en ocasiones especiales; casi siempre me desplazo en metro.

Giré la cabeza para evitar su mirada y me puse a observar la calle para que no pudiera ver la vergüenza en mi rostro. Para ser justos, he de decir que solo tenía dieciséis años cuando, de la noche a la mañana, Susie me sacó de mi casa para llevarme a Nueva York. Una de las condiciones que puso Pa fue que siempre hubiera un coche a mi disposición para moverme por la ciudad y asistir a las reuniones de trabajo. Esa costumbre había ido perpetuándose desde entonces, aunque a veces hubiera cogido un taxi con otras modelos con las que compartía apartamento en Chelsea. El metro seguía siendo un mundo subterráneo en el que no había entrado nunca.

—¿Sabes una cosa, Electra? Llevo años utilizando el metro y estoy aquí para contarlo —comentó Miles.

Me sacaba de quicio que fuera capaz de adivinar todo lo que yo pensaba. Pero supongo que, en cierto sentido, también me gustaba.

—Cuéntame algo más del centro de acogida —pedí.

Nos dirigíamos a toda velocidad hacia el norte de la ciudad.

—Muchos de los voluntarios son o bien padres que han perdido a sus hijos por culpa de las drogas o bien extoxicómanos. El problema es que, como nos quedamos sin subvención el año pasado, el centro tiene muchas dificultades para pagar las facturas.

—¿Es…, cómo decirlo…, un lugar seguro? —pregunté nerviosa cuando, después de veinte minutos, llegamos a una calle llena de bloques de pisos de ladrillo rojo y sin ascensor.

—Sí, mucho más que antes —respondió Miles—. Sigue habiendo sitios a los que es mejor no ir, pero Bloomberg rehabilitó buena parte de la zona y ha ido aburguesándose. Hoy día, Harlem se está convirtiendo en un sitio de moda cada vez más caro. Hubo una época en la que te podías comprar aquí uno de esos edificios por menos de un dólar. ¡Cuánto me habría gustado tener ese dólar! —añadió riéndose—. Bueno, ya hemos llegado.

Nos bajamos del taxi y me sacudí la ropa para intentar quitarme el olor a café rancio y a fritanga. Miles echó a andar y se detuvo delante de una puerta azul destartalada que había entre un almacén de ultramarinos y un edificio con los vanos asegurados con tablas y cubierto de grafitis. En lo alto de la puerta azul había un pequeño cartel escrito a mano en el que se leía: «Centro de Acogida Las Manos de la Esperanza».

Miles pulsó unos botones en el panel que había en el muro y la puerta se abrió. Me condujo por un oscuro pasillo y llegamos a una estancia estrecha y alargada, iluminada solo por tragaluces. Allí había varias mesas viejas de melanina y unas cuantas sillas de plástico.

—Aquí lo tienes —dijo Miles—. Un primo de un primo mío nos dejó construir esto en su patio trasero, y solo tuvimos que pagar el hormigón que se utilizó. No es nada especial, pero ha marcado una diferencia. ¿Quieres un café? —Señaló una máquina de acero inoxidable que había sobre un mostrador al fondo de la estancia—. El frigorífico se ha estropeado y no tenemos dinero para repararlo, de modo que es eso o un refresco caliente.

—No quiero nada. Estoy bien, gracias —respondí, sintiéndome de repente tan privilegiada como la niña rica y malcriada que era.

—Por si fuera poco, hace un par de meses nos llegó un aviso de desalojo… Un constructor ha comprado este edificio, además de otros cinco en esta calle. —Miles suspiró—. Sé que no es gran cosa, pero era un lugar seguro para que los chavales del barrio vinieran a pedir ayuda, asesoramiento y una taza de café, que está asqueroso pero es gratis. Es un proyecto minúsculo, pero si ha logrado salvar aunque solo sea una vida, para mí ya ha valido la pena.

—Y dime, ¿cuánto cuesta mantener abierto un lugar como este? —pregunté.

—¿Cuán largo es un pedazo de cuerda? Yo presto mis servicios de manera desinteresada, igual que todos los que trabajan aquí, pero lo ideal sería tener monitores bien preparados, un teléfono de ayuda operativo las veinticuatro horas para que los chavales pudieran llamar de manera anónima, un profesional de la salud y un abogado que estuviera aquí todos los días para ofrecer asesoramiento en el acto, y espacio suficiente para que cupieran todos.

—Vale, pues yo quiero ayudar en la medida de lo posible, pero tengo que pensar cómo podríamos conseguir fondos. Yo tengo dinero, pero me imagino que para el lugar del que hablas se necesitarían millones de dólares.

—No te estoy pidiendo que nos subvenciones, Electra, sino utilizar tu imagen para hacer este sueño realidad. ¿Captas mi idea?

—Creo que sí. Pero, Miles, me temo que mi experiencia es nula en este tipo de cosas, de modo que tendrás que guiarme.

—Esperaba que consiguieras cierta cobertura televisiva para el centro —dijo—. Yo podría preguntar a algunos de los chavales que han entrado por esa puerta durante estos años si estarían dispuestos a que les entrevistaran acompañados por ti para hablar de la ayuda que han recibido.

—¡Es una idea fantástica! —exclamé—. Haré todo lo que me pidas.

—Perfecto. Y ahora vámonos. Este lugar me resulta deprimente en estos momentos.

Cuando salíamos, pude oír música rap en una pequeña radio que había en el almacén de al lado.

—¿Qué me dices? —me preguntó Miles una vez que estábamos ya en la acera—. ¿Quieres echarle una ojeada al lugar en el que tu padre te encontró? Podemos ir andando desde aquí.

La propuesta me hundió en un mar de dudas y no supe qué responder.

—Mira, vayamos paseando hacia allí. En cualquier caso, es un lugar que deberías conocer si estás en Harlem —dijo.

—Vale. —Noté un gran peso en el estómago y el corazón me latía a mil por hora ante semejante perspectiva.

Echamos a andar y traté de mantener la calma. Observé las calles por las que íbamos pasando. Aunque algunos edificios mostraban un estado ruinoso —ventanas tapadas con cartones— y se veían contenedores de basura llenos hasta arriba, por los cafés modernos y los andamios levantados alrededor de varias construcciones en fase de rehabilitación era evidente que la zona se estaba aburguesando. Pasamos frente a un edificio de ladrillo rojo y tuvimos que bajarnos de la acera y caminar por la calzada para evitar a la multitud que se había congregado allí fuera. Toda la gente iba muy arreglada, con vistosos trajes y vestidos con sombreros a juego, y cuando volví a subirme a la acera vi un coche adornado con flores allí parado.

—Son Sara y Michael, que se casan —comentó Miles—. Ella es uno de mis grandes triunfos; la ayudé en su lucha por conseguir un apartamento cuando vivía en un albergue para mujeres.

Una joven ataviada con un impresionante vestido de novia de satén blanco se esforzaba por bajarse del asiento trasero de aquel viejo coche.

La multitud, que aguardaba frente a lo que ya me había percatado que era una iglesia, la aplaudió y le lanzó vivas, y luego fue entrando en el templo poco a poco.

—Permíteme que vaya a darle un abrazo —dijo Miles, que dio media vuelta y se dirigió corriendo hacia la novia.

La joven se volvió hacia él y le sonrió al recibir aquella demostración de afecto.

—Así que conoces a la gente de por aquí, ¿no? —pregunté cuando regresó a mi lado.

—Por supuesto. Me mudé aquí hace cinco años, después de quedar limpio. Esa es mi iglesia. —Vimos cómo un hombre, que debía de ser el padre de la novia, tomaba la mano de la joven y la conducía al interior del recinto—. Me encanta ver un final feliz; me da energías para seguir luchando por esos críos —añadió mientras echaba a andar a buen paso; yo tenía que dar largas zancadas para seguirlo.

—Y dime, ¿cuál es tu especialidad como abogado?

—Cuando terminé Derecho, me reclutó un importante bufete y trabajé en el departamento de contenciosos, que es donde los abogados facturan más horas, así que gané dinero a espuertas. Dinero que luego gastaba tan rápido como podía, metiéndomelo por la nariz y bebiéndomelo. Otra cosa era la presión. Por eso, cuando estuve limpio, aunque supuso un recorte considerable de salario, decidí trabajar en un bufete menos importante, donde tengo muchísimas más oportunidades de coger casos *pro bono*.

—¿Qué son?

—Son casos que no cobro, como el de Vanessa. Hablando en plata, mi bufete me permite que acepte casos de gente sin recursos económicos. Y sí, me encantaría encargarme de más casos de ese tipo, pero incluso yo tengo facturas que pagar.

—Eso te convierte en una buena persona, Miles —dije; miré la calle en cuesta y me di cuenta de que íbamos en dirección a Marble Hill.

—Me convierte en alguien que intenta ser buena persona, pero fracaso más veces de las que lo consigo —dijo encogiéndose de hombros—. Pero no me quejo. Desde que volví a Jesús, he aprendido que fracasar no es malo siempre y cuando persistas en el intento.

—¿Qué quieres decir con lo de «volver a Jesús»?

—Toda mi familia, de hecho, toda mi comunidad allí en Filadelfia, mantenía fuertes vínculos con la Iglesia. Era como una gran familia feliz, y yo tenía un tropel de tías, tíos y primos a los que no estaba unido por lazos de sangre sino por Jesús. Luego fui a Harvard, entré en el mundo de los que ganan pasta gansa y empecé a sentirme importante, más importante que mi familia, mi Iglesia y el propio Dios. Pensaba que no necesitaba a ninguno de ellos, que la Iglesia era una especie de conspiración del hombre para mantener oprimidos y quietecitos a los trabajadores. Había leído a Karl Marx en Harvard —dijo soltando una carcajada ronca—. Por aquel entonces era un completo gilipollas, Electra. Y bueno, ya sabes lo que vino después... Al final encontré mi camino de vuelta a Jesús y a mi familia. ¿Has cantado alguna vez en un coro?

—¿Estás de broma? No he cantado en mi vida.

Miles se detuvo de repente.

—No lo dices en serio...

—Claro que lo digo en serio. De pequeña solo utilizaba las cuerdas vocales para pegar alaridos, no para cantar, o al menos eso cuentan mis hermanas.

—Electra —dijo Miles bajando la voz—, es imposible que seas negra y no cantes, por mucho que desafines. De hecho, no sé de nadie que conozca o haya conocido que no cante. Cantar es parte de nuestra cultura.

Miles reemprendió la marcha, y a continuación un melodioso sonido salió de su boca. Apenas tarareaba tres notas.

—¡Anda, prueba!

—¿Qué? ¡Ni hablar!

Volvió a tararear aquellas tres notas.

—¡Venga, Electra, todo el mundo canta! Hace que la gente se sienta feliz. «*Oh, happy day...*» —empezó a cantar en voz alta, y entonaba bien.

Yo me puse a mirar a la gente con la que nos cruzábamos y observé que todos pasaban de nosotros mientras él seguía cantando aquella canción que hasta yo conocía.

—Te avergüenzo, ¿no? —dijo riéndose.

—Pues va a ser que sí. Ya te lo he dicho, no me crie en una familia con tus mismas tradiciones.

—Nunca es demasiado tarde para aprender, Electra. Y un día te llevaré a la iglesia y verás lo que te has perdido durante todos estos años. Verás, verás. —Las piernas largas de Miles se detuvieron frente a un edificio de piedra rojiza—. Aquí la tienes, Hale House, donde tu padre te encontró.

—Ah, sí, cierto.

—Y esa de allí —añadió señalando la estatua de una mujer de expresión amable y que alargaba la mano en mi dirección— es la Madre Clara Hale. Un personaje legendario por estos contornos. Naciste en 1982, ¿no?

—Sí.

—Estaba pensando si la Madre Hale estaría aquí cuando tú naciste. Y sí, es probable que estuviera.

Me quedé mirando la figura de aquella mujer que tal vez, o tal vez no, me había sostenido entre sus brazos, y luego leí las palabras grabadas en la placa que había junto a la estatua. En un principio, Clara Hale se había dedicado al cuidado de sus tres hijos, y después empezó a cuidar de los niños del vecindario, hasta que terminó haciéndose cargo de los hijos recién nacidos de padres drogadictos o afectados por el VIH. Por lo visto, en 1985, el presidente Ronald Reagan la calificó de «verdadera heroína americana».

—Y el hecho de que me encontraran aquí... ¿significa que mi madre era toxicómana o que murió de sida? ¿O la Madre Hale también se hacía cargo de bebés normales? —le pregunté a Miles.

—No lo sé. Lo único que puedo decirte es que era famosa por atender a los hijos de madres drogadictas, en especial heroinómanas, niños que habían heredado la adicción de sus madres. Dicho esto, que yo sepa, aquí no se rechazaba a ningún niño, y estoy convencido de que muchas madres desesperadas, drogadictas o no, llamaban a su puerta en busca de ayuda.

Me quedé mirando a Miles, preguntándome si solo pretendía que me sintiese un poco mejor.

—Uau... Pues bueno... ¿Crees que debería sacar una fotografía? ¿Colgarla en Facebook y mostrar a todos mis seguidores el lugar donde me encontraron? —dije levantando las cejas con ironía, aunque con unas ganas inmensas de llorar.

—Oye, ven aquí. —Miles me atrajo hacia sí y me dio un abrazo—. Ahora mismo no sabes nada de nada, de modo que déjate de conjeturas. Tal vez haya llegado la hora de investigar quién era tu familia.

—Tal vez —respondí sin prestar demasiada atención a sus palabras, porque estaba disfrutando muchísimo con aquel abrazo.

—La buena noticia, cariño, es que, vengas de donde vengas, te has convertido en una persona de éxito. Y eso es lo más importante de todo. Y ahora, a riesgo de parecerte un poco grosero —añadió Miles separándose de mí y mirando su reloj—, ¿te importaría que te parara un taxi? Tengo un montón de trabajo pendiente después de mis tres semanas de permiso, y no tiene sentido que vaya hasta el centro de la ciudad contigo para luego volver aquí.

—No, claro… ¡Vale! —exclamé encogiéndome de hombros.

Miles detuvo el primer taxi que pasó.

—Gracias por venir hasta aquí, Electra —dijo cuando entré en el coche—. Me pondré en contacto contigo por lo de Vanessa en cuanto me entere de algo. Y ahora cuídate mucho. Y, por favor, llámame a cualquier hora si lo necesitas.

Se despidió con la mano y desapareció de mi vista, y sentí cómo se me partía el corazón. La verdad, me había imaginado un almuerzo íntimo con él en uno de esos cafés de moda; además, me moría de hambre.

Al cabo de veinte minutos, cuando pasaba bajo el toldo de mi edificio, observé que ni siquiera Tommy estaba en su sitio dispuesto a saludarme. Entré y me metí en el ascensor con una sensación de tristeza. Tenía ganas de llorar después de haber visto aquel penoso refugio de hormigón que ponía de manifiesto la poquísima ayuda que podían esperar chavales como Vanessa; luego la realidad de mis tristes orígenes, y por último haberme sentido tan próxima a Miles mientras caminábamos por Harlem, para que al final él me hiciera bajar de las nubes y me metiera en un taxi como si yo le importara bien poco…

Intentando no pensar más en ello, cogí del frigorífico una Coca-Cola y los restos de la sopa de lentejas y me senté a comer, pero enseguida noté que se me revolvía el estómago y me invadió un sentimiento de culpabilidad que me recorrió el pecho como el rayo que cruzaba mi sudadera. ¿Cómo podía estar ahí, sentada en mi fabuloso apartamento, con un armario repleto de ropa aún más fabulosa, sintiendo lástima de mí misma, cuando había tantísimo sufrimiento a unos pocos kilómetros de distancia?

Me bebí hasta la última gota de Coca-Cola y fui a por otra lata; percibía cómo aquel oscuro nubarrón, al que siempre «combatía» con alcohol y drogas, se cernía sobre mí. Miré el móvil y vi que solo era la una y media. Mi reunión de Alcohólicos Anónimos empezaba a las cinco de la tarde, lo que significaba que tenía tres horas y media para quedarme ahí sin más compañía que los entresijos de aquel lío de pensamientos.

—¡Mierda! —exclamé en voz baja, consciente de mi necesidad de hablar con alguien.

Volví a coger el móvil y vi que había una llamada perdida de Zed. Me disponía a llamarlo pero me frené a tiempo. Zed no era lo que yo necesitaba, pues podría presentarse en mi casa cargado con todas las sustancias de las que yo tenía que mantenerme alejada. Busqué en mi agenda de contactos y fui bajando hasta llegar al número de Mariam. Aunque lo último que quería era molestarla en su primer día libre tras mi regreso, todo el mundo me había machacado la cabeza diciendo que, si sufría una crisis, tenía que llamar y pedir ayuda.

Marqué el número y oí la señal de llamada, pero al final saltó el contestador automático.

Colgué. Probablemente Mariam estuviera disfrutando de un día estupendo en compañía de su familia…

—Su familia —murmuré—. Y la mía ¿dónde está? ¿De dónde vengo? Claro, ya lo sé… ¡De un hogar de niños no deseados!

Deseé incluso que Stella estuviera en la ciudad para poder hablar con ella, para averiguar cómo diablos había permitido que su nieta acabara allí. Sentí que mi cólera iba en aumento y supe que necesitaba distraer mi atención con urgencia. Me levanté, crucé el salón y salí a la terraza, sin soltar el teléfono por si Mariam me devolvía la llamada. Contemplando las copas del sinfín de árboles que cubrían Central Park, me senté y me puse a pensar en Miles y en la manera en la que había dejado claro que la nuestra solo era una relación comercial. Decidí tener una conversación imaginaria con Fi al respecto.

Fi: Dime, Electra, ¿qué sientes por Miles?

Yo: Pues… estoy confundida —reconocí.

Fi: ¿Y por qué crees que estás confundida?

Yo: Porque, aunque no sea mi tipo EN ABSOLUTO —recalqué—, creo que quizá sienta algo por él.

Fi: De acuerdo. ¿Y eso que sientes es lo que se siente por un amigo, o es algo más emocional?

Me paré un momento a pensarlo.

Yo: En un primer momento creo que lo veía como un amigo; es la primera persona que he conocido con la que me he identificado. Quiero decir, es negro, de familia de clase media, obtuvo una beca para estudiar en Harvard y ha desarrollado su carrera con éxito. Y claro, también está lo de su problema con las drogas.

Fi: Imagino que ha sido una experiencia muy fuerte para ti. ¿Te ha hecho sentir que estás menos sola?

Yo: Sí, desde luego, muchísimo. A lo mejor era porque estábamos en rehabilitación y yo no tenía que fingir, podía ser yo misma. Me sentía... —busqué las palabras— a gusto con él. Por ejemplo, no tenía que darle explicaciones de nada.

Fi: Y cuéntame, esa sensación de que tenías un amigo ¿cuándo se transformó en algo romántico?

Hice una mueca cuando ella —o más bien yo— formuló esta pregunta, pero había que formularla.

Yo: Fue la noche en la que Vanessa intentó suicidarse. Yo me encontraba en el hospital y luego llegó Miles. Me pasó el brazo alrededor del hombro y me dormí apoyada en su pecho. Me hizo sentir como... en casa.

Llegados a este punto, Fi me habría pasado la cajita de pañuelos de papel, pero en la terraza no había, de modo que me sequé las lágrimas con una mano y luego, cuando mi teléfono empezó a sonar, lo agarré como si fuera un salvavidas.

—¡Hola, Mariam!

—¿Electra? Soy yo, Lizzie, de rehabilitación... ¿Te acuerdas de mí?

—¡Claro que me acuerdo! Disculpa, Lizzie, es que estaba esperando que mi asistente personal me devolviera una llamada. ¡Qué alegría tener noticias tuyas! ¿Cómo estás?

—Para ser sincera, debo decirte que no estoy bien. He dejado a Christopher.

—¡Madre mía! ¿Y cómo ha sido? ¿Por qué?

—Pues mira, es una larga historia, y me pregunto si no estás demasiado ocupada en este momento.

—No, en absoluto. ¡Dispara! —respondí, pensando que una charla sobre el gilipollas del marido de Lizzie me mantendría distraída hasta que llegara la hora de salir para asistir a la sesión de Alcohólicos Anónimos.

—La verdad, preferiría contártelo en persona. ¿Puedo ir a verte ahora?

—¿Qué? ¿Desde Los Ángeles?

—No estoy en Los Ángeles, Electra. Estoy aquí, en Nueva York. Y acabo de enterarme de que ese bastardo ha llamado al banco y ha cancelado todas mis tarjetas de crédito. Estoy en el aeropuerto JFK, y no tengo dinero para coger un taxi, por no hablar de pagar una habitación de hotel. ¡Ay! ¡Dios mío!…

De pronto oí un sollozo al otro lado de la línea telefónica.

—¡Oh, no, Lizzie! ¡Cuánto lo siento! ¡Menudo cabrón vengativo!

—Lo sé. Me apuesto lo que sea a que se ha pensado que yo iba a retirar todo el dinero con mis tarjetas de crédito. Es evidente que debo hablar con un abogado, pero… Siento haberte llamado, no sabía a quién recurrir.

—Lizzie, ahora mismo vas y te subes a un taxi. Le diré al portero que lo pague cuando llegues. ¿Tienes mi dirección?

—Sí, me la diste el día que me marché de El Rancho, ¿te acuerdas? Lo siento mucho, Electra, yo…

—Por favor, deja ya de disculparte, Lizzie. Hablaremos cuando estés aquí, ¿vale?

—¡Vale! ¡Hasta ahora!

Me levanté, me asomé al balcón y, en nombre de Lizzie, empecé a gritar palabras irrepetibles al aire tóxico de Manhattan. Cuando estaba a punto de soltar una especialmente fuerte, volvió a sonar el teléfono.

—¿Electra? Soy yo, Mariam —dijo jadeando un poquito—. ¿Estás bien?

—Sí, estoy bien.

—Siento muchísimo no haber podido contestar a tu llamada, pero ahora estoy cerca de tu casa y en menos de diez minutos puedo presentarme ahí.

—No, no hace falta, Mariam, estoy bien, de verdad. Perdóname por haberte molestado en tu día libre.

—¡Oh! ¡De acuerdo! ¡Uf! —exclamó con una risita—. Bueno, pues ya lo sabes: si me necesitas, aquí estoy.

—No te preocupes, Mariam, y gracias. Te veo el lunes.

Colgué y luego cogí el monedero y bajé para darle al portero el dinero con el que pagar el taxi de Lizzie. Me sentía de mejor humor. Y solo porque tenía una amiga —una amiga de verdad—, y pensar que había recurrido a mí en busca de ayuda me hacía sentir bien.

Una hora más tarde, acomodaba a Lizzie en la terraza con una «buena taza de té», como solía decir ella. Estaba tan mustia que ahora era yo la que tenía sentimientos maternales hacia ella, y no al revés.

—¡Oh, Electra! ¡Lo que ha ocurrido es tan típico! —dijo entre sollozos mientras bebía un poco de té—. Chris ha tenido un lío con una de las actrices de su nueva película. Es tan joven que podría ser su hija... y es guapísima. Y además brasileña. Mide más de un metro ochenta, y él no llega al metro sesenta y ocho, y... Tal vez los días de rehabilitación me devolvieron un poco la autoestima, pero es que..., bueno, estallé.

—¿Cómo te enteraste?

—¿Aparte de por la peste a perfume exótico que había en mi habitación cuando llegué a casa? —respondió con sarcasmo—. ¿Y del pintalabios rojo brillante que se había dejado en mi tocador, uno de una marca que en la vida se me habría ocurrido comprar? ¡Su pintalabios en mi tocador! ¿Puedes creértelo? —Sacudió la cabeza—. Era como si estuviera marcando territorio; ni que decir tiene que quería que yo me enterara, y el desgraciado de mi marido ni siquiera se dio cuenta.

—Así que lo pusiste contra las cuerdas, ¿no?

—Sí, exacto, y perdóname por lo que voy a decir, Electra, pero lo cierto es que solo pude hacerlo después de beberme media botella de uno de sus vinos más caros. Quiero decir, yo sabía que él llevaba años engañándome con otras, pero lo del pintalabios ha sido la gota que colma el vaso... Vamos, que a esa tía le importaba un bledo estar follándose a un hombre casado y con dos hijos. Y me he dado cuenta de lo tonta que he sido.

—¿Él se quedó sorprendido? —pregunté, y por un momento me sentí como Fi.

—Sí, totalmente, absolutamente, completamente. —Torció sus labios retocados y dibujó en su rostro una especie de sonrisa—. Me vino con el cuento de siempre: que no era nada, que habían estado rodando juntos, que cuando volvieron yo aún no había llegado y que una cosa llevó a la otra y… ¿Sabes qué te digo? No debería ni molestarme en repetir las excusas patéticas que me dio. Me aseguró que pondría fin a esa historia y bla, bla, bla…, pero yo me limité a coger la bolsa de viaje que había preparado antes de que él llegara para cenar —tarde, como siempre— y me fui al aeropuerto. Allí me subí en el primer avión con destino a Nueva York, todo hay que decirlo, en primera clase —añadió guiñándome un ojo—, y cuando aterrizamos, descubrí que me había cancelado todas las tarjetas de crédito.

—¿Le has dicho que quieres el divorcio? O sea, ¿quieres el divorcio?

—¡Por supuesto que sí! ¡Me ha tomado por tonta durante años! Me ha tratado como una simple canguro y ama de casa mientras él se iba de folleteo por todo Los Ángeles.

No pude aguantarme la risa ante las inusuales palabrotas de Lizzie, que sin embargo sonaban muy finas con aquel acento británico suyo.

—¿Y qué me dices de los niños?

—Como tú misma me dijiste en una ocasión, ya están creciditos y viven su vida. Lo malo es que creo que ya saben cómo es su padre —dijo entre sollozos—. Llamé a Curtis, el mayor, desde el aeropuerto. Me parece que aún estaba un poco bebida, porque me había llevado conmigo la botella para tomármela en el taxi, y me preguntó por qué había tardado tanto tiempo en reaccionar. No estoy segura de que Rosie, la pequeña, piense lo mismo; siempre ha sido el ojito derecho de su papá, que no ha parado de mimarla y consentirla. Pero al menos tengo a uno de mi parte.

Observé cómo Lizzie contemplaba la silueta de Manhattan y sentí mucha ternura y un gran cariño hacia ella.

—¿Sabes qué, Lizzie?

—¿Qué?

—Estoy muy orgullosa de ti por lo que has hecho. Hoy empieza una nueva vida para ti.

—Bueno, es evidente que no será fácil, si esa rata de alcantarilla me deja sin un céntimo.

—Todo eso tiene solución, estoy segura. Tal vez Miles, ese tío negro y alto de la clínica de rehabilitación, pueda ayudarte o conozca a alguien que pueda. Es abogado. Y quédate conmigo todo el tiempo que necesites. Para serte sincera, así podré disfrutar de tu compañía.

—¡Cuánta amabilidad por tu parte, Electra! Quizá solo sea el fin de semana; tengo algo de dinero en una cuenta corriente que me abrí cuando vivía en Nueva York, antes de conocer a Chris. El lunes iré al banco a sacarlo. Al menos podré ir tirando un par de meses hasta que se arreglen las cosas.

—No te preocupes por el dinero, Lizzie. No permitiré que te mueras de hambre.

—Aunque estoy metida en un lío tremendo, me encanta Nueva York —dijo mirando Central Park—. Por eso he venido aquí, porque es un lugar que me hace sentir como en casa. Incluso he pensado que quizá pueda encontrar trabajo —añadió—. Quiero decir, soy consciente de que no estoy muy cualificada para nada, pero sé utilizar un ordenador. Y además, le guste o no a la rata, acabaré quedándome con la mitad de su fortuna. Solo espero no derrumbarme y tener que volver con él.

—Lizzie, no lo permitiré. Tú me mantienes lejos de todas esas porquerías y yo te mantendré a salvo de tu marido. ¿De acuerdo?

—De acuerdo —aceptó Lizzie con una sonrisa—. Electra, no sé cómo expresar lo agradecida que te estoy por dejar que me quede contigo; eres una persona maravillosa.

—No, no lo soy, pero gracias de todos modos. —Vi que a Lizzie se le escapaba un bostezo. Comprobé la hora en mi teléfono—. ¿Qué te parece si te enseño tu habitación y te echas un rato a descansar? Tengo que ir a mi reunión de Alcohólicos Anónimos.

—¡Perfecto! —exclamó Lizzie.

Nos levantamos. Ella cogió la bolsa de viaje que había dejado en la entrada y me siguió hasta la habitación que Mariam había ocupado hasta hacía poco.

—Esto es más bonito que el hotel en el que había pensado alojarme —comentó mientras miraba por los grandes ventanales del dormitorio.

Le enseñé qué botones del control remoto tenía que pulsar para bajar las persianas y dejé que se acomodara. Y cuando bajaba en el ascensor, pensé en lo fantástico que era contar con una persona que parecía necesitarme tanto como yo a ella.

34

Muchas gracias por venir, Miles —dije tras hacerlo pasar al salón el lunes por la tarde.

—Es un placer, Electra —respondió él mientras yo intentaba no desmayarme al ver lo guapo que estaba vestido con traje y corbata.

Lo había llamado por la mañana para preguntarle si tenía un rato libre para venir a ver a Lizzie. Me dijo que no, pero que vendría cuando saliera del trabajo.

—Hola, Lizzie.

—¡Hola! —exclamó ella levantándose para darle la mano—. ¡Qué amable por tu parte, Miles!

—Ni se te pase por la cabeza darme las gracias. Cualquier amiga de Electra es amiga mía.

—Os dejo solos para que habléis, ¿vale? ¿Puedo ofrecerte algo de beber, Miles? —le dije.

Los dos dirigimos la vista hacia la copa de vino blanco que Lizzie mecía entre sus dedos. Había sido yo quien le pidió a Mariam que incluyera el vino en la lista de la tienda de comestibles; no me quedaba más remedio que hacer frente al hecho de que el alcohol estaría presente de manera regular en mi vida cotidiana.

—Si tienes Coca-Cola, me tomaré una —respondió con una sonrisa en los labios.

—¡Oh! De eso tengo un montón —dije con otra sonrisa igual de grande, y salí preguntándome si esas sonrisitas eran una forma de coqueteo.

Mariam estaba trabajando con su portátil en a la mesa de la cocina. Saqué una Coca-Cola del frigorífico; no sabía si debía ofrecer a Miles un vaso o darle solo la lata. Acabó por imponerse el vaso debido a lo elegante de su atuendo.

—Ya tendrías que haberte ido a casa —dije a mi asistente al tiempo que vertía la Coca-Cola en el vaso.

—Lo cierto es que necesito que me dediques unos minutos para repasar tu agenda de los próximos días. Esto parecía la estación Central esta tarde…

Llevé la Coca-Cola a Miles y la dejé encima de la mesa porque Lizzie y él ya estaban enfrascados en la conversación, y me di a mí misma un abrazo metafórico. En efecto, había habido mucho ajetreo en mi casa, pero un ajetreo agradable. Susie había venido a verme en cuanto se enteró de lo de mi nuevo corte de pelo, y lo había declarado «¡fabuloso!». Luego arruinó el comentario diciendo que ahora tenía la cabeza preparada para ponerme encima todo lo que el cliente y el fotógrafo quisieran. Yo le respondí que mi intención era que Patrick, mi fotógrafo favorito, hiciera una sesión solo para mí, completamente *au naturel*, y que había quedado con él la semana siguiente.

Susie, que era de Inglaterra, y Lizzie conectaron de inmediato y se pasaron el rato poniendo verdes a sus ex, mientras yo me ocupaba de una colección de vestidos que me había mandado un diseñador y escogía los que quería probarme más tarde para ponerme en ocasiones importantes. Lizzie vino luego donde yo estaba y se quedó extasiada ante una chaqueta que yo había separado y colocado en el montón de los «síes». Como su bolsa de viaje solo contenía su colección de maquillajes, cremas y productos específicos para el cuidado de la piel y una muda limpia, su vestuario necesitaba sin duda un refuerzo.

—De acuerdo —dijo Mariam cuando volví a la cocina—. Esperemos que no nos moleste nadie. ¿Te viene bien volar a Quebec para *Marie Claire* dentro de dos semanas?

—Puedes confirmarlo.

—Estupendo. También XX me mandó un e-mail preguntándome otra vez si podías diseñar una nueva minicolección para él.

—Pues…

Hice una pausa antes de responder. Mi cuaderno de dibujos estaba lleno de diseños que habría podido utilizar para el proyecto, pero entonces pensé que mi nombre era ya lo bastante importante para hacerlo yo sola y no dejar que los beneficios se los embolsara otro, ¿no? Y luego… pensé en la visita del sábado al centro de acogida y en mi cabeza empezó a formarse la vaguísima idea de…

—Dile que no, que no me interesa —respondí con decisión.

—De acuerdo. Ah, y recuerda que tu abuela viene esta tarde a las ocho.

—Por supuesto, gracias.

Me quedé observando a Mariam, ahí sentada junto al ordenador. Quizá fuera porque había permanecido mucho tiempo ajena a los sentimientos de los demás —desde luego desde que conocía a Mariam—, pero en aquellos momentos me había vuelto enormemente sensible. Y había algo extraño en ella, estaba distinta.

—¿Estás bien? —le pregunté.

—Sí, claro. Como siempre —contestó, sorprendida por mi pregunta.

—Bueno, vale, ya está. Y ahora mejor vete a casa. Lizzie ha dicho que se encargará de la cocina mientras esté aquí, así que al menos eso te aliviará un poco la carga.

—¡Oh, pero no es ningún problema, Electra! Ya sabes que me encanta cocinar.

Quizá fuera cosa mía, pero tuve la impresión de ver una leve película de agua en sus ojos cuando guardaba el portátil en su cartera de piel y se ponía de pie.

—Buenas noches, Electra —dijo al salir de la cocina.

—Adiós, Mariam.

Me senté y abrí mi portátil para echar una ojeada a mis e-mails. Respondí al agente inmobiliario encargado de la adquisición de la Hacienda Orquídea, y vi que Tiggy había enviado un e-mail a todas las hermanas recordándonos lo del crucero. Luego encendí la pequeña tele de la cocina para que me hiciera compañía y así dejara de pensar en que Stella se presentaría en menos de una hora. Y en lo que sentía por ella tras descubrir el sitio en el que me había encontrado Pa. La CNN daba su habitual boletín de noticias y precios de las acciones, y de pronto solté una exclamación cuando apareció en la pantalla un rostro que me era muy familiar.

«Mitch Duggan ha anunciado hoy que intervendrá en el Concierto por África que se celebrará en el Madison Square Garden este sábado. Está previsto que participen multitud de músicos y personajes famosos, incluido, según los rumores, el senador Obama, candidato a la presidencia por el Partido Demócrata.»

Apareció una foto de Obama y a continuación volvió a salir la imagen de la presentadora.

«Stella Jackson, la destacada activista en favor de los derechos civiles y abogada que colabora con Amnistía Internacional, se encuentra en el estudio para explicar la crisis del sida en África y cómo el concierto contribuirá a concienciar a la población sobre el asunto.»

Y ahí estaba mi abuela, más fresca que una lechuga, sentada a la derecha de la presentadora.

«Gracias, Cynthia. Debo decirte que en estos momentos se necesita más que concienciación por parte del público», dijo Stella. «Necesitamos acción directa y ayuda por parte de nuestros políticos. El VIH y el sida han hecho estragos en el este y el sur de África, y tres cuartas partes de las muertes por sida que se produjeron el año pasado en el mundo se registraron en esas regiones. Los más afectados son los recién nacidos y los niños pequeños que...»

Estaba tan sorprendida que no llegué a oír lo que decía; me quedé mirándola con la boca abierta.

Salí al pasillo para llamar a Lizzie y a Miles y decirles que vinieran a ver a mi abuela por la tele, pero la puerta del salón estaba cerrada. Y cuando volví a la cocina, la entrevista ya había terminado.

—Maldita sea —murmuré.

Como necesitaba alguna distracción hasta que esos dos acabaran de hablar, me fui a mi habitación y empecé a probarme los vestidos que había sacado del perchero portátil. Pero mi mente se negaba a apartarse de Stella Jackson, mi «abuelita».

—¡La señora superactivista en favor de los derechos civiles que, mira por dónde, perdió por el camino a su propia nieta en la Hale House! —gruñí. Intentaba meterme en unos pantalones negros de piel estrechísimos que me hacían sentir como un auténtico depredador, como una pantera, y que encajaban a la perfección con mi estado de ánimo—. ¡Apuesto que a la entrevistadora le habría encantado conocer esa historia!

—¡Electra! ¡Ya hemos acabado! ¿Puedes venir, por favor? —dijo Lizzie desde el pasillo.

—¡Voy! —respondí.

—¡Estás increíble! —exclamó Lizzie antes de entrar en el salón—. ¿Vas a alguna parte?

—No, solo estaba probándome la ropa que me han mandado hoy y escogiendo lo que me va.

—Bueno, esos pantalones de cuero parecen una segunda piel, ¿verdad, Miles?

Me volví para ver su expresión y debo decir que me gustó. Me gustó mucho, la verdad. Cosa que contribuyó a animarme bastante.

Miles vio que las dos lo mirábamos y apartó los ojos.

—Pues sí, estás estupenda, Electra.

—Gracias. Y no os podéis imaginar a quién acabo de ver en la CNN... ¡A mi abuela! No tenía ni idea de que fuera famosa.

Miles y Lizzie se me quedaron mirando.

—¿Quién es tu abuela? —preguntó Miles.

—Se llama Stella Jackson.

—Me suena bastante —dijo Lizzie.

—¡Alto ahí! ¿Estás diciendo que tu abuela es Stella Jackson? —exclamó Miles.

—Humm... Pues sí. ¿La conoces?

—¡Increíble! —Miles se dio una palmada en el muslo, perfectamente musculado, dicho sea de paso—. ¡En el mundo de los derechos civiles, Stella Jackson es una diosa de primera categoría! En Harvard pronuncian su nombre con reverencia. Allí estaba ella cuando Malcolm X fue tiroteado en el Audubon Ballroom, y en la concentración de Washington, cuando Martin Luther King hijo pronunció su discurso «He tenido un sueño». Vino a darnos una charla a los estudiantes de Derecho de Harvard y debo reconocer que se me saltaron las lágrimas al escucharla. ¿Y es tu abuela? —volvió a preguntarme—. Pensé que no tenías familiares consanguíneos, Electra.

—Bueno, la he conocido hace poco —comenté, sintiéndome culpable por no habérselo dicho antes.

—¡Vaya, es increíble! —soltó Miles, y comprendí que se trataba de algo GRANDE—. ¡Uau, uau, uau! ¿Y tú no tenías ni idea de quién era?

—Pues no, nunca me comentó nada —dije, y vi en los ojos de Miles el equivalente a una mirada de veneración hacia un héroe.

—Se rumorea que si Obama gana las elecciones y llega a presidente, Stella tendrá un papel como consejera. ¡Menudos genes has heredado, chica! Y lo cierto es que, ahora que te miro, eres su viva imagen, sobre todo con tu nuevo corte de pelo.

—Bueno, no está mal saber que tu abuela es una mujer poderosa, ¿no? —dijo Lizzie, percatándose de algún modo de mi tensión—. Voy a empolvarme la nariz un poco tras esta conversación tan larga y estresante —añadió, y se fue en dirección al cuarto de baño.

—¿Ha ido bien la charla con Lizzie? —pregunté a Miles cambiando de tema mientras intentaba sentarme con aquellos pantalones tan ceñidos.

—Sí y no —respondió encogiéndose de hombros—. He hecho lo que he podido, pero va a necesitar a alguien de California que la represente. Las leyes sobre el divorcio de aquí son muy diferentes de las de allí, pero le he dado el nombre de un buen abogado que conozco. A mí me da en la nariz que, como pueda, su marido se la follará y la dejará pelada. La buena noticia es que la ley está de parte de ella. Y no hay nada que el tío ese pueda hacer al respecto, aparte de alargar el proceso. Lizzie necesita dinero en efectivo de inmediato, además de una casa. Es estupendo que la hayas acogido, Electra. Eres una buena persona —añadió—. Aunque, ¡claro!, conociendo tu linaje, no me extraña. ¡Sigo en shock!

—Bueno, cuando vea a Stella, podré preguntarle cómo acabé en Hale House. —Me lo quedé mirando unos segundos y me di cuenta de que había captado la indirecta—. Pero dime, ¿qué tal está Vanessa?

—Le está yendo muy bien. Ida dice que estará lista para recibir alguna visita el fin de semana. Bueno, será mejor que me vaya ya para casa. Estoy hasta arriba de trabajo. Si ves a tu abuela, dile que soy admirador suyo. Te llamaré para lo de Vanessa en cuanto sepa algo. Buenas noches, Electra.

—Buenas noches, Miles. ¡Y gracias! —gritó Lizzie desde el pasillo cuando él ya cerraba la puerta.

Solté un largo suspiro.

—¿Qué pasa contigo? —Lizzie se había plantado en el salón y me miraba con los brazos en jarras.

—Nada, nada.

—Es evidente que algo te pasa. ¿Tiene que ver con Miles?

Me puse a dar vueltas por el salón. Estaba irritada, y a mi ansiedad no le sentó bien que Lizzie se sirviera otra copa de vino blanco de la botella que había encima de la mesa.

—Vamos, Electra, ¿qué es lo que te reconcome? —me preguntó, y luego bebió un buen trago.

—Bueno, pues muchas cosas —dije encogiéndome de hombros, consciente de que si no tenía cuidado mi cólera explotaría como un volcán, y no quería traumatizar a la pobre Lizzie.

—Pero tiene que ver con Miles. ¿Tenéis una relación?

—¿Qué? ¡Por Dios, no! ¡Ja!

—Vale, Electra, tranquila. —Lizzie me sonrió—. Por la forma en que te mira, yo creo que bebe los vientos por ti.

—Pues sí, muy bien, es estupendo, pero… Escucha, Lizzie, no le he dicho nada antes a Miles porque pensé que no me lo quitaría de encima, pero mi abuela va a llegar de un momento a otro. Y la verdad es que —me la quedé mirando— es con ella con quien estoy cabreada.

—Entiendo. —Se bebió un par de tragos de vino y asintió con la cabeza—. Voy a esfumarme ya, ¿te parece? Central Park es una delicia las tardes de verano.

El interfono sonó y fui a cogerlo.

—Sí, hágala subir.

—Buena suerte, Electra —dijo Lizzie agarrando el bolso y dirigiéndose a la puerta—. Hasta luego, cariño.

Cerró de golpe y me las vi y deseé para no beberme el vino que quedaba en su copa para calmar mis nervios. Pero no, respiré hondo unas cuantas veces, y ya estaba más o menos serena cuando sonó el timbre que anunciaba que Stella Jackson se encontraba delante de mi puerta.

Abrí y allí estaba ella, con la misma elegante chaqueta de tweed con la que la había visto hacía un momento en la tele. Supuse que venía directamente desde el estudio.

—Hola, Electra, ¿cómo estás?

—Bien, gracias, Stella. ¿Cómo estás tú? —pregunté sonriendo a regañadientes.

—Yo bien, gracias, querida. He tenido un fin de semana ajetreado pero muy productivo.

—¡Ah, humm, pues muy bien! —Asentí moviendo la cabeza arriba y abajo, y vi que Stella se dirigía a su sillón favorito y se sentaba—. ¿Puedo ofrecerte agua?

—Gracias, cariño, sería estupendo. ¡Por Dios, esos pantalones que llevas son estrechísimos! —comentó cuando le llevé un vaso de agua—. Por cierto, me gusta tu pelo; ahora nadie podrá poner en duda que estamos emparentadas.

—Desde luego —tuve que reconocer, y me senté con dificultad en el sofá, deseando haberme cambiado de pantalones antes de que ella llegara.

—¿Qué tal te ha ido el fin de semana, Electra?

—Ha sido… interesante —dije afirmando con la cabeza—. Sí, interesante.

—¿Puedo preguntarte en qué sentido?

—¡Ah, sí! Descubrí dónde me encontró mi padre.

—¿Así que ya lo sabes?

—Pues sí, lo sé.

—¿Y dónde fue?

Me la quedé mirando fijamente. No sabía si lo desconocía o si estaba jugando a algún tipo de juego raro.

—Sin duda, tú deberías saberlo.

—Sí, yo lo sé. Solo quiero averiguar si te has enterado de los hechos tal como fueron.

—Ah, sí, por supuesto —respondí asintiendo y mordiéndome el labio inferior para impedir que mi cólera estallara—. Fue en la Hale House, en Harlem, un lugar donde se ocupaban de los hijos de madres drogadictas y enfermas de sida. —Mantuve la mirada clavada en su rostro y me gustó que fuera ella la que apartara la vista primero—. ¿Así que tú sabías dónde me encontraron? —le pregunté.

—No en el momento en el que te sacaron de allí, pero después sí. Tu padre me lo dijo.

—Vale. ¿Así que me estás diciendo que no sabías que yo, tu nieta, estaba en un hogar para hijos de madres drogadictas y que tenían VIH?

—Sí, eso es.

—¿Quieres decir que tú, la mujer a la que he visto hace un rato en la televisión hablando de la crisis del sida en África…, tú, la gran defensora de los derechos civiles en este país..., no sabías que a tu propia nieta la abandonaron en un sitio como ese?

Entonces me levanté, en parte porque no podía seguir sentada con aquellos pantalones, pero también porque así me imponía con mi estatura sobre mi abuela, a la que veía hundida en el sillón, sin mantener la elegante postura que adoptaba normalmente. Me di cuenta de que Stella parecía de repente una mujer mayor y que había algo en sus ojos que miraba más allá de mí, hacia la distancia. Y vi que ese algo era miedo.

—Estoy segura de que los periodistas disfrutarían con esta historia, ¿no te parece? —añadí—. Sobre todo teniendo en cuenta quién soy. Apuesto a que no te gustaría nada, ¿verdad, abuelita querida? —solté casi como un escupitajo.

—Tienes razón, no me gustaría. Porque, en efecto, arruinaría mi reputación. Pero si yo estuviera en tu lugar, también pensaría que eso es lo que me merezco. Y quizá me lo merezca, sí.

En ese momento me puse a dar vueltas por el salón.

—La cuestión es: ¿qué diablos pinta mi madre en todo esto? ¿Quién era? ¿Y por qué, si tenía unos problemas tan graves, no estabas allí para ayudarla? ¡Y de paso a mí! ¿Cómo eres capaz de salir por la tele y soltar tu rollo para que todo el mundo piense que eres una especie de diosa de la bondad? ¡Maldita sea, Stella! ¿Cómo no se te cae la cara de vergüenza?

—Pues... —Stella suspiró—. Como te he dicho, en aquel momento no lo sabía.

—¿No sabías que tu hija era drogadicta y que padecía sida, ni que había tenido una niña?

—No, no lo sabía.

—¿Y dónde diablos estabas?

—Estaba en África, pero es una larga historia, y no podrás entenderla hasta que te cuente lo que sucedió antes incluso de que naciera tu madre.

—¿De verdad importa lo que condujo a todo eso? Desde luego, no va a cambiar el hecho de que no estuviste allí para ayudarme, o para ayudar a mi madre, cuando te necesitábamos. ¿O sí?

—No. Y tienes todo el derecho del mundo a ponerte hecha una furia, Electra. Pero, por favor, te lo suplico, escúchame. Porque, si no lo haces, no podrás entenderlo.

—Para serte sincera, Stella, no creo que llegue a entenderlo nunca, pero vale, lo intentaré —dije soltando un suspiro—. ¡Siempre y cuando me jures que yo, o mi madre, o tú o algún maldito pariente mío tiene algo que ver con la historia que me vas a contar!

—Eso te lo puedo jurar, desde luego —respondió.

Vi que sacaba un pañuelo de su bolso, un bolso de esos que suele llevar la reina de Inglaterra, y que le temblaba un poco la mano. Y me sentí mal por ella. Al fin y al cabo, era una mujer mayor.

—Escucha, voy a quitarme estos ridículos pantalones y vuelvo enseguida con algo más cómodo, ¿de acuerdo? —le dije.

—Muy bien. ¿Te apetece un chocolate caliente? —me preguntó.

—Sí. Ma, la persona que hizo para mí de madre, solía prepararme una taza antes de irme a la cama.

—De acuerdo. Sé hacer el mejor chocolate caliente de todo Brooklyn. Si tienes los ingredientes necesarios, lo prepararé para las dos.

—Los tengo, sí. Muy bien, estupendo.

Diez minutos después, las dos estábamos otra vez sentadas en el salón disfrutando de un chocolate caliente, y tuve que reconocer que estaba buenísimo. Yo seguía intentando alimentar la cólera que llevaba dentro, pero, no sé cómo, mi enfado había desaparecido, cosa por lo demás bastante extraña, porque se me daba muy bien, demasiado bien incluso, guardar rencor.

—Bueno, ¿te acuerdas de que la última vez te conté que Cecily acababa de perder a su hija?

—Sí, claro que me acuerdo. ¿Y la historia es un poquito más relevante para mi persona en este punto?

—Electra, te lo juro, esta parte de la historia es la que más te costará creer…

Cecily

Kenia

Septiembre de 1940

Collar tradicional de abalorios
de una mujer masái

35

Cecily volvió a sentarse y se secó la frente sudorosa, clavó el desplantador en la tierra, se levantó y entró en la casa a servirse un vaso de limonada fría. Salió a la terraza a bebérsela y a admirar su trabajo. El jardín empezaba a tomar forma: las superficies cubiertas de césped que bajaban hacia el valle estaban bordeadas por macizos de hibiscos y matas de flores de pascua blancas y rojas.

Oyó a Wolfie ladrar desde su caseta, situada a un lado de la casa, y salió de la sombra del porche para ir a soltarlo.

—Hola, bonito —dijo arrodillándose.

El enorme perro la cubrió de húmedos besos. Cecily casi perdió el equilibrio cuando el animal apoyó sus grandes patas en sus hombros.

Sonrió al recordar lo pequeño que era cuando Bill se lo regaló pocos días después de enterrar a Fleur, su hija.

—Necesitaba a alguien que cuidara de él —le había dicho al poner en sus manos aquella bola de pelo que no paraba de retorcerse—. Es un cruce de husky y de pastor alemán, según me dijo su dueño. En otras palabras, es serio y leal, pero agresivo cuando tiene que serlo.

Wolfie, «lobito», al que habían puesto ese nombre tan poco imaginativo por su parecido con un lobo, no era desde luego una hermosura de animal, con esa extraña combinación de manchas blancas y negras en su pelaje, por no hablar de los ojos, uno azul y otro marrón, pero no cabía duda del afecto que sentía por su ama. Al principio, ahogada como estaba por el dolor e incapaz de preocuparse por nada ni por nadie, Cecily encontraba irritantes los gañidos que prodigaba el cachorro a altas horas de la noche y por la mañana temprano, hasta que descubrió que se dormía tranquilamente si le permitía quedarse con ella en su alcoba. A menudo se despertaba por las mañanas con él tendido panza arriba a su lado, con la cabeza apoyada en la almohada. A pesar de que estaba decidida a no encariñarse con el cachorro, Wolfie estaba empeñado en conseguir el afecto de su ama. Y poco a poco, gracias a su naturaleza entrañable y a sus travesuras, capaces de arrancar una sonrisa incluso a Cecily, el animalito había acabado saliéndose con la suya.

Wolfie fue dando brincos a su lado cuando ella regresó al porche para acabarse su limonada. El animal tenía la horrible costumbre de desenterrar los plantones, así que cuando ella trabajaba en el jardín tenía que atarlo, pero el resto del tiempo el perro seguía fielmente sus pasos.

—Daremos un paseo dentro de un minuto —dijo Cecily—. Ahora siéntate y estate tranquilo.

Se terminó la limonada y pensó que conversaba más con Wolfie —aunque ella fuera la única que hablaba— que con cualquier persona. La guerra en Europa había estallado un par de semanas después de que perdiera a Fleur; por entonces, ella todavía estaba en el hospital. Cuando por fin volvió a casa, la negra sombra de desolación que la rodeaba era tan densa que apenas se enteró de que había estallado el conflicto. Lo único que supuso la guerra era que Bill estaba ausente más a menudo que antes, aunque, a decir verdad, eso a ella no le importaba mucho. Si bien su cuerpo había tenido tiempo suficiente para recuperarse, su espíritu tardó mucho más en conseguirlo.

Recordaba el día que Kiki fue a verla a Paradise Farm y ella se escondió detrás de las contraventanas cerradas de su dormitorio, rogando a Bill que le dijera que estaba demasiado enferma para ver a nadie, ni siquiera a su madrina. Las cestas de champán y las latas de caviar de Kiki, por no hablar de su aire forzado de jovialidad, resultaban insoportables para Cecily. La única persona a la que había permitido que la visitase fue Katherine, que se mostró muy amable y paciente con ella. Con Katherine cerca, se había recluido en el sosiego y la seguridad de Paradise Farm mientras el resto del mundo se sumía en la guerra. Su padre y su madre habían insistido en que volviera al sacrosanto refugio de América, pero para cuando se encontró lo bastante fuerte como para contemplar la idea del viaje, el propio Bill tuvo que reconocer que se trataba de una empresa demasiado peligrosa.

—Lo siento, pequeña, nadie quiere que saltes por los aires hecha pedazos por la acción de un bombardero alemán o de un submarino. Me temo que tendrás que quedarte aquí hasta que las cosas se calmen un poco.

Las cosas no se calmaron, pero al menos pudo esconderse allí, cuidando el jardín y rebuscando algo que leer en la amplia biblioteca de Bill. De haber estado en Nueva York, sabía que su madre habría hecho cuanto estuviera en su mano para que se recuperara, llevándola de acá para allá para que la vieran, aunque la sola idea la horrorizaba. Sin embargo, un año después de la pérdida que había sufrido, el aturdimiento que la dominaba se había desvanecido un poco y echaba de menos a su familia...

Tampoco es que se pasara el tiempo pensando en ella ni en nada que tuviera que ver con su parte emocional: había aprendido que la vida había que soportarla, no disfrutarla. Todas las relaciones basadas en el afecto que había intentado forjar habían salido mal, horriblemente mal.

—Excepto contigo, Wolfie, cariño mío —dijo depositando un beso en la frente del animal.

Aparte de Wolfie, Cecily sabía que estaba sola. Aunque Bill había estado a su lado y le sostuvo la mano cuando metieron el diminuto ataúd de Fleur en aquella tierra rojiza, la joven creía que su marido sintió un gran alivio al ver que no tendría que criar al hijo de otro hombre. Ni a ningún hijo, para ser sinceros. Puede que los médicos le salvaran la vida, pero se la quitaron de nuevo apenas veinticuatro horas después cuando le dijeron que no podría tener más hijos. Bill dio la impresión de sentirse sinceramente triste por ello y, para ser justos con él, insistió en quedarse en casa con ella hasta que la guerra lo obligó a trasladarse a Nairobi. Cecily estaba segura de que aquel gesto suyo era fruto de su mala conciencia. El doctor Boyle había comentado que no consiguieron contactar con Bill cuando la llevaron al hospital en estado grave. Él estaba en una cacería, y no fue a verla hasta que Bobby logró localizarlo.

Así que Cecily ya no escuchaba las explicaciones que daba Bill acerca de dónde se encontraba cuando estaba ausente y de cómo podían localizarlo cuando se le necesitara. Cecily se mostraba cordial con él cuando estaba en casa, pero ya no deseaba que la estrechara entre sus brazos ni que la acompañara en el lecho conyugal. El hecho de que pudiera o no tener hijos era irrelevante, dado que nunca habían intentado hacer nada por engendrarlos.

Cecily estaba encantada de que Katherine fuese esa noche a cenar y a charlar un rato. Su amiga también se hallaba en aquellos momentos sin marido, pues Bobby se había alistado como uno de tantos. Debido a que padecía asma, prestaba servicio como administrativo en el departamento de Agricultura en Nairobi.

—Gracias al cielo que tengo a Katherine —exclamó dando un suspiro—. Venga, Wolfie, vamos a preparar la cena.

—Sírvete un poco de estofado —dijo Cecily indicando la fuente humeante que había colocado sobre la mesa.

—Gracias. Tiene un aspecto delicioso. Al menos no estamos sujetas al racionamiento como lo están en Europa —comentó Katherine cortando el pan recién horneado que había hecho su anfitriona—. Por cierto, Alice me ha pedido que te invite a una fiesta que va a dar en Wanjohi Farm. Está muy sola. ¿Vendrás?

—La verdad es que no me apetece.

—¡Cecily! Llevas un año sin salir. Te sentaría bien divertirte un poco.

—No me va la clase de diversión que les gusta a Alice y a sus amigos, pero gracias de todos modos.

—¡Por Dios! ¡Pareces una mojigata! Solo porque hayas olvidado cómo pasártelo bien, no deberías odiar a los que todavía intentan recordar lo que es la diversión.

Herida por las palabras de su amiga, Cecily bajó los ojos y untó con mantequilla su pan sin decir nada.

—Oh… ¡Perdóname, por favor! Comprendo que todavía estés afligida, y además hace poco que fue el aniversario de Fleur… Es que… Solo tienes veinticuatro años, por Dios. Tienes toda la vida por delante y no quiero ver cómo la desperdicias.

—Soy feliz viviendo como vivo. ¿Qué tal está Bobby? —dijo Cecily cambiando de tema.

—Se aburre organizando esas listas de productos agrícolas y está deseando volver a dedicarse a nuestro ganado a tiempo completo.

—Bill está en la llanura esta semana y me dijo que le echaría un vistazo. Tiene unos días de permiso.

—Eso he oído. Gracias a Dios, pueden vigilarse los rebaños uno a otro. Me preguntaba —añadió Katherine mientras jugueteaba con la comida— cómo es que no te has ido con él.

—Porque no me lo pidió.

—Supongo que ha dejado de preguntártelo porque siempre le dices que no.

—¿Por qué no dejas de fastidiarme y comes un poco del estofado que he preparado?

—Porque..., la verdad, siento bastantes náuseas. ¡Oh, Cecily, he tardado un mes en decírtelo, pero eres mi mejor amiga y tenías que enterarte por mí! Bobby y yo vamos a tener un niño. Está previsto que sea en mayo. Lo siento muchísimo, pero tenía que decírtelo.

Los ojos de Katherine estaban llenos de lágrimas cuando le tendió la mano a su amiga, al otro lado de la mesa.

—Yo... Pero ¡es una noticia maravillosa! Me alegro muchísimo por vosotros —logró decir Cecily.

—¿Estás segura? Me preocupaba decírtelo; no quería que la noticia te disgustara.

—¿Disgustarme? ¿Por qué? Me alegro mucho por los dos, de verdad.

—¿Estás segura?

—Pues claro. Y creo que deberíamos abrir el champán que queda de las cajas que mandó Kiki.

—Oh, no lo desperdicies conmigo. Me pongo mala solo de pensar en el alcohol en estos momentos. Y también quería preguntarte si estarías dispuesta a ser la madrina de la criatura. No se me ocurre a nadie mejor para pedírselo.

—¡Qué detalle por tu parte! Por supuesto, será un honor para mí, Katherine. Te lo digo sinceramente.

—¡Es maravilloso! Y como eres mi vecina más cercana, estoy segura de que muy pronto tendré que rogarte a menudo que te quedes con el niño.

—Estaría encantada —dijo sonriendo.

Un poco más tarde se despedía de Katherine desde el porche saludando con la mano. Mientras las luces traseras de la camioneta de su amiga desaparecían por el camino de entrada, Cecily se sentó a la mesa, se tapó la cara con las manos y se puso a llorar como si hubieran vuelto a partirle el corazón.

Tres días después, Cecily estaba fregando el suelo de la cocina cuando Bill regresó a casa. Aunque su marido insistía en que debía coger a alguien para que la ayudara, ella se negaba. Disfrutaba de su soledad; además, ocuparse de la casa le permitía tener algo que hacer.

—Buenas tardes —dijo Bill observando cómo su mujer trabajaba arrodillada en el suelo.

—Hola. —Metió el cepillo de raíces en el cubo y se puso de pie—. ¿Qué tal el ganado?

—Cada día va quedando menos.

—Bueno, voy a poner la cena a calentar. No estaba segura de la hora a la que llegarías.

—No. Perdona, Cecily. ¿Podemos charlar un rato?

—¿Por qué? Sí, por supuesto. ¿Pasa algo?

—No, no; a mí no, tranquila. ¿Te apetece un poco de ginebra? A mí sí, la verdad.

—Queda un poco en el armario del salón.

—Entonces vayamos allí y charlemos un rato, ¿quieres?

Cecily lo siguió a través del vestíbulo y entró en el salón; luego vio cómo Bill servía dos dedos de ginebra en cada vaso y le ofrecía uno.

—¡Chinchín! —dijo él.

—Salud —respondió Cecily, y bebió un sorbo de su copa—. ¿Qué pasa, Bill?

—¿Te acuerdas de mi amigo Leshan, el jefe masái al que traje una vez de visita?

—Claro que me acuerdo. ¿Por qué?

—El caso es que se enteró de que estaba en la llanura y vino a verme. Se ha metido en un pequeño lío, ¿sabes? Y me ha preguntado si podemos ayudarlo a salir de él... Como seguramente sabes ya, los masáis tienen una compleja jerarquía tribal. Leshan es el líder del clan Ilmolean, uno de los más poderosos de la zona. Nygasi también pertenece a ese clan. —Bill hizo una pequeña pausa y bebió un sorbo de ginebra—. La hija mayor de Leshan lleva mucho tiempo prometida en matrimonio al hijo del jefe del clan Ilmakesen. Pertenecen a la columna de la derecha, lo que significa que pueden casarse con cualquiera de la columna de la izquierda, que es la de Leshan.

Cecily hizo un gesto afirmativo con la cabeza, aunque en realidad no comprendía bien aquellos matices. Suponía que la cosa era semejante a que los poderosos Vanderbilt se casaran con algún miembro de la familia de los Whitney.

—En el país de los masáis, las hijas de Leshan son el equivalente a unas princesas. La mayor, de trece años, ha llegado ya a la mayoría de edad y es considerada la más guapa de todas sus hermanas —continuó Bill—. Pero su padre se ha enterado de que… se ha acostado con un *moran*, un guerrero, de su propio clan, y se ha quedado embarazada de él, cosa que está estrictamente prohibida. Si su futuro marido llegara a enterarse, se desencadenaría una guerra entre los dos clanes. Como mínimo, Leshan se vería obligado a repudiar a su hija y la dejarían a merced de las hienas y los chacales.

—¡Oh, no! ¡Eso es terrible! ¿Cómo puede ser tan bárbara esa gente?

—Resulta difícil afirmar que una cosa así sea más bárbara que lo que está pasando en Europa, Cecily, pero desde luego el jefe quiere a su hija y, pese a lo difícil de su situación, no desea ese destino para ella.

—Por supuesto que no. Pero ¿qué tiene que ver todo eso con nosotros?

—Me preguntó si yo…, si los dos podríamos acogerla por un tiempo, solo hasta que nazca el niño. Una vez que lo tenga, Leshan se encargará de que vuelva al clan, y esperemos que nadie se entere de lo ocurrido.

Cecily miró a su marido con los ojos muy abiertos.

—¿Me estás diciendo que quieres que esa chica se venga a vivir aquí? ¿Y que está embarazada?

—Así es. En resumidas cuentas, sí. Considerando las circunstancias por las que has pasado, tal vez pienses que soy poco sensible al proponerte algo así, pero ese hombre me ha hecho varios favores a lo largo de estos últimos años. Además, si nosotros no la ayudamos, esa chica no tiene ningún sitio donde ir. En el territorio de los masáis nadie puede ver que Leshan la protege, pero aquí, donde a ningún masái se le ocurriría buscarla, sí podemos ayudarla. Conozco a la chica desde que era una niña y, me atrevería a decir, la pobre se encuentra en una situación similar a la tuya cuando te conocí. Sin duda sabrás encontrar en tu corazón la manera de ofrecerle un refugio en nuestras tierras.

—Si planteas las cosas así, supongo que no tengo más remedio. ¿De cuánto está?

—Leshan no está seguro; la muchacha ha ocultado su embarazo y nadie se dio cuenta de nada hasta que su madre la pilló desnuda cuando estaba lavándose. Su madre calcula que le faltarán un par de meses. Cuando se acerque la fecha, traerán a su madre para que esté con ella.

—¿Alguna de las dos habla inglés?

—No, pero Nygasi sabe algo de inglés y es fácil comunicarse con él... Yo lo hice. Lo dejaría aquí para que se ocupara de ella y le llevara comida; ya se encargará él de encontrar un lugar seguro para montar un campamento en algún rincón del bosque. Tú ni siquiera te enterarás de que está aquí.

—De acuerdo. —Cecily se sintió casi aliviada al comprender que la chica no viviría en la casa con ella—. Bueno, si todo lo que vamos a hacer es permitir que acampe en nuestras tierras y que su madre ande por aquí cuando llegue el momento, supongo que está bien. ¿Cuándo llegará?

—Ya está aquí. La escondimos debajo de una manta en la parte trasera de la camioneta. Nygasi y ella están reconociendo el bosque en busca de un rincón adecuado para instalarse.

—Ya veo. —Cecily se dio cuenta de que la decisión ya estaba tomada—. Supongo que querrás largarte de inmediato y ayudar en la labor.

—No, pero iré a decirle a Nygasi que has accedido a que la chica se quede. Cecily, te lo ruego, no podemos decirle a nadie, y cuando digo a nadie quiero decir a nadie, que está aquí. Ni siquiera a Katherine. Bueno, estaré de vuelta para la cena.

Cecily vio cómo Bill salía de la casa y torcía en dirección al bosque. Ella soltó un suspiro y se encaminó a la cocina para organizar la cena.

—¿Es ese mi castigo? ¿No solo perder a mi hija sino estar rodeada de mujeres embarazadas? —murmuró con voz apenas audible mientras removía la salsa y la ponía a calentar en el hornillo.

Bill apareció en la cocina cuarenta minutos después, justo cuando ella retiraba el curri del fuego.

—¡Qué bien huele, Cecily! Eres una cocinera estupenda, ¿sabes?

—Bill, no me des coba solo porque tu chica masái se haya quedado aquí —dijo medio en broma, pero lo cierto era que en secreto le gustaba el cumplido—. ¿Puedes llevar los platos al comedor?

Una vez sentados a la mesa, Cecily se quedó mirando cómo Bill se zampaba su plato de curri.

—Así que… ¿ya se ha establecido en su… campamento? —preguntó por fin.

—Nygasi está construyendo una choza y, como te he dicho, se quedará con ella cuando me vaya a Nairobi.

—¡Oh, Dios mío! ¿Crees que podrás pasar sin él? Nunca lo dejaste conmigo para que me cuidara cuando estaba embarazada —comentó Cecily, y le echó la culpa a la ginebra de que se le fuera la lengua.

—No, nunca lo dejé, y es algo que lamentaré el resto de mis días —dijo mirándola a los ojos y posando el cuchillo y el tenedor en el plato—. Como bien sabes, solo se puede decir «lo siento» un número determinado de veces. ¿Alguna vez podrás perdonarme por no haber estado aquí cuando debía, Cecily?

—Por supuesto, ya te he perdonado. Por lo pronto, no era hija tuya —contestó—. En fin… ¿y cómo se llama tu chica?

—No es «mi chica», simplemente está bajo mi…, bajo nuestra protección hasta que dé a luz. Se llama Njala. Su nombre significa «estrella» —dijo—. Todos los nombres de los masáis tienen una relevancia. Y lo mismo cabe decir de todo lo que hacen.

No era la primera vez que Cecily se preguntaba si a Bill le habría gustado nacer masái; desde luego, parecía preferir la compañía de aquellos hombres a la suya, o a la de cualquiera de los integrantes de su grupo.

—Bueno, Nygasi tendrá que decirme si la chica necesita alguna cosa.

—Gracias por tu amabilidad. Se lo diré. Ella está muy asustada, Cecily.

—No me extraña. No puedo creer que permitan que esas niñas se queden embarazadas tan jóvenes...

—Todas son consideradas presa fácil para los *moran* en cuanto son fértiles —contestó Bill—. Así son las cosas en la llanura.

—Pero, Bill, no es más que una criatura, y a mí eso me parece obsceno.

—Estoy seguro de que ellos consideran obscena nuestra manera de vivir —replicó él.

Se produjo entonces un silencio, que Cecily decidió romper.

—Vi a Katherine hace unos días.

—¿Ah, sí? ¿Y cómo está?

—Está bien. Y además espera un niño para mayo.

—Lo sé. Bobby me lo comentó. Me alegro mucho por los dos. ¿Y tú?

—¡Por supuesto! Serán unos padres estupendos. Y ahora, si ya has terminado, voy a quitar la mesa.

Cecily se levantó con brusquedad, recogió los platos y se dirigió a la cocina. Dejó correr el agua del grifo a chorro y llenó el fregadero; se sentía furiosa. ¿Es que ese hombre no tenía ni una pizca de empatía con lo que ella estaba sufriendo?

Al día siguiente, Bill se marchó a primera hora de la mañana y Cecily se puso a trabajar en el jardín, agarrando las malas hierbas por la base y arrancándolas del suelo como si sacara a un niño del vientre de su madre. Aunque no había visto a Nygasi ni a la chica que ahora vivía en sus tierras, podía sentir la presencia de ambos en el bosque vecino.

Cuando acabó su labor, se sentó con Wolfie en el porche para disfrutar de su habitual vaso de limonada y de un poco de aire fresco tras el calor de la jornada. Después de preparar una cena ligera a base de sopa de verduras, Cecily estaba extrañamente inquieta y no fue capaz de sentarse a leer como solía hacer. Miró al cielo y vio que faltaba por lo menos otra hora para que oscureciera.

—Venga, Wolfie, vamos a visitar a nuestra vecina.

Armada con su linterna y una botella de agua, que guardó en una bolsa de lona, Cecily se puso a caminar en compañía del perro en dirección al bosque. Hasta entonces, nunca se había internado en él y solo lo había rodeado cuando iba a caballo a visitar a Katherine. El bosque se hallaba en lo alto de la colina, a poco más de un kilómetro a pie de la casa, y la oscuridad empezaba a caer cuando llegó a las cercanías de la arboleda.

Wolfie iba husmeando delante de ella mientras caminaban entre las sombras de los gigantescos árboles. Cecily no se había dado cuenta de lo densa que era la selva hasta ese momento, y solo esperaba que Wolfie fuera capaz de encontrar el camino de vuelta. La oscuridad era ya casi total, y cuando se disponía a dar marcha atrás, el perro se puso a ladrar y a avanzar dando brincos. Consciente de que eso quería decir que había captado un olor —casi seguro de comida—, la joven encendió la linterna y empezó a seguirlo.

—Espero que sepas dónde vas, Wolfie —dijo haciendo todo lo posible por no perderlo de vista.

Sin embargo, enseguida le llegó un aroma de la carne cocinada al fuego y, unos segundos más tarde, se encontraron en un pequeño claro del bosque.

Cuando Cecily enfocó la linterna al pequeño refugio en forma de círculo, hecho de barro aplastado y cubierto con pieles de animales, tuvo la sensación de encontrarse frente a una versión africana de *Hansel y Gretel*. Delante de la choza había una pierna de res asándose en un espeto sobre una fogata.

—*Takwena*, Cecily —dijo Nygasi presentándose ante ella con gran cautela.

—Hola, Nygasi. He… He venido solo a saludar… —Hizo un gesto señalando la choza—. ¿Está aquí la chica?

—No. Oír perro. Salir corriendo. Ella tener miedo.

—¡Oh! ¿Puedes decirle que he venido a verla?

—Sí. Tú volver con sol. —Nygasi hizo un gesto con el dedo señalando hacia lo alto.

—De acuerdo.

Nygasi cortó un trozo de carne con un gran cuchillo afilado y se lo echó a Wolfie.

—*Oldia*. Perro.

—*Oldia* —repitió Cecily acariciando a Wolfie.

—*Etaa sere* —dijo Nygasi, y a continuación hizo una reverencia, dio media vuelta y se fue.

Cecily emprendió la marcha de regreso a casa. Una vez sentada en la terraza con la lámpara de petróleo a su lado para leer un libro, se dio cuenta de que era la primera vez que había hablado directamente con Nygasi. Acostumbrada a verlo siempre con su marido, debía reconocer que ese hombre le daba un poco de miedo; pero aquella noche tuvo la impresión de que era bastante amable.

Cuando se fue a acostar una hora más tarde, decidió que volvería al día siguiente al campamento y se encontraría con la princesa masái a solas.

—¿Está aquí? —preguntó Cecily a Nygasi cuando llegó al claro del bosque a la mañana siguiente.

—Ella aquí —dijo Nygasi, y le señaló con la mano la choza improvisada.

—¿Puedes decirle que me gustaría conocerla?

Nygasi asintió con la cabeza y a continuación entró en el refugio, recogió una de las pieles de vaca y habló en maa con ella.

—Ahora venir. Sentar. —Le indicó una piel doblada que había en el suelo junto a la hoguera.

Cecily hizo lo que le decían y vio cómo la puerta, que consistía en un pellejo de animal, era retirada ligeramente hacia dentro y asomaban un par de ojos asustados. Nygasi pronunció unas palabras que, a todas luces, debían de ser de ánimo, pues la piel de la puerta fue retirada un poco más. Fascinada, Cecily vio aparecer a la joven. Siempre había creído que Nygasi era alto, pero la chica, que se situó junto a él, era todavía más alta. Cecily contuvo el aliento al contemplar a la increíble criatura que tenía delante. Su piel negra brillaba como el ébano a la luz del sol que se colaba entre los árboles, sus largos miembros eran de una esbeltez casi imposible y su cuello, que parecía no tener fin, estaba rematado por un rostro exquisitamente esculpido, con unos labios carnosos y unos pómulos altos, bajo unos brillantes ojos marrones. La joven llevaba el cabello rapado casi al cero, y su mandíbula sobresalía un poco elevada mientras miraba a Cecily con cierta altivez. Iba vestida con una falda de piel de cordero y un mantón rojo alrededor del torso. De sus orejas colgaban unos pendientes de plata y llevaba las muñecas y el cuello adornados con brazaletes y collares de cuentas de colores.

Cecily esperaba encontrarse con una niña, pero aquella muchacha de trece años era una mujer hecha y derecha, con el noble porte de la princesa que sin duda era. Su imagen resultaba tan imponente que, al verla, Cecily casi no pudo decir palabra.

Se levantó despacio y dio unos pasos hacia la chica, que le sacaba más de la cabeza, con la intención de saludarla.

—Soy Cecily Forsythe, la mujer de Bill. Encantada de conocerte, Njala.

Le tendió la mano y la joven la cogió con un gesto casi regio, asintiendo con la cabeza.

—No inglés —explicó Nygasi.

—Está bien. Solo quiero que sepa que, si se presenta algún problema, estoy…, bueno, que aquí me tiene.

Nygasi asintió y luego lo repitió en maa para la chica. A continuación, la muchacha le susurró algo.

—Ella decir gracias por acogerla en tus tierras.

—Oh, no hay ningún problema —balbució Cecily cuando los asombrosos ojos de Njala se posaron en ella—. Me encantan tus pulseras —añadió señalando las muñecas de la chica—. Muy bonitas. Bueno, mejor me voy. Encantada de conocerte, Njala. Y ahora, adiós. ¡Vamos, Wolfie!

Dio media vuelta y salió del claro del bosque. A mitad de camino de la casa, se percató de que la belleza de aquella mujer la había dejado tan abrumada que ni siquiera había echado una ojeada al vientre de Njala para intentar averiguar de cuánto estaba.

Tras pasar la tarde en el jardín y prepararse otra cena solitaria, Cecily entró en el salón, encendió la luz y se dirigió a la librería para buscar alguno de los libros de Bill sobre los masáis. Encendió el fuego en la chimenea, pues la noche era fría, se sentó en un sillón y empezó a leer.

El autor era un hombre blanco, un cazador que había sido capturado por un clan masái cuando estaba en su territorio. Tras un arduo regateo, el hombre había logrado librarse de la muerte a cambio de su fusil y acabó haciéndose amigo de sus captores. Lo que más sorprendía a Cecily de todo lo que leía era la forma bárbara que tenía aquella gente de tratar a sus mujeres.

Se estremeció con las detalladas descripciones de la ceremonia de la «circuncisión» femenina, y en algún momento tuvo que abandonar la lectura para reponerse. Le produjo náuseas la idea de que sus partes más íntimas pudieran ser objeto de semejante abuso.

Cuando apagó la luz para irse a la cama, pensó en la orgullosa niña-mujer que iba a pasar la noche bajo un entoldado de pieles. Y por primera vez en mucho tiempo se consideró afortunada por gozar de tantos privilegios.

A la mañana siguiente, armada con el diccionario básico de palabras maa de Bill y un regalo de patatas y zanahorias que podrían guisar en un caldero al fuego, Cecily volvió a atravesar el bosque. Nygasi le dirigió una sonrisa casi imperceptible e hizo una pequeña reverencia cuando la vio aparecer en el claro.

—Hola, Nygasi. Mira —dijo hurgando en su bolsa de lona—. He traído algunas cosas a Njala para que coma y para que su estancia resulte más cómoda. ¿Está aquí?

Nygasi asintió y fue a buscar a Njala. Cecily extendió ante sí su mercancía.

—*Takwena*, Njala —dijo a la chica a modo de saludo, hipnotizada una vez más por su belleza cuando la vio acercarse a la hoguera.

Apartó sus ojos del rostro de la muchacha y observó su vientre, que seguía cubierto por los pliegues de su mantón rojo, de modo que el bulto que se percibía podía haberse debido tanto al tejido como a su embarazo. Fuera lo que fuese, no parecía muy grande, pero había más espacio en el interior del cuerpo de Njala, que superaba el metro ochenta, del que había habido en el suyo, que apenas llegaba al metro cincuenta y cinco.

—Mira, te he traído una almohada.

Njala levantó sus elegantes cejas, confusa.

—Ahora te lo enseño. —Cecily colocó la almohada en el suelo, se tumbó y puso la cabeza encima—. Para dormir. ¿Quieres probar?

Le tendió la almohada a Njala, que la aceptó como si Cecily fuera una criada al servicio de su reina.

—Y aquí tienes unas patatas y unas zanahorias. —Cogió una de cada y se las mostró a la chica.

Nygasi movió la cabeza en señal de aprobación y se acercó a recogerlas.

—¿Puedes preguntar a Njala si necesita alguna otra cosa? —le dijo a Nygasi.

El hombre así lo hizo, pero la chica negó con la cabeza.

—Hoy tengo vaca —dijo Nygasi, y le señaló el animal que pastaba plácidamente al pie de un árbol, atado a un trozo largo de cuerda—. Bueno para niño —añadió.

—¡Oh, sí, desde luego! —exclamó Cecily—. Solo dime si hay alguna otra cosa que necesite. *Etaa sere* —pronunció como pudo las palabras que significaban «adiós».

—*Etaa sere*. —Esta vez fue Njala la que contestó, con una voz infantil que contrastaba con su físico de mujer adulta.

Con una sonrisa tímida y una inclinación de cabeza dirigida a los dos masáis, Cecily abandonó el claro del bosque.

36

Durante el mes siguiente, Cecily sintió una simpatía irresistible por la muchacha que vivía en el bosque. En vez de ir a pasear por los campos despejados que ofrecían unas vistas maravillosas del valle situado a sus pies, en cuanto remitía un poco el calor del día, Wolfie y ella se ponían en marcha e iban a visitar a su joven vecina. Noviembre trajo consigo fuertes aguaceros repentinos que hicieron que Cecily se preocupara por la salud de Njala, pero la muchacha permaneció segura y al abrigo de la lluvia dentro de su pequeño refugio, pues Nygasi había tenido la precaución de construirlo en lo alto de un montículo para que no se inundara.

Al principio, Njala se limitaba a quedarse detrás de Nygasi cuando Cecily sacaba sus regalos del interior de su bolsa. Las pollitas que Bill había intercambiado con los kikuyu mediante trueque habían resultado ser unas magníficas ponedoras, de modo que Cecily tenía huevos de sobra.

La primera vez que llevó huevos a Njala, Cecily vio el gesto de disgusto de la chica y que susurraba algo al oído de Nygasi.

—Ella decir que salen de culo de pájaro —había afirmado solemnemente Nygasi, y Cecily se vio obligada a reprimir una carcajada.

—Dile que los huevos son buenos para el niño. Mira, te enseño.

Sin pedir permiso a nadie, cogió la sartén que estaba junto al fuego y mezcló dos huevos con un poco de leche recién ordeñada y todavía caliente, y añadió un poco de sal y pimienta de los paquetitos de papel que había llevado consigo.

—Toma, pruébalo. —Le ofreció los huevos revueltos a Njala.

La chica negó con la cabeza con rotundidad.

—¿Ves? —Al no disponer de tenedor ni cuchara, Cecily utilizó los dedos para llevarse a la boca una pequeña cantidad—. Bueno. *Supat*.

Njala miró a Nygasi, que había asentido con la cabeza animándola a probar la comida, y luego dio un paso adelante y metió sus largos dedos en la sartén. Con una expresión que daba a entender que estaba a punto de ingerir veneno, la muchacha lo probó.

—¿Ves? *Supat* —dijo Cecily frotándose la barriga con la mano.

Njala se acercó a coger más, así que Cecily le ofreció la sartén y, finalmente, la muchacha se arrodilló y se comió el resto de los huevos con mucho gusto.

A partir de entonces, Cecily le había llevado huevos cada día y llegó a pensar que Njala se alegraba de verla. Lo único que deseaba era comunicarse mejor con ella y decirle que comprendía la difícil situación en la que se encontraba. De modo que empezó a llevar la pizarrita que tenía en la cocina para apuntar la lista de los alimentos que necesitaba comprar.

—¿Njala sabe escribir? —le preguntó a Nygasi, dando a entender lo que quería decir moviendo la tiza.

El hombre le dijo que no con la cabeza.

—¡Oh, entonces tal vez pueda enseñarle!

Cecily le dijo por señas a Njala que se acercara. A continuación, escribió «Njala» en mayúsculas en la pizarrita y luego dibujó una estrella al lado del nombre. Le mostró las letras a la muchacha, señalándole cada una con el dedo, y luego la señaló a ella.

—Njala… Tú.

Repitió el mismo proceso para enseñarle su propio nombre y por fin, tras mucha gesticulación, la chica pareció entenderlo.

—Njala —dijo señalándose a sí misma—. Cecily —añadió señalando a Cecily.

—¡Sí! ¡Yo! —Cecily aplaudió llena de entusiasmo y Njala sonrió mostrando sus encantadores dientes blancos.

A partir de ese momento, Njala se comía los huevos y Cecily se dedicaba a escribir palabras básicas en la pizarrita, como por ejemplo «Hola». Luego miraba en el diccionario de maa y consultaba a Nygasi para que le dijera cómo era la pronunciación correcta. Cuando Cecily repetía la palabra maa, Njala pronunciaba vacilante la palabra inglesa correspondiente. Al cabo de un par de semanas, no solo Njala era capaz de componer una frase sencilla en inglés, sino que Cecily se la encontraba esperándola impaciente en el claro del bosque. Cecily no sabía cómo describir aquello, pero poco a poco fue desarrollándose un profundo afecto entre las dos. Una mañana vio que Njala hacía un gesto de dolor y se llevaba la mano al vientre.

—¿Niño dar patadas?

Cecily imitó el movimiento con los pies y Njala asintió con la cabeza.

—¿Puedo tocar? —preguntó alargando la mano hacia el vientre de Njala.

La muchacha se la cogió y se la puso en la barriga.

—¡Oh, Dios mío! —exclamó Cecily al notar el movimiento de una piernecita por debajo de aquella piel de ébano. Le entraron ganas de llorar de alegría y de pena en igual medida—. ¡Qué fuerte es! ¡Fuerte! —repitió flexionando el brazo para sacar músculo, y las dos se echaron a reír.

—Hoy se te ve muy animada —comentó Bill a Cecily, que estaba haciendo la cena.

Bill llevaba tres semanas sin aparecer por casa, pues apenas podía moverse de su despacho en el departamento de Guerra de Nairobi. Sobre la nueva amistad que había entablado con Njala, Cecily casi no había dicho nada.

—Gracias —dijo—. Así es como me siento.

—Tal vez seas la única en Kenia que se siente así —dijo Bill, y suspiró—. Las cosas se ven bastante sombrías en Nairobi, sobre todo por el toque de queda y los apagones. La ciudad está atestada de militares.

—Pero todavía no ha habido bombardeos aéreos, ¿verdad?

—Solo uno el mes pasado en Malindi, más al sur, en la costa. Pero desde que Mussolini nos declaró la guerra, ha habido escaramuzas entre los Aliados y el ejército italiano en territorio keniano; todo el mundo se prepara para una invasión desde la frontera de Abisinia. No puedes moverte por la ciudad sin tropezar con un saco de arena.

—¡Ay, qué horror! —dijo Cecily en tono distraído; llevó la cena a la mesa y se sentó enfrente de Bill.

—De hecho, me han pedido que me ponga al mando de un batallón de los Fusileros Africanos del Rey.

Aquellas palabras hicieron que Cecily levantara la vista y lo mirara.

—¿Eso significa que entrarás en combate?

—Al principio supervisaré el reclutamiento y organizaré el movimiento de tropas, pero, ¡maldita sea!, tendré que combatir al lado de mis hombres si no queda más remedio. En cualquier caso, por el momento da gusto estar en casa.

—¿Quieres un poco de la ginebra que nos queda? —De repente se sintió culpable por no haber pensado más en él.

—¿Por qué no? —respondió Bill, y se levantó para ir a buscarla—. Hasta el Muthaiga Club se está quedando sin una gota debido a la afluencia de militares. Creo que más te valdría reavivar tus relaciones con tu madrina —dijo sonriendo cuando ella le tendió una copa—. Parece que su bodega nunca se agota. ¡Chinchín!

—¡Salud! —exclamó Cecily levantando la copa.

—Bueno, ¿y qué ha sido de tu vida desde la última vez que te vi?

—¡Ah, pues me he dedicado al jardín, claro! No sabía lo laboriosas que pueden llegar a ser las matas de zanahorias y de coles… Y también he ido a visitar a Njala cada día.

Bill levantó la vista y la miró asombrado.

—¿Ah, sí? ¿De verdad? Bueno, ya es algo. ¿Y qué tal está?

—Pues está muy bien, la verdad. ¡Dios santo, es una belleza! ¿No te parece?

—Sí, desde luego que lo es.

—Le llevo huevos y le estoy enseñando un poco de inglés. Y yo he aprendido a hablar un poco de maa.

—Me alegro por ti —dijo Bill escrutando a su mujer—. ¡Quién se lo hubiera imaginado!

—¿Imaginado qué?

—Que tú y una chica masái entablarais una amistad.

—No sé por qué pones esa cara de sorpresa, dado que tú pasas la mitad de tu tiempo con los masáis.

—Por desgracia, hace tiempo que no es así, pero comprendo lo que dices.

—Bill…

—¿Sí?

—¿Tú… sabes cómo se quedó embarazada Njala?

—Bueno, supongo que de la manera habitual.

—Quiero decir… ¿Lo hizo…humm… por propia voluntad?

—¿Te refieres a si fue de mutuo acuerdo o si fue tomada por la fuerza?

—Sí.

—No puedo responder a tu pregunta. Pero, por lo que sé, la hija de un jefe, sobre todo si es guapa, es un bien muy preciado al que vigilan con extremo cuidado. Así que me imagino que la propia Njala tuvo algo que ver…, al menos para propiciar un encuentro.

—¿Quería a otro que no fuera el chico que le habían destinado?

—Quizá. Pero ¿quién sabe? —dijo Bill con un suspiro—. Por desgracia, una mujer masái rara vez sigue la senda que elige.

—Entiendo. Njala hace que me sienta afortunada —reconoció Cecily.

—Exacto. Siempre es posible encontrar a otro cuyos sufrimientos son mayores. Bueno, y ahora que parece que tu estado de ánimo es más sociable, me preguntaba si te importaría que trajera a Joss a pasar el fin de semana. Está encerrado en el Djinn Palace, a orillas del lago, desde que murió su mujer, Molly. No puede permitirse el lujo de mantener aquel sitio y está siempre en su bungalow de la ciudad, metido de lleno en las cosas de la guerra, como todos los demás. Está ansioso por respirar un poco de aire fresco, como te puedes imaginar.

—Vale. ¿Por qué no? —accedió Cecily—. No tenemos invitados desde…, bueno, desde que nos instalamos aquí.

—Tienes razón. Y a pesar de mi tendencia a la vida de eremita, ya es hora de que recibamos a alguien. Hay una pareja nueva en la ciudad… Jock Delves Broughton y su joven esposa, Diana. Han venido de Inglaterra escapando de la guerra. Tampoco es que aquí se pueda escapar de ella en estos momentos, pero al menos el tiempo es mejor, supongo —dijo encogiéndose de hombros—. Joss ha sugerido que podíamos invitarlos también a ellos. Diana no es mucho mayor que tú y quizá te siente bien conocer a alguien de tu edad.

—Bueno. Aunque tendrás que encontrar algo de carne porque en la ciudad casi no hay.

—Siempre puedes matar alguna de tus gallinas.

—¡Desde luego que no! —Cecily parecía horrorizada—. Todas tienen nombre. Y nos suministran huevos a diario.

—Lo sabía. —Bill levantó las cejas—. Está bien, le diré a Nygasi que mire si puede arreglarlo y el fin de semana que viene invitaré a Joss y a los Broughton a Paradise Farm.

Al día siguiente, Cecily se despertó empapada en un sudor frío, preguntándose cómo era posible que hubiera accedido a recibir invitados el fin de semana. Sin embargo, comprobó que disfrutaba con los preparativos. Aparte de Katherine y Bobby, nadie había ido a esa casa desde su traslado allí: la fiesta de inauguración que habían planeado fue suspendida debido a la tragedia sufrida por ella. Cecily fregó la casa hasta sacarle brillo, y cortó flores del jardín y las colocó en varios jarrones distribuidos por toda la casa. Había invitado también a Katherine; a Bobby no le habían concedido permiso, lo que resultaba bastante conveniente porque así habría un número par de hombres y mujeres, algo que su madre siempre había considerado importantísimo a la hora de dar una cena.

El mismo viernes, cuando debían llegar los invitados, Cecily sacó las botellas de champán que le quedaban de las cajas que le había regalado Kiki, con la esperanza de que contribuyeran a que la fiesta resultara animada, y las puso a enfriar en la nevera. Como llevaba sin ver a Njala un par de días, se dirigió al bosque en compañía de Wolfie. Ya estaba cerca del claro cuando vio a Njala salir de la choza, y pensó que le había aumentado mucho la barriga. Ya no se la tapaba, sino que llevaba un trozo de tela anudado por debajo del vientre. Cecily tuvo la sensación de que la chica estaba a punto de dar a luz.

—*Supai*, Nygasi —saludó cuando estuvo a su lado—. ¿Cómo está?

—Niño cerca —contestó él acercándose a Njala.

—Pero ¿ella está bien?

Nygasi asintió.

—¿Cuándo mandarás llamar a su madre?

—Madre venir pronto —respondió Nygasi.

—Hola, Cecily —dijo Njala sonriendo. A continuación, se volvió hacia Nygasi y, como una reina que manda a su criado que se retire, lo despidió con un gesto de la mano.

Nygasi hizo una inclinación de cabeza y se alejó del claro del bosque.

—¿Cómo estás?

Njala se sujetó el vientre con las manos y levantó las cejas de modo elocuente.

—Sí, ya sé —comentó Cecily, y se llevó una mano a la frente y se la restregó para expresar el cansancio.

Njala se dirigió a un extremo del claro y, haciendo un gesto a Cecily para que la siguiera, la condujo al abrigo de un espeso grupo de árboles. Luego se dio la vuelta y tomó las manos de Cecily entre las suyas. De repente, sus ojos se llenaron de terror.

—Tú ayudar —dijo. Le soltó las manos, le señaló su vientre y a continuación hizo el gesto de acunar a un niño entre los brazos.

—¿Ayudar? ¿Quieres decir ayudar en el parto? —Repitió el gesto de acunar a un niño.

—Sí. Ayudar. Por favor.

—Njala, tu madre estará aquí para ayudarte —dijo muy despacio.

—¡No! ¡Ayudar niño! ¡Por favor, Cecily!

Como si fuera una sombra, Nygasi apareció por detrás de Njala. Le dijo algo en maa y con un gesto le indicó que volviera al claro del bosque.

—Tú irte a casa ya —dijo el masái a Cecily en tono perentorio.

Njala se volvió hacia ella, con los ojos llenos de todo aquello que no podía decir.

—¡Por favor, ayudar niño! —exclamó mientras Nygasi se la llevaba.

Cecily seguía pensando en Njala e intentando interpretar lo que había querido decirle cuando Bill llegó a casa a última hora de la tarde.

—La casa tiene un aspecto maravilloso, querida, lo mismo que tú —dijo sonriendo cuando la vio salir del dormitorio con su vestido verde, dispuesta a ultimar los detalles de la cena—. Me gustas con el pelo largo —añadió cogiendo un rizo que le caía por los hombros y dándole vueltas alrededor de un dedo.

—Lo llevo largo solo porque aquí no hay nadie en quien pueda confiar para que me lo corte.

—Bueno, a mí me gusta, y deberías llevarlo suelto más a menudo. Y ahora voy darme un remojón en la bañera, que falta me hace. Estos días están racionando el agua en el Muthaiga Club porque está lleno hasta los topes. Ahora meten a dos hombres en cada habitación, y ya recordarás lo pequeñas que son —añadió dando media vuelta y encaminándose al cuarto de baño.

—Ah, Bill…

—¿Sí?

—He visto esta mañana a Njala y estaba algo alterada…, casi asustada. Me ha pedido que la ayudara en el parto. Yo le he explicado que iba a venir su madre, pero no estoy segura de que me haya entendido. Creo que está a punto de dar a luz. Pedirás a Nygasi que se ocupe de que la madre venga pronto, ¿verdad? No podría soportar que… —Cecily tragó saliva— que le pasara cualquier cosa.

—Por supuesto que se lo pediré. Njala sabe que su madre vendrá cuando llegue el momento. Probablemente la hayas entendido mal.

—Probablemente.

Pero cuando Bill cerró la puerta y ella oyó el sonido del agua corriendo, tuvo la certeza de que no se había equivocado: había visto miedo en los ojos de Njala.

Los invitados de Cecily y Bill llegaron una hora más tarde de lo previsto. Joss Erroll, aunque parecía agotado, estaba tan guapo como siempre, y Jock, cuyo nombre completo era sir Henry John Delves Broughton, resultó ser un caballero inglés ya mayor, alto, con una gran barriga y el cabello gris y ralo.

—Por favor, querida, llámame Jock. Esta es mi esposa, Diana. ¡Qué bien que tengas a alguien de tu edad con la que jugar! ¿Verdad, jovencita? En Nairobi, Diana está rodeada de octogenarios —comentó Jock con una carcajada.

—Estoy segura de que Cecily estará de acuerdo conmigo en que entre nosotros no hay muchos por debajo de la treintena, ¿no es cierto? —intervino su esposa.

—¡Oh, pues no, no hay muchos, desde luego! —dijo Cecily sonriendo, incapaz de apartar la vista de la llamativa rubia que tenía ante sí. Diana Delves Broughton era lo que muchos llamarían «un bombón», y, ¡Dios santo!, Cecily no podía entender qué hacía esa mujer con un hombre tan viejo que podría ser su padre... O incluso su abuelo.

—Todo esto es encantador —comentó Diana cuando Cecily condujo a sus invitados al salón, donde Katherine ya estaba abriendo el champán—. Nosotros de momento estamos acampados en el Muthaiga Club.

—Bueno, querida, ya sabes que es de manera provisional... Nos trasladaremos a la villa de Karen dentro de unos días —le recordó Jock.

—Un sitio horriblemente oscuro a las afueras de Nairobi —murmuró Diana entre dientes.

—Diana, esta es Katherine Sinclair, mi gran amiga y vecina —dijo Cecily de inmediato.

—¡Caramba! Es evidente que aquí es donde viven todos los jóvenes —dijo Diana volviéndose hacia su esposo—. ¿Y no podríamos nosotros construir una casa aquí, querido? Así tendría un montón de compañeras divertidas.

—¿Champán para todos? —preguntó Katherine vaciando la botella en seis copas.

—¡Fantástico! —dijo Jock sonriendo al conjunto de los presentes—. Esto se parece más a la Kenia que yo conocía. ¡Salud!

—¡Salud! —respondieron todos a coro.

—¡Y bienvenida al Valle Feliz, Diana! —añadió Joss comiéndose con los ojos a la nueva adquisición rubia.

—Gracias, Joss. Yo, por mi parte, estoy encantada de estar aquí —respondió Diana aguantándole la mirada.

La propia Cecily tendría que reconocer más tarde que la velada —incluida Diana— fue muy divertida. Después de cenar, la hermosa joven preguntó a la dueña de la casa si por casualidad tenía un gramófono.

—Pues sí. Y junto con él, mamá me mandó de América los discos con los éxitos más recientes.

—¡Menuda sorpresa! ¡Vamos a ponerlos! Los que hay en el Muthaiga Club seguro que eran muy populares en los años veinte, pero ahora están todos anticuadísimos —comentó Diana con voz cansina.

Cecily puso el gramófono en la terraza y los hombres apartaron la mesa y las sillas para improvisar una pista de baile.

—¡Bailar bajo las estrellas es tan romántico…! ¿No te parece, Cecily? —dijo Diana con ojos ensoñadores, y agarró a su marido del brazo cuando empezó a sonar *Moonlight Serenade* de Glenn Miller.

—¿Quieres bailar conmigo, Diana? —preguntó Joss abriendo los brazos.

—Si insistes —contestó la joven apartándose de Jock.

—Entonces, Cecily, ¿me harías el honor de concederme este baile? —preguntó Jock.

Como anfitriona no tuvo más remedio que aceptar. Mirando por encima del hombro de su pareja de baile, vio que Bill también había salido a la pista en compañía de Katherine, pero su atención se centraba en Diana y Joss, que se contoneaban muy juntos en un rincón oscuro. Jock formuló a Cecily un montón de preguntas de cortesía que ella respondió debidamente. Cuando acabó la música, se excusó y dejó a su acompañante para poner otro disco en el gramófono.

—¡Por Dios! ¡Pon algo más animado! —le susurró Katherine buscando entre los discos—. Este de Count Basie puede ir bien.

No obstante, Diana y Joss continuaron contoneándose al ritmo de *Lester Leaps In*, mientras Cecily y Katherine, cogidas de la mano, daban saltitos por toda la terraza y se reían sin parar. Bill charlaba sentado a la mesa con Jock, que, al parecer, no se percataba del comportamiento de su esposa.

—Bobby dice que en el Muthaiga Club ya corren rumores acerca de esos dos —murmuró Katherine cuando, cansadas de tanto ejercicio, se sentaron en los peldaños del porche.

—¿Queréis poner otro disco, chicas? —exclamó Joss—. ¿Tienes *Blue Orchids*?

—Voy a mirar —dijo Katherine levantándose—. Tú quédate aquí, Cecily, llevas de pie toda la noche.

—Sí, eso es cierto —dijo Bill acercándose a ella acompañado de Jock.

—Una fiesta estupenda, pero yo estoy bastante cansado, ¿sabes? Me parece que es hora de irse a la cama. Bill me ha dicho que mañana nos llevará a una cacería con sus muchachos masáis. Buenas noches, querida.

Cecily y Bill observaron cómo Jock se encaminaba con paso algo inestable al interior de la casa mientras la orquesta de Glenn Miller sonaba en el gramófono.

Bill ofreció su mano a Cecily.

—¿Quieres bailar conmigo?

—Pues… Vale —respondió agarrando la mano de Bill y dejando que la ayudara a levantarse de los escalones.

Cecily sintió un pequeño estremecimiento de deseo cuando los brazos de Bill la rodearon, pero enseguida lo reprimió. Sabía que Bill nunca se interesaría por ella en ese sentido, así que se entretuvo observando a los otros dos. Por la forma en que sus cuerpos se movían al unísono y por cómo Diana levantaba la vista y clavaba sus ojos en los de Joss, cualquiera se habría dado cuenta de que estaban muy interesados el uno en el otro.

—Hacen buena pareja, ¿verdad? —dijo Bill bajando la voz.

—Desde luego. Es una pena que Diana esté casada.

—Bueno, eso es algo que hasta ahora no le ha parado los pies a Joss. Aunque le tengo mucho afecto, su conducta con las mujeres… —dijo con un suspiro—. En cualquier caso, basta de hablar de él. Debo decir que estás encantadora esta noche, Cecily.

—Vaya, gracias.

—Y ahora… —Bill la soltó cuando se terminó el disco—. Debo acompañar a Katherine a casa en el coche, como le prometí. Yo que tú me iría a la cama. A ellos puedes dejarlos solos —dijo señalando con la cabeza a Diana y Joss—. Hasta mañana —añadió, y besó a su esposa en la frente.

A la mañana siguiente, Cecily se despertó a instancias de Bill. Él ya estaba vestido con su camisa y sus pantalones de color caqui.

—¿Qué hora es?

—Poco más de las seis. Hora de levantarse y espabilarse. Nos vamos a esa cacería.

—¿Tengo que ir yo también? Sabes que los safaris no son para mí. Detesto ver cómo mueren esos animales tan hermosos.

—Te agradecería mucho que vinieras. Ya viste ayer cómo están las cosas entre Joss y Diana, y necesito que estés presente para distraer la atención.

—¿La de quién? ¿La de Diana o la de Jock? ¿O tal vez la de Joss? —pensó en voz alta levantándose de la cama.

—De los tres, si es posible. Diana y Jock se casaron hace menos de un mes. Incluso tratándose de Joss, es un comportamiento insostenible.

—A Diana no parece importarle ni pizca llamar la atención, así que no puedes echarle toda la culpa a Joss. Es bastante bonita, ¿no crees?

—Tiene cierto atractivo, supongo, pero su mirada es fría, y ese pintalabios rojo que lleva todo el tiempo es bastante vulgar.

—¿Ah, sí? —Cecily se sintió complacida al oír aquello.

—No puede ser más evidente, ¿no te parece? —continuó Bill—. Una joven como esa que se casa con un hombre como Jock… Se ve a la legua que es una cazafortunas. Puede que Jock sea un pelmazo, pero no se merece que su mujer le trate de esa forma. No me extraña que Joss estuviera tan deseoso de que invitara a sus «nuevos amigos»… ¿O debería decir su «nueva amiga»? Bueno, ya me he encargado de avisar a Nygasi de que cargara las camionetas con los víveres de costumbre. En cuanto Diana y tú estéis listas, nos vamos. Te veo fuera.

—De acuerdo.

Cecily fue al armario a coger sus botas de safari, sorprendida de que su marido no hubiera caído bajo el hechizo de Diana. ¿O acaso ponía demasiados reparos…?

Nygasi y los demás masáis cogieron la camioneta cargada con los fusiles y los víveres, y Cecily se apretujó en el asiento trasero del otro vehículo junto con Joss y Diana; Jock iba sentado con Bill delante. Cecily volvió la cabeza para contemplar el paisaje, intentando no mirar a la derecha para no ver cómo la mano de Joss se abría camino entre los muslos de Diana. Cuando los labios de Joss empezaron a acariciar con descaro el cuello de la joven, Cecily se agobió pensando que Jock en cualquier momento podría girarse y pillarlos.

Al llegar al lugar escogido para pasar el día, Nygasi y los masáis empezaron a montar el campamento.

—¿Estará bien Njala sola? —le preguntó Cecily a Nygasi.

—Madre Njala llegar ayer noche. Ella bien. Ahora trabajo de mujer —dijo Nygasi descargando las sillas plegables, la mesa y las cajas con las vituallas.

—¿Cuál me conviene más? —dijo Diana acercándose y cogiendo una de las escopetas—. ¿Esta tal vez? —La levantó y la apoyó en su delgado hombro—. Sí, esta es perfecta. ¿A ti no te gusta cazar, Cecily?

—Pues, la verdad, no. En mi primera cacería estuvo a punto de devorarme un león, pero Bill me salvó.

—¡Eso es muy romántico! Yo solo he participado en un par de safaris desde que llegué aquí, y fui yo la que salvó a mi querido Jock de un león, ¿verdad, cariñito? —dijo soltando una risita—. A ver si cobramos alguna pieza hoy.

Cecily prefirió quedarse en el campamento, a la sombra de los árboles, con los masáis que montaban guardia, mientras Nygasi conducía al resto del grupo al interior de la sabana. La joven vio a una gran serpiente deslizándose por el suelo a pocos metros de ella. Encogiendo las piernas y apoyando los pies en el asiento de la silla plegable, observó cómo el animal pasaba ante ella y seguía su camino. Pensó que, apenas un año antes, se habría puesto a gritar de terror al ver algo así, pero cuando comprobó que la serpiente pasaba de largo sin mostrar el menor interés, se dio cuenta de que el tiempo transcurrido en Kenia la había cambiado. Las serpientes eran un tópico, y gracias a Bill y a Katherine había aprendido a distinguir cuáles eran benignas y cuáles no.

Se puso a contemplar la llanura que se extendía ante su vista, y el cielo azul que se confundía con ella en el horizonte. Pasó una manada de ñus corriendo en la distancia. Las lluvias habían traído consigo una vitalidad exuberante y verde y las charcas rebosaban de animales, sedientos después de la estación seca.

—Este es mi hogar —dijo, movida por un asombro repentino—. Vivo en África. ¿Quién habría podido imaginárselo?

Y en ese momento, contemplando la magnificencia de la belleza natural que la rodeaba, Cecily tuvo la sensación de que empezaba a recuperarse.

Los demás regresaron a tiempo para un almuerzo tardío a base de champán y carne de antílope, que Nygasi asó con gran pericia al espeto.

—¿Qué tal ha ido la caza? —preguntó Cecily por cortesía, aunque por la cebra y las gacelas de Thompson que traían a rastras era evidente que había sido todo un éxito.

—La jornada de caza ha sido estupenda —dijo Bill, y de pronto oyeron el zumbido de una avioneta que volaba en círculo sobre sus cabezas—. Uno de los aparatos de reconocimiento que regresan de la frontera —comentó—. Solo para recordarnos que estamos en guerra.

—La visión es infinitamente mejor aquí que en Inglaterra, os lo aseguro —dijo Jock. El jugo de la carne le chorreaba por la comisura de los labios—. Dudo que podamos hacer mucho más con esos cabrones espantando a los animales. ¿Dónde se han metido Diana y Joss?

—Fueron a ver si localizaban algún elefante —contestó Bill con tranquilidad—. Nygasi dijo que ayer se vio una manada por aquí.

—No andarán buscando marfil, ¿o sí? —preguntó Cecily a su marido.

—No, Diana tenía el capricho de ver un elefante; al parecer, nunca ha tenido la suerte de ver uno.

—Son unos animales magníficos —reconoció Cecily al percibir un movimiento repentino en la maleza.

Diana y Joss volvían cogidos de la mano y riendo.

—¿Has localizado alguno, cariñito? —preguntó Jock cuando la pareja llegó al campamento.

—Nada, por desgracia —respondió su joven esposa—. ¿Qué os parece si volvemos a la granja? Dudo mucho que haya más actividad esta tarde, ¿no?

Cecily observó cómo guiñaba un ojo a Joss mientras se abotonaba la blusa que llevaba medio desabrochada.

De vuelta en Paradise Farm, Diana dijo que estaba ansiosa·por volver a la ciudad y que quería ir a bailar al Muthaiga Club.

—Es divertidísimo el domingo por la noche, ¿verdad? Sobre todo ahora que hay tantos militares en la ciudad.

—Yo prefiero volver al día siguiente de la cacería, pero tú vete con Joss y ya os veré mañana en el club, ¿te parece? —dijo Jock.

—¡Oh, cariño, qué encantador eres conmigo! —Diana besó la mejilla rubicunda de su marido—. No vayas a volver precipitadamente a Nairobi por mí, ¿de acuerdo? Estoy segura de que no me comerán en la ciudad… Bueno, quiero decir ningún animal salvaje —añadió entre risas—. Cecily, ¿me prestas un espejo para que me arregle antes de salir?

—Por supuesto. —La anfitriona acompañó a Diana por el pasillo—. Tendrás que utilizar el de mi dormitorio. Quiero poner alguno en las demás habitaciones, pero hasta el momento no hemos tenido muchos invitados.

—Lo sé. Bill me ha dicho que perdiste a tu hija el año pasado. ¡Qué cosa tan terrible, pobrecilla! ¡Oh, pero esto es delicioso! —exclamó Diana mirando a su alrededor en el dormitorio—. Tienes un gusto exquisito, que es más de lo que puedo decir de Jock. ¡La villa que tiene en Karen parece un mausoleo victoriano! Miedo me da trasladarme a vivir allí... ¡Con tanto marrón! Y yo odio el marrón, ¿sabes? —Se sentó ante el tocador de Cecily y abrió el neceser que había llevado consigo—. Bill es cariñosísimo, y está loco por ti.

—¡Oh, no creo que lo esté! Quiero decir...

—Lo lleva escrito en la cara. Tienes un matrimonio feliz, muy distinto del mío con mi querido Jock. Él y yo no hemos pasado ni una noche en la misma cama, y dudo mucho que lleguemos a pasarla —comentó entre risas cepillándose su cabellera rubia y ondulada y recogiéndosela por detrás con dos horquillas de strass—. ¿Vas a menudo a la ciudad?

—No, la verdad es que no.

—¡Pues deberías! No estaba segura de cómo sería, pero Nairobi es mucho más divertida que Londres, a pesar de que la maldita guerra está extendiéndose hasta aquí. ¡Me lo voy a pasar de miedo! —exclamó mientras se pintaba sus carnosos labios de rojo brillante—. Tienes que venir sin falta para las carreras la semana de Navidad... Joss dice que es el acontecimiento del año. No te importa que Jock se quede a dormir aquí otra noche, ¿verdad? El camino de vuelta en coche es bastante duro, y tiene cara de estar destrozado después de la excursión de esta mañana.

Tras echarse una generosa rociada de perfume en el cuello y en el escote, Diana se puso de pie.

—Muy bien, la cara y el pelo listos, y ahora me cambiaré y me pondré el vestido para el viaje. Hay muchísimo polvo por todas partes, ¿verdad? —comentó echándose una última mirada en el espejo—. ¡Muchísimas gracias por la magnífica cena de anoche, y espero volver a verte pronto!

Besó a Cecily en ambas mejillas y salió del dormitorio, dejando tras de sí un fortísimo rastro de perfume. Cecily se sentó en la cama y sacudió la cabeza. La nueva lady Delves Broughton sin duda era algo único.

Tras preparar la cena para los tres, Cecily se disculpó en cuanto terminaron y dejó que Bill y Jock siguieran charlando. Una vez en la cama, intentó concentrarse en el libro que tenía entre manos, pero los comentarios de Diana acerca de lo evidente que era que Bill estaba loco por ella no dejaban de rondarle por la cabeza. Tal vez, decidió por fin, Diana se limitara a ser amable, pues estaba segura de que Bill prácticamente no la tenía en consideración como mujer.

Jock y Bill se marcharon a Nairobi al día siguiente después del almuerzo. Aunque Cecily encontraba a Jock bastante aburrido y arrogante, una parte de sí misma también sentía compasión por él.

—¿Cuándo volverás? —le preguntó a Bill al tiempo que le entregaba un montón de ropa militar limpia.

—Mucho me temo que no lo sé con seguridad, pero te lo haré saber en cuanto pueda. Y de verdad, querida, ya es hora de que cojas a alguien para que te ayude con la casa —añadió Bill señalando la ropa recién lavada—. Te has pasado todo el fin de semana haciendo de criada.

—Lo pensaré —dijo con una media sonrisa.

—No ha estado tan mal lo de recibir invitados en casa, ¿verdad?

—No, en absoluto.

—Bueno, cuídate, ¿quieres?

—Y tú también —dijo cuando Bill le dio un beso cortés en cada mejilla.

Cecily siguió a los dos hombres hasta el porche y se dio cuenta de que Nygasi estaba ya en su puesto en la parte trasera de la camioneta. Si volvía a la ciudad con Bill, era de suponer que la madre de Njala seguía en el bosque cuidando de su hija.

Se despidió de ellos con la mano con cierta melancolía, pensando que había sido divertido interpretar el papel de anfitriona durante el fin de semana y tener a gente que admirara la casa. La semana que tenía por delante se extendía ante ella como un hueco vacío, pero, antes de que le diera tiempo a ponerse sensiblera, entró en casa y se dirigió a la cocina dispuesta a enfrentarse al montón de cacerolas y sartenes que la esperaban en el fregadero.

37

Hasta el martes por la mañana, Cecily no se armó de valor para ir a ver a Njala. No tenía la menor idea de cuáles eran los rituales que rodeaban el acto del alumbramiento entre los masáis —ni si Njala había dado ya a luz—, pero el instinto le estuvo diciendo que se mantuviera al margen. Quizá fuera el temor de llegar y encontrarse con que algo había salido mal, como le había sucedido a ella. Al final, la curiosidad y la preocupación pudieron más y decidió ir al bosque en compañía de Wolfie.

Era un hermoso día soleado de diciembre y, después de la tormenta que había habido durante la noche, el aire era fresco y vivificante. Cecily se vio de pronto tarareando *Blue Orchids* y pensando que Bill tenía razón: debía buscar a alguien para que la ayudara en casa, sobre todo ahora que las fiestas navideñas estaban a la vuelta de la esquina. Su madre había telefoneado para decirle que había enviado una cesta de Navidad con montones de golosinas, pero, como la guerra solía causar estragos en los envíos, Cecily estaba impaciente por si llegaba en cualquier momento. No obstante, deseaba que llegaran las fiestas, e incluso pensó que tal vez podría reunirse con Bill en Nairobi para las carreras de la semana de Navidad.

—Pues sí, parece que te encuentras mejor —se dijo a sí misma.

Cuando llegó al claro del bosque, no pudo por menos que parpadear preguntándose si Wolfie no la habría llevado por el camino equivocado mientras ella iba soñando con las carreras. El claro estaba abandonado. Cecily se dirigió al lugar donde estaba la choza y vio que lo único que quedaba era un montón de barro y unas pocas hierbas chamuscadas en torno a donde había estado la hoguera.

—¡Dios santo! —exclamó mirando a su alrededor con incredulidad—. Podían habernos dicho que se iban, Wolfie. ¡Qué vergüenza! —Suspiró—. Me habría gustado ver a la criatura y despedirme… Venga, volvamos a casa.

Pero Wolfie no escuchaba a su ama; había salido del claro y corría en la dirección opuesta a la casa.

—¡Wolfie! ¡Vuelve aquí ahora mismo!

El perro siguió corriendo entre los árboles hasta que se perdió de vista. Cecily dio media vuelta en dirección a la casa, sabiendo que Wolfie acabaría por seguirla, cuando de repente oyó que se ponía a ladrar a cierta distancia.

—¡Maldito perro! —farfulló al oír los ladridos—. ¡Wolfie! ¡Ven aquí!

Los ladridos continuaron y Cecily no tuvo más remedio que dar la vuelta y adentrarse en el bosque. La arboleda era espesa y oscura más allá del claro, y de pronto se vio obligada a abrirse paso entre las zarzas que le arañaban las piernas desnudas.

Por fin vio los cuartos traseros del perro; tenía la nariz metida en un matorral. Cecily fue a ver qué era lo que tanto interés despertaba en el animal.

—¿Qué has encontrado, tragón? Algún hueso rancio, seguro. Venga, quita de en medio y déjame ver.

Cecily apartó al perro y metió la cabeza en el matorral, arañándose el rostro y los brazos con las ramas. Lo único que logró ver fue un montón de hojas secas. Retiró unas cuantas y de pronto sus dedos tocaron algo caliente.

—¡Aay! —gritó cuando un mechón de pelo se le enredó en una rama al apartar bruscamente la mano y dar un paso atrás.

Estaba claro que era algún tipo de animal, y el calor que había sentido Cecily le decía que estaba vivo. Una vez que logró desenredarse el pelo, partió una de las ramas que tenía detrás y, con el corazón latiéndole a mil por hora, la utilizó para retirar con cuidado unas cuantas hojas más. Un trocito de piel oscura quedó a la luz.

Oyó entonces un levísimo gemido, como el maullido de un gatito recién nacido. Apartó más hojas y se sobresaltó al ver un piececito diminuto que sobresalía entre el montón.

Tragó saliva cuando comprendió quién era la criatura que estaba en aquella tumba de hojarasca. Y por qué se había puesto a ladrar Wolfie.

—¡Oh, Dios mío!

Cecily cayó de rodillas y utilizó las manos para retirar el resto de las hojas. Y ahí estaba: una niña, diminuta pero perfecta. Tenía los ojitos cerrados y el único signo de vida que mostraba eran los labios sonrosados, que formaban una especie de «o» haciendo involuntariamente el gesto de mamar.

Incapaz de procesar qué podía haber ocurrido, Cecily se agachó y cogió a la niña en brazos. La criatura estaba cubierta de polvo y suciedad, y el extremo del cordón umbilical supuraba un poco de pus amarillento. Cecily vio que sus pequeñas costillas se marcaban a través de la piel; la tripa estaba hinchada de forma antinatural, y sus piernecitas recordaban las de una rana grande.

—¡Pero está viva! —exclamó Cecily—. ¡Oh, Wolfie! —Las lágrimas le nublaron la vista—. ¡Creo que acabas de salvar una vida! ¡Venga, llevemos a esta pequeñita a casa lo más rápido que podamos!

La criatura apenas se movió en los brazos de Cecily durante el camino de vuelta y su respiración era tan débil que la joven casi no podía sentirla. Cuando llegó a la casa, Cecily acostó a la pequeña en una manta en el suelo de la cocina y Wolfie se sentó junto a ella de guardia.

—Muy bien, ahora quédate aquí y no te muevas, ¿de acuerdo? —dijo antes de salir corriendo y entrar en el granero que utilizaban como almacén.

Bill había amontonado allí todo el ajuar de su hija antes de que Cecily volviera del hospital. Una parte seguía en sus cajas originales y se puso a rebuscar biberones y pañales de felpa entre todo aquel batiburrillo. Cogió además la toquilla, que había tardado varias semanas en tejer, y volvió a toda velocidad a la casa, pensando que podría regresar más tarde a por lo que le hiciera falta. De momento, lo más urgente era la leche.

—¡Solo Dios sabe cuánto tiempo llevaba ahí! —dijo casi sin aliento a Wolfie, que no se había movido del sitio, al lado de la niña, y la miraba con ojos tristes—. ¡Esperemos que no sea demasiado tarde! —Sacó una jarra de leche de la nevera, calentó un poco en un cazo y lavó el biberón con agua caliente antes de llenarlo—. Ven aquí —dijo cogiendo a la criatura. Envolvió su cuerpo diminuto en la toquilla y la acomodó en su codo. Metió la tetina en los labios de la pequeña y empezó a mecerla—. Vamos, preciosa, chupa —la animó—. Verás como te sientes mejor si tragas un poquito.

Nada. Y entonces Cecily recordó un consejo de uno de los libros que había leído cuando estaba embarazada: «Si el bebé no reacciona ante la tetina, prueba a ponerle unas gotitas de leche en los labios».

Cecily siguió el consejo y contuvo la respiración a la espera de la reacción de la pequeña. Por fin vio que hacía un movimiento casi imperceptible de succión, y enseguida volvió a meterle la tetina en la boquita.

—¡Así se hace! —exclamó, y soltó el aire que había estado conteniendo sin darse cuenta.

La succión era muy débil al principio y parecía que casi toda la leche se salía de la boquita, pero luego fue volviéndose más enérgica y Cecily supo que la niña estaba tragando por cómo se movía la garganta.

—¡Gracias, Señor! —exclamó con un pequeño sollozo al mismo tiempo que el bebé vomitaba la mayor parte de la leche que había tragado.

Cogió un trapo y se limpió a sí misma y a la pequeña lo mejor que pudo. La criatura emitía unos leves gemidos, como un patético intento de llanto.

—¿Le habrá llegado al estómago por lo menos un poquito?

Al cabo de unos minutos, salió de su trasero un reguerillo de líquido verdoso que parecía alquitrán.

—Al menos tu aparato digestivo funciona. ¡Sabe Dios cuánto tiempo llevabas ahí antes de que Wolfie te encontrara!

Cansada de tanta actividad, la niña —que seguía sin abrir los ojos— soltó la tetina y exhaló un suspiro.

—¿Tienes sueño? —susurró Cecily.

Inclinó la cabeza sobre la criatura intentando oír su respiración. Vio que su pecho subía y bajaba. Cuando comprobó que se había dormido, se quedó allí sentada, llena de angustia e indecisión. Sabía que podía llamar al doctor Boyle y pedirle que viniera a examinar a la pequeña; permanecer en el bosque, vaya usted a saber cuánto tiempo, debía de haberle provocado una deshidratación y quizá otras dolencias de las que ella ni siquiera había oído hablar.

Pero el sitio en el que la había encontrado era fresco y estaba a la sombra... Cecily puso la mano en su diminuta frente. No tenía fiebre, y no parecía ni demasiado caliente ni demasiado fría.

—Por el color de las heces, calculo que has nacido hace solo unas horas... Además —añadió mirando a la criaturita dormida—, el doctor Boyle insistirá en llevarte con él y meterte en algún horrible orfanato, como esos para los que mamá recauda fondos.

Cecily debió de quedarse dormida, agotada por tantas emociones, porque cuando se despertó ya anochecía y la niña lloriqueaba en sus brazos.

—¡Vale, vale, vamos a probar a tomar un poco más de leche!

Cuando la niña dejó de tomar el biberón, Cecily se lo quitó y vio que se había bebido casi treinta mililitros, y de momento no había vomitado nada.

—Muy bien. Lo siento, pequeña, pero tenemos que lavarte. Ahora voy a meterte en una jofaina en el fregadero y te daré un buen baño.

Provista de un trapo suave y una pastilla de jabón, Cecily estaba más mojada que la niña cuando acabó de lavarla de arriba abajo. Tuvo que quitar una especie de cera que cubría toda la piel del bebé, pero hizo todo lo posible por mantener seco el cordón umbilical, como decía en su libro sobre cuidados infantiles. La criatura berreaba de lo lindo y flexionaba sus diminutos miembros, cosa que le permitió comprobar que estaba sana.

Tras envolverla en una toalla seca y acostarla en el suelo del dormitorio, Cecily volvió a salir y fue al granero para llenar el moisés —todavía envuelto en papel de celofán— con todo aquello que pudiera necesitar durante la noche. De nuevo en casa, le puso un pañal a la niña lo mejor que supo, desenvolvió el moisés, lo colocó encima de la cama y metió en él a la criatura, que había vuelto a quedarse dormida. Entonces aprovechó para hacerse un bocadillo rápido y acto seguido se dirigió corriendo al dormitorio provista de otro biberón, pues el bebé se había puesto a llorar de nuevo. Esta vez se tomó casi sesenta mililitros de leche, aunque al final vomitó un poco. Luego Cecily le cambió el pañal y le puso un camisón de algodón que su madre le había mandado en un paquete de los almacenes Bloomingdale's hacía más de un año. Además le puso un gorrito de punto, y no pudo por menos que echarse a reír pensando en lo que habría dicho su madre al ver aquella carita negra embutida en él.

—Me gustaría verte los ojitos cuanto antes, pequeña —dijo levantándola y metiéndola otra vez en el moisés.

Preparó otro biberón por si el bebé se despertaba durante la noche y lo guardó en la nevera. Luego cerró las puertas de la casa, apagó las luces y se metió en la cama, tras comprobar que la niña seguía respirando en el moisés colocado a su lado.

Oyó a Wolfie gimotear al otro lado de la puerta del dormitorio, deseoso de que lo dejaran entrar. Cecily sonrió al pensar que el animalito quería proteger a las personas que estaban bajo su custodia.

—¡Tú quédate ahí fuera! La niña está bien aquí conmigo. ¡Buenas noches!

Apagó la luz de la mesilla y apoyó la cabeza en la almohada. Le vino a la memoria la conversación que había mantenido con Bill cuando este le preguntó si Njala podía quedarse en sus tierras. Y la vaguedad con la que le habló del destino de la criatura, una vez que Njala diera a luz. Cuando pensó en todo ello con sensatez, Cecily llegó a la conclusión de que tenía muy pocas alternativas: Njala se había escondido porque nadie debía saber que estaba embarazada o, de lo contrario, su boda habría sido anulada y se habría convertido en una proscrita. Entonces ¿sabía que el niño que iba a tener no volvería con ella…?

«Ayudar niño.»

—¡Ay, Señor!

De repente todo cobró sentido. El último día que Cecily había ido a verla al campamento, Njala no le pidió que la ayudara en el parto, sino que hiciera exactamente lo que le decía.

Cecily dio un bote en la cama y se incorporó asustada.

—Quería que Wolfie y yo la encontráramos…

La criatura se puso a gimotear en sueños. Cecily la cogió en brazos sin dudar.

—Ea, pequeña, ea. Ya estás a salvo. A salvo aquí conmigo.

38

Durante la semana siguiente, Cecily se dijo cada día que debía llamar a Bill y contarle lo que había pasado, pero cada vez que se disponía a marcar su número en el departamento de Guerra de Nairobi, acababa colgando el auricular. Estaba segura de que insistiría en llevarse a la niña y dejarla en un orfanato. A medida que iban pasando los días y que todos los instintos maternales que habían permanecido encerrados en ella empezaron a aflorar, la sola idea de que alguien pudiera hacerle daño, o tan siquiera tocar un hilo de la ropa de esa criaturita que tanto dependía de ella, hacía que se le llenaran los ojos de lágrimas. Aunque estaba exhausta debido a las tomas nocturnas de la niña, pues, si apenas tenía fuerzas para succionar la tetina unos días atrás, ahora era una comilona voraz y sus berridos habrían podido despertar a los leones de la sabana que se extendía ahí abajo, Cecily no se había sentido nunca tan feliz ni tan satisfecha. Montó un cuarto para el bebé en la habitación destinada en un principio a su hija y sacó del granero todo lo necesario para amueblarla. Ahora el cuarto despedía un olor delicioso a los polvos de talco con que rociaba el diminuto trasero de Stella. El libro sobre cuidados infantiles le había servido de guía para ocuparse del resto del cordón umbilical, que ya estaba secándose y acabaría cayéndosele en los próximos días. No le quedaba tiempo para trabajar en el jardín; dormía cuando dormía la niña y, cuando podía, echaba mano de una rebanada de pan entre toma y toma.

El nombre de Stella se le ocurrió una tarde que se echó un sueñecillo y al despertarse se encontró con un par de ojos brillantes, con el iris de un marrón tan oscuro como un grano de café, que la miraban fijamente. Pensó en cuánto se parecían a los de Njala, y entonces recordó que Bill le había dicho que el nombre de Njala significaba «estrella».

—¡Stella! —exclamó al recordar las clases de latín que recibió de niña y en las que aprendió que esa palabra significaba también «estrella». Además, no podía seguir llamándola «pequeña»—. Pues serás Stella, al menos de momento.

Dos días antes había oído el estruendo de un vehículo que serpenteaba por el camino de acceso a la casa. Corrió a la ventana y vio acercarse la camioneta de Katherine. Consciente de que la puerta delantera estaba cerrada, Cecily se agazapó al pie de la ventana con Stella en brazos mientras Katherine llamaba a la puerta y luego gritaba su nombre, para después mirar por las ventanas, a todas luces confundida por los ladridos de Wolfie en el interior de la casa. Katherine sabía que el perro se quedaba fuera cuando Cecily salía a comprar. O cuando estaba con ella en cualquier sitio o en algún rincón de la granja. Por fin, el ruido de la camioneta dejó de oírse a lo largo del camino de acceso a la casa y Cecily se levantó con la niña en brazos sintiéndose un poco tonta, pero en aquel momento no quería que nada destruyera la intimidad del mundo que Stella, Wolfie y ella habían creado.

Sin embargo, cuando Cecily se despertó después de otra noche sin apenas dormir, oyó que sonaba el teléfono. Tras debatir en su fuero interno si debía contestar o no, decidió saltar de la cama e ir a cogerlo.

—Soy Bill —dijo su marido. La línea telefónica hacía tantos ruidos como la que comunicaba con Nueva York—. ¿Qué tal todo?

—Aquí va todo bien, Bill, sí. Muy bien. ¿Y tú cómo estás?

—Baste decir que la situación en Europa, y aquí también, se vuelve más sombría cada día que pasa. De todos modos, estaré en casa en Nochebuena.

—¿Cuándo cae?

—¡Pero bueno, Cecily! Es dentro de tres días. ¿Seguro que estás bien?

—Perfectamente. Nunca había estado mejor, Bill. Es que… fui a comprar, pero no había carne en el mercado, ni tampoco otras cosas —mintió.

—No te preocupes. Iré cargado de espíritu navideño, aunque me cueste la mitad de mi sueldo de militar. ¿Vendrán a casa Katherine y Bobby, a celebrar la Navidad como el año pasado?

—No se lo he preguntado. ¿Quieres que lo haga? —dijo mordiéndose el labio, consciente, con cada palabra que decía, de que los días felices a solas con Stella llegaban a su fin.

—Hablaré con Bobby, no te preocupes, querida. ¿Seguro que estás bien? Bobby me dijo que Katherine se había pasado por ahí y que no estabas.

—¡Qué deprisa corren las noticias! Supongo que estaba en Gilgil, eso es todo.

—Mientras estés bien... —dijo Bill—. Te veré en Nochebuena. Tendré que estar de vuelta en el despacho después de San Esteban, pero esperaba que vinieras conmigo a Nairobi y que pudiéramos ir a las carreras. Seguro que disfrutarías.

—Ya hablaremos cuando estés en casa —respondió con brusquedad tras oír que la niña gimoteaba—. Adiós, Bill.

Colgó apesadumbrada y volvió al dormitorio, donde Stella estaba acostada dentro de su moisés. Tenía los brazos estirados por encima de la cabeza y sus largas pestañas aleteaban en sueños: era la viva imagen de la relajación.

Cecily se sentó a su lado.

—Mi pequeña... ¿Qué vamos a hacer cuando papá llegue a casa?

Aparte de salir disparada mientras Stella dormía para comprar jarras de leche fresca a las mujeres masáis que montaban sus puestos en la carretera que iba a Gilgil, los preparativos que hizo Cecily para Navidad fueron prácticamente nulos. No dejaba de pensar en lo que iba a contarle a Bill, pero decidió que no tendría más remedio que improvisar.

El día de Nochebuena puso un disco de villancicos en el gramófono y pensó en lo difícil que resultaba mantener el espíritu navideño cuando el termómetro marcaba casi veinticinco grados. Se dio un baño, se lavó el pelo y se lo dejó secar al aire —Bill le había comentado cuánto le gustaba que lo hiciera así—, y luego lo sujetó con un par de horquillas para domar un poco sus rizos. Se puso una blusa limpia y una falda color crema, dio de comer a Stella, la cambió y la acostó en el moisés en su cuarto. Después se preparó una ginebra con un poco de vermut y se sentó en el salón a esperar que llegara su marido.

Cuando oyó el ruido del motor en el camino de acceso a la casa, el estómago se le encogió.

«Está bien, Cecily, lo único que tienes que decirle es que no vas a permitir que se la lleve a un orfanato...»

—Hola —dijo Bill al entrar en el vestíbulo, cargado con un gran árbol que, pese a tener hojas aciculares, no se parecía demasiado a los árboles de Navidad que había visto en Nueva York—. ¡Mira lo que me he encontrado por el camino! Lo voy a poner en un cubo. Tal vez te apetezca adornarlo.

—Yo... ¡Vale!

—También he conseguido unas cuantas exquisiteces para comer. Voy a buscarlas —añadió dándole un beso en la mejilla—. ¡Feliz Navidad, Cecily!

El insólito buen humor de su marido la pilló por sorpresa. Intentó recordar —sin conseguirlo— cómo estaba Bill las últimas Navidades: todo se había desarrollado en medio de una gran confusión y tristeza, de modo que los recuerdos se habían borrado de su mente. Ahora se alegraba de verlo tan contento. Aquello le vendría bien para lo que se traía entre manos.

—¡Ah! ¡Casi se me olvida! Hay una caja de parte de Kiki que Aleeki dejó en el club para ti. Sigue en la trasera de la camioneta, y por el olor estoy seguro de que contiene, entre otras cosas, un pedazo de salmón ahumado. Habrá que comérselo enseguida.

—¡Bocadillos de salmón ahumado! ¡Qué lujo! —exclamó ella con una sonrisa cuando Bill salió a buscarlo.

Cecily sirvió dos copas de ginebra con vermut al tiempo que Bill llenaba de tierra una maceta y colocaba en ella el árbol «de Navidad» para adornarlo luego entre los dos.

—Es un poco chapucero, pero ¿qué más da? —dijo Bill—. Se trata de celebrar la Navidad lo mejor que podamos.

—¿Te gusta la Navidad? —preguntó Cecily, aunque la respuesta era evidente.

—Me encanta. Siempre me ha encantado. Desde que era niño. Puede que esté fuera de lugar ahora que ya soy un hombre, pero disfruto cuando todo el mundo está de buen humor. Hasta mis padres dejaban de pelearse durante las Navidades. Bueno, creo que en el granero tenemos algunos adornos del año pasado. Voy a buscarlos —dijo Bill dirigiéndose a la puerta trasera.

—¡Espera! Es que…

—¿Qué pasa?

—Bueno, es solo que estoy un poquito cansada, nada más. ¿No podemos poner los adornos mañana?

—Pero Cecily, mañana es el día de Navidad, y para cuando queramos ponerlos ya se habrá acabado todo. No tardaré ni un minuto en traerlos y puedo colgarlos yo si tú estás cansada.

Bill ya había cruzado el umbral y Cecily se había quedado sin excusas para detenerlo. Lo único que cabía esperar, aunque era absurdo, era que él no se fijara en todas las cosas que faltaban en el granero.

Al cabo de un instante, Bill estaba de vuelta con la caja de los adornos.

—Todas las cosas del niño han desaparecido. ¿Puedo preguntarte qué has hecho con ellas?

—Ah… Luego te lo cuento. Ahora vamos a poner esos adornos en el árbol. —Bebió un trago de ginebra y llevó a Bill al salón.

—¿Sabes, Cecily? La diferencia entre cómo estás ahora y cómo estabas hace un año es enorme. El día de Navidad te lo pasaste en la cama, ¿te acuerdas? —preguntó Bill cuando empezaron a colgar los adornos.

—Me da vergüenza decirlo, pero no me acuerdo.

—No eras tú en absoluto…

De repente se oyó un berrido.

—¡Dios santo! ¿Qué demonios es eso?

—Pues… no sé. —Cecily sintió que se sonrojaba hasta la raíz del pelo.

Volvió a oírse el berrido, que acabó convirtiéndose en un llanto en toda regla.

A Cecily se le cayó el alma a los pies: había esperado contarle a Bill lo que había pasado antes de presentarle a Stella, pero ya era demasiado tarde.

—Viene de dentro de la casa. ¿Has encerrado aquí algún animal salvaje o qué?

—No, es que…

Pero Bill estaba ya en el pasillo, dispuesto a descubrir el origen del llanto.

Cecily lo siguió angustiada mientras él iba mirando en todos los dormitorios hasta que por fin abrió la puerta del cuarto infantil. Observó cómo su marido se inclinaba sobre el moisés y luego retrocedía espantado.

—¿Qué es esto? ¡Maldita sea! Pero ¿qué es esto? —exclamó volviéndose hacia Cecily.

Ella logró colarse delante de él y coger a Stella en brazos, por si Bill tenía la tentación de hacerle algo. Salió con la pequeña y se dirigió a la cocina, donde recuperó el biberón y lo puso en una cacerola de agua para que se calentara.

—¡Cecily! ¡Por Dios! ¿Puedes explicarme qué demonios está pasando? —dijo Bill plantándose en la puerta de la cocina.

—Déjame que la tranquilice con un biberón y luego te lo cuento.

—Necesito otra ginebra…

Cecily lo vio ir en busca de la ginebra y luego se sentó con la pequeña ante la mesa de la cocina. Los berridos cesaron y se hizo la paz mientras Stella succionaba con ansia la tetina.

—Ya puedes empezar —dijo Bill, que había vuelto a la cocina. Tomó un trago de su bebida y se sentó en una silla enfrente de su mujer.

La niña dejó de succionar y Cecily se llevó un dedo a los labios.

—No te atrevas a decirme que me calle —estalló Bill.

Cecily pudo comprobar que temblaba de cólera. Pero por lo menos bajó la voz.

—Es muy sencillo, Bill. Poco después de que te marcharas a Nairobi la última vez, fui a visitar a Njala al campamento. Aunque allí no quedaba nada, Wolfie captó un olor y desapareció entre los árboles. Empezó a ladrar y, como no obedecía a mis llamadas, fui a buscarlo. Fue Wolfie el que la encontró, enterrada debajo de un montón de hojas secas en el bosque. Supongo que hacía pocas horas que había nacido. Era evidente que la habían abandonado allí para que muriera, así que hice lo que cualquier cristiano habría hecho, o, mejor dicho, lo que habría hecho cualquier ser humano con un mínimo de corazón: la recogí y me la traje a casa. Lleva aquí desde entonces.

—¡Por Dios! —Bill se llevó una mano a la frente y apoyó el codo en la mesa.

—¿Crees que hice mal?

—No, por supuesto, no lo creo.

—¿Tú... tú sabías que iban a abandonar a la niña en el bosque para que muriera?

—¡Desde luego que no! Yo no quise saber nada —exclamó Bill, y soltó un suspiro—. Mi amigo me pidió que proporcionara un refugio seguro en nuestras tierras a su hija hasta que diera a luz. Estoy seguro de que Leshan me dijo que se llevarían a la criatura para ponerla a salvo. No me puedo creer que la abandonaran en el bosque.

—Bueno, pues estaba cubierta de hojarasca y metida en un hoyo, así que fue una suerte que Wolfie la encontrara. Unas horas más y habría muerto. ¡Era tan pequeñita...! —Cecily miraba a Stella con los ojos llenos de lágrimas.

—Debo reconocer que estoy furioso por el mero hecho de que hayan pensado que nosotros laváramos sus trapos sucios. Y...

—¡No te atrevas a llamar eso a la niña! ¡No es «los trapos sucios» de nadie! ¡Es un ser humano, igual que nosotros!

—Perdóname, Cecily. Ha sido una impertinencia y te pido disculpas, pero, por favor, comprende que estoy conmocionado. Llego a casa el día de Nochebuena buscando un poco de paz y tranquilidad, lejos de todo ese follón, y me encuentro a una niña negra en el cuarto del bebé.

—¿De verdad el color de su piel es tan importante para ti, Bill? Eres tú el que se pasa media vida actuando como un masái.

—No, desde luego, no es importante en ese sentido, Cecily. Pero evidentemente, en cuanto pase Navidad, tendremos que llevar a la niña a Nairobi y...

—¡No! No voy a consentir que se entregue a esta criatura a una misión ni a un orfanato, donde no la cuidarán de forma adecuada. Sabe Dios cuál sería su suerte, y no permitiré que le suceda nada malo.

—No estarás sugiriendo que nos la quedemos, ¿verdad? —dijo Bill tras una pausa.

—¿Por qué no? No tenemos hijos y nunca los tendremos. ¿Por qué no podemos adoptarla?

Bill miró a su mujer como si esta hubiera perdido el juicio.

—¿Hablas en serio? ¿De verdad se te ha pasado por la cabeza la idea de criarla aquí como si fuera hija nuestra?

—¡Pues sí! Tenemos una casa, dinero suficiente… y, además, es evidente que Njala sabía lo que iba a pasar. Me pidió que ayudara a su hija con las pocas palabras de inglés que llegué a enseñarle. Estoy convencida de que por eso dejó a la niña por allí cerca; quería que yo la encontrara.

—Perdona, Cecily, pero te estás dejando llevar por la fantasía. Como tú misma has dicho, fue el perro el que la encontró por casualidad cuando dabais un paseo por el bosque…

—Un paseo que hemos dado cada día durante estos dos últimos meses. Wolfie conocía el olor de Njala, que por fuerza tiene que ser parecido al de Stella…

—¿Ya has puesto nombre a la niña? —Bill mostraba un aspecto taciturno debido al agotamiento.

—Tenía que llamarla de alguna manera, ¿no? Mira, he hecho que eructe y se ha dormido. ¿Te gustaría cogerla en brazos?

—No, Cecily, no me gustaría. —Bill se agarró el puente de la nariz con la punta de los dedos pulgar e índice—. Lo siento, pero no podemos quedárnosla.

—¿Por qué?

—Pues porque…

—¿Sí?

—Porque es negra. La adopción de un niño así no se da en nuestro mundo, ni en ninguna otra parte del mundo, en realidad.

—¡Vaya! Y eso lo dice el señor Forsythe, el gran defensor de los masáis, que incluso lleva a uno con él allá donde va. ¡En el fondo, estás cargado de prejuicios como todos los demás! Pues bien, déjame que te diga una cosa: ¡si la niña se va, yo también me voy! Porque le hice una promesa a esa pobre muchacha y no pienso deshacerme de su hijita, ¿me oyes?

Cecily se levantó con Stella entre sus brazos, se dirigió al dormitorio, dio un portazo y cerró con llave.

Acostó a la criatura en la cama a su lado y rompió a llorar desconsolada.

—¡No te preocupes, pequeña! —exclamó entre hipidos—. ¡Antes me muero que permitir que te hagan ningún daño! ¡Te lo juro!

Cecily se despertó al oír unos golpecitos en la puerta. Miró el reloj y vio que era más de medianoche. La niña se removía a su lado, metiéndose los nudillos en la boca, que era la forma que tenía de decir que estaba hambrienta.

—¿Cecily, puedo entrar, por favor?

Como de todas formas Stella necesitaba un biberón, Cecily abrió la puerta a regañadientes con la criatura en brazos. Ni siquiera miró a Bill cuando pasó delante de él para ir a la cocina. Tras calentar el recipiente, se sentó en una silla para dar de comer a la pequeña.

—Perdóname, Cecily —dijo su marido en cuanto apareció por la puerta de la cocina—. No has hecho nada malo.

—No, no lo he hecho —farfulló—. Y cualquiera que diga lo contrario es un ser despreciable.

—Estoy de acuerdo —admitió Bill, y volvió a sentarse en la silla que había ocupado antes.

—Lo digo en serio. Si vuelves a sugerir dejar a la niña en un orfanato, recojo mis cosas y me voy con ella. ¿Entiendes?

—Me ha quedado muy claro. Pero subsiste el hecho de que la sociedad todavía no ha reaccionado a favor de la adopción interracial, ni en un sentido ni en otro —añadió con firmeza—. Quizá llegue un día en que lo haga, y rezo para que así sea.

—¡No me importa lo que diga la sociedad, y pensaba que a ti tampoco!

—Cecily, créeme, si me importaran las normas de la sociedad, no me habría casado contigo y desde luego nunca habríamos tenido esta conversación. Sencillamente habría cogido a la niña y me la habría llevado a Nairobi. Así que, por favor, préstame un poco de atención. Los tres tenemos que vivir en sociedad, por mucho que intentemos cambiar las normas. Y el hecho de que una pareja blanca adopte a una niña negra es algo inaudito.

—Es que... —empezó a decir Cecily, pero Bill levantó una mano para detenerla.

—Escúchame, por favor. Es evidente que te has encariñado con la niña. Lo cual es comprensible, teniendo en cuenta que perdiste a tu hija. Hace solo unas horas que tengo conocimiento de... esta situación, así que perdona que tenga que esforzarme para acostumbrarme a ella. Lo cierto, Cecily, es que, si te marcharas con la niña, no tendrías adónde ir.

—¡Por supuesto que sí! Katherine o incluso Kiki nos acogerían…

—Estoy seguro de que lo harían, pero dirían lo mismo que yo. No puedes ser la madre de una niña negra. No lo aceptaría nadie. En ninguna parte. Y, por favor, no me digas que te irías a vivir con los masáis porque ellos tampoco te querrían —dijo Bill, en un leve intento de bromear—. Cecily, ¿oyes lo que te estoy diciendo? ¡El mundo de fantasía que has creado desde que me fui nunca se hará realidad! Lo sabes, ¿verdad?

Cecily se mordió el labio, consciente de que, hasta cierto punto, lo que decía su marido era cierto.

—Pero no puedo entregarla, Bill. Su madre quería que cuidara de ella. Y además, para empezar, todo es culpa tuya. Si no hubieras dejado que Njala se escondiera en nuestras tierras, no nos encontraríamos en esta situación.

—Soy consciente de ello, Cecily, y maldigo el día en que dije que sí. Anda, déjame que la coja —añadió Bill extendiendo los brazos hacia el otro lado de la mesa.

—¿Juras que por la noche no te largarás y te la llevarás a Nairobi?

—Te lo prometo. Dámela —añadió en tono persuasivo.

Aunque a regañadientes, Cecily puso a Stella en sus brazos.

—Hola, pequeña —dijo Bill mirando a la niña—. Eres igualita que tu madre. Preciosa.

Cecily observó cómo Bill levantaba un dedo y una de las manitas de Stella lo agarraba y lo sujetaba con fuerza. Aquella visión hizo que los ojos se le llenaran de lágrimas.

—¡Por Dios, señora Forsythe, me has enredado pero bien desde que me casé contigo! —dijo Bill sonriendo a su esposa—. ¡Y yo que venía en la camioneta pensando que íbamos a navegar por aguas tranquilas porque parecías estar mucho mejor!

—Divórciate de mí, si quieres —replicó ella encogiéndose de hombros y poniéndose a la defensiva.

—Cecily, para arreglar esta situación tendrás que comportarte como una mujer adulta, no como una niña petulante. ¿Puedo preguntarte si alguien más sabe de la presencia de Stella en casa? ¿Katherine, por ejemplo?

—No, nadie. Por eso no dejé entrar a Katherine el otro día.

—¿Estás segura?

—Completamente.

—Eso ya es algo, al menos. —Bill miró a la niña—. Deja que piense con tranquilidad qué es lo mejor para todos nosotros...

—Pero es que yo...

Bill se llevó un dedo a los labios.

—Basta por hoy, Cecily. Ya te he escuchado. Y va siendo hora de que nos vayamos a dormir. Estoy agotado.

Bill se levantó y depositó a Stella en los brazos de Cecily; luego besó a su esposa en la frente.

—Feliz Navidad, querida. ¡Menudo regalito me he encontrado al llegar a casa!

Para su sorpresa, Cecily no se despertó debido al llanto de Stella hasta las cinco. Temerosa de que los gemidos de la pequeña despertaran a Bill, se levantó y se la llevó a la cocina para darle de comer.

—¡Feliz Navidad, cariño! —exclamó; a través de la ventana veía cómo un sol radiante empezaba a asomar en el horizonte—. Y no te preocupes, lucharé por ti, cueste lo que cueste.

Una vez que Stella hubo comido y se quedó dormida en el moisés, Cecily se puso un delantal, preparó una hornada de pan para acompañar el salmón ahumado y luego utilizó el pan de hacía dos días que guardaba en la despensa para rellenar el pollo que Bill había traído. Cuando terminó los preparativos, se puso su vestido favorito de color verde, se empolvó un poco la cara para disimular las ojeras y se retocó ligeramente las mejillas con colorete. A continuación, volvió a la cocina para pelar unas cuantas hortalizas. Al año siguiente su huerto estaría más asentado y podría recolectar más verduras frescas...

Tuvo que frenarse un poco. ¿Qué hacía sintiéndose tan alegre? Era muy probable que, cuando Bill se despertara, dijera que Stella debía marcharse, lo que significaba que ella también tendría que hacer las maletas...

—Buenos días —dijo Bill, como si los pensamientos de Cecily lo hubieran incitado a presentarse ante ella—. ¡Qué aspecto tan radiante y luminoso! ¿Puedo pedirte una taza de té?

—Por supuesto —respondió, y puso a calentar el agua.

—¿Cómo has…? ¿Cómo habéis dormido?

—Muy bien, desde luego, muchas gracias. No da mucho la lata por las noches.

—Pero, por lo que se ve, es muy madrugadora, ¿no? Gracias —añadió cuando Cecily le puso delante una taza de té—. Bueno, Bobby y Katherine se presentarán al mediodía, así que yo voy a terminar de asearme y luego te veo en el salón. Tenemos que hablar, Cecily.

Quince minutos después, estaba sentada en el salón, con el corazón latiéndole a mil por hora, cuando Bill volvió a aparecer perfectamente vestido y se sentó en el sillón frente a ella.

—Te diré que me he pasado buena parte de la noche pensando qué es lo que más nos conviene hacer —empezó diciendo Bill—. Me doy cuenta de que, en último término, yo soy el responsable de todo este… aprieto en el que nos encontramos. Al fin y al cabo, fui yo el que accedió a acoger aquí a Njala.

—Estoy segura de que se habría quedado con la niña si se lo hubieran permitido, pero no la dejaron y por eso me pidió ayuda…

—Creo, querida, que debemos enfrentarnos a los hechos. Puedo comprender que te sientas responsable, pero no deberías sentirte culpable. No obstante, admito que te hayas encariñado con la niña y que me digas que te marcharás con ella si insisto en que se vaya.

—Desde luego que lo haré, Bill. Lo siento, pero…

—¿Puedes ahorrarme todo ese teatro, Cecily, y escuchar lo que tengo que decirte? Anoche ya te advertí que es insostenible que tú, y por lo tanto yo, nos convirtamos en sus padres. Ni se me pasa por la cabeza imaginar lo que tu padre y tu madre dirían si les presentaras a Stella. Así que tendrás que ser realista. O, mejor dicho, yo tendré que ser realista por ti. Se me ha ocurrido una solución que espero que te haga feliz, y de paso nos haga felices también a mí y a la niña. ¿Estás dispuesta a escucharme?

—Sí.

—Bien. ¿Recuerdas que la última vez que me fui a Nairobi te dije que buscaras a alguien que te ayudara en las tareas domésticas?

—Sí.

—Mi propuesta es buscar a una mujer por medio de Nygasi. Vendrá a vivir a casa como cocinera y ama de llaves, pero le contaremos cuál es la situación. Ya he destinado parte del granero como cuarto para el servicio y no tardará en estar habitable. Cuando llegue, le diremos a todo el mundo que tenemos una sirvienta nueva que vivirá con nosotros junto con su hijita, o su nietecita, según la edad que tenga. De ese modo, Stella podrá quedarse en Paradise Farm y criarse bajo nuestra protección. No es raro que las criadas tengan a algún familiar viviendo con ellas. Eso significa además que Stella crecerá aparentemente dentro de su propia cultura. Recuerda, por favor, que eso también es importante para ella.

—¿Estás diciendo que Stella tendrá que vivir en el granero? —repuso Cecily horrorizada.

—A decir verdad, Cecily, no me preocupan los detalles; ya se irán resolviendo más adelante. Me interesa mucho más encontrar la manera de que cumplas la promesa que le hiciste a Njala, así como tu deber como cristiana, y que Stella se quede aquí.

—Pero, Bill, lo que yo quiero es criarla…, ser su madre —dijo mordiéndose el labio.

—Y a todos los efectos, cuando no haya nadie delante, lo serás.

—¿No le parecerá extraño a la criada que la señora de la casa quiera pasar tanto tiempo con una niña negra?

—No se paga a las criadas para que decidan lo que sus señores tienen de extraño. Podrás hacer lo que quieras, pero tendrás que dejar a Stella con ella cuando haya visitas.

Cecily se miraba los pies y guardaba silencio.

—Comprendo que esta no es la solución ideal —añadió Bill en tono amable—, pero es la única que se me ocurre. Incluso yo tengo mis límites, Cecily, pero confía en mí; ya me he visto empujado al límite otras veces este último año. No obstante, entiendo que el hecho de que te separes de Stella es tan inaceptable como el de que la criemos como hija nuestra. Así que, por ti y por ella, estoy dispuesto a acogerla bajo mi techo si tú estás dispuesta a aceptar esta solución de compromiso por mi parte. ¿Lo estás?

Pero Cecily seguía mirándose los pies.

Bill suspiró.

—Anoche te pedí que no te comportaras como una niña petulante y te lo vuelvo a pedir ahora. Yo no puedo hacer más. ¿Aceptas?

Cecily levantó la vista y lo miró.

—Acepto.

—Bien. Y ahora quizá podamos aprovechar y tener un buen día de Navidad. —Bill hizo un gesto señalando el árbol—. Mira ahí debajo.

Cecily se levantó y se acercó al árbol. Debajo había un paquetito.

—Disculpa. No he tenido tiempo de envolverlo como es debido. Espero que te guste.

—¡Oh, Bill! ¡Qué mal me siento! El regalo que tenía para ti estaba en el paquete que mandaron mis padres de Estados Unidos, pero no ha llegado…

—En realidad, no tienes que preocuparte, cariño. Venga, ábrelo.

Cecily volvió a sentarse. Quitó la cinta y el papel de estraza que lo envolvía y sacó un pequeño estuche de terciopelo. Levantó la tapa y vio una delicada cadena de oro con una exquisita esmeralda cuadrada engastada en medio de un racimo de diamantes.

—¡Ay, por Dios, Bill! ¡Es precioso! No deberías… Yo… no… No me lo merezco. No te merezco.

—¿Quieres que te lo ponga? Va muy bien con el vestido que llevas. Hace años que tengo esta piedra… Un tío de Sudáfrica me la regaló en cierta ocasión por un favor que le hice y, mejor que dejarla olvidada en un cajón, pensé que…, bueno, que quedaría muy bonita colgada de tu cuello. Anda, ¿por qué no te miras en el espejo?

Cecily se levantó con los ojos brillantes por las lágrimas y fue a contemplar su imagen en el espejo que había encima de la chimenea.

—¡Es ideal! ¡Gracias, Bill, muchísimas gracias! Y gracias por permitir que se quede Stella.

—¡Ven aquí! —exclamó Bill atrayendo a su mujer hacia sus brazos—. Hemos pasado una temporada muy dura desde que nos casamos —dijo apoyando la cabeza de ella en su hombro—. Y bueno…, con la guerra y con la nueva adquisición que ha hecho nuestra familia, es casi seguro que habrá más dificultades. Pero espero que al menos esta Navidad marque una nueva época para ti y para mí. —Le levantó la barbilla para que lo mirara—. ¿Y tú qué piensas, mujercita mía?

—Pienso… Pienso que me gustaría mucho que así fuera.

—Bien.

Bill se inclinó y, por primera vez desde el día de su boda, buscó los labios de ella. Había pasado tanto tiempo desde que alguien la había besado que a Cecily casi se le había olvidado lo que debía hacer. Aun así, una extraordinaria oleada de calor inundó su cuerpo cuando Bill rozó sus labios abiertos con los suyos.

Se oyó un berrido procedente del cuarto del bebé y, a regañadientes, Cecily se apartó de su marido.

—¡Por Dios! ¡No sabes cuánto llevaba esperando hacer esto, y ahora nos interrumpen! —exclamó Bill con una sonrisa—. Venga, ve a ver a tu niña —añadió, y fue detrás de ella.

39

Cecily nunca olvidaría aquel día de Navidad. No le había gustado nada que Nygasi se llevara a Stella al bosque para ocultarla, menos aún después de haber visto la expresión de asombro en el rostro del masái cuando Bill y ella le entregaron a la niña junto con un número de biberones suficiente para alimentarla durante las próximas horas. Bill le había garantizado que Nygasi no tocaría ni un hilo de la ropa de la pequeña.

—Le he dicho que, si le ocurre alguna desgracia a Stella, lo denunciaré a él y a Njala ante las autoridades por haber abandonado a una recién nacida —le dijo Bill para tranquilizarla cuando la acompañaba al interior de la casa—. Entiendes que nadie debe verla antes de que llegue nuestra nueva criada, ¿verdad?

—Sí, lo entiendo. Gracias, Bill, muchísimas gracias por todo. Te prometo que no será ninguna molestia y que…

—Sabes que eso no es cierto, pero agradezco tu amabilidad —dijo Bill sacudiendo la cabeza mientras cerraba la puerta—. Las cosas que hago para hacerte feliz… Bueno, y ahora yo abriré una botella de champán y tú te irás a la cocina. Katherine y Bobby llegarán en cualquier momento.

El día transcurrió como un sueño. Cecily no podía creer que Bill la hubiera besado y que le hubiese hecho el mejor regalo de todos: Stella podría quedarse. Ya no miraba con envidia el vientre cada vez más abultado de Katherine, porque ella también tenía a una criatura a la que amar. Resultaba un poco triste que las cosas no pudieran desarrollarse de la manera tradicional, pero era mucho más de lo que Cecily se había atrevido a soñar durante aquel último año marcado por la desgracia. Su collar suscitó la admiración de Katherine, que la siguió hasta la cocina para ayudarla a servir el almuerzo.

—Eres increíble, el modo en que te desenvuelves a la hora de preparar todo esto cuando puedes permitirte tener sirvientes, Cecily —comentó Katherine dando la vuelta a las patatas, que constituían una parte importantísima del asado tradicional inglés.

—Por cierto, Bill y yo hemos decidido que ha llegado el momento de que alguien nos eche una mano. Contrataremos a una criada en cuanto podamos.

—¡Bien por ti! Yo espero que la paga que recibe Bobby del ejército y el dinero que gana con su trabajo en la finca nos permitan contratar también a alguien cuando nazca el niño. Debo decirte, Cecily, que hoy tienes un aspecto radiante —dijo Katherine, mirando de arriba abajo a su amiga—. Por fin has salido del hoyo, y es maravilloso veros a Bill y a ti tan felices. ¡Cuánto me gustaría que Bobby fuera tan encantador conmigo! Pero nos conocemos desde siempre, y a veces pienso que sigue viéndome como la niña irritante que lo perseguía por todas partes.

—Katherine, tu matrimonio es uno de los más felices que he conocido.

—No estoy muy segura de que le vaya a gustar mi físico después de dar a luz. De verdad te lo digo, Cecily, creo que ya peso casi el doble de lo que pesaba. Cuando esté a punto de dar a luz, ¡estaré tan gorda como una de sus queridísimas vacas!

Después de disfrutar del almuerzo en un ambiente alegre y animado, estuvieron jugando todos a las cartas hasta que Katherine dijo que era hora de volver a casa.

—Estoy agotada, pero he pasado un día estupendo. Muchísimas gracias por todo. Os devolveremos el favor el año que viene, lo prometo —dijo al despedirse con Bobby de sus anfitriones.

Bill tuvo que sujetar con firmeza a su esposa por los hombros cuando la camioneta desapareció por la carretera.

—Espera unos minutos, Cecily. Nunca se sabe, tal vez Katherine haya olvidado algo y vuelva a buscarlo.

En cuanto pasaron diez minutos, Cecily salió de la casa llamando a gritos a Nygasi.

—¿De verdad tienes que ir a buscar a Stella de inmediato? —exclamó Bill siguiéndola—. Me habría gustado tenerte un rato para mí.

Pero Cecily ya estaba lejos y no podía oírlo.

Aquella noche, más tarde, cuando Stella ya estaba arropada en su habitación, tan tranquila después de pasar el día con el tío Nygasi, Bill encendió la chimenea, pero no solo porque la noche había refrescado, sino también porque daba al ambiente «un aire más navideño».

—Cuéntame cómo eran las Navidades de tu infancia —dijo Cecily, acurrucándose en el sillón que estaba frente al de su esposo.

—¡Oh! Eran muy inglesas. Buscar los regalos que nos habían dejado dentro de los calcetines era lo primero que hacíamos por la mañana, y luego íbamos a la iglesia caminando por la nieve... Por supuesto, no todos los años había nieve, pero así es como lo recuerdo. Aquí es todo muy distinto... —Suspiró y miró a su mujer—. Cecily, me parece... Tengo la sensación de que quizá hayamos empezado con mal pie.

—¿Qué quieres decir?

—Cuando te pedí que te casaras conmigo, creo que suponías que lo hacía solo para salvar tu reputación y para conseguir una esposa que se encargara del hogar, algo que en realidad yo no había tenido nunca. En otras palabras, que era un trato conveniente para los dos.

—Sí, eso es lo que dijiste, Bill. ¿Acaso lo entendí mal?

—No del todo, no. Yo..., bueno, yo me sentí atraído por ti desde el momento en que te conocí. Me cautivaste porque no eras como las otras mujeres de por aquí: eras de verdad, y no te preocupaba qué vestido ponerte ni dejarte ver en las fiestas adecuadas. Me pareciste una mujer brillante y guapa también —dijo con una sonrisa—. Y luego nos casamos, y cuanto más te conozco, más admiro tu silenciosa tenacidad y el hecho de que no exijas nada de mí y me aceptes tal como soy. O sea, que no solo me he encariñado contigo. Ni que decir tiene que me parecía poco apropiado que entabláramos... una relación física cuando estabas embarazada, pero quiero que sepas que no era porque no quisiera —añadió ruborizándose—. Y luego vino lo peor, y yo no estuve allí cuando me necesitaste. Cecily, es imperdonable que te dejara aquí sola en un estado tan avanzado, sobre todo porque no dije dónde se me podía encontrar. Y cuando llegué al hospital y te vi sedada, con la vida pendiente de un hilo, no solo me di cuenta de que me había comportado como un cerdo egoísta, sino también de que… te amaba. Cecily, aquella noche me senté a los pies de tu cama y me eché a llorar. Y no lo había hecho desde que Jenny, la chica que me partió el corazón, me dijo que rompía nuestro compromiso. —Bill hizo una pausa. En su rostro se dibujaba una expresión de angustia—. Pero ya era demasiado tarde: estabas muy enferma y desolada, y pensabas que no me importabas lo más mínimo. ¿Y por qué ibas a pensar otra cosa? Me había casado contigo y seguía llevando la vida que llevaba antes de que llegaras. Luego vino la guerra y, aunque no quería dejarte aquí sola, no tuve otra elección. Además, entendía que no quisieras tenerme cerca. Hice todo lo posible, aunque de la forma tan torpe que me caracteriza, por demostrarte que me importabas, pero no supiste verlo, ¿verdad?

—Sí, Bill, pensaba que no me amabas, ni una pizca.

—Estábamos en un punto muerto, y para serte sincero te diré que creía que no saldríamos nunca de él. Y con el tiempo, cuando Njala llegó aquí, el nubarrón que te envolvía pareció disiparse. Te veía sonreír de vez en cuando, y la noche que invitamos a Joss, a Diana y a Jock, estuviste encantadora. Cuando bailamos juntos, comencé a creer que podíamos tener un futuro. ¿Crees que lo tendremos, Cecily?

—Me… Me parece que los dos nos hemos aislado del mundo, cada uno a su manera.

—Estoy de acuerdo. Así es. Y lo que es más importante, nos hemos aislado el uno del otro. La cuestión es, por supuesto, si tú has sentido… Si tú sientes algo por mí.

—No estoy segura de haberme atrevido, Bill. —Confusa, Cecily sacudió la cabeza—. Al igual que tú, he aprendido a salir adelante sola. Simplemente es que… es que no quiero que vuelvan a hacerme daño. Después de todo lo que me ha pasado, eso acabaría conmigo.

—Lo entiendo, desde luego, lo entiendo. Pero tal vez podríamos volver a empezar, ¿no te parece? —Bill tenía los ojos vidriosos, a punto de que le saltaran las lágrimas—. Quiero intentar ser un hombre mejor para ti.

—Y para Stella.

—¡Y para Stella! —Asintió con la cabeza y luego le ofreció la mano—. ¿Y bien? ¿Podemos darnos una oportunidad?

Tras una breve pausa, Cecily le cogió la mano.

—Desde luego que sí.

—Ven aquí. —Bill se puso de pie y la atrajo hacia sí, la estrechó entre sus brazos y la besó.

A la mañana siguiente, unos berridos incesantes despertaron a Cecily. Abrió como pudo los ojos y vio a Bill de pie delante de ella con Stella en sus brazos.

—Me parece que está enferma. He intentado darle el biberón pero no paraba de escupirlo. ¿Qué hago?

Cecily se sentó en la cama y se dio cuenta de que estaba desnuda.

—¡Dámela! —dijo extendiendo los brazos y cogiendo a la niña, que no paraba de llorar—. ¡Uf, apesta! ¿Dices que no quería el biberón?

—No. Lo saqué de la nevera y lo rechazó de inmediato.

—¿Lo calentaste antes?

—No… ¡Oh! Ya entiendo, tal vez por eso no lo quería.

—¿Me alcanzas la bata?

Bill cogió la bata del colgador que había detrás de la puerta. Cecily dejó a Stella sobre la cama y se la puso sin levantarse, sintiéndose sumamente extraña por estar desnuda delante de su marido. Bill se inclinó sobre ella y la besó en un hombro, y luego le acarició la nuca con los labios.

—Esta noche ha sido maravillosa, cariño.

—Sí, pero tendré que dar de comer a la niña para que deje de dar alaridos —dijo ella con una sonrisa, atándose el cinturón de la bata y volviendo a coger a Stella en brazos.

Bill la siguió hasta la cocina y observó cómo su esposa cogía el biberón y lo colocaba en una olla llena de agua que puso a calentar.

Cuando la pequeña empezó a comer con satisfacción, Bill se sentó delante de ellas. Solo llevaba unos pantalones cortos, y la visión de su ancho pecho hizo que las partes íntimas de Cecily se estremecieran.

—Tienes un aspecto estupendo esta mañana.

—Estoy segura de que no —respondió Cecily enarcando las cejas—. No sé por qué lo dices, ni siquiera he podido cepillarme el pelo.

—En mi opinión, no deberías hacerlo nunca. ¡Me encanta esa melena salvaje cayendo sobre los hombros desnudos!

—¡Bill! —exclamó Cecily con una risita tonta.

—En cualquier caso, señora Forsythe, tengo la firme intención de seducirte otra vez en cuanto pueda, pero mientras tanto querría saber si te apetece venir conmigo a Nairobi para asistir a las carreras. Creo que ha llegado la hora de que nos dejemos ver juntos por el Muthaiga Club. Acudirá todo el mundo, y contigo a mi lado es probable que al final disfrute.

—¡Oh! Pero ¿qué vamos a hacer con Stella?

—Nygasi y yo creemos haber encontrado a la persona adecuada para cuidar de ella.

—¿Tan rápido?

—Sí. Estoy convencido de que ya conoces a la mujer que vende leche fresca en la carretera que conduce a Gilgil.

—Sí, la conozco.

—Pues bien. Fue Nygasi quien la ayudó cuando tuvo que enfrentarse a la misma situación que Njala. Es prima suya, y él me preguntó si yo podía ayudarla cediéndole dos vacas para ordeñarlas y vender leche a gente como nosotros. La muchacha tuvo a su hijo, que ya tiene unos diez años, y desde entonces ha vivido con él en esa choza que hay junto a la carretera, ganándose la vida como ha podido. Nygasi me ha garantizado que es una mujer honrada, y además sabe un poquito de inglés, porque ha ido aprendiendo a fuerza de hablar con los blancos que van a comprarle leche.

Cecily trataba de visualizar a aquella mujer.

—¿Qué edad tiene?

—No estoy seguro. Veintitantos. Y, por supuesto, ha criado a su propio hijo, de modo que sabe cuidar de un niño pequeño.

—¿Su hijo también vendrá a vivir aquí?

—Sí, claro. Puede ayudarte en el jardín y en el huerto. Nygasi ya ha hablado con ella, y ha entendido perfectamente la situación de Stella.

—No se lo contará a nadie, ¿verdad?

—¡Por Dios, no! Ya te considera una santa por haber salvado a la criatura. Y eres una santa, querida mía. Me avergüenza y me horroriza que yo te haya podido hacer sentir de otra manera.

—¡Vale! Pero antes de verla, déjame que asee a Stella y que me vista.

Al cabo de una hora, estaba sentada con Bill en el salón. Nygasi hizo entrar a una joven delgadísima a la que Cecily reconoció y a un muchacho cuya figura esquelética evidenciaba que estaba desnutrido para tener diez años. Madre e hijo permanecieron de pie en medio del salón, mirando a su alrededor llenos de asombro.

—Por favor —dijo Cecily señalando el sofá—, sentaos.

Los dos parecían aterrados ante aquel ofrecimiento, pero Nygasi les dijo algo, y se acomodaron atemorizados en el borde del sofá.

—Estos son Lankenua y su hijo, Kwinet —dijo Bill dirigiéndose a su mujer—. Esta es mi esposa, Cecily —añadió en maa dirigiéndose a madre e hijo.

—Encantada de conocerte. *Takwena*, Lankenua —saludó Cecily.

—Bueno, tal vez lo mejor sea que Nygasi y yo traduzcamos las preguntas que quieras hacerle a Lankenua —propuso Bill.

—Es que… no sé qué preguntar.

Cecily trataba de hacerse una idea de cómo era la joven que tenía delante. Los ojos de la muchacha tenían la mirada de una cierva asustada, dispuesta a salir corriendo al menor ruido. No era particularmente atractiva: llevaba el pelo casi rapado, tenía una nariz más bien grande para su rostro y los dientes amarillentos y desiguales. El hijo era más guapo en general, y tenía el porte orgulloso de sus antepasados masáis.

—Lankenua sabe en qué consiste el trabajo y está encantada, encantadísima, de aceptarlo —comentó Bill—. Tal vez lo más fácil sea traer a Stella y ver cómo interactúa con ella.

—De acuerdo —dijo Cecily poniéndose de pie.

Cuando regresó con la niña al cabo de unos segundos, se la entregó a Lankenua, cuyos ojos se iluminaron al verla. Farfulló algo entre dientes y sonrió, y luego empezó a arrullar a Stella, que se quedó plácidamente dormida entre sus brazos.

—¿Qué dice? —preguntó Cecily a Nygasi.

—Que niña ser bonita, como una princesa.

—Y lo es; en el mundo de los masáis, por supuesto —aclaró Bill.

—Madre Lankenua curandera —añadió Nygasi—. Muy lista.

Stella comenzó a llorar y Cecily fue a buscar un biberón.

—Que se lo dé Lankenua, querida —dijo Bill.

Ella le hizo caso, y la pequeña aceptó sin rechistar que Lankenua le diera el biberón.

—¿Sabe cocinar? —preguntó Cecily.

Nygasi tradujo sus palabras al maa.

—Ella decir no comida hombre blanco, pero aprender rápido.

Cecily observó que Kwinet, el niño, se inclinaba para ver a Stella con una expresión de ternura en su rostro y sonreía.

—Y también habrá ropa que lavar. Y trabajo para el muchacho en el jardín y en el huerto —dijo Cecily.

—Muchacho cuidar vacas. Él fuerte —explicó Nygasi.

Luego Lankenua le dijo algo a Nygasi, que asintió con la cabeza.

—¿Qué te ha dicho?

—Yo decir tú ser mujer buena. —Lankenua pronunció esas palabras muy despacio mientras sonreía a Cecily—. Yo gustar trabajar para ti.

Bill miró a Cecily con recelo.

—¿Y bien?

Cecily seguía observando a Lankenua.

—¡De acuerdo! —exclamó suspirando—. Yo también gustar que tú trabajar para mí.

Aquella misma tarde, a última hora, Lankenua, su hijo y sus dos vacas famélicas se instalaron en un extremo del granero.

—¿Sabes? Creo que en realidad no hay necesidad de cambiar esto —comentó Bill—. Al final, solo dormirán ahí durante las lluvias. Y parecen contentos con su nuevo hogar.

—Al menos deberían tener una instalación sanitaria, Bill. Un lavabo y un grifo. ¿Estás seguro de que podemos fiarnos de ellos?

—Del todo. Y además, Nygasi se quedará para supervisar cómo va todo cuando estemos en Nairobi.

—¡Oh, Bill, no puedo irme mañana! Quiero ver con mis propios ojos que cuidará de Stella como es debido.

—Mi instinto me dice que esa mujer ha pasado por un mal trago y que es una persona fiable. Te propongo que dejemos a Stella en su cuarto con Lankenua y nos acostemos temprano. —Bill le sonrió—. Y mañana por la mañana veremos cómo han ido las cosas.

—De acuerdo.

Cecily captó la indirecta y asintió con la cabeza tímidamente. Bill le rodeó los hombros con un brazo y volvieron caminando hacia la casa.

40

Empezó así una nueva época para Cecily. Tras comprobar que Lankenua estaba entregada a Stella, acompañó a Bill a las carreras en Nairobi. El hecho de que sus vestidos estuvieran anticuados, pues eran de hacía dos temporadas, y de que no llevara el pelo a la última moda, no le importaba lo más mínimo, pues Bill le había dicho que estaba guapísima de todas formas. Y tras las largas y tórridas noches haciendo el amor en la habitación del Muthaiga Club, semejante a una celda, que ocupaba su marido, se sentía tan atractiva como Diana, cuyo lío con Joss era ya conocido por todos. Cecily y Bill salieron a cenar con ellos una noche, y Jock —«el cornudo en su nidito», como lo llamaba Bill— se sentó al lado de ella y fue emborrachándose poco a poco. Nadie en el club parecía inmutarse al ver lo que estaba pasando.

—Están acostumbrados a Joss y a su manera de actuar, cariño —dijo Bill encogiéndose de hombros.

A ella le encantaba que la llamara «cariño».

Cecily estaba convencida de que aún estaría allí en fin de año y que coincidiría con su madrina en la gran fiesta de Nochevieja que iba a celebrarse en el club. Y así fue.

—¡Pero bueno, preciosa! ¡Estás radiante! —Kiki la envolvió en una nube de perfume y de humo de cigarrillo—. Eso sí, necesitas modernizar tu vestuario —le susurró al oído—. Te daré la dirección de un sitio que conozco donde venden una ropa fabulosa, copiada de los últimos desfiles de París. Y tienes que conocer a Fitzpaul y a la princesa Olga de Yugoslavia. Se quedarán en mi casa mientras continúe esta maldita guerra. ¡Ven a pasar un fin de semana y montaremos una fiesta!

Cecily dijo que lo haría, consciente de que Kiki probablemente olvidara todo lo referente a la invitación. A pesar de su aparente *joie de vivre* y de su maquillaje perfecto, su madrina tenía círculos oscuros bajo sus adorables ojos y le temblaba la mano cuando acercaba la boquilla a sus labios.

—¿Es necesario que vuelvas a casa? —le preguntó Bill cuando estaban tumbados en la cama, desnudos, oyendo el ruido de la fiesta, que continuó hasta bien entrada la primera madrugada de 1941.

—Sabes que sí, Bill. Llevo varios días sin ver a Stella. A lo mejor se le ha olvidado quién soy.

—Mientras les den de comer y les cambien los pañales, a los niños no les importa quién les presta el servicio —comentó él—. O al menos eso es lo que solía decir mi vieja niñera.

—Seguro que tu niñera tenía razón en cierto sentido, pero creo que Stella sí me echa de menos. Además, tú volverás enseguida al trabajo y ¿qué haría yo aquí sola todo el día?

—Es verdad. Muy bien —dijo Bill besándola en la frente—. Vete corriendo con tu niña y tus coles, y yo me reuniré con vosotras tan pronto como me sea posible.

Cecily se marchó a la mañana siguiente. El maletero de la camioneta de Katherine iba hasta los topes con los vestidos que Cecily se había comprado en la boutique de Nairobi que Kiki le había recomendado.

—¿Verdad que ha sido divertido? —Katherine bostezó cuando cogían la carretera de salida de Nairobi, con la barriga apretada contra el volante.

—¿Quieres que conduzca yo, Katherine?

—No, por Dios. Además, la mayor parte de este bulto no es el niño, sino solo grasa —respondió—. Debo confesar que me alegro de volver a casa; todas esas fiestas me han dejado exhausta. Bill también parecía divertirse mucho, porque siempre está tieso como un palo y con cara de aburrido en este tipo de acontecimientos. Es evidente que los dos os entendéis de maravilla. A tu marido se le ve como a un niño con zapatos nuevos. Que hayas entrado a formar parte de su vida es lo mejor que podía pasarle.

—Y para mí que él entrara a formar parte de la mía —dijo Cecily con una sonrisa—. Lo echaré de menos mientras esté ausente.

—Es la primera vez que te oigo decir una cosa así, y no puedo sentirme más feliz por ambos.

Cuando Katherine dejó a Cecily con todas sus compras junto a la puerta de Paradise Farm, su amiga le presentó a Lankenua, a Kwinet y a Stella —tras hacer a esta última infinitos mimos— y, con la niña en brazos, se despidió con la mano pensando que ella tampoco podía sentirse más feliz.

Durante las siguientes semanas, Bill hizo cuanto estuvo a su alcance por volver a casa con más frecuencia, llegando a veces a altas horas de la noche para marcharse de nuevo al amanecer. Esas noches, Cecily instalaba a Lankenua y a Stella en alguna de las habitaciones de invitados —se negó en redondo a que la niña durmiera en el granero—, para que nadie los molestara.

Según fue conociendo a Lankenua, que, según sus cálculos, tenía más o menos su misma edad, más le gustaba y más confiaba en ella. La joven aprendía con rapidez y en menos de un mes ya era capaz de preparar un pollo asado para cenar y un curri, aunque por equivocación había estrangulado una de las gallinas que tanto apreciaba Cecily en vez de coger el pollo que había en la nevera. Kwinet también resultaba muy útil en el jardín y en el huerto, pues Cecily le enseñó a cuidar las distintas variedades de plantas y verduras. Solo tuvo que reprenderlo en una ocasión, cuando salió al porche y vio que las dos vacas escuálidas pastaban en medio del césped que había delante de la casa. En general, era un niño muy dulce y la alimentación regular ya empezaba a rellenar sus mejillas macilentas. Lankenua siempre estaba pendiente Stella, lo que, cuando Bill no podía volver a casa, permitía a Cecily ir de vez en cuando a Nairobi con absoluta tranquilidad.

Un día de la última semana de enero, Lankenua despertó a Cecily llamando con suavidad a la puerta de su dormitorio.

—Venir, señora Cecily —dijo pegándose a la oreja el auricular de un teléfono imaginario.

Cecily se puso la bata y corrió a responder al teléfono.

—Hola, cariño. —La voz de su marido se oía entrecortada—. Solo quería decirte que esta noche llegaré tarde a casa. Ha sucedido una cosa espantosa y cruel.

—¿Qué ha pasado?

—Joss ha tenido un accidente de automóvil cerca de la casa de Diana y Jock en Karen. Al parecer, se ha roto el cuello… ¡Oh, Dios mío, Cecily!… ¡Joss ha muerto!

—¡Oh, no! —exclamó mordiéndose el labio. Sabía que Bill adoraba a Joss, a pesar de los insoportables líos de faldas de su amigo—. Yo… ¿Hay algo que pueda hacer?

—No. Tendré que hacerme cargo de sus obligaciones aquí mientras lo arreglan todo. Ahora me voy al depósito a… verlo y a decirle adiós —añadió Bill con la voz rota.

—Oh, querido, lo siento muchísimo. ¿No sería mejor que fuese a verte?

—Pase lo que pase, organizarán el funeral con rapidez. Aquí hay que hacer así las cosas. Bueno, si quieres venir, te veo luego en el club. Conduce con cuidado, Cecily.

Cecily colgó el auricular y fue a la cocina a prepararse una taza de café bien cargado. Mientras se lo bebía, contempló a través de la ventana cómo iba desplegándose ante ella una mañana espléndida, una mañana que Joss, tan lleno de vida y de energía, no vería. Recordó que su padre solía repetir un dicho bastante arcaico, algo así como: «Quien a hierro mata, a hierro muere». Por primera vez, Cecily entendió lo que quería decir. Joss había causado mucho daño a lo largo de su vida, casi sin detenerse para tomar aliento. Y ahora se había ido para siempre.

Lankenua apareció en la cocina con Stella en brazos.

—¿Todo bien, señora Cecily?

—Tengo que irme a Nairobi —dijo—. Tú te ocupas de Stella, ¿de acuerdo?

—De acuerdo.

Cecily metió en la maleta un vestido y un sombrero negros, los únicos que tenía, y poco antes de las doce partió en la camioneta de reserva de Bill hacia Nairobi. Aunque al principio se ponía nerviosa cuando tenía que conducir sola, había aprendido a disfrutar de la libertad de andar por ahí por su cuenta.

El ambiente en el Muthaiga Club era de lo más taciturno, por no decir otra cosa. Desde una pequeña ventana, vio que los hombres se habían congregado en el bar de caballeros, donde bebían whisky y hablaban en voz baja. En la terraza había unas cuantas mujeres sentadas, que levantaban sus copas de champán para brindar por Joss. Cecily subió a su habitación con la intención de cambiarse de ropa y limpiarse el polvo de la carretera, pero enseguida oyó que la puerta se abría tras ella.

—Hola, cariño. Me han dicho que habías llegado.

Bill tenía un aspecto demacrado y cansado, como si hubiera envejecido diez años desde la última vez que lo vio. Cecily corrió a su encuentro.

—Lo siento mucho, muchísimo. Sé cuánto significaba Joss para ti.

—Bueno, a pesar de sus defectos, la vida aquí no volverá a ser igual sin él. Pero hay algo peor, Cecily. He ido a verlo al depósito y he hablado con el superintendente Poppy. Es algo que no puede hacerse público hasta que el Palacio del Gobierno dé la noticia mañana, pero hay indicios de que ha sido asesinado.

—¿Asesinado? ¡Dios mío, Bill! ¿Qué ha pasado?

—Le han pegado un tiro en la cabeza. Al parecer, la bala le atravesó el cráneo en línea recta por la oreja y acabó incrustándose en el cerebro. No tuvo la menor oportunidad.

—Pero ¿quién querría asesinar a Joss? ¡Todo el mundo lo quería! ¿O no?

Cecily escrutó el rostro de su marido intentando encontrar una respuesta, y entonces cayó en la cuenta.

—¡Oh! —musitó.

—Sí, me temo que eso es lo que todo el mundo piensa, y más teniendo en cuenta que sucedió muy cerca de la casa de Jock y Diana. Parece que Joss había llevado en el coche a Diana y acababa de dejarla… Solo Dios sabe lo que pasó, pero las cosas no pintan muy bien para Jock Broughton.

—Bueno, Bill, aunque sé cuánto cariño le tenías a Joss, yo no culparía del todo a Jock si realmente le hubiera pegado un tiro.

—Lo sé, cariño, lo sé. —Bill suspiró y se sentó en la cama—. De momento todo esto es alto secreto… El funeral será mañana, como estaba previsto, y luego la policía interrogará a Jock.

—¿Tú crees que lo hizo él?

—Como tú dices, motivos tenía, desde luego. De todas formas, por ahora no hay nada claro. Solo quería comentártelo. Bueno, tengo que volver al departamento de Guerra e intentar mantener la nave a flote. ¿Estarás bien?

—Por supuesto que estaré bien —respondió asintiendo con la cabeza.

—Volveré a tiempo para cenar.

Bill salió de la habitación con la cara triste y se despidió con la mano.

El funeral de Josslyn Victor Hay, vigesimosegundo conde de Erroll, tuvo lugar al día siguiente en la iglesia de San Pablo de Kiambu, a las afueras de Nairobi. Cecily, sentada al lado de Bill en el primer banco, en un momento dado volvió la cabeza y comprobó que todas las personas que eran alguien estaban allí, pero no logró ver a Diana. La noche anterior, Bill le había contado que, pocas horas antes de que Joss muriera, Jock había accedido a divorciarse de su esposa para que esta pudiera casarse con Joss, y que había brindado por la felicidad de la pareja en el Muthaiga Club a la vista de todos.

—Por favor, recuerda que solo las autoridades saben que Joss fue asesinado; los demás siguen creyendo que fue un trágico accidente de automóvil —le repitió Bill a Cecily antes de salir hacia el funeral.

Pero después del oficio fúnebre, durante el velatorio celebrado en el Muthaiga Club, era evidente que ya habían empezado a correr rumores. Tanto Alice como Idina parecían desoladas, y se oyeron muy pocas palabras de simpatía hacia Diana. Jock se presentó con aire de estar afligido, aunque medio borracho, y su amiga June Carberry se encargó de llevárselo antes de que «se pusiera en ridículo», como luego cuchicheó la buena señora a Bill.

Más tarde, Bill acompañó a Cecily hasta la camioneta.

—Da la impresión de que es el fin de una época —dijo mientras la ayudaba a subirse—. El Valle Feliz era Joss, y aunque yo mismo encontraba deplorables algunas de sus locuras, el mundo será un lugar más triste sin él. Por favor, ten cuidado durante el viaje de regreso y llámame en cuanto llegues a casa, ¿vale?

—Sí, lo haré.

Cuando emprendió la marcha, Cecily deseó en lo más hondo que el golpe que había recibido Bill con la muerte de su amigo más íntimo no pusiera una nota de tristeza en la nueva y maravillosa relación que habían entablado.

Jock Broughton fue detenido tres semanas después por el asesinato de Joss Erroll. El escándalo se vio reflejado en los titulares de la prensa de todo el mundo, e incluso Dorothea llamó a su hija por teléfono para que la pusiera al día.

—¿Así que conocías a ese tal Joss personalmente? —le preguntó casi sin aliento.

—Sí, es… Era amigo íntimo de Bill. Diana, Jock y él vinieron a pasar un fin de semana en diciembre y se alojaron en casa.

—¡Dios santo! —Dorothea parecía fascinada—. Entonces ¿conociste a Diana? ¿Es tan guapa como aparece en los periódicos?

—Es muy atractiva, sí.

—¿Crees que sir Jock le pegó un tiro?

—Mira, mamá, no lo sé, pero ni Joss ni Diana hacían nada para disimular su aventura delante de él.

—No puedo creer que llegaras a alojarlos bajo tu techo…

Cecily no pudo evitar sonreír, porque su madre parecía deslumbrada, por cruel que fuera la situación.

—¿Estaban enamorados, como dicen los periódicos? —quiso saber Dorothea.

—Pues sí. —«O simplemente en celo», pensó Cecily—. Bueno, ahora tengo que salir —añadió al oír los quejidos de Stella recordándole que ya era hora de tomar el biberón—. Besos para todos.

—Espera. ¿Es un niño lo que oigo ahí al fondo?

—Sí, es Stella, la hija de mi doncella. Es una monada, mamá.

—Bueno, si esta guerra acaba alguna vez, cogeré un barco para ir a verte, hija. Kenia parece un lugar interesantísimo.

—Ah, sí. Desde luego que es interesante. Adiós, mamá.

Las noticias acerca de la guerra, que habían dominado las conversaciones durante tanto tiempo, por el momento pasaron a un segundo plano en favor de los jugosos cotilleos que rodeaban la investigación del asesinato. Aunque Cecily estaba felizmente ocupada con Stella, se sentía muy triste por su marido, que se veía obligado a pasar todo el tiempo en Nairobi, no solo ayudando a suplir el trabajo que desempeñaba hasta entonces Joss, sino también arreglando los asuntos personales de su amigo.

Katherine llamaba por teléfono a Paradise Farm con regularidad, pero casi siempre estaba con Alice en Wanjohi Farm, haciendo lo posible por aliviar el dolor de su anfitriona por la pérdida de Joss.

—Estoy muy preocupada por ella —le había confiado a Cecily—. Hace poco también falleció su padre, y está destrozada con lo del asesinato de Joss... No se encuentra bien, Cecily. No sé qué hacer.

El juicio de Jock Broughton comenzó en el Tribunal Central de Nairobi a finales de mayo.

—La verdad, es como si el público viniera a ver un espectáculo —comentó Bill con un suspiro cuando llamó por teléfono a su mujer al final de la primera jornada—. Se ha congregado aquí todo el Valle Feliz, todos vestidos con sus mejores galas, por supuesto, y también hay periodistas de todos los rincones del mundo. Al menos, Diana ha puesto su granito de arena contratando un abogado famoso para su pobre marido. Figúrate, esta mañana se ha presentado en el juzgado vestida de negro y dispuesta a interpretar el papel de viuda. Detesto hablar mal de nadie, pero es como si esa mujer disfrutara atrayendo la atención de la gente.

«*Quelle surprise!*», pensó Cecily,

—Ven a la ciudad si quieres, pero te advierto que es un espectáculo bastante bochornoso, especialmente ahora que la guerra está en su apogeo.

—Creo que me quedaré aquí —contestó Cecily, aun sabiendo lo decepcionada que se sentiría su madre cuando supiera que no había querido asistir a uno de los juicios por asesinato más sensacionalistas de la época moderna.

Pero Cecily estaba mucho más interesada en observar cómo iba creciendo Stella, que ya tenía casi seis meses. Aquella criatura diminuta se había convertido en una pequeñaja gordita y adorable, y cada uno de sus movimientos le causaba verdadero deleite. Stella estaba ya muy despierta, y Cecily la dejaba tumbada en una manta en el jardín a la sombra de una acacia y se quedaba mirando cómo los enormes ojos de la niña —tan parecidos a los de su madre— seguían el rápido paso de las nubes por el cielo y las evoluciones de los pájaros que cantaban saltando de rama en rama por encima de su cabeza. Wolfie la adoraba y por las noches se tumbaba a hacer guardia a la puerta de la habitación del bebé.

—Por lo que parece, te pasas un montón de tiempo cuidando a Stella —comentó Katherine, que salía de cuentas uno de esos días y había ido a hacerle una visita, algo cada vez menos frecuente.

Cecily, sentada a su lado en el porche, jugaba con Stella apoyada en sus rodillas.

—Lankenua está siempre muy atareada con la casa, así que alguien tiene que hacerse cargo de esta niña. Y pesa demasiado para ir de aquí para allá cargando con ella a la espalda —replicó Cecily de inmediato.

Katherine se la quedó mirando.

—Stella no parece un nombre muy típico de los masáis, ¿no? —preguntó.

—En realidad se llama Njala, que significa «estrella». ¿Verdad que es bonito? Stella es la palabra latina que quiere decir «estrella» —mintió sin inmutarse.

—Ten cuidado, no vayas a encariñarte demasiado con ella y acabes cuidándola tú todo el rato. Por lo demás, no has hecho más que cambiar un quehacer por otro, ¿no te parece?

—Ah, bueno, no te preocupes. Al fin y al cabo, esto es preferible a fregar los suelos —repuso Cecily sonriendo.

—Bueno, el jurado por fin se ha retirado a deliberar antes de emitir su veredicto —dijo Bill a su mujer por teléfono dos meses después—. Si te soy sincero, he llegado a un punto en el que no me importa mucho que dicten sentencia en un sentido u otro. Todo esto se ha convertido en un circo y solo quiero que se acabe cuanto antes.

—¿Cuál crees que será el veredicto? —le preguntó ella a la vez que iba metiendo cucharaditas de puré de manzana en la boca de Stella con una mano y sujetaba el auricular con la otra.

—Las pruebas en contra de Jock son bastante contundentes, pero Morris, su abogado, ha pronunciado un discurso final espectacular. Vale hasta el último céntimo que haya podido gastar en él Diana. En cualquier caso, te llamaré en cuanto dicten sentencia,

Cecily. Y entonces, tal vez el bueno de Joss pueda por fin descansar en paz.

—Así lo espero, desde luego.

«Y que Bill por fin también empiece a tener un poco de paz», se dijo cuando colgó el auricular.

—¡Ha sido absuelto! —dijo Bill cuando volvió a llamarla esa misma noche a las diez—. ¡Al final no lo ahorcarán!

—¡Dios santo! Yo pensaba que la mayoría de la gente esperaba que lo declararan culpable.

—Así es, pero… para ser honestos, tras ver todas las pruebas presentadas, yo tampoco estoy seguro de que lo fuera. Aunque me alegro de que todo haya acabado y, cariño, lo siento mucho, pero me temo que no podré ir a casa este fin de semana: tengo que visitar un campo de internamiento en Mombasa.

—¡Por Dios! No correrás peligro allí, ¿verdad?

—No, en absoluto. Solo tengo que comprobar que los prisioneros de guerra son tratados como es debido. Me pondré en contacto contigo en cuanto pueda. ¡Ánimo, esto no puede durar mucho más!

Cecily colgó el teléfono y salió a la terraza. Aunque el cielo seguía claro, hacía una tarde extrañamente húmeda para el mes de julio y el aire estaba cargado con la fragancia de las flores del jardín. No pudo dejar de pensar en aquella noche en la que Joss y Diana estuvieron bailando juntos allí mismo…

Volvió al interior de la casa y decidió llamar a su madre al día siguiente para darle la noticia. Pese a que en su fuero interno creía que Jock era culpable, se alegraba de que no hubiera acabado con una soga alrededor del cuello. Al meterse en la cama, Cecily sintió el deseo ferviente de que la guerra llegara pronto a su fin; casi no había visto a Bill durante los últimos meses. De no haber tenido a Stella, pensó, se habría vuelto loca.

Al menos Katherine se hallaba en su misma situación y ya podía venir a visitarla a Paradise Farm de vez en cuando, pues su hijo, Michael, había nacido a finales de mayo. Juntas, tejían calcetines y pasamontañas para los soldados del frente, con Stella y Michael tumbados en la alfombra delante de ellas. Stella, que ya se aguantaba sentada, observaba solemnemente al diminuto Michael.

—¡Que la guerra acabe pronto para que Bill y yo podamos ser una pareja normal de una vez por todas! —dijo alargando el brazo para apagar la luz.

41

Mayo de 1945

Tuvieron que pasar otros cuatro años para que Cecily viera cumplido su deseo. Y fueron los cuatro años más largos de su vida.

Cuando recibió la noticia de que Pearl Harbor había sido bombardeado y Estados Unidos había entrado en guerra, Cecily estrechó contra su pecho a Stella y rompió a llorar, aterrorizada por la suerte que pudiera correr su familia en Nueva York. A medida que iba agravándose la escasez de alimentos, cada día daba las gracias por disponer de un huerto rebosante de hortalizas y verduras, y por contar con los huevos y la leche que le daban las gallinas y las vacas. Belle, su hermosísima yegua, había sido entregada al ejército, y el día que Bill se la llevó, a Cecily ya no le quedaban más lágrimas que derramar.

Aunque Paradise Farm no se había visto afectada por la guerra, Cecily vivía en permanente angustia porque temía por la vida de Bill. Como comandante de los Fusileros Africanos del Rey, Bill había sido fiel a su palabra y había combatido al lado de sus tropas. Las actuaciones militares fueron limitadas al inicio de la guerra, pero en 1943, para horror de Cecily, Bill y la 11.ª División tuvieron que embarcar para combatir en Birmania. Ella vivió aquellos días llena de angustia e incertidumbre por no tener noticias de su esposo durante semanas y semanas: recibía apenas unas pocas cartas muy sucintas en las que Bill le hablaba del calor y la humedad de la jungla, y en las que varias frases aparecían suprimidas por los censores. Demacrado y exhausto, Bill solo había podido regresar brevemente a Paradise Farm antes de embarcar para volver a entrar en combate.

El teléfono y la radio se convirtieron en el cordón umbilical que la mantenía en contacto con el resto del mundo, pues había decidido aislarse en su granja y encerrarse a cal y canto, en su afán por crear un ambiente hogareño para Stella, que se estaba convirtiendo en una niña muy tierna con una inteligencia precoz.

En mayo de 1945, durante unas lluvias torrenciales, sonó el teléfono.

Era Bill. Llamaba para darle a Cecily una noticia que la dejó con el corazón acelerado de emoción en cuanto colgó.

—¡Ha terminado! ¡Por fin ha terminado! ¡Lankenua, ha terminado! —gritó mientras corría por el pasillo en dirección a la cocina, donde Stella, que ya tenía cuatro años, dibujaba sentada a la mesa y Lankenua limpiaba—. ¡Por fin ha terminado! —exclamó riendo y abrazándose a Lankenua, sobresaltada por tanto alborozo.

—¿Qué terminar, señora Cecily?

—¡La guerra! ¡Por fin! —contestó, y cogió a Stella, que ya le sacaba una cabeza a Michael aunque solo se llevaban seis meses—. ¡Ha terminado! —Besó el pelo pulcramente cepillado de su queridísima hijita—. Ahora Bill podrá regresar y por fin seremos una familia.

—¿Por qué lloras si estás contenta? —le preguntó Stella.

—¡Oh, porque todo es maravilloso! Podré llevarte a casa y enseñarte Nueva York y… y un millón de cosas más. Ahora me voy a Nairobi. Hay un sinfín de celebraciones programadas. Lankenua, ¿puedes coger mi vestido azul con cintas y pasarle la plancha? ¡Ah, tendré que conformarme con mi viejo sombrero de paja!

—¿Puedo ir contigo? —preguntó Stella en tono quejumbroso.

—No, hoy no. La ciudad estará llena de gente y podrías perderte. En otra ocasión, te lo prometo.

—Pero es que a mí me gusta mirar las tiendas contigo y con *yeyo*.

—Ya lo sé, tesoro, pero en las tiendas no queda nada. Sin embargo, pronto tendrán muchas cosas, y entonces iremos juntas y te compraré un montón de vestidos preciosos. Venga —le tendió la mano—, ven y ayúdame a prepararme.

Stella se sentó en la cama; Cecily se recogía los rizos con horquillas.

—¿Por qué tenemos el pelo distinto? —preguntó la niña.

—Muchas personas de diferentes lugares tienen el pelo distinto.

—Pero nosotras dos somos de aquí.

—Bueno, yo nací en los Estados Unidos de América. Te enseñé en el atlas dónde está, ¿te acuerdas? Al otro lado de un océano inmenso. *Yeyo* y tú sois de aquí, de Kenia.

Bill y ella habían decidido que era mejor que Stella se criara creyendo que Lankenua era su madre. Desde que empezó a hablar, Stella la había llamado *yeyo*, la palabra masái para «madre», y a Cecily, *kuyia*, una abreviación de *nakuyia*, que significaba «tía». Stella hablaba con fluidez en maa con Lankenua, con su «hermano» Kwinet —que se había convertido en un joven fornido y trabajaba sin descanso para mantener en orden el jardín y el huerto— y con su tío Nygasi. También había cogido el acento típico del Upper East Side de Cecily cuando hablaba en inglés, circunstancia que había hecho reír mucho a Bill las pocas veces que había estado en casa.

—Odio mi pelo —dijo Stella tirando de sus trenzas, que Lankenua le había hecho con suma destreza el día antes—. Parece alambre. El tuyo es suave. ¿Y por qué te pintas la cara? Yo estoy ridícula si me la pinto —añadió mientras Cecily se aplicaba un poco de colorete rosa en las mejillas.

—Porque mi piel, blanca y pálida, necesita un poco de ayuda; la tuya es tan hermosa que no necesita nada. ¿Entendido? —respondió guardando en un pequeño neceser el maquillaje y otras cosillas—. Puedes ayudarme cogiendo el camisón de color melocotón que está en un cajón de la cómoda.

Stella abrió el cajón superior de la cómoda y sacó uno de los sujetadores de Cecily en lugar del camisón.

—¿Por qué llevas esto? *Yeyo* nunca lo lleva. ¿Lo llevaré yo cuando sea mayor?

—Si quieres, sí. Bueno, ¿dónde está ese camisón? Tengo que llegar a Nairobi lo antes posible.

Lankenua y Stella salieron a despedirla, y Cecily les prometió que estaría de vuelta al día siguiente. Camino de Nairobi, se unió a una caravana de coches llenos de gente que, a todas luces, se había enterado de la gran noticia y se dirigía a la capital para celebrarlo.

Cecily se puso a pensar en la conversación que había mantenido con Stella aquella mañana. No cabía duda de que la niña adoraba a su supuesta *yeyo*, pero últimamente andaba un poco confundida por el hecho de que ella durmiera en una de las habitaciones de invitados (que Cecily había transformado en un pequeño paraíso) y *yeyo* lo hiciera fuera junto con Kwinet. Tampoco entendía que Lankenua vistiera con sencillez y ella llevara siempre unos vestidos muy bonitos. Y a diferencia de Kwinet, que no había mostrado interés alguno por aprender y prefería trabajar, Stella ya sabía leer y escribir, pues Cecily le daba clases cada mañana, y había demostrado que era capaz de aprenderlo todo con excepcional rapidez.

—Cariño, cuando Stella cumpla diez años tendrás que enviarla a la universidad —había comentado Bill medio en broma un fin de semana que pasó en casa de permiso—. Solo te digo que vayas con cuidado y no le hagas concebir ideas que estén por encima de su condición social.

Ese comentario desencadenó una de las discusiones más agrias que habían tenido nunca: Cecily acusó a Bill de usar un doble rasero y le aseguró que en Estados Unidos las mujeres negras podían ir a la universidad.

—Tal vez sea así, pero vivimos en África, donde no hay ese tipo de oportunidades para las niñas como Stella.

—Pues entonces tendré que llevarla a Nueva York, ¿vale? —replicó hecha una furia.

Bill se había disculpado, pero en el curso de las últimas semanas Cecily empezó a comprender su preocupación. Stella estaba confundida en lo referente a su identidad, circunstancia que Cecily no sabía cómo resolver.

—Ahora no toca pensar en esto —murmuró cuando, a las afueras de Nairobi, se unió a una caravana de coches que no dejaban de tocar el claxon y cuyos bulliciosos pasajeros estaban ansiosos por llegar a la ciudad.

El cielo se había despejado milagrosamente, y el tráfico en la avenida Delamere y alrededores estaba parado. Cecily pudo oír la banda de música, lo que indicaba que había comenzado el desfile de la victoria. Tras abandonar la idea de encontrar a Bill, dejó su camioneta y se mezcló con la multitud que vitoreaba a los soldados victoriosos que desfilaban con orgullo al lado de sus camaradas.

Bill volvió a casa un mes más tarde. Cecily había mandado a Kwinet que decorara la fachada con unos banderines del Reino Unido que se había llevado del desfile de la victoria. Katherine, Bobby y Michael estaban allí, y Stella bailaba entusiasmada alrededor de su «tío Bill». Cecily encontró a su esposo envejecido: tenía canas y la mirada perdida, una expresión que no había visto nunca en sus ojos antes de la guerra.

—¡Por los amigos aquí reunidos! —brindó Bill—. ¡Y por los que no están y echamos en falta!

—¡Por los que no están! —brindaron todos.

Cecily sabía que Bill no solo pensaba en sus compañeros caídos en combate, sino en Joss, y también en Alice, que se había pegado un tiro en su casa unos meses después de que Jock Broughton fuera absuelto en el juicio por el asesinato de su querido Joss. Había corrido el rumor de que quizá Alice fuera la verdadera culpable, pero al poco tiempo se empezó a hablar de otros posibles asesinos. Cecily había aprendido a no prestar atención a las habladurías y lloró la muerte de Alice.

—¡Por el comienzo de una nueva era! —exclamó Bobby mirando de reojo a su esposa y atrayéndola hacia él—. ¡Ojalá vivamos en paz el resto de nuestra vida!

—¡Eso, eso! —corearon todos.

—¡Dios mío! ¡Qué feliz soy de poder tumbarme en un mullido colchón americano! —dijo Bill sonriendo al acostarse aquella noche.

Cecily se acostó también, y él la rodeó con sus brazos.

—¡Hola, esposa mía!

—¡Hola, marido mío! —respondió retirándole de la frente un mechón—. Espero que estos días puedas descansar y que pasemos tiempo juntos —susurró.

—¿Descansar? Querida, no conozco el significado de esta palabra. Ahora que por fin ha acabado la maldita guerra, voy a tener que jugar a cazar vacas. ¡Sabe Dios cuántas reses se han perdido durante mi ausencia! Mañana saldré para averiguarlo.

—¿Seguro que no puedes reservarnos un día a Stella y a mí? La niña apenas te conoce. Quiero que pases tiempo con ella, y conmigo.

—Supongo que sí, pero no tiene sentido que me quede aquí sentado preocupado por el ganado.

—¿Cuánto tiempo estarás fuera?

—No lo sé, pero tienes que entender que debo irme.

«Siempre tienes que irte a alguna parte…» Cecily se mordió la lengua y tragó saliva. No quería llorar la primera noche que Bill estaba en casa.

—Estaba pensando que podríamos hacer un viaje para visitar a mis padres en América —sugirió—. No has estado nunca en Nueva York. Podría ser divertido, sobre todo con Stella viendo todo aquello.

—Cecily, sé que tienes muchas ganas de ir, pero has de comprender que necesito poner la granja de nuevo en marcha. Es la que nos da de comer. Apenas hemos tenido ingresos estos últimos años. Lo que vendí al gobierno supuso muy poca ganancia, y corremos el peligro de endeudarnos si no resuelvo esta situación.

—Tengo algo de dinero, Bill, como bien sabes. No nos moriremos de hambre, puedes estar seguro.

—Y tú puedes estar segura de que no voy a vivir de mi mujer. —La expresión de Bill se endureció—. Soy ganadero, no un caballero ocioso como muchos de por aquí. Que la guerra haya terminado no significa que vaya a retirarme y a pasarme el resto de mis días sentado en el jardín bebiendo ginebra. No veo la hora de salir para la llanura… —Se volvió hacia ella y añadió—: ¿Podrás reunirte conmigo algún día de la semana próxima para ir de caza?

—Tal vez —contestó sin entusiasmo.

—¡Dios santo! Estoy destrozado —dijo, y la besó en la frente—. Buenas noches. Que duermas bien.

Cecily vio cómo su marido se daba la vuelta, y al cabo de unos segundos lo oyó roncar. Apagó la lamparita de su lado de la cama y dejó que las lágrimas que había reprimido hasta entonces cayeran en silencio por sus mejillas. No podía recordar la última vez que habían hecho el amor.

Los días felices de hacía cuatro años, antes de que Joss muriera y de que Bill dejara su alma en Birmania, no eran más que un recuerdo lejano.

—¡La vida es tan cruel! —susurró mientras se pasaba una mano por los ojos para secarse las lágrimas—. ¡Gracias a Dios que tengo a Stella!

Durante el año siguiente, tuvo la sensación de que las cosas no habían cambiado mucho desde que terminó la guerra. Casi siempre estaba sola, y se aferraba a Stella en busca de consuelo. Aquello era peor que estar sola; volvía a tener a Bill en su cama, pero en realidad él no estaba presente. Y tampoco era el Bill que ella recordaba. Apenas hablaba y se mostraba frío con ella, y su mal humor contaminaba el ambiente de Paradise Farm. Bill prácticamente ignoraba a Stella.

Todos los meses Cecily recibía una llamada de su madre, deseosa de saber cuándo irían a visitarla, y cada vez que sacaba a colación este tema con Bill, él le decía que no era el momento oportuno y que no podía salir de viaje hasta que su ganado rindiera como antes.

—Concédeme doce meses para encarrilar las cosas, entonces pensaré en ello —había dicho Bill.

Cecily se dio cuenta de que llevaba más de seis años sin ver a su familia. Y la embargó un sentimiento de añoranza.

42

Corría el mes de noviembre de 1946 y los aguaceros habían convertido el jardín de Cecily en un exuberante paraíso tropical. Un miércoles, a media mañana, Katherine llegó, como de costumbre, con Michael detrás. El pequeño tenía ya cinco años y adoraba a Stella, que era su mejor amiga. Cecily repasaba con la pequeña los rudimentos de la aritmética en la mesa de la cocina. A Stella le encantaban los números y, aunque Cecily sabía que no podía atribuirlo a ningún vínculo genético, se alegraba de fomentar esa afición. Pero en cuanto Stella vio a Michael, dio un chillido y corrió a abrazarlo.

—¡Por Dios! —Katherine sonrió al ver que el niño corría zumbando por el jardín como si fuera un avión mientras perseguía a Stella—. Yo apenas consigo que mi hijo se siente a la mesa a comer, como para hacer que se concentre en las matemáticas.

—Si algún día Michael tiene ganas de venir a estudiar con nosotras, estaré encantada de darle clase también a él.

—A lo mejor te tomo la palabra —comentó Katherine, y se sentaron en la terraza para tomar un vaso de limonada—. Te has encariñado mucho con Stella, ¿verdad?

—Desde luego. Se ha criado bajo mi propio techo —dijo Cecily poniéndose a la defensiva.

—Bueno, resultaría muy útil que te quedaras con Michael ocasionalmente durante los próximos meses. Estoy embarazada de nuevo —anunció Katherine levantando una ceja.

—¡Pero cómo! ¡Qué noticia tan estupenda! ¿Estás contenta?

—Ah, bueno, lo estaré cuando la criatura venga al mundo, eso seguro. Pero el embarazo no es la cosa que más me guste.

—¿Y Bobby? ¿Está contento?

—No sé. Está muy distante desde que volvió de la guerra. Para serte sincera, me extraña que llegáramos al punto de engendrar un niño. Su interés en ese sentido ha sido nulo durante los últimos años.

—Lo mismo le pasa a Bill —dijo Cecily, y se sonrojó por tener que admitirlo—. Y la mayor parte del tiempo está de lo más huraño.

—Dicen que el tiempo lo cura todo. Yo sigo esperando que Bobby se cure. —Katherine suspiró—. Ver cómo morían los hombres hechos pedazos delante de sus propios ojos ha debido de afectarlos a todos. Pero ya ha pasado un año, y deseo que vuelva el Bobby al que yo amaba.

—Entonces me alegro de que no sea solo cosa de mi marido.

—Da la sensación de que todo ha cambiado, ¿verdad, Cecily? Incluso aquí, en el valle. Pienso mucho en los nativos que fueron obligados a alistarse durante la guerra para servir al rey y a la patria porque se creía que las cosas serían distintas cuando volvieran. Pero, por supuesto, no ha cambiado nada para ellos, ¿verdad? De hecho, como muchas granjas se descuidaron, el trabajo escasea por aquí incluso más que antes.

—¡Y yo que pensaba que todo sería mejor!

—No tiene nada de malo ser optimista. Es lo que nos ayudó a aguantar durante toda la guerra. Debo reconocer —añadió Katherine— que hay una parte de mí que desea volver a Inglaterra. Las instalaciones sanitarias allí están mucho más avanzadas, y además podría desarrollar mi carrera de veterinaria. Aquí es casi imposible. ¡Los ganaderos ven que soy mujer y salen corriendo con sus vacas enfermas tan deprisa como pueden! Yo también he soñado quimeras —dijo echándose a reír.

—Entiendo cómo te sientes. Me gustaría ir a casa por Navidad, Katherine. Hace ya más de siete años que no veo a mi familia.

—Entonces tienes que irte. Por supuesto que debes hacerlo.

—Pero ¿y si Bill se niega a acompañarme?

—Pues que se quede aquí —dijo Katherine encogiéndose de hombros—. ¡Por Dios, si yo tuviera la oportunidad de salir de África y conocer América, saldría disparada como una bala!

—Te diría que te vinieras conmigo, pero… —Hizo un ligero gesto señalando el pequeño bulto, aunque perceptible, en el vientre de su amiga—. No va a poder ser, ¿verdad?

—No, esta vez no. Pero dímelo cuando haya nacido el niño y la respuesta será que sí. Cecily, vete y celebra una Navidad familiar como es debido en Manhattan. Llévate a la criada contigo, si no quieres ir sola.

—Y a Stella, por supuesto.

Katherine se la quedó mirando.

—Por supuesto.

Cuando Bill volvió a casa de la llanura unos días más tarde, Cecily, consciente de que había que tomar una decisión porque diciembre estaba al caer, le preparó su estofado de ternera favorito con empanadillas y descorchó la última botella de clarete que les quedaba.

Después de ver cómo Bill comía y bebía en abundancia, se armó de valor y tomó la palabra.

—Bill, me... Bueno, la verdad es que me gustaría visitar a mis padres por Navidad.

—¿Quieres decir ahora?

—Sí, ahora es cuando me gustaría. Y me gustaría más si tú me acompañaras. He sido paciente durante un año, tal como me pediste. Sé que la granja necesita tu atención y que tienes que reconstruir todo lo que se perdió durante la guerra. Pero... —Tragó saliva antes de continuar—. Necesito ver a mi familia. Hace mucho que no nos vemos. Y respecto a los seres queridos, no podemos perder ni un segundo del valiosísimo tiempo que nos queda en este mundo.

Bill apuró su copa de clarete y la llenó de nuevo. Cecily oía cómo la lluvia golpeaba el tejado mientras Bill tomaba otro sorbo de vino y la miraba desde el otro lado de la mesa.

—Comprendo que desees verlos, pero yo no puedo abandonar la granja justo ahora. Sin embargo, no deseo impedírtelo. Ve tú, por supuesto.

—¿De verdad?

—De verdad.

Cecily sintió que las lágrimas le escocían en los ojos y se levantó para darle un beso.

—Gracias, cariño. Y como no deseo viajar sola, espero que te parezca bien que me lleve a Lankenua y a Stella conmigo.

—¿Es necesario? Seguro que hay otras personas que vuelven a casa con las que puedas viajar.

—He preguntado por ahí y no hay nadie. Kiki ya está en Nueva York, y en estos tiempos quedan pocos americanos por aquí.

—Bueno, entonces debes llevarte a Lankenua, por supuesto.

—Nygasi podrá ocuparse de la casa cuando estemos fuera. Y tienes además a Kwinet para el jardín y el huerto…

—Oh, no te preocupes por mí, Cecily. Antes de que tú llegaras, era capaz de cuidarme solo.

—Bill —dijo Cecily cogiendo las manos de su marido entre las suyas—, por favor, siempre me has hablado de la Navidad y de cuánto te gustaba. En Manhattan habrá nieve, luces… e incluso pavo. ¿No te gustaría venir, aunque solo fuera un par de semanas?

—Quizá en otra ocasión, Cecily. Recuerda que no he salido de África desde hace muchos años. Tal vez ya no sepa comportarme en sociedad y no esté cómodo en compañía de gente educada. Vete tú, querida, y deja aquí a tu marido, triste y cansado.

Cecily empezaba a lamentar haber abierto el clarete; estaba haciendo que Bill se volviera más taciturno que de costumbre.

—Bill, te quiero. Por favor, no digas eso. Deseo que mis padres conozcan a su yerno.

—Lo siento, Cecily. Por favor, vete tú. Tienes mi bendición. Y ahora… —Bill se levantó y añadió—: Necesito dormir un poco.

Cecily vio cómo se alejaba de ella y sintió que sus ojos se llenaban de lágrimas.

43

Ya estamos en América, *kuyia*? —preguntó Stella mirando nerviosa por la ventanilla del camarote.

—Pues sí, ya estamos, cariño —contestó Cecily mientras Lankenua guardaba las últimas cosas en el baúl. Cecily tocó el timbre para llamar al mozo—. Enseguida subiremos a cubierta y verás la Estatua de la Libertad. Es muy famosa, y está ahí para dar la bienvenida a los viajeros que llegan de todos los rincones del mundo.

El mozo se presentó para recoger el equipaje y Cecily le dio una propina, y a continuación se encargó de guardar la documentación de las tres en su bolso.

Habían tenido que organizar el viaje a toda prisa, y fue preciso hacer un montón de papeleo para que Lankenua y Stella pudieran entrar en el puerto de Nueva York. Las autoridades británicas se encargaron de expedir certificados de nacimiento, pasaportes y declaraciones de apadrinamiento, y Cecily no pudo por menos que alegrarse de los buenos contactos que tenía Bill en el Palacio del Gobierno. Tras consultar con Nygasi, eligieron un apellido adecuado para las dos, de manera que pudieran pasar por el control de inmigración sin problemas.

—Ya hemos entrado en el río Hudson, señora, y la Estatua de la Libertad será visible en unos diez minutos —comentó el mozo.

—¡Vamos! —dijo Cecily a Stella y a Lankenua—. ¡Subamos a cubierta!

—Yo quedar aquí —repuso Lankenua negando con la cabeza, y se puso a temblar solo de pensar en el frío, aunque llevaba puesto el pesado abrigo de paño de Cecily.

—De acuerdo —dijo Cecily, y cogió de la mano a Stella—. Pues vámonos nosotras.

En la cubierta de primera clase eran pocos los que se habían atrevido a afrontar la gélida temperatura, aunque cuando Cecily miró hacia abajo vio muchos brazos extendidos y oyó gritos de aclamación procedentes de las cubiertas inferiores.

—¡Ahí está! —dijo señalando a la izquierda; la espesa niebla se arremolinaba en torno a la bahía.

—¿Dónde? No la veo —replicó Stella.

—Ahí… —Cecily señaló la estatua.

Su mera visión hizo que se le llenaran los ojos de lágrimas, que se secó rápidamente antes de que se le congelaran en el rostro debido al aire helado. La faz benévola de la Señora Libertad daba la bienvenida a los viajeros cansados levantando en alto su antorcha en medio de la niebla. Cecily nunca se había sentido tan contenta de verla.

Stella levantó los ojos y se la quedó mirando.

—¡Qué pequeña es! ¡Tú me dijiste que en América todo es mucho más grande!

—Bueno, ella es muy especial. Es más un símbolo que otra cosa —comentó con un suspiro—. Cuando se despeje la niebla, verás los rascacielos.

—¿Y esto qué es? —Stella abrió su manita para recoger los copos blancos.

—¡Anda, es nieve! ¿Te acuerdas de las fotos que te enseñé? Es lo que cae del cielo cuando Papá Noel va a llegar, y seguro que ahí enfrente hay muchísima.

—¿Papá Noel vive aquí en Manhattan? —Los ojos de Stella se abrieron como platos.

—No, pero manda la nieve desde el Polo Norte por Navidad, para que su trineo pueda aterrizar sobre ella y dejar regalos a los niños buenos.

—¡Uy, qué frío! —exclamó Stella restregándose la nariz—. ¿Podemos entrar ya?

—Por supuesto, mi vida. Te lo prometo, te va a encantar Manhattan —respondió cuando Stella la cogía de la mano y bajaban juntas a su camarote.

Cecily no podía estar más agradecida por viajar en primera clase en vez de hacerlo en tercera. Cuando atracaron y presentó su documentación al agente de inmigración, sonrió y se puso a pestañear.

—¡Oh! ¡Qué contenta me siento de estar en casa, señor! ¡Han sido siete largos años! —dijo mientras el funcionario repasaba los papeles.

—¿Y cuánto tiempo va a quedarse, señorita Huntley-Morgan?

—Estamos solo de visita. Voy a casarme con mi prometido en Kenia en el mes de febrero —respondió como le habían dicho que hiciera, dado que en su pasaporte seguía poniendo que estaba soltera.

—Entonces ¿la señora Ankunu y su hija Stella volverán a África con usted?

—Desde luego. Como puede usted ver, estos son nuestros pasajes de vuelta. Quiero decir, no puede una olvidarse y dejar a la criada y a su hija aquí, ¿verdad? —Se echó a reír como si fuera una niña.

—No, desde luego que no, señora —repuso el funcionario, y miró a Lankenua y a Stella—. ¿Hablan inglés?

—No muy bien, no —dijo Cecily de inmediato—. Pero les gustará ver Manhattan, ¿no cree?

—Seguro. —El funcionario estampó el sello en los pasaportes de Lankenua y Stella—. Bienvenidas a los Estados Unidos, y que pasen ustedes una feliz Navidad.

Cecily suspiró de alivio cuando se alejaron de la ventanilla. Echó una breve mirada hacia atrás y vio una fila de sabe Dios cuánta gente aglomerada en la pasarela congelándose de frío.

—¡Menos mal! —exclamó cuando ya estaban fuera—. ¡Lo conseguimos! ¡Dios mío, qué nerviosa estoy! —Se echó a reír al ver a sus padres y al chófer, Archer, dándoles la bienvenida con la mano—. ¡Vamos a reunirnos con mi familia!

Ni su madre ni su padre parecían haber envejecido lo más mínimo. Tras el emotivo encuentro en el muelle, Archer fue abriendo el paso a la comitiva hasta el lugar donde los aguardaba el coche.

—¡Vaya! ¿Y quién es esta niña? —preguntó Dorothea fijándose por primera vez en Stella, que se escondía, tímida, detrás de Lankenua.

—Es Stella, mi amiga especial. ¿Verdad, cariño? —dijo Cecily con una sonrisa.

—No sabía que tendríamos que llevar a uno más en el coche —comentó Dorothea—. La criada puede ir delante con Archer, pero esta niña...

—Puede sentarse en mis rodillas, mamá. Al fin y al cabo hay sitio para tres y medio en el asiento de atrás —dijo con firmeza, y cogió a Stella de la mano.

Durante el trayecto, no hizo caso del gesto de desaprobación de su madre y, por el contrario, se dedicó a mirar por la ventanilla con Stella, señalando los distintos edificios; la pequeña no cesaba de soltar exclamaciones de admiración al ver los rascacielos.

Al llegar a la mansión de la Quinta Avenida, Cecily fue recibida en el salón por toda la familia, reunida para la ocasión. Priscilla se encontraba junto a su marido, Robert, y su hija Christabel, de siete años ya. Hunter tenía cogida a Mamie por la cintura, que llevaba a un pequeñajo en brazos, mientras que otras dos niñas se escondían detrás de sus padres. Un gigantesco abeto adornado con velas y bolas se erguía en el sitio de honor, y los alegres calcetines rojos de la familia colgaban encima de la chimenea.

—Mary, lleve a la doncella y a su hija a su habitación para que la señorita Cecily pueda ponerse al día con sus familiares —ordenó Dorothea al ama de llaves.

Cecily soltó la mano de Stella a regañadientes. Se dio cuenta de que tendría que haberle dicho a su madre que Stella iba a dormir en el mismo piso que ella, pero no sabía cómo explicárselo.

—¡Cecily! —Mamie y Priscilla se acercaron para llenarla de besos y abrazos y presentarle a las pequeñas Christabel, Adele y Tricks, y a Jimmy.

Cecily los abrazó a todos; las niñas parecían impresionadas de conocer por fin a su misteriosa tía, pero el pequeño Jimmy, de tres años, prestaba toda su atención a los juguetes esparcidos por la alfombra.

—¡Qué bien estás, Cecily! —dijo Priscilla dándole su beneplácito—. Te has convertido en toda una belleza.

—¿Quieres decir que no lo era cuando me fui? —replicó echándose a reír.

—¡Oh, vamos, no saques punta a mis palabras! Nunca te gustó recibir cumplidos, ¿verdad, Mamie?

—No.

Cecily miró a Mamie, que, con su tez pálida, los labios pintados de rojo intenso y el cabello oscuro y corto, parecía seguir la moda. Priscilla estaba tan guapa y lozana como siempre, aunque un poco más rellenita que cuando Cecily la vio por última vez.

—Y vosotras ¿cómo estáis? —preguntó a las dos.

—Hartas de la maternidad, pero ¿qué le vamos a hacer? —dijo Mamie con voz cansina mientras encendía un cigarrillo sujeto a una boquilla—. ¡No veo la hora de que se acabe todo esto!

—Solo está bromeando, Cecily. ¿Verdad, cariño? —dijo Hunter, que se acercó y se colocó junto a su esposa.

—¿No será que te gustaría que solo fuera eso? —exclamó Mamie con un suspiro teatral.

—Bueno, ven y siéntate aquí. Y cuéntanos todo lo que ha pasado durante los últimos siete años de tu vida —dijo Priscilla atrayendo a Cecily hacia el sofá.

—No estoy muy segura de poder hacerlo esta noche —respondió—. El viaje ha sido larguísimo, pero haré todo lo posible por empezar.

—Desde luego que no podrá —terció Dorothea—. Debo confesar, cariño, que me sorprende que con todo ese sol no hayas vuelto del mismo color que tu criada y esa hija suya.

—Llevaba un sombrero grande, mamá, eso es todo —dijo Cecily, que se estremeció al oír las palabras de su madre.

—¡Bueno! —dijo Dorothea cogiendo una copa de champán de la bandeja—. Bienvenida a casa, tesoro. Todos te hemos echado de menos, ¿verdad?

—Sí, desde luego —confirmó Walter cogiendo también una copa—. La próxima vez que nos digas que te vas unas semanas a cualquier sitio lejano, ¡no dejaremos que te marches y punto!

—No fue culpa mía que estallara la guerra, ¿no te parece? —replicó Cecily.

—No, por supuesto que no. ¿Hubo escasez de comida por allí? —preguntó Walter.

—Sí, pero yo tenía mi propio huerto, así que comíamos bastante bien.

—¿Un huerto? —Priscilla miraba a su hermana con asombro—. ¿Arrancabas tú misma las zanahorias y las coles?

—Pues sí, con ayuda de Kwinet, el hijo de Lankenua. Y luego, claro, si teníamos mucha hambre, solo tenía que ir a la parte trasera del jardín, disparar a un antílope y asarlo al fuego en un espeto.

Diez pares de ojos se la quedaron mirando; hasta el pequeño Jimmy dejó de jugar con su cochecito.

—Estás de broma, ¿no? —exclamó Priscilla.

—Bueno, quizá en lo de la parte trasera del jardín. Pero cuando Bill y yo salíamos de safari, eso es exactamente lo que hacíamos. A Bill se le da muy bien el rifle. En una ocasión me salvó de ser devorada por un león.

—¡Bang bang! —gritó Jimmy desde la alfombra.

—Exacto, Jimmy, ese es el ruido que hace, pero en la vida real es mucho más fuerte —dijo Cecily sonriendo y disfrutando de la expresión de embeleso de todos.

—Nos estás tomando el pelo, ¿verdad, Cecily? —dijo Priscilla.

—En realidad, no tanto —contestó entre risas—. Y también están las serpientes, víboras y cobras, enormes y brillantes, que se te cuelan en la habitación por la noche. Tengo un montón de fotografías para enseñaros.

—La buena noticia es que aquí no veremos ninguna serpiente reptando por la Quinta Avenida, y que la cena nos la servirán sin tener que cazar primero la pieza —comentó Walter secamente.

—Hemos invitado a Kiki a cenar —dijo Dorothea—. Sin duda te enterarías de la muerte de su hijo en combate, ¿no?

—Me enteré, sí. La llamé para ir a verla a Mundui House cuando pasó, pero Aleeki, su criado, me dijo que no quería ver a nadie —explicó con discreción—. ¿Está mejor?

—Solo he hablado con ella por teléfono. Se aloja en el Stanhope con su madre y con Lillian, su dama de compañía. No parece que esté demasiado bien. —Dorothea suspiró—. Pero ¿quién iba a estarlo después de tantas desgracias? Esa amiga suya con la que estaba tan encariñada… Alice…

—Sí, se conocían desde hacía mucho tiempo y Kiki se quedó destrozada cuando Alice se quitó la vida. Todos nos quedamos destrozados —dijo Cecily.

—Leí que fue porque el conde de Erroll había sido el amor de su vida —terció Priscilla—. ¿De verdad bailaste con él el día de tu boda, Cecily? ¿Era un hombre de ensueño, como decían los periódicos?

—Desde luego, era muy apuesto y encantador, sí. —Poco a poco Cecily iba encontrando su nuevo estatus, el de ser la persona más interesante de la estancia, sin proponérselo—. Bueno, y ahora contadme qué ha pasado por aquí.

Después de cenar, Cecily se disculpó tras tomarse el café y subió prácticamente a gatas la escalera que llevaba su habitación. Al final Kiki no se había presentado, cosa que a ella no le sorprendió lo más mínimo, sabiendo lo imprevisible que era su madrina. Se detuvo en el rellano en el que estaba su dormitorio y observó el empinado tramo de escalones que conducía al desván.

Se quitó los elegantes zapatos de tacón —en Kenia había perdido la costumbre de llevarlos— y empezó a subirlos. Una vez arriba, se agachó para recorrer el alero que conducía al cuarto que compartían Lankenua y Stella.

Oyó toser a Lankenua cuando llamó a la puerta. La pobre mujer había pillado un buen resfriado en cuanto cogieron el vapor en Southampton con destino a Nueva York.

La habitación estaba helada y Cecily sintió un escalofrío, vestida como iba con la fina blusa de seda, que había resultado adecuada en las habitaciones bien caldeadas de los pisos inferiores.

—*Kuyia!* —susurró una vocecita desde una de las estrechas camas de hierro que había en el cuarto—. ¿Eres tú?

—Sí, soy yo. —Cecily cruzó de puntillas el entarimado en bruto de la estancia para llegar hasta Stella. Aunque la ventana del desván estaba cerrada, entraba una corriente gélida—. ¿Estás bien?

Stella estaba hecha un ovillo y no tenía más que una manta fina para calentarse.

—Tengo f-f-frío. —La pequeña tiritaba—. Hace mucho frío en este sitio de Nueva York, y *yeyo* dice que no se encuentra bien.

—Ven aquí, déjame que te abrace —dijo rodeándola con sus brazos.

—¿Dónde has estado? —le preguntó la niña.

—Abajo, cenando con mi mamá, mi papá y mis hermanas.

—¿Podré ir a cenar contigo mañana? Solo nos han dado un bocadillo y además el pan no estaba tan rico como el que tú haces en casa.

—Tal vez —respondió, y se dio cuenta de que Stella estaba acostumbrada a merendar en el cuarto de los niños cuando Bill no se hallaba en casa, cosa que sucedía la mayor parte del tiempo.

—Y no me gusta estar aquí en el tejado —continuó la pequeña—. Me da miedo.

—No te preocupes, cariño, mañana lo solucionaremos todo, te lo prometo. Pero de momento, ¿qué te parece si bajamos de puntillas a mi habitación y dormimos juntitas en mi cama? Tendrás que hacerlo muy callada porque el señor y la señora Huntley-Morgan están durmiendo y se enfadarían muchísimo si los despertáramos, ¿vale?

—Vale.

Cecily cogió la manta de Stella y se la puso a Lankenua para que estuviera un poco más abrigada; luego tomó a la niña de la mano, la condujo por el estrecho pasillo hasta la escalera y bajó conteniendo la respiración por si se encontraban con sus padres. Una vez en su dormitorio, la joven soltó un suspiro de alivio.

—Y ahora, venga, métete en la cama y entra en calor mientras yo me preparo para acostarme.

—Vale, *kuyia*. Aquí abajo me gusta mucho más —dijo Stella desde el centro de la gran cama de Cecily—. No hace frío y la habitación es bonita.

—Aquí es donde yo dormía cuando era pequeña —comentó, y se metió en la cama junto a la niña. Apagó la luz y Stella levantó los brazos para que la abrazara—. ¿Mejor así? —preguntó estrechando a la pequeña entre sus brazos.

—Mucho mejor.

—Que duermas bien, preciosa.

—Y tú también, *kuyia*.

A la mañana siguiente, Cecily se había puesto el despertador para subir al piso de arriba y vestir a Stella antes de que Evelyn entrara con la bandeja del desayuno. Cuando subió al desván, se encontró a Lankenua ardiendo de fiebre. Bajó volando a la cocina en busca de unos paños húmedos para ponérselos en la frente y hacer que le bajara la fiebre.

—¿Dónde demonios vas y qué es lo que haces con eso, cariño? —le preguntó Dorothea al cruzarse con su hija en el vestíbulo.

—Mi doncella está enferma, mamá. Cogió frío cuando salimos de Inglaterra y esta mañana le ha subido muchísimo la fiebre. Tengo que hacer que le baje.

—Seguro que Mary o Evelyn pueden ocuparse de ella, ¿no, Cecily? Probablemente no sea más que un constipado.

—Bueno, no me extraña que se haya puesto mala; en el desván hace un frío espantoso.

—Los demás criados nunca se han quejado.

—Los demás criados no acababan de llegar de África, mamá. Por favor, manda que suban un poco de carbón para que podamos encender la chimenea.

Cuando volvió al desván, Lankenua tenía una fuerte tos seca y musitaba palabras ininteligibles.

—¿Se pondrá buena *yeyo*? —preguntó Stella.

Cecily limpiaba el sudor a Lankenua, cuyo cuerpo se estremeció al contacto con los paños húmedos y fríos.

—Seguro que sí, preciosa. Si no se encuentra bien esta noche, llamaré al médico para que venga a verla. No te preocupes —dijo.

Stella se sentó en el alféizar de la ventana y contempló la nieve que caía en forma de grandes y espesos copos. Cecily la había envuelto en una de sus chaquetas de lana para que estuviera bien abrigada.

—Eso espero, *kuyia*. La quiero mucho.

—Y yo también, cariño. Y te juro que pronto se pondrá buena. Cuando lo esté, ¿no te gustaría salir de tiendas conmigo? Tenemos que comprarte ropa de invierno... Ah, y luego está la tienda de juguetes, claro, y además podemos añadir una vuelta en coche de caballos alrededor de Central Park...

—¿Como el trineo de Papá Noel tirado por renos? —La carita de Stella se iluminó—. Al menos aquí hay nieve para que pueda aterrizar. —Se puso a aplaudir llena de entusiasmo mientras Cecily echaba más carbón en la pequeña chimenea, que ya ardía con fuerza—. ¡Solo... —se puso a contar con los dedos— faltan cinco noches para que llegue!

—Sí, exacto.

En ese momento Cecily recordó lo disgustado que se había mostrado Bill cuando se enteró de que le había contado a la niña la historia de Papá Noel.

—No es su cultura, y ahora esperará que todos los años le lleguen regalos por la chimenea —había comentado.

—¿Y qué tiene de malo? A los africanos se les permite creer en Jesús, ¿no? Y cada vez son más los que creen en él.

—Cosa que tampoco apruebo —había replicado Bill con sequedad—. Destruir las culturas indígenas que llevan existiendo cientos de años es un error, Cecily. ¿No te das cuenta?

Por supuesto que se daba cuenta, pero como aquel año era el primero que Stella había sido capaz de entender el concepto de Papá Noel, el entusiasmo y la impaciencia que se veían en su rostro bastaron para disipar cualquier sentimiento de culpa. Era una historia infantil como cualquier otra y no podía hacerle ningún daño. Además, Bill se hallaba ahora muy lejos, en Kenia…

—Mamá, necesito llamar a un médico para que venga a ver a Lankenua. No consigo que le baje la fiebre y me preocupa que haya cogido una pulmonía —dijo Cecily esa misma tarde cuando entró en el salón, donde su madre estaba tomando el té con una amiga.

—Discúlpame un momento, Maud —dijo Dorothea a su visita, y se llevó a Cecily fuera del salón para hablar en el vestíbulo.

—¿Puedes darme su número de teléfono? Yo misma lo llamaré —insistió.

—Cariño, no llamamos al médico para que vea a los criados. Si se ponen malos, pueden ir al hospital de beneficencia para que los atiendan.

—Pero yo sí llamo al médico si el personal de mi casa lo necesita, mamá, y más teniendo en cuenta que he sido yo la que ha traído a Lankenua hasta aquí. Es mi responsabilidad, ¿lo comprendes?

—¡Por favor, Cecily, baja la voz! Maud es una viuda muy rica a la que estoy intentando convencer para que entre en nuestro comité para la protección de los huerfanitos negros.

—¡Pues bien, mamá, es muy posible que tengas una huerfanita bajo tu techo si no llamamos a un médico ya!

—Bueno, bueno… El número del doctor Barnes está en la agenda, encima del escritorio de tu padre.

—Muchas gracias, y no te preocupes, que yo pagaré la cuenta. —dijo levantando la voz cuando vio que Dorothea volvía corriendo a reunirse con la viuda rica.

Cuando habló por teléfono con la secretaria del doctor Barnes, Cecily se guardó de decir que la visita era para atender a una criada negra. Una hora más tarde, cuando abrió la puerta al médico, Cecily se sintió aliviada al comprobar que era una versión joven del doctor Barnes, probablemente su hijo, y que tenía una cara mucho más amable.

—Muchísimas gracias por venir, doctor. Venga conmigo, le llevaré con la enferma.

Seis tramos de escalera después, Cecily abrió la puerta de la habitación del desván.

—Se llama Lankenua, y acaba de llegar de Kenia hace unos días conmigo —dijo escrutando la cara del médico para ver cómo reaccionaba.

—Muy bien. Echémosle un vistazo, ¿le parece?

Cecily cogió a Stella de la mano y las dos se apartaron para que el doctor Barnes examinara a Lankenua.

—Antes de tocarla, debo preguntarle si cree usted que puede ser tosferina. Recientemente se han dado varios casos; sospecho que debido a la llegada de tantos inmigrantes a la ciudad.

—¡Oh, no! Seguro que no es tosferina, doctor. Es un catarro muy fuerte que le ha afectado al pecho y me preocupa que pueda convertirse en pulmonía.

—Da la impresión de que sabe usted muy bien lo que dice cuando habla de enfermedades, señorita Huntley-Morgan —comentó el médico con una sonrisa.

—Señora Forsythe, en realidad. Bueno, una tiene que tener algún conocimiento si vive a varios kilómetros del único médico que presta servicio en una zona del tamaño de Manhattan —dijo—. Además, Lankenua me ha enseñado algo sobre las plantas que utiliza su pueblo para tratar las enfermedades. Su madre era curandera y creo que sus remedios funcionan.

—Apuesto a que sí, señora Forsythe. —El doctor Barnes sacó el estetoscopio de su maletín y empezó a auscultar a Lankenua—. Muy bien. ¿Me ayuda a incorporarla para que pueda auscultarla por detrás?

—Desde luego. Cuando llamé, pensé que vendría su padre.

—Mi padre ya se ha retirado, ahora me encargo yo de su consulta. Siento haberla decepcionado…

—¡Oh, no! ¡En absoluto! —exclamó Cecily negando con la cabeza—. ¿Qué le parece? ¿Cómo suena el pecho?

—Se oye un pitido demasiado fuerte, para mi gusto. Creo que su diagnóstico es correcto, señora Forsythe. Su doncella está a punto de desarrollar una neumonía. Ha hecho usted muy bien en llamar.

—¿Puede recetarle algo?

—Pues sí, claro. Hay una medicina nueva que se llama penicilina, y en teoría solo está disponible en los hospitales y debe ser administrada mediante una inyección. He tenido un par de pacientes que presentaban más o menos los mismos síntomas que su criada y le pedí al hospital que me la proporcionara. Los dos están recuperándose satisfactoriamente.

El doctor Barnes metió de nuevo la mano en su maletín y sacó un frasquito y varias jeringas.

—Hay que administrársela cuatro veces al día durante cinco días. ¿Ha puesto alguna vez una inyección, señora Forsythe?

—Pues la verdad es que sí. Mi marido, Bill, sufrió hace unos años la mordedura de un guepardo moribundo y nuestro médico le recetó morfina. Me enseñó a poner inyecciones para calmarle el dolor mientras se recuperaba.

—¿Tenía usted permiso para administrar morfina? —preguntó el doctor Barnes con cara de asombro.

—Como le decía, cuando una vive a varios kilómetros de distancia de todo, se vuelve autosuficiente —repuso—. Soy bastante capaz de poner una inyección.

—Es algo muy útil —dijo el doctor—. La nalga es el mejor sitio para inyectar ese tipo de medicamentos. Yo mismo supervisaré cómo lo hace usted la primera vez y luego solo tiene que inyectarle la misma dosis cuatro veces al día. Debería notarse un cambio al cabo de cuarenta y ocho horas. Además, suban unos cuantos recipientes de agua caliente para que el vapor la ayude a respirar mejor.

El doctor Barnes enseñó a Cecily a medir la dosis correcta y luego observó cómo le ponía la inyección a Lankenua. Movió la cabeza en señal de aprobación.

—Muy bien, señora Forsythe. Es usted toda una enfermera. Bueno, volveré mañana a ver cómo sigue la paciente.

—Por Dios, no se moleste.

—Bueno, para eso estoy aquí. Y nos encantaría que se recuperara usted para pasar sus primeras Navidades en Manhattan, ¿no es así? —dijo a Lankenua, que asintió moviendo débilmente la cabeza—. Pues muy bien. Entonces hasta mañana. —Les dirigió una sonrisa a todas y salió de la habitación.

—Mañana voy a llevar a Stella de tiendas para comprarle ropa de abrigo y ver a Papá Noel en Bloomingdale's —dijo Cecily—. Se aburre estando con su madre enferma en la cama.

—Siempre puede bajar a la cocina y que la servidumbre se ocupe de ella. Pareces muy encariñada con esa cría —observó Dorothea clavando los ojos en su hija—. Es la hija de tu criada, no alguien de la familia.

—Tal vez las cosas sean distintas en África, Dorothea —terció Walter.

—Tal vez, pero no creo haber visto nunca a una mujer blanca por Bloomingdale's con una niña negra. ¿Tú sí?

—Los tiempos cambian, querida —dijo Walter—. Sin ir más lejos, la semana pasada leí en el *New York Times* que el número de estudiantes negros en Yale y Harvard va en aumento.

—¿Y qué me dices de las estudiantes negras? —masculló Cecily entre dientes.

—¿Qué dices, tesoro? —le preguntó Dorothea.

—Oh, nada. ¿Ha preparado Mary la habitación de invitados que está junto a la mía para Stella? Si no, puedo hacerlo yo.

—La habitación de invitados siempre está preparada, como bien sabes, Cecily. Lo que no sé es por qué la niña tiene que trasladarse a un piso más abajo. De verdad que no lo sé.

—Debido al riesgo de infección, mamá. El doctor Barnes me dijo que debía mantener a Stella alejada de su madre hasta que esta se recupere —mintió—. De todos modos, si me disculpáis, debo ir a ver cómo está Lankenua —añadió levantándose de la mesa—. ¡Ah! He pensado que debía llamar al hotel Stanhope, donde se aloja Kiki. Quiero llevarle un regalo de Navidad.

—Ya he llamado yo hoy, pero su madre me ha dicho que Kiki no recibía visitas.

—Bueno, por lo menos podré dejarle el regalo en la recepción. Buenas noches, mamá. Buenas noches, papá.

Cecily se retiró y subió al desván, donde comprobó con alegría que Lankenua dormía plácida y que su frente ya no ardía. La despertaría a las diez para ponerle la segunda dosis de su medicina.

Stella, a la que había dejado en su habitación mientras los adultos cenaban, se encontraba sentada en la cama de Cecily con el camisón puesto, absorta en un viejo libro con ilustraciones titulado *Cuento de Nochebuena*.

—¿Cómo está *yeyo*? —La niña levantó la vista con mirada angustiada.

—¡Oh, ya está mejor, cariño! Y ahora vámonos a tu habitación. —Tendió la mano a Stella y la llevó a la habitación contigua, en la que había pedido a Mary que encendiera la chimenea para que estuviera calentita—. Muy bien, métete en la cama —dijo a la pequeña ayudándola a acostarse.

—¿Podrá venir aquí *yeyo* cuando esté mejor?

—Ya veremos. ¿Quieres leerme un cuento esta noche? —dijo señalando el viejo libro de ilustraciones y sentándose a los pies de la cama.

A la mañana siguiente, Lankenua se encontraba mejor. La fiebre le había bajado, aunque la tos todavía era muy fuerte, pero Cecily comprobó encantada que ya podía tomar unos sorbitos de agua.

—Yo siento, señora Cecily, gran problema por mí —dijo Lankenua con un suspiro.

—Nada de eso —replicó Cecily para tranquilizarla—. Venga, esta tarde volveré a ponerte otra inyección. Mientras tanto, me llevaré a Stella de compras.

—Yo bien —afirmó la sirvienta—. Usted marchar.

—Ahora descansa —dijo poniendo un poco más de carbón en la chimenea—. Y luego volveremos para contártelo todo.

La primera parada que hicieron Cecily y Stella fue en la sección de ropa infantil de Bloomingdale's. La niña abrió los ojos como platos al ver la cantidad de percheros cargados de vestidos y babis entre los que podía escoger. Una dependienta, que las miró con una expresión extraña cuando Cecily la abordó, las seguía de cerca por los pasillos a medida que las dos iban cogiendo prendas para que Stella se las probara.

—¡Estás preciosa! —exclamó Cecily sonriendo. Stella daba vueltas delante del espejo luciendo un vestido de color naranja claro con la falda de capas y capas de tul—. Es perfecto para el día de Navidad, y ese color te queda genial —dijo aplaudiendo, sin preocuparse de la expresión de desdén de la dependienta—. Y ahora elijamos alguna prenda de abrigo más en serio, ¿quieres?

Tras indicar que entregaran las dos grandes bolsas de ropa a Archer, que aguardaba abajo con el coche, Cecily y Stella, vestida ahora con un abrigo rojo de tweed, con cuello de terciopelo y brillantes botones de metal, junto con un gorrito a juego, abandonaron la sección de ropa infantil y se dirigieron a la de juguetes. La cola para ver a Papá Noel era muy larga; por lo visto, todos los padres de Manhattan habían tenido la misma idea.

—Mira, mamá —dijo el niño que tenían delante—. ¡Es negra como un Conguito! —exclamó señalando a Stella con el dedo.

—¡Jeremy! Por favor, estate callado —lo reprendió su madre, aunque también se volvió para mirar a Cecily y a Stella.

—Y tú eres blanco como mi *kuyia* —replicó Stella señalando con el dedo al niño, sin dejarse amilanar.

Al cabo de unos segundos, madre e hijo habían abandonado la cola. Cecily contuvo la respiración, esperando que no se produjeran más comentarios, mientras Stella se entretenía señalando las muñecas de las estanterías y el oso de peluche de tamaño natural apoyado contra una columna con un gorro de Papá Noel en la cabeza.

—¡Mira! —exclamó Cecily—. ¡Es un león, como los que hay cerca de casa!

La niña echó a correr en dirección al muñeco.

—No morderá, ¿verdad? —dijo acercándose al animal seguida de Cecily—. Solo lo parece, ¿no?

—Por supuesto.

Stella rodeó con los brazos la cabeza del león de tamaño natural.

—¡Siempre había querido abrazar a un león! —exclamó riendo.

Todos los niños de la cola y sus madres contemplaban el espectáculo.

—¿Sabes qué te digo, cariño? Que no vamos a esperar en esta cola tan larga para ver a Papá Noel. Vayamos a comprar un regalo para Lankenua y para mis papás, y luego nos iremos a casa y dejaremos la carta a Papá Noel en la chimenea como solemos hacer, ¿de acuerdo?

Stella observó con pena al hombre vestido de rojo y blanco sentado en el estrado y soltó un suspiro.

—Supongo que la cola es bastante larga, sí —reconoció.

Cecily no volvió la cabeza para ver cómo todos clavaban sus ojos en ellas cuando se marcharon.

De vuelta en casa, Stella escribió su carta a Papá Noel y Cecily iba anotando mentalmente lo que deseaba la pequeña. La lista la encabezaba el gran león de peluche.

—Pero no sé cómo lo va a meter por la chimenea, mi vida —comentó Cecily cuando las dos se sentaron ante el fuego de su habitación a tostar *s'mores* (pedazos de chocolate y nubes fundidos entre dos galletas de harina integral), que eran la nueva golosina favorita de Stella.

—Es verdad —dijo Stella, y arrancó una nube pegajosa del pincho de asar que Cecily le tendía; luego lo aplastó como esta le había enseñado entre un poco de chocolate y dos galletas—. Pero Michael me dijo que el año pasado Papá Noel le trajo una bicicleta.

—Te contaré un secreto. Resulta que hay un león de verdad en Central Park —le susurró.

—¿En serio? Pero debe de tener mucho frío ahí fuera, con la nieve.

Stella se levantó y se acercó a la ventana.

—¡Qué va! Está bien. Tiene una casa entera para él solo. Bueno, a ver, ¿por qué no me ayudas a envolver unos cuantos regalos con este papel tan bonito?

Tras bañar a Stella, Cecily subió al desván a administrar otra dosis de penicilina a Lankenua. Comprendió que estaba mejor porque armó un alboroto terrible al ver la aguja y darse cuenta de en dónde se la iba a clavar.

—Venga, ya está —dijo Cecily al tiempo que le bajaba de nuevo el camisón.

A continuación, fue a buscar a Stella y la subió al desván.

—Cariño, voy aquí al lado a visitar a una vieja amiga mía —le dijo a la niña—. No tardaré mucho. Quédate aquí con *yeyo* y hazle compañía durante mi ausencia, ¿vale? A lo mejor quieres leerle tu nuevo libro de Winnie the Pooh.

—¡Buena idea! —exclamó Stella moviendo la cabeza arriba y abajo—. No tardes, *kuyia* —dijo en el instante en que Cecily abandonaba la habitación.

Por fin había dejado de nevar cuando Cecily salió a la calle y montó en el asiento trasero del Chrysler de la familia. Mientras el coche avanzaba por la Quinta Avenida, el ruido del tráfico quedaba amortiguado por la espesa capa de nieve acumulada en las aceras y en la calzada; el vapor del metro salía por las rejillas del suelo y fundía la nieve que las cubría. Al llegar al Stanhope, se bajó del coche y pidió a Archer que la esperara.

—Estaré de vuelta dentro de treinta minutos —dijo.

Desapareció bajo el toldo verde que cubría la entrada del hotel. Enseguida oyó la música de jazz en directo procedente del bar, pero no se detuvo. Se dirigió a la recepción y pidió que avisaran a Kiki Preston de que estaba allí. Como daba por sentado que Kiki estaba indispuesta, se sorprendió cuando el recepcionista le dijo que subiera a su suite. Tomó el ascensor hasta la quinta planta. Después de llamar a la puerta, le abrió una mujer que ella no conocía.

—Hola, Cecily, soy Lillian Turner, una amiga de tu madrina. Entra, por favor. Kiki no se encuentra bien esta noche, pero ha dicho que quería verte —susurró mientras la conducía hasta un elegante salón, donde Kiki se hallaba tumbada en una *chaise longue* delante de la chimenea.

Era una de las pocas veces que veía a su madrina sin maquillar. Aunque estaba terriblemente pálida, y llevaba suelta su melena oscura y salpicada de canas, seguía estando guapísima.

—¡Mi querida Cecily! Disculpa que no me levante para saludarte, pero mi salud no es muy buena desde hace unas semanas —dijo Kiki tendiéndole una mano a la vez que apagaba el cigarrillo con la otra—. ¿Qué tal estás, tesoro?

—¡Muy bien, gracias, y entusiasmada por estar de vuelta en Manhattan! ¡Hacía tanto tiempo!

—¡Y aquí me tienes a mí, soñando con Kenia, en esta ciudad oscura y deprimente! Aquí es imposible ver el cielo. —Suspiró—. Lillian, ofrece algo de beber a nuestra invitada. ¿Qué deseas, Cecily? ¿Champán?

—Nada, gracias. No quiero molestarte, si estás enferma. He pasado solo a dejar un regalo de Navidad para ti.

—¡Oh, qué encantadora has sido pensando en mí! A veces tengo la sensación de que Nueva York se ha olvidado por completo de mi persona. ¿Puedo abrirlo ya?

—Por supuesto que puedes, pero ¿no deberías dejarlo para el día de Navidad?

—¡Oh, ángel mío! —exclamó Kiki, y puso su mano temblorosa en el antebrazo de Cecily—. La única lección que he aprendido en esta vida es que nunca hay que dejar las cosas especiales para otro día, porque es posible que no haya un mañana. —Las lágrimas asomaron a sus ojos—. Bueno, y ahora veamos qué me has traído.

—¡Oh, no es nada! ¡Es solo un pequeño detalle! Pensé...

—Como sabes muy bien, no es el tamaño lo que importa. —Kiki dirigió una de esas sonrisas pícaras que la caracterizaban y de repente se pareció un poco más a la mujer que había sido hasta hacía poco. Cogió el paquete rectangular entre sus manos, lo desenvolvió y lo abrió.

—Es una fotografía de las dos en Mundui House antes de que me fuera de allí para casarme con Bill. La tomó Aleeki con mi propia cámara —le explicó Cecily.

Kiki miró la fotografía, tomada al atardecer, con el lago Naivasha al fondo.

—¡Oh, Dios mío! ¡Qué regalo más bonito! —Kiki acarició la fotografía—. ¡Y qué jóvenes parecemos las dos! —Sonrió, pero las lágrimas asomaban de nuevo a sus ojos—. Muchísimas gracias, Cecily. Eres un encanto y yo te tengo... mucho cariño... Siempre te lo he tenido. Toma, Lillian, ponla en la repisa de la chimenea para que pueda verla. —Lillian hizo lo que le pedía y Kiki cogió a Cecily de la mano—. ¿Eres feliz, tesoro?

—Sí, lo soy, eso creo.

—Bueno, ahora escucha el consejo que te voy a dar y prométeme que actuarás en consecuencia: haz lo que haga falta para ser feliz y para hacer felices a los que amas, porque, antes de que te des cuenta, tu vida… y la de ellos… habrá acabado y adiós muy buenas. No la malgastes, Cecily. ¿Verdad que no la malgastarás? Piensa bien cuáles son las cosas y las personas que tienen importancia para ti y aférrate a ellas. ¿Me lo prometes?

—Por supuesto que sí, Kiki. ¿Estás segura de que te encuentras bien? Conozco a un médico estupendo…

—¡Oh, no te preocupes por mí! ¡Anda, acércate y dale un fuerte abrazo a tu madrina!

Cecily se inclinó hacia delante y dejó que la abrazara. Sintió que las uñas pintadas de rojo de Kiki, largas como garras, se le clavaban en la espalda.

—¡Feliz Navidad! —dijo Kiki soltándola, con los ojos llenos de lágrimas—. Sé feliz, ¿de acuerdo?

—Desde luego que sí. ¡Feliz Navidad, Kiki!

Lillian acompañó a Cecily hasta la puerta.

—¿Seguro que se encuentra bien? —dijo en voz baja cuando estaban en el pasillo—. Parece… un poco alicaída.

—Solo está un poco baja de moral por lo de su hijo —susurró Lillian—. Y además odia la Navidad. Le hace recordar a todas las personas que ya no están aquí para celebrarla. No te preocupes, estará mejor en cuanto pasen las fiestas. Y ahora adiós.

—Adiós.

44

A la mañana siguiente, Cecily recordó con entusiasmo infantil que era Nochebuena. Cuando bajó al vestíbulo, se encontró una invitación dirigida a ella en una bandeja de plata.

LA SEÑORA DE TERRENCE JACKSON SOLICITA
LA COMPAÑÍA DE LA

Señora de Bill Forsythe

EN LA REUNIÓN DE VASSAR
QUE TENDRÁ LUGAR EL MARTES 3 DE ENERO DE 1947
SRC
CALLE JORALEMON, 18
BROOKLYN
NUEVA YORK 11021

A Cecily le sorprendió la invitación. En la facultad, Rosalind y sus amigas solían compartir anécdotas políticas e intelectuales en sus dormitorios, en lugar de barras de labios. Cecily consideraba que Rosalind siempre se había mostrado distante con ella, por lo que nunca se había sentido lo bastante buena como para formar parte de su círculo íntimo.

—¡Caray, qué honor! Las invitaciones para las veladas de Rosalind y su esposo son de las más codiciadas de la ciudad. Al parecer, la mismísima señora Roosevelt asistió a la última —declaró Mamie, que acababa de entrar en el vestíbulo con una gran bolsa de regalos para guardar en casa—. Tengo entendido que es feminista —añadió su hermana—. Deberías asistir.

—¿Sabes, Mamie? Yo también lo creo —repuso Cecily sonriendo, y luego subió a ponerle a Lankenua su inyección.

Tras haber dejado a Stella en la cocina con Mary y Essie, la cocinera, haciendo todo tipo de delicias navideñas, Cecily se encerró en su habitación para preparar los calcetines de Lankenua y de Stella, y para envolver una versión más pequeña del león de peluche de Bloomingdale's que había hecho que le enviaran a casa el día anterior. Se recordó que tenía que llamar a Bill —quien había dicho que pasaría la Nochebuena en el Muthaiga Club con algunos compañeros del ejército—, y luego pensó en el complicado problema de persuadir a sus padres para que Stella comiera con ellos el día de Navidad, en lugar de en la cocina con los sirvientes.

De pronto, alguien llamó repetidamente a la puerta y la sacó de su ensimismamiento.

—¿Quién es?

—¡Soy tu madre y necesito hablar contigo ahora mismo!

—¡Adelante!

Dorothea entró en la habitación con la cara desencajada.

—¿Qué diablos pasa, mamá? Ni que hubieras visto un fantasma.

—¡Dios mío, Dios mío, Cecily! —Dorothea respiró hondo—. ¡Kiki... ha muerto!

—¿Que ha muerto? No puede ser, mamá. Estuve anoche con ella y tenía buen aspecto. Estaba un poco alicaída, pero... ¿Qué ha pasado?

Dorothea caminó hacia un sillón y se desplomó sobre él.

—Su madre ha llamado hace unos minutos. Han encontrado a Kiki tendida en uno de los jardines traseros del Stanhope. Se... —Dorothea tragó saliva—. Al parecer, se ha tirado por la ventana. Llevaba el pijama cuando la encontraron.

—¡Dios santo! ¿Estás segura de que era Kiki?

—¡Claro que estoy segura! Helen es capaz de reconocer a su propia hija, ¿no te parece?

—Perdona, mamá, es que no me lo puedo creer.

¿O sí podía creérselo?, pensó Cecily mientras abrazaba a su madre, que no paraba de llorar. Casi parecía que Kiki se hubiera despedido de ella la noche anterior...

—Van a mantenerlo en secreto hasta después de Navidad, pero los periódicos no tardarán ni dos minutos en enterarse y empezarán a hurgar en la vida de Kiki. ¡Todo el país podrá leer sus escándalos durante el desayuno! Dios mío, Cecily, yo la adoraba; vivimos tantas cosas juntas... Y siempre fue muy buena contigo, ¿verdad?

—Sí que lo fue, mamá, sí —afirmó, intentando desesperadamente contener las lágrimas.

—Y lo peor es que se negaba a verme. A mí, que era una de sus amigas más antiguas. Si hubiera sabido lo mal que estaba, habría hecho algo, cualquier cosa, para ayudarla —gimió Dorothea.

—Mamá, voy a pedir que Evelyn nos traiga un poco de brandy. Nos ayudará a calmar los nervios.

—Ay, Cecily, ¿cómo voy a celebrar la Navidad si ella ya no está?

—¿Sabes qué, mamá? Kiki habría querido que lo hicieras. Le gustaban las fiestas más que a nadie. Y ayer mismo me dijo que debía decidir qué era lo que me hacía feliz e ir a por ello. Así que mañana nos pondremos nuestras mejores galas en su honor y celebraremos su vida. —Tragó saliva—. ¿De acuerdo?

Dorothea asintió, cogió el pañuelo de Cecily para secarse las lágrimas y se puso de pie. Luego se dirigió hacia la puerta de la habitación como si estuviera soñando.

—Bueno, tengo que ir a contárselo a tu padre —dijo con un suspiro.

Cecily se había ido a la cama esa noche pensando que no era el mejor momento para preguntarle a su madre si Stella podría comer con ellos. Tras una noche en la que apenas logró descansar, llena de sueños extraños en los que Kiki le hablaba desde una nube, en pijama, y le decía que decidiera qué era lo más importante para ella, se despertó sobresaltada el día de Navidad y los ojos se le llenaron de lágrimas al recordar el terrible suceso que había tenido lugar el día anterior. Se tomó unos minutos para recomponerse, se levantó de la cama y se puso la bata. Con una sonrisa forzada, fue hacia el dormitorio de Stella y se la encontró chupando un bastón de caramelo, con los labios manchados del chocolate que ya se había comido del calcetín.

—¡Ha venido, *kuyia*! —Stella levantó la vista hacia ella y señaló el león de juguete que tenía en el regazo—. Creo que Papá Noel ha tenido que encogerlo para meterlo por la chimenea. ¿Crees que volverá a crecer, ahora que está aquí? —preguntó con los ojos muy abiertos.

—No lo sé, puede que sea un león mágico.

—He decidido llamarlo Lucky,* ¡como yo! —dijo riéndose y extendiendo la mano para abrazar a Cecily, que la estrechó con fuerza—. ¡Ay, *kuyia*! ¡Me estás estrujando! —Levantó la vista hacia ella—. ¿Por qué lloras? ¿Estás triste?

—No pasa nada, cielo. Voy a llamar a tu tío Bill ahora mismo para desearle feliz Navidad. Lo echo de menos. Y también nuestra casa.

—Y yo, pero también me gusta estar aquí —dijo Stella antes de volver a centrarse en Lucky.

Todavía en bata y súbitamente desesperada por contarle a su marido lo de Kiki, bajó al despacho de su padre para llamar por teléfono al Muthaiga Club. Ali respondió a la llamada y Cecily sonrió al oír aquella voz tan profunda y familiar.

—Hola, Ali. Soy la señora Forsythe. ¿Está ahí el señor Forsythe?

—Feliz Navidad, señora Forsythe —dijo Ali—. Aunque debo darle el pésame. Nos hemos enterado de la muerte de la señora Preston.

—Gracias, Ali. —Le sorprendió que la noticia se hubiera propagado tan rápido—. Tengo que hablar con el señor Forsythe. ¿Podría ir a buscarlo, por favor?

—Me temo que no. El señor Forsythe ha salido de caza hace unas horas.

A Cecily se le cayó el alma a los pies.

—Pues, cuando vuelva, ¿puede decirle que ha llamado su esposa y que necesita hablar con él urgentemente? Tiene mi teléfono de Nueva York. Gracias, Ali, y feliz Navidad.

Cecily colgó el auricular y se sentó en el sillón de cuero de su padre, intentando reponerse. Una vez más, su marido no estaba cuando más lo necesitaba.

---

* En inglés, «afortunado». *(N. de los T.)*

A mediodía, justo antes de que llegaran sus hermanas, Cecily se llevó a Stella a la cocina, donde todos estaban ocupados preparando la comida de Navidad.

—¡Pero qué guapa estás! ¡Si pareces una muñequita, cariño mío! —exclamó Essie, la cocinera, que estaba embelesada con Stella—. Ven aquí a ayudar a la tía Essie con los pasteles.

Stella, que llevaba un vestido de tul naranja nada apropiado para estar en la cocina, fue alegremente a ayudar a Essie.

—Feliz Navidad a todos —dijo Cecily—. ¿Alguien podría subirle un poco de caldo a mi doncella? Parece que hoy por fin tiene apetito.

—No hay problema —dijo Essie asintiendo—. Y no se preocupe, señorita Cecily, la niña comerá con nosotros aquí, ¿verdad, Stella?

—Estaré encantada, Essie —respondió Stella.

—¡Madre del amor hermoso! ¡Si hablas como si fueras tan blanca como ellos! —Essie se echó a reír.

A pesar de que Cecily le había pedido a su madre que celebraran las fiestas en lugar de lamentarse, el día de Navidad fue de lo más taciturno. Mamie y Priscilla acudieron con sus familias para intercambiar regalos y comer, y las tres hermanas hicieron todo lo posible para animar a la desconsolada Dorothea.

Después de la comida, esta se retiró a su habitación.

—Mamá está desolada —le dijo Mamie a Cecily.

—Kiki era su amiga más antigua, es normal.

—Puede ser, pero solo la veía una vez cada muchos años. Tú viviste con ella cuando llegaste a África y la viste la noche que murió. ¿Estás bien?

—Estoy muy triste, Mamie, pero bueno… Creo que Kiki había perdido la esperanza. Y cuando uno pierde la esperanza…

—Lo sé —dijo Mamie—. Ya no queda nada. Bueno, es hora de irnos y meter a estos diablillos en la cama.

Tras despedirse de sus hermanas y familiares, y después de que Walter se retirara a su despacho para echar una siesta, Cecily regresó despacio al salón. Levantó la vista hacia el enorme árbol de Navidad, adornado con tantas bolas que apenas se veía el verde.

Se imaginó a Bill en algún lugar de las planicies africanas, una imagen que no tenía nada que ver con aquel hermoso salón de Manhattan.

«¿Es este mi hogar, o debería estar en Kenia con Bill?», se preguntó. Lo cierto era que no tenía ni idea.

El día después de Navidad, con Dorothea encerrada en su habitación, demasiado consternada para salir de allí, Cecily decidió enseñarle Nueva York a Stella.

La primera parada fue Central Park, donde Cecily le compró una bolsa de castañas asadas y le enseñó a pelarlas para comer aquellos bocados ardientes. En el zoo de Central Park, Stella saludó al león de la jaula en maa.

—Al fin y al cabo, es su idioma —dijo Stella.

Cecily disimuló una sonrisa.

Después Archer las llevó en coche por las abarrotadas calles de la ciudad. A Stella le fascinaron las brillantes luces de Times Square, y se quedó encantada escuchando las explicaciones de Cecily sobre la arquitectura del edificio Chrysler y del Empire State. Cuando empezó a anochecer, disfrutaron de un buen chocolate caliente con nata montada y luego Cecily llevó a Stella a la pista de patinaje sobre hielo del Rockefeller Center. Agarrándose la una a la otra para mantener el equilibrio, se deslizaron, patinaron y se rieron mientras se abrían paso entre la multitud.

A través de los ojos de Stella, Cecily vio su ciudad de otra manera, enamorándose de nuevo de ella y de su ambiente mágico. Y tal vez porque sabía que se irían a finales de enero, tomó la determinación de exprimirla al máximo.

Para aplacar la sed de cultura que sentía en Paradise Farm, ella y sus hermanas fueron a ver los últimos espectáculos de Broadway. También disfrutó renovando su guardarropa y usándolo, para variar. Sus hermanas le dijeron que con los años se había puesto más guapa y, después de un corte de pelo de la estilista de Mamie, incluso Cecily dejó de considerarse un patito feo.

—Ahora llamas la atención —le dijo Priscilla, con un ápice de envidia en la voz, cuando, en Madison Avenue, un grupo de hombres apuestos le «echaron el ojo», como Priscilla decía.

Después de tantos años aislada en África, Cecily se sentía como un león al que hubieran liberado de su cautiverio.

La nota triste de aquella semana tan feliz después de Navidad fue el funeral de Kiki. Fueron muy pocos los que asistieron: gran parte de la élite de Nueva York estaba pasando las vacaciones fuera y, además, Kiki había vivido en el extranjero durante años. Cecily ayudó a su padre a sostener a Dorothea al salir de la iglesia y luego en el velatorio, donde su madre se bebió un par de copas de más. Cecily no podía evitar sentir que la muerte de Kiki era el fin de una era. No solo para su madre, sino también para ella.

Al volver a casa una tarde, después de haber ido al sombrerero para renovar algunos de sus sombreros pasados de moda, Cecily oyó una risilla aguda procedente del despacho. Llamó a la puerta y se encontró a su padre con Stella en el regazo.

—Buenas tardes, Cecily —dijo Walter—. Stella y yo estábamos mirando el mapa del mundo en mi atlas. He rugido como un león lo mejor que he podido, pero luego me ha pedido que imite a una cebra y, aunque yo creía que no lo había hecho mal, está claro que ella no opina lo mismo. ¿Verdad, señorita? —Walter sonrió a Stella.

Ella se bajó de sus rodillas y corrió hacia Cecily.

—No habrás estado molestando al señor Huntley-Morgan, ¿verdad, Stella?

—En absoluto —dijo Walter—. Me la he encontrado aquí mirando los libros de las estanterías y hemos pasado un buen rato. Por cierto, le he pedido que me llame Walter, ¿a que sí? —Stella asintió tímidamente—. Es una niña muy lista, Cecily. ¿Su madre la enviará al colegio, allá en Kenia?

—Allí no hay escuelas para una niña como Stella, pero yo hago todo lo posible para que aprenda a leer y a escribir.

—Y me enseña a sumar —añadió Stella, con la carita muy seria.

—Qué bien, pues vamos a jugar a algo a lo que jugaba con Cecily, ¿quieres? ¿Cuánto son dos y dos?

—Cuatro.

—¿Y tres más cuatro?

—Siete.

—Ocho más cinco.

—Trece —respondió Stella sin vacilar.

—Estoy impresionado. —Walter sonrió—. Creo que tendré que hacerte preguntas más difíciles, ¿no?

Veinte minutos más tarde, el padre de Cecily levantó las manos mientras Stella le rogaba que siguiera examinándola.

—Me he quedado sin preguntas, pero se te da muy bien responderlas. Realmente bien —dijo el hombre mirando a Cecily—. Y ahora, fuera las dos. Estoy esperando una visita que debe de estar a punto de llegar.

—Me cae bien Walter —comentó Stella cuando iban hacia la cocina a buscar a Lankenua, que estaba acurrucada al lado de los fogones—. Mejor que la señora Huntley-Morgan —añadió encogiéndose de hombros, y observó la tarta de chocolate que había sobre la mesa de la cocina—. Aunque lo que más me gusta es eso —dijo riéndose y señalando el pastel.

—¿Cómo te encuentras, Lankenua?

—Bien. ¿Cuándo volver a casa, señora Cecily?

—Dentro de unas semanas —contestó, y a continuación se dirigió a Mary—: ¿Podrías subirme un poco de café a la habitación? Tengo que salir a las cinco y he de cambiarme.

—Desde luego, señorita Cecily.

Una vez en su habitación, se puso delante del espejo pensando qué ponerse para la reunión de Vassar. Recordó que a Rosalind nunca le había preocupado demasiado la moda, así que se decidió por un sencillo vestido de cóctel negro. Después de tomarse el café, le pidió a Mary que avisara a Archer para que sacara el coche y la esperara delante de la casa.

Durante el camino, Cecily estaba nerviosa; todavía no sabía por qué a Rosalind se le había ocurrido invitarla. Vivía en Brooklyn, un barrio que, según Priscilla, se había vuelto muy popular entre los jóvenes. Dorothea le había comentado que estaba lleno de irlandeses, ya que muchas familias se habían quedado allí después de construir el puente de Brooklyn.

—En esta zona hay muchos bonitos edificios antiguos —comentó Archer mientras circulaban por las calles—. Este barrio estaba de capa caída, pero gente como su amiga se está mudando aquí porque consiguen más espacio por menos dinero. Nueva York siempre está cambiando, ¿no cree, señorita Cecily?

Cuando el coche se detuvo delante de un precioso edificio de arenisca situado entre dos casas mucho más deslucidas, Cecily se apeó.

—No creo que tarde más de una hora —le dijo a Archer antes de subir los escalones que conducían a la puerta principal.

—¡Cecily! Qué alegría que hayas podido venir. —La abrió Rosalind, que lucía una media melena lisa y oscura similar a la de Mamie. Le sonrió y la condujo hasta un agradable salón lleno de mujeres jóvenes, muchas de ellas vestidas con pantalones. Cecily se sintió terriblemente anticuada y demasiado arreglada—. ¿Cerveza o jerez? —le preguntó acompañándola hasta el carrito de las bebidas.

—Jerez, por favor. ¿Conozco a alguna de las presentes?

—Por supuesto que sí. Salvo alguna excepción, todas son de nuestro curso de Vassar. En los mentideros de Nueva York se rumorea que vives en África —dijo Rosalind—. Estamos deseando que nos lo cuentes todo, ¿verdad, Beatrix?

Una mujer negra con unos ojos grandes de mirada afable observó a Cecily.

—Así es, puesto que de allí proceden nuestros ancestros, Rosalind.

Cecily miró a ambas mujeres, confundida.

—Tranquila, Cecily —dijo Rosalind antes de echarse a reír—. La mayoría de la gente no sabe que soy negra. Desde luego, hubo un canalla blanco de por medio en algún momento, pero mi corazón es tan negro como el de Beatrix. En Vassar no lo supieron hasta que recibí el título. Tú ya sabes cómo son. Si por ellos fuera, estaríamos fregando suelos en lugar de estar sentadas en las aulas con gente como tú. Poco a poco la cosa va cambiando, eso sí. Tuvieron la vergüenza de admitir a Beatrix en 1940, ya que otras universidades tenían un cupo para gente de color mucho mayor. Así que ya puedes saludar a nuestra primera graduada negra de Vassar.

—Espero ser la primera de muchas —declaró Beatrix sonriendo—. Ahora estudio en la facultad de Medicina de Yale. Allí el desafío no es solo el color de mi piel, sino el hecho de ser mujer. Dos por uno, ¿verdad, Rosalind?

—Y que lo digas —repuso esta, y señaló un rincón más tranquilo al fondo de la sala—. Y ahora, Cecily, háblanos de África. Vives en Kenia, ¿no?

Al principio, soltó su discurso habitual para las fiestas hablando de safaris, leones y serpientes mortales, pero Rosalind pronto la interrumpió.

—Dime, al tratarse de un país colonial, ¿los negros tienen derechos? ¿Existen partidos activistas?

—No, que yo sepa.

—Así que, aunque la sociedad de Kenia está integrada principalmente por negros que viven en su propio país, ¿siguen dominados por unos cuantos hombres blancos uniformados? —le preguntó Beatrix.

—Sí, me temo que sí. Aunque durante la guerra, cuando muchos de ellos se alistaron para luchar por el rey y por la patria...

—Era su patria pero no su rey —la interrumpió Beatrix.

—Sí, claro —rectificó Cecily enseguida—. Les dieron a entender que su vida mejoraría si luchaban. Pero cuando regresaron, nada cambió. De hecho, mi marido me ha dicho hace poco que la situación ha empeorado.

—¿Dirías que se masca la tensión? —preguntó Rosalind.

—Sí. —Cecily recordó las conversaciones que había tenido con Bill en los últimos meses—. Los kikuyu, que son la mayor tribu de Kenia, ya no quieren aceptar las pésimas condiciones y el trabajo esclavista que les ofrecen sus jefes blancos. No tienen asistencia médica. Solo conozco un hospital para gente de color y es de una organización benéfica. En cuanto a la educación...

—Dímelo a mí —dijo Rosalind poniendo los ojos en blanco—. Aquí, en Estados Unidos, nuestros hijos no están mucho mejor, aunque al menos hay educación tanto para blancos como para negros y, a diferencia de lo que pasa en el Sur, no es segregada. Pero hay muchos más niños blancos que de los nuestros y aún hay muchos prejuicios subyacentes, en especial por parte del personal docente. Lo sé porque yo formaba parte de esa minoría en el instituto.

—Yo estoy decidida a enseñarle matemáticas a la hija de mi doncella, además de a leer y a escribir... Es lista como una ardilla.

—Muy bien. —Rosalind alzó una ceja y miró a Beatrix antes de volverse de nuevo hacia Cecily—. Yo tengo una hija de cinco años y no quiero que tenga que enfrentarse a lo que yo me enfrenté para completar mi educación. Quiero que aprenda en un entorno seguro y comprensivo en el que se sienta valorada, sin soportar las burlas y las mofas de sus compañeros de clase, y sin que sus profesores la menosprecien injustamente. Así que… estoy creando una pequeña escuela aquí, en mi casa. Beatrix y yo hemos elegido a una serie de niños negros muy inteligentes que conocemos y a los que esperamos educar, con la idea de que acaben entrando en las universidades más prestigiosas.

—Nuestros hijos solo necesitan modelos a seguir. Tienen que creer que pueden lograrlo y depende de nosotras enseñarles que es posible —añadió Beatrix con pasión.

—¿Has dicho que estás educando a la hija de tu doncella? —le preguntó Rosalind.

—Sí, así es. Se llama Stella. Absorbe como una esponja todo lo que le enseño.

—¿Te importaría traerla aquí para que la conozcamos? —dijo Rosalind—. Puede que sea una buena candidata para nuestra escuela. Y si te interesa, nos vendría bien otro par de manos docentes. Beatrix estará demasiado ocupada estudiando Medicina en Yale, así que, básicamente, estoy organizando esto sola.

—Eso sería maravilloso, Rosalind —declaró Cecily, emocionada—. Nunca pensé que algo así podría estar al alcance de Stella.

—Bueno, sería un placer contar también contigo. Te especializaste en Historia, ¿verdad?

—Sí, aunque mi pasión era la Economía y, aunque está mal que yo lo día, tengo buena cabeza para los números.

—Y Rosalind es de Humanidades, así que entre las dos y con algo de ayuda por mi parte cuando saque tiempo, podríais apañároslas con las ciencias —comentó Beatrix riéndose—. Solo tenéis que recordar que todo es posible en la tierra de la libertad, siempre y cuando nosotras hagamos que suceda.

—Bien, ¿cuándo traigo a Stella para que la conozcáis?

—Cuanto antes. El semestre empieza la semana que viene, así que ¿te vendría bien el viernes? —sugirió Rosalind.

—Perfecto.

Beatrix y Rosalind la acompañaron a la puerta principal y, cuando se despedían, Rosalind se dirigió a ella en tono apremiante.

—Por cierto, Cecily, ¿qué te parecería unirte a nosotras en una protesta?

—Pues… no lo sé. ¿Contra qué protestáis en concreto?

—La situación de la vivienda en Harlem es pésima. Los negros están siendo relegados a un gueto, están hacinados, por no hablar del uso excesivo de la fuerza por parte de la policía para «mantener la situación bajo control». El alcalde O'Dwyer ha sido un gran amigo de nuestra comunidad...

—¡Solo así conseguirá nuestros votos! —la interrumpió Beatrix.

—Puede ser, pero ha hecho ciertas promesas y haremos que las cumpla. Va a hablar en la Iglesia Baptista Abisinia la próxima semana y estaremos allí para recordarle lo que está en juego —continuó Rosalind—. Sería maravilloso contar contigo, Cecily. Serías un gran activo para nuestro grupo.

—Bueno... Dejad que me lo piense, ¿de acuerdo?

—¿Qué hay que pensar? —terció Beatrix—. Se trata de lo que está bien y lo que está mal, es una cuestión de vida o muerte. Tú deberías saberlo mejor que nadie, ya que has vivido en África. Por favor, únete a nosotras, Cecily. Necesitamos que los blancos también apoyen nuestra causa.

—De acuerdo —accedió—. Allí estaré. Y ahora debo irme. Hasta luego.

—¡Estamos en contacto! —gritó Rosalind.

Archer le abrió la puerta del coche y Cecily se sentó en el asiento trasero.

—Siento haber tardado tanto.

—No se preocupe, señorita Cecily. ¿Qué tal la velada? —le preguntó el chófer, antes de volver a Manhattan cruzando el puente de Brooklyn.

—Pues ha sido... ¡increíble! —exclamó emocionada.

45

El miércoles siguiente, como le indicaron, Cecily se vistió con sus ropas más sencillas. Dejó a Stella al cuidado de Lankenua, que ya se encontraba mucho mejor, y le pidió a Archer que la llevara en coche hasta Harlem.

—¿Disculpe, señorita Cecily? —preguntó el chófer abriéndole la puerta trasera del Chrysler.

—Ya me has oído, Archer: vamos a Harlem, a la Iglesia Baptista Abisinia, en el 132 de la calle Ciento treinta y ocho Oeste —repitió leyendo la dirección que había anotado cuando Rosalind la llamó por teléfono.

—¿Saben sus padres que va allí? —le preguntó el hombre tras una pausa.

—Por supuesto —mintió Cecily. La contrariaba que, siendo una mujer casada, Archer siguiera tratándola como una niña.

—Como desee, señorita Cecily.

Miró por la ventanilla mientras subían hacia Harlem, donde, a pesar de su actitud decidida al darle la dirección a Archer, no había estado jamás. Cuando los rascacielos de la Quinta y Madison quedaron atrás y subieron lentamente por Lenox Avenue, se fijó en que los rostros que veía por la calle empezaban a ser de distintas tonalidades de negro y marrón en lugar de blancos. De pronto se sintió como un pez fuera del agua en su propia ciudad. Había niños negros sentados en las escaleras de casas en ruinas que miraban el Chrysler al pasar, los escaparates de muchas tiendas estaban tapiados con tablas y había cubos de basura a rebosar en las esquinas de las calles. Aunque estaban en 1947, parecía que allí la Depresión siguiera campando a sus anchas.

Archer paró el coche. En la calle, Cecily pudo ver una imponente iglesia gótica, delante de la cual ya se había congregado una multitud de manifestantes. El chófer se bajó para abrirle la puerta.

—La esperaré al final de la calle, en la esquina con Lenox, justo ahí enfrente —señaló el hombre—. Si hay algún problema, venga corriendo, ¿de acuerdo? ¿Seguro que estará bien?

—Sí, Archer, gracias. He quedado con unas amigas —dijo Cecily con más confianza de la que sentía, mientras se alejaba hacia la multitud.

Observó la aglomeración y vio que muchas personas llevaban pancartas escritas a mano con consignas como: ¡IGUALDAD DE DERECHOS! y ¡VIVIENDA PARA TODOS! Con el corazón en un puño, se abrió paso entre la muchedumbre, que miraba hacia una plataforma elevada que habían colocado a modo de escenario en la acera, delante de la iglesia.

—¡Has venido! —La voz familiar de Rosalind se oyó sobre el clamor. Cecily se volvió y vio a su nueva amiga acercándose a ella, vestida con un pantalón suelto y un abrigo de hombre—. Me alegra que estés aquí. Las demás ya estaban haciendo apuestas sobre si aparecerías o no. Este es mi marido, Terrence. —Señaló al hombre negro y alto que la acompañaba.

—Encantado, Cecily —dijo él estrechándole la mano y sonriendo—. Agradecemos tu apoyo.

A Cecily no le sorprendió ser una de las pocas personas blancas presentes, pero el resto de los manifestantes la saludaban con una sonrisa y le abrían el paso con amabilidad. Unos cuantos llevaban termos de café para mantener el frío a raya y Cecily se fijó en una mujer con un bebé atado al pecho.

—¿Cuánto durará esto? —le susurró Cecily a Rosalind.

—Una hora, más o menos —respondió Rosalind en tono alegre—. Somos un montón, a Beatrix se le da fenomenal motivar a la gente. ¡Mírala, ahí está!

Beatrix apareció a su lado, con los ojos brillantes de emoción y su negro pelo trenzado por toda la cabeza.

—¡Cecily! ¡Es maravilloso que hayas venido! Yo...

La voz de Beatrix se vio ahogada por el alboroto de la multitud cuando tres hombres subieron al escenario. Cecily reconoció al alcalde O'Dwyer por las fotos del *New York Times*. A su lado había otros dos hombres blancos. Uno llevaba el elegante uniforme de jefe de policía y miraba las pancartas con el ceño fruncido.

—¡Harlem! ¡Es un honor estar aquí! —exclamó el alcalde O'Dwyer con su marcado acento irlandés.

La multitud lo jaleó a modo de respuesta. Cecily sondeó los rostros allí reunidos y de pronto se sintió motivada. Había gente decidida a crear un mundo mejor; no había sentido tal euforia y esperanza a su alrededor desde las celebraciones del Día de la Victoria en Europa, en Nairobi. Beatrix le entregó una pancarta que ponía: ¡HARLEM NO ES UN GUETO!, y ella la levantó con orgullo. Escuchó el discurso del alcalde O'Dwyer, que prometía reformas en el ámbito de la vivienda y más presupuesto para las escuelas, y parpadeó cuando un periodista disparó su flash cerca de ella.

Cuando la gente avanzó a empujones para ver mejor, alguien le dio un codazo por detrás y dio un traspié, pero Rosalind la sujetó. A pesar del aire gélido, a Cecily le sudaba la nuca de lo apretujada que estaba.

El jefe de policía se acercó al micrófono y el malestar se apoderó de la multitud. Cecily se estremeció. Estiró el cuello para ver hasta dónde llegaba la aglomeración a ambos lados de ella y le sorprendió ver que había agentes de policía rodeándolos, con las manos sobre las porras de madera y los rostros inescrutables bajo sus gorras azules.

—¿Qué hace aquí la policía? —le susurró a Rosalind.

—Tú quédate con Terrence y conmigo. No te pasará nada —le respondió Rosalind, también susurrando.

—¡Asesinos! —les gritó Beatrix—. Esos policías atacaron a Robert Bandy. Le dispararon cuando iba desarmado e intentaba salvarle la vida a una mujer. ¡Cerdos asquerosos!

Una oleada de rabia empezó a levantarse a su alrededor y Cecily tomó una bocanada de aire. La policía oprimía cada vez más al gentío. Ella ya no oía los discursos del escenario, solo los gritos de desesperación de la mujer que tenía al lado: intentaba que no aplastaran al bebé que llevaba pegado al pecho, que no paraba de llorar.

Los gritos llenaron el aire. Un hombre la empujó hacia un lado para huir de un agente que iba hacia él con la porra levantada. El hombre intentó cubrirse con el cartel que portaba en la mano, pero lo golpearon hasta que acabó tendido en la sucia calle, protegiéndose la cabeza de los continuos golpes. Cecily oyó un silbido estridente y el relinchar de caballos. Al levantar la vista, vio que la policía montada arremetía contra los manifestantes, muchos de los cuales habían echado a correr.

—¡Cecily! ¡No te alejes! —Beatrix la tomó de la mano y la llevó hacia un hueco que había en la línea de la policía.

Cecily la siguió sin pensarlo, con el corazón desbocado, corriendo y esquivando a otros manifestantes que también buscaban un lugar seguro. Intentó ignorar los gritos de pánico y los repugnantes golpes de las porras contra los cuerpos de la gente. Tras un violento tirón, Cecily acabó en el suelo pero pudo ver que dos policías sujetaban a Beatrix. Ella se revolvía como un gato salvaje y las trenzas se le soltaron cuando los agentes se la llevaban a rastras.

—¡No! ¡Beatrix! —gritó Cecily. Fue a levantarse pero le dolía demasiado el tobillo—. ¡Deténganse! ¡No ha hecho nada malo! —Se quedó allí sentada, mirando a su alrededor, conmocionada y desorientada. Lo que había comenzado siendo una reunión pacífica y ordenada, se había convertido en un auténtico caos—. Archer —murmuró, pero no recordaba dónde le había dicho el chófer que la estaría esperando. Intentó ponerse de pie, pero el tobillo le falló; una nueva oleada de manifestantes corrían en estampida hacia ella.

—¿Puede caminar?

Cecily miró arriba y vio a un hombre blanco inclinado hacia ella.

—El tobillo…

—Deme la mano.

Obedeció y el hombre tiró de ella para ayudarla a levantarse. Luego, sujetándola con el brazo, empezó a guiarla entre la multitud.

—Mi chófer… me está esperando en Lenox, allí, al final de la calle —consiguió murmurar a la vez que recobraba los sentidos.

—Pues vamos a sacarla de aquí cuanto antes; parece que la cosa se va a poner aún peor.

A su alrededor tenían lugar violentas escaramuzas y los manifestantes se reorganizaban para contraatacar.

Cuando se acercaban al cruce de la Ciento treinta y ocho Oeste con Lenox, Cecily vio el Chrysler y lo señaló.

—¡Ahí está Archer! —gritó por encima del ruido de la multitud.

El hombre la cogió en brazos y la llevó corriendo hasta el coche. Cuando llegó, abrió la puerta de atrás.

—¡Gracias a Dios que está bien, señorita Cecily! —exclamó Archer poniendo en marcha el motor—. ¡Salgamos de aquí!

—Cuídese, señora —dijo el hombre al tiempo que depositaba a Cecily en el asiento.

Iba a cerrar la puerta, pero Cecily, al ver que dos policías se dirigían hacia el coche con sus porras, se lo impidió.

—¡Archer, espera! ¡Entre! —le gritó al hombre, y reunió las últimas fuerzas que le quedaban para agarrarlo del brazo y meterlo dentro justo cuando la policía cargaba contra él—. ¡Vamos, Archer! ¡Venga, venga!

Archer pisó el acelerador y el coche salió disparado. Mientras el Chrysler se alejaba de la escena de pesadilla que habían dejado atrás, los tres ocupantes exhalaron un suspiro de alivio.

—No sé cómo darle las gracias por su ayuda… —dijo Cecily.

—No ha sido nada. Más bien debería darle yo las gracias a usted. —El hombre, recostado en el asiento, tenía los ojos medio cerrados.

—¿Dónde quiere que lo llevemos? ¿Dónde vive?

—Pueden dejarme en la estación de metro más cercana.

—Estamos llegando a la estación de la calle Ciento diez —intervino Archer.

—Esa me va bien —respondió el hombre.

Archer paró a un lado.

—¿Puedo al menos saber cómo se llama? —quiso saber Cecily.

El hombre vaciló unos instantes. Luego metió la mano en el bolsillo y le entregó una tarjeta, salió del coche y cerró la puerta tras él.

46

Dos días después, Cecily se despertó con el tobillo aún dolorido, a pesar de las bolsas de hielo que se había puesto durante la noche. Al volver de la protesta, sucia y cojeando, le pidió a Archer que jurara guardar el secreto. Y él, vacilante, le había prometido no contarles el incidente a sus padres.

—No quisiera meterme donde no me llaman, señorita Cecily, pero puede que no sea buena idea que participe en ese tipo de cosas —le dijo el chófer, con cara de verdadera preocupación, mientras esperaban sentados fuera de la casa a que Cecily se recuperara.

—Gracias, Archer, pero ya soy mayorcita para saber lo que hago —le respondió ella, cortante—. Y alguien tiene que alzarse en contra de la desigualdad, ¿no?

—Lo principal es su seguridad, señorita Cecily. Y esa no es su lucha. Usted es una dama.

Dorothea se había quedado consternada al verla llegar en ese estado y Cecily se inventó sobre la marcha una elaborada mentira sobre un tropezón con una rejilla del metro, antes de subir como pudo las escaleras hasta el desván, donde estaban Stella y Lankenua. Stella se lanzó a sus brazos y Cecily la abrazó con fuerza.

—¿Por qué estás tan sucia, *kuyia*? ¿Dónde has estado?

—Eso no importa, cielo —le dijo sonriendo—. El caso es que me alegro de verte.

Llamaron a la puerta de su habitación y Evelyn entró con una bandeja de café y tostadas. La posó sobre el regazo de Cecily y luego comprobó el estado de su tobillo, apoyado sobre un cojín.

—Ya tiene mucho mejor aspecto, señorita —comentó la doncella.

—Gracias, Evelyn —dijo Cecily sondeándola con la mirada—. Evelyn...

—¿Sí, señorita?

—¿Te gusta trabajar para mi familia?

—¿Qué? ¡Menuda pregunta, señorita Cecily! Llevo aquí muchísimo tiempo, desde que usted era niña.

—Lo sé, Evelyn, pero ¿no te gustaría tener otras oportunidades?

Evelyn guardó silencio, y luego contestó convencida:

—Me siento muy agradecida por tener esta oportunidad. Soy feliz sirviendo a su familia, señorita Cecily. ¿No está contenta con mi trabajo?

—¡Por supuesto que sí! Lo siento —se excusó, llena de impotencia—. Es que... No te preocupes, Evelyn, me estoy comportando como una tonta.

—Usted toque la campanilla si necesita algo, señorita Cecily.

Evelyn salió de la habitación y Cecily dejó caer la cabeza sobre las almohadas. Desde los horribles acontecimientos que había presenciado en la protesta, su forma de ver el mundo había cambiado radicalmente. No dejaba de visualizar los rostros aterrorizados de la gente que la policía se llevaba a la fuerza y la injusticia atroz e intolerable de todo aquello. Al menos Rosalind había llamado el día anterior para comunicarle que por fin habían soltado a Beatrix y a una docena más de manifestantes.

—La fianza ha sido considerable, pero nuestro abogado habló con el juez y consiguió un acuerdo favorable. Es la segunda vez que pillan a Beatrix, así que deberá ser más cautelosa en el futuro.

Podría haber sido Stella a la que atacaran por el mero color de su piel. «¿En qué mundo vivimos?», se preguntó.

«En un mundo que te beneficia a ti», se respondió a sí misma. «Porque eres rica, privilegiada y blanca.»

«Por favor, apóyanos», le había dicho Beatrix.

Cecily miró por la ventana de su dormitorio y vio que la nieve cubría Central Park con su aterciopelado manto blanco. La paz reinaba en aquel pequeño reducto de Nueva York, pero ahora que había experimentado su otra cara —enturbiada por el sufrimiento y la opresión—, ya nada sería lo mismo. Recordó las fotos que había visto de los campos de concentración alemanes que los soldados estadounidenses habían liberado al final de la guerra y cómo derramaba lágrimas de asombro sobre el periódico, intentando comprender tamaña crueldad. Y ahora sabía que, al igual que en Kenia, muy cerca de la puerta de su propia casa, la vida estaba llena de injusticias similares.

—La gente cree que esta es la tierra de la libertad y, sin embargo, no hacemos nada para corregir las injusticias con las que se topan una vez que están aquí —susurró.

Mientras se comía la tostada, notó una presión en el pecho y sintió la imperiosa necesidad de hablar con Rosalind y Beatrix. No se imaginaba compartiendo aquellos pensamientos con sus hermanas; mucho menos con su padre, y no digamos con su madre. Si Dorothea la hubiera visto en la protesta, hombro con hombro con los «negros», para cuyos hijos recaudaba fondos pero que en casa no eran mejor recibidos que una rata de alcantarilla…

«Aunque es verdad, yo no soy como ellos», se recordó, y se bebió el café.

Entonces ¿por qué sentía aquel fuego, aquella necesidad de luchar por la justicia a raíz de lo que había presenciado en Harlem hacía dos días?

«Porque quieres a esa niña a la que consideras hija tuya», respondió su sentido común. «Y debes luchar por ella y por sus semejantes, porque ella no puede hacerlo.»

Avanzado el día, Cecily dio unos cuantos pasos vacilantes y comprobó que su tobillo ya soportaba su peso. Mientras su madre disfrutaba de su descanso vespertino, que durante las semanas posteriores a la muerte de Kiki se había hecho más y más largo, vistió a Stella en su habitación y dejó que la niña se mirara en el espejo de cuerpo entero.

—¿Adónde vamos, *kuyia*? —le preguntó Stella cuando Cecily le abrochó el cuello de su abrigo rojo.

—A una escuela donde hay muchos niños tan listos como tú. ¿Te gustaría conocerlos?

—¡Sí! —chilló Stella—. ¿Puedo llevarme a Lucky para que los conozca también? —Agarró el león de peluche por la melena.

—Claro que sí.

Archer detuvo el coche delante del edificio de arenisca donde vivía Rosalind. Hacía poco que había dejado de nevar y la nieve aún no se había derretido, así que Stella se reía al ver que dejaba sus huellas pequeñas y perfectas en los escalones a medida que subía hacia la puerta principal.

—Gracias, Archer.

—De nada, señorita Cecily. La esperaré aquí hasta que haya terminado —le dijo el chófer guiñándole un ojo. Parecía que el secreto que compartían había creado también un vínculo entre ellos.

Cecily levantó a Stella para que pudiera usar el pesado llamador de bronce. Rosalind abrió la puerta y saludó a Cecily con un cálido abrazo.

—Bienvenida, hermana —le susurró al oído—. Y tú debes de ser Stella —añadió antes de agacharse y tenderle la mano a la niña.

Vencida por la timidez, Stella se escondió tras las piernas de Cecily.

—No pasa nada, cielo —la animó—. Rosalind es amiga mía y es quien te va a presentar a los otros niños.

Indecisa, Stella le dio la mano a Rosalind y dejó que la condujera a la parte de atrás del caserón, hasta llegar a una espaciosa sala con puertas acristaladas que daban a un pequeño jardín. La sala había sido transformada en una especie de aula, con una pizarra enfrente de cinco pequeños pupitres de madera. También había varias estanterías llenas de cuadernos de ejercicios y cartillas, material escolar y juguetes, alineadas a un lado de la clase; en la otra pared estaban los horarios, un mapa de Nueva York y varios dibujos de animales hechos por manos infantiles.

—¿Quién es tu amigo, Stella? —le preguntó Rosalind.

—Se llama Lucky —respondió la niña levantando el león.

Rosalind acarició su pelaje con admiración.

—Es precioso, me alegro de que lo hayas traído. Muy bien, ¿has estado alguna vez en una escuela?

—No, pero mi *kuyia* me da clases. —La niña miró a Cecily, que asintió de modo alentador.

—*Kuyia* significa «tía» —le explicó Cecily a Rosalind, que se llevó a Stella a un pequeño rincón de lectura donde había varios cojines esparcidos sobre una alfombra de juegos, y se sentaron allí juntas.

Cecily observó con orgullo cómo Stella se iba animando a medida que Rosalind le hacía preguntas. Luego su amiga cogió uno de los libros ilustrados que había en la estantería que estaba a su lado y Stella empezó a leer en voz alta los fragmentos que le señalaba.

Mientras Rosalind le hacía a Stella algunas preguntas básicas de aritmética y otras de lógica que Stella respondió con facilidad, Cecily se sentó en uno de los pupitres. Al cabo de treinta minutos, Rosalind sugirió que Stella conociera a los demás niños, y la pequeña se levantó de un salto, entusiasmada. Las llevaron al piso de abajo, donde, en una gran cocina, había cuatro niños comiendo sándwiches de mantequilla de cacahuete y mermelada frente a una antigua mesa de roble.

—¡Saludad a Stella! —les pidió Rosalind, y todos se levantaron tímidamente para darle la bienvenida.

Cecily vio cómo Stella sonreía antes de sentarse a la mesa al lado de la hija de Rosalind, a la que su madre presentó como Harmony. La niña, que tenía el pelo rizado y llevaba coletas con lazos, le dio a Stella la mitad de su sándwich.

—Por ahora las únicas profesoras seríamos tú y yo —le dijo Rosalind en voz baja a Cecily, que no dejaba de observar cómo los niños se reían juntos en la mesa—. Si la escuela tiene éxito, espero ampliarla. Mi idea es financiarla con fondos de mis amigos negros más adinerados, que están más que dispuestos a pagar para que sus hijos reciban una educación decente, lo que nos permitiría admitir también a los niños capacitados cuyos padres no tienen recursos económicos.

—Es una gran idea. Lo tienes todo pensado —comentó Cecily, llena de admiración por su nueva amiga.

—Como de todos modos tengo que estar aquí en casa con Harmony, al menos podré sacarle partido a mi titulación. Bueno, háblame más de Stella. Resulta obvio que es muy lista y que te adora.

Cecily miró a Stella para cerciorarse de que estaba entretenida y luego le hizo un gesto a Rosalind para que se alejaran, de forma que la niña no pudiera oírlas.

—La verdad es que la encontré cuando solo tenía unas horas de vida. La habían abandonado a su suerte en el bosque de mi granja de Kenia. Me la llevé a casa y… —Suspiró—. Es difícil de explicar, pero fue amor a primera vista. Mi marido se sorprendió cuando le dije que quería hacerme cargo de ella, criarla como si fuera nuestra, pero se dejó convencer e ideamos un plan para poder hacerlo. —Le explicó cómo Lankenua había entrado en su vida y que Stella creía que era su madre—. Desde luego, nadie más sabe la verdad, Rosalind. Mi madre se moriría si se enterara de cuál es nuestra verdadera relación, pero es lo mejor que podemos hacer.

—Lo entiendo —dijo Rosalind. Cecily vio que tenía lágrimas en los ojos—. ¿Puedo darte un abrazo?

—¿Qué? Pues claro.

Rosalind la estrechó entre sus brazos.

—Lo que has hecho por esa niña es una de las cosas más bonitas que he visto nunca. Y quiero ayudarte a darle a Stella todo lo que se merece y más.

Cecily notó que también se le llenaban los ojos de lágrimas, porque, desde que cogió en brazos a Stella de recién nacida, era la primera vez que podía compartir la verdad de la situación con alguien que no fueran Bill y Lankenua.

—¿Y qué hay de tu marido? ¿Espera que vuelvas pronto a Kenia? —le preguntó Rosalind, mirando con perspicacia a Cecily a los ojos.

—Lo cierto es que sí, pero tal vez pueda retrasarlo un poco y ver cómo Stella, y yo, nos adaptamos aquí. Al igual que tú, necesito una causa; hacer buen uso de mi cerebro. En Kenia, además de la casa y el jardín, y de Stella, claro, no tengo ninguna. Y para ella no hay futuro en África ahora mismo.

—Muy bien, niños, ¿quién quiere salir a la nieve? —preguntó Rosalind volviéndose hacia la clase.

—¡Yo! ¡Yo! —gritaron todos.

Cecily y Rosalind los siguieron cuando salieron en tropel de la cocina y les ayudaron a ponerse los abrigos y las botas de nieve.

—Yo nunca he jugado con la nieve —dijo Stella en voz baja a Cecily—. No sé qué hay que hacer.

—Yo te enseñaré —le contestó Harmony—. ¡Haremos un muñeco de nieve!

Stella le dio la mano y las dos niñas salieron corriendo al jardín, donde empezaron a chillar y a reírse lanzándose bolas de nieve antes de ponerse todos juntos manos a la obra para hacer un muñeco. Viendo a Stella desde las puertas acristaladas, Cecily pensó que nunca la había visto tan segura y feliz. De hecho, nunca la había visto jugar con tantos niños. Por necesidad, su mundo había sido pequeño y contenido, y su único compañero de juegos de su edad había sido Michael. Allí podía ser una más y rodearse de niños como ella. Su instinto le decía que aquel era el lugar perfecto para Stella. Y que sería capaz de sacrificar cualquier cosa por seguir viendo a su niñita así de feliz.

—Me encantaría contar con ambas en nuestra escuela —señaló Rosalind cuando ya se encontraban en las escaleras de la entrada—. Pero también soy consciente de que se trata de una decisión importante, ¿cierto?

—Sí, desde luego.

—Pues cuando hayas tomado una decisión, házmelo saber, ¿de acuerdo?

—Lo haré.

Cuando conducía a Stella escaleras abajo para entrar en el coche que las estaba esperando, Cecily observó casi con lágrimas en los ojos cómo la niña decía adiós con la mano a sus nuevos amigos.

—¡Hasta luego, nos vemos pronto! —gritó Stella.

Y mientras se alejaban, supo que haría todo lo que estuviera en su mano para asegurarse de que su querida hija cumpliría su palabra.

A la mañana siguiente, Cecily se despertó con dolor de cabeza y de corazón, pues había soñado con Bill. Se vistió y bajó con sigilo para no despertar a los habitantes de la casa, que todavía dormían. Fuera estaba oscuro y solo se apreciaban en el cielo las primeras luces del amanecer, pero se envolvió bien en su abrigo y su bufanda de piel y se dirigió a Central Park. Como su tobillo aún no se había recuperado del todo, retiró la nieve de un banco y se sentó enfrente de una estatua envuelta en un traje blanco de escarcha. El parque estaba en silencio, solo unas cuantas palomas trasnochadas picoteaban infructuosamente la nieve medio derretida del suelo.

Cecily se abrazó a sí misma y observó su aliento en el aire gélido, una novedad para ella después de tanto tiempo bajo el calor de África. Allí, la Cecily de Manhattan apenas podía recordar lo que era tener demasiado calor y la Cecily de Kenia se sentía como si fuera una ensoñación, una impostora. Se preguntó qué estaría haciendo Bill en aquellos momentos, si seguiría de safari. Cuando lo llamaba, nunca respondía al teléfono de casa, y en el Muthaiga Club, Ali le decía que no veían al *sahib* desde el día de Navidad.

El destino de Stella estaba allí, Cecily lo sentía en lo más profundo de su ser. Pero si se quedaba con la niña en Nueva York, dejaría a Bill en Kenia. Abandonaría su hogar y todo lo que eso implicaba... Paradise Farm, Wolfie, Katherine... ¿Lankenua querría quedarse con ella? No podía pedirle a una madre que abandonara a su hijo.

Tal vez, como le había comentado a Rosalind, lo único que podía hacer era decirle a Bill que iba a retrasar un poco su vuelta. Él no tenía derecho a quejarse, después de los días que ella había pasado atrapada en Kenia, y tampoco estaba haciendo ningún esfuerzo para mantener el contacto. Al menos, el hecho de prolongar su estancia allí les daría la oportunidad de probar cómo sería su nueva vida, sin tomar ninguna decisión en firme.

Al volver a casa, Cecily se metió en el despacho de su padre. Oyó pasos en la cocina y por los pasillos; Evelyn subía las bandejas con el primer café de la mañana a sus padres y encendía las chimeneas. Cogió una pluma estilográfica y unas hojas de papel del escritorio de su padre y empezó a escribir.

Mi queridísimo Bill:

¡Feliz Año Nuevo! Espero que lo hayas celebrado estés donde estés. Me ha dado mucha pena no estar ahí contigo. ¿Cómo han sido las fiestas navideñas en el Muthaiga Club? Cuando llamé para hablar contigo el día de Navidad, Ali me dijo que te habías ido de safari. De hecho, desde entonces te he llamado en numerosas ocasiones a la granja y al Club, sin éxito, así que he decidido escribirte. Me tomo tu ausencia como una buena señal de que andas ocupado y no te has vuelto un ermitaño mientras estoy fuera.

¿Cómo están Bobby y Katherine? ¿Va bien su embarazo? Stella echa muchísimo de menos a Michael.

Aquí, en Nueva York, la Navidad ha sido sombría debido a la muerte de Kiki. Apenas puedo soportar pensar en Mundui House vacía, sin Kiki en ella.

He encontrado consuelo conociendo mejor a mis sobrinas y sobrinos y volviendo a intimar con mis hermanas. También ha sido maravilloso explorar Manhattan con Stella, y la verdad es que el tiempo ha pasado tan rápido que me gustaría quedarme un poco más. Después de todo, ¡llevaba fuera siete años! Espero que no te moleste, Bill. Es un viaje muy largo y no sé cuándo podré volver aquí después de que me vaya. Por supuesto, eres bienvenido si decides reunirte aquí conmigo cuando tú quieras. A mamá y a papá les encantaría conocerte y a mí me gustaría enseñarte mi ciudad, como tú me has enseñado Kenia.

Cuando tenga el pasaje de vuelta, te lo haré saber.

Espero que todo vaya bien en la granja. Por favor, da recuerdos a todos, aunque los más especiales son para ti, por supuesto. Te echo de menos.

Por favor, escríbeme o llámame. ¡Estoy preocupada por ti!

Besos,

CECILY

Cuando estaba escribiendo la dirección en el sobre, la puerta del despacho se abrió y entró su padre.

—Hola, Cecily. Te has levantado muy temprano, cielo.

—Sí, es que quería escribir una carta a Bill.

—Claro. Debes de echarlo de menos, pero en unas semanas volveréis a estar juntos, ¿no es así?

—En realidad —dijo golpeando la palma de su mano con el sobre—, he decidido quedarme un poco más en Nueva York, si a ti y a mamá os parece bien, claro.

—Eso no tienes ni que preguntarlo —respondió Walter encantado—. Es una noticia maravillosa. Y ahora ven a desayunar conmigo. Haremos juntos el crucigrama del *New York Times*.

Tras salir del despacho con su padre, Cecily dejó la carta en la bandeja de plata que había en el vestíbulo para que la enviaran.

Stella empezó a ir a la escuela el lunes siguiente. Se puso su vestido favorito de cuadros escoceses y quiso peinarse con unas coletas como las de su nueva amiga, Harmony. Archer las llevó a Brooklyn y Stella salió apresuradamente del coche y subió las escaleras que conducían a la entrada. Cecily le había regalado su vieja bolsa de cuero y metió en ella varios lápices y gomas de borrar, además de un paquete de galletas de chocolate que Essie le había hecho para que compartiera con sus compañeros de clase.

Rosalind las acompañó hasta el aula y Stella fue corriendo a abrazar a Harmony, que la invitó a sentarse en el pupitre que estaba a su lado. Cecily permaneció al fondo de la sala y observó cómo Rosalind empezaba la clase y Stella escuchaba entusiasmada cada una de sus palabras.

A partir de entonces se estableció una rutina. Todos los días, Archer llevaba a Cecily y a Stella a Brooklyn para que empezaran la jornada escolar a las nueve en punto. Cecily y Rosalind se turnaban en el aula para enseñar sus diferentes asignaturas, y usaban la salita de abajo para preparar las lecciones y corregir los trabajos de los niños.

Cecily descubrió que adoraba la enseñanza. Le llevó algo de tiempo coger confianza, pero una vez que lo consiguió, los niños empezaron a responder a su estilo firme pero amable. Cuando Archer las llevaba de vuelta a casa, Cecily paseaba con Stella por Central Park, y la niña charlaba animadamente sobre todo lo que había aprendido ese día. Por las noches, se acurrucaban juntas en la cama de Cecily y leían un libro. Y cuando la niña se quedaba dormida sobre su hombro, la cogía en brazos y la metía en su cama, en la habitación de al lado.

En otro orden de cosas, Cecily había decidido llamar al número de la tarjeta que le había entregado el hombre que la había rescatado en la protesta, para darle las gracias. Le respondió una mujer con acento francés, que le pasó el teléfono a su marido. Cecily insistió en invitarlos a comer a él y a su esposa, y compartieron un par de horas muy interesantes en el Waldorf. Los Tanit habían viajado mucho y fue inspirador hablar con una pareja que había vivido en Europa durante la guerra. Le hizo darse cuenta de hasta qué punto los estadounidenses se centraban en sí mismos. Por desgracia, los Tanit habían regresado a Inglaterra, pero Cecily buscaba cada vez más la compañía de Beatrix y Rosalind, ya que su círculo de amistades era mucho más estimulante que las mujeres que conocía del infinito círculo de beneficencia de su madre. El mundo estaba cambiando y ella quería formar parte del futuro, no quedarse estancada en un pasado que se desintegraba a toda velocidad.

Lankenua había hecho amistad con Evelyn e incluso había empezado a ir a su iglesia los domingos. Cada vez hablaba menos de volver a Kenia, y Cecily se alegraba de ver que se estaba adaptando a Nueva York. Cuando terminaron las fiestas navideñas, Walter retomó su rutina y de nuevo se pasaba el día en el banco y las noches en el club y, para alivio de Cecily, Dorothea se fue a Chicago en su viaje anual para ver a su madre. Cuando estaba en casa, Walter se llevaba a Stella al despacho y jugaba con ella a juegos matemáticos cada vez más complejos. Estaba claro que le había cogido cariño a la niña y, en más de una ocasión, Cecily había tenido la tentación de revelarle cuál era su verdadera relación.

Aún no había recibido noticias de Bill, ni por carta ni por teléfono, ni siquiera después de haber enviado un telegrama al Muthaiga Club. Cuando llamaba, Ali le aseguraba que el *sahib* estaba bien y que se había ido a las llanuras con el ganado, algo que Katherine corroboraba.

—Puede que simplemente se haya olvidado de mí —susurró al tiempo que colgaba el teléfono tras otra llamada sin respuesta.

Antes de que Cecily se diera cuenta, estaban a finales de marzo y la primavera empezaba a expulsar al largo invierno neoyorquino. Cada vez pensaba menos en Paradise Farm y, aunque por fin había conseguido hablar por teléfono dos veces con Bill, su voz sonaba muy distante. Y no porque estuviera al otro lado del mundo. Stella también había dejado de preguntar cuándo iban a volver «a casa». Lo único que empañaba su feliz rutina era que Dorothea había vuelto de Chicago y hacía que el ambiente de la casa fuera crispado y tenso.

Una última ventisca invernal azotaba las calles de Nueva York y sacudía los cristales de las ventanas. Cecily y Stella estaban acurrucadas en la cama en camisón, con sendos chocolates calientes y un ejemplar de *La casa de la pradera* abierto sobre el regazo de Stella. La niña leía en voz alta y clara, pero se sobresaltaba cuando la ventisca sacudía la casa.

—Tengo miedo, *kuyia* —susurró—. ¿Y si el viento se lo lleva todo?

—En el hogar estamos a salvo. Esta casa lleva aquí mucho mucho tiempo y ha resistido cientos de ventiscas. ¿Quieres leer un poco más o prefieres dormir?

Como cada noche, Stella continuó leyendo con obstinación, hasta que se le cerraron los ojos y acabó sucumbiendo al sueño. Cecily observó sus delicadas pestañas, que se cernían onduladas sobre su piel oscura, y su rostro completamente en paz. Extendió la mano para acariciarle el pelo y dejó que sus propios ojos se cerraran para unirse a Stella en el mundo de los sueños.

Cuando llamaron a la puerta, Cecily se despertó sobresaltada y desorientada. La luz de la mañana entraba a raudales a través de las ventanas. Vio que Stella estaba tumbada a su lado y se dio cuenta de que se habían quedado dormidas.

—¡Adelante! —gritó, pensando que era Evelyn con la bandeja del desayuno.

Pero no fue Evelyn quien abrió la puerta, sino Dorothea.

—Cecily, solo quería decirte que hoy voy a… —Su madre se quedó paralizada al ver la cabecita oscura de Stella al lado de la de Cecily sobre la almohada. Se tapó la boca con la mano y puso una mueca de horror.

—Es que… Stella tenía miedo por la tormenta, así que se vino aquí conmigo, estábamos leyendo un cuento y…

Dorothea cruzó la habitación y le quitó las mantas a Stella. Luego la agarró bruscamente por el brazo y, aún medio dormida, la sacó de la cama.

—¡Vas a venir conmigo ahora mismo, señorita! ¡Al desván, que es donde debes estar! Estoy harta de tu ridículo comportamiento, Cecily. ¡Y esto, meter a la hija negra de tu doncella en tu propia cama, es la gota que colma el vaso!

—¡Por favor! —gritó Stella intentando soltarse de Dorothea—. ¡Me está haciendo daño!

—¡Suéltala ahora mismo, mamá!

Cecily se levantó de la cama y agarró el brazo de su madre para intentar liberar a Stella.

—¡Ni hablar! ¡Me da igual lo que hagas bajo tu propio techo en ese país olvidado de la mano de Dios al que llamas «hogar», pero en mi casa los sucios negritos viven en el desván, que es donde tienen que estar!

—¿Cómo te atreves a llamarla «sucia»? ¡Está igual de limpia que yo! —gritó Cecily—. ¡Yo misma la bañé anoche!

—¿Que la bañaste? ¡Por el amor de Dios, Cecily! ¿Es que tanto sol te ha afectado al cerebro? ¡Esa zulú es la hija de tu doncella!

—Como vuelvas a llamarla «zulú», te juro que...

—¡Ay! —gritó Dorothea cuando los blancos dientecillos de Stella le mordieron la suave piel de la muñeca, y por fin soltó a la niña.

Stella corrió hacia Cecily, que la rodeó con los brazos de forma protectora.

—¡Esa niña es una salvaje! ¡Mira! —exclamó Dorothea extendiendo el brazo—. ¡Me ha hecho sangre! Lo digo en serio, Cecily, quiero que ella y su madre recojan sus cosas y se vayan de mi casa. Y ahora voy a llamar al doctor, ¡seguro que me ha contagiado alguna enfermedad!

—No digas tonterías, mamá. Stella está tan sana como tú y como yo.

—¡Ya me has oído: quiero que ella y su madre se vayan de mi casa hoy mismo!

—Vale. Pero yo me iré con ellas. ¡Además, no soporto estar en esta casa un minuto más oyendo tus repugnantes prejuicios y tus comentarios racistas! ¡Stella es solo una niña, mamá, igual que tus queridos nietos!

Aquel alboroto atrajo a Walter, que salió del dormitorio principal en pijama.

—¿Qué diablos está pasando aquí?

—¡Tu hija ha dormido toda la noche con esa zulú! —anunció Dorothea—. ¡Es una obscenidad!

—¡Muy bien, hasta aquí hemos llegado! —Cecily cogió en brazos a Stella y se la llevó al desván, donde Lankenua merodeaba nerviosa en lo alto de las escaleras.

—Por favor, prepárate y viste a Stella. Y recoge tus cosas. Nos vamos ahora mismo.

Lankenua, confusa, miró a Cecily y a Stella, pero hizo lo que le pedían.

Cecily volvió a su habitación, se vistió y metió algo de ropa en una bolsa de viaje. Se reunió con Lankenua y Stella en el pasillo y las tres bajaron al vestíbulo.

—¿Qué diablos estás haciendo? —le preguntó Walter desde lo alto de la escalera viendo cómo le ponía a Stella el abrigo, las botas y el sombrero.

—Mamá ha dicho que Lankenua y Stella deben irse de casa, así que me voy con ellas, papá. —Se miraron unos instantes. Cecily tenía el corazón desbocado y esperaba que su padre saliera en su defensa. Pero al ver que este permanecía en silencio, le dio la espalda y suspiró con tristeza—. Mary, avisa a Archer. Y por favor, mete el resto de mis cosas en mi baúl. Enviaré más tarde a Archer a recogerlas —le dijo al ama de llaves, que estaba allí de pie, con los ojos como platos.

—Sí, señorita Cecily.

Cuando se estaba poniendo el abrigo, Cecily se volvió hacia sus padres. El rostro de su madre seguía rojo de ira y se cubría la muñeca con una mano. Su padre apartó la mirada.

—Vergüenza debería darte, papá —murmuró Cecily. En ese momento, Archer apareció en la puerta principal—. Mete a Stella y a mi doncella en el coche. Luego espérame fuera —le ordenó.

—Sí, señorita Cecily. —Archer extendió una mano y le hizo una señal a Stella para que se fuera con él. Los tres desaparecieron por la puerta abierta de la entrada.

—¿Así que esta es la decisión que vas a tomar? ¿Las eliges a ellas antes que a nosotros? —insistió Dorothea.

—Si no me dejáis más remedio, sí, las elijo a ellas.

Limpiándose las lágrimas que le caían por la cara, se encaminó hacia la puerta de entrada. Y, sin volver la vista atrás, salió a la intemperie y abandonó el hogar de su infancia.

Electra

Nueva York

Junio de 2008

47

Y nunca más volví a cruzar esa puerta.

Stella giró la cabeza para observar la silueta de Nueva York al otro lado de las ventanas. Primero el crepúsculo y luego la noche habían llegado en algún momento, pero ninguna de las dos nos habíamos dado cuenta.

—Yo... no sé qué decir —susurré al tiempo que me sentaba.

Durante aquellas largas horas de escucha, me había puesto un cojín bajo la cabeza y me había tumbado en el sofá. Solo podía ver el contorno de mi abuela en la penumbra, su orgulloso perfil, visible gracias a las tenues luces de la ciudad que se proyectaban en la habitación.

Intenté imaginármela como la niña que había sido, como la recién nacida salvada de una muerte segura por una extraña que luego se la trajo a Nueva York. Era difícil conjugar ambas cosas.

—¿Adónde fuisteis después de marcharos con Cecily de casa?

—A casa de Rosalind, obviamente. ¿Sabes qué? Aunque estaba aterrorizada por los gritos y aquellas palabras tan duras que en aquel momento no entendí, Archer me dio la mano, me llevó al coche y me sentó en el asiento trasero. Me dio una piruleta y me dijo que me quedara allí, que todo iría bien. Y yo le creí. —Stella esbozó una débil sonrisa—. Nos quedamos con Rosalind y con su marido Terrence varios meses. Dorothea anuló el fideicomiso de Cecily. Así que durante un tiempo no tuvimos ni un céntimo. Fue Kiki Preston la que nos salvó.

—¿Qué quieres decir?

—Le dejó una herencia a su ahijada, unas acciones y algo de dinero, que nos permitió comprar un piso en Brooklyn, cerca de la casa de Rosalind, en la calle de al lado. No tenía nada que ver con aquello a lo que Cecily estaba acostumbrada, y cuando echo la vista atrás me doy cuenta de que la vida tuvo que ser muy dura para ella. Ese día perdió a toda su familia... por mi culpa.

—Debía de quererte mucho.

—Sí —dijo Stella—. Y yo la adoraba. Además, demostró ser una profesora con mucho talento. Gracias a ella y a Rosalind, la pequeña escuela iba cada vez mejor. Cuando yo tenía diez años, ya habían reunido los suficientes alumnos como para alquilar un edificio. Y cuando me marché, tenían ocho estudiantes, algunos de ellos blancos, debo añadir, y seis profesores a jornada completa.

—Encontró un objetivo.

—Así es. Era una mujer increíble y sigo echándola de menos a diario.

En mi cabeza se atropellaban un montón de preguntas peleándose por tener prioridad. Necesitaba respuestas.

—¿Y qué fue de la doncella que creías que era tu madre?

—¿Lankenua? Se quedó con nosotras en Nueva York. Conoció a un hombre en la iglesia y se casaron un año después de que dejáramos la casa de la Quinta Avenida. Se mudaron a un pequeño apartamento en Brooklyn, y ella siguió trabajando para Cecily, cuidando de mí.

—¿Y su hijo?

—Kwinet tenía casi dieciséis años cuando nos fuimos de Kenia. Lankenua le preguntó si quería venirse a vivir con ella, pero él se negó. Era feliz haciéndose cargo de Paradise Farm.

—¿Están muertos?

—Por desgracia, sí. —Stella suspiró—. Casi todos lo están, salvo Beatrix. Tiene ochenta y cinco años pero está fuerte. Me encantaría presentártela algún día. ¿Podrías encender alguna luz?

—Claro. —Extendí el brazo para encender la lámpara de la mesita que había al lado del sofá. El resplandor rompió el hechizo y ambas fuimos catapultadas de nuevo al presente.

—Madre mía, son más de las dos de la madrugada —comentó Stella mirando el reloj—. Tengo que irme a casa.

—Te pediré un taxi.

—Gracias, querida. Eso sería muy amable por tu parte.

Fui hacia el interfono y hablé con el portero mientras Stella se levantaba e iba al baño con paso inseguro. Me dirigí a la cocina a por un vaso de agua y vi que la puerta de la habitación de Lizzie estaba cerrada. Debía de haber vuelto a casa en algún momento de la noche.

Stella salió del baño y se acercó al sillón para coger su bolso.

—¿Estarás bien aquí sola? —me preguntó amablemente—. Puedo quedarme...

—No te preocupes. Ha venido una amiga y se queda en casa conmigo, pero gracias por ofrecerte.

—Electra, sé que aún tenemos que hablar sobre... Sé que quieres, que necesitas saberlo todo sobre tu madre, y estás en tu derecho. Pero espero que ahora entiendas por qué era tan importante que te contara cómo llegué a Estados Unidos. No es excusa para lo que sucedió después, pero...

—Lo entiendo, Stella. Tú vete a casa y descansa un poco.

—¿Cuándo te gustaría que volviéramos a vernos? Tengo cosas que hacer, pero ahora tú eres mi prioridad, te lo aseguro.

—¿Puedo llamarte por la mañana, cuando haya dormido un poco?

—Desde luego. Buenas noches, querida, y lamento mucho haberte incomodado.

—No pasa nada —dije mientras le abría la puerta de la entrada—. Al menos hay una cosa que me ha animado.

—¿El qué?

—Que es cierto que desciendo de un linaje de princesas —respondí sonriendo—. Buenas noches, Stella.

—Sí que tuvisteis una conversación larga... —comentó Lizzie cuando entré en la cocina a la mañana siguiente, sintiéndome como si me hubiera metido varias rayas y una botella entera de Grey Goose la noche anterior.

—Y que lo digas. —Fui hacia la máquina de café para prepararme uno bien cargado.

—Entonces ¿ya te has reconciliado con tu abuela?

—Yo no diría tanto, pero creo que vamos por buen camino.

—Eso está bien. Bueno, ya sabes que no pretendo interferir, pero si en algún momento quieres hablar del tema, aquí me tienes, Electra.

—Lo sé, Lizzie, gracias.

—Hoy tengo que ir al banco. Espero que por fin hayan encontrado los formularios que tengo que firmar para que me entreguen mis fondos. Así podré dejarte en paz.

—En serio, Lizzie, me encanta tenerte aquí. De hecho, me sentaría muy mal que te marcharas ahora. En mi camino hacia el autodescubrimiento, he llegado a la conclusión de que no me gusta vivir sola. Así que... ¿qué te parecería mudarte aquí de forma permanente?

—Ay, Electra, me encantaría, pero no puedo permitirme pagar el alquiler. Supongo que es carísimo.

—Para empezar, sabes que el dinero no es un problema para mí, y además he estado pensando que me gustaría mudarme a otra zona de la ciudad. Mi contrato de alquiler está a punto de vencer. El otro día fui a Harlem con Miles y hay muy buen ambiente de barrio. Estar aquí es como estar en cualquier otro sitio, ¿no crees?

—Si te refieres a que resulta impersonal, como si estuvieras en un hotel, entonces te doy la razón. ¿Así que fuiste a Harlem con Miles? —Lizzie sonrió—. Anoche no terminaste de contarme. Es decir, está claro lo que siente por ti, pero ¿y tú?

—Te equivocas, Lizzie. Miles y yo solo somos buenos amigos. Estamos ayudando a Vanessa y trabajando juntos en un proyecto. Aunque ha tenido muchas oportunidades, nunca ha intentado... Bueno, nada.

—Puede que sea tímido, Electra, o que se sienta intimidado. Es decir, tú eres una de las mujeres más guapas del mundo. Seguro que cree que te hallas fuera de su alcance —comentó Lizzie. Se levantó y se acercó a la encimera—. ¿Te apetece una tostada con aguacate? Aunque yo no pueda comerla, al menos disfrutaré preparándola para ti.

—Sí, ¿por qué no?

—En fin —continuó—, esa es mi teoría sobre Miles. Tal vez sea un poco serio, pero desde luego no se parece mucho a esos famosos-barra-multimillonarios con los que sueles salir, ¿no?

—No, supongo que no, afortunadamente. ¿Sabes qué? Nunca lo había visto así.

—Pues deberías. Por cierto, cambiando de tema: ayer por la noche, cuando estaba en la cocina intentando pasar desapercibida, le eché un vistazo a tu cuaderno de bocetos. Espero que no te importe. —Lizzie señaló la libreta que había sobre la mesa—. Algunos de esos diseños son espectaculares.

—Gracias, pero solo son garabatos. Retomé el dibujo cuando estaba en rehabilitación, ¿recuerdas?

—Deberías hacer algo con ellos, Electra. Yo los compraría. Me encanta ese estilo étnico.

—De hecho, ayer estuve pensando en eso. Por ejemplo, podría utilizar tejidos procedentes de comercio justo y destinar los beneficios de la colección al centro de acogida. Quiero decir, a mí no me hace falta el dinero, ¿no?

—¡Ojalá pudiera decir lo mismo! —exclamó Lizzie—. Me parece una idea maravillosa —añadió mientras ponía el aguacate sobre la tostada de centeno con una cuchara.

Cuando Lizzie se fue al banco y llegó Mariam, me di una ducha y valoré si estaba preparada para volver a ver a Stella. Y decidí que sí. O, al menos, debía hacerlo. Necesitaba respuestas.

«La vida solo se puede entender mirando hacia atrás, pero se ha de vivir mirando hacia delante.»

Aquella cita que Pa me había dejado en la esfera armilar seguía flotando en mi cabeza. Puede que la eligiera porque sabía que Stella iba a ponerse en contacto conmigo y acabaría contándome la historia de mis antepasados. Si Pa creía que conocer a mi abuela era bueno para mí, tenía que confiar con todas mis fuerzas en que así era. Al fin y al cabo, él me quiso más que cualquier otro ser humano del planeta...

Animada por ese pensamiento, llamé a Stella, que contestó de inmediato, y le pregunté si podía pasarse por mi casa más tarde.

—Por supuesto. Aunque quizá prefieras venir a mi casa; así podrías ver dónde vivimos Cecily y yo.

—¿Sigues en el mismo piso?

—Sí, y no ha cambiado mucho desde entonces —dijo riéndose.

—Vale, iré yo a tu casa. ¿A qué hora?

—A las tres me iría bien. Podemos tomarnos un té en el juego de porcelana china de Cecily.

Anoté la dirección, colgué y fui a la cocina a ver a Mariam.

—Buenos días —dije sonriendo.

—Buenos días, Electra. ¿Cómo te encuentras hoy?

—Muy bien. Esta tarde voy a visitar a mi abuela y puede que no vuelva hasta la noche.

—Ah, de acuerdo.

Bajé la vista hacia su cabeza tapada y sus pulcros deditos volando sobre el teclado. Por su lenguaje corporal, me dio la impresión de que algo iba mal. Pero no me parecía apropiado entrometerme.

—Una cosa —dije al tiempo que sacaba una Coca-Cola de la nevera—. ¿Podrías investigar cómo conseguir algodón procedente de África? Preferiblemente de Kenia.

—Pues claro que sí —respondió Mariam—. ¿Puedo preguntar por qué?

—Porque estoy pensando diseñar una colección. Quiero que todos los beneficios vayan a ese centro de acogida que Miles intenta que siga abierto.

La reacción de Mariam, como la de Lizzie, fue muy positiva, y luego nos pasamos media hora estudiando posibles proveedores.

—Sería genial que fueses a conocer a las mujeres que fabrican los tejidos —comentó Mariam.

—Puede que algún día lo haga. Mis antepasados eran de Kenia.

—¿En serio? ¿Te lo ha contado tu abuela?

—Sí, y esta tarde me enteraré de más cosas. ¿Puedes pedirme un coche para estar en Brooklyn a las tres?

—Por supuesto.

—Perfecto, ahora voy a salir a correr.

Una vez más, Tommy no estaba en su puesto cuando crucé corriendo la calle. Era raro que alguien formara parte de tu vida diaria y no supieras ni dónde vivía ni cómo ponerte en contacto con ella si desaparecía de repente.

Perdida en mis pensamientos como estaba, no vi a los dos hombres hasta que estuvieron encima de mí, uno sujetándome la cabeza por detrás y el otro quitándome el Rolex de la muñeca y arrancándome la cadena con un pequeño diamante del cuello.

Antes de que pudiera gritar o resistirme, habían desaparecido. Me quedé paralizada del susto, pero luego sentí que todo me daba vueltas y me incliné hacia delante. Entonces oí una voz a mi lado.

—¿Se encuentra bien, señorita? Siento no haber podido ayudarla, pero tenían un cuchillo. —Levanté la vista y me encontré a un hombre de cabello gris, mucho más encorvado que yo pero por causas naturales—. Hay un banco ahí, deje que la ayude a llegar a él. —Noté que su brazo, sorprendentemente firme y reconfortante, rodeaba la parte baja de mi espalda mientras me conducía hasta el banco—. Ya estamos, ahora descanse un poco —me recomendó a la vez que me ayudaba a sentarme.

—Lo... Lo siento, es por el susto. Estaré bien en un momento —dije jadeando.

—Tome, beba un poco de agua. Es una botella nueva; aún no la he abierto.

—Gracias.

—No debería correr sola por el parque. Esos tipos son profesionales. La habrán visto a usted y sus joyas antes y han planeado dónde esperarla.

—Sí, qué tonta, ha sido culpa mía —reconocí—. Suelo quitarme el reloj, pero...

—Por eso yo siempre llevo a Poppet conmigo. Puede que sea pequeño, pero tiene fijación con los tobillos —dijo el anciano riéndose—. Vive por aquí, ¿verdad?

—Sí, justo al otro lado de la calle, en la zona oeste de Central Park. —Agité un brazo en dirección a mi apartamento.

—Entonces somos vecinos. Yo vivo justo ahí, en la Quinta. —Señaló un edificio de pisos—. Llevo en esa casa unos ochenta años. Nací ahí.

—Mi abuela vivió un tiempo en la Quinta, en la casa de la fachada en curva.

—¡No! ¿No se referirá al número 925? ¿A la casa que perteneció a los Huntley-Morgan?

—Creo que sí —respondí, aún confusa por el susto.

—Vaya, vaya, podría contarle muchas historias sobre ellos. La cascarrabias de Dorothea era una vieja amargada —comentó riéndose—. Cuando su marido murió, vivió sola en esa casa durante años. Yo era un niño, pero me asustaba verla sentada al lado de la ventana, toda vestida de negro, mirando hacia fuera como la madre de *Psicosis*. Nunca vi que nadie fuera a visitarla, ni una sola vez.

Me sentía demasiado aturdida para responder.

—Sé quién es usted: la he visto en las vallas publicitarias —continuó tras hacer una pausa—. Me sorprende que salga a correr sin guardaespaldas. Si no quiere que vuelva a sucederle algo así, debería plantearse contratar a uno.

—Sí, lo sé, pero me gusta tener mi espacio y...

Estaba a punto de decir que podía cuidar de mí misma pero, visto lo visto, opté por callarme. Me llevé una mano a la nuca, que me dolía del tirón que me habían dado para arrancarme la cadena. Me la había comprado con uno de mis primeros sueldos importantes y casi nunca me la quitaba. Me sentía extrañamente desnuda sin ella. Vi que tenía las yemas de los dedos manchadas de sangre.

—Será mejor que vaya a que le curen ese corte. ¿Quiere que llame a alguien para que venga a buscarla?

—No, estoy bien, vivo ahí al lado —dije, y me puse de pie con indecisión.

—La acompañaré.

Así que mi nuevo ángel de la guarda, su pequeño terrier y yo fuimos despacio hasta mi edificio de apartamentos. Incluso me ofreció el brazo para ayudarme a cruzar la calle, mientras esperábamos a que el semáforo cambiara.

—Muchísimas gracias —dije cuando ya estábamos debajo del toldo de mi edificio.

—De nada, señorita. Ha sido un placer hablar con usted: eso es algo que últimamente no sucede muy a menudo en esta ciudad. Debería llamar a la policía y denunciar el robo, y puede contar conmigo como testigo.

—Para lo que iba a hacer la policía... —murmuré.

El hombre se metió la mano en el bolsillo del pantalón y me entregó una tarjeta.

—Ese soy yo, Davey Steinman, a su servicio. Venga a visitarme algún día y le contaré historias sobre los Huntley-Morgan. Mi madre los odiaba. Nosotros éramos judíos, ¿sabe? Y aunque fueron nuestros vecinos durante años, no nos saludaron ni una sola vez.

—Lo haré. Gracias por su ayuda, Davey. —Le sonreí, me despedí de él y de Poppet con la mano y luego entré tambaleándome.

—¡Dios mío! —exclamó Mariam cuando aparecí en la cocina y me desplomé en una silla—. ¿Qué ha pasado, Electra?

—Me han asaltado —dije encogiéndome de hombros—. Pero estoy bien. Solo necesito que le eches un vistazo a mi nuca porque no puedo ver la herida.

Mariam ya estaba de pie buscando el botiquín de primeros auxilios que guardaba en un armario de la cocina.

—Nunca me ha gustado que salgas a correr sola por el parque, Electra. No es seguro, sobre todo para alguien como tú. Bueno, vamos a echarle un vistazo a esto.

—Puede que solo te des cuenta de que haces algo peligroso cuando te pasa algo. Pero disfruto de ese rato a solas, ¿sabes? ¡Ay! —Hice una mueca de dolor al notar un escozor en la nuca.

—Perdón, pero tengo que limpiarte el corte. Es muy pequeño: solo el punto donde se te ha clavado la cadena cuando te la han arrancado. Deberías llamar a la policía.

—¿Para qué? No los van a pillar —susurré.

—Pues para tener la denuncia y entregársela a tu compañía de seguros conforme te han robado unas joyas. Y también para que no les pase lo mismo a otras personas.

—Ya. He conocido a un anciano encantador que dice que seguramente me estaban vigilando, lo cual resulta un poco inquietante.

Mariam cogió un trozo de gasa y esparadrapo para cubrir la herida.

—Pues sí —señaló con vehemencia.

—El anciano ha dicho que debería contratar a un guardaespaldas.

—Y estoy de acuerdo con él, Electra.

—Tal vez a Tommy le interese. —Me puse de pie y rebusqué en el botiquín un par de ibuprofenos—. La verdad es que estoy preocupada por él. Hace tiempo que no lo veo. ¿Y tú?

—Tampoco.

—¿Por casualidad tienes su número de móvil?

—No, ¿por qué iba a tenerlo? —respondió con brusquedad.

—Creía que estabais en contacto... Da igual, esperemos unos días a ver si aparece. Bueno, necesito darme una ducha y comer algo antes de ir a casa de mi abuela. —Sonreí mirando a Mariam, que guardaba el botiquín de primeros auxilios en el armario y me daba la espalda.

—Hay algo de sushi en la nevera. Lo sacaré.

—Gracias.

Mientras cruzaba el puente de Brooklyn para ir a casa de Stella, volví a pensar en Mariam. Había un cambio sutil en su calma habitual y su semblante sereno. Mi instinto me decía que le pasaba algo y decidí que por la noche le preguntaría cuál era el problema. Si era por mí, necesitaba saberlo cuanto antes porque no podía permitirme perderla.

Al llegar a Sidney Place, bajé del coche y pude ver varias casas impecables de arenisca y otras de ladrillo rojo más modernas. La acera estaba bordeada de árboles y reinaba un ambiente tranquilo de discreta opulencia. Subí las escaleras de un edificio de arenisca que tenía unas bonitas jardineras en las ventanas, pulsé el timbre, donde ponía «Jackson», y en cuestión de segundos mi abuela apareció en la puerta.

—Bienvenida, Electra.

Stella me hizo pasar al vestíbulo y luego a una sala grande y espaciosa, con ventanas en dos de las paredes, que daban a los edificios de la calle y a un jardín en la parte de atrás. Me fijé en los muebles antiguos: había un sofá tapizado en tela de *chintz* y dos sillones de cuero maltrechos delante de una gran chimenea.

—Esto es precioso —dije de corazón, aunque era como si hubiera retrocedido a otro siglo. Había algo reconfortante en el hecho de que pareciera que aquello llevaba ahí toda la vida.

—Disculpa la decoración, el interiorismo nunca ha sido lo mío —comentó Stella cogiendo un montón de papeles del sofá y llevándolos a una mesita de centro que ya estaba repleta de archivos—. ¿Te apetece beber algo?

—Una Coca-Cola estaría bien, si tienes.

—Por supuesto. ¿Quieres venir conmigo y te enseño el resto del apartamento?

—Vale.

Abrió la puerta del fondo de la sala y bajó unos escalones que daban al piso de abajo, donde estaba la cocina. Esta tenía unas puertas dobles que daban a un bonito jardín. Las paredes tenían un extraño color amarillo, que supuse que se debía al paso del tiempo, y varias grietas zigzagueaban por el techo. Había una gran mesa de pino antigua, también repleta de papeles y archivos, y un fogón que había visto hacía poco en una película ambientada en los años cincuenta. A lo largo de una pared había un aparador cuyas estanterías estaban llenas de coloridas piezas de cerámica.

—Está prácticamente igual que cuando yo vivía aquí de niña —dijo Stella.

—¿Mi madre vivió aquí contigo?

Stella se tomó unos segundos antes de contestar.

—Sí. Cecily compró el piso con la herencia de Kiki por muy poco, cuando la zona aún era barata. Cuando nos mudamos estaba hecho un desastre, pero con los años ella lo fue convirtiendo en un hogar para nosotras, y ahora, bueno, los agentes inmobiliarios consideran el barrio «atractivo». Arriba había una habitación para Cecily, otra para mí y otra para Lankenua, hasta que esta se mudó a su propia casa con su marido. ¿Te apetece que nos sentemos en el jardín? A esta hora da el sol.

—Claro.

Stella me acompañó hasta la terraza, donde había una mesa antigua de hierro forjado y dos sillas que en su día estuvieron pintadas de blanco, pero que ahora se veían desconchadas y verdes por el musgo.

—Hago lo que puedo para mantener esto —comentó mi abuela señalando el jardín, inundado de todo tipo de plantas con flores de las que yo desconocía el nombre—. Cuando Cecily se encargaba de él, era su tesoro; tenía esquejes que le enviaba su amiga Katherine desde Kenia. Pero cuando me tocó a mí ocuparme de él, las malas hierbas ya lo habían invadido. Estoy fuera demasiado a menudo y no dispongo ni del tiempo ni de la predisposición necesarios.

—¿Cecily volvió alguna vez a África? ¿Y tú? —pregunté.

—La respuesta a las dos preguntas es sí. Entiendo que tengas cientos de interrogantes, Electra, pero he estado pensando antes de que llegaras que es mejor que siga contándote la historia en orden cronológico.

—Vale, pero solo necesito saber una cosa, Stella: ¿mi madre está viva? Bueno, no puede ser muy mayor y...

—Lo siento mucho, Electra. No, no está viva. Murió hace unos cuantos años.

—Ah... Entiendo.

Stella extendió una mano vacilante y la posó sobre la mía.

—¿Quieres que espere un poco antes de contarte qué pasó cuando nos fuimos de la casa de la Quinta Avenida?

—No. Es decir, en realidad no puedes llorar a alguien que no has conocido, ¿no? Solo necesitaba saberlo.

—Puedes llorar su figura.

Tragué saliva, porque mi abuela tenía razón. Aquel era el fin de cualquier tipo de fantasía que hubiera podido tener de conocer a mi madre biológica. Había pensado mucho en ella cuando era pequeña y Ma me castigaba por mis travesuras. Me la imaginaba (como supongo que la mayoría de los niños adoptados) como una presencia angelical que bajaba flotando del cielo, me envolvía en sus brazos y me decía que me quería de forma incondicional, por muy mala que hubiera sido.

—Estoy bien —aseguré asintiendo—. Lo único que quiero ahora es conocer todos los datos para poder pasar página. ¿Cuándo descubriste que Lankenua no era tu verdadera madre?

—Antes de que se casara. Lankenua tenía que mudarse para empezar su nueva vida y yo no iba a ir con ella, así que las dos me lo contaron juntas.

—¿Te enfadaste cuando supiste la verdad?

—No, porque aunque ella me quería, siempre estuvo en un segundo plano. Supongo que podría decirse que era mi aya. Había sido mi *kuyia*, Cecily, la que me crio y a la que yo siempre había considerado mi madre. El problema era, como Cecily se percató de repente, que Lankenua y yo entramos en Estados Unidos con un visado que nunca habíamos renovado. Así que ambas éramos inmigrantes ilegales. Con Lankenua no había problema porque iba a casarse con un ciudadano de Estados Unidos y, por aquel entonces, con eso se convertía en estadounidense de manera automática. Pero lo mío era más problemático. Cecily quería adoptarme legalmente, pero en aquellos tiempos el hecho de que una mujer blanca adoptara a una niña negra no solo era insólito, sino imposible. Como Lankenua iba a mudarse, al final se decidió que me adoptara Rosalind. Su marido, Terrence, era abogado y activista, por lo que tenía amigos en puestos importantes. Aquella fue la solución más fácil. Así que me convertí en Stella Jackson y me otorgaron la ciudadanía y el pasaporte estadounidenses, aunque seguía viviendo aquí, con Cecily.

—Jackson... ¡Claro! Hasta ahora no había relacionado los apellidos. Por lo visto, tu Rosalind era una mujer increíble.

—Lo era, y tuvo una gran influencia sobre mí durante toda mi vida. No te puedes ni imaginar lo que implicaba ser una joven negra en los años cincuenta. Una época que, si conoces un poco la historia de Estados Unidos, sabrás que fue el momento de cambio más increíble para las personas negras de todo el país.

—Stella, te voy a ser sincera: no tengo ni puñetera idea de la historia de Estados Unidos. Yo me eduqué en Europa, donde solo nos enseñaban la de allí.

—Lo entiendo, pero supongo que habrás oído hablar de Martin Luther King hijo, ¿no?

—Sí, a él lo conozco, claro.

—Bueno, pues cuando conseguí una beca para entrar en la Universidad de Vassar en 1959, tal como Cecily y Rosalind habían planeado, Estados Unidos estaba revuelto. La Declaración Universal de los Derechos Humanos se había aprobado en las Naciones Unidas en 1948 y era el primer paso para eliminar la segregación. Yo fui a la universidad cuando las protestas en el Sur en contra de ello estaban en su momento más virulento. Y, por supuesto, tras haberme criado con Rosalind y Beatrix como mentoras, me entregué a la causa en cuerpo y alma. Aún recuerdo cómo lo celebraron las tres cuando, en 1954, el Tribunal Supremo de Estados Unidos dictaminó que la segregación racial en las escuelas públicas era anticonstitucional. Lo que significaba que la segregación... Sabes lo que quiere decir esa palabra, ¿no, Electra? —Stella se volvió hacia mí de repente.

—Sí, separar a los negros de los blancos.

—Exacto. Bueno, pues aunque la ley de la Junta Educativa en teoría solo era aplicable a las escuelas, abrió una brecha y hubo protestas a favor de que la segregación también fuera ilegal en cualquier lugar. Fue entonces cuando el doctor King empezó a hacerse famoso. Organizó un boicot en el Sur, después de que una joven activista llamada Rosa Parks se negara a ceder su asiento en el autobús a un pasajero blanco. El boicot consistía en que ninguna persona negra se subiera a un autobús hasta que abolieran la segregación, y puso en jaque a las empresas de transporte de pasajeros del Sur.

—Vaya —dije intentando asimilar lo que me estaba contando.

—Aunque todo eso estaba sucediendo en el Sur, los estudiantes de aquí del Norte organizaban manifestaciones para apoyarlos. Ay, Electra... —Suspiró—. Es tan difícil explicárselo a alguien tan joven como tú, que da por sentados sus derechos. Pero por aquel entonces, a todos nos movía una causa más importante que nosotros mismos.

Stella hizo una pausa y su mirada vagó por el jardín, y en sus ojos vi un brillo que revelaba que estaba recordando aquellos días gloriosos.

—¿Alguna vez te detuvieron en una manifestación? —le pregunté.

—Sí, un par de veces. Y es un orgullo para mí contarte que tu abuela tiene antecedentes penales. Me acusaron de desorden público junto a seis compañeras de clase. En aquellos tiempos, la brutalidad de la policía estaba a otro nivel. Pero a mí me daba igual, y también a mis amigos, porque el motivo por el que luchábamos, la libertad de todo un país y el derecho a recibir el mismo trato que nuestros conciudadanos blancos, era lo más importante. Cuando toda esa actividad culminó en el verano de 1963, acababa de finalizar mi último año en Vassar. El ambiente era increíble. Doscientas cincuenta mil personas nos manifestamos en Washington y nos reunimos de forma pacífica para escuchar el mítico discurso del doctor King.

—«He tenido un sueño» —susurré. Hasta yo había oído hablar de él.

—Sí, ese mismo. Un cuarto de millón de personas y ni un solo altercado violento. Fue... —Stella tragó saliva—. Fue un momento trascendental en mi vida, en todos los sentidos.

—Me imagino —dije, pero egoístamente deseaba que la lección de historia llegara a su fin—. ¿Y qué hiciste entonces?

Stella se rio.

—Pues seguí el camino más obvio y acepté la plaza que me habían ofrecido en la facultad de Derecho de Columbia, aquí en Nueva York, con una única idea en la cabeza: convertirme en la mejor abogada de Derechos Humanos que hubiera existido jamás. Tenía la sensación de que Dios me había enviado a Estados Unidos y me había dado todas esas oportunidades para que ayudara a las personas como yo que no habían sido tan afortunadas. Aun así, en la vida nada sale según lo planeado, ¿verdad?

—¿A qué te refieres?

Stella se me quedó mirando unos instantes.

—¿Sabes? Creo que es hora de tomar esa taza de té que te prometí. También he comprado unos *scones*, ¿te gustan?

—¿Son esa especie de magdalenas con pasas? Creo que nuestra ama de llaves los hacía a veces porque a mi padre le encantaban.

—Más o menos. Cecily y su amiga Katherine los adoraban. Tú quédate ahí mientras yo preparo todo —me ordenó mi abuela.

Y eso hice. Me quedé allí sentada esperando para tomar el té de la tarde, con la clara sensación de que iba a llevarle algún tiempo recuperarse para contarme lo que me tenía que contar. El sol vespertino era bastante intenso en esos momentos y una exótica flor rosa que colgaba de un enrejado formando una maraña despedía un aroma soporífero. Cerré los ojos e intenté procesar lo que Stella me había contado, sintiéndome culpable porque no tenía ni idea de lo que las mujeres como Stella y Rosalind habían hecho para conseguir la igualdad y la libertad de las que yo disfrutaba. Mi idea de la historia estaba asociada a caballeros batallando a caballo y a efigies de señoras tendidas sobre las tumbas de las criptas de las iglesias que Pa nos hacía visitar si pasábamos por algún pueblo medieval durante las vacaciones de verano. La historia de la que hablaba Stella era mucho más reciente, de una época que ella misma había vivido. Ella y sus amigos habían arriesgado la vida para que yo pudiera disfrutar de la libertad de ser yo misma. Aquella idea me hizo sentir muy pequeña y muy egoísta por haber creído alguna vez que yo tenía problemas.

—Ya estoy aquí —dijo Stella. Traía una bandeja cargada con una hermosa tetera de porcelana, dos tazas con sus platitos y una jarra de leche—. ¿Puedes servirlo mientras voy a buscar los *scones*?

—Sí, claro.

Aunque yo no solía tomar té, cogí un artilugio que parecía un minicolador y deduje que era para filtrar las hojas de la tetera. Luego añadí leche.

—Es Darjeeling —dijo Stella al volver—. El té que más me gusta del mundo.

—¿Cómo es que tienes tantas costumbres inglesas, si Cecily era estadounidense? —Bebí un sorbito de té. Por primera vez, me gustó el sabor.

—Porque, en aquella época, Kenia estaba bajo dominio británico. Y, como bien sabes, Katherine, la amiga de Cecily, era inglesa. Por no hablar de Bill, claro. Toma, prueba un *scone*; están deliciosos con nata montada y mermelada. —Lo probé solo para complacerla, y noté en mi boca un sabor intenso, dulce y jugoso a la vez—. Electra, lo que te voy a explicar ahora es muy duro. Solo espero que lo entiendas. Me avergüenza contártelo.

—Dada mi historia, Stella, estoy segura de que lo entenderé. Dudo que puedas haber hecho algo más vergonzoso que ponerte hasta arriba de alcohol, drogas y somníferos y después vomitarte encima.

—Bueno, esto es distinto. Es otro tipo de vergüenza, y te ruego que me perdones.

—Vale, prometo hacerlo. Suéltalo ya —dije con impaciencia.

—¿Recuerdas que te he dicho que el día de la manifestación en Washington, cuando el discurso del doctor King, fue trascendental para mí?

—Sí.

—Por aquel entonces yo me veía, es decir, salía, con un joven que había conocido en una protesta. Él no había ido a la universidad, pero estaba entregado a la causa y daba unos discursos muy inspiradores. Aunque no tenía estudios, era un muchacho brillante y carismático y... me enamoré de él. Aquella noche en Washington, cuando los discursos finalizaron y todo el mundo estaba exaltado, ni te imaginas qué sensación, yo... Bueno, él y yo... hicimos el amor. Bajo un árbol del parque.

—¿Y ya está? En serio, Stella, no me escandaliza lo más mínimo, te lo prometo. Al fin y al cabo, eres humana, todas hemos hecho cosas así —dije para tranquilizarla.

—Gracias, Electra. —Parecía aliviada—. Es terriblemente embarazoso para una mujer de sesenta y ocho años tener que contarle a su nieta algo así.

—Por mí no hay problema, así que tranquila. ¿Y qué pasó luego? —pregunté, aunque ya adivinaba la respuesta.

—Poco después me di cuenta de que estaba embarazada —respondió—. Fue un duro golpe. Me había graduado en Vassar, la primera de mi promoción, y ya habían confirmado mi plaza en la facultad de Derecho de Columbia. Recuerdo volver aquí, a casa, consciente de que tenía que contarle a Cecily lo que había sucedido. En mi vida he estado más asustada que en aquel momento.

—¿Porque creías que te repudiaría?

—No, no era por eso. Yo sentía que todo aquello por lo que ella se había esforzado y sacrificado para que yo tuviera una oportunidad se había esfumado. No podía soportar la idea de decepcionarla.

—¿Y cómo reaccionó?

—Pues ¿sabes qué? Se lo tomó con mucha tranquilidad. Lo que, en cierto modo, empeoró las cosas. Supongo que yo esperaba que me gritara y me maldijera, porque pensaba que me lo merecía. Pero no. Lo primero que me preguntó fue si quería al padre, y como yo también me lo había planteado desde el... «suceso», le dije que creía que no; que simplemente me había dejado llevar por la emoción de la noche. Luego me preguntó si quería tener el bebé y le dije que no, que no quería. ¿Es horrible reconocer algo así, Electra?

—Por favor, claro que no —respondí negando con la cabeza—. Yo soy mayor de lo que eras tú en aquel momento y sentiría lo mismo. Entonces ¿abortaste?

—Los abortos eran ilegales en los años sesenta, pero Cecily dijo que había investigado con discreción y que le habían hablado de un buen cirujano que los practicaba en secreto. Así que puede decirse que me ofrecieron esa posibilidad. Pero no pude hacerlo.

—¿Por qué?

—Porque al estar con Cecily, Rosalind, Terrence y sus hijos, terminé siendo cristiana. Entonces creía en Dios, y sigo creyendo. Quitarle la vida a otro ser humano, que no tenía ni voz ni voto, y tirarla por la borda solo porque en aquel momento no me venía bien, era algo inconcebible para mí. Me planteé casarme con el padre, pero mi *kuyia* dijo que no debía hacerlo si no estaba enamorada, que lo solucionaríamos entre nosotras. Me sugirió que aplazara lo de la facultad de Derecho un año y me dijo que se haría cargo del bebé por mí para que yo pudiera continuar con mi educación.

—Debía de ser una persona extraordinaria —dije de corazón.

—Era mi *kuyia*; ella me quería y yo la adoraba. —Stella se encogió de hombros—. Y eso fue lo que pasó. Conseguí aplazar lo de la facultad de Derecho un año y, a su debido tiempo, di a luz a tu madre.

—¿En qué año fue eso?

—En 1964. El año que por fin aprobaron la Ley de Derechos Humanos. Y...

«Por fin me va a hablar de mi madre», pensé.

—¿Cómo se llamaba?

—La llamé Rosa, por Rosa Parks, la mujer que lo empezó todo. Y por Rosalind, por supuesto.

—Es un nombre precioso.

—Era un bebé precioso. Dios mío, qué bonita era. —Sonrió con los ojos llenos de lágrimas—. Discúlpame, Electra, este es tu momento de llorarla, no el mío. No sé qué me pasa: no suelo ser muy llorona.

—Ni yo. Pero de un tiempo a esta parte lloro por cualquier cosa. Supongo que es bueno desahogarse.

—Sí, lo es. Y gracias por ser tan comprensiva con todo lo que te he contado hasta ahora.

—Tengo la sensación de que lo peor está por llegar.

—Me temo que tienes razón.

—¿Y bien? —pregunté, y me serví un poco más de té, solo por hacer algo. El suspense me estaba matando.

—Bueno, acabé Derecho mientras Cecily cuidaba de Rosa y luego conseguí un trabajo en Nueva York en una asociación a favor de la vivienda, que presionaba al ayuntamiento y a todo aquel que podía para conseguir mejores condiciones para los inquilinos. Me encargaba de las pequeñas disputas, defendía a mujeres con cuatro hijos que vivían en una habitación sin instalaciones sanitarias... Pero lo que yo quería era hacer cosas importantes. Entonces me ofrecieron unirme al equipo jurídico de la NAACP, la Asociación Nacional para el Progreso de las Personas de Color. Trabajábamos con abogados de todo el país, asesorando sobre cómo abordar el incumplimiento de los derechos civiles.

—¿Perdona? ¿Qué significa eso exactamente?

—Pues, por ejemplo, si detenían a un hombre negro y era obvio que la policía había amañado las pruebas contra él, investigábamos y acompañábamos a la defensa en el tribunal para asesorarle. Ay, Electra, era el trabajo con el que había soñado durante años y resultaba extenuante. Tenía que viajar por todo el país para informar a los abogados sobre los casos.

—Lo que significa que no estabas mucho en casa.

—No, pero Cecily me animaba. Ni una sola vez hizo que me sintiera culpable por ser ella la que se quedaba en casa cuidando a Rosa mientras yo me dedicaba a mi carrera laboral. Todo iba bien y empezaba a forjarme un nombre en el mundo de los derechos humanos. Pero cuando Rosa cumplió cinco años todo cambió...

Cecily

Brooklyn, Nueva York

Junio de 1969

Enkang — hogar.
Asentamiento de una familia masái

48

Adiós. Pórtate bien, ¿vale? —dijo Cecily mientras se despedía de Rosa con la mano, y salió de la espaciosa aula que ella y Rosalind habían pintado de color amarillo intenso, por lo que siempre parecía alegre y acogedora.

Ese día no le tocaba dar clase, así que se fue derecha a casa para ponerse al corriente con el trabajo. Cuando Stella tuvo a Rosa, Cecily redujo el número de días que daba clase para quedarse con la recién nacida. Y aceptó trabajos de contabilidad que hacía en casa, lo que le proporcionaba un dinero extra que era más que bienvenido.

Cecily llegó a casa agotada. Pensó que se estaba haciendo vieja —cumpliría cincuenta y tres ese año—, o puede que Rosa le exigiera demasiado, en comparación con Stella. Todo era una lucha: hasta el mero hecho de ponerse los zapatos podía convertirse en una pelea si a la niña no le apetecía ponérselos. «O puede que haya olvidado cómo criar a una niña de cinco años», se dijo, y suspiró cuando entró en casa y vio el caos que había sembrado Rosa un rato antes, durante un berrinche del que quedaban restos por todo el suelo del salón. Después de meter los juguetes en una cesta y guardarlos, Cecily bajó a lavar los platos.

Lankenua se había ido de Brooklyn hacía un par de años, el día que cumplió cincuenta. A su marido le había ido bien como mecánico y había ahorrado lo suficiente para abrir su propio taller en New Jersey. Cecily quiso creer que se había ido porque ya no necesitaba trabajar y quería pasar más tiempo en casa, ocupándose de su marido. Sin embargo, sospechaba que también estaba cansada de pelearse con Rosa y, además, el sueldo que ella podía pagarle era una miseria. Sabía que si Lankenua se había quedado con ellas tanto tiempo era porque se querían.

—Ay, Dios. —Suspiró preguntándose si sería mejor dejar las ollas para la asistenta, que estaba a punto de llegar. Sin embargo, el orgullo triunfó sobre el juicio: las cazuelas sucias eran señal de que las cosas no iban como tenían que ir.

Después de fregar los cacharros y abrir la puerta para que entrara la asistenta —que solo podía permitirse contratar un día a la semana—, Cecily se preparó una cafetera bien cargada y se sentó en el jardín unos minutos antes de empezar a trabajar. Observó las malas hierbas que brotaban por todas partes, como era habitual cuando llegaba el calor de junio. Se ocuparía de ellas más tarde, pensó. Cavar la tierra siempre la tranquilizaba, aunque aquello era del tamaño de un sello, comparado con el magnífico jardín que había creado en Kenia.

Oyó el timbre de la puerta en el piso de arriba, pero no se levantó. Seguramente sería el cartero y la asistenta abriría la puerta si traía algún paquete. Estaba disfrutando del cálido sol y empezaba a quedarse dormida cuando oyó una voz a su espalda.

—Hola, Cecily.

Era una voz profunda y familiar que no supo identificar. Abrió los ojos y vio que alguien le tapaba el sol.

Levantó la vista y por un instante creyó que estaba alucinando, porque allí de pie estaba su marido, Bill, con una especie de halo angelical a su alrededor.

—¡Dios mío! —exclamó, porque tampoco se le ocurrió otra cosa que decir—. ¿Qué diablos estás haciendo aquí?

—Para empezar, creo que aún sigues siendo mi esposa. Y por otra parte, en estos años me has invitado varias veces a venir a Nueva York —respondió Bill—. Así que decidí que ya iba siendo hora de aceptar tu oferta.

—¿Te importaría mucho quitarte de delante del sol? Apenas puedo verte la cara.

—Disculpa —dijo Bill. Se apartó y separó la silla que estaba al otro lado de la mesa de hierro forjado.

Solo entonces su mujer pudo ver que seguía teniendo una buena mata de pelo, pero casi blanca. Su atractivo rostro estaba cubierto de profundas arrugas, fruto del exceso de sol y del estrés de una vida transcurrida entre dos guerras mundiales. Pensó que parecía mayor, pero, cuando recorrió con la mirada su cuerpo todavía musculoso, vio que seguía tan fuerte como siempre.

—Por casualidad no tendrás una cerveza fría, ¿verdad? —preguntó Bill.

—No, no tengo. Solo limonada casera.

—¿Me traerías un poco, por favor?

Cecily se levantó y entró para coger la limonada de la nevera. Aunque en apariencia mantenía la calma, el corazón le golpeaba el pecho con fuerza. Bill estaba en Nueva York, sentado en su terraza. Aquel pensamiento era tan surrealista que se dio una palmada en la mejilla para asegurarse de que no estaba soñando.

—Aquí tienes —dijo poniéndole un vaso delante.

Él lo cogió y se lo bebió de un trago.

—Qué buena —dijo sonriendo—. He venido directamente del aeropuerto. ¿No es increíble cómo han cambiado las cosas? Antes se tardaban semanas en viajar hasta Nueva York. Ahora haces unas cuantas escalas y, hala, ya estás aquí. El mundo cada día es más pequeño.

—Y que lo digas. —Cecily sintió la mirada de Bill sobre ella—. ¿Qué pasa? ¿Tengo la cara manchada?

—No, estaba pensando que apenas has cambiado desde la última vez que te vi. En cambio yo... —Suspiró—. Ya soy un anciano.

—Han pasado veintitrés años.

—¿En serio? El tiempo vuela. Ya casi tengo setenta años, Cecily.

—Y yo cincuenta y tres, Bill.

—Pues, desde luego, no los aparentas.

Se hizo un largo silencio y ambos contemplaron el pequeño jardín, sin saber qué decir.

—¿Por qué has venido, Bill? —le preguntó Cecily por fin—. Apareces aquí tan tranquilo, como si nos hubiéramos despedido ayer. ¡Al menos podías haberme llamado para decirme que venías, en lugar de matarme de la impresión!

—Lo siento de veras, querida. Como recordarás, los teléfonos y yo nunca nos hemos llevado bien, pero tienes toda la razón. Tendría que haberte avisado antes de venir. Esto es muy tranquilo, ¿no? —comentó—. Siempre me imaginé Nueva York como un lugar frenético.

—Camina unas cuantas manzanas hacia el centro y podrás comprobar que lo es.

—Veo que has traído un trocito de África hasta Brooklyn —dijo señalando el hibisco, que trepaba a sus anchas por el enrejado.

—Sí, Katherine me envió unos plantones y, milagrosamente, algunos lograron sobrevivir al viaje y prosperaron. ¿Qué tal está, por cierto?

—Ha vuelto a la granja y está como siempre —respondió encogiéndose de hombros—. Supongo que te has enterado de la rebelión de los Mau Mau.

—Sí, me escribió para contarme lo que estaba pasando. Y que se había marchado con Bobby y los niños a Escocia hasta que se solucionara.

—Como hicieron miles de colonos blancos; todos se temían lo peor, aunque tengo entendido que las noticias sobre el asesinato de blancos a manos de sus antiguos empleados se exageraron en los periódicos. En total, solo treinta y cinco de los nuestros murieron durante ese terrible y sangriento espectáculo. Quemaron alguna que otra granja, pero la mayoría de las matanzas tuvieron lugar entre los propios kikuyu. Dios sabe cuántos murieron enfrentados entre ellos en la lucha por el poder. Y nuestro gobierno tampoco ayudó: castigaron con brutalidad a los presuntos asesinos Mau Mau. Ahorcaron a muchos hombres inocentes. Sin embargo, como sabrás, Kenia consiguió la independencia en 1963. Ya no es una colonia.

—¿Y tú te quedaste allí? Muchas veces pensaba en ti y me preguntaba si seguirías allí. Te escribí un par de veces al Muthaiga Club, pero no recibí respuesta. Si te soy sincera, no tenía la menor idea de si estabas vivo o muerto.

—Perdóname, Cecily. Aunque no recibí tus misivas, porque ya puedes imaginar el caos que reinaba allí por entonces, al volver la vista atrás me doy cuenta de que debería haberme puesto en contacto contigo, al menos para decirte que Wolfie, Kwinet y yo seguíamos vivos y estábamos a salvo.

—Wolfie... ¿Qué fue de él? —Pensar en su leal compañero y en cómo lo había abandonado trajo consigo un sentimiento de culpa.

—Murió de viejo, mientras dormía. Cuando te fuiste, se pegó a Kwinet e iba de aquí para allá detrás de él, encantado.

—¿Y Paradise Farm?

—Sigue intacta, aunque a tus muebles antiguos les vendría bien una buena limpieza. Las tareas domésticas nunca han sido lo mío, como bien sabes. —Bill la miró y esbozó una débil sonrisa.

—¿Y cómo están ahora las cosas por allí?

—De hecho, tras el estancamiento de finales de los cincuenta y principios de los sesenta, Kenia está prosperando a un ritmo considerable. El presidente Kenyatta dio un discurso impresionante poco después de la independencia, animando a los granjeros blancos a quedarse y a ayudar a reconstruir la economía, y muchos lo hicimos. Otros, por supuesto, decidieron vender sus propiedades al Banco de Territorio que acababan de crear, pero ahora hay un flujo de inversión y cada día aterrizan aviones llenos de turistas que quieren ir de safari.

—Entonces, si la economía va bien, el nuevo régimen estará proporcionando mejores servicios sanitarios y educativos a su gente, ¿no?

—Yo no diría tanto. —Bill puso los ojos en blanco—. Lo cierto es que nada ha cambiado mucho para nadie. A mí me parece que los pobres siguen siendo tan pobres como siempre, que las malditas carreteras siguen estando igual de impracticables... Y en cuanto a la educación... Bueno, todavía es pronto. Esperemos que las cosas mejoren para la siguiente generación; al fin y al cabo, sus padres dieron la vida por la causa.

—Me da la sensación de que ambos nos hemos enfrentado a revoluciones, cada uno en su país —comentó Cecily, irónica—. Y sí, debemos confiar en un futuro mejor. Si no, ¿para qué tanto sufrimiento?

—Cierto. En fin, cuéntame qué has estado haciendo los últimos veinte años. ¿Qué tal Stella?

—Es una mujer increíble. —Sonrió—. Se ha convertido en abogada de derechos humanos. Trabaja en el departamento jurídico de la Asociación Nacional para el Progreso de las Personas de Color y viaja por todo el país para asesorar a los abogados sobre cómo enfocar casos en los que hay claros prejuicios raciales. Estoy muy orgullosa de ella, y seguro que tú también lo estarías.

—Santo Dios, me quito el sombrero ante ti, Cecily. ¿Quién habría pensado que aquel pequeño bebé masái que abandonó su madre se convertiría en una luchadora por la libertad de los oprimidos?

—Fue el camino que ella eligió, Bill, y le apasiona. Siempre ha sido muy lista.

—Es verdad. Y tú le has dado muchas oportunidades.

—Sabes cuánto la quería.

—Lo sé.

Ambos volvieron a quedarse en silencio.

—Siempre me he preguntado... —dijo finalmente Bill.

—¿Qué?

—Si querías dejarme o si lo hiciste por ella. No sé si me explico.

—Yo nunca tuve intención de dejarte. Pero sí, lo que Nueva York podía ofrecerle a Stella fue sin duda un aliciente para quedarme. Además, parecía que a ti no te importaba lo más mínimo si volvía o no.

—Por Dios, Cecily —protestó Bill de inmediato—. No pretendía que mi pregunta sonara a reproche. Por favor, no te culpes. Admito que no era un marido demasiado atento. Cuando la guerra acabó, estaba tan centrado en mis propias congojas que no podía ser buen compañero para nadie.

—No fue culpa tuya, aunque he de admitir que tardé cinco años en perder la esperanza de que, una vez acabada la guerra, pudiéramos por fin estabilizarnos y ser una familia feliz.

—Si las cosas... Si yo hubiera sido diferente, ¿te habrías quedado? ¿Aunque ello significara que Stella no recibiera el tipo de educación que querías para ella?

—Ay, Bill. —Suspiró—. No puedo responder a eso.

—No, claro que no. Muchas veces he pensado en nosotros y en que, cada vez que recibíamos una inyección de felicidad, sucedía algo que la destruía. Supongo que fue una combinación de mala suerte y de momentos inoportunos, ¿no crees?

—Sí, supongo que sí.

—Cecily, una de las razones por las que he venido a verte es porque considero que es hora de hacer las paces. Quiero que sepas que nunca te he deseado ningún mal. Y en cuanto a lo de abandonarme... ¡Por el amor de Dios! Yo me pasé la mayor parte de nuestro matrimonio alejándome de Paradise Farm y dejando una nube de polvo a mi espalda.

—Tú eras así, Bill, y yo lo sabía antes de casarme contigo.

—¿Puedes creer que sigamos casados? —Bill se rio—. Supongo que eso significa que nunca has sentido la necesidad de volver a intentarlo con otra persona. A menos, claro, que seas bígama.

—No a ambas —respondió Cecily sonriendo.

—Aunque sin duda habrás tenido compañeros a lo largo de estos años.

—Solo me faltaba eso. He estado demasiado ocupada con Stella, con las clases y con la contabilidad como para pensarlo siquiera.

—Eso sí que me sorprende. —Bill la miró—. En cierto modo, esperaba que me abriera la puerta un hombretón estadounidense y que me dijera que era tu novio. Pero ahora que Stella es mayor, tendrás más tiempo para divertirte.

—Lo tengo difícil. —Cecily puso los ojos en blanco—. Stella tiene una hija. Vive aquí y se llama Rosa.

—Vaya, vaya —musitó Bill—. Eso hace que me sienta aún más viejo. Supongo que Rosa es lo más parecido a una nieta que tendremos cualquiera de los dos.

—Sí, al menos es como yo la considero. De hecho, me llama abuela.

—¿Cuántos años tiene?

—Cinco. Es encantadora e inteligente como su madre, pero muy díscola. Precisamente esta mañana estaba pensando que ya soy demasiado mayor para cuidar de ella.

—¿Puedo preguntar dónde está su padre?

—Ni Stella ni yo lo sabemos. Ella decidió no contárselo. Lo conoció durante las protestas, hace unos años. Vivía en el Sur, y cuando las cosas se calmaron ya no tenían motivo para seguir en contacto.

—Entiendo. ¿Así que tú te quedas en casa cuidando de la nieta, por así decirlo?

—Pues sí.

—¿No puedes contratar a alguien para que te ayude?

—No, Bill, me temo que no. Creo que nunca llegué a contarte la verdadera razón por la que tuve que abandonar la casa de mis padres en la Quinta Avenida, ¿verdad?

—No, solo me escribiste para comunicarme tu cambio de dirección, si no recuerdo mal. ¿Qué sucedió?

—Mi madre entró en mi habitación una mañana y me encontró dormida en la cama con Stella acurrucada a mi lado. La noche anterior hubo una gran tormenta y ella estaba asustada. Mamá se puso furiosa y se indignó al ver que había dormido en la misma cama que una niña negra. Jamás olvidaré las palabras que salieron de su boca ese día, Bill. Insistió en que Lankenua y Stella se fueran y calificó mi comportamiento de obsceno, así que no me quedó más opción que irme con ellas. Nos fuimos las tres a la casa de una amiga que vive aquí cerca, en la calle de al lado. Mi madre canceló la asignación que yo recibía de mi fideicomiso ese mismo día, pero por fortuna Kiki, mi madrina... ¿Te acuerdas de ella?

—¿Cómo? ¡Pues claro que me acuerdo! ¿Quién puede olvidarse de Kiki? —exclamó riéndose.

—Bueno, pues me dejó una generosa herencia, gracias a la cual pude comprar este apartamento y llegar a fin de mes a lo largo de estos años. Complemento los ingresos que recibo de las acciones de Kiki con lo que aporta Stella de su sueldo y con lo que gano dando clase y trabajando como contable.

Bill la miró boquiabierto.

—¡Por el amor de Dios! ¿Estás loca? ¿Por qué diablos no me contaste lo que había pasado? ¿Acaso no sabías que podía ayudarte?

—Te honra decir eso, Bill, pero recuerda que en esos momentos tú también tenías tus problemas económicos porque estabas intentando levantar de nuevo la granja de ganado.

—Cierto, pero poco después la situación cambió por completo. Empecé a plantar cereales y, desde entonces, disfruto de una posición bastante acomodada. Sabes que te habría ayudado si me lo hubieras pedido.

—Bill, yo te dejé con todas las consecuencias —dijo suavizando el tono—. No podía pedirte ayuda después de eso, ¿no crees?

—Vaya, vaya. Me dejas estupefacto. Menos mal que estoy sentado. Y yo en Kenia todos estos años creyendo que estabas disfrutando de una vida de lujo y comodidades aquí, en Nueva York. Era... Soy tu marido, Cecily, pase lo que pase entre nosotros. Deberías haber acudido a mí.

—Pues no lo hice y ya está. Además, nos las arreglamos para sobrevivir.

—Entonces ¿las desavenencias con tus padres nunca se solucionaron?

—No, nunca. Me he enterado por mi hermana Mamie, que dejó a su marido hace unos años y es el único miembro de mi familia que todavía me habla, que mamá cuenta a todos sus amigos que cogí unas fiebres en África que me dejaron trastornada.

—¿Y qué hay de tu padre? Siempre lo has descrito como un hombre cabal.

—No era... Bueno, no es un mal hombre, pero es débil. Esa mañana él vio lo que estaba pasando, nos vio irnos a las tres, y no dijo ni una palabra en nuestra defensa, aunque sé que quería a Stella, y por supuesto a mí. Me escribió tiempo después para decirme que acudiera a él si alguna vez necesitaba ayuda. Me temo que mi orgullo no me lo permitió, ni siquiera en los momentos más duros.

—¿Nunca se te pasó por la cabeza volver a África?

—El tiempo fue pasando, Bill, y yo construí una vida aquí con Stella.

—¿La has echado de menos alguna vez? —preguntó de pronto.

—¿Te refieres a Kenia?

—Sí. Supongo que no, y ahora tampoco. Al fin y al cabo, no había ninguna razón que te impidiera haber ido de visita durante las vacaciones escolares de Stella.

—Bill, hablas como si fuéramos viejos amigos, como si nunca hubiera habido sentimientos entre nosotros. Yo... necesitaba pasar página. Tenía que olvidarme de África y de ti... Me di cuenta de que en realidad nunca me habías amado, porque si no sin duda habrías venido a Nueva York para convencerme de que regresara. Yo te escribí pidiéndote que vinieras a verme muchísimas veces. Pero nunca lo hiciste, así que, por una cuestión de salud mental, tuve que seguir con mi vida.

—Ni por un segundo sospeché siquiera que deseabas que hiciera tal cosa. Si lo hubiera sabido...

—¿Qué, Bill? —lo interrumpió—. ¿No era obvio que te quería? Lo que sentía no iba a desaparecer porque me subiera a un barco o a un avión y llegara a otro país. Recuerdo que tras la muerte de Kiki necesitaba desesperadamente hablar contigo. Era el día de Navidad y llamé al Muthaiga Club, pero me dijeron que estabas en un safari. Tenías el número de teléfono de mis padres de Nueva York, ¿por qué no llamaste?

—¿Quién sabe? —Bill suspiró—. En aquellos momentos tenía la sensación de que me habías abandonado. ¿Quizá por orgullo?

—O, más bien, porque se te olvidó. Puedes ser sincero conmigo. Al fin y al cabo, han pasado veintitrés años. Ya no puedes hacerme daño.

—Dios santo, Cecily, menudo desastre —se lamentó Bill, y se pasó una mano por su denso pelo.

Era un gesto tan familiar que Cecily tuvo que contenerse para no acercar la mano y posarla sobre la suya.

—En serio, Bill, ¿por qué has venido?

—Porque... Creía que era el momento de que yo..., de que nosotros..., de que formalizáramos nuestros... Bueno, los asuntos que tenemos en común. Ya no soy un niño, como puedes ver, y el médico dice que tengo algún problemilla de corazón. Aunque no es grave, me ha recomendado que me tome las cosas con más calma. Así que me estoy planteando vender Paradise Farm y comprar algo más manejable. Como seguimos casados, he pensado que al menos debería pedirte permiso. Al fin y al cabo, hiciste tuya no solo la casa, sino también el jardín, y casi todo lo que hay en la casa es tuyo. ¿Te gustaría recuperarlo?

—¡Ay, Bill, olvídate de los muebles, por el amor de Dios! ¿Qué le pasa a tu corazón?

—Nada que deba preocuparte. Un especialista de la calle Harley me hizo un chequeo en Inglaterra. Me ha dado esa medicina asquerosa que se pone debajo de la lengua y evita las anginas de pecho. La buena noticia es que parece que funciona. Pero esa no es la cuestión, Cecily. Lo que quiero saber es qué te parece que venda Paradise Farm. Como te he dicho, las cosas en Kenia están prosperando bastante y tengo a alguien interesado en comprarla y gestionarla como una empresa solvente.

Cecily cerró los ojos y recordó su hermosa casa y su precioso jardín. Era como abrir un libro que llevaba años cerrado en una estantería y cuya belleza casi había olvidado. Se sobrecogió al recordar la puesta de sol desde el porche y sonrió.

—Yo adoraba esa casa —susurró—. Allí fui muy feliz, y también me sentí muy sola —añadió con frialdad.

—Bueno, no tengo por qué venderla, por supuesto. Solo pensé que, si no ibas a volver a casa nunca más, venderla era una posibilidad. La otra pregunta es si deberíamos divorciarnos. Estoy dispuesto a que alegues lo que sea necesario. Tal vez lo mejor sea abandono, ¿no te parece?

Cecily se volvió hacia Bill, que, a pesar de considerarse viejo, parecía más joven que cualquiera de los hombres calvos y barrigudos de Manhattan de su misma edad. De repente, a Cecily se le llenaron los ojos de lágrimas.

—Por Dios, ¿qué he dicho ahora que te ha incomodado?

—Es que... Perdona, es por la sorpresa de verte aquí. Has aparecido como un fantasma salido de la nada. No puedo responder a ese tipo de preguntas ahora mismo. Necesito tiempo para pensar, Bill, para asimilar que estás aquí. ¿Lo entiendes?

—Desde luego. Discúlpame, Cecily. Maldita sea, he vuelto a meter la pata. Tú me civilizaste durante un tiempo, pero después de tantos años he vuelto a mis orígenes —explicó con mucha más suavidad—. Escucha, si me indicas la dirección de algún hotel medianamente decente, me iré y te dejaré en paz. Llevo un par de días sin dormir, y sin asearme, de hecho, así que debo de oler a rayos.

—Tranquilo, Bill, aquí hay una habitación libre. Es la de Stella, pero va a estar en Montgomery unos días, así que puedes quedarte.

—¿Estás segura? Ahora me siento como un auténtico aprovechado, volviendo a irrumpir en tu vida sin previo aviso.

—Nunca te ha gustado cumplir las reglas, ¿verdad, Bill? ¿Y tu equipaje? —le preguntó mientras se levantaba.

—Allí —respondió Bill, señalando una bolsa de viaje—. Ya me conoces, me gusta viajar ligero.

—En fin, te enseñaré dónde está la ducha.

Después Cecily volvió al jardín y se sentó. Estaba exhausta. Sin embargo, a pesar de todo lo sucedido, aquel sentimiento que había echado raíces en su interior la primera vez que vio a Bill, y que fue creciendo como un pequeño retoño a medida que lo iba conociendo mejor, seguía allí después de todos esos años.

—¡Maldito seas, Bill Forsythe! —murmuró al oír el sonido de la ducha e imaginar su cuerpo firme y musculoso desnudo bajo el agua.

«Eres una vieja triste y solitaria», se dijo con firmeza.

Hacía más de veintitrés años que no tenía contacto íntimo con un hombre. Sin duda, lo que estaba sintiendo no era más que el resultado de décadas de deseo no satisfecho. Bill ya era viejo y difícilmente podía ser el protagonista de ese tipo de sueños. Además, ella misma era una mujer mayor y marchita.

—¿Cuál es la habitación que puedo usar? —Bill apareció detrás de ella, con una toalla enrollada alrededor de la cintura.

—Te la enseñaré —dijo intentando ignorar su torso desnudo, que había resistido el paso del tiempo excepcionalmente bien—. Es esta —le indicó, y abrió una puerta que había en el pasillo de la planta de abajo—. Este es el cuarto de Stella.

—¿Y esa es Stella? —Bill señaló una foto de cuando se graduó en la universidad—. Dios mío, es guapísima.

—Lo sé, es la viva imagen de su madre.

—Y todo esto... —Bill barrió con el brazo la bonita habitación—. Todo esto viene de haberle dado a... ¿Cómo se llamaba?

—Njala.

—De haberle dado a Njala refugio en nuestras tierras.

—Sí, pero no debes sentirte culpable de aquello. Stella es lo mejor que me ha pasado. Quererla cambió mi vida y me cambió a mí —declaró—. Bueno, te dejo para que descanses un poco. Tengo que recoger a Rosa a las tres en la escuela, pero si te despiertas y no estoy, por favor, sírvete tú mismo. Hay comida en la nevera.

—No te preocupes por mí, puedo arreglármelas solo. —Echó hacia atrás las mantas de la cama y dejó en el suelo a Lucky, el adorado león de peluche de Stella.

—Lo sé, pero ahora estás en la jungla urbana —dijo Cecily sonriendo—. Que descanses.

—Así que esta es Rosa —dijo Bill, que, después de afeitarse, de dormir unas horas y de haberse puesto ropa limpia, ya parecía él mismo.

—¿Cómo está, señor? —dijo la niñita tendiéndole la mano.

—Muy bien, gracias, Rosa —respondió Bill.

La pequeña se volvió hacia Cecily.

—¿Quién es este hombre? —le preguntó imperiosamente.

—Este hombre se llama Bill. Y es un viejo amigo mío.

—Vale. ¿Puedo ver la televisión?

—No hasta que hayas hecho los deberes, Rosa.

—¿No puedo ver la tele antes y hacer luego los deberes? Va a empezar *Mister Rogers*.

—Rosa, cielo, ya sabes cuáles son las normas. Ahora siéntate y ponte a hacer las sumas.

—¡No! —Rosa dio un golpe en el suelo con el pie e hizo un puchero—. ¡Quiero ver *Mister Rogers*!

—Pues no puedes y punto. Siéntate ahora mismo.

—¡No quiero!

—Rosa, ya sabes lo que pasará si sigues así: te irás a tu cuarto y no habrá cena hasta que salgas y te sientes a hacer los deberes.

—Pero yo quiero ver *Mister Rogers* —gimió la niña.

—Ya está, nos vamos a tu habitación. —Cecily la agarró de la mano y la llevó hacia el pasillo. Abrió la puerta de su cuarto, obligó a entrar a la niña, que no paraba de retorcerse, y la sentó sobre la cama—. A ver, ¿qué prefieres? ¿Quedarte aquí sentada, sola, o hacer los deberes y luego tomarte unos sándwiches de crema de cacahuete y mermelada delante de la televisión?

—¡Quiero ver *Mister Rogers* ahora mismo!

Cecily salió y cerró la puerta con llave, preparándose para los gritos de protesta que empezarían a salir de un momento a otro de la habitación. Al volver a la cocina, miró a Bill y suspiró.

—Disculpa el ruido, ya te he dicho que está en una época difícil.

—Sí, ya lo oigo —comentó Bill; los estridentes gritos atravesaban las paredes.

—Se calmará enseguida, como siempre —le aseguró Cecily, con más seguridad de la que sentía. A veces los gritos duraban horas—. Te he comprado unas cervezas, por cierto. Se están enfriando en la nevera.

—Gracias. —Bill fue a la nevera y cogió una botella—. Has estado ocupada, ¿eh? —comentó al ver que los gritos continuaban.

—Supongo que sí, pero o me hacía cargo de ella o Stella tenía que dejar de lado todo por lo que había trabajado para criarla ella misma. Estoy segura de que algún día conocerá a un hombre y los tres se irán a vivir su propia vida.

—¿En serio? A ver quién aguanta a una niña capaz de armar semejante alboroto.

677

—En el fondo Rosa es muy tierna, solo que está pasando por una fase en la que le gusta que las cosas se hagan a su manera —replicó Cecily, poniéndose de pronto a la defensiva—. He hecho estofado de ternera; me he acordado de que era uno de tus platos favoritos.

—Estofado de ternera... —Bill olfateó el aire—. Dios mío, qué recuerdos. Me temo que, cuando estoy en casa, me alimento básicamente de comida enlatada.

—Pues eso no puede ser bueno para tu salud, ¿no crees? —Se acercó el horno para echarle un vistazo al estofado—. Ya está listo. ¿Quieres un poco?

—La verdad, tengo tanta hambre que me comería una vaca borana.

Por fin, los gritos de la habitación cesaron. Mientras Bill daba cuenta del estofado, Cecily fue a sacar a Rosa del cuarto.

—¿Vas a hacer ya los deberes? —le preguntó a la niña.

—Sí.

—¿Y qué le vas a decir a nuestro invitado? El pobre ha venido desde África y vas tú y te pones a gritar. —Cogió a Rosa de la mano y regresaron a la cocina.

—Le diré que lo siento mucho, abuela —le aseguró Rosa—. Lo siento mucho, señor —se disculpó a la vez que se sentaba a la mesa y Cecily le ponía los libros delante—. ¿Cuándo va a volver mamá a casa? —preguntó cuando sacaba el lápiz del estuche.

—El fin de semana, cielo.

—¿Conoce a mi madre, Bill? —preguntó la niña—. Es guapísima y listísima, y tiene un trabajo muy importante, por eso no está aquí ahora —le explicó, y luego se puso a copiar números, clavando con fuerza el lápiz en el papel.

—Pues lo cierto es que sí, señorita. La conozco desde que era un bebé, ¿verdad, Cecily?

—Así es, Bill, sí —confirmó Cecily.

—Ella nació en África, ¿sabe? —dijo Rosa.

—Lo sé, porque de niña vivió en mi casa. En nuestra casa —se corrigió Bill, y miró a Cecily.

—¿Su casa está en África?

—Sí, así es.

—¿Y ha visto leones?

—Por supuesto, muchísimos.

—A mamá le encantan los leones, ¿verdad, abuela?

—Es verdad, sí.

—Algún día me gustaría ir a África.

—Y seguro que lo harás, jovencita.

—Bueno, Rosa, basta de charla. Céntrate en los deberes.

Después de conseguir que Cecily le leyera dos cuentos antes de dormir y de insistir en que Bill fuera a darle las buenas noches y le contara alguna historia sobre los animales salvajes que había visto en África, Rosa por fin se quedó dormida. Cecily se sirvió una copa de vino, un hábito que quería abandonar pero del que disfrutaba porque indicaba que Rosa ya estaba en la cama durmiendo. Le propuso a Bill que subieran juntos arriba, al salón.

—¿Cuánto tiempo suele pasar Stella en casa? —le preguntó Bill cuando se sentó en un sillón junto a la chimenea.

—Bueno, depende del trabajo que tenga. Normalmente está en Baltimore, a tres horas en tren de aquí, así que, si no tiene que volar a ningún sitio, llega a casa el viernes a última hora de la tarde y se va el domingo después de cenar.

—Entonces no ve mucho a su hija.

—No, no la ve mucho. —Suspiró.

—Y te ha tocado a ti pagar los platos rotos, ¿no?

—Rosa no es ningún plato roto, Bill. A todos los efectos, es mi nieta, y solo hago lo que cualquier abuela haría dadas las circunstancias.

—Lo entiendo, pero eso implica que te quedes atrapada en esta situación durante muchos años. ¿Seguro que no quieres algo más?

—Creía que tú, Bill, más que nadie, habías aprendido, como yo, que lo que quieres en la vida es lo de menos. Pero sí, tienes razón: últimamente me siento un poco atrapada —admitió.

—A mí me parece que lo has sacrificado todo por Stella —dijo Bill con serenidad—. Tu familia, tu hogar, el dinero, hasta tu matrimonio... Y ahora, incluso toda esperanza de tener vida propia hasta que Rosa sea mayor.

—Fue un sacrificio que mereció la pena —replicó a la defensiva—. Uno es capaz de hacer cualquier cosa por aquellos a quienes ama, aunque supongo que tú eso no lo entiendes.

—Por favor, Cecily, te pido perdón una vez más. No tengo derecho a presentarme aquí y decirte qué hacer con tu vida. Y yo... Bueno, sea lo que sea lo que haya pasado entre nosotros, todavía me importas y me gustaría ayudarte, si está en mi mano.

—Eres muy amable, Bill, pero no sé cómo podrías hacerlo.

—Para empezar, dándote algo de dinero para que contrates a alguien y que te ayude con la niña. La verdad, pareces exhausta y creo que necesitas unas vacaciones.

—Desde luego, hace mucho tiempo que no disfruto de unas —admitió—. Pero no puedo aceptar tu dinero, Bill. No estaría bien.

—Por favor, recuerda que fui yo quien puso este problema en tu puerta..., en nuestra puerta. Lo mínimo que puedo hacer es ayudarte con las consecuencias. Al fin y al cabo, sigues siendo mi esposa, y da la casualidad de que me sobra el dinero. La granja va bien, y además mi hermano mayor falleció el año pasado y me dejó la propiedad familiar de Inglaterra. Antes de venir a Nueva York he ido a verla. Está cerca de esa casa tan horrorosa donde conociste a aquel sinvergüenza... ¿Cómo se llamaba?

—Julius —dijo Cecily estremeciéndose.

—Puede que te consuele saber que dejó este mundo hace unos años tras haberse bebido infinitas cubas de brandy. No tuvo descendencia, aunque sí numerosas esposas. En fin, la cuestión es que el agente inmobiliario de la zona dice que tiene un comprador interesado en mi propiedad. Deberían darme un buen pellizco. Al parecer, un cantante famoso quiere poner un estudio de grabación en la bodega. Por cierto, ¿qué opinas de los Beatles? En Inglaterra era lo único que se oía en la radio, y parece que aquí sucede lo mismo.

—A Stella le encantan. Y la verdad es que a mí también me gustan sus canciones. Son pegadizas.

—No es lo que se dice música para besuquearse, ¿verdad? Te acuerdas de aquella noche con Joss y Diana, cuando bailaban muy enamorados y el pobre Jock los observaba sentado en un rincón? —recordó Bill.

—Sí.

—Tú y yo bailamos al son de Glenn Miller. Pienso muchas veces en esa noche. Empezábamos a recuperarnos de la pérdida de Fleur. Si no hubiera estallado la guerra...

—Pero estalló. Y ahora estamos aquí.

Aquella noche había sido trascendental para Cecily, y le sorprendía que a Bill también se le hubiera quedado grabada en la memoria.

—Entonces sí que éramos felices —susurró él—. ¿Por qué solo nos damos cuenta de eso a posteriori? En fin, Cecily, te guste o no, voy a ingresar dinero en tu cuenta y luego te ayudaré a encontrar una institutriz, o comoquiera que se llamen en Estados Unidos, para que se ocupe de Rosa. Y no quiero oír ni una palabra más sobre el asunto. ¿Qué haces mañana?

—Pues lo de siempre: llevar a Rosa a la escuela, volver a casa para ponerme al día con la contabilidad y luego...

—¿Qué te parece si en vez de eso me enseñas Nueva York? Ya que por fin he viajado hasta aquí, me gustaría ver si es tan bulliciosa como dicen. ¿Qué me dices, Cecily? —Bill se inclinó hacia delante y posó una mano sobre la de su esposa.

—Podría ser —repuso ella, intentando ignorar el cosquilleo que recorrió su brazo cuando él la tocó—. Pero ahora tendrás que disculparme: necesito dormir un poco.

—Claro. Te veo por la mañana. Gracias otra vez por poner un techo sobre mi cabeza.

—Recuerda que en su día tú pusiste uno sobre la mía. Solo te estoy devolviendo el favor. Buenas noches.

49

A pesar de haberse pasado la noche dando vueltas y más vueltas, alterada por los pensamientos y las emociones que le había despertado el repentino regreso de Bill, Cecily pasó un día maravilloso con él en la ciudad. Hacía mucho tiempo que no iba a Manhattan, así que empezaron dando un paseo en coche de caballos por Central Park, donde ella le enseñó la casa de su familia, que estaba apretujada entre dos enormes edificios de apartamentos.

—¿La arpía de mi suegra aún vive en esa casa? — preguntó Bill.

—Sí, aunque Mamie dice que va saltando de enfermedad en enfermedad, jurando que se muere y lamentándose por todo.

—¿Y tu padre?

—La soporta, como siempre.

Se estremeció un poco mientras el coche de caballos se alejaba al trote de la casa. Luego llevó a Bill a la Quinta Avenida, donde habían rodado *Desayuno con diamantes* unos años antes, y se quedó horrorizada al descubrir que él no la había visto.

—Pero Bill, ¡tienes que haberla visto! Dudo que haya alguien en el planeta que no lo haya hecho.

—Y puede que así sea en el planeta Estados Unidos, Cecily. Recuerda que yo me siento más a gusto en taparrabos y con una lanza que en este sobrecogedor montón de hormigón vertical.

Después subieron al Empire State Building, donde Bill se acercó a mirar desde el borde y retrocedió trastabillando.

—¡Por el amor de Dios! Se me va la cabeza. Al parecer, ahora tengo vértigo. Y que lo diga el hombre que escaló el monte Kenia sin pararse a tomar aliento. ¡Bájame de aquí y deja que vuelva a poner los pies en tierra firme! —le pidió Bill.

Lo siguiente que hicieron fue dar un paseo por el Hudson para ver la Estatua de la Libertad, y Bill se mostró de lo más decepcionado con todo aquello.

—Pero si es enana —se quejó—. Sin duda, prefiero el lago Naivasha con su población de hipopótamos a este estanque turbio que tenéis aquí.

—¡Deja de quejarte, Bill! Te estás convirtiendo en un viejo cascarrabias.

—Sabes que en su día ya era un joven cascarrabias, así que no me estoy convirtiendo en nada, ¿no crees?

Rosalind había accedido amablemente a llevarse a Rosa a su casa después del colegio y a darle la merienda. Lo sabía todo sobre Bill, por supuesto, pero cuando llegaron a recoger a Rosa, a Cecily casi le dio vergüenza presentárselo.

—Vaya, hola, Bill —dijo Rosalind, y lo miró con una mezcla de recelo y curiosidad.

—Es un placer conocerte, Rosalind. Cecily me ha contado que has sido una verdadera amiga para ella durante todos estos años.

Al cabo de unos minutos, ya estaban hablando como viejos conocidos. El acento británico de Bill se había impuesto sobre las dudas que Rosalind pudiera tener. Tras una copa llegó la cena, justo cuando Terrence volvió a casa. Acostaron a Rosa, y Terrence y Rosalind escucharon con avidez todo lo que Bill tenía que contar sobre la nueva República Independiente de Kenia.

—No me lo esperaba así —le susurró Rosalind a Cecily mientras retiraban los platos del postre—. Sabe de lo que habla y es muy sexi para la edad que tiene, nena —comentó riéndose—. Se parece un poco a Robert Redford, ¿no crees? —Ambas habían visto el estreno de *Dos hombres y un destino* y habían suspirado por Redford y Newman, como todas las mujeres de Estados Unidos—. ¿Y sabes qué es lo mejor del caso? Que tu marido sabe empuñar un arma y montar a caballo —añadió con una risita.

Rosalind insistió en que Rosa se quedara a dormir, así que Cecily y Bill volvieron caminando al apartamento.

—He de admitir que Nueva York no es tan espantoso como me lo imaginaba —comentó Bill cuando paseaban por la calle bajo la agradable brisa de junio.

—Pues eso me hace muy feliz.

—No digo que pudiera aguantar mucho tiempo antes de salir corriendo en busca de espacios abiertos, pero para unos días me parece una ciudad agradable.

—¿Cuánto tiempo te vas a quedar, Bill?

—No lo sé. Simplemente decidí venir y cogí el avión. ¿Por qué? —Se detuvo y se volvió hacia ella—. ¿El hecho de que esté aquí...? ¿Esto te resulta difícil? Siempre puedo mudarme a un hotel.

—No, en absoluto. —Caminaron un rato más en silencio hasta que Cecily volvió a hablar—. ¿Me has contado la verdad sobre tus problemas de corazón, Bill? ¿O es más grave de lo que dices?

—Por enésima vez, mi querida Cecily: te juro que no tengo intención de estirar la pata. Aunque es verdad que los achaques, como mi salud siempre ha sido de hierro, me han animado a hacerte una visita, sí. Todos moriremos algún día, y mis anginas de pecho me han recordado que yo también soy mortal. Algo que olvido de vez en cuando. Pero me alegro de haber venido, Cecily, en serio. Hacía mucho tiempo que no me tomaba un día libre y que no disfrutaba de la compañía de una mujer. Que además resulta ser mi esposa —añadió—. Me ha recordado que eso fue lo que me gustó de ti cuando te conocí.

—¿Ah, sí?

—Sí. Eres una mujer excepcional. Lo supe entonces y, por supuesto, lo mantengo. Detrás de esa apariencia tímida hay un tigre.

—Recuerda que no hay tigres en África —dijo ella sonriendo.

—Desde que tú te fuiste, no. Te has convertido en una gran mujer, si me permites el comentario. Sin embargo, yo no he cambiado en absoluto.

—Cierto. Aunque sí tienes un aspecto un poco menos... grave, en cierto modo.

—¿En qué sentido?

—Supongo que ya no pareces tan apesadumbrado —explicó riéndose—. Claro que ahora tú estás atrapado en mi territorio, mientras que en Kenia yo siempre estuve atrapada en el tuyo.

—Bien visto. Sí, aquí en Brooklyn estoy en tus manos. ¿Qué podemos hacer mañana?

—Tengo que dar clase en la escuela, así que estarás solo.

Subieron las escaleras del apartamento y Cecily abrió la puerta.

—No me extraña que estés agotada. Entre la contabilidad, la enseñanza y cuidar de Rosa, no tienes un minuto para ti.

—Es mejor mantenerse ocupada. Además, me encanta enseñar. Y una tiene que ganarse el pan, ¿sabes?

—Como te he dicho, si tienes la amabilidad de darme tus datos bancarios, haré que te transfieran algunos fondos. ¡No! —exclamó poniendo un dedo sobre los labios de Cecily cuando abrió la boca para protestar—. No me has costado un céntimo durante los últimos veintitrés años. Considéralo un pago atrasado por toda la comida, ropa, combustible y, por supuesto, ginebra que no he tenido que proporcionarte.

Cecily se rio, sin apenas creerse que se sintiera tan a gusto con él después de tantos años.

—Sobre todo ginebra —señaló—. Hablando del tema, ¿te apetece una copa? Creo que abajo me queda el final de una botella.

—Tómatela tú, yo seguiré con la cerveza —repuso Bill—. Y ahora quédate ahí y pon los pies en alto, yo iré a buscar el... ¿cómo lo llamáis aquí?

—¡Licor! —gritó Cecily cuando él ya bajaba las escaleras para ir a la cocina.

Se sentó en el sofá, se quitó los tacones de charol y cerró los ojos unos instantes, disfrutando de que, sorprendentemente, otra persona le estuviera preparando una copa. Aunque era algo muy simple, había olvidado qué se sentía cuando te cuidaban.

—Aquí tiene, señora. Ginebra mezclada con algo llamado «soda», ya que no había tónica ni lima.

—Gracias, lo probaré. —De hecho, le daba igual cómo supiera, porque hacía tiempo que no se sentía tan libre como esa noche.

—Por cierto, ¿cómo está Lankenua? Creo que me contaste en una carta que se había casado, ¿no?

—Sí, y es muy feliz.

—Me gustaría verla, si es posible. Tengo una fotografía de Kwinet con su mujer y su hijo posando orgullosos delante de Paradise Farm.

—Me encantaría ver esa foto. Pasé muchísimas horas trabajando con él allí.

—Cecily. —Bill le quitó el vaso de ginebra y estrechó las manos de su mujer entre las suyas—. ¿Por qué no vuelves conmigo a Kenia? Aunque solo sea de vacaciones. Kwinet lleva dos décadas cuidando tu precioso jardín con la esperanza de que algún día vuelvas y veas su trabajo. Podrías visitar a Katherine, a Bobby y a sus hijos, y por supuesto ver cómo está Kenia.

—Ay, Bill, me encantaría. Pero ¿cómo voy a ir? Tengo que cuidar de Rosa.

—Seguro que a Stella le deben vacaciones. A lo mejor podría tomarse unas semanas libres.

—Bill, tú no lo entiendes. En Estados Unidos nadie tiene los días de vacaciones que debería. Y menos una abogada negra, joven y ambiciosa que está decidida a forjarse un nombre. La ética laboral aquí, comparada con la de otros países, es una locura. La vida en el Valle Feliz era de lo más plácida; aquí, alguien como Stella tiene que dejarse el alma trabajando para llegar a lo más alto.

—Claro que lo entiendo, pero eso no quiere decir que esté bien. —Bill suspiró—. Me gustaría que pensaras en ello. Me has dicho que no has tenido vacaciones desde que llegaste aquí. Pues creo que ya va siendo hora. Por favor, al menos considéralo. Yo me encargaré de que se haga realidad, pero tal vez solo volviendo a Paradise Farm puedas ayudarme a decidir qué debería hacer. Qué deberíamos hacer.

—Es una idea maravillosa, pero no puedo dejar a Rosa de ninguna manera. En fin —dijo antes de bostezar—, hace mucho que debería estar en la cama y he bebido demasiado. Mañana por la mañana tengo que enfrentarme a una clase de niños de seis años. —Se puso de pie y le sonrió—. Gracias por un día maravilloso. Ha sido como unas vacaciones y he disfrutado muchísimo. Buenas noches, Bill.

—Buenas noches, Cecily.

Cuando ella se marchó, Bill bajó a coger otra cerveza de la nevera y salió al pequeño pedazo de Kenia que Cecily había creado en Brooklyn. Y empezó a trazar un plan...

Stella llegó a casa el viernes, después de medianoche, tan exhausta como siempre tras una semana larga y dura en Alabama. Cecily había mandado a Bill a la cama mientras ella la esperaba despierta, como era habitual. Le ofreció un chocolate caliente con nata y galletas caseras y Stella le contó el caso en el que estaba trabajando.

—Está clarísimo que las autoridades han falseado las pruebas. Hemos descubierto que los testigos no podían estar donde dicen que estaban, y no pudieron ver a Michael Winston disparando a ese tipo... Hacemos lo que podemos, pero no sé si lograremos evitar que acabe en el corredor de la muerte. Los jurados de Alabama son famosos por repartir penas de muerte.

—No puedes hacer más de lo que está en tu mano —comentó Cecily, como hacía siempre que veía brillar la rabia y la pasión en los ojos de Stella. Era consciente de que en parte ella era responsable de que ese brillo estuviera ahí—. Bueno, ahora necesitas descansar. Me temo que tendrás que dormir con Rosa. Tenemos un invitado.

—¿En serio? ¿Quién es?

—Puede que no te acuerdes de él, porque la última vez que lo viste solo tenías cinco años. Se llama Bill, y cuando te encontré, estaba casada con él.

—Bill... —Stella se rascó la nariz—. Sí, creo que lo recuerdo. ¿Tenía el pelo claro y era muy alto?

—Sí, aunque ahora tiene el pelo completamente blanco —comentó Cecily sonriendo—. Él me convenció para dejar que tu madre se quedara en nuestras tierras cuando estaba embarazada de ti. También fue idea suya que *yeyo* viniera a vivir con nosotros, para que te quedaras en la granja y yo pudiera criarte.

—¿Él conocía a mi madre biológica? —preguntó Stella con incredulidad.

—Sí, claro que conocía a Njala, y era amigo de tu abuelo, que era el jefe del clan.

—¿Y dónde ha estado todo este tiempo, *kuyia*? ¿Por qué no se vino con nosotras a Nueva York?

—Porque es el dueño de una granja de ganado en Kenia y porque... Porque el lugar de Bill es África.

—Entonces ¿lo abandonaste?

—Tuve que hacerlo, o tú no habrías tenido ningún futuro. Le pedí en numerosas ocasiones que viniera, pero nunca quiso.

—¿Lo dejaste por mí?

—No, Stella, por favor... —Cecily se retractó al darse cuenta de lo que acababa de decir—. Teníamos... Bueno, él no llevaba bien nuestro matrimonio. Nuestro futuro estaba aquí y el suyo no. Es así de sencillo.

—¿Y sigues casada con él?

—Sí. Nunca tuvo mucho sentido que nos divorciáramos.

—¡Dios mío! Pues sí que ha tenido que ser raro: que tu marido aparezca de repente, después de veintitantos años.

—Sí y no, Stella. Muchas veces me he preguntado cómo me sentiría si él volviera a buscarme, pero ahora es como si las últimas dos décadas no hubieran pasado. Él no me guarda rencor y yo a él tampoco.

—*Kuyia!* —Stella sonrió—. Te has puesto muy sentimental. ¿Todavía le quieres? Desde luego, es lo que parece.

—No lo sé. Ha sido agradable tener un poco de compañía, para variar. Y siempre nos hemos llevado bien.

—Qué romántico, que haya venido a buscarte después de tanto tiempo.

—En realidad ha venido para arreglar las cosas. ¡Lo primero que me preguntó fue si quería divorciarme! Y si me importaría que vendiera Paradise Farm, nuestra casa de Kenia. Tiene casi setenta años y problemas de corazón; no lo veo como un príncipe azul que llega a lomos de su corcel blanco.

—Pues te comportas como si lo fuera —bromeó Stella, y luego bostezó—. Tengo que descansar un poco, estoy agotada.

—Rosa está en la cama supletoria, así que puedes dormir en la suya. Buenas noches, cielo.

—Buenas noches.

Stella le dio un abrazo rápido. Después cogió su equipaje de mano y subió con cansancio las escaleras.

A la mañana siguiente, mientras los cuatro estaban desayunando, Cecily reflexionó sobre lo que Stella le había dicho. Bill y ella habían hecho buenas migas y la joven escuchaba fascinada las historias que le contaba del lugar en el que ella había nacido, así como de su tribu, los masáis, y de la relación que había mantenido con ellos. Hasta Rosa parecía embelesada, y el hecho de verlos a los tres juntos, como una familia normal y corriente, hizo que a Cecily se le pusiera un nudo en la garganta.

Por la tarde fueron al cine a ver *Ahí va ese bólido*. Rosa no paraba de reírse de manera contagiosa y, aunque Bill se durmió durante la mitad de la película, la salida fue un éxito. Luego entraron en una cafetería para que Bill pudiera comer su primera hamburguesa en Estados Unidos.

—Me gusta el pan con el queso, pero esta carne de ternera no le llega ni a la suela de los zapatos a las vacas boranas de Kenia. En cuanto a eso —dijo Bill señalando el perrito caliente de Rosa con repugnancia—, es todo maíz y pan rallado.

Esa noche, Cecily se despidió, dejó a Stella y a Bill charlando en el salón y se fue a su habitación, que estaba al fondo del apartamento y daba al jardín. Se desvistió y se metió entre las frías sábanas, maravillada por el cambio que la llegada de Bill había obrado en la familia. Rosa estaba más manejable, a Stella le fascinaba Bill, y en cuanto a ella... Después de habérselas arreglado sola durante tanto tiempo, hasta el mero hecho de tener un hombre en casa le resultaba tremendamente reconfortante. Las pequeñas cosas que él había hecho, como servirle una copa, engrasar la puerta de la cocina que chirriaba e incluso ponerse a arrancar malas hierbas, fueron un bálsamo para el alma autosuficiente de Cecily.

—No es necesario, Bill —le decía—. El médico ha dicho que te tomes las cosas con calma.

—No creo que arrancar unas cuantas ortigas de este diminuto jardín acabe conmigo. Además, no me gusta estar sentado, ya me conoces.

Pero de lo que más disfrutaba Cecily era de las risas. Porque Bill, en sus buenos tiempos, siempre era capaz de arrancarle una sonrisa con sus comentarios ingeniosos.

—Ojalá pudiera volver a Kenia. —Suspiró y cogió el libro de Ernest Hemingway que acababa de comprar, *Verdes colinas de África*, pensando que probablemente aquello sería lo más cerca que volvería a estar de aquel país.

El domingo, Bill confesó que se estaba volviendo loco encerrado en casa, así que Cecily anunció que se iban todos a Jones Beach de excursión. Rosa acogió la idea con gritos de alegría. Su abuela la había llevado allí una vez, con Stella, para que nadara por primera vez en mar abierto.

Era un día caluroso de junio y la playa estaba abarrotada. Cecily se quedó sentada en la tumbona mientras Bill, Stella y Rosa chapoteaban en el agua. Después fueron a disfrutar de un almuerzo tardío al Boardwalk Café, que tenía unas vistas maravillosas del océano.

—¿Es esto lo bastante bueno para ti? —le preguntó a Bill cuando este admiraba el Atlántico desde la terraza.

—No se parece mucho a los inmaculados arenales blancos de la playa de Mombasa, pero por ahora me vale, sí.

Por la noche, Cecily bañó a Rosa y la metió en la cama. Después, Bill le contó a la niña otra historia sobre las suricatas que vivían en África, mientras Stella hacía la maleta para irse a la estación y coger el tren a Baltimore. Ninguno tenía mucha hambre después de todo lo que habían comido, así que Cecily preparó una bandeja de sándwiches y una tetera y los tres se sentaron a cenar antes de que Stella se marchara.

—*Kuyia*, queremos comentarte una cosa —dijo Stella, y miró nerviosa a Bill—. Me ha dicho Bill que hace veintitrés años que no te tomas unas vacaciones. Eso es demasiado tiempo sin tener ni un día libre.

—En serio. —Los miró indignada—. Soy muy feliz, muchas gracias, y tengo mucho tiempo libre ahora que Rosa va a la escuela.

—Escúchanos, por favor —le pidió Stella—. No has vuelto a ir a Kenia, así que Bill y yo hemos pensado que deberías irte con él y pasar un tiempo en Paradise Farm.

—La teoría suena de maravilla, pero ¿qué hay de Rosa?

—Bill se ha ofrecido amablemente a contratar a una canguro para que se haga cargo de ella entre semana. Yo estaré los fines de semana, y entre las dos nos encargaremos de los detalles.

—Pero...

—Nada de peros, *kuyia*. Ver a Bill después de tanto tiempo me ha recordado todo lo que has hecho por mí, y si alguien se merece unas vacaciones eres tú. Así que voy a tomarme unos cuantos días libres, que me deben un montón, y empezaré a buscar a la persona apropiada para que se quede con Rosa mientras tú no estás.

—¿De verdad que yo no tengo ni voz ni voto?

—Me temo que no. La vida es muy corta. Si no vuelves ahora, puede que no lo hagas nunca. Por favor, *kuyia* —insistió Stella, y extendió las manos sobre la mesa para tomar las de Cecily—. Ahora te toca a ti.

—Pero ¿cuánto tiempo durarían esas vacaciones? Sé que ahora es más fácil llegar a Kenia, pero no es un sitio al que puedas ir a pasar una semana, ¿no?

—Habíamos pensado en un par de meses —dijo Bill.

—¿Un par de meses? Pero ¿y las clases? ¿Y mi jardín?

—He hablado antes con Rosalind por teléfono y ella también cree que deberías ir. Sé que no te gusta pensarlo, pero no eres imprescindible —dijo Stella tranquilamente—. Rosalind acaba de contratar a una profesora a media jornada que está deseando trabajar más horas.

—Y no te preocupes por el jardín —intervino Bill—. Ya me he puesto en contacto con una agencia de servicios domésticos para buscar a alguien que se ocupe tanto de la casa como del jardín.

Cecily se recostó en la silla.

—¡Madre mía! Desde luego, entre los dos habéis dejado todo bien atado.

—Pues sí, y por una vez tienes que permitir que los demás hagan las cosas por ti, ¿de acuerdo?

—De acuerdo —susurró—. Pero me gustaría conocer a la persona que va a ocuparse de Rosa. Ya sabes lo díscola que puede llegar a ser, Stella, pero tampoco quiero a una bruja que...

—¡Es mi hija! ¿De verdad crees que la dejaría con una bruja? —dijo Stella—. Tengo veintiocho años y, gracias a mi trabajo, soy experta en evaluar la personalidad de la gente. Por favor, confía en mí, ¿vale? Tengo que irme o perderé el tren. —Se levantó y le dio un beso a Cecily en la cabeza—. Recuerda que todos te queremos y que ya va siendo hora de que te relajes y arañes un poco de felicidad. Nos vemos el viernes. —Cogió el equipaje de mano y salió de la cocina.

—¿Ginebra? —sugirió Bill cuando la puerta de la entrada se cerró detrás de Stella. Sin esperar respuesta, se levantó—. He ido a ese sitio llamado licorería y he repuesto las existencias. —Sacó una botella sin abrir del armario. Preparó dos vasos y les echó tónica y hielo, y luego le puso uno delante a Cecily—. Salud.

—Salud, supongo. —Brindó con Bill y bebió un trago largo—. Entonces ¿yo no tengo nada que decir en este asunto?

—Eso parece.

—¡Me siento como si me estuvieran secuestrando! ¿Y si no quiero ir?

—Pues yo creo que sí quieres. —Bill sonrió de una manera que a Cecily le pareció condescendiente—. Puedo verlo en tus ojos cada vez que hablo de Kenia.

—Es que me preocupa Rosa...

—Como bien ha dicho Stella, ella es una mujer adulta y la principal responsable de su hija. Dijiste que no pasan suficiente tiempo juntas: puede que esto les ayude a crear vínculos.

—Que yo no esté aquí, te refieres.

—Básicamente. —Bill hizo que Cecily se levantara y le agarró las manos—. Dos meses, Cecily. Eso es todo. Dos meses para descubrir si hay alguna posibilidad de que sigamos casados más allá del marco legal, ya me entiendes.

—Sí —respondió, y sintió que el rubor le ascendía por el cuello hasta la cara.

—Reconozco que, cuando llegué, no creía que hubiera un futuro para nosotros. Pero he disfrutado mucho de tu compañía y no soporto la idea de irme sin ti. Después de todo lo que hemos vivido, creo que nos merecemos estar un tiempo juntos, ¿no te parece? A menos, claro, que estos últimos días hayan sido un infierno para ti y estés deseando que me vaya. Si es el caso, es mejor que me lo digas, pero si no...

Cecily bajó la vista.

—No lo es.

—Bien. Entonces hagámoslo. Quiero que sepas que venir aquí ha sido la mejor decisión que he podido tomar.

Dicho lo cual, Bill se inclinó y besó a su esposa por primera vez en veintitrés años.

Electra

Brooklyn, Nueva York

Junio de 2008

50

Así que cuando encontramos una canguro y una asistenta adecuadas, Bill se llevó a Cecily de vuelta a Kenia con él —concluyó Stella.

—Vaya, eso sí que es un final feliz. Desde luego, parece que se lo merecía —dije—. Sobre todo después de tener que lidiar con mi madre. Odio admitirlo, pero yo me parecía a ella de niña.

—Eso no lo sé, Electra, porque no estuve a tu lado para verte crecer, y eso es algo que nunca me perdonaré. Como tampoco me perdonaré no haberle dedicado a Rosa más tiempo.

—Eras madre soltera y trabajadora. Debía de ser durísimo.

—Lo era, sí, pero hay millones de mujeres en el mundo que consiguen gestionarlo bien. Por desgracia, no fui una de ellas.

—¿Bill y Cecily volvieron en algún momento? —quise saber antes de continuar con lo que, a juzgar por la cara de Stella, eran aguas mucho más turbias.

—No, nunca.

—¿Por qué?

—Al principio, por razones obvias: desde que Cecily regresó a Kenia, nunca la había visto tan feliz; además, ella y Bill por fin habían encontrado el momento para disfrutar el uno del otro. Pero, por desgracia, nada es eterno.

—¿Bill murió por sus problemas de corazón?

—Sí, pero antes perdí a mi querida *kuyia*. Decidió ampliar su estancia a seis meses para viajar por África. Estaban atravesando Sudán de camino a Egipto porque ella siempre había querido ver las pirámides y empezó a encontrarse mal. Les habían robado el botiquín, además de otras provisiones, y estaban en medio de la nada. Cuando Bill consiguió llevarla a un hospital, ya era demasiado tarde. Murió unos días después.

—Vaya. —Me conmovió ver que los ojos de mi abuela se llenaban de lágrimas—. ¿De qué murió?

—De malaria. Si hubieran podido tratarla antes, sin duda habría sobrevivido, pero... —Stella tragó saliva—. Murió en brazos de Bill... Le pidió que me dijera cuánto me quería... Yo... Perdona.

Me quedé allí sentada y me di cuenta de que aquel dolor, incluso después de tantos años, seguía estando muy vivo para mi abuela.

—Cuando me enteré, lo único que pensé fue que yo también quería morirme —continuó Stella—. No puedo explicarte lo que significaba esa mujer para mí. Lo que hizo por mí, todo lo que sacrificó para que yo... Lo único que me consolaba era que estaba con Bill y que al menos habían pasado juntos seis meses maravillosos. Ella murió en el lugar donde quería estar, con el hombre al que amaba. —Aunque yo no había conocido a aquella mujer extraordinaria, también sentí un nudo en la garganta—. Bill volvió a Estados Unidos y esparcimos las cenizas de Cecily al lado de la Estatua de la Libertad. Ella había nacido en Manhattan, y había hecho tantas cosas para asegurarse de que yo fuera libre que me pareció lo adecuado. Él se quedó con nosotras un tiempo; había envejecido mucho en los últimos meses, pero no conseguía adaptarse a la vida urbana de Brooklyn, así que volvió a Kenia, vendió Paradise Farm y se compró una casita al lado del lago Naivasha. Cinco años más tarde, recibí un telegrama en el que me informaban de que había muerto. Y que me legaba todos sus bienes. En el testamento decía que era lo que Cecily habría querido.

—Y creo que tenía razón —afirmé—. ¿Quieres que te sirva otra taza de té?

—No, estoy bien, cielo. Gracias.

Esperé en silencio mientras Stella se recuperaba. Y al observarla entendí la lección que su dolor me estaba dando: que el amor de madre no tenía que ser necesariamente el de la madre biológica. Y yo había renegado de Ma tantas veces... Una vez, yo estaba furiosa y le grité que no tenía derecho a decirme que subiera a mi habitación porque ella no era mi madre. Aunque ahora entendía que cualquier madre «de verdad» habría hecho lo mismo ante mi inaceptable comportamiento. Sentí una súbita explosión de amor

696

hacia Ma, que había demostrado tener conmigo una paciencia infinita.

—Perdona, Electra. Ya estoy lista para continuar, si tú lo estás.

—Claro, pero solo si te apetece. Puedo volver otro día.

—Creo que prefiero seguir, si te parece bien. Ya estamos muy cerca del final de la historia. —Stella respiró hondo—. Mi vida no cambió mucho durante los cinco años posteriores a la muerte de Cecily. Rosa tenía una niñera detrás de otra y todas nos dejaban al cabo de unos meses. Se veían incapaces de lidiar con una niña tan difícil. Entonces, cuando Bill me legó su herencia, se me presentó la oportunidad de quedarme en casa y cuidar yo misma de Rosa... Me avergüenza decirlo, pero supe que no podría hacerlo. Pasarme las mañanas tomando café, asistir a las reuniones de la Asociación de Padres y Maestros... Con el tipo de cosas que yo estaba acostumbrada a hacer a diario, supe que no podría. Lo cierto, Electra, es que no nací con instinto maternal. No es ninguna excusa, ni mucho menos; muchas mujeres carecen de él y no les queda más remedio que salir adelante. Y yo hice todo lo posible para lograrlo.

Mientras Stella hacía una pausa, me pregunté si yo tenía instinto maternal; era algo que nunca me había planteado. No recordaba haber sentido la necesidad de tener un bebé, pero luego pensé en mi sobrino Bear, y en cómo disfrutaba de su olor y del peso de su cuerpo entre mis brazos, y me dije que tal vez sí tuviera ese instinto.

—Electra, ¿estás bien?

—Sí, perdona, me he distraído unos segundos.

—Por favor, si quieres que pare, solo tienes que decirlo.

—Tranquila, estoy bien —dije.

—La cosa se puso especialmente fea cuando Rosalind me dijo que Rosa no podía seguir en el colegio. Era una mala influencia para los demás; no podía estarse quieta ni conseguía concentrarse en nada. Eso me afectó mucho. Rosalind era la madrina de Rosa, y si ella la daba por perdida, significaba que tenía un grave problema entre manos.

—Oye, por lo que has dicho, era una escuela muy clásica. Tal vez no fuera la adecuada para mi madre —comenté, sintiendo una necesidad repentina de defender a Rosa—. Lo sé porque yo he pasado por lo mismo.

—Eso fue lo que dijo Rosalind, así que le busqué otro colegio con una orientación más holística y permisiva. —Stella se rio—. Pero Rosa se aprovechó de la ausencia de reglas. Recuerdo que un fin de semana llegué a casa y su nueva canguro me estaba esperando con el abrigo puesto y la maleta al lado de la puerta. Por lo visto, Rosa se había pasado toda la semana en casa viendo la televisión y comiendo cereales. Le había dicho a la canguro que esa semana no tenía que ir al colegio y, cuando llamaron para preguntar por qué había faltado, Rosa les recitó una de sus directrices: que los estudiantes estaban allí por voluntad propia para aprender y que no se aplicarían sanciones si el alumno no asistía a clase.

—Mi madre cada vez me recuerda más a mí. Yo habría hecho lo mismo —comenté sonriendo.

—La diferencia, Electra, es que tú estabas dentro de una estructura familiar y, por lo que tengo entendido, contabas con una figura materna entregada y un padre que te recogía cuando te caías. Rosa no, en parte debido a las circunstancias, pero eso también tenía mucho que ver conmigo. Cuando Cecily murió, mis ansias por convertirme en la persona de éxito que ella siempre había soñado que fuera aumentaron todavía más. Y cuando Bill me dejó la herencia, estaba en un punto en el que ya no había... O, más bien, en el que yo no quería que hubiera marcha atrás —se corrigió Stella—. Entonces Rosa tenía diez años. No sé cuántas canguros había tenido ya, y había pasado por cuatro o cinco colegios. En mi defensa he de decir que me cogí un mes de baja para quedarme en casa con ella y organizar sus clases particulares, pero estuve a punto de volverme loca y Rosa parecía fuera de control. Hablé con Rosalind, que me sugirió que tal vez la mejor opción fuese enviar a Rosa a un internado. Encontramos un sitio maravilloso en Boston en el que estaban acostumbrados a tratar con niños como Rosa.

—¿Te refieres a casos perdidos?

—No, Electra. Ellos los consideraban alumnos con «actitud desafiante». Al principio a Rosa le gustó la idea. Yo me estaba volviendo loca, pero ella también estaba harta de estar encerrada en casa con su madre y con una profesora particular como única compañía. Durante la entrevista le hicieron pruebas de todo tipo, incluso midieron su cociente intelectual. Por supuesto, se salía de lo normal. Me dijeron que estaban acostumbrados a trabajar con niños problemáticos.

Elaboraron un programa de aprendizaje acelerado para ella y Rosa se fue a Boston. Los primeros tres años parecía feliz allí; el colegio le daba la estabilidad y la seguridad que necesitaba e hizo algunas amigas. Entonces fue cuando me llamaron inesperadamente de las Naciones Unidas. Habían leído un artículo que escribí sobre el *apartheid* en Sudáfrica cuando estaba en Columbia. Iban a crear una especie de Centro de las Naciones Unidas contra el Apartheid. Me llamaron para una entrevista. Puedes imaginarte lo emocionada que estaba, Electra; formar parte de la organización en favor de los derechos humanos más poderosa del mundo era mi sueño. Aquel nuevo departamento recabaría datos estadísticos y pruebas relacionadas con los efectos del *apartheid*. Querían formar un equipo que sacara conclusiones sobre los hallazgos para elaborar un documento que luego sería publicado. Por una parte, eso sería desviarme de lo que estaba haciendo hasta entonces pero, por otra, sabía que me abriría las puertas de un nuevo mundo. Y vaya si lo hizo. Aquellos años fueron bastante tranquilos; las oficinas centrales de las Naciones Unidas estaban en Manhattan, así que cuando Rosa volvía a casa en vacaciones, yo estaba allí cada noche para hacerle la cena. Y la calma duró hasta que, cómo no, llegó la pubertad.

—Nuestra vieja amiga. Cuando la dulce niñita se convierte en un puñado de hormonas rabiosas —dije, y asentí al recordar que, durante mi pubertad, regresaron mis peores rabietas infantiles, y con intensidad redoblada.

—Digamos que el apartamento temblaba con las pataletas, los gritos y los portazos de Rosa cuando se metía en su cuarto. Lo siguiente que recuerdo fue que me llamaron del colegio para comunicarme que había desaparecido y que una amiga suya decía que había conocido a un chico del pueblo en una salida. Más tarde la encontraron fumando y bebiendo bourbon en un parque con un chico que tenía casi veinte años, y me atrevo a decir que tu madre era aún más guapa que tú. Tenía unos ojos increíbles, realmente cautivadores, que atraían a todos los gatos callejeros del vecindario. Su aspecto y su ropa eran los de una chica de dieciocho años, no de catorce. Al poco tiempo me escribieron del internado para decirme que ya no conseguían mantenerla a raya, así que la mandaron de vuelta a casa, a Nueva York. Ninguno de los colegios buenos a los que podía ir como externa la aceptaron, dado su expediente, así que no me quedó más remedio que enviarla al instituto del barrio. Por supuesto, se juntó con la gente equivocada. Siempre le gustaron los chicos malos...

—Como a todas, ¿no? —dije poniendo los ojos en blanco.

—Con dieciséis años, ya no podía controlarla: no iba a clase y se pasaba la mayor parte del tiempo holgazaneando por el centro de Brooklyn con sus nuevos amigos. Al principio creí que fumaba hierba, porque volvía colocada a casa, pero luego empezó a pasar fuera toda la noche. Yo no tenía ni idea de adónde iba. Después vi que estaba perdiendo peso. Era la época en la que el crac apareció en las calles. Electra, te juro que hice todo lo posible para hablarle de las consecuencias de las drogas, pero no me hizo caso.

—Lo entiendo —dije en voz baja—. Mírame a mí, yo tampoco quise hacerle caso a nadie.

—Total, que la policía la trajo a casa unas cuantas veces y al final la detuvieron por hurto. Robaba cosas en las tiendas y las vendía en la calle para conseguir dinero. Le pagué la fianza y busqué a un abogado. La amenaza de la cárcel la tranquilizó durante un tiempo y se quedó en casa. Bebía bastante, pero creo que dejó de consumir drogas. El tribunal la amonestó y la amenazó con enviarla a un centro de menores si volvía a meterse en líos. Y entonces... —Stella se quedó callada. Tenía las manos entrelazadas con fuerza y los ojos rebosantes de dolor por el recuerdo—. Desapareció. Una semana después de la vista del tribunal, salió una noche y nunca más volvió. Esa fue la última vez que la vi.

—¿La buscaste?

—¡Por supuesto que la busqué! —exclamó volviéndose hacia mí con los ojos encendidos de rabia—. ¡Puse patas arriba Brooklyn y Manhattan! No hubo una comisaría a la que no acudiera con una fotografía, ni un barrio en el que no pegara un cartel en una farola. Fui a todos los guetos, a todos los fumaderos de crac, a todos los puñeteros sitios por los que se movía la chusma de la ciudad. Fui a Boston a buscarla, pensando que a lo mejor había vuelto con alguno de sus exnovios, pero nada. Absolutamente nada. Se esfumó. La busqué durante más de dos años, trabajando en las Naciones Unidas por el día y recorriendo las calles por la noche. Parece imposible que alguien desaparezca de la faz de la tierra, pero eso fue lo que hizo tu madre. Y te juro, Electra, que no dejé una piedra sin remover.

—Tranquila, Stella, te creo. Entonces... —Sabía que nos acercábamos al desenlace, así que me preparé—. ¿Cuándo te enteraste de que había muerto?

Vi que Stella tragaba saliva.

—En realidad, hace solo un año, cuando tu padre se puso en contacto conmigo y me pidió que nos viéramos en Nueva York. Me contó que llevaba tiempo intentando identificar a tu familia biológica. Sabía que le quedaba poco tiempo de vida y quería dejarte una carta explicándote cuáles eran tus orígenes. Había acudido a Hale House, el lugar donde te encontró, y había hablado con Clara Hale, que lo puso en contacto con una de las mujeres que trabajaba allí por aquel entonces. Casualmente, era la que te recogió aquella noche y consiguió encontrar el registro en el que se documentaba tu llegada. Como siempre, no había ningún dato sobre la madre, pero la mujer recordaba al hombre que te dejó allí. Lo había visto por el barrio y sabía que era un yonqui. Tu padre le preguntó cuál era su nombre y la mujer le dijo que creía que lo llamaban Mickey. Tu padre peinó la zona y al final lo encontró por medio de la Iglesia Baptista Abisinia de Harlem. Al parecer, se había rehabilitado, había encontrado a Dios y era predicador laico en la iglesia. Recuerda, Electra, que yo no sabía nada de todo eso en aquel momento —aclaró Stella—. En fin, que Michael, como se llama ahora, le contó a tu padre lo que recordaba de Rosa.

—¿Ese tal Michael era mi padre? —pregunté ansiosa.

—No, solo vivía en el mismo fumadero de crac que Rosa cuando ella estaba embarazada de ti. Había constantes redadas policiales, así que los yonquis siempre se estaban moviendo para encontrar nuevos escondites en edificios abandonados de Manhattan. Él estaba presente cuando ella te tuvo, aunque iba puesto de crac, y dijo que empezaste a gritar con todas tus fuerzas y que terminarías llamando la atención de la policía. Así que te cogió en brazos y te llevó a Hale House.

—Y... —Tragué saliva—. ¿Qué pasó con mi madre?

—Pues... —Mi abuela extendió la mano y agarró la mía—. Sé paciente conmigo, Electra, y perdóname por lo que voy a contarte. Mickey dijo que al volver se encontró a Rosa sangrando. Estaba claro que se estaba muriendo, así que él y el resto... se fueron y ya está. Mickey dijo que fue a una cabina y que hizo una llamada anónima al servicio de emergencias, pero que suponía que Rosa ya estaría muerta cuando la encontraron. Que Dios me perdone por haberte contado esto... y por no haber estado con mi querida hija cuando me necesitaba.

—Pero tú no sabías dónde estaba, Stella.

—Gracias por decirlo, Electra, pero cuando tu padre me contó lo que había pasado, te juro que me destrozó. Pensar que mi niñita había muerto allí sola...

—Ya. —Nos quedamos en silencio durante un rato—. En fin —susurré yo—. Está claro que para esta historia no ha habido final feliz.

—Para Rosa no, pero espero de corazón que el habernos conocido gracias a ella nos traiga algún consuelo. Lamento muchísimo haber tenido que compartir esta terrible historia contigo en el momento menos adecuado para ti.

—Pero ¿cómo descubrió mi padre que tú eras pariente mía?

—A través de Michael. Él vivió unas semanas con Rosa. Para empezar, sabía su nombre, y recordaba que había hablado con ella de mí y que tenía un puesto importante en las Naciones Unidas. Se acordaba de que me llamaba Stella porque era su cerveza de importación favorita. —Sonrió con los ojos llenos de lágrimas—. Así que, con esos datos, tu padre empezó a investigar. Sabía en qué año naciste porque se lo dijeron en Hale House y contactó con la sede de las Naciones Unidas en Nueva York para pedirles que consultaran sus archivos y comprobaran si una tal Stella trabajaba para ellos en 1982. Siempre le agradeceré a Cecily que me pusiera un nombre tan poco común. En sus registros solo aparecían dos mujeres con ese nombre, y una ya había fallecido. Así fue como tu padre consiguió mi apellido, me buscó en internet y me escribió. Y el resto ya lo sabes.

—Pero... —Había una cosa que no sabía y, aunque me costaba verbalizar la pregunta, tenía que hacerlo—. Cuando la encontraron y... —Tragué saliva—. Cuando se la llevaron al sitio al que llevan a los muertos, ¿no intentaron buscar a su familia?

—Por aquel entonces, Electra, había cadáveres de jóvenes adictos al crac por todo Manhattan. Y las autoridades solo estaban obligadas a conservar el cuerpo durante cuarenta y ocho horas. Si nadie lo reclamaba, podían enterrarlo.

—Madre mía, qué rapidez —susurré—. ¿Y dónde la enterraron?

—Tu padre y yo fuimos a la oficina del Registro Civil de la calle Worth para enterarnos. Sabíamos la fecha de la muerte de Rosa porque fue el mismo día de tu nacimiento, que constaba en los registros de Hale House. Como era de esperar, la funcionaria nos confirmó que aquella noche habían trasladado a la morgue el cuerpo de una joven negra sin identificar. Como... Como yo no pude reclamarla en su momento, la política del estado de Nueva York es que los cuerpos sin identificar se entierren en Hart Island, en el Bronx. Lo cierto es que aún no me he visto con fuerzas para ir allí.

—Normal. —No sabía si tenía ganas de llorar o de vomitar, pero lo que sí sabía era que no podía soportarlo más—. Stella, ¿te importa que llame al coche para que me lleve a casa? Necesito... Necesito tiempo para asimilar todo esto.

—Claro —dijo mientras yo sacaba el móvil y llamaba—. ¿Estás bien?

—Sí, qué remedio, ¿no?

«Al menos ahora lo sé todo.»

—Si puedo hacer algo por ti, lo que sea..., por favor, dímelo.

—Lo haré. Solo una cosa: ¿has dicho que estabas en África cuando yo nací y me llevaron a Hale House?

—Sí, así es. Me invitaron a participar en una misión secreta de las Naciones Unidas para recabar información en Sudáfrica. Tienes que entender que, por aquel entonces, Rosa llevaba desaparecida más de dos años. Electra, te juro que, si lo hubiera sabido, habría estado allí para ayudarla, y también a ti, por supuesto. Pero tenía que seguir adelante con mi vida y... me fui.

—Vale. —Asentí, y en ese momento el timbre de la puerta me avisó de que el coche había llegado.

—Por favor, mantenme informada y avísame cuando quieras que nos volvamos a ver. Entiendo que son demasiadas cosas y que necesitas tiempo para asimilarlas, pero puedes contar conmigo, es importante que lo sepas —dijo cuando subía las escaleras detrás de mí para acompañarme hasta la puerta—. Cuando tú quieras.

—De acuerdo.

Mi abuela extendió los brazos para darme un abrazo, pero yo me di la vuelta y abrí la puerta. Necesitaba respirar y volver al presente.

—Adiós, Stella —dije, y corrí escaleras abajo hacia el coche que me estaba esperando.

51

Cuando llegué a casa, Mariam y Lizzie estaban sentadas en la cocina.

—Hola —dije con voz cansada.

—¿Te encuentras bien, Electra?

Ambas se levantaron y me siguieron hasta mi habitación.

—Sí, estoy bien, solo necesito dormir un rato.

Les cerré la puerta en las narices y me sentí culpable por ser tan maleducada, pero no aguantaba de pie ni un segundo más. Conseguí a duras penas quitarme las zapatillas y los vaqueros, me tiré en la cama, pulsé el botón para bajar las persianas y cerré los ojos.

—¿Electra?

Oí que una voz familiar me llamaba y gemí mientras salía del que me parecía el sueño más profundo que había tenido jamás.

—Sí —murmuré.

—Soy Lizzie. Quería saber cómo estás.

—Un poco... dormida.

—Vale, no pasa nada. Solo quería decirte que son las once.

—¿De la noche?

—No, de la mañana. Has dormido catorce horas del tirón y Mariam y yo empezábamos a preocuparnos por ti.

—De verdad, estoy bien —dije, y pensé que seguramente creían que había vuelto a beber.

—¿Quieres que te deje en paz o te traigo un café? También he comprado unos *bagels* y salmón ahumado en la tienda de ultramarinos.

Al oír aquello me di cuenta de que estaba muerta de hambre.

—Gracias, Lizzie, eso suena de maravilla.

Subí las persianas y me senté, parpadeando por la radiante luz del sol. En mi vida había dormido tantas horas seguidas. A lo mejor era la manera que tenía mi cerebro de desconectar, para que descansara y pudiera asimilar todo lo que había escuchado el día anterior. Sorprendentemente, pensé mientras ponía a prueba la respuesta de mi cerebro, no me sentía tan mal como esperaba. De hecho, tenía una extraña sensación de alivio porque por fin conocía la verdad. Aunque esa verdad fuera una mierda. Además, me dije que era muy afortunada por no vivir en una época en la que el color de mi piel hubiera determinado mi futuro y porque, en cierto modo, me había salvado de acabar igual que mi madre.

También pensé en mi herencia genética; había leído en algún sitio que la adicción se heredaba. Luego me vino a la cabeza Stella, que solo había sido adicta a su trabajo y a la lucha por hacer del mundo un lugar mejor. Pensé en su fortaleza, en lo tranquila y serena que era, y recé para que hubiera heredado alguno de sus genes. Y aunque había detalles de mi madre que me recordaron a mí misma, en el fondo yo siempre había querido ser una buena chica, no una mala. Pero era cierto que mi temperamento se había interpuesto en mi camino, así que tal vez yo fuera una mezcla de mi madre y de mi abuela. Eso estaría fenomenal.

En cuanto al hombre que puso su semilla para que yo naciera... Supuse que nunca sabría quién era, pero en realidad tampoco me importaba. Cada vez tenía más claro que Pa había sido un hombre increíble. Al parecer, había invertido mucho tiempo intentando encontrar a mi familia biológica para dejarme ese legado. Y lo había conseguido.

—Le traigo el desayuno a la cama, señora. Se lo merece —dijo Lizzie entrando con una bandeja con café caliente, una taza y dos *bagels* de salmón ahumado y queso de untar.

—¿De verdad? ¿Por qué?

—Tu abuela llamó unas diez veces anoche y ha llamado otras tres esta mañana. Por supuesto, no me ha dado detalles, pero me ha pedido que te vigilara. Parecía preocupada por ti.

—Sí, me contó unas cosas bastante fuertes sobre mi madre. Y también de otros antepasados. —Suspiré.

—Bueno —dijo sirviéndome el café en la taza—, ya sabes que estoy aquí si quieres hablar del tema. ¿Un *bagel*?

—Dentro de un rato. Pero tómate uno, yo no puedo con los dos.

—No, quizá luego te apetezca; yo solo soy la proveedora —comentó guiñándome un ojo—. Por cierto, Mariam me ha contado que ayer te asaltaron en el parque. ¿Has hablado con la policía?

—¿Para qué? Les importa una mierda que le roben el Rolex a una niña rica, ¿sí o no? Y no te extrañe que luego ellos mismos se lo hayan comprado a los atracadores por una centésima parte de su valor.

—Definitivamente, creo que deberías contratar a un guardaespaldas, Electra. Eres una persona conocida, una mujer famosa. En Los Ángeles, la gente como tú no se aventuraría a poner un pie en la calle sin ningún tipo de protección. Siento parecer tu madre, pero creo que deberías considerarlo. En fin, te dejo para que desayunes en paz. Si necesitas algo, llámame.

Me quedé en la cama disfrutando del café y, a pesar de mis reticencias, al final me comí los dos *bagels*. Pensé que era genial tener una compañera de piso. Además, Lizzie tenía ese carácter hogareño y cálido, como de madre, y me sentía protegida y cuidada. Ojalá no se fuera nunca, porque me encantaba tenerla conmigo. Sobre lo que había dicho, supuse que tenía razón. Susie llevaba años diciéndome que debería tener un guardaespaldas, pero el mero hecho de imaginarme a un extraño siguiéndome a todas partes me horrorizaba. Entonces recordé que ya se me había ocurrido una idea, así que me duché, me puse un pantalón de chándal y una camiseta y fui a la cocina. Mariam estaba trabajando en su portátil.

—Buenos días, Electra. ¿O debería decir buenas tardes? —me saludó sonriendo—. Dime cuándo te apetece que hablemos. La mujer que gestiona la cooperativa de tejidos de comercio justo me ha respondido. Está muy emocionada ante la perspectiva de colaborar contigo.

—Genial. Por cierto... —En ese momento Lizzie entró en la cocina con mi bandeja del desayuno—. ¿Alguien ha visto a Tommy esta mañana?

—No —dijo Lizzie—. No estaba cuando he bajado a comprar a la tienda.

—Estoy preocupada. No es propio de él desaparecer así. Hará una semana que no lo veo y tengo que hablar con él para ofrecerle un trabajo.

—¿De qué? —preguntó Lizzie.

—Como mi guardaespaldas. En fin, prácticamente ya lo es, y me imagino que no le vendría mal que le pagara. Es decir, es veterano de guerra, así que encaja en el perfil y...

Dejé de hablar cuando Mariam se levantó de repente y salió corriendo de la cocina. Y luego se encerró en el baño de invitados del pasillo dando un portazo.

Miré a Lizzie, consternada.

—¿He metido la pata?

—Bueno... Tal vez.

Lizzie parecía esquiva e incómoda.

—¿Qué?

—Nada. Es decir, creo que es mejor que lo hables con Mariam. No es asunto mío. Bueno, me voy al salón a esperar la llamada del abogado que Miles me recomendó. Nos vemos en un rato.

Miré por la ventana, confusa, y entonces caí en la cuenta.

—¡Electra, no puedes ser más tonta! —dije cuando vi que todo encajaba.

La confesión que había escuchado en Alcohólicos Anónimos y que creía que tenía que ver conmigo...

—¿Se puede ser más egocéntrica? —susurré poniendo los ojos en blanco.

Y luego la respuesta brusca de Mariam cuando le había preguntado hacía unos días si tenía el número de teléfono de Tommy... Y la forma en la que se comportaba últimamente, cuando yo pensaba que algo iba mal...

Enfilé el pasillo hasta llegar al baño y di unos golpecitos suaves en la puerta.

—Mariam, soy yo, Electra —dije con voz dulce—. Siento mucho haber sido tan desconsiderada. Deberías habérmelo dicho. ¿Por qué no sales para que podamos hablar de ello?

Por fin, la puerta se abrió, y vi su rostro cubierto de lágrimas.

—Por favor, perdóname, Electra. Este arrebato no ha sido nada profesional. Te prometo que no volverá a ocurrir. Ya estoy bien —aseguró cuando pasaba a mi lado de camino a la cocina.

—Es más que evidente que eso no es verdad, Mariam. ¿Cuánto tiempo llevas con Tommy? —le pregunté mientras me sentaba a la mesa enfrente de ella.

—No ha sido nada serio, y de todos modos ya se ha terminado... —Se le escapó otro pequeño sollozo y tragó saliva—. Lo siento.

—Por favor, basta ya de disculparte, soy yo la que tiene que hacerlo. He estado tan absorta en mi mundo que no he visto lo que tenía delante de las narices.

—De verdad, no había nada que ver. Acababas de entrar en rehabilitación y, bueno, nuestra relación se hizo más estrecha. —Se sacó un pañuelo de papel de la manga y se sonó la nariz—. Es un hombre tan atento y se preocupa tanto por ti... Ya sé que venimos de mundos totalmente distintos, pero acabamos... intimando. Yo subía a trabajar al apartamento y, aunque tú no estabas aquí, él seguía quedándose abajo. Decía que era un hombre de rutinas. Empezamos a dar paseos por Central Park, nos sentábamos en un banco y comíamos juntos. Una cosa llevó a la otra y... nos dimos cuenta de que nos gustábamos mucho.

—Pero si eso es maravilloso, ¿no? Bueno, yo no conozco a Tommy tanto como tú, pero sé que es un tipo encantador y que lo ha pasado muy mal.

—No, Electra, no es maravilloso. Tommy es diez años mayor que yo, tiene un hijo y una exmujer. Además es exalcohólico, vive de su pensión del ejército porque tiene síndrome de estrés postraumático y, por si fuera poco —tragó saliva—, no es de mi misma religión.

—Recuerdo que una vez me contaste que tu padre te dijo que tenías que adaptarte al país en el que habías nacido —comenté.

—Y lo decía de verdad, y eso es lo que he hecho. Pero eso no tiene nada que ver con casarse con alguien de otra religión. Está prohibido que una mujer musulmana se case con un hombre no musulmán.

—¿Ah, sí? No lo sabía.

—Sí. Aunque los hombres musulmanes pueden casarse con mujeres no musulmanas. Qué injusta es la vida, ¿verdad?

—Mi padre siempre me decía que los textos bíblicos fueron escritos por hombres, Mariam, por eso siempre los favorecen a ellos —dije encogiéndome de hombros para quitarle hierro al asunto—. ¿Y no podéis casaros por lo civil?

—Soy la mayor de mis hermanas, Electra. Toda nuestra vida, nuestra comunidad, gira en torno a nuestra religión. No reconocerían una boda civil: casarme con él sería ir en contra de los principios con los que me educaron.

—Vaya —Como yo no me identificaba con ninguna religión, para mí era difícil tener una opinión sobre el tema, más allá de saber lo importante que era para Mariam—. ¿Y Tommy no podría hacerse de tu grupo, quiero decir, de tu religión?

—Es una posibilidad, sí, pero recuerda que estuvo en Afganistán, Electra, y aunque nunca lo ha comentado, sé que ha visto las atrocidades que hicieron los extremistas musulmanes. Tiene amigos que murieron por su causa, por sus minas o sus bombas... ¡Es todo tan complicado!

—El amor siempre lo es, ¿no? —dije suspirando—. En fin, supongo que no es una solución, pero ¿no podéis vivir juntos sin más?

—No, eso jamás. Sería el peor pecado de todos —respondió con firmeza.

—¿Y qué opina Tommy de todo esto?

—Nada. Como te he dicho, corté con él hace una semana.

«Más o menos cuando yo le escuché en la reunión de Alcohólicos Anónimos», pensé.

—¿Por eso no ha venido estos días?

—Sí.

—¿Y sabe por qué rompiste con él?

—Creo que sí.

—Pero ¿le has preguntado si estaba dispuesto a convertirse al islam? Si es la única opción...

—Pues claro que no. No me ha pedido que me case con él ni nada. Además, teniendo en cuenta todas las razones que te acabo de decir, no veía que tuviéramos futuro, así que decidí que lo mejor era cortar.

—Bueno, entiendo que es un poco complicado —admití, y me dio la sensación de que estaba dando un rodeo—, pero sabía que te pasaba algo desde hace tiempo. Y también he de decirte, aunque para eso tenga que romper la regla de confidencialidad de Alcohólicos Anónimos, que le escuché en una reunión la semana pasada. Se puso de pie y le contó a todo el mundo que estaba enamorado, pero que la persona a la que amaba nunca podría ser suya. Mi superego y yo creímos que se refería a mí —comenté sonriendo—. Pero es evidente que hablaba de ti. Él te quiere, Mariam, de verdad. Y si tú también lo quieres a él, seguro que hay alguna forma de solucionar esto. Pero tenéis que hablar. Dile lo que me has dicho a mí.

Mariam permaneció allí sentada, en silencio, mirando fijamente la pared de la cocina que tenía enfrente.

—De todos modos, estoy preocupada por él. Al menos dame su número de teléfono para que compruebe si está bien.

—De acuerdo —accedió—. Lo he borrado del móvil para no caer en la tentación de llamarlo, pero me lo sé.

Apunté el número y miré a Mariam.

—Oye, yo no soy tú y, dada mi trayectoria con los hombres, no soy la más indicada para darte consejos. Pero mi abuela me ha contado algo que se me ha quedado grabado. Una señora que se llamaba Kiki Preston le dijo una vez a alguien de mi familia que era fundamental averiguar qué personas eran importantes para uno y aferrarse a ellas. Que había que hacer todo lo posible para ser feliz y para hacer felices a nuestros seres queridos, porque la vida podía acabarse cuando menos lo esperabas. Y creo que tenía razón. Yo también pienso seguir su consejo.

—Perdóname, Electra, me siento fatal por cargarte con mis problemas cuando sé que estás pasando por un momento muy complicado. Jamás había permitido que un asunto personal interfiriera en mi vida laboral. Si quieres contratar a Tommy como guardaespaldas, no tengo derecho a impedírtelo. Lo asumiré y listo.

—Oye, creo que cruzamos la barrera de lo profesional cuando tuve aquel bajón y luego empecé con la rehabilitación. Te has portado fenomenal conmigo, Mariam, y nunca haría nada que afectara a tu felicidad o a nuestra relación futura. Te lo prometo.

—Bueno, eres muy amable al decir eso, pero soy una profesional y no es necesario que tengas en cuenta mis sentimientos. Y ahora, ¿hablamos de tu proyecto de diseño? —preguntó con una sonrisa casi radiante.

Como todavía estaba afectada por lo que me había pasado en el parque el día anterior, fui a entrenar al gimnasio. Mientras corría en la cinta, pensé en cuánto había cambiado mi vida en las últimas semanas. Antes, lo único que hacía era viajar para hacer una sesión de fotos tras otra. Ahora tenía una sesión cada diez días, más o menos, pero entre medias mi vida estaba desbordada de asuntos personales. Y por muy duros que fueran algunos, sabía que podía superarlos porque había conseguido reunir a mi alrededor a un grupo de personas maravillosas. Una era de mi propia sangre, y las demás parecían preocuparse sinceramente por mí.

Lo que me llevó a Miles.

Lo echaba de menos. Pero no en el sentido de que hacía tiempo que no lo veía, sino de forma permanente, en lo más hondo de mi corazón. Era una sensación que no lograba describir. Era como si me faltara algo. Y eso tenía pinta de ser grave. Tal vez Lizzie tenía razón y él se sentía intimidado y no se atrevía a decirme nada. O puede que yo no le hubiera mostrado lo que sentía por él...

Pero también estaba asustada, porque a Mitch sí le había mostrado mis sentimientos. De hecho, me había sentido tan vulnerable que me entraban ganas de vomitar al pensar que había estado con él. No podía permitirme pasar por eso otra vez.

Más tarde, cuando me dirigía en coche a la reunión de Alcohólicos Anónimos, le pedí al chófer que me llevara al edificio Flatiron para asistir a la sesión que se celebraba allí al lado. Tuve una corazonada: si Tommy estaba en apuros, y todo indicaba que sí, lo encontraría allí.

En efecto, allí estaba, sentado varias filas más adelante. Lo reconocí por su gorra de béisbol roja. Esta vez no habló, y yo tampoco. Después de lo del día anterior, si empezaba no acabaría nunca, y necesitaba tiempo para procesar todo lo que había descubierto, poco a poco y a mi ritmo. Cuando terminó la reunión, me quedé al fondo de la sala y esperé a que Tommy pasara a mi lado.

—¡Eh, Tommy! —lo llamé—. Qué bien encontrarte aquí.

—Ah, hola, Electra. ¿Cómo estás?

Vi que estaba pálido y tenía los ojos rojos, como si llevara días sin dormir. La buena noticia era que su aliento no olía a alcohol.

—Te he echado de menos delante de mi edificio —dije alegremente—. ¿Dónde has estado?

—Ya sabes, por ahí —dijo encogiéndose de hombros.

—¿Te apetece tomar un café? Pero no de ese —dije señalando el termo.

—¿En serio? —Tommy me miró sorprendido.

—Sí, ¿por qué no?

—Bueno... Vale.

Encontramos un sitio a la vuelta de la esquina y nos sentamos.

—¿Estás bien, Tommy?

—La verdad es que la vida no me sonríe demasiado últimamente —respondió después de tomarse el expreso de un trago.

Decidí que no era momento de andarse con rodeos.

—Oye, sé lo que ha pasado. Con Mariam.

—¿De verdad? —Tommy parecía sorprendido—. ¿Cómo lo sabes?

—Es un poco largo, pero resumiendo: ayer me asaltaron en el parque y todo el mundo dice que necesito un guardaespaldas. Así que enseguida pensé en ti y se lo comenté a Mariam, que empezó a llorar y se encerró en el baño. Y luego me contó toda la historia.

—Vaya, Electra, siento haberte metido en este lío. —Entonces levantó la vista hacia mí y pude apreciar un atisbo de esperanza en sus ojos—. ¿Se encerró en el baño llorando?

—Sí, eso hizo. Ella te quiere, Tommy, y creo que tú también la quieres a ella. Te escuché en la reunión de Alcohólicos Anónimos de la semana pasada. Estaba atrás del todo. Por supuesto, no sabía que hablabas de Mariam y...

—Ya, bueno, pero se acabó. Ella me ha dejado.

—¿Y sabes por qué lo ha hecho?

—La verdad es que no. Pero me lo imagino. Mírame, Electra, ¿quién iba a quererme? Soy un desastre —dijo con los ojos llenos de lágrimas.

—Para empezar, Mariam —respondí con firmeza—. Esto no tiene nada que ver con lo que siente por ti, Tommy. Ella cree que eres maravilloso. El problema es que es musulmana. Y, por lo visto, las mujeres musulmanas no pueden casarse con hombres que no lo son. Así de sencillo.

—¿Bromeas? —Tommy me miró como si yo acabara de llegar de otro planeta y no entendiera a los humanos—. Ni siquiera me lo ha comentado.

—Según me ha contado hace un par de horas, como tú nunca le hablaste de matrimonio, le parecía un poco raro sacar el tema. Pero esa es la razón, te lo prometo.

—¿Quieres decir que si fuera musulmán querría casarse conmigo?

—Sí, y a juzgar por cómo estaba hace un rato, mañana mismo, a ser posible. Cortó contigo porque no veía ninguna salida. Tú y yo no podemos entenderlo porque no somos musulmanes, pero toda su vida, o sea, su familia, sus amigos, todo, gira en torno a su religión. Además, es consciente de que tienes un hijo y, bueno, si sumamos eso a otras cosas, le parecía todo demasiado complicado.

—Sí, tengo una hija, pero mi exmujer está con otro hombre y quiere llevársela a California a vivir con ellos. Y esa es otra de las razones por las que he tenido que volver a Alcohólicos Anónimos. Sin mi hija y sin Mariam... Dios, Electra, estoy hecho polvo.

—Y es normal, Tommy. Vale, iré al grano: si para estar con Mariam tuvieras que convertirte al islam, ¿lo harías?

—No es fácil contestar a eso. Estás hablando con alguien que ha luchado en Afganistán. Las atrocidades que he visto hacer en nombre de Alá... Es decir, caminaría sobre brasas para estar con ella y entiendo que allí me enfrentaba a extremistas, pero convertirme en uno de ellos... —Negó con la cabeza—. No lo sé.

—Mariam sabe por lo que tuviste que pasar allí. Ya lo ha valorado y por eso no ha sido capaz de hablarte del tema. ¿Por qué esta puñetera vida es tan complicada?

—Dímelo tú, Electra. Por fin conozco a una chica que es perfecta para mí en todos los sentidos, y me encuentro con esto.

—Escucha, yo solo soy la mensajera, ahora os toca a vosotros dos decidir qué hacéis. Entiendo tu dilema, pero ¿no se supone que el amor no tiene fronteras? A fin de cuentas, ella es una mujer y tú eres un hombre. En fin, al menos ahora ya sabes por qué te dejó. Y puede que sea todo demasiado complicado, pero eso solo puedes decidirlo tú. Bueno, tengo que irme. Y, por cierto —dije poniéndome de pie—, lo del trabajo como guardaespaldas va en serio. Aunque, claro, mientras las cosas estén así entre Mariam y tú, no sería muy correcto contratarte, ¿no?

—Tienes razón, pero gracias de todos modos.

—Dime algo de vez en cuando, Tommy. Me preocupo por ti.

—Gracias por el café, Electra. Y por preocuparte por mí —añadió cuando lo dejé allí sentado, inclinado sobre la taza.

Mientras el coche me llevaba de vuelta cruzando Nueva York, observé por la ventanilla a la gente que iba por la acera y pensé que todos tendrían sus propios dramas, unos dramas que ninguno de los que pasábamos a su lado llegaríamos a conocer nunca. Aquella idea me reconfortó. Era demasiado fácil creer que el resto del mundo tenía una existencia perfecta, como los medios de comunicación nos vendían cada día (por ejemplo, publicando fotografías mías subiendo y bajando de limusinas y vestida de punta en blanco para asistir a alguna fiesta), cuando la realidad era muy diferente.

Bueno, al menos había intentado hacer de hada madrina para dos de mis personas favoritas, y ahora tenía que dejar que se arreglaran entre ellos.

Esa noche sonó mi móvil cuando me estaba metiendo en la cama.

—¿Electra?

—Hola, Stella —contesté.

—Solo llamaba para saber cómo estabas.

—Estoy bien.

—Yo... Sigo preocupada desde que te fuiste. Lo que te conté ayer traumatizaría a cualquiera, y más a una persona que acaba de salir de rehabilitación. No soportaría haber entorpecido tu proceso de recuperación.

—La verdad es que conocer mi pasado forma parte de mi proceso de recuperación. Claro que me ha afectado, pero yo nunca conocí a mi madre. Así que, aunque me parece terrible la forma en que murió, eso me facilita las cosas. De verdad —añadí, porque pude notar el miedo y la preocupación en su voz.

—Tu actitud es increíble, Electra, estoy... —Se le quebró la voz y tragó saliva—. Estoy orgullosísima de ti. Solo quería que lo supieras.

—Gracias —me limité a decir, consciente de que yo también corría el peligro de que se me llenaran los ojos de lágrimas.

—¿Mañana sería demasiado pronto para hacerte una visita? Quiero preguntarte algo. ¿Podría pasarme por la tarde, sobre las siete?

—Vale, nos vemos mañana.

Tumbada en la cama, no solo me di cuenta de que mis ganas de beber Grey Goose habían disminuido bastante, sino de que, a juzgar por cómo estaba, mi abuela se preocupaba de verdad por mí. Y yo había empezado a quererla más, ahora que me había mostrado su lado más vulnerable. Si necesitaba un modelo a seguir, sin duda allí tenía uno. La había buscado hacía un rato en internet y parecía que no había causa que no hubiera defendido o país que no hubiera visitado en nombre de Amnistía Internacional, la labor que apoyaba en la actualidad. Había ganado todo tipo de premios y galardones. Y cuando empezaba a entrarme el sueño, me di cuenta de que mis días de modelo estaban llegando a su fin, casi con certeza. Yo también quería cambiar las cosas.

Me estaba quedando dormida cuando volvió a sonar mi móvil.

—¿Electra?

—Hola, Miles, ¿va todo bien? —pregunté adormilada.

—Mierda, ¿te he despertado? Acabo de llegar del trabajo y quería decirte que este fin de semana podemos visitar a Vanessa.

—¡Qué bien! ¿Y qué tal estás tú?

—Pues hasta arriba de trabajo. Hace un rato estaba pensando que tal vez sea el momento de cambiar. Ya no me gusta lo que hago.

—Es curioso, yo he pensado exactamente lo mismo.

—Sí, bueno, va siendo hora de que me tome un respiro. ¿Haces algo mañana por la noche?

—No, aparte de pedir comida por teléfono con Lizzie, supongo.

—¿Te apetece cenar conmigo?

—Sí, claro, ¿por qué no? —respondí, y noté que el corazón me latía unas cien mil veces más deprisa.

—Genial, te recojo sobre las ocho, ¿de acuerdo?

—Vale, perfecto. Nos vemos mañana.

—Buenas noches, Electra.

—Buenas noches, Miles.

Cerré los ojos y me retorcí de emoción en la cama, y luego me quedé dormida con una sonrisa de oreja a oreja.

52

No recuerdo que nunca haya tardado tanto en elegir la ropa para algo que ni siquiera sabía si era una cita. No tenía ni idea de si Miles me llevaría a la cafetería de al lado o a un restaurante del centro. Era una pena no sacarles más partido a los pantalones de cuero que tanto le gustaron en su última visita, pero al final me decidí por un estilo vintage: unos pantalones anchos de color naranja de Versace y una blusa de seda que daba un toque elegante al conjunto. Me puse un voluminoso collar étnico de cuentas también naranjas y listo, preparada para lo que surgiera.

—Estás guapísima, Electra —dijo Lizzie entrando en la habitación para ver cómo iba—. Me encantan esos pantalones, aunque a mí, con lo bajita que soy, me quedarían ridículos.

—Oye, ¿qué te parecen los diseños que he hecho esta tarde? —le pregunté mientras metía en el armario la montaña de ropa que me había probado para que la asistenta la ordenara al día siguiente.

—Algunos son geniales —comentó con admiración—. Entonces ¿te vas a lanzar?

—Sí. Todos los beneficios serán para el centro de acogida. La relaciones públicas que Susie tiene en plantilla vendrá a verme uno de estos días para concertar algunas entrevistas. Mariam ha encontrado una empresa que puede convertir mis diseños en ropa de verdad, porque yo no tengo ni idea de cómo hacerlo. Ya hemos solucionado lo de los tejidos de comercio justo y estoy como loca con todo esto.

—Una nueva aventura —señaló Lizzie con una sonrisa—. Y si necesitas a alguien que lleve la contabilidad, a mí se me dan bien los números, así que no tienes más que decirlo.

—Puede que cuente contigo para eso.

—¿Sabes, Electra? Esta noche estás radiante. Es maravilloso verte así.

—Sí, bueno, intento aceptar a mi nueva yo —dije, y en ese momento sonó el timbre—. Esa debe de ser Stella. ¿Te importa hacerla pasar?

Lizzie salió y yo fui al baño para echarme un último vistazo.

Me sentí tranquila y serena mientras cruzaba el salón para saludar a mi abuela. Ella me abrazó y dijo lo mismo que Lizzie sobre mi modelito y, por alguna razón, aunque me habían dicho un millón de veces lo guapa que estaba, significó mucho para mí que me lo dijeran mi nueva mejor amiga y mi abuela.

—Creo que no necesito preguntarte cómo estás, Electra —dijo Stella

Se sentó en el sillón de siempre y le serví un poco de agua.

—Estoy bien. Como decía la cita que me dejó mi padre: «La vida solo se puede entender mirando hacia atrás, pero se ha de vivir mirando hacia delante».

—Aunque solo tuve el placer de conocerlo fugazmente, era obvio que tu padre era un hombre muy sabio. Me dio la sensación de que había visto muchas cosas en esta vida.

—Bueno, a mis hermanas y a mí nos habría gustado saber lo que vio. Era un enigma. Nunca nos contaba lo que hacía o adónde iba cuando salía de viaje, ni por qué nos recogió por todo el mundo y nos juntó. Y ahora que ha muerto, nunca lo sabremos.

—¿Lo echas de menos?

—Sí, muchísimo. Sobre todo ahora que la rabia ha desaparecido.

—Esté donde esté, sé que él estaría orgulloso de ti. Por cierto, tengo que preguntarte una cosa. ¿Recuerdas la noche que me viste en televisión hablando de la crisis del sida en África?

—¿Cómo iba a olvidarla?

—Me han pedido que vaya al concierto por África del Madison Square Garden y que le cuente al público lo que he visto allí. Lo escucharán millones de personas en todo el mundo. Y..., bueno, me gustaría que subieras al escenario conmigo y que hablaras sobre la epidemia de drogadicción que hay entre los jóvenes, tanto en la ciudad de Nueva York como en el resto del mundo. Las agujas usadas son una de las principales formas del contagio del sida y sé que Obama es un gran defensor de la campaña. ¿Lo harías? ¿Podrías hacerlo?

—Pues... —Me había cogido tan desprevenida que no paraba de abrir y cerrar la boca, como una carpa dorada—. ¿Yo? Pero Stella, solo soy modelo. Me refiero a que nunca he dado un discurso. Lo mío es posar, no tengo voz...

—Por supuesto que la tienes, Electra. Y tu historia, el hecho de que las drogas casi acabaran contigo, sería un mensaje muy potente para todos los jóvenes del mundo porque entenderían que es algo que le puede pasar a cualquiera, ¿no lo ves?

—Vaya. —La cabeza me daba vueltas solo de pensarlo.

—En África, estos últimos meses, he visto a camellos y a chulos con sus prostitutas, y estaban tan drogadas que no sabían qué estaban haciendo ni con quién. La mitad de esas mujeres, algunas son niñas de diez u once años, acabarán contagiándose del virus del sida y sufriendo una muerte lenta y dolorosa. Y muchas tienen hijos que las sobreviven. Electra, hazlo por tu madre, por el terrible final que sufrió. Yo...

Miré a mi abuela a los ojos, que ardían de pasión, y me di cuenta de que se había convertido en un icono. Y estaba a punto de convencerme para que me pusiera delante de millones de personas y hablara de mis adicciones.

—Pero es un concierto por África, Stella, y además...

—¡Pues claro! ¿Y de dónde son tus antepasados, Electra? ¿De dónde soy yo? Toda esa gente de ahí fuera, especialmente las mujeres, no tiene la plataforma de la que disponemos nosotras. Estamos aquí para hablar en su nombre, ¿no te das cuenta?

—Vale, vale. Uff, Stella. —Respiré hondo varias veces—. Deja que me lo piense, ¿de acuerdo? No sé si estoy preparada para contarle al mundo mis... problemas, ¿sabes? Si lo hago, me perseguirán siempre.

—Lo entiendo, Electra, pero conseguirías una publicidad y unos fondos para tu centro de acogida como nunca habrías imaginado. Es una oportunidad que no se presenta todos los días.

De pronto, mi idea de diseñar una línea de ropa empezó a parecer una nimiedad en comparación con lo que Stella estaba sugiriendo.

—¿Puedo pensármelo? Por favor, Stella.

—Claro que puedes. Y siento soltarte esto después de escuchar lo de tu madre, pero si vas a hacerlo, tengo que avisar para que te incluyan.

—¿Cuándo es?

—El sábado por la noche.

—¡Joder! —exclamé—. Perdón por la palabrota, pero es que es dentro nada.

—Y por eso necesito que me des una respuesta mañana.

—Bueno, esta noche he quedado con Miles, el compañero que estuvo conmigo en rehabilitación. Quiero decir, él no estaba en rehabilitación porque ya se había recuperado, pero, en fin, es una larga historia.

—Debe de ser muy especial: esta noche estás radiante, cielo —comentó Stella con una sonrisa, repitiendo las palabras que Lizzie me había dicho hacía un rato.

—Gracias. Oye, Stella, ¿y tú nunca encontraste otro hombre que te hiciera estar radiante?

—No en el sentido al que tú te refieres. Pero no te preocupes por mí, nunca me he quedado sin compañía cuando la he necesitado. En fin, cambiando de tema. La otra cosa que quería decirte es que más adelante me gustaría llevarte a Kenia, enseñarte el lugar donde nací y donde viven tus antepasados y antepasadas, los masáis. Sé que ya te he hablado de ese país, pero hasta que no lo veas con tus propios ojos no sabrás lo que es la belleza. Durante años he pensado que, cuando me jubile, me mudaré allí. Todavía tengo la casita de Bill en el lago Naivasha, pero parece que la jubilación nunca termina de llegar. Y, por supuesto, no pienso ir a ningún sitio hasta después de las elecciones de noviembre. Será el mayor orgullo de mi vida, si vivo para ver a un presidente negro jurar el cargo.

—Sí, va a ser impresionante —comenté, entendiendo de repente la importancia que tendría aquello para todas las personas de raza negra del mundo—. Yo... quería preguntarte una cosa.

—¿De qué se trata, cielo?

—Hace unas semanas me compré una casa en Tucson y, ahora que empiezo a ser consciente de todo el sufrimiento, la pobreza y las injusticias que hay en el mundo, me siento culpable por haberlo hecho.

—Pues no deberías, Electra. La vida nunca puede ser justa, siempre habrá ricos y pobres. Hasta el propio Jesús lo reconoció en la Biblia. Así que disfruta de tu dinero, pero aprovecha tus privilegios para ayudar a aquellos que no han sido tan afortunados. De todos modos, está claro que no te gusta acumular bienes materiales.

—¿Ah, sí?

—Sí. ¿Cuánto de ti hay en este apartamento, por ejemplo? —Stella barrió la habitación con el brazo—. Apuesto a que apenas has tocado tu dinero, ¿me equivoco?

—La verdad es que no, no lo había tocado hasta que me compré la casa este mes.

—Ahí lo tienes. Eso es porque no te interesa acumularlo.

—Bueno, si no lo tuviera, a lo mejor sí me interesaría —repliqué, y mi abuela se rio.

—Cierto. Eres única, señorita —dijo sonriendo, y en ese momento sonó el interfono.

Miré el reloj y vi que Miles llegaba diez minutos antes.

—¿Quién es?

—Miles, pero tendrá que esperar abajo hasta que terminemos.

—Invítalo a subir, por el amor de Dios. No dejes al pobre hombre ahí abajo —me ordenó.

Con un suspiro, hice lo que me decía, consciente de que iba a ser testigo de una escenita de admiración y que tal vez no saliéramos de allí a tiempo para ir a cenar.

—Hola, Miles —lo saludé mientras entraba—. ¿Cómo estás?

—Mejor, dándole duro a los casos que tengo sobre la mesa y...

Miles se interrumpió a media frase cuando le hice pasar al salón y vio quién estaba allí sentada. Stella se levantó para saludarlo.

—Hola, soy Stella Jackson, la abuela de Electra. Y tú debes de ser Miles...

—Miles Williamson —dijo, y con un par de zancadas de sus largas piernas cruzó mi espacioso salón para darle la mano a Stella—. Es un honor conocerla, señora. La oí hablar una vez en Harvard. Ha hecho cosas increíbles. Es usted una inspiración para mí.

«Por Dios, solo le falta echarse a llorar», pensé.

—Caramba. Gracias, Miles. Pero, como sabrás, lo que yo hago es solo una gota en el océano.

—No, es mucho más que eso, señora. Ha sido la voz de los que no la tienen, sin importarle quién la oyera.

—Eso es cierto —admitió Stella riéndose—. He hecho tantos enemigos como amigos en mi vida, pero hay que hablar para que te escuchen, ¿no crees?

—Desde luego, y en nombre de mi generación y de mí mismo, quiero aprovechar la oportunidad para agradecerle que lo haya hecho.

—Precisamente, Electra y yo estábamos hablando de una idea que he tenido para ella, ¿verdad, Electra? —Stella se me quedó mirando.

—Sí, es cierto, pero no lo tengo muy claro...

—No quiero entreteneros, pero ¿te importaría sentarte un momento, Miles? Estaría bien conocer tu opinión.

—Claro. —Miles se sentó en el sillón que estaba enfrente del de Stella.

Y yo me quedé de pie, de brazos cruzados, mirando a mi abuela.

—¿No podríamos hablar de esto en otro momento?

—Lo siento, Electra, pero Miles es tu amigo y a lo mejor tiene una opinión interesante sobre el tema.

«Sí, claro. Iría a la luna si se lo pidieras», pensé.

Continué de pie mientras Stella le contaba su plan para que yo hablara en el concierto. Me preparé para la entusiasta reacción de Miles y para los posteriores intentos de persuadirme para que me uniera a la causa.

—Bien —dijo cuando Stella terminó de hablar. Luego se volvió hacia mí y me miró—. Entiendo por qué te sientes entre dos aguas, Electra. Últimamente lo has pasado muy mal y, para hacer algo así, para desnudar tu alma ante millones de personas, es necesario ser muy valiente. Necesitas tiempo para pensártelo, ¿no es así?

—Pues sí —respondí emocionada.

—Como le he dicho a Electra, no tenemos mucho tiempo. Tengo que decirles algo mañana para que puedan incluirla en el programa —explicó Stella.

—Si me permite que se lo diga, señora, creo que lo último que Electra necesita ahora es que la presionen. En fin, voy a llevarme a su nieta a cenar y podremos seguir hablando del tema. —Miles se levantó—. ¿Estás lista, Electra?

—Sí.

Miles me tendió la mano. Yo me acerqué, le di la mía y sentí que la apretaba con fuerza. Él se volvió hacia Stella.

—Ha sido un placer conocerla y espero que podamos volver a hablar pronto. Buenas noches.

Dicho lo cual, salimos del apartamento.

Puede que solo fuera la impresión que me causaba la bajada en ascensor, pero sentí una sensación extraña en el estómago que podría llamarse amor. Cuando llegamos al vestíbulo, tenía los ojos llenos de lágrimas y no sabía por qué.

—¿No hemos sido un poco maleducados? —le pregunté a Miles.

Él aún me llevaba de la mano cuando salimos a la calle. Era una cálida noche de junio.

—Ya se le pasará —respondió sonriendo a la vez que paraba un taxi.

—¿Adónde vamos?

—A un lugar especial que conozco. —Miles me miró de reojo—. Si lo hubieras hecho aposta, no te hubieras vestido de una manera más apropiada.

No hablamos mucho durante el camino. Nuestras manos ya no estaban entrelazadas, aunque a mí me hubiera gustado que lo estuvieran. Me di cuenta de que nos dirigíamos a Harlem. Nos bajamos delante de un restaurante de la calle principal y entramos.

—Bienvenida a La Savane. He pensado que va siendo hora de que conozcas la cocina africana.

Mientras comíamos un delicioso pescado a la brasa, algo llamado «plátano macho» y cuscús, le hice un resumen de lo que Stella me había contado sobre mi madre y su horrible muerte.

—Caray, Electra, todo eso es muy fuerte. ¿Seguro que lo llevas bien?

—Sí. Me preocupaba no poder encajarlo, pero es como si mi cerebro hubiera hecho una limpieza a fondo y se hubiera librado de toda la mierda que tenía dentro, ¿sabes?

—Eso suena como si te hubieran bautizado con agua bendita y volvieras a empezar de cero.

—Pues sí, si quieres usar una metáfora religiosa, eso lo describe a la perfección. Pensaba que me iba a sentir peor por lo de mi madre, sobre todo por el final tan terrible que tuvo, pero, como le dije a Stella, yo no la conocí. En comparación con cómo me he sentido por la muerte de mi padre, lo de ella me ha afectado muchísimo menos. He decidido que no quiero ir a Hart Island. Lo he buscado en internet y tiene pinta de ser un sitio horrible. Enterraban los cuerpos sin identificar en una fosa común —comenté estremeciéndome.

—Me parece bien, pero podrías hablar con Stella para honrar su muerte de alguna forma.

—Sí, es una idea genial. Lo haré. También he pensado que «el esperma», que es como llamo a mi padre biológico, aún podría estar vivo.

—Sí, es posible, y quizá algún día consigas encontrarlo si te lo propones. Las pruebas de ADN están avanzando mucho y seguro que acabarán creando una especie de banco para buscar parientes consanguíneos. Pero por ahora eso no existe.

—No. Por cierto, gracias por sacarme así de mi casa.

—He visto que tu abuela te estaba presionando y eso es lo último que necesitas ahora. Tiene una personalidad arrolladora, ¿no? Va a por todas cuando se propone algo, pero supongo que así es como ha conseguido tantas cosas. Uno no mueve montañas sin decir lo que piensa.

—¿Qué te parece su idea de que cuente mi historia ante millones de personas?

—Eso no es de mi incumbencia, Electra.

—Sí, ya lo sé, Miles, pero a alguien le tengo que pedir opinión, ¿no?

—Entiendo por qué quiere que lo hagas: eres un personaje público y un icono para los jóvenes de todo el mundo. Puede que Stella tenga mil veces más experiencia que tú en estas lides, pero ninguno de sus discursos captará tanto la atención como unas palabras tuyas.

—Pero yo soy una cara, no una voz.

—Cierto, y si prefieres seguir siéndolo, entonces no lo hagas. La cuestión es si eso es lo que quieres.

—Sí... No... Es que no lo sé, Miles —dije suspirando—. Vale, anoche te dije que me estaba planteando hacer algunos cambios. Ser modelo ya no me llena. Y sí, puede que lo lleve en los genes, pero quiero hacer algo bueno y ayudar a adolescentes como Vanessa. Pero hay una gran diferencia entre conceder unas cuantas entrevistas sobre el centro de acogida, que es como probar el agua con el dedo del pie, a dar un discurso como activista delante de millones de personas.

—Ya, lo entiendo.

—Es decir, a lo mejor, si siguiera enganchada al alcohol, sería capaz de reunir el valor suficiente para subir a ese escenario, pero...

—Ni se te ocurra mencionarlo siquiera, Electra. No puedes arriesgarte a hacer algo que ponga en peligro tu recuperación.

—¿Ni siquiera por algo que ayudaría a recaudar millones de dólares para el centro de acogida y tal vez para abrir otros por todo Estados Unidos? —le pregunté con una amarga sonrisa.

—Eso sería genial, pero no si pone en riesgo tu salud mental. Y si no te sientes preparada para enfrentarte a un momento tan importante como ese, no quemes ese cartucho y espera hasta que lo estés.

—El problema es que no se me da bien esperar, y si voy a empezar con esta campaña, algo que iba a hacer de todos modos, ¿no sería una locura rechazar una oportunidad como esta?

—No, porque lo más importante eres tú y lo que puedes llegar a ser en el futuro. Te recuerdo que todavía eres joven.

—Bueno, al menos he encontrado algo para canalizar todo ese fuego y esa pasión que llevo dentro de mí. Debo usarlos para ayudar a los demás, no para ahogarlos en Grey Goose. Tengo que usar mis ataques de ira como una fuerza positiva para el cambio y enfadarme en nombre de otros.

—Discúlpame —dijo Miles con lágrimas en los ojos.

—¡Mierda! ¿He dicho algo malo?

—No, todo lo contrario. Es que estoy muy orgulloso de ti.

—Venga, Miles, que me vas a hacer llorar a mí también.

En ese momento vi que una joven negra se acercaba a nuestra mesa y me miraba con timidez.

—Hola —la saludé, y agradecí la distracción.

—Hola, Electra. Yo... Yo solo quería decirte que... Bueno, que soy fan tuya. Que el hecho de que seas negra, famosa y todo eso es un ejemplo para mí y para mis amigas.

—Vaya, gracias, de verdad.

—Y me encanta tu nuevo pelo afro. Puede que yo también me lo corte, nosotras no podemos permitirnos las extensiones, los alisados y todo eso, ¿sabes?

—Pues sí, anímate, cielo. Es la mejor decisión que he tomado nunca.

—¿Puedo hacerme una foto contigo?

—Por supuesto. Siéntate a mi lado y mi amigo hará los honores.

Miles nos hizo la foto y la chica se alejó de la mesa sonriendo de oreja a oreja.

—Qué mona, ¿no? —dije—. Puede que haga una última sesión de fotos con el pelo afro. Tal vez así anime a otras niñas a liberarse de la tiranía de la peluquería.

—Bueno, si necesitabas una prueba de que eres un modelo a seguir y de que los jóvenes de todo el mundo están pendientes de lo que haces, acabas de tenerla —comentó Miles.

—Siempre que no corra a contarles a los *paparazzi* que estamos aquí y tu cara salga en todas las revistas.

—Ya, no sé cómo puedes soportar eso. Yo no podría.

«Si estuvieras conmigo, igual no te quedaría más remedio...»

—En fin, cambiemos de tema, ¿vale? —dije de repente—. Tengo un problema que me gustaría comentar contigo. Tiene que ver con mi asistente personal y tal vez se te ocurra algo.

Le expliqué la situación de Mariam y Tommy mientras él me escuchaba con atención.

—Sí, es complicado —reconoció—. Ella es musulmana y él es veterano de Afganistán... —Negó con la cabeza—. ¿Qué nos pasa a los humanos? Parece que siempre nos enamoramos de alguien que nos hace enfrentarnos a todo tipo de dilemas.

—Pero ellos se quieren. Quieren estar juntos y, si pudieran resolverlo, aunque suene un poco egoísta, yo tendría el equipo perfecto. Tommy es un gran tipo, Miles. Y ya sabes lo encantadora que es Mariam. A ver, tú estás metido en el rollo religioso: pongamos que conoces a una mujer musulmana, o incluso a una no creyente, ¿eso te impediría seguir adelante con la relación?

—Hay dos problemas, Electra. La Biblia no prohíbe que las mujeres se casen con alguien de otra religión; sin embargo, en la religión de Mariam está prohibido. Y por otro lado está el aspecto sociocultural, y para mí ese es el problema más importante. Pertenecer a una religión, sea cual sea, te proporciona una identidad y una comunidad de gente que tiene los mismos códigos morales que tú. Y en un mundo en el que la moralidad está desapareciendo día a día, esa comunidad y ese sentimiento de pertenencia se convierten en algo necesario. Al menos en mi opinión. Así que me imagino que, para Mariam, la idea de meter a un intruso en su «club» supone un problema tan grande como el hecho de que, en teoría, esté prohibido que ella se case con él. Y luego está Tommy y su difícil experiencia en Afganistán, por no hablar de las Torres Gemelas y del odio que dejaron tras de sí... La respuesta es que no lo sé. Es un problema complicado. Oye, ¿por qué no hablo yo con él? Tal vez pueda explicarle mejor de dónde viene Mariam. Conozco un poco la religión musulmana. Las partes buenas, quiero decir, que tiene muchas. Puede que le venga bien saber de ellas cuanto antes.

—¿Lo harías, Miles? Eso sería increíble. Gracias.

Entonces se hizo un silencio extraño y bastante incómodo. Miles miraba fijamente la pared que estaba detrás de mí y yo me puse a juguetear con la servilleta, consciente del cambio de ambiente.

—Escucha, Electra. Puede que este no sea el momento, pero... —Miles tragó saliva—. Bueno, he hablado con mi pastor para pedirle consejo antes de venir y me ha dicho que debería soltarlo de una vez. Así que ahí va: no sé si te has dado cuenta de que me gusta mucho estar contigo. Y la verdad es que, a pesar de que he intentado evitarlo por todos los medios, siento algo por ti. La cuestión es que las relaciones entre dos adictos no suelen ser muy recomendables, como habrás aprendido durante la rehabilitación. Además, tú estás empezando a recuperarte, lo que hace que sea todavía más peligroso. Siempre está el riesgo de que nos hagamos caer de nuevo en la mierda mutuamente. Luego está el tema de que tú eres una superestrella internacional, mientras que yo soy un abogado que apenas gana lo suficiente para sobrevivir en esta locura de ciudad. Te voy a ser sincero: no sé si podría soportar tu estilo de vida de famosa. Y aunque te diga que el hecho de que ganes mil veces más que yo no me afectaría, puede que lo haga, porque tal vez mi lamentable ego masculino no sepa lidiar con eso. Y, por supuesto, después de decirte todo esto, puede que a ti no te interese tener una relación conmigo más allá de lo platónico, lo que anularía esta conversación.

En ese momento Miles estaba inclinado hacia mí, para que no pudiera oírlo nadie más que yo. Me di cuenta de que estaba esperando una respuesta.

—Vale, gracias por compartirlo, como dicen en Alcohólicos Anónimos. Muy bien —dije asintiendo—. Entiendo todo lo que has dicho.

—¿Y?

—¿Y qué? Venga ya, Miles, ¿necesitas que te lo diga o qué? Supongo que a estas alturas ya te habrá quedado claro que estoy interesada en ti.

—Bueno, sí, sé que te gusto, pero a lo mejor era solo como amigo, por el vínculo que hemos creado ayudando a Vanessa.

—Sí, eso también tiene mucho que ver, pero... —Tragué saliva—. Es algo más.

—Ya, vale, ahora no sé si alegrarme o cagarme de miedo. —Se recostó en la silla con cara de alivio.

—¿De verdad que no lo sabías? ¿No sabías lo que sentía por ti?

—Pues sí, te lo acabo de decir —replicó sonriendo—. ¿Tú te has visto? Eres famosa, rica, tienes el mundo a tus pies. Podrías estar con quien quisieras, has estado con un montón de tíos...

—¡Oye! Yo no he estado con un montón de tíos —protesté indignada.

—Has salido con tipos como Mitch Duggan y con ese famoso que tiene un nombre ridículo...

—¿Te refieres a Zed Eszu?

—Sí, ese. Perdona que te lo diga, pero parece un capullo integral.

—Lo es, aunque esa es otra historia. Pero es cierto que no he sido una santa, y si quieres una, mejor no llames a mi puerta.

—No te juzgo, Electra; estás soltera y eres libre de hacer lo que te dé la gana. Aunque si alguna vez estuvieras conmigo y me engañaras, sería el fin de la historia.

—Gracias por la información —repliqué poniendo los ojos en blanco—. ¡Caray, Miles, te has puesto en plan abogado! ¡Has enumerado todos los problemas que puede tener nuestra hipotética relación antes siquiera de empezarla! ¿Quieres llevarme a rastras a esa iglesia tuya para obligarme a hacer voto de castidad?

—Por supuesto que quiero. En un mundo ideal, claro —dijo sonriendo—. De todos modos, lo que me has contado de Mariam y Tommy hace que todo por lo que me he estado preocupando parezca insignificante, en comparación. En resumidas cuentas, que me gusta estar contigo. Me alegras el día, siempre estoy deseando hablar contigo...

—Tú a mí también —dije, y nos quedamos allí sentados sonriéndonos el uno al otro.

Entonces Miles extendió la mano sobre la mesa y yo la tomé.

—La cuestión es que, a pesar de todas mis reservas, creo que encajamos, Electra, ¿no te parece?

—Sí. Estoy segura.

53

Me desperté el sábado por la mañana sin saber si subir las persianas y darle al mundo un abrazo por hacerme sentir tan feliz o salir corriendo al baño a vomitar hasta la primera papilla. Elegí la primera opción porque estaba muy oscuro y necesitaba subir las persianas para ver algo. Le di las gracias al universo y a un poder superior por haberme dado a Miles, y luego se me encogió el estómago cuando me acordé de lo que había accedido a hacer más tarde, ese mismo día.

Me temblaban las manos mientras sostenía el discurso que Miles y Stella me habían ayudado a escribir el día anterior. Con la hoja delante de mí, cerré los ojos e intenté recitarlo, pero mi voz sonó como un gemido.

—¡Mierda, mierda, mierda! —Me tapé la cara con el edredón y me planteé pedirle a Mariam que alquilara un avión privado para irme lejos de Nueva York.

En mi vida había tenido tanto miedo. Sentía retortijones en la barriga y el corazón me golpeaba el pecho con fuerza. Al final me levanté y fui en busca de café.

Lizzie estaba de pie en la cocina, con su cara asimétrica sin nada de maquillaje.

—Buenos días, Electra. ¿Has dormido bien?

—No. ¿Siguiente pregunta? —Cogí la cafetera y me serví un poco de café en una taza.

—De verdad, lo vas a hacer genial, lo sé.

—Lizzie, yo tengo claro que no. Ojalá no hubiera accedido. Seguro que salgo corriendo del escenario presa del pánico, si es que mis piernas consiguen que llegue hasta él... —Solté un taco en voz demasiado alta y di un golpe en la mesa—. ¿Por qué he dejado que me convencieran para hacer esto? —gemí.

—Porque en el fondo, debajo de todo ese miedo, quieres hacerlo. Por tu madre, por tu abuela y por todos esos chicos que están ahí fuera y que necesitan que alces la voz por ellos —declaró Lizzie sabiamente.

—Eso si consigo hablar... Me he puesto a ensayar el discurso y no soy capaz de articular palabra. Mierda, Lizzie, ¿en qué lío me he metido? —Me senté a la mesa y apoyé la cabeza en los brazos.

—Electra, cariño, estaremos todos apoyándote, y yo sé que puedes hacerlo. Y ahora, ¿por qué no sales a correr un rato para despejarte mientras yo preparo el desayuno?

—A: porque desde que me asaltaron no me dejáis correr por el parque. Y B: porque vomitaré el desayuno.

—Vístete y baja a la calle. Hay alguien esperándote en el vestíbulo que cuidará de ti, ¿vale?

—¿En serio? ¿Quién es?

—Espera y verás. Y ahora vete —dijo Lizzie con su voz más maternal.

Eso hice, preguntándome quién podría estar abajo. Pensé en Miles... Aunque, cuando me dio un beso de buenas noches (un beso larguísimo y maravilloso), dijo que pasaría a recogerme con Stella a las tres de la tarde.

En el vestíbulo no había nadie, así que salí y empecé a correr. Casi me da un infarto al notar unos golpecitos en el hombro; estaba claro que aún tenía el susto en el cuerpo por el atraco.

—Hola, Electra. Vaya, siento haberte asustado.

—¡Tommy! ¿Qué haces aquí?

—Bueno, como me has ofrecido trabajo de guardaespaldas, pensé que estaría bien hacer antes una prueba para ver si estoy a la altura.

—Pero...

—Oye, sé que tienes un día muy ocupado. Mejor hablamos mientras corremos, ¿vale?

—Vale.

Así que nos pusimos en marcha y vi que Tommy me seguía el paso tranquilamente a mi lado. Me dijo que Miles lo había llamado hacía un par de días y que quedaron para tomar un café. Que le explicó que el Corán era un libro hermoso lleno de sabiduría y belleza, pero que, como en cualquier organización religiosa o política, siempre había extremistas que sacaban las palabras fuera de contexto y les daban la vuelta a su conveniencia. Y que si la relación con Mariam progresaba, había cosas peores en el mundo que convertirse a su religión.

—Bueno, todavía estoy en ello —dijo Tommy—. Le estoy dando vueltas y eso, pero me he comprado un ejemplar y Miles tiene razón: el Corán está bien. Aunque he de decir que es muy largo y yo no soy un gran lector, así que es probable que me muera antes de terminarlo —bromeó.

Me alegró oírle reír. Luego me contó que había llamado a Mariam y que habían quedado, tras mucha insistencia por parte de él, al parecer.

—Le dije que sabía por qué había cortado conmigo y que si llegábamos a un punto en el que hiciera falta casarse —se ruborizó cuando me dijo que ella tenía que mantener su castidad hasta el matrimonio—, pensaría en lo de convertirme. Así que, por ahora, vamos a tomarnos las cosas con calma, ¿sabes? Para ver cómo sale todo. Y si sigue en pie la oferta de que me ocupe de tu seguridad, Mariam y yo pasaremos mucho tiempo juntos. Esa será una buena prueba, creo yo.

—Yo también lo creo. Pero será mejor que os llevéis bien, porque no me gusta que haya discusiones de pareja entre miembros de mi equipo —comenté disimulando mi entusiasmo.

—Te lo prometo, Electra: cualquier problema que surja entre Mariam y yo lo solucionaremos en privado, nunca cuando estemos contigo.

—¿Y qué le parece todo esto a Mariam?

—Creo que está contenta. Bueno, todo esto podría solucionarse de otra forma, pero ¿sabes qué? Los dos estamos de acuerdo en que, como tú dijiste, podríamos morirnos mañana y no tiene sentido preocuparse por el futuro y ser infelices en el presente. Con el tiempo, me presentará a su familia... ¡Uf! —exclamó—. Seguro que esa noche deseo haber vuelto a darle a la bebida para tomarme un lingotazo de lo que sea antes de conocerlos, tú ya me entiendes...

—Pues claro que sí, Tommy —respondí, y a mí también se me encogió el estómago al pensar en mi noche—. En fin, me alegro muchísimo por vosotros. ¿Qué te parece si te hago un contrato de tres meses, para empezar? Le pasaré tus datos a mi gestor y que prepare tu nómina.

—Me parece estupendo. En serio, Electra, no sé cómo daros las gracias a ti y a Miles. Me habéis salvado la vida. Hace unos días estaba al borde del abismo y ahora, bueno, me siento como si, después de todo, pudiera tener un futuro —confesó Tommy cuando salimos corriendo del parque y esperamos para cruzar la calle y volver a mi edificio.

—Me hace ilusión tener un compañero para salir a correr a diario. La verdad, necesito ese tiempo.

—Es un placer. Nos vemos después.

—¿Qué? —le dije al ver que se paraba delante del edificio—. Sube conmigo, Tommy. Para empezar, necesitas darte una ducha. Y yo quiero presentarle a mi amiga Lizzie al nuevo miembro de mi equipo.

—¿Estás segura?

—Por supuesto. Además, nunca se sabe. Podría haber alguien acechando en el ascensor... —dije sonriendo mientras él entraba con orgullo por la puerta, a mi lado.

Una vez en casa, se lo presenté a Lizzie y luego él fue a darse una ducha al baño de invitados.

—Qué chico más majo —dijo Lizzie.

—Ya, es genial, y me alegro mucho por él y por Mariam. Pero tengo que hacer algo con su vestuario. Me refiero a que, si va a venir con nosotros esta noche como mi guardaespaldas, necesita un traje o algo por el estilo, ¿no?

—Supongo que sí.

—Lizzie, ¿te importaría ir de compras con él? Lleva la misma sudadera desde que apareció delante del edificio hace meses. Dile que es para el trabajo y llévatelo a Sak's o a algún sitio así, ¿vale? Necesita renovar su vestuario y también un corte de pelo.

—De acuerdo, jefa, lo haré encantada —dijo haciendo el saludo militar.

Sabía que lo decía sinceramente. Pasarse la mañana en la Quinta Avenida equipando a Tommy era la idea que tenía Lizzie del Paraíso. Y además, yo quería... Necesitaba estar un rato a solas.

Después de darme una ducha pasé por el penoso trance de decidir qué me pondría esa noche. Quería parecer profesional pero también ser fiel a mí misma, así que al final me decanté por los pantalones anchos de color naranja y la blusa de seda que me había puesto para ir a cenar con Miles. Luego me senté en la terraza.

Habían pasado tantas cosas desde aquella terrible noche en la que Tommy me hizo pasear arriba y abajo por esa terraza y, seguramente gracias a eso, me salvó la vida, que era difícil asimilarlas. Me sentía como si hubiera estado en pausa los últimos años, pues el alcohol y las drogas hacían que los días se diluyeran unos en otros. Durante ese tiempo, apenas me reconocía como persona, sino más bien como una mala copia. Y aunque el dolor de volver a estar bien había sido insoportable en algunos momentos, de alguna forma, con la ayuda de la gente que me quería —sí, que me quería—, lo había conseguido. Y ahora estaba allí, sentada al otro lado, siempre consciente de que la vida podía sorprenderme con un desafío que me hiciera retroceder, pero con la seguridad de que sería capaz de reunir las fuerzas necesarias para enfrentarme a ello.

—Estoy orgullosa de ti, Electra —me dije a mí misma—. Sí, lo estoy. —Entonces me puse de pie, fui hasta el fondo de la terraza y levanté la vista hacia el cielo—. Y espero que vosotros, Pa y mamá, allá donde estéis, también os sintáis orgullosos de mí.

—¡Madre mía! ¡Mierda, mierda, mierda! —susurré al oír el clamor de la multitud a escasos metros de mí.

Ya había asistido antes a algún concierto en el Madison Square Garden —sentada en el palco VIP, cuando tocaban Mitch y su banda, e incluso entre bastidores—, pero nunca había visto nada igual: parecía que todo Nueva York estaba pataleando, gritando y vitoreando ante mí. Y él (sí, Mitch) estaba en el escenario con su banda.

Entendí por qué las estrellas del rock necesitaban subirse a un escenario: mi corazón latía a mil por hora en aquellos momentos, y eso que no me había metido nada.

—Mira a quién acabo de encontrarme —dijo Miles dándome unos golpecitos en el hombro mientras yo abandonaba mi atalaya a un lado del escenario.

Me di la vuelta y vi a Vanessa allí de pie, con mi gorra de Burberry, acompañada de Ida.

—¡Dios mío! ¡Te han dejado salir! —exclamé, y fui hacia ella para darle un abrazo.

—Bueno, esta es una noche especial, ¿no? —señaló Ida—. Hemos pensado que te gustaría que Vanessa estuviera aquí.

—¿Cómo estás? —pregunté a Vanessa, y me fijé en que su maravillosa piel ya no estaba tan pálida. Además, su mirada resplandecía y estaba llena de vida mientras observaba el escenario, más allá de las bambalinas, con los ojos como platos.

—Joder, Electra, ¿estoy en Kansas o qué? Acabo de ver a cuatro de mis raperos favoritos ahí detrás.

—No estás en Kansas, estás aquí conmigo, Vanessa, y me alegro muchísimo —dije antes de mirar a Miles y sonreírle—. ¿Stella? —le grité a mi abuela—. Ven a conocer a mi amiga Vanessa. Es la responsable de todo esto, ¿verdad, Miles?

—Y que lo digas —contestó asintiendo.

Stella se apartó del hombre que llevaba el portapapeles y que se encargaba de coordinar los tiempos y vino hacia nosotros. Parecía muy serena y estaba muy elegante con su traje de pantalón negro y su característico y alegre pañuelo atado alrededor del cuello. Era una mujer preciosa, incluso con la edad que tenía, y me sentí muy afortunada de haber heredado sus genes.

—Hola, Vanessa, he oído hablar mucho de ti. ¿Cómo estás? —El aire de autoridad que Stella desprendía de manera natural hizo que Vanessa se sintiera un poco cohibida, pero se las arregló para decir algunas palabras—. Todo lo que está pasando aquí esta noche es por ti y por las personas como tú.

—¡Tres minutos! —le gritó el hombre del portapapeles a Stella.

Mitch y su banda tocaban su tema más famoso, lo que hizo que la multitud se pusiera a dar patadas en el suelo y a vitorear con tanta energía que era como si la tierra temblara bajo nuestros pies.

—¿Estás bien? —me preguntó Miles, y señaló a la estrella del rock.

—¿La verdad? Estoy perfectamente —respondí.

—Bien, porque no me gustaría tener competencia.

—Lo sé.

Me rodeó los hombros con el brazo y me estrechó en un abrazo. Me encantaba que fuera más alto que yo y que me hiciera sentir tan femenina y segura.

—¡Dos minutos! —le gritó el hombre a Stella mientras la multitud se desgañitaba pidiendo más.

—¿Qué tal estás, Electra? —me preguntó Mariam, que acababa de aparecer con Tommy. Él estaba muy guapo con su nuevo corte de pelo y su traje.

—Cagándome en todo, como era de esperar. Solo quiero acabar cuanto antes.

—Tú puedes, Electra, sé que puedes hacerlo. Y estamos aquí todos apoyándote.

—Eso es —corroboró Lizzie.

Y cuando Mitch salió del escenario y vino hacia mí, y me vi allí de pie con el brazo de Miles alrededor de los hombros, protegida por aquel grupito de niños abandonados y ovejas descarriadas que había conseguido reunir, sentí que de verdad eran mi familia.

—Ah, hola, Electra —dijo Mitch. Se paró justo delante de nosotros y uno de sus asistentes le dio una toalla para que se limpiara el sudor que le caía por la cara—. ¿Cómo estás?

—Estupendamente, Mitch, gracias. ¿Y tú?

—Genial, sí. Bueno, me alegro de verte —contestó, y lanzó una mirada fugaz a ese tipo tan guapo que me estaba rodeando con el brazo y que se erguía sobre su persona, en ese momento insignificante y sudorosa—. Nos vemos.

—Claro —dije antes de que él siguiera su camino y yo celebrara el triunfo en mi fuero interno.

—Vale, Stella, treinta segundos y sales.

Stella se volvió hacia mí.

—Bien, yo les suelto mi rollo y luego les explico que acabo de encontrar a mi nieta, a la que perdí hace tiempo. Entonces entras tú...

—Y el público se vuelve loco —dijo el hombre del portapapeles, que estaba detrás de ella—. Vale, diez segundos.

—Buena suerte —me dijo Stella sonriendo—. Estoy orgullosa de ti, Electra.

—¡Adelante! —exclamó el hombre del portapapeles.

Stella tuvo una acogida medianamente decente porque la multitud seguía reclamando a Mitch. Pero, en cuanto empezó a hablar, se hizo el silencio y podría haberse oído caer un alfiler. Yo no me enteré de lo que estaba diciendo, porque tenía el cerebro hecho puré y todas las células de mi cuerpo me apremiaban para que saliera corriendo.

—No puedo hacerlo, no puedo... —le dije a Miles al oído.

—Sí que puedes, Electra. Porque tu madre y Pa Salt, por no mencionar al mismísimo Dios, te están mirando desde ahí arriba. Ellos te han conducido hasta este momento porque creen en ti y en lo que puedes convertirte. Ahora sal ahí y haz que se sientan orgullosos.

—Vale, vale.

—Treinta segundos, Electra.

Mi pequeña pandilla se apiñó a mi alrededor y me dio ánimos.

—Diez segundos. Te está anunciando...

—¡Mierda! —murmuré.

—¡Venga, Electra, vamos!

—Te quiero —me susurró Miles al oído, y luego me dio un suave empujoncito y yo salí al escenario.

Maia

Atlantis (Lago de Ginebra)

Junio de 2008

54

Mon Dieu! ¡Ma! ¡Claudia! ¡Ally! —exclamé mientras corría hacia el salón—. ¡Venid, rápido! ¡Electra está en la televisión!

Cogí el mando a distancia y pulsé el botón de grabar para que, si no lograban bajar las escaleras a tiempo, al menos pudiéramos volver a verlo. Luego me quedé allí de pie, fascinada, viendo cómo mi hermana pequeña salía al escenario para reunirse con una mujer que, al parecer, era su abuela.

La multitud rugió ante aquella sorpresa. Pero nadie estaba más sorprendido que yo.

—¿Qué pasa? —preguntó Claudia, que llegó corriendo con Ma.

—¡Mirad! ¡Es Electra! —exclamé.

Ally y Bear también se unieron a nosotras.

—¡Madre mía! —dijo Ally—. ¿Eso no es lo del concierto por África?

—Sí, pero calla, a ver qué dice.

Todas nos quedamos mirando cómo aquella mujer mayor tan elegante le daba un beso en la mejilla a Electra y luego bajaba del estrado para que subiera ella. Tal vez fuera porque conocía a mi hermana demasiado bien, pero vi el miedo en sus ojos cuando pusieron un primer plano de su cara.

«Buenas tardes, señoras y señores, chicas y chicos, y a todos los que nos están viendo en todo el mundo», dijo Electra en voz tan baja que apenas se la oía.

—¡Habla más alto, Electra! —exclamó Ally.

«Como ha dicho mi abuela, estoy aquí porque acabo de descubrir que tengo antepasados africanos. La mayoría de vosotros seguro que me conocéis solo por mi cara; de hecho, nunca he dicho "esta boca es mía". Y aunque no estoy muy segura de cómo me va a salir, yo voy a intentarlo de todos modos.»

La audiencia se rio para apoyarla, y vi que Electra se relajaba un poco.

«Quiero hablaros de un viaje muy difícil que he hecho recientemente. Esta noche habéis oído hablar mucho de las drogas y del efecto que tienen sobre el pueblo africano, pero las drogas no están solo allí, están en todas partes. Yo... Yo misma caí en la adicción. Y gracias a que tenía gente a mi alrededor que me quería, y también a algo igual de importante, los medios económicos para recibir la ayuda que necesitaba, hoy estoy aquí, ante vosotros.»

El público prorrumpió en una enorme ovación y yo cogí la mano a Ma, que tenía los ojos llenos de lágrimas.

«Quiero que todos los jóvenes que se enfrentan a una adicción tengan la ayuda que yo tuve. Nosotros somos... Vosotros sois la siguiente generación, los que algún día tomaréis las riendas del país y nos guiaréis hacia el futuro. Pero no podemos hacer eso a menos que, como se ha comentado antes, los gobiernos del mundo se unan para aplicar una política de tolerancia cero a los cárteles de la droga que proporcionan esas sustancias asesinas a nuestros hijos. Por otra parte, debemos asegurarnos de que, si un joven cae víctima de la adicción, contará con la infraestructura que le dé el apoyo que necesita.»

Se produjo otra oleada de aplausos. Y yo sentí que mi corazón se henchía de orgullo por la valentía que mi hermana pequeña estaba demostrando tener esa noche.

«Pero yo sola, desde aquí arriba, no puedo solucionar el problema. Es necesario que todos y cada uno de nosotros, todas las personas de todos los pueblos y ciudades del mundo, actuemos. En África, el uso de jeringuillas compartidas hace que se extiendan el virus del sida y otras enfermedades, y eso tiene que acabar. Aquí, en las calles de Manhattan, hay pocos lugares a los que jóvenes como Vanessa, una amiga mía que conocí en rehabilitación, puedan acudir para pedir ayuda. Así que esta noche os anuncio que voy a empezar una campaña para abrir centros de acogida por todo el país, lugares a los que los jóvenes puedan ir en busca de ayuda y asesoramiento cuando lo necesiten. Los gobiernos del mundo también deben poner de su parte y proporcionar instalaciones adecuadas y gratuitas a los jóvenes de cualquier clase social, para ayudarlos a recuperarse. Hace poco he descubierto que mi madre murió sola en un fumadero de crac en Harlem...»

En ese momento, la voz de Electra se quebró y su abuela acudió a su lado y le rodeó los hombros con un brazo.

«Su vida acabó de una forma terrible, indigna y solitaria, y, a partir de ahora, mi misión será asegurarme de que nadie tan joven como ella vuelva a sufrir de esa manera. Os ruego que presionéis a los gobiernos para que tomen cartas en el asunto y que se rasquen el bolsillo. Pueden hacer una donación al Proyecto del Centro de Acogida Rosa Jackson. Que, por cierto, es el nombre de mi madre...», añadió mientras el aplauso y las ovaciones iban en aumento. «Porque solo manteniéndonos unidos podremos acabar con esta crisis humanitaria cada vez más grave. Gracias.»

Ally, Claudia, Ma y yo nos quedamos allí de pie, llorando a lágrima viva. Nos sentíamos tan abrumadas, orgullosas y tristes a la vez que ninguna era capaz de articular palabra. Observamos cómo la multitud se levantaba y aplaudía a mi valiente hermana pequeña, que había compartido su historia con el mundo. Su abuela extendió los brazos y le dio un fuerte abrazo. Me pareció ver que le decía «te quiero» y yo lo dije con ella.

Entonces, alguien entró por el lateral del escenario y fue hacia Electra y su abuela.

Se produjo una ovación tremenda cuando el hombre abrazó a Electra y le estrechó la mano a Stella.

—¿Ese no es el senador Obama? —preguntó Ally—. Todo el mundo dice que será el próximo presidente de Estados Unidos.

—Sí, es él —confirmó Ma.

Observamos cómo seguía hablando con Electra y con su abuela fuera de micro, antes de que ellas se hicieran a un lado para dejarlo hablar.

«Gracias a todos», dijo. «Pero, sobre todo, gracias a Electra por ser tan valiente y contarle su historia al mundo entero. Ratifico y apoyo todo lo que acaba de decirles y les ruego que sean generosos con su causa...»

En ese momento dejamos de escuchar y nos sentamos en el sofá o el sillón más cercano, exhaustas.

Claudia nos pasó una caja de pañuelos de papel y todas nos sonamos la nariz con fuerza. Bear no entendía qué estaba pasando y balbuceaba alegremente.

—Bueno —dijo Ally mientras dejaba a Bear en el suelo, entre sus piernas, y le daba un juguete, que el niño se llevó de inmediato a la boca—. Ha sido increíble. Creo que nuestra hermana pequeña acaba de iniciar una nueva carrera como activista.

—Ojalá vuestro padre estuviera aquí para verlo. Estaría tan orgulloso —dijo Ma, que seguía llorando.

Estaba sentada a mi lado en el sofá, así que le cogí la mano y se la apreté.

—Ha encontrado su voz —susurré—, y yo también estoy orgullosísima de ella.

Todas asintieron para demostrar que estaban de acuerdo.

—Creo que deberíamos dejarle un mensaje, ¿no os parece? —propuso Ally—. Para decirle lo increíble que ha estado.

—Buena idea —dijo Ma, y se levantó para ir a buscar el teléfono a la cocina.

—¿El que estaba actuando antes de que ella entrara no era su exnovio? —preguntó Ally.

—Sí —respondí—. Qué bien que Electra vaya a reunirse con nosotras aquí en Atlantis, así podremos decirle lo orgullosas que nos sentimos. Menudo cambio de rumbo —comenté mientras pensaba en la última vez que la había visto en Río, fuera de control—. Y tiene toda la razón al pedir que presionen a los gobiernos. Yo me topo con el problema de las drogas en cada esquina cuando voy andando por Río.

Ma trajo el teléfono, busqué el número de Electra en el móvil y la llamamos. Todas dijimos algo en el mensaje y luego Ally bostezó.

—Bueno, es hora de irse a la cama. Estoy agotada, aunque parece que Bear no.

—Vete a dormir, Ally. Yo tengo jet lag, así que no me importa quedarme un rato con él y subírtelo más tarde.

—Gracias, Maia —dijo mientras cogía al bebé para entregármelo.

Yo acababa de llegar a Atlantis hacía un par de horas, procedente de Río. Al final había decidido aprovechar al máximo mi vuelta a Europa, tras casi un año fuera, y pasar un tiempo con Ma, Claudia, Ally y mi nuevo sobrino. Floriano y Valentina llegarían justo antes de que partiéramos hacia las islas griegas para ponerle una corona a Pa. Era la primera vez que habíamos estado separados más de un par de noches y me sentía muy rara.

En ese momento, sonó el timbre de la puerta y las cuatro nos sobresaltamos.

—¿Quién diablos puede ser a estas horas? —preguntó Ma, nerviosa—. Christian no ha salido con el barco esta noche, ¿no? —le preguntó a Claudia.

—Creo que no, pero si quieres lo compruebo.

Entonces el teléfono fijo sonó en las manos de Ma, y nos sobresaltamos de nuevo.

—Allo? —respondió en francés—. Ah, bien. —Ma colgó y fue hacia la puerta principal.

—¿Quién es? —preguntó Ally con recelo.

—Georg Hoffman.

Ally y yo levantamos una ceja mientras Ma iba al vestíbulo y abría la puerta para dejarlo entrar.

—Siento haberos asustado —dijo el elegante abogado de Pa cuando entró en el salón—. Debería haber llamado para avisaros, pero me pareció mejor venir en persona cuanto antes.

—¿Qué pasa, Georg? —pregunté—. ¿Ha sucedido algo?

—Sí. Pero, por favor, no os alarméis. Se trata de una noticia realmente increíble, por eso quería hablar con vosotras lo más pronto posible. ¿Puedo sentarme?

—Por supuesto. —Ma señaló una silla.

Georg se sentó y luego se sacó un sobre del bolsillo de la chaqueta.

—Hace más o menos una hora, he recibido este correo electrónico en casa. Ally, Maia, creo que deberíais leerlo.

—¿Tiene que ver con Pa? ¿Le ha pasado algo a alguna de nuestras hermanas? —preguntó Ally mirando el sobre como si dentro hubiera dinamita y fuera a explotar al tocarlo.

—No, no. Por favor, creedme. No se trata de nada malo.

—Pues cuéntanos de qué se trata —le pidió Ally.

—Vosotras no lo sabéis, pero durante muchos muchos años vuestro padre y yo llevamos a cabo una búsqueda que nos hizo recorrer todo el mundo y que nos llevó hasta numerosos laberintos y callejones sin salida. Entonces, el año pasado, justo antes de que falleciera, vuestro padre recibió cierta información y me la pasó. Finalmente, ayer por la noche, me llegaron noticias que considero fidedignas.

—¿Sobre qué? —le preguntó Ally, erigiéndose en portavoz de todas nosotras.

—Bueno, tendréis que leer el correo electrónico, pero tengo razones para creer que, después de todo este tiempo, es posible que hayamos encontrado a vuestra hermana perdida...

Nota de la autora

Sabía que escribir la historia de Electra sería el mayor desafío de mi carrera como escritora. Además de la historia de sus ancestros, que se desarrolla durante el siglo xx —un momento de cambio para los afroamericanos—, la propia Electra es, sin duda, la más compleja y difícil de todas las hermanas. Y dado que suelo escribir mis tramas de forma holística —solo sé cómo empiezan y terminan mis historias—, las vicisitudes de *La hermana sol* han resultado tan sorprendentes y reveladoras para mí como para la propia Electra. Nunca me había interesado o conmovido tanto la valentía, la humanidad y la absoluta determinación de los personajes, pasados y presentes, con los que me he topado mientras escribía.

La hermana sol es una obra biográfica de ficción respaldada por una investigación testimonial e histórica, por lo que algunos personajes son reales y otros no. El resultado es la suma de mi interpretación de los hechos y de mi imaginación, y agradezco la información que con tanta generosidad han compartido conmigo y la ayuda que me han prestado, pero cualquier error es exclusivamente responsabilidad mía.

Tengo que dar las gracias a muchas personas por ayudarme a conseguir los datos más rigurosos sobre los aspectos a los que Electra y sus antepasados se enfrentan en la historia. En primer lugar, como siempre, a mi increíble y pequeño equipo: Olivia Riley, que se hace cargo del fuerte de manera eficiente y que además gestiona en sus ratos libres la tienda virtual de Las Siete Hermanas, cuyos beneficios se destinan a la organización benéfica Mary's Meals. A Ella Micheler, mi tenaz y apasionada editora y asistente de investigación, que es maravillosa trabajando bajo presión (algo de lo que tenemos en abundancia), y a Susan Moss, mi mejor amiga y mi apoyo en tiempos de crisis (¡que también tenemos en abundancia!), que revisa mis transcripciones y es realmente exigente a la hora de localizar los más mínimos errores. A Jacqueline Heslop, mi mano derecha y mi mano izquierda, y a Leanne Godsall y Jessica Kearton, que se han unido al equipo para facilitarme mi caótica vida desde que Las Siete Hermanas llegaron a ella.

En Kenia: a Be e Iain Thompson, a Chris y Fi Manning, a Don Turner, Jackie Ayton, Caro White y Richard Leakey, quienes compartieron conmigo su tiempo y las historias de su vida en Kenia durante la época del Valle Feliz y después de ella. Tomar el té con el teniente Colin Danvers y su encantadora esposa Maria en el tristemente célebre Muthaiga Club, que sigue existiendo como fuera del tiempo en los arrabales de Nairobi, fue un momento memorable. A Rodgers Mulwa, nuestro intrépido chófer y fuente de sabiduría indígena keniata, que nos llevó a un lugar en medio de la nada por caminos casi inexistentes en busca del auténtico Valle Feliz, y que acabó con nosotros en mitad del lago Naivasha en una diminuta barca de plástico rodeada de hipopótamos, sin derramar ni una sola gota de sudor.

En Nueva York: mi mayor agradecimiento es para Tracy Allebach Dugan (y su encantador marido Harry). Durante la creación de este libro, ella se convirtió en mi asistente de investigación extraoficial para todo lo relacionado con Estados Unidos y nunca podré agradecerle lo bastante su ayuda. A Doris Lango-Leak, del Schomburg Centre, cuya visita guiada a Harlem y los datos que me aportó sobre el Harlem pasado y presente han sido de un valor incalculable. A Allen Hassell y el reverendo Alfred Carson, de la iglesia Mother Zion AME, cuyo servicio de los domingos por la mañana fue lo más destacado de mis seis meses de investigación. A Carlos Decamps, nuestro maravilloso chófer de Manhattan, que me proporcionó gran cantidad de información local, a pesar de que la policía le pusiera una multa por pararse encima de la acera en Harlem para que yo pudiera ver lo que necesitaba ver. Gracias también a Jeannie Lavelle, por explicarme con todo lujo de detalle los pasos que tenía que seguir Electra para recuperarse en el centro de rehabilitación. A Adonica y Curtis Watkins, que me aportaron tantos datos importantes no solo sobre la cultura afroamericana, sino también sobre los peligrosos desafíos a los que se enfrentan los jóvenes adictos cuando quebrantan la ley para conseguir pagarse su dosis. Además, quiero dar las gracias desde lo más hondo de mi corazón a los padres que perdieron a sus preciados hijos por culpa de las adicciones y que compartieron sus historias conmigo con la esperanza de poder ayudar a otros a enfrentarse a circunstancias similares.

Como siempre, a todas las editoriales que me publican en todo el mundo, que tanto me apoyaron cuando les presenté esta idea tan disparatada hace seis años. Me cuesta creer que estemos llegando al final de este enorme proyecto...

A Julia Brahm, Stefano Guiso, Cathal y Mags Dinneen y a «los chavales», a Mick Neish y Dom Fahy, a Melisse Rose, Lucy Folye, Tracy Rees, Pam Norfolk, Sean Gascoine, Sarah Halstead, Tracy Blackwell, Kate Pickering, James Pascall, Ben Brinsden, Janet Edmonds y a Valerie Pennington, Asif Chaudry y a su hija, Mariam (que me prestó amablemente su nombre para uno de los personajes de la historia), que me han apoyado, cada uno a su manera, durante este último año. A Jez Trevathan, Claudia Negele, Annalisa Lottini, Antonio Franchini, Alessandro Torrentelli, Knut Gørvell, Pip Hallén, Fernando Mercadante y Sergio Pinheiro, todos ellos editores y, lo más importante, amigos. ¡Ah! ¡Y quiero hacer una mención especial a Sander Knol, por apañárselas para convencer a toda Holanda de que leyera la serie de Las Siete Hermanas!

A mi familia: mi marido, agente y sostén, Stephen (¡es increíble, pero ya estamos a punto de celebrar veinte años de vida, trabajo, peleas y risas juntos!). A Harry, Isabella, Leonora y Kit: para variar, no tengo palabras para expresar el amor y el apoyo que me han ofrecido durante este último año. Nada tendría sentido sin vosotros.

Y, finalmente, a vosotros, mis lectores. A pesar de que yo seguiría contándome mis historias a mí misma aunque nadie quisiera escucharlas, el hecho de que vosotros lo hagáis es maravilloso porque siento que formo parte de una «banda». Estamos todos en el mismo barco: yo río, lloro (¡un montón!) y me frustro con los personajes igual que vosotros cuando cometen errores terribles. Así que gracias por hacerme compañía en esas largas noches que paso escribiendo y, también, por vuestro apoyo y generosidad con nuestra organización benéfica Mary's Meals: este año, la tienda virtual de Las Siete Hermanas reunirá suficiente dinero para financiar dos escuelas africanas y dar de comer a los alumnos, lo que incentiva a los niños (y a sus padres) y garantiza su asistencia.

La historia de Electra me ha dado una lección de humildad y me ha horrorizado, ya que me ha hecho enfrentarme a problemas que sabía que existían pero que estaban al margen de mi vida, lo cual me aportaba seguridad. Como novelista y mujer europea de origen irlandés (aunque hace menos de cien años también yo habría pertenecido a una minoría étnica), soy consciente de que disfruto de una ventaja en el ámbito literario, donde tantas voces étnicas están infrarrepresentadas. Ruego a los editores que amplíen su espectro de autores para que el mundo pueda leer más historias de esas culturas. En un mundo cuyo clima político parece estar retrocediendo peligrosamente hacia los oscuros días del pasado, nunca ha sido más importante escuchar esas otras voces. Por mi parte, solo espero haberle hecho justicia a Electra y a aquellos cuyas historias ella representa.

LUCINDA RILEY
Octubre de 2019

Para descubrir en qué se ha inspirado esta serie y para conocer las historias, los lugares y los personajes reales de este libro, entra en www.lucindariley.com.

En esta página web también puedes informarte sobre www.marysmeals.org.uk y sobre cómo contribuir a su maravilloso trabajo.

Bibliografía

Andrews, Munya, *The Seven Sisters of the Pleiades*, Spinifex Press, 2004.

Barnes, Juliet, *The Ghosts of Happy Valley*, Aurum, 2013.

Bell, Janet Dewart, *Lighting the Fires of Freedom: African American Women in the Civil Rights Movement*, The New Press, 2018.

Bennet, George, *Kenya: A Political History, the Colonial Period*, Oxford University Press, 1963.

Bentsen, Cheryl, *Maasai Days*, Collins, 1990.

Best, Nicholas, *Happy Valley: The Story of the English in Kenya*, Secker & Warburg, 1979.

Blixen, Karen [Dinesen, Isak], *Out of Africa*, Putnam, 1937. [Hay trad. cast.: *Memorias de África*, Madrid, Alfaguara, 2001.]

Chepesiuk, Ron, *Gangsters of Harlem*, Barricade Books, 2007.

Collier-Thomas, Bettye, *Sisters in the Struggle: African American Women in the Civil Rights-Black Power Movement*, NYU Press, 2001.

Crawford, Vicky L., *Women in the Civil Rights Movement: Trailblazers and Torchbearers*, Indiana University Press, 1993.

Fox, James, *White Mischief*, Jonathan Cape, 1982. [Hay trad. cast.: *Pasiones en Kenia*, Barcelona, Anagrama, 1989.]

King, Jr., Martin Luther, *A Testament of Hope: The Essential Writings and Speeches*, HarperOne, 2003.

Mills, Stephen, *The History of the Muthaiga Club: Volume 1*, Mills Publishing, 2006.

Osborne, Frances, *The Bolter: Idina Sackville*, Virago, 2008.

Saitoti, Tepilit Ole, *Maasai*, Abradale Press, 1993.

Spicer, Paul, *The Temptress: The scandalous life of Alice, Countess de Janzé*, Simon & Schuster, 2011.

Thomson, Joseph, *Through Masai Land*, Frank Cass & Co. Ltd., 1968.

X, Malcolm, *The Autobiography of Malcolm X*, Ballantine Books, 1992. [Hay trad. cast.: *Autobiografía*, Madrid, Capitán Swing, 2019.]

TODA GRAN HISTORIA COMIENZA
CON UNA MUJER EXTRAORDINARIA

Continúa leyendo la serie
Las Siete Hermanas

www.penguinlibros.com
esp.lucindariley.co.uk